켈리 갱의 진짜 이야기

이 도서의 국립중앙도서관 출판예정도서목록(CIP)은
서지정보유통지원시스템 홈페이지(http://seoji.nl.go.kr)와
국가자료공동목록시스템(http://www.nl.go.kr/kolisnet)에서 이용하실 수 있습니다.
(CIP제어번호: CIP2019041723)

True
History
of the
KELLY
GANG

Peter Carey

켈리 갱의
진짜
이야기

피터 케리
장편소설

민승남
옮김

문학동네

일러두기

1. 본문 중의 주석은 모두 옮긴이주입니다.
2. 강조의 의미로 쓴 고딕체는 원서에서 대문자로 표시된 부분입니다.
3. 구두점 사용과 비속어 처리 ×는 원서를 따랐습니다.

앨리슨 서머스에게

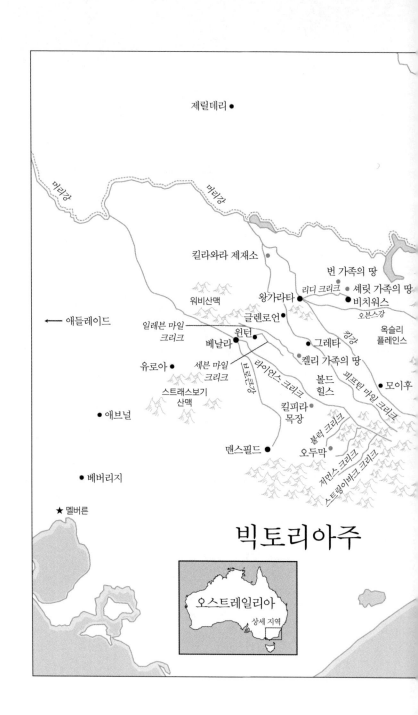

머럼비지강

뉴사우스
웨일스주

시드니

그레이트디바이딩산맥

하이 컨트리

가족의 땅

이든 ●

탬보 크로싱

깁슬랜드

N

태즈먼해

| 75 | 50 | 25 | 0 | 마일 |

0

과거는 죽지 않았다. 아직 지나가지도 않았다.
— 윌리엄 포크너

True History of the KELLY GANG _____ 차례

날이 밝아왔을 무렵 켈리 갱의 절반 이상이 심각한 부상을 당한 상태였다. 그때 경찰 통제선 너머에 그 괴물이 나타났다. 인간이 아니었다. 그것만은 분명했다. 머리가 없고 목은 길고 굵으며 가슴은 거대했다. 괴물은 빗발치는 총알을 맞으며 어기적어기적 걸어왔다. 총알 세례에도 끄떡없이 경찰을 향해 나아가며 이따금 걸음을 멈추고 머리 없는 목을 천천히 기계적으로 돌렸다.

동지들아, 나는 씨× 모니터호*다.

경찰은 현대식 마티니헨리 소총을 갖고 있었지만 총알은 괴물의 피부를 뚫지 못하고 튕겨나왔다. 괴물은 경찰의 공격에 맞서 가끔 권총을 쏘기도 했지만 대개는 총자루로 제 목을 쳤고 그 소리가 아침 공기 속에서 대장장이의 망치소리처럼 낭랑하게 울려퍼졌다.

---

* 남북전쟁 당시 북군의 철갑선.

너희는 어린애들을 쐈다, 이 개×놈들. 나는 못 쏜다.

말라죽은 흰 나무 근처 움푹 꺼진 곳에 괴물이 가까워지자 경찰의 공격은 더욱 거세졌다. 그러나 괴물은 꼿꼿한 자세로 목을 치는 기이한 동작을 계속했다.

괴물은 걸음을 멈추고 기계적으로 목을 왼쪽으로 돌리다가 트위드모자를 쓰고 나무 옆에 조용히 서 있는 땅딸막한 형체를 발견했다. 괴물이 권총을 들어 방아쇠를 당겼고 트위드모자를 쓴 남자는 침착하게 무릎을 꿇었다. 그리고 산탄총을 들어 연달아 빠르게 두 발을 쐈다.

내 다리, 이 개××.

괴물이 술 취한 사람처럼 비틀거리다가 죽은 나무 옆에 쓰러졌다. 잠시 후 경찰은 쓰러진 자의 목에서 양동이처럼 생긴 조잡한 강철 투구를 벗겼다. 궁지에 몰린 그 야수는 네드 켈리였다. 새하얗게 질린 채 부들부들 떨었고 얼굴과 손은 피로 얼룩져 있었다. 가슴과 엉덩이에 약 6밀리미터 두께의 단단한 강철 갑옷을 입고 있었다.

한편 사건의 원인 제공자는 커튼을 치고 총성에도, 부상자들의 비명에도 무관심을 가장하고 있었다.

해질녘 그는 경찰의 호위하에 아내와 함께 오두막을 떠나 특별열차에 올랐고, 1880년 6월 28일 글렌로언의 현장에 인파가 몰려들어 갑옷, 총, 머리카락, 탄피 같은 기념품을 챙기는 광경을 목격하지도, 그 자리에 끼지도 못했다. 하지만 그도 켈리 폭동의 기념품을 갖고 있었으며 28일 저녁 종이 꾸러미 열세 개가 철가방에 담겨 멜버른으로 보내졌다. 얼룩지고 귀퉁이가 접힌 그것은 모두 네드 켈리가 손으로 쓴 편지였다.

멜버른 공립도서관에 소장된 날짜도 서명도 없는 육필 문서(자료번호 10453).

첫번째 꾸러미

12세까지의 삶

국립은행 편지지. 1878년 12월 국립은행 유로아 지점에서 취득한 것이 거의 확실. 중간 크기 용지(약 가로 20센티미터, 세로 25센티미터) 45장 분량으로 상단에 엉성하게 구멍을 뚫어 철한 흔적 있음. 오염 심함.

어린 시절 경찰과의 관계와 복장도착 혐의. 퀸 일가에 대한 회고와 애브널로의 이주. 아버지가 머리 씨의 암송아지 절도 혐의로 억울하게 체포된 사건. 현재 베날라 역사학회에 소장된 허리장식띠의 사연. 존 켈리의 죽음.

내 나이 12살에 아버지를 잃었으니 거짓과 침묵 속에 자라는 게 어떤 건지 안다 내 사랑하는 딸아 너는 지금 너무 어려서 내가 쓰는 글을 조금도 이해 못하겠지만 이 이야기는 너를 위한 것이고 거짓은 하나도 없다 내가 거짓을 말한다면 지옥불에 떨어질 것이다.

하느님이 허락하신다면 네가 이 글을 읽을 때까지 목숨을 부지해서 지금 이 시대에 우리 불쌍한 아일랜드인들이 얼마나 억울하게 살았는지 네가 알고 놀라서 검은 눈이 휘둥그레지고 입이 딱 벌어지는 모습을 보고 싶구나. 지금부터 들려주는 머나먼 옛날 거친 말 잔인한 이야기가 너한테는 괴상하고 낯설기만 하겠지.

네 할아버지는 조용하고 비밀스러운 분이었다 고향 티퍼레리*에서 강제로 밴 디멘스 랜드** 감옥으로 이송됐다 무슨 일을 당했

---

* 아일랜드 남부의 소도시.

는지는 말을 안 해서 나도 모른다. 감옥에서 갖은 고생을 하다 풀려나서 바다 건너 빅토리아로 왔다. 그때 나이가 30살 빨강 머리에 얼굴에는 주근깨 햇빛에 눈이 부셔 노상 실눈을 뜨고 있었다. 영원히 법의 눈을 피해다니겠다고 맹세한 아버지는 멜버른 거리에 경찰이 파리떼보다 더 우글거리는 걸 보고 도니브룩까지 45킬로미터를 걸어갔고 바로 거기서 어머니를 만났다. 엘런 퀸은 18살 검은 머리에 날씬했고 말을 탄 모습이 그렇게 예쁠 수 없었지만 네 할머니는 레드 켈리***에게 신이 쳐놓은 덫과 같았다. 그녀는 퀸 씨였고 경찰은 퀸 씨를 가만히 내버려두지 않았다.

내 최초의 기억은 그릇에 달걀을 깨 넣던 어머니가 15살 외삼촌 지미 퀸이 경찰에 체포됐다며 울던 일이다. 그날 아버지나 애니 누나가 어디 있었는지는 모르겠다. 나는 3살이었다. 어머니가 우는 동안 나는 그 맛난 노란 반죽을 숟가락으로 긁어먹었다 지붕이 새서 무쇠 냄비에 빗물이 떨어질 때마다 치익 소리가 났다.

어머니는 케이크를 모슬린 보자기로 쌌다. 네 고모 매기가 아기일 때라 어머니는 그애를 담요로 싸서 안고 케이크를 들고 빗속으로 나섰다. 나도 어머니를 따라 언덕을 오를 수밖에 없었다 그 겨자색 물웅덩이와 바늘처럼 눈을 찌르던 빗줄기를 어찌 잊을 수 있겠느냐.

우리는 쫄딱 젖어서 베버리지 경찰서에 도착했고 필시 가난냄

** 오스트레일리아 동남쪽의 섬으로 현 지명은 태즈메이니아.
*** 네드의 아버지 존 켈리의 별명으로 '빨강 머리 켈리'라는 뜻.

새 비 맞은 개 냄새를 풍겼나보다 그래서인지 다른 이유에선지 경사의 방에서 쫓겨났다. 얼어서 곱은 손을 문 밑으로 밀어넣고 앉아 있으니 손끝에 느껴지던 따뜻한 불기운이 기억난다. 드디어 안에 들어가게 됐을 때 내 관심은 활활 타오르는 불이 아니라 붉은 턱살이 잔뜩 늘어진 사람 책상에 앉아 있는 그 영국인에게 쏠렸다. 이름은 모르고 그가 내가 아는 사람 중 제일 힘이 세고 마음만 먹으면 우리 어머니를 끝장낼 수 있다는 것만 알았다.

이리 와 그는 자기가 무슨 제단이라도 되는 것처럼 말했다.

어머니가 다가갔고 나도 얼른 따라가 옆에 섰다. 어머니는 죄수 퀸을 위해 케이크를 구웠는데 전해주면 대단히 고맙겠다고 남편이 집에 없어서 버터도 만들고 돼지 밥도 줘야 한다고 영국인에게 말했다.

죄수한테 케이크는 못 주지 그렇게 말하는 경찰에게서 외국 향신료의 매운 냄새가 났다 콧수염 끝이 위로 말려올라갔고 머리카락 사이로 드러난 두피가 번들거렸다.

내가 먼저 검사를 하기 전엔 어림없지 그가 크고 부드러운 하얀 손을 들어 책상에 바구니를 올려놓으라고 손짓했다. 그리고 손톱으로 모슬린 보자기를 끌렀는데 손톱이 어찌나 깨끗한지 잿물로 씻은 것 같았고 지금도 어머니의 케이크를 찔러대던 그 납빛 도구들이 눈에 선하다.

내가 가장 증오하는 건 가난도
영원한 비굴도 아닌

그 위에서 자라는 모욕

거머리도 치유할 수 없는 모욕

　내 장담하는데 네 할머니가 법정에서 빌 프로스트를 이긴 다음
에 말을 타고 베날라 중심가를 누빈 얘기를 너도 들었을 것이다.
할머니는 절대 겁쟁이가 아니지만 이번엔 입다물고 있어야 한다는
걸 알았고 그래서 따뜻한 케이크 부스러기를 보자기로 싸서 들고
빗속으로 걸어나갔다. 소리쳐 부르는데도 못 들길래 나는 치맛자
락을 쫓아 진흙탕 마당을 가로질렀다. 처음에 어머니가 문을 두드
리는 곳이 변소라고 생각했다가 어린 외삼촌이 그 안에 갇혀 있어
서 충격을 받았다. 외삼촌은 눈에 암이 걸린 황소를 훔친 큰 죄를
짓고 가로세로 2미터도 안 되는 흙바닥 판잣집에 갇혔고 어머니는
어쩔 수 없이 진흙 바닥에 무릎 꿇고서 문 밑으로 부서진 케이크를
밀어넣어야 했다 5센티미터밖에 안 돼 보이는 좁디좁은 그 틈으로
는 케이크가 들어갈 성싶지 않았다.

　어머니가 울부짖었다 아이고 하느님 우리 좀 도와주세요 지미
도대체 우리가 그치들한테 무슨 짓을 했다고 이렇게 괴롭히는 거
니?

　어머니는 원래 절대 울지 않았다 그런 사람이 울기에 나는 달려
가서 매달려 키스했지만 여전히 어머니 눈에는 거기 있는 내가 들
어오지 않았다. 진흙투성이가 된 케이크 보따리를 문 밑으로 쑤셔
넣는 어머니의 잘생긴 얼굴에서 눈물이 쏟아졌다.

　어머니가 외쳤다 내가 남자였으면 저 씨×놈들을 죽여버렸을

거야 하느님 도와주세요. 어머니는 이런저런 거친 말을 내뱉었지만 여기에 적지는 않겠다. 거친 소리가 많이 들어갔고 ×같은 머리통을 깨놓겠다고 했다.

어린애가 그런 말을 하는 엄마를 보고 있자니 겁이 났지만 그한이 얼마나 큰지는 2밤 자고 아버지가 집에 돌아왔을 때도 똑같은 소리를 하는 걸 듣고서야 알았다.

무슨 소리인지 알기나 하고 떠드는 거야 아버지가 말했다.

당신은 겁쟁이야 어머니가 소리쳤다. 나는 귀를 막고 밀가루 포대 베개에 얼굴을 묻었지만 어머니는 그만할 생각이 없었고 아버지도 법을 어길 생각이 없었다. 서로 진짜 사랑했을 시절의 부모님을 알았더라면 좋았을 텐데.

네 할아버지가 비밀이 많고 말과 행동이 다른 사람이라는 건 장차 알게 될 테니 일단은 아내의 평가와 경찰의 평가가 정반대였다는 것 정도만 알면 된다. 어머니는 아버지를 순둥이로 여겼다. 경찰은 아버지를 밴 디멘스 랜드 감옥 출신에 타고난 범죄자로 보고 일도 결혼도 다 범죄 취급했다 그래서 절도 증거를 찾겠다며 뻔질나게 우리 가축들 낙인을 확인하거나 밀가루를 쑤셔댔지만 쥐똥밖에 못 찾았다 경찰은 그런 짓을 무척 좋아했던 것 같다.

말만 들으면 네 할머니는 경찰을 죽이고 싶어하는 것 같았지만 막상 만나면 그렇게 적대적이지도 않았다 죽이기 전에 술 1잔 하면서 농담 정도는 할 수 있었나보다 오닐이라는 경사가 있었는데 다른 경찰들보다는 좋아했던 것 같다. 지금 하는 이야기는 동생 케이트가 태어난 지 얼마 안 됐을 때니까 내가 9살 때 일이다. 아버지는 한동안 계약직으로 일하러 떠났고 이제 애가 6명이나 되어서 작은 오두막은 더 복닥거렸다 벽이 없어서 어머니가 대신 달아놓은 조각보 커튼 미로 곳곳에서 잤다. 마치 옷이 가득찬 벽장에서 사는 것 같았다.

이 어둑어둑한 세계에 별나게 하얀 머리를 무도회에 가는 아가씨처럼 늘 곱게 빗고 다니는 오닐 경사가 찾아왔다 그는 우리에게 무척 친절했고 문제의 그날 밤에는 나한테 선물로 연필을 갖다줬다. 학교에서 석판을 썼지 연필은 만져본 적도 없는 나는 향긋한 소나무와 흑연 냄새에 몹시 흥분했다 경사는 연필을 깎아주며 아버지처럼 다정하게 굴었고 나를 식탁 끝에 앉히고 종이를 줬다. 1살 많은 애니 누나에게는 아무것도 안 줬지만 그건 다른 얘기였다.

나는 종이에 알파벳을 쓰기 시작했다. 어머니는 식탁 반대쪽에 경사와 함께 앉았고 나는 애니&젬&매기&댄에게 그렇듯이 그가 은색 술병을 꺼냈을 때도 신경쓰지 않았다. 대문자에 이어 소문자를 쓰느라 정신이 팔려서 어머니 목소리가 아주 먼 데서 들리는 것 같았다.

내 집에서 나가요.

고개를 드니 오닐 경사가 뺨에 손을 대고 있었다 어머니한테 따귀를 맞았는지 얼굴이 시뻘겠다.

내 집에서 나가 어머니가 소리질렀다 어머니의 아일랜드인 성질머리에 우리는 익숙했다.

엘런 진정해요 내가 나쁜 뜻으로 한 소리가 아니잖나.

꺼지라니까 어머니가 외쳤다.

경찰의 목소리가 단호해졌다. 엘런 경찰한테 그런 소리를 하면 안 되지 그가 말했다.

그 말에 어머니는 격분해 자리에서 벌떡 일어났다. 이 개×놈아 어머니의 목소리가 더 높아졌다. 내 남편이 집에 있었으면 그런 말 안 했을 거 아냐.

다시 1번 경고하겠어 켈리 부인.

그러자 어머니가 경사의 찻잔을 들어 안에 든 걸 흙바닥에 뿌렸다. 체포해 체포하라고 이 겁쟁아 어머니가 외쳤다.

아기 케이트가 깨서 울었다. 바닥에 앉아 공기놀이를 하던 4살 젬은 옆에 브랜디가 튀자 손을 멈췄다. 젬과 성격이 다른 나는 어머니에게 가려 했다.

꼬마야 네 엄마가 나를 겁쟁이라고 하는 거 들었니?

나는 어머니를 배신할 생각이 없었다 식탁을 돌아 어머니 옆에 가서 섰다. 경사가 말했다 네드 너 한창 글자 쓰던 중이었지?

나는 어머니 손을 잡았고 어머니는 내 어깨에 팔을 둘렀다.

너 학생이지 그렇지 그가 나한테 물었다.

네 나는 대답했다.

그럼 겁쟁이들 역사를 알겠구나. 나는 어리둥절해서 고개를 저었다.

그러자 오닐이 벌떡 일어나 길고 단단한 경찰 장화를 보여줬다 꼬마에게 교육 좀 시켜줘야겠군 그가 말했다. 안 돼요 어머니의 태도가 돌변했다. 제발요.

방금 전까지도 당황해서 굳어 있던 오닐은 이제 거들먹거리며 돌아다녔다. 그가 말했다 아 그럼 애들도 자기 역사를 알아야지 꼭 필요한 일이지.

어머니가 내 어깨를 감싸고 있던 손으로 그를 잡으려 했지만 그 얼스터 사람은 1번째 커튼 뒤로 숨었다가 나타나더니 들락날락하며 우리 가족 사이를 이리저리 돌아다녔고 어린 댄의 비단결 같은 머리카락을 쓰다듬기까지 했다. 어머니는 겁에 질려 얼굴이 창백하게 굳었다. 제발요 케빈.

하지만 오늘은 우리에게 그 이야기를 들려줬다 우리는 조용히 들어야 했다 그가 선물을 줬으니까. 티퍼레리에서 온 사람 이야기였는데 그냥 어떤 사람 또는 내가 굳이 이름을 말하진 않을 사람이라고만 했다. 그는 어떤 사람이 합법적으로 소작인을 내쫓은 농부에게 앙심을 품고 친구들과 그 농부를 죽일 계획을 짰다고 했다.

미안해요 미안하다고 사과했잖아요 어머니가 말했다.

오닐 경사는 비웃듯이 고개를 숙여 보이고 이야기를 이어갔다 그 어떤 사람이 땅주인에게 1번째 협박 편지를 썼다. 땅주인이 무시하고 소작인을 내쫓자 어떤 사람은 한밤중에 예배당으로 동지들을 부르는 것으로 엄선된 모임을 소집해 성배에 위스키를 따라 마시고 성경에 대고 맹세한 다음 말했다 형제들이여 우리는 모든 축복받은 신성한 것에 맹세했다. 형제들이여 하느님의 이름으로 맹세를 실천할 준비가 되었는가? 그들은 그렇다고 말하고 불경한 짓을 마치자 창과 불타는 장작을 들고 농부의 집으로 내려갔다.

오닐 경사는 이야기에 심취했는지 목소리가 커졌다 농부의 아이들이 창가에서 살려달라고 외쳤지만 그들은 집에 불을 질렀지

도망치는 사람을 창으로 찔러 죽였고 아기를 안은 엄마도 있었어 어린 우리에게 잔인하기는 경사도 마찬가지였다 그 폭동을 세세하고 생생하게 들려줬으니까 우리는 그 끔찍한 범죄뿐만 아니라 죄인들이 체포되고 그 어떤 사람이 자기가 계획에 끌어들인 사람을 전부 배신했다는 데 놀라 입이 떡 벌어져선 조용히 들었다. 공범들은 교수형을 당했는데 말이지 얼스터 사람은 우리가 그 광경을 머릿속에 그릴 수 있도록 하나도 빠짐없이 얘기했다.

그가 물었다 그다음에 어떻게 됐을까? 우리는 대답할 수도 말할 수도 없었고 듣고 싶지도 않았다.

그 어떤 사람은 목숨을 부지하고 밴 디멘스 랜드로 이송됐어. 그 말을 하고 오닐 경사는 바깥의 어둠 속으로 뚜벅뚜벅 걸어나갔다.

어머니는 아무 말도 안 했다 경찰을 태운 암말이 베버리지를 향해 캄캄한 언덕길을 달려올라가는 소리가 들릴 때도 꼼짝하지 않았다 내가 그 어떤 사람이 누구냐고 묻자 어머니는 따귀를 갈겼다 그래서 다시는 묻지 않았다. 얼마 후 나는 그 사람이 내 아버지라는 걸 알게 됐다.

경찰이 해준 얘기는 간에 사는 기생충 알처럼 내 안에 자리잡았고 내가 자라는 동안 심장 속으로 깊이깊이 파고들어 커져갔다.

오닐 경사 때문에 내 어린 머릿속에는 여름날 구더기떼 같은 상상이 들끓었다 너는 그의 승리가 그걸로 끝났다고 생각하겠지만 그는 아버지를 더욱 괴롭히기 시작했다 술에 취하거나 곤히 잠든 아버지를 깨워 일으켜세우기 일쑤였다 또한 길에서 나를 마주칠 때마다 놀리고 약올렸다.

그는 내가 신발도 코트도 없이 다닌다고 놀려댔다. 비쩍 마르고 부끄럼도 잘 타는 내가 친구들과 함께 경찰서를 지나갈 때마다 창 피를 줬다. 나는 그에게 피를 보는 만족감까지는 주지 않으려고 짐 짓 아무렇지 않은 척했다.

지긋지긋한 오닐 경사 지배기에 우리는 포스터 다운스 목장의 러셀 씨가 거세한 수소들과 새끼 밴 암소들 영국에서 500파운드를 주고 들여왔다는 유명한 황소까지 대대적으로 팔아치운다는 소식 을 들었다. 멜버른과 머리강 사이의 소몰이꾼들이 죄다 험하다고 욕하는 언덕 위 외딴 마을 베버리지에서는 흔치 않은 큰 사건이었 다. 언덕을 반쯤 올라가면 술집과 대장간과 이동식 감옥이 있고 거 기서 서쪽으로 가면 가톨릭 학교가 있었다. 그 언덕은 어찌나 험한 지 칼바람도 올라가다가 방향을 돌려 아래 있는 우리 오두막 쪽으 로 윙윙 소리를 내며 내려왔다. 도로 서쪽 물은 소금물이었다. 우 리 쪽 물은 괜찮았지만 똑같이 플루리시 플레인스*로 알려졌다. 건 강을 해칠까봐 아무도 베버리지에 오지 않았다.

소 경매로 모든 게 달라졌다 갑자기 목장주와 가축중개인이 모 여들고 멜버른에서 수의사까지 왔다 이 외지인들이 모두 우리집과 언덕 사이 늪 옆에서 야영을 했다. 그들은 시끄럽게 떠들고 은어 를 쓰고 술판을 벌이고 말을 타고 멜버른 도로를 왔다갔다했다 우 리한테는 서커스처럼 재미난 것이어서 늪길 근처를 얼쩡거리며 그

---

* Pleurisy Plains, '늑막염 평원'이라는 뜻.

근사한 말타기를 구경했다. 젬과 나는 늪가에 새 텐트가 또 생겼나 보려고 날마다 학교까지 먼길을 달려갔다. 우리는 목이 빠져라 소들을 기다렸지만 경매 전날 땅거미가 질 무렵에야 바람에 실려 오는 구슬픈 울음소리를 들었다. 소떼가 낯선 길로 내몰리는 소리였다.

나는 젬에게 말했다. 소 보러 갈래.

나도.

우리는 돼지랑 닭을 돌보다 말고 맨발인 것도 아랑곳하지 않고 달려갔다. 돌투성이 딱딱한 흙바닥에 단련된 우리는 옥수수밭으로 곧장 들어갔다. 우리 혼날 거야 젬이 말했다.

상관없어.

나도 상관없어.

늪 갈대밭에 다다랐을 때 베버리지의 잔잔한 초록 언덕을 철썩이는 파도처럼 휩쓸며 내려오는 소떼가 눈에 들어왔다 우리와 물을 향해 쏟아져내려오는 그것은 세상의 눈부신 부였다. 와 저 검둥이들 좀 봐 젬이 말했다.

소몰이꾼 7명 중에서 5명이 원주민이었다 그들은 발목에 고무 밴드를 댄 장화를 신고 빨간 스카프를 휘날리며 소떼 폭풍을 이끌고 달려왔다. 저 장화 봐 젬이 말했다.

에이 재수없어 내가 말했다. 그래 재수없어 젬이 말했다. 우리는 원주민이 세상에서 가장 천하다고 여기며 자랐는데 그들은 장화가 있고 우리는 없었다 우리는 재수없다고 진짜 재수없다고 욕하면서 뛰어갔다. 금세 울퉁불퉁한 멜버른 도로에 다다랐고 거기

서 16살 먹은 말라깽이 패치 모런과 마주쳤다 하지만 언제나 우리
가 더 빨랐다.

기다려 이 씨×놈들아.

하지만 우리는 패치도 경매장 울타리를 향해 늪길을 철벅거리
며 달려오는 그 누구도 기다려줄 생각이 없었다. 모런은 우리의 승
리에 대해 아무 말 없이 담배에 불을 붙였고 끄트머리가 빨갛게 타
오르다 재가 땅으로 떨어졌다. 저 씨× 검둥이들 봐.

아까 봤어.

말굴레 덜걱거리는 소리에 뒤돌아보니 아버지를 괴롭히는 오닐
경사가 말을 타고 달려오고 있었다 등자 끈이 너무 길어 등자쇠에
발끝을 간신히 걸고 있었는데 그게 영국식이었다. 키가 170센티미
터는 되는 말이었다 그는 자기가 지체 높고 대단한 줄 알았지만 우
리가 조랑말을 타도 그보다 더 빨리 달릴 수 있었다.

패치 모런이 말했다 경사님 저 검둥이들 봐요 저 ×같은 장화
봤나요 경사님 저런 장화는 얼마나 할까요?

오닐은 대답하는 대신 몸을 앞으로 숙여 샤코모자* 챙 아래 진
gin 병처럼 물기 어린 눈으로 나를 내려다봤다. 아 꼬마 켈리구나
그가 말했다.

경사님 안녕하세요 그의 놀림에 이골이 난 나는 모런이 원주민들
장화 얘기를 꺼냈으니 이제 경사가 내 맨발을 보고 뭐라고 하겠군
생각했다. 나는 말했다 저기 진짜로 엄청난 황소가 있는데 500파

---

* 깃털 장식이 달린 원통형 군모.

운드나 한대요.

방금 네 아버지 봤다 오닐이 말했다. 나는 그 느물거리는 목소리를 듣고 맨발보다 더 심한 걸로 놀리겠구나 싶었다. 그가 말했다 방금 레드 켈리가 여자옷을 입고 말을 달려 호런네 방목지를 지나가더군 상상이 되니?

날이 어둑어둑해져서 그의 표정은 볼 수 없었지만 아주 친근한 말투였다. 패치 모런이 웃다가 얼른 그쳤다 나는 불쌍한 젬을 봤다 울타리에 앉은 젬은 혼란스러워하며 이마를 찡그린 채 땅바닥을 죽어라 노려봤다 내 친구들은 쥐죽은듯 조용했다.

경사님 말도 안 되는 소리 마요.

나만 본 게 아니라 매클러스키 씨랑 윌릿 씨도 봤는데 치맛단에 장미꽃이 달린 드레스를 입었더라고 상상이 돼?

나는 아닌데 경사님은 그런 상상을 하니까 눈에 보이는 거겠죠.

입조심해 꼬마야 알겠니? 네 아버지는 우리를 보더니 빅 힐의 북쪽 비탈로 도망쳤어. 말 타는 거야 자유지만 네 아버지가 왜 그쪽으로 갔는지 아니?

아뇨.

그야 남편하고 붙어먹으려고 갔겠지 뭐.

나는 그에게 달려들어 장화를 잡고 말에서 끌어내리려 했지만 그는 웃으면서 말머리를 돌렸다 그 바람에 나는 울타리에 내동댕이쳐지다시피 했다.

오닐은 그렇게 좋은 날을 망쳤다. 나는 패치 모런한테 검둥이 쇼나 보러 온 건 아니라고 말했고 젬이 자기도 그렇다고 말했다.

우리는 어둠 속에서 집으로 걸어갔다. 별말 안 했지만 몹시 울적했다. 엄마가 때리겠지 형?

아니 안 때려.

하지만 어머니는 가죽숫돌을 식탁에 놓고 기다리다가 내 손은 3대 젬은 1대 때렸다. 우리는 오닐이 한 얘기를 어머니한테 하지 않았다.

내가 오닐의 비방을 아버지에게 전할 용기가 있었는지도 의심스럽지만 아버지가 뚱뚱한 메리노 양의 털을 깎으러 헨리 버클리 씨의 그나와라 목장으로 다시 떠나는 바람에 그럴 기회도 없었다. 봄이라 아버지는 우리 땅에서 일해야 했지만 그럴 형편이 못 됐다 그리고 그나와라로 가는 길에 목숨을 잃을 뻔했다.

와라굴이라는 시드니의 원주민 악당이 여러 부족의 잔당을 끌어모아 폭도를 조직했다 아버지는 와라굴과 원수진 게 없는데도 바너워사 근처 머리강에 도착했을 때 덤불에서 창이 비 오듯 날아와 당나귀가 죽었다. 말안장 총집에서 카빈총을 빼든 아버지는 화약을 아껴 쓰며 어두워질 때까지 와라굴의 폭도를 막을 수 있었다. 그리고 버려진 오두막으로 피신해서 문과 창문을 물건으로 막아두고 이제 안전하다고 생각했지만 이른 새벽 잠이 깼다.

지붕이 불타고 야만인들이 오두막을 에워싸고 고함을 질렀다.

아버지는 마지막 남은 화약으로 통나무벽 틈으로 들여다보는 원주민들의 얼굴을 쐈지만 그마저도 다 떨어지자 이제 죽음만 남겨놓고 원주민들이 창으로 벽 틈을 쑤시는 동안 기도를 하기 시작했다. 지붕에서는 이미 불덩이가 후드득 떨어지고 있었다 기도를 멈춘 아버지는 창이 앞쪽에서만 들어온다는 걸 깨달았다. 그래서 뒤쪽 창문을 막아둔 물건을 치우고 화장용 장작더미가 된 오두막 앞쪽에서 원주민들이 지키는 가운데 바람 부는 방향으로 도망쳐서 속 빈 통나무에 들어가 2일을 숨어 있었다 그러다 헨리 버클리 씨에게 발견되어 결국 그나와라로 갔다.

아버지가 목숨을 지키기 위해 싸우는 동안 오닐 경사의 비방이 가톨릭 학교에 퍼졌다 소문을 낸 장본인은 패치 모런이었다.

나는 그에게 경고했다. 1번만 더 그 얘기 했다간 나한테 맞을 줄 알아.

패치 모런은 나보다 족히 30센티미터는 더 컸고 어른처럼 갈라진 목소리를 냈다. 이 씨×놈이 어디서 명령이야 그가 말했다.

그러면서 머리를 때리는 바람에 나는 쓰러졌다.

나는 일어나 다시 맞섰다 그가 먹은 게 다 올라올 정도로 세게 때렸다. 나는 허리를 구부리고 씨근덕거렸다 그가 소리쳤다 네 아비나 너나 계집애야. 털과 여드름으로 뒤덮인 거인 같은 그의 손에 금방이라도 죽을 것 같았지만 나는 후추나무 아래 메마른 땅에서 그와 맞붙었고 기술 덕인지 운이 따랐는지 그의 더러운 목을 잡고 땅에 쓰러뜨렸다. 그가 쓰러지면서 어찌나 꽥꽥대던지 어찌나 발로 차고 머리로 들이받고 몸부림치던지 나는 나무뿌리와 자갈 위로 굴렀다. 등이 뭐에 쏘인 것처럼 화끈거렸지만 나는 몸을 굴려 그의 위에 올라탔다. 그 여드름투성이 목에도 불도그개미가 붙어 있었다.

나는 2번째로 물리면서도 그를 놓아주지 않았다 딸아 너는 평생 불도그개미에 물리는 일이 없길 바란다 어느 말벌이나 꿀벌보다 지독하니까. 패치는 욕하고 애걸했지만 나는 그의 어깨를 땅에 찍어눌렀고 그가 버둥거리는 바람에 불도그개미들은 더 성이 났다.

그 말 취소해.

그는 악을 써댔고 콧물이 입술로 줄줄 흘렀다.

취소하라고.

그는 취소 안 한다고 했지만 결국 고통을 못 참고 개×× 또라이 ×× 취소한다고 외쳤다. 헌 신부님이 그 욕을 들었고 학교 문 앞에서 우리를 지켜보던 다른 학생들 16명도 들었다. 다들 아무 말 못하고 쥐죽은듯 조용히 서서 패치 모런이 셔츠와 바지를 벗어던지는 모습을 지켜봤다 여학생들까지 죄다 그의 속살을 봤다.

불도그개미에 잔뜩 물린 나는 바로 앓아누웠지만 그뒤로는 아무도 우리 아버지 얘기를 안 했다.

나는 내 문제들에 대해 생각해보고 내가 사는 플루리시 플레인스보다 더 좋은 곳은 세상에 없다고 다시 결론내렸다. 더 비옥한 땅이나 더 아름다운 경치나 바람에 구부러지지 않고 자라는 나무는 상상할 수 없었다. 나는 늪에 자주 갔다 거기는 뱀장어와 새알 호랑이뱀 천지였다 우리는 멜버른 도로에서 호랑이뱀과 경주를 벌였다. 그러다 어느 따뜻하고 이슬 맺힌 아침 벌레를 찾으러 나갔다가 우둘투둘한 갈색 돌무더기에 앉아 있는 여동생 매기를 보았다. 옛날에 화산이 폭발해 베버리지의 평원에는 그런 돌이 널려 있었다. 아버지는 우리에게 땅에서 돌을 치워 한데 쌓아놓으라고 시킬 때가 많았다. 그 돌무더기는 우리집 뒷문 근처 엉겅퀴밭에 있었는데 매기는 그걸 왕좌 삼아 앉아 엉겅퀴즙을 짜서 사마귀에 발랐다. 매기가 나한테 팔꿈치 뒤쪽 손이 잘 닿지 않는 곳에 좀 발라주겠느냐고 물었다.

나는 매기를 무척 예뻐했다 매기는 진실하고 레드검* 널빤지처럼 단단해서 내가 제일 좋아하는 누이였다. 벌레를 내려놓고 매기의 사마귀에 흰 엉겅퀴즙을 짜서 떨어뜨렸다 매기는 자기가 뭘 알아냈는데 내가 좋아하지 않을 거라고 말했다.

뭔데?

이 돌들 옮겨야 돼.

벌써 1번 옮긴 거야.

다시 옮겨봐.

돌은 8개밖에 안 됐다 매기가 돌을 굴려 옆으로 치우는 걸 거들었다 최근에 땅을 파헤친 흔적이 있었다.

시체야.

그런 거 아냐.

매기가 엉겅퀴밭에서 손잡이가 부러진 거위 목 모양의 낡은 삽을 들고 왔다.

매기에게 삽을 받아 땅을 파다보니 가로 90센티미터 세로 60센티미터 정도 되는 단단하고 검은 물체가 나왔다. 깊이 박혀 있어서 삽을 지렛대 삼아 파올리자 곧 낡은 양철트렁크가 햇빛을 보게 됐

---

* 유칼립투스의 일종.

다. 그 안에는 내가 절대 보고 싶지 않던 게 들어 있었다.

여자 드레스였다 치맛단이 아주 더럽고 오닐 경사가 말한 것과 똑같이 장미가 달려 있었다. 빨간 칠을 하고 깃털을 단 가면들도 있었는데 그건 눈에 들어오지도 않았다 드레스 때문에 속이 뒤틀리고 화가 치밀었다.

애니 누나가 부르는 소리에 나는 매기에게 방금 본 걸 말하면 죽여버리겠다고 속삭였다. 매기의 검은 눈에 눈물이 차올랐다.

애니 누나가 나더러 장작을 가져오라고 소리치고 있었다. 앙상한 어깨를 웅크리고 양손을 엉덩이에 올린 채 종종거리며 길을 걸어왔다. 너희 지금 안 오면 저녁 없어.

나는 장작을 패긴 했지만 그걸 엉겅퀴밭으로 가져간 다음 돌로 불 피울 자리를 만들었다.

뭐하는 거야? 그러면 안 돼 허락 안 받았잖아.

그러면서도 애니 누나는 내가 달라는 성냥을 건넸다. 누나는 걱정꾸러기라 내가 트렁크의 끔찍한 물건들을 태우는 동안 집으로 도망쳤다. 누나가 다시 왔을 때 나는 마지막 남은 천조각을 불속으로 밀어넣고 있었다.

뭘 태우는 거냐고 누나가 물었지만 우리 남매 모두 오닐의 말 때문에 고통받아서 누나도 질문의 답을 알고 있었다.

트렁크를 묻는 게 좋을걸. 그렇게 말한 누나는 걱정되어 초췌한 얼굴로 입을 꾹 다물고 있었다 겨우 11살인데도 벌써 자기 미래를 본 게 분명했고 그게 남들도 다 알 만큼 얼굴에 쓰여 있었다.

누나가 2번이나 트렁크를 숨기라고 해서 나는 트렁크를 뒤뜰로 끌고 가 말우리 울타리 아래로 밀어넣었다.

그러면 안 돼.

나는 트렁크를 말똥 천지인 말우리 가운데까지 밀었다.

너 가죽숫돌로 맞을 거야 누나가 말했다.

나는 그보다 더 심하게 혼날 거라고 믿어 의심치 않았고 3일 뒤 말을 타고 천천히 오는 아버지의 모습을 보자 달걀이 닭이 되는 것만큼 변치 않는 사실인 매질을 기다렸다.

아버지는 처음에 트렁크를 못 보고 옥수수밭을 둘러봤는데 창에도 안 맞고 불에 타죽지도 않고 돈을 벌어와서 기분이 좋은 듯했다. 하지만 결국 자기 비밀이 까발려진 걸 봤고 어린 동생들이 달려와 빨리 말에서 내리라고 성화를 부리는 동안 부은 눈꺼풀 속 작은 눈으로 시커먼 트렁크를 내려다보았다.

엄마 어딨니?

케이트가 아파서 왈란의 병원에 갔어요.

아버지는 말에서 내려 안장과 자루들을 들고 집안으로 들어갔다 나는 벌을 받으려고 문 옆에서 기다렸지만 아버지는 나를 보지도 않았다. 잠시 후 아버지는 술집에 갔다.

나는 비밀 하나 때문에 아버지를 잃었다 차라리 아버지가 계곡에서 떨어지는 거센 물살에 휩쓸리는 편이 나았을지도 모른다 마음속에서 아버지를 잃은 지 하도 오래되어서 지금까지도 아버지를 위한 자리가 없다. 땅에서 트렁크를 파낸 뒤로 아버지의 무성한 붉은 수염 억센 팔 주근깨 난 피부 남자다운 얼굴은 그 저주받은 드레스에 영원히 갇히게 됐다.

그전까지는 아버지 뒤를 그림자처럼 쫓아다녔다. 아버지가 숲에서 알려준 매듭 묶는 법은 말안장에 담요를 묶을 때 이용한다 대패 쓰는 법 파리와 생가죽끈으로 물고기 잡는 법도 아버지한테 배웠다 그런 것들은 큰 나무의 검은 나이테처럼 일상에 영원히 새겨졌다.

어머니는 트렁크에 뭐가 숨겨져 있었는지 아는지 모르는지 아무 말이 없었다 트렁크는 먼지투성이 말우리 한복판에 그대로 놓여 있었고 비가 오면 말들이 거기 고인 물을 마셨다.

돈 많은 사람이 마차를 몰고 우리집 앞을 지나다가 말우리의 양철트렁크와 비스듬한 지붕에서 자라는 호박을 봤을지는 몰라도 창문 커튼 안쪽에서 우리 아버지 자식들이 갓 태어난 강아지들 모양 서로 눈멀고 귀먹은 채 같은 공기를 마시고 코 골고 방귀 뀌며 다글다글 지내는 줄은 상상도 못했을 것이다.

나는 진작 부모님 사생활에는 귀를 닫고 지내왔지만 트렁크를 파낸 뒤로는 밤에 안 자고 어머니 아버지 말을 엿들었다.

부모님은 드레스 얘기는 안 하고 땅 얘기만 속닥거렸다 특히 남자나 과부에게 땅을 20에서 250헥타르까지 0.4헥타르당 1파운드씩 값을 쳐서 8년 할부로 불하받을 권리를 준다는 1862년 더피 토지법 얘기였다. 어머니는 찬성이었지만 아버지는 반대하며 위대한 찰스 개번 더피의 토지법이 뜻은 좋지만 가난한 사람들을 빚더미에 올려놓고 평생 노동에 시달리게 만드는 멍청이 짓이라고 말했다. 결국 아버지 말이 맞았지만 어머니가 아버지를 겁쟁이라고 욕하는 소리를 들으니 내 마음의 거친 소용돌이가 어쩐지 잠잠해졌다. 바보나 8헥타르로 농사를 짓지 어머니는 말했다. 나는 속으로 생각했다 그래 아버지는 바보 멍청이가 분명해.

토지법 문제는 생사가 걸린 일이라 어머니는 당시 우리 이웃이었지만 멀리 북동쪽의 땅을 한창 사들이고 있던 친정 식구를 동원했다.

퀸 집안은 킹강 근처 글렌모어의 땅을 400헥타르나 사들이고 있었다 아일랜드인들이라 땅과 멋진 말들에 취해서 옛날 고생은 금세 잊었던 것이다. 퀸 집안 여자들은 소다빵과 측량지도를 들고 찾아왔다 남자들은 키가 크고 난폭했다 욕도 잘하고 노래도 잘했다 비위에 거슬리면 아무하고나 싸움질을 했고 형편에 안 맞게 종마를 사서 타고 다녔다. 이제 어른이 된 외삼촌 지미 퀸은 고문당한 말처럼 눈빛이 굉장히 사나웠다. 퀸 사람들이 그 드레스를 봤다면 아버지를 우물에 던져버렸겠지만 대신 아버지한테 진드기처럼 달라붙어 어르고 달래서 결국 베버리지에 있는 전 재산을 팔게 만들었다 아버지는 총 80파운드를 챙겼다.

하지만 일단 손에 돈을 쥐자 아버지는 정부에 그 큰돈을 갖다 바친다고 생각하니 참을 수가 없었다 그래서 새 주인이 이사 오자 짐마차 1대를 구해서 우리를 애브널 외곽에 빌린 땅으로 데려갔다. 어머니의 형제자매가 글렌모어의 400헥타르 미개간지에 농장을 가꾸는 동안 아버지는 우리를 끌고 100킬로미터 떨어진 영국 속물들 동네로 갔고 거기서 임대료와 술값으로 80파운드를 천천히 날렸다 그 바람에 어머니는 화병이 났다. 나는 아버지 혈육이고 내가 더 멀어지는 걸 아버지도 느꼈겠지만 그는 당당했고 내 마음을 도로 얻으려고 애쓰지 않았다.

어머니는 입만 열면 기회를 아깝게 놓쳤다고 한탄했다 아버지는 말없이 의자에 버티고 앉아서 커다란 검은 고양이 배만 쓰다듬었다. 그러다 침묵을 깬 어느 날 밤이 지금 생각난다.

당신 가족이 나쁜 사람들은 아니지 마침내 아버지가 침묵을 깨고 말했다.

우리 가족 험담할 생각이면 그냥 입다물어.

아 나는 나쁜 감정 없어.

그야 당연하지 당신한테 늘 잘했으니까.

땅은 제 도리를 할 거야. 돌은 아무짝에도 쓸모없지만 땅은 해를 안 끼쳐 이 땅은 말이야 엘런.

고기라곤 쥐고기뿐인데.

소는 못 먹지 그건 사실이야.

하다못해 양고기라도.

하지만 경찰이 안 찾아오는 거 모르겠어? 어떻게 그런 건지 신기하단 말이야 당신 가족들도 글렌모어에서 이렇게 운이 좋을까?

오 그 얘기 좀 그만해.

토끼 창자에 파리 꼬이듯 퀸 씨들한테 경찰이 꼬인다는 건 당신도 인정해야지.

어머니가 소리를 지르며 접시인지 컵인지를 벽에 던졌다.

엘런 당신이 농장 때문에 실망이 큰 건 아는데 난 감옥에 가느니 죽는 게 나아.

이 멍청아 당신을 감옥에 보내고 싶어하는 사람이 어디 있다고 그래.

그건 당신 생각이고.

없다니까 어머니가 소리질렀다. 당신 미쳤어?

그럼 허구한 날 경찰이 왜 찾아왔는데?

15년이나 자유인으로 살았잖아. 경찰은 당신을 잡아갈 생각이 없다고.

퀸 씨들이 이목을 끄는 건 사실이지.

이 벌레만도 못한 인간아.

이제 어머니는 흐느끼고 있었다 커튼 건너편에서 매기도 작은 토끼 같은 소리를 내며 울었다. 어머니는 아버지가 모험을 하기 싫어서 자식들을 굶길 인간이라고 말했고 내 옆에서 젬이 베개로 귀를 콱 틀어막았다.

애브널 땅은 아주 기름졌지만 마침 가뭄이 들어 다 말라비틀어지고 고생만 풍년이었다 나는 장남 노릇을 할 때라고 생각했다.

우리 땅에는 저수지도 샘도 없어서 나는 날마다 소들을 끌고 휴스 크리크*까지 가서 물을 먹였다. 가뭄만 아니면 풍경이 그림 같았겠지만 지금은 모래밭에 물웅덩이만 나란히 이어져 있었다. 그 말라붙은 강바닥 건너편에서 머리 씨네 암송아지가 나를 불러댔다 나는 그때 배가 몹시 고팠고 뭘 해야 하는지 알았다. 수탉보다

---

* '크리크'는 샛강이라는 뜻으로 해당 샛강 일대를 일컫는 지명으로도 두루 쓰인다.

큰 짐승은 죽여본 적이 없었지만 블랙베리 덤불에 길게 뿌려진 옥수수 사료를 보자 아무것도 무서울 게 없었다. 그 송아지는 눈매가 좀 사나워도 뿔 없는 헤리퍼드종이고 아주 토실토실했다. 나중에 들으니 머리 씨는 그 송아지에 특별히 공을 들여 옥수수와 건초 사료를 먹여 키웠다고 했다 그 말이 맞는 게 그의 방목장 어디에도 먹을 게 없었고 땅이 200헥타르나 되는데도 가축들이 먹을 걸 찾아 길가에 나와 풀을 뜯었다. 그러거나 말거나 나는 암송아지를 끌고 샛강을 따라 무성한 와틀나무 덤불 속 빈터로 내려갔다. 송아지는 목에 감긴 밧줄이 싫어서 거칠게 날뛰었다 뒷다리를 나무줄기에 묶어놓지 않았다면 제 몸에 상처를 냈을 것이다. 송아지는 끔찍하게 울어댔다. 녀석은 곧 크리스마스 닭요리처럼 꽁꽁 묶였지만 나는 동정심도 없었고 칼도 없었다. 칼을 가지러 덤불을 헤쳐 집으로 달려갔다. 마침 어머니는 진흙과 지푸라기로 벽 판자 틈새를 메우느라 바빠서 내가 코앞에서 고기 자르는 칼을 가져가는데도 눈치채지 못했다.

머리 씨네 소가 샛강에 빠진 모양이다 어머니가 말했다.

아닐걸요.

소 울음소리가 여기까지 들려.

나는 가서 보고 말해주겠다고 했다.

그해가 가기 전 나는 소를 눈 깜짝할 새에 솜씨 좋게 깨끗이 죽여서 가죽을 벗기고 햇빛에 너는 법을 배우게 됐지만 그때는 처음이라 동맥을 찾을 수가 없었다. 너도 알겠지만 나는 어쩔 수 없을 때는 전쟁터 군인처럼 죄책감 없이 사람도 죽였다. 하지만 짐승 죽이는 걸 금지하는 법이 있다면 나는 죄를 인정하고 사형선고를 받아 마땅하다. 나는 그 암송아지를 잔인하게 죽였고 아직도 그 생각을 하면 미안하다. 마침내 쓰러진 송아지의 목은 칼자국 천지였다. 나는 송아지 눈에 어린 공포를 영원히 못 잊을 것이다.

어머니가 나를 발견했을 때 내 발치에는 불쌍한 암송아지가 죽어 쓰러져 있고 머리와 셔츠는 피로 흠뻑 젖어 있었다.

소고기 생겼어요 소고기 실컷 먹을 수 있어요 내가 말했다.

말은 그렇게 했지만 가슴이 콩닥거렸고 어머니가 피 묻은 칼을 빼앗아서 얼마나 기뻤는지 모른다. 송아지를 어떻게 도축하는지 하나도 모르니 이제 뭘 해야 할지도 몰랐지만 그렇다고 송아지에 대한 권리를 포기하고 싶지는 않았다. 어머니는 피투성이가 된 내 손을 잡고 먼지 이는 방목지를 지나 집으로 갔다 개들을 묶어놓은 다음 비누와 물로 씻기면서 너는 아주 나쁜 놈이고 너 때문에 화가 났고 어쩌고저쩌고 계속 야단쳤지만 그건 문간에서 엿듣고 통나무 틈새로 훔쳐보는 다른 자식들 들으라고 하는 소리였다. 나를 씻겨주는 어머니 손길은 너무나도 부드러웠다 나는 어머니가 기뻐하고 있다는 걸 알았다.

아니나 다를까 애니 누나는 아버지가 집에 돌아와 말에서 안장을 풀기도 전에 쪼르르 달려가서 내가 한 짓을 일러바쳤다. 아버지는 이름이 영국식인 사람들한테 버터를 배달했는데 그 일을 할 때마다 화가 나 있어서 애니가 죽은 송아지를 보여주자 안으로 들어와서 허리띠로 나를 후려갈겼다 아직도 다리에 그 자국이 있다. 날이 어두워지자 아버지는 등불을 들고 샛강으로 내려가 송아지가죽을 벗기고 4토막으로 나눠서 1토막씩 집으로 옮긴 다음 소머리를 태우고 가죽에서 MM 낙인을 도려내 머리 씨네 송아지를 훔쳤다는 증거를 없앴다. 아버지는 통에 들어가는 만큼은 소금에 절이고 나머지는 어머니한테 즉시 요리하라고 했다.

그동안 애니 누나는 나와 말도 안 섞고 매기까지 나한테 거리를 뒀지만 그날 밤늦게 우리는 소고기로 잔치를 벌였고 신바람난 남동생들만 배 터지게 먹은 것도 아니었다.

2일 뒤 학교 숙제를 또 까먹는 바람에 점심시간에 집에 가지러 왔는데 우리집 후추나무 밑에 낯선 밤색 암말이 매어져 있었다 안장깔개에 빅토리아 여왕을 뜻하는 VR가 은색으로 수놓여 있었다. 나는 경찰임을 눈치챘다. 집에 들어가보니 아버지가 늘 앉는 의자에서 키가 크고 비쩍 마른 금발 순경이 식탁에 펼쳐놓은 암송아지 가죽을 보고 있었다.

독시 순경이 낙인이 있던 구멍에 손을 넣으며 말했다. 이봐 존 이 자리에 뭐가 있었는지 우리 알잖아.

보시다시피 소를 잡아서 가죽을 잘라 채찍을 만들었죠 아버지가 말했다.

아 채찍을 만들었다?

맞아요 아버지가 말했다 하지만 고소당한 것에 대해 반발하거나 대들진 않았다.

그럼 존 그 채찍을 좀 보여주겠나.

아버지는 말없이 버티고 앉아 부은 눈으로 순경을 바라보았다.

채찍을 안 만든 모양이군.

아 잃어버린 것 같습니다.

잃어버린 것 같다?

찾으면 바로 갖다드리겠습니다.

존 아무래도 낙인이 있었나본데. 머리 씨 낙인을 도려냈나?

아니 채찍을 만들었습니다.

자네 조지 4세 법 29조 7항과 8항에 대해 아나?

모릅니다.

존 그 법에 따르면 다른 사람의 암송아지를 훔치면 감옥에 간다네 존 아무 채찍이나 들고 와도 되지만 이 구멍에 딱 맞지 않으면 감옥신세를 질 거야. 우린 애브널에 아일랜드 도둑××가 사는 건 원치 않거든.

난 감옥은 못 참아요 아버지는 마치 방울양배추가 싫다는 것처럼 솔직하게 말했다.

그거참 유감이군 독시가 아버지에게 다가가며 말했다.

내가 그랬어요 내가 끼어들었다.

내가 독시의 단단한 검정 어깨끈을 잡자 그가 내 팔을 잡았다.

착하구나 짐 그가 말했다.

나는 네드고 내가 그랬어요.

경찰이 아버지한테 사실이냐고 물었다.

아버지는 말이 없었다 거미에 물려 마비된 것 같았다.

나는 다시 나를 잡아가라고 했지만 독시는 웃더니 내 머리를 헝클어뜨리며 멍청하고 감상적인 미소를 지었다.

존 짐 싸게 담요랑 작은 냄비 숟가락은 가져갈 수 있네 그가 아버지에게 말했다.

내가 그랬다니까요 MM 낙인이었고 내가 칼로 도려냈어요 내가 말했다.

닥쳐 이제 아버지의 눈은 분노로 이글거렸다. 주둥이 닥치고 학교나 가.

그렇게 해서 아버지는 독시의 말등자에 묶여 끌려갔다.

아버지가 감옥에 갇히기 전 우리 켈리네 아이들은 학교에 갈 때 샛강을 따라 걸었지만 이제는 감옥이 있는 경찰 방목장을 통과하는 길로 갔다. 방목장에는 감옥을 빼면 독시 순경의 암말이 묻힌 쓸쓸한 흙무덤밖에 없었다. 육중한 감옥 벽에는 창문이 없어서 아버지는 그 처량한 풍경조차 구경할 수 없었다. 처음에 우리는 큰 소리로 아버지를 불렀지만 아무 대꾸도 없자 결국 포기했다 젬만 포기를 못하고 서리 앉은 찬 벽을 개처럼 쓰다듬었다.

밤마다 꿈에 아버지가 나타나 침대 끄트머리에 앉아서 부은 눈으로 말없이 나를 바라봤다 아버지 얼굴에는 칼에 찔린 자국이 1000개는 됐다.

나는 죄책감이 너무 심해서 아버지가 없어지니 사는 게 여러모로 더 즐거워졌다는 걸 죽어도 인정할 수 없었다. 그러다 아버지의 커다란 늙은 수고양이가 사라지자 그때는 어머니한테 녀석이 없어져서 속시원하다고 솔직하게 말했다.

그렇다고 내 말을 오해해선 안 된다 아버지가 없으니 살림살이는 훨씬 어려워졌다. 땅주인이 튼튼한 울타리를 만들어주지 않아서 소들이 도망치지 못하도록 어머니가 우리를 데리고 직접 3킬로 미터가 넘게 지그재그로 울타리를 세워야 했다. 그래도 가축들은 도망쳤고 벌금이 소는 5실링 돼지는 3실링이었다. 우리는 벌금을 내기가 벅찼다. 어머니는 임신중이라 늘 지쳐 있었지만 전보다 온화했다. 밤이면 우리를 모아놓고 이야기와 시를 들려줬다 아버지가 양털을 깎거나 계약직으로 일하러 떠날 때는 전혀 없던 일이었고 이제야 우리는 어머니의 기억 속에 담긴 보물을 발견하게 되었다. 어머니는 콘코바와 데르드러와 메브 이야기 쿠홀린 이야기를 알았다 나는 쿠홀린이 쇠꼬챙이와 뾰족한 날과 갈고리와 갈퀴와 가죽끈과 고리와 끈으로 가득한 전차에 타는 장면이 아직도 눈에 선하다.*

우리 오두막에는 매서운 남풍이 숭숭 들어와서 너는 머리가 지끈거리겠지만 내 기억에 남은 건 추위가 아니라 수지양초 불빛이었다 불빛에 어머니의 뺨은 금빛으로 물들고 크고 검은 눈은 아비 없는 새끼들을 지키는 주머니고양이처럼 사납게 반짝였다. 어머니가 들려주는 고국의 옛이야기에 나오는 여왕들은 다혈질에다 조심성이 없어서 싸움도 하고 다른 나라 왕을 침실에 끌어들이기도 했다. 애브널에 살았다면 아일랜드 쓰레기라고 불렸을 것이다.

어머니는 점점 몸이 불었다. 우리 아들들은 어머니를 도와 힘들게 텃밭을 일구었다 원래 기름진 땅을 더 기름지게 가꿨다. 그 첫겨울에는 파스닙과 감자밖에 안 났다. 마차와 말 2마리를 팔아야

---

* 콘코바, 데르드러, 메브, 쿠홀린 모두 아일랜드 신화 속 인물.

했지만 몇 안 되는 젖소는 그냥 키웠다. 하루에 버터를 1킬로그램씩 생산했지만 그것으로는 빵에 바를 라드밖에 못 샀다. 젬과 나는 마을까지 걸어다니며 버터를 배달했다 도중에 아버지가 있는 감옥을 지났지만 더이상 아버지를 부르지 않았다. 나는 날마다 밤이 되기를 기다렸다 행복이 어디서 올지 누가 알겠는가?

1865년 8월 5일 요란하게 비가 내리며 하늘이 어두컴컴할 때 나는 집에 도착했다. 1주일 동안 비가 내려 어엿한 강만큼 불어난 샛강이 으르렁거리는 바람에 나는 문간에 가서야 어머니 비명을 들었다. 삽을 들고 들어가보니 어머니가 흙바닥에 누워 있었다. 어머니는 나를 보더니 일어나 앉아서 아기가 나올 거라고 설명했다. 마침 산파가 홉스 크리크에 다른 아기를 받으러 가서 어머니는 매기에게 머리 씨네 말을 빌려 타고 메이 의사선생님을 데려오라고 했다는 것이었다. 그게 벌써 2시간 전이고 이제 진통이 아주 심해진 어머니는 매기가 말에서 떨어졌거나 샛강을 건너다 빠졌을까봐 걱정하고 있었다.

애니 누나가 맏이였지만 겁이 많고 예민해서 위경련을 일으켰다. 그래서 어머니가 산고를 치르는 동안 애니는 옆에 있는 그릇에 웩웩 토했다. 나는 어머니를 부축해서 침대로 옮겼다 침대라야 두꺼운 나무 2개를 벽에 박아넣고 그사이에 마댓자루를 걸어 만든 것이었다. 어머니는 사랑하는 매기가 죽었을까봐 계속 울었다. 젬은 겨우 7살 댄은 4살이라 괴로워하는 어머니를 보고 불안해했다.

그뒤로 몇 시간 동안 어머니는 조금도 편안해지거나 고통이 누그러들지 않았다 그러다 마침내 내게 식탁 위에 누비이불을 깔라고 하더니 거기 올라가면서 우리 모두에게 커튼 뒤로 가라고 했다. 댄이 울음보를 터뜨렸다 식탁이 너무 짧아서 어머니는 뜻대로 누울 수가 없었다. 꼬마 젬이 도와주려고 나섰다가 야단만 맞았다. 어머니는 나를 불러 손을 잡아달라고 하고 식탁에 웅크리고 앉았다 식탁은 다리 1개가 헐거워졌는데도 아버지가 고치지 않아서 흔들거렸다. 촛불 하나만 켜놔서 어둠침침한데도 어머니의 고통이 보였고 어머니를 기쁘게 해줄 수 없어서 애가 달았다. 어머니는 물을 찾으면서도 내 손을 놓아주지 않았다. 어머니는 나한테 멍청이라고 욕하고 자신을 버리고 떠났다며 아버지도 욕했다. 그러는 내내 우리는 의사를 기다렸지만 밖에서는 올빼미 우는 소리조차 들리지 않았다 나무껍질 지붕을 때리는 빗소리와 휴스 크리크의 불어난 물에 물건들이 떠내려가며 우당탕퉁탕 부딪히는 소리만 들렸다.

그 끝도 없이 긴 밤 내내 나는 어머니 곁에 서 있었고 시간이 갈수록 어머니의 비명과 욕은 심해졌고 댄과 젬은 결국 잠이 들었다.

4시경 어머니가 다시 식탁으로 올라갔고 나는 이제 아기가 나오나보다 싶었지만 어머니가 욕을 하며 보지 말라고 했다. 나는 아기 양처럼 높고 가냘픈 울음소리를 듣고 여동생이 태어난 걸 알았지만 어머니는 내게 계속 돌아서 있으라고 양철상자에서 제일 좋은 가위를 꺼내 촛불에 대라고 했다. 나는 시키는 대로 했다.

식탁에서 움직이는 기척에 이어 작은 신음소리가 나더니 어머니가 내게 부드럽게 말했다. 됐다 이리 와서 아기를 보렴.

식탁에 앉은 어머니는 네 고모 그레이스를 안아서 내게 보여줬다. 아기는 작은 망아지 같고 송아지 같았다 눈이 커다랗고 갓 태어난 피부는 반질거리는 흰색에 피가 묻어 있었다 나쁜 것은 아직 아무것도 닿지 않았다.

잘라 어머니가 말한다 잘라.

어디요 내가 물었다.

잘라 어머니가 말했고 나는 어머니 배에서 어둠 속으로 늘어진 진주빛 탯줄을 봤다 눈을 감고 잘랐다 낡은 가위가 삐걱거리며 살을 자르기 시작했을 때 매기가 메이 선생을 데리고 집으로 들어왔고 그는 11살짜리 아일랜드 소년이 어머니의 출산을 돕는 광경을 목격했다. 흙바닥과 시커멓게 그을린 가위 침대 커튼 뒤에서 몰래 내다보는 겁에 질린 아이들을 보았고 나중에 그 얘기를 동네방네 떠들고 다녔다 그래서 애브널 학교의 모든 아이가 내가 어머니의 벌거벗은 아랫도리를 봤다는 오해를 품게 됐다.

그 늙은 주정뱅이 의사는 아기를 진찰하고 나한테 넘겨준 다음 어머니를 돌봤다. 아기 떨어뜨리지 마라 의사가 말했다 쓸데없는 걱정이었다 나는 소중한 우리 아기를 품에 안았다 아기 눈이 너무도 맑고 평온했다. 아기가 나를 똑바로 쳐다봤고 나는 여동생이 내 자식인 것처럼 사랑스러웠다.

의사가 어머니의 치료를 끝냈을 때쯤엔 새벽이 되어서 밝은 회색빛이 작은 오두막에 가득했고 온 세상이 환하고 새롭게 보였다. 나는 이제 행복했다.

어머니가 말했다 아버지한테 가서 알려.

나중에 갈게요.

지금 가.

하지만 나는 검은 머리가 솜털같이 보드랍고 살결이 희디흰 새 여동생 곁을 떠나고 싶지 않았다. 그 흙바닥 오두막 안에서 살결이 성체 안치소처럼 어찌나 밝게 빛나던지. 네 아버지한테 가서 딸 봤다고 해.

그래서 의사가 말을 타고 건들거리며 길을 따라가는 동안 나는 젖은 겨울 풀밭을 가로질렀다. 경찰 방목장에는 안개가 낮게 깔려 아버지의 외로운 감옥을 에워싸고 일렁거렸다. 통나무 감옥은 늘 축축하고 초록 이끼와 곰팡이가 껴서 비 맞은 개똥처럼 구린내가 났다 나는 그리로 다가갔다.

딸 낳았어요 내가 외쳤다.

유칼립투스 숲에서 까치가 깍깍대고 진홍잉꼬가 날카롭게 울며 싸웠지만 감옥 안에서는 아무 소리도 없었다.

이름은 그레이스예요.

아무 대답이 없고 감옥은 무덤처럼 조용했지만 곁눈으로 움직임이 얼핏 보였다 암말의 무덤 위에 아버지의 커다란 수고양이가 있었다. 고양이는 노란 눈으로 나를 똑바로 쳐다보더니 내가 고작 울새나 참새인 듯 또다시 등을 활처럼 구부리고 꼬리를 휙 움직였다. 나는 녀석에게 돌을 던지고 아기를 보러 집에 갔다.

곧 애브널 학교 전교생이 내가 어머니의 출산을 도운 일을 알게 됐다. 누구도 감히 나한테는 그 얘기를 못했지만 일라이자 머턴이 애니에게 무슨 말을 했고 애니는 몹시 괴로워했다. 그 학생들은 죄다 신교도였다 그들이 우리에 대해 아는 거라곤 네드 켈리가 맞춤법을 모르며 신발이 없고 매기 켈리는 사마귀가 많고 애니 켈리는 노인네 양말짝처럼 군데군데 기운 원피스를 입고 다닌다는 것뿐이었다. 우리 아버지가 감옥에 있다는 것도 알았다 그들이 날마다 학교에서 어빙 선생한테 배우는 게 아일랜드 것들은 가축보다 아래라는 거였다.

어빙 개××는 머리는 크고 어깨는 좁고 눈은 그가 나와 나누고 싶어하지 않는 고상한 감정들로 빛났다. 그는 1년이 다 지나 9월이 되어서야 나한테 잉크 당번을 시켰다 이름이 영국식인 애들은 차례가 다 돌아가고 나만 남았기 때문이다. 그때는 왜 그랬나 모르겠지만 그 일이 엄청 하고 싶었던 건 사실이다. 드디어 내 차례가 오자 나는 세상에서 제일 훌륭한 잉크 당번이 되기로 다짐했다. 날마다 1등으로 학교에 가서 이 빠진 흰 도자기 잉크병들을 물통 앞에 줄지어 늘어놓고 깨끗이 닦아서 책상 잉크구멍에 도로 꽂았다.

월요일 아침 잉크 만드는 일도 맡아 어빙 선생 의자를 딛고 높은 선반에서 매크래컨 가루잉크를 꺼냈는데 제비꽃과 쓸개즙처럼 톡 쏘는 독한 냄새가 났다. 물 0.5리터에 가루잉크 4큰술을 탔다 어려울 건 없었지만 8시까지는 학교에 도착해야 했다.

바로 그래서 나는 딕 셸턴이 물에 빠지는 걸 보았다.

감옥을 피하고 싶어서 휴스 크리크를 따라 학교에 갔는데 봄에 내린 비로 물이 많이 불어나고 반쯤 탄 나무 몸통과 부러진 가지 울타리기둥 같은 온갖 쓰레기가 물속에 쌓여 있었다 샛강에 빠져 죽은 송아지의 멍한 눈 위로도 물이 세차게 흘렀다. 건너편에서 남자애가 조심조심 샛강으로 들어가는 게 보였다. 낚싯대를 들고 있는 줄 알았는데 그게 아니라 새 밀짚모자가 떠내려가다가 어디 걸린 걸 보고 막대기로 건지려는 거였다. 강에 들어가자 다리 위까지 시커먼 물에 잠겼다 그애는 고작 8살이었다.

내가 물에서 나오라고 소리쳤지만 그애는 천둥 같은 물소리 때문에 듣지 못했다. 물위에 쌓인 잔가지들을 보고 금조* 둔덕인 줄 알고 그리로 펄쩍 뛰었다. 그리고 사라졌다.

그냥 기다릴 성미가 아닌 나는 무작정 뛰어들었다 물살이 어찌나 빠르고 차가운지 장난꾸러기 요정 푸카가 영혼을 훔쳐간 것처럼 숨을 쉴 수 없었다. 나는 거친 물살에 휩쓸려 샛강 한가운데로 떠내려갔다 물살이 얼마나 세던지 너는 믿지 못할 거다. 어린 딕 셸턴의 새하얀 얼굴이 얼핏 보였는데 이미 자기는 죽은목숨이고 이 세상 사람이 아니라는 걸 아는 얼굴이었다. 내가 그애의 팔을 잡았지만 둘이 같이 떠내려가면서 물위로 나올 때보다 물에 잠겨 있을 때가 더 많았다.

50미터쯤 아래 신교도들이 여름에 수영하는 개 뒷다리처럼 굽은 곳이 있었다. 우리 둘은 둑 근처로 떠내려가다 물에 잠긴 늙은 레드검에 걸렸다. 나무가 돼지처럼 미끌미끌했지만 나는 나무를 꽉 붙잡고 꼬마의 흠뻑 젖은 비누 같은 몸을 이미 그 자신은 건너갔다고 생각하는 저세상에서 끌어올 수 있었다.

반은 죽은목숨인 꼬마를 등에 업었다 꼬마는 울고불고 토하고

---

* 소리를 잘 따라 하는 새로 흙으로 작은 둔덕을 만드는 습성이 있다.

제정신이 아니었다. 그애는 장화를 신었지만 나는 늘 그렇듯 맨발이었다 숲길을 헤치고 꼬마네 아버지가 하는 로열 메일 호텔로 갔다. 내가 택한 길은 험한 바윗길이었다.

호텔 잡역부 셰이키 화이트는 작은 농장을 하다 망한 사람이었다 그는 덤불에 분뇨를 묻다가 우리를 보고 소리치기 시작했다 부인 부인 아이고 세상에.

호텔 2층 창문이 벌컥 열리고 여자 비명소리가 들리더니 잠시 뒤 셸턴 부인이 아들을 향해 마당을 달려왔다 그녀는 제정신이 아닌 와중에도 아들을 구해준 구교도 아이를 챙겼고 나는 안쪽으로 안내받아 뜨거운 물을 받아놓은 커다란 흰 욕조에서 목욕할 수 있었다. 그때 처음 욕조를 구경했다 셰이키가 뜨거운 물을 양동이로 10번이나 부어줬는데 목욕물을 그렇게 많이 쓰는 건 처음 봤다 김이 모락모락 오르는 길고 매끄러운 도자기 욕조에 누워 있으니 기적 같았다.

셸턴 부인이 내 옷을 세탁시키고 큰아들 옷을 갖다줬는데 보들보들하고 아주 좋은 냄새가 났다. 그걸 가질 수 있다면 뭘 내놔도 아깝지 않을 것 같았지만 셸턴 부인은 옷을 줄 생각은 않고 통통한 팔로 내 어깨를 감싸고 아래층으로 데리고 내려가면서 너는 하느님이 보낸 천사라고 말했다.

식당에는 벽난로 불이 기분좋게 활활 타오르고 스리피스 정장을 입은 남자가 접시의 달걀과 베이컨을 마냥 뒤적거리고 있었다 다른 사람은 아무도 없었다. 셸턴 부인이 나를 불가 탁자에 앉혔다 탁자에는 반짝이는 은 나이프&포크&양념통&소금&후추&구부러진 숟가락이 꽂힌 설탕통이 놓여 있었다. 어머니가 보면 무척 마음에 들어할 것 같았다.

셸턴 부인이 코코아 마시겠느냐고 물어서 나는 네 하고 대답했다 아침을 먹겠느냐고도 물으며 메뉴판을 줬다. 난생처음 보는 물건이었지만 나는 바로 감을 잡고 잘 써먹었다. 원래 아침은 빵과 고깃기름으로 때웠지만 이제 양갈비와 베이컨과 콩팥 요리를 주문하고 있었다 아주 맛있었다. 바닥에 깔려 있던 카펫의 빨간 장미 무늬가 지금도 눈에 선하다. 샛노란 드레스를 입고 팔에 금팔찌를 찬 셸턴 부인은 내가 아침을 먹는 내내 울다 웃다 하면서 나를 지켜봤다 그녀는 나더러 세상에서 제일 훌륭하고 용감한 아이라고 했다.

셸턴 씨는 전날 밤 시모어에 있었지만 곧 마차를 타고 도착해서 진흙투성이 장화와 방수코트 차림으로 식당으로 달려들어왔다. 그가 ½크라운*을 주려고 하는 걸 내가 거절했다.

셸턴 씨는 키가 크고 덩치도 컸다 구레나룻을 길게 길렀고 눈에 눈물이 맺혀 반짝거리지 않았다면 얇고 곧은 입이 야비해 보였을 것이다.

애야 원하는 게 없다는 말이냐?

없어요.

그건 거짓말이었다 어머니가 입을 드레스를 달라고 하고 싶었지만 값이 얼마나 나가는지 몰랐다.

---

* 영국의 옛 화폐 단위로 1크라운은 5실링이다.

좋다 그럼 우리 악수나 하자꾸나 그가 말했다.

나는 악수를 했지만 속마음은 결코 그렇게 고귀한 애가 아니었다. 빌려 입은 좋은 옷과 작아서 발에 꽉 끼고 반짝거리는 장화 차림으로 학교로 걸어가는 동안 하도 실망이 커서 가슴이 아팠다.

다음날 아침 사륜마차 1대가 학교로 들어왔다 언제나 장학사를 겁내는 어빙 선생은 갑자기 메추리처럼 안절부절못했다.

석판을 깨끗이 지워라 그는 우리에게 지시하면서 돼지우리 같은 교탁을 정리하기 시작했다. 원래 셈이 빠른 사람인데 이 위기상황에서는 이상하게 허둥댔고 머리가 큰 것도 도움이 안 돼서 실톱을 어디 감춰야 할지 생각을 못했다.

그는 캐럴라인 독시에게 말했다 창가로 가서 서류가방을 든 사람이 왔는지 봐라. 영리하고 영리한 캐럴라인.

꾸러미를 들었는데요.

그래 그런데 그게 가방이니?

아 선생님 디키 셸턴 아버지예요.

어빙 선생은 학생들 사이에서 왕이었고 자기 성에 누가 찾아오는 걸 좋아하지 않아서 호텔 주인이 교실로 들어오기 전에 문을 열고 나갔다. 우리는 두 사람의 목소리를 똑똑히 들을 수 있었다.

젠장 어빙 난 내가 하고 싶은 대로 할 거요 셸턴 씨가 소리쳤다.

문이 벌컥 열리고 이소 셸턴이 퀴퀴한 홉과 건포도주 냄새를 몰고 들어왔다 그와 친구처럼 붙어다니는 냄새였다.

아 학생들이 외쳤다 그는 여간해서는 보기 힘든 이를 드러냈다.

어빙 선생이 뒤따라 들어와서 크고 창백한 손을 비비며 셸턴 씨가 하는 말을 잘 들으라고 불만스러운 목소리로 말했다.

자 어린이 여러분 여기 봐요 셸턴 씨가 그러면서 갈색 종이 꾸러미를 지저분한 교탁에 놓았다. 어제 내 아들 딕이 물에 빠져 죽을 뻔했는데 알고 있니? 몰라? 바로 이 교실에 있는 어느 학생이 아니었다면 우리 딕은 지금쯤 천당에 있을 거란다.

학생들은 목을 길게 빼고 누구냐고 묻듯 주위를 둘러봤고 애니는 죽을 것 같은지 양손을 무릎 위에 포개고 흐린 눈으로 앞을 보고 있었다. 7살 젬은 누나를 그대로 따라 했지만 가슴이 딱 벌어지고 겁이 없는 매기는 손을 번쩍 들었다.

우리 큰오빠 네드예요.

나는 얼굴이 달아올랐다.

맞다 셸턴 씨는 무척이나 엄숙한 목소리로 말했다 네드 켈리 이리 나오렴.

나는 그가 갈색 종이 꾸러미를 주려고 한다는 걸 알았고 거기에는 늘 입고 싶던 좋은 옷이 있을 거라고 굳게 믿었다. 나는 일어나면서 캐럴라인 독시와 눈이 마주쳤다 캐럴라인이 처음으로 내게 미소를 보냈다. 나는 어깨를 쭉 펴고 교단으로 올라갔다.

셸턴 씨는 나더러 학생들을 향해 서서 눈을 감으라고 시켰다 종이 부스럭거리는 소리와 장뇌냄새가 나고 뺨에 실크 같은 게 느껴졌다.

여자옷인 모양인데 어머니에게 주는 드레스인가보다 생각했다.

네드 켈리 눈떠라.

눈을 뜨니 꼬리가 잔뜩 올라간 그 입의 살짝 벌어진 틈이 보였다. 다음은 일라이자 머턴과 조지 머턴과 캐럴라인 독시와 셸턴들 그리고 사납게 빛나는 눈으로 나를 보는 어빙 선생. 아래를 내려다보니 맨발도 여기저기 기운 스웨터도 덧댄 바지도 아닌 2미터가 넘는 허리장식띠가 보였다. 청록색에 금색 글씨로 에드워드* 켈리의 용기에 감사하는 뜻으로 셸턴 가족이라고 수놓여 있었다.

내가 장식띠를 두르고 학생들 앞에 서 있던 바로 그 시각 산적 모건의 잘린 머리통이 국도를 따라 베날라—바이얼릿 마을—유로아—애브널로 옮겨지고 있었다 그때 세상의 잔인한 본성을 알았더라면 더 나았을지 모르지만 그래도 나는 알지 못하는 쪽을 선택했을 것이다. 애브널의 신교도들에게 아일랜드 소년의 선함을 보여준 건 내 어린 시절 최고의 사건이었으니까.

그 사건은 어린 내 마음에도 강한 인상을 남겼지만 이소 셸턴에게는 더했다. 무슨 귀신에 씌기라도 했는지 아들이 죽을 뻔했던 일을 머리에서 떨쳐내지 못했고 시간이 지날수록 점점 더 괴로워하기만 했다. 직업에 안 맞게 과묵한 사람으로 알려진 그가 무슨 조화인지 입을 못 다물고 자기 술집**을 찾는 소몰이꾼이나 양털깎이를 붙잡고 덕이 죽었다 살아난 얘기를 끝도 없이 떠들어댔다. 그런 게 남을 불편하게 할 수도 있다는 건 생각도 않고 자기 마음 편해

---

* 네드는 에드워드의 애칭이다.
** 오스트레일리아에서는 객실이 몇 개 있는 술집을 종종 호텔이라고 부른다.

지는 것만 신경썼다.

내가 허리장식띠를 받아오고 얼마 되지 않은 때였다 밤에 어머니와 나는 캥거루 사냥개들이 낮게 으르렁거리는 소리에 잠이 깼고 희미하게 풍겨오는 퀴퀴한 홉냄새를 맡았다.

그리고 어둠 속에서 아주 또렷한 속삭임이 들려왔다 켈리 부인 켈리 부인 실례 좀 해도 되겠습니까?

어머니는 갓난아기가 있는 엄마들 특유의 속삭이는 소리로 대답했다. 셸턴 씨 뭘 원하죠?

켈리 부인 그건 내가 묻고 싶은 말입니다.

어머니는 침묵을 지켰지만 나는 셸턴 씨가 어쨌든 집에 들어오려는 듯 장화에 묻은 진흙을 긁어내는 소리를 들었다.

부인의 생각은 어떤가요?

내 생각요? 자식이라면 바로 눈치챌 수 있는 가시 돋친 질문이었다 셸턴 씨 나는 지금 여기 누워서 어느 멍청이가 우리 아기를 깨우려고 하나 궁금해하고 있답니다.

이거 실례했습니다 켈리 부인 내일 다시 오죠.

셸턴 씨 내일 다시 올 필요 없어요. 어머니가 침대에서 일어나 문의 걸쇠를 풀었다 커튼 틈으로 덩치 크고 냄새나는 남자가 비틀거리며 들어와 식탁의 지저분한 접시들 사이에 요란하게 파이프와 담배를 늘어놓는 게 엿보였다. 내 눈에는 폐인 같았다.

지친 어머니는 주머니쥐 가죽으로 만든 망토를 어깨에 두르고 손님이 말을 꺼내길 초조하게 기다렸지만 셸턴 씨는 말 못하는 사람처럼 앉아 있다가 어머니가 크게 한숨을 쉰 뒤에야 입을 열었다.

마침내 그가 말했다 켈리 부인 아드님이 내 아들을 살렸습니다.

셸턴 씨 그건 우리도 아니까 뭐가 문제인지나 말해요.

허리장식띠입니다.

나는 제발 허리장식띠 얘기는 하지 말았으면 좋겠다고 생각했다 나한테는 그 보상품이 가장 소중한 보물이지만 어머니는 그거 말고 돈을 줬어야 했다며 무척 못마땅해했기 때문이다.

허리장식띠요?

내 생각에는.

말해요 어머니가 재촉했다.

솔직히 그걸로는 부족한 것 같습니다.

아주 긴 침묵이 흘렀다.

셸턴 씨 차 좀 들겠어요?

아닙니다 켈리 부인 신경쓰지 마세요.

귀리 비스킷 드릴까요?

방금 먹었습니다.

그럼 소화도 시킬 겸 브랜디는 어때요?

켈리 부인 내가 아들을 잃을 뻔했던 것처럼 부인은 남편을 잃었습니다.

셸턴 씨 울지 마요 둘 다 안 죽었으니까.

맞습니다 켈리 부인 내 아내도 그렇게 말했죠. 내가 켈리 씨를 집으로 돌아오게 할 수 있습니다.

나는 어머니 얼굴을 볼 순 없었지만 피부병 걸린 고양이처럼 바르르 떨리는 등은 보였다.

어떻게요?

켈리 씨는 감옥에 있죠 이런 말 입에 올리는 걸 용서해요.

그건 사적인 문제예요.

내가 독시 순경에게 알아봤습니다.

셸턴 씨 그건 당신이 상관할 바가 아니에요.

이런 말 죄송하지만 25파운드면 된다고 하더군요.

하지만 어머니는 남편이 돌아오는 걸 원치 않았다. 오 아니에요 그러지 마요 어머니가 외쳤다.

하지만 켈리 부인 난 꼭 해야 합니다 그럴 의무가 있어요.

셸턴 씨 우리 네드에게 준 허리장식띠가 아주 멋지긴 한데 조심하지 않으면 애를 망쳐놓을 거예요. 네드는 착한 애지만 황소고집이죠 또 모험을 하도록 부추길 필요는 없어요 그때 물에 빠져 죽지않은 게 천만다행이죠.

하지만 네드 아버지가 감옥에 있기를 원한다는 말은 아니죠?

그게 아니라 우리 아들한테 요란 떨지 말라는 거예요 어머니가 외쳤다.

하지만 남편이 풀려나는 걸 반대하는 건 아니죠?

맙소사 대체 날 어떤 여자로 생각하는 거예요 어머니가 외쳤다.

어머니가 무슨 말을 더 할 수 있었겠는가? 1주일 후 아버지가 우리 삶으로 돌아왔다. 우리가 식탁에 둘러앉아 차를 마시는데 아버지가 들어와서 내 뒤에 섰다. 나는 의자에 앉은 채로 꼼지락거렸다 일어날지 말지 무슨 말을 해야 할지 몰랐다.

내 자리에서 비켜라.

나는 긴 나무의자로 내려갔고 아버지는 자리에 앉아 주근깨 박힌 팔뚝을 식탁에 올려놓고 어머니에게 아기 이름을 물었다. 나는 여름에 너무 오래 싸매놓은 치즈처럼 하얗게 부풀고 땀으로 축축한 팔에서 눈을 뗄 수 없었다.

그레이스야 알잖아.

내가 어떻게 알아?

네드한테 가서 알리라고 했어.

다시 아버지의 시선이 내게 향했고 그 눈이 내가 마음속으로 아버지에게 저지른 죄들을 빤히 들여다보는 것 같았다 아버지가 스튜 그릇을 밀어내며 어머니에게 숨겨둔 돈을 내놓으라고 했다. 어머니가 싫다고 할 줄 알았는데 양말에 숨겨둔 돈을 몽땅 내놨고 아버지는 어두운 바깥으로 걸어나갔다. 아버지가 나간 후 우리 모두 쥐죽은듯 조용히 있었다.

죄수선과 끔찍한 밴 디멘스 랜드 감옥에서 살아남은 사람이 시골 감옥에서 부너진다는 게 이상하게 보일지 몰라도 우리는 부모님이 밴 디멘스 랜드-포트매쿼리-툰가비-노픽섬-이뮤 플레인스에서 어떤 고통을 겪었는지 알 수 없다. 네 할아버지에게 애브널 감옥은 마지막 결정타였다 아버지는 그뒤로 죽는 날까지 나한테 10마디도 안 했다.

아버지는 우리와 함께 귀리를 심었지만 이제 햇빛을 싫어해서 거의 집안에만 있었다. 다음해 늦봄쯤에는 얼굴이 통통 부어서 고독하고 성난 눈이 살에 파묻혀 잘 보이지도 않았다. 우리는 아버지가 깊은 구덩이라도 되는 양 슬슬 피했다. 메이 선생이 와서 보더니 수중이라고 했고 약값으로 거금을 들였지만 효과가 없었다 침대에 누운 아버지는 럼을 마시려고 고개를 드는 것도 버거워했다.

이제 어머니와 내가 밭을 다 갈았다 8헥타르에 씨를 뿌렸지만 시기가 너무 늦었다. 하늘은 파랗고 까치가 깍깍 우는 12월의 어느 무더운 정오였다 집에 갔던 어머니가 바로 나를 데리러 왔다.

가자 어머니가 말했다 빨리 집에 가자.

미리 모자를 벗어 손에 들고 흙투성이 맨발로 집에 들어가자 불쌍한 아버지가 식탁에 죽어 있었다 대영제국의 온갖 독으로 부은 채 잿빛 피부가 어둠 속에서 빛났다.

그날 나는 12살 3주밖에 안 된 나이였고 비록 발에는 굳은살이 3센티미터는 박이고 손은 거칠고 무릎은 온통 베이고 딱지 앉고 비누로도 안 씻기는 때가 덕지덕지 끼었지만 그래도 아직 인정은 남아 있었다 게다가 만신창이가 되어 죽은 저 사람은 내게 생명을 준 이 아니던가? 아버지 내 마음의 아들이여 나 때문에 죽은 건가요 나 때문에 죽은 건가요 나의 아버지?

12세에서
15세까지의 삶

빨간색과 파란색이 섞인 대리석 무늬 판지를 빨간색과 흰색 줄무늬 천으로 싼 소책자(약 가로 16.5센티미터, 세로 19센티미터). 첫 페이지에 "E. K.에게 당신의 M. H."라고 기재. 빨간 잉크로 쓴 42페이지와 흐릿한 연필로 쓴 8페이지로 구성. 가장자리 먼지 오염. 길이 2.5센티미터부터 10센티미터에 이르기까지 몇 군데 찢어졌지만 글자 훼손은 없음.

가족의 그레타 이주와 숙부 제임스의 방문, 그가 방화범으로 체포되어 가을 순회재판에서 형을 선고받은 사정이 자세히 소개. 네드와 젬 켈리가 엘런 켈리의 자매들 농장에서 노동한 사연도 짤막하게 언급. 켈리 부인이 일레븐 마일 크리크에 땅을 갖게 된 일이 대단히 열정적으로 소개. 앤 켈리에 대한 노골적인 묘사와 켈리 부인의 여러 구혼자 이야기도 포함되어 있음.

불쌍한 네 할아버지가 만신창이가 된 몸으로 마침내 애브널의 기름진 땅을 영원히 차지하고 잠들자 네 할머니는 또다시 더피 토지법을 향한 열정을 마음껏 드러낼 수 있게 됐다. 이제 네 할머니 뜻에 반대하거나 그녀를 멍청이라고 부를 사람은 없었다 자식들은 볼 것도 없었다. 우리는 퀸 일가가 킹강 근처 글렌모어에 400헥타르나 되는 땅을 가졌다는 걸 알았고 우리 모두 심지어 아버지의 죽음을 가장 슬퍼한 댄까지도 그런 땅을 원했다.

아버지를 땅에 묻은 그 무더운 여름 어머니는 밤이 되면 자식들을 곁에 불러모았다. 그리고 이제 콘코바와 데르드러와 메브 이야기가 아니라 우리가 곧 갖게 될 거대한 농장 이야기를 들려줬다. 우리는 거대한 산의 강과 쟁기질이 필요 없는 기름진 평지를 찾아 내 손으로 흙을 떠서 그 비옥한 냄새를 맡을 거다 다시 이모들 외삼촌들과 가까이 살고 야생마를 길들여 팔고 옥수수와 밀을 키우고 토실토실 살찐 가축을 키울 거다 동틀 때부터 해질 때까지 돌아다니며 밟는 땅 전부 우리 것 우리만의 것이 될 거다.

우리는 아버지 얘기는 안 했다 그렇게 들떠 있는 건 아버지에 대한 모욕이니까 아버지 영혼이 우리 모두의 영혼 속에 있고 평생 매순간 함께 있을 거니까 내가 매듭을 묶거나 토끼가죽을 벗기거나 말을 탈 때마다 제대로 하는지 살피는 아버지의 작은 눈이 보일 테니까.

애브널에서 케이트 이모 제인 이모가 사는 마을까지 가려면 구멍이 움푹움푹 팬 험한 길을 100킬로미터 지나야 했다. 어린 동생들은 빌린 마차에 닭이 든 바구니&솥&냄비&담요&도끼&괭이&종자 2자루와 함께 탔다 어머니는 아기 그레이스를 품에 안고 마차를 몰았다.

우리 큰애들은 소와 개를 맡았다 돼지가 도망치면 잡는 것도 우리 몫이었지만 농장으로 간다는 생각에 아무 불만이 없었다. 분명 어머니도 우리와 같은 마음이었겠지만 막상 그레타 마을에 도착해보니 이모부들은 감옥에 가고 이모들과 아이들은 면허가 취소된 호텔에 살고 있었다. 골드러시 때는 궁전이나 다름없던 그 호텔은 넓은 갈색 초원에 거대한 낡은 배처럼 버려져 있었지만 나한테는 호화의 극치였다.

딱 1번 셸턴네 호텔에서 봤던 넓은 복도와 방 13개가 있었고 사촌 톰과 잭과 잭 주니어와 내 여동생 케이트가 신나서 정신없이 뛰어다니며 놀았다.

어머니는 속으로 실망했을진 몰라도 아무 내색 않고 늘 이모들과 노래를 부르고 외할아버지 외삼촌들과 말을 타고 다니며 땅을 골랐다. 이모들은 무척 가난했던 것 같지만 내 기억으로는 풍요로 운 시기였고 오리고기와 달걀 양고기를 감자와 먹었다. 케이트 이 모는 키 147센티미터에 몸은 가죽채찍처럼 말랐는데 우리 아버지 는 브루틴이라고 부르고 퀸 가족은 챔프라고 하는 감자 요리를 만 들었다 커다란 버터덩어리를 넣고 으깬 요리다. 이모는 텃밭도 있 었다 흙을 얼마나 잘 가꿨는지 아무거나 심어도 잘 자랐고 30센티 미터나 되는 양파를 수확했다 네가 그 시절 밭에서 난 것들을 봤다 면 깜짝 놀랐을 거다.

나는 그레타에 간 지 2주도 되지 않아 낙인 없는 말을 찾아서 길 들였다 외삼촌 지미 퀸이 많이 도와줬다 지미 퀸은 늙은 벤 굴드처 럼 손바닥에 T 낙인*이 찍히진 않았지만 이미 유명한 도둑이었고 그레타에는 그가 악마에게 영혼을 팔았다고 말하는 사람들도 있었 다. 그렇다 해도 외삼촌은 내가 만나본 사람 중 동물 보는 눈썰미 가 가장 좋아서 비실비실한 말이나 줄칼이나 달군 쇠로 교묘하게 각륜**을 조작한 소를 귀신같이 알아봤다.

감옥을 수없이 들락거린 외삼촌은 반미치광이에다 입이 걸고 행동도 거칠었지만 늘 내게는 대단한 인내심을 갖고 친절하게 대 해줬다 내가 학교를 그만두고 일을 하겠다고 말했을 때도 웃지 않 았다. 외삼촌은 12살짜리도 불법으로 말 사고파는 일을 얼마든지

---

* 도둑(Thief)을 나타내는 낙인.
** 소뿔에 있는 둥근 주름으로 나이를 나타낸다.

잘할 수 있다며 낙인 없는 말 몇 마리를 더 길들이는 걸 도와줬다 그래서 13번째 생일이 다가올 때쯤에 나는 말을 길들이는 작은 조마장 하나를 따로 갖고 그 방면의 전문가라고 자부하게 됐다. 말을 팔아 남은 돈은 어머니에게 땅 사는 데 보태라고 줬다. 나중에는 양도 몇 마리 얻어서 잘 번식시켜 18마리까지 불렸다.

마을의 남자 어른들이 그나와라에 양털을 깎으러 갔을 때는 동생 젬과 집에서 그 일을 했다 내가 양털을 깎고 젬은 타르통을 든 채 지키고 서서 상처난 곳에 발랐다. 너도 알겠지만 나는 아주 진지한 소년이 되어 있었다 아버지를 대신하는 게 내 일이었다 내 잘못 때문에 아버지를 잃었으니까.

낡은 호텔 베란다에 앉아 있는데 댄이 하얗게 질린 얼굴로 방목지를 달려왔다 6살인 댄은 뭣 때문에 놀랐는지 말은 안 하고 내 소매만 잡아끌었다.

뭐야?

댄에게 끌려가며 앞을 보니 길 건너 와틀나무에 어머니가 성녀 브리짓을 위해 매달아놓은 붉은 천조각이 펄럭거렸다.

뱀이야?

멀리 워비산맥이 있었지만 우리가 걷고 있는 곳은 지푸라기 같은 흰 풀이 발목까지 올라오는 평지였다 나는 계속 고개를 숙이고 뱀을 찾았다.

저기 있어.

아무것도 안 보였다.

저 위에.

저만치 홀로 선 유칼립투스 그늘에서 뭐가 나타났는데 처음에는 사람이라고 생각했다가 이내 그 조심스러우면서도 보폭이 큰 걸음을 지켜보고 당당히 치켜든 각진 머리와 벨트에서 빼는 뻣뻣한 팔을 눈여겨봤다. 나는 성호를 그었다.

아버지다.

나는 댄의 손을 잡고 천천히 앞으로 걸어가면서 아버지가 왜 무슨 할말이 있어서 돌아온 걸까 생각했다. 가까이 가자 아버지 몸이 끔찍하게 상한 것이 보였다 지옥불에 녹아서 어깨는 구부정하고 다리는 휘고 코끝은 축 처졌다. 하지만 크리켓 피치*만큼 가까워지자 끔찍했던 부기가 싹 빠지고 불행도 다 녹아 없어져서 생기 넘치는 푸른빛으로 반짝이는 눈이 보였다. 아버지는 이제 익살꾼이 되어 있었다.

네가 네드구나 아버지가 너무도 친근한 목소리로 말했다.

나는 목덜미 털이 쭈뼛 섰다.

그리고 넌 댄이지?

댄은 내 손을 꼭 잡고 대답하지 않았다.

얘들아 난 제임스 삼촌이란다 덥고 목이 타는구나 내 말은 비치워스의 공설우리에 있어.

아버지는 무언가를 감추는 눈빛이었고 자신의 무시무시한 비밀들을 무덤까지 갖고 갔지만 삼촌은 비밀이 없었다 내가 부엌으로

---

* 크리켓 경기장의 길이 20미터쯤 되는 거리.

안내하자 삼촌은 우리 어머니에게 동기간의 애정을 숨기지 못하고 여자들에게 키스하고 아이들을 안아주었다 아직 충격에서 헤어나지 못해 문간에서 얼쩡거리는 댄만 빼고. 자그마한 케이트 이모 로이드 이모가 제임스 삼촌에게 물을 갖다줬고 어머니는 차를 끓였다 삼촌은 그걸로도 갈증이 안 가시자 럼 1잔 마시면 좋겠다고 했다. 제임스 삼촌은 활기가 차고 넘쳐서 모든 것에 호기심을 보였고 녹아내린 빨간 코를 계속 말 목덜미나 아이들 머리나 노란 회양목 잎에 대고 킁킁거렸다.

아버지는 울타리줄 8개를 팽팽하게 잡아당겨 매도 끄떡없는 아이언바크* 말뚝이었지만 제임스 삼촌은 땅을 너무 얕게 파고 박았거나 모래밭에 박은 말뚝이란 게 하루도 안 가 밝혀졌다. 삼촌은 모든 게 비스듬했다 팔과 어깨와 눈썹 전부 다 비뚤었다. 모든 조카의 호감을 샀는데 특히 댄은 홀딱 빠져서 삼촌의 말이라면 조금이라도 놓칠세라 귀를 쫑긋 세웠다. 삼촌은 이야깃거리가 무진장 많았고 댄은 삼촌이 해준 이야기를 나한테 하나하나 전했다 짐 삼촌은 냄새로 금을 찾아낼 수 있대 짐 삼촌은 금이 묻힌 데를 안대 짐 삼촌은 숲에 낙인 없는 종마가 떼거리로 숨겨진 데를 안대.

아버지가 죽은 날부터 상처받고 성난 얼굴이었던 댄은 제임스 삼촌의 그늘 아래 나와 함께 애브널에서 버터 배달을 다니던 시절의 멋진 꼬마로 돌아왔다.

제임스 삼촌은 말처럼 먹어댔고 여자들은 기쁘게 삼촌을 먹였

---

* 유칼립투스의 일종.

다. 삼촌은 첫날 아침에는 몸이 녹초라 일을 못하겠다고 하더니 다음날에는 큰 망치와 쐐기자루를 들고 숲에 가서 어두워질 때까지 울타리 말뚝을 쪼갰다. 그날 밤 어머니와 이모들은 기쁜 마음으로 삼촌의 잔에 술을 따르고 자기들도 함께 마셨다. 그러다 여차저차해서 일요일쯤 되자 삼촌은 벌건 대낮에 어머니 꽁무니를 쫓아다녔고 그 바람에 젖을 못 짠 소들이 소동을 피우기 시작했다. 내가 소를 돌보고 매기가 돼지와 닭을 돌봤는데 집에서 들려오는 웃음소리가 너무 시끄럽다며 매기가 투덜거렸다. 나중에 일을 끝내고 손을 씻다가 어머니가 깔깔대며 방으로 뛰어들어가는 소리를 들었다. 이제 날이 어둑어둑해져가고 있었다.

어머니가 안에서 문을 잠갔지만 제임스 삼촌은 기분 나빠하지 않고 부엌에서 의자를 가져다가 문 앞에 놓고 앉아서 어머니에게 노래를 불러줬다.

잭 스트로가 왔소
여러분이 구경도 못해본 그런 사나이
바위를 통해
얼레를 통해
낡은 물레를 통해
후추 봉지를 통해
방앗간 호퍼*를 통해

* 곡물을 아래로 떨어뜨리는 깔때기 모양의 장치.

양의 정강이뼈를 통해
여러분이 들어보지도 못한 그런 사나이[*]

　처음엔 그 노래가 무슨 뜻인지 몰랐지만 이모들이 부엌에서 소
리지르는 걸 듣고 제임스 삼촌이 오닐 경사나 우리 어머니 방에 찾
아와 문을 두드리는 남자들과 다르지 않다는 걸 금방 깨달았다.

나 잭 스트로가 왔소
막대기 휘두를 준비를 하고
하룻밤에 자식을 14명이나 본 몸이오
그것도 한 마을에서만이 아니지

　제임스 삼촌이 싫어졌다. 13살 내 키는 삼촌의 구부정한 어깨에
도 못 미쳤다. 삼촌과 남자 대 남자로 싸워 이기기는 어려워서 나
를 따라오면 밀주를 주겠다고 말했지만 삼촌은 싸움에 정신 팔린
개처럼 귀가 먹어서 음탕한 짓을 그치지 않았다.
　그 더러운 막대기 치워 어머니가 외쳤다.
　턱수염이 갈라지며 제임스 삼촌이 히죽 웃었다. 내 막대기는 아
주 깨끗한데.
　더는 들을 수가 없어서 나는 삼촌을 부엌 쪽으로 끌어당겼다.
외할아버지가 담근 밀주예요 내가 말했다.

---

[*] 민속극 등장인물 잭 스트로의 노래.

삼촌은 벌써 좀 마셨는지 주근깨투성이 팔을 휘둘러 나를 벽에 내동댕이치고 어머니 방문에 대고 말했다.

내 막대기를 당신의 작은 스토브에 넣고 말겠어.

나는 삼촌이 어머니에게 그런 식으로 말하는 걸 용납할 수 없어서 그에게 달려들어 몸을 타고 올라가서 양손으로 턱수염을 잡고 아버지가 송아지에 낙인 찍을 때 하던 대로 목을 비틀었다. 삼촌의 거대한 머리통을 몸으로 찍어눌러 제압하려고 했다.

이 개×× 삼촌이 욕을 하며 머리를 후려갈기는 바람에 나는 바닥으로 떨어졌다 머리가 팽팽 돌고 별이 보였다.

어머니가 문을 벌컥 열었다. 애한테 손대지 마 이 씨×놈아.

워워 엘런 워워. 삼촌이 어머니 팔을 잡으려고 했지만 어머니는 쉽게 뿌리쳤다. 나는 말이 아냐.

내가 뒤에서 달려들며 허리에 주먹을 날렸지만 삼촌은 나를 쳐내고 어머니를 방으로 밀어넣은 다음 침대에 던지려고 했다.

그래 당신은 말이 아니지. 고귀한 처녀잖아.

나도 어머니도 그 말뜻을 알았다. 그건 황소를 받아들이지 않는 암소에게 쓰는 말이었다. 어머니는 삼촌에게 풍차처럼 덤벼들어 얼굴과 가슴을 할퀴고 때렸다 나는 무릎에서 허리까지 아래쪽 반을 맡았고 그래도 삼촌이 물러나지 않자 사타구니를 때렸다. 삼촌은 우리 상대가 못 됐다 넘어졌다 일어나서 비틀거리며 허둥지둥 부엌으로 후퇴했다.

나중에 나는 앞 베란다에 앉은 삼촌을 봤다 이모들이 밀주를 마시는 저녁이고 아직 날이 완전히 어둡지는 않아서 울적한 어스름 속에 피리까마귀가 울고 있었다. 캄캄해지자 모두 안으로 들어와 스튜를 먹었지만 제임스 삼촌은 우리와 저녁을 먹으려 하지 않았다 결국 우리 모두 삼촌의 그런 슬픈 모습을 불쌍하고 딱하게 여겼고 어머니는 대니를 보내 삼촌에게 들어와서 푸딩이라도 좀 먹으라고 전했다.

한참을 기다려도 댄은 돌아오지 않았다. 베란다에 나가보니 동생이 삼촌의 거친 손을 꼭 잡고 있었다 둘은 적의로 똘똘 뭉쳐 있었다. 둘 다 나한테 1마디도 안 했다.

나는 꿈에서 지옥에 떨어졌다 뜨거운 불이 끝없이 타올라 숨을 쉴 수 없었다 잠이 깨서도 공포에서 벗어날 수 없었다. 방에 연기가 가득했다 댄은 사라졌고 문을 여니 복도에 아무것도 없고 연기만 자욱했다. 그때 댄이 나타났는데 겁에 질려 이리 뛰고 저리 뛰며 콜록거리면서도 큰 소리로 엄마를 불러댔다. 나는 소리지르지 말라고 그러다 까딱하면 죽는다고 말했다. 젬을 흔들어 깨웠다.

옆방에 누이들이 자고 있어서 나는 댄을 데려가 어린 케이트를 안고 다른 누이들에게 피하라고 소리쳤다. 애니 누나에게는 2번 재촉할 필요가 없었다 누나는 잠옷 바람으로 흰 닭처럼 복도를 내달렸다. 매기는 속바지만 입은 채로 댄을 데리고 밖으로 나가려 했지만 댄은 앙상한 가슴이 기침으로 들썩거리는데도 내 곁을 떠나려 하지 않았다. 우리는 다시 지옥 같은 복도로 나갔고 사촌들이 뛰어와 우리를 지나치며 뒤쪽에 불이 다 번졌다고 알렸다. 우리는 어머니 방 앞에서 애니 누나를 따라잡았다 문이 잠겨 있어서 도끼로 부숴야 할 판이었다. 그때 천만다행으로 어머니가 나왔다. 어머니는 그레이스를 나한테 맡기고 양철상자를 가지러 도로 방에 들어가려고 했다. 상자에 가위랑 실패 말고 뭐가 더 있는지는 몰랐지만 어머니가 그걸 위해 죽을 수도 있다는 건 알았다. 그래서 어머니에게 동생들을 맡으라고 내가 방에 들어가서 어머니 보물을 챙겨오겠다고 말했다. 좀 헤매다가 상자를 찾긴 했지만 그때쯤에는 복도에 연기가 너무 자욱하고 열기가 뜨거워서 방으로 도로 들어갔다 그런데 창문이 꼼짝을 안 했다. 이대로 죽는구나 생각하며 나는 겨우 창문을 밀어올려 간신히 몸을 빼냈다. 아름다운 밤이었다 달은 휘영청 높이 떠 있고 여름 방목지는 눈처럼 하얬다.

어머니를 찾아다니다가 불타는 세탁실 벽을 멍하니 바라보는 제임스 삼촌을 발견했다 삼촌은 술에 취해 건들거렸고 사방에서 불길이 혓바닥을 날름거리는데도 아랑곳 않았다. 나는 삼촌을 끌어내려고 했지만 삼촌은 이글거리는 눈으로 내 가슴을 거칠게 밀쳤다. 비틀거리던 나는 삼촌이 불에 술을 끼얹는 광경을 봤다 치솟는 불길을 보고도 술잔에 파라핀이 가득하다는 걸 깨닫기까지 시간이 좀 걸렸다. 삼촌은 집에 불을 지르고 있었고 누가 보든 말든 신경도 안 썼다. 그리고 어둠 속으로 뛰어가더니 소나무 말뚝을 가져와 불타는 세탁실에 던졌다.

나는 무슨 해코지를 당할지 걱정할 새도 없이 무작정 삼촌에게 덤벼들었고 술에 진탕 취한 삼촌은 잠든 소처럼 쉽게 쓰러졌다. 나한테 욕을 하면서 다시 절룩거리며 어둠 속으로 사라졌다가 불에 탈 것을 더 갖고 나타났다 나는 다루기 편한 길이의 쇠파이프를 집어들고 머리 위로 휘두르며 삼촌에게 다가갔다. 그 늙은 방화범은 후퇴할 수밖에 없었다.

무시무시한 열기에 창문이 쩍쩍 갈라졌다. 나는 양철상자를 든 채 삼촌을 뒤쫓으려고 했지만 서쪽 벽 전체가 불길 속에서 무너지는 바람에 놓치고 말았다. 닭장 문을 열었지만 수탉과 암탉 모두 땅에 쓰러져 죽은 뒤였다 젖소들은 나를 지나쳐 도망쳤다 소들의 커다란 눈에서 불꽃이 춤췄다.

마침내 길에서 어머니를 찾아냈고 아이들도 모두 무사히 그 곁에 있었다. 내가 양철상자를 어머니에게 건넬 때 시핸 순경이 말을 타고 달려왔다 제복 안에 입은 잠옷이 보였다.

무슨 일입니까?

지붕이 불에 타서 무너지려고 하는 게 뻔히 보이는데 멍청하기 짝이 없는 질문이었다. 길에서 주근깨투성이 팔로 겁에 질린 내 동생 댄을 안은 사람을 경찰이 고갯짓으로 가리켰다.

누구예요?

제임스 켈리요 어머니가 말했다. 그리고 그가 우리집에 불을 질렀다는 뜻의 말을 전했다.

다음날 우리 가족은 바람에 날리는 재처럼 흩어졌다 어머니는 작은애들을 데리고 30킬로미터 떨어진 왕가라타로 일자리를 구하러 떠났다. 나랑 젬은 남아 이모들 밑에서 일하게 됐다.

이모부들이 감옥에 가기 전 피프틴 마일 크리크에 토지를 불하받아서 이모들은 당장 그리로 가서 땅을 개간하고 울타리를 치고 가난한 농장주의 몫인 갖은 일을 등골 빠져라 하는 수밖에 없었다. 외삼촌 잭과 지미 퀸도 와서 이모들이 다시 자립하는 걸 도왔는데 우리가 지낼 오두막을 지어준 것도 외삼촌들이었다. 그들은 독한 술에 취한 밤에는 다정했지만 무척 엄격해서 누가 빈둥대는 꼴을 못 봤다. 내 동생 젬은 겨우 9살이었고 매일 밤 그레타의 학교에서 숙제를 가져왔지만 그래도 장작을 패고 돼지 사료를 나르고 일일이 댈 수도 없이 많은 잔일을 해야 했다. 우리는 노예처럼 일하러 북동부에 온 게 아니라 아침부터 하늘에 마지막 웃는물총새가 경계 표시를 하는 저녁까지 걸어다닐 수 있는 땅을 소유하러 왔지만 반항도 못하고 소리 죽여 욕이나 할 수밖에 없었다. 우리는 토실토실한 검은 소와 엉덩이가 크고 목이 긴 말을 갖게 된다는 기대를 안고 애브널을 떠난 거였다 나는 그 말들이 우리 초원을 가로질러 천둥 같은 말발굽소리를 내며 달리는 장면을 상상했었다.

이모들도 쌀쌀맞진 않았고 어머니가 곧 돈을 벌 거라고 계속 말했다 하지만 결국 어머니가 왕가라타에서 빨래일을 한다고 실토하는 바람에 더는 희망을 품을 수 없었다.

아 우리의 운명을 훔친 제임스 켈리가 얼마나 미웠는지 밤이면 동생의 맨발이 내 얼굴에 닿는 삼베 침대에 함께 누워서 그에게 무시무시한 벌을 내렸다 끓는 물에 집어넣기도 하고 채찍으로 때리기도 하고 달리는 말에 매달아 끌고 다니기도 했다 그러면서 마음을 달랬다. 내 딸아 너도 크면 크리스마스 아침을 손꼽아 기다리게 될 거고 그러면 젬과 내가 제임스 켈리의 운명이 결정되는 가을 순회재판을 어떤 마음으로 기다렸는지 알 수 있을 것이다.

순회재판은 비치워스에서 열렸다. 남동쪽에 산악지대가 펼쳐져 있었지만 비치워스에서는 그게 눈에 들어오지 않았다 법이 위풍당당하게 버티고 있고 그 고귀한 의견보다 높은 건 없기 때문이었다. 물론 비치워스는 광산노동자와 평원의 가난한 농사꾼의 땀과 노동으로 먹고살았지만 그 웅장한 석조건물에서 멋대로 누구든 파산시키거나 목매달 수 있었다. 비치워스에는 법원&감옥&병원에 은행 4개&양조장 2개&호텔 15개가 있었다.

나는 비치워스에서 어머니를 다시 만났다 왕가라타 역마차에서 내린 어머니는 버슬을 댄 밝은 푸른색 실크 드레스를 입고 아주 높은 모자를 쓰고 있었다. 어찌나 부자처럼 보이는지 깜짝 놀랐다.

키가 자라서 바지가 작아졌구나 어머니가 말했다.

어머니가 빨래일로 어떻게 그렇게 돈을 잘 버는지 이해할 수 없었지만 대놓고 물어선 안 된다는 건 알았다. 아무튼 우리는 법원으로 서둘러 갔고 서늘한 영국식 건물이 교회 같아서 들어서자마자 나도 모르게 모자를 벗고 고개를 숙였다. 그날까지 판사는 구경도 못해봤는데 모두 일어나라는 말을 듣고 그대로 따랐다. 판사가 들어왔을 때 나는 그가 평생 적이 될 줄도 모르고 가발과 새빨간 옷을 보며 추기경 같다고 생각했다 피부가 하얗고 밀랍 같은 그는 솜에 잘 싸서 보관해놓은 귀한 외국 물건 같았다.

레드먼드 배리 판사가 눈을 반쯤 내리깔고 사람들로 북적이는 법정을 내려다보자 우리 모두 조용해졌다 로이드 가족*과 퀸 가족

---

* 네드 켈리의 두 이모 케이트와 제인은 로이드 집안 남자들과 결혼했다.

조차 얼마든지 자기들을 해칠 수 있는 그의 힘을 느꼈다.

경찰들이 제임스 삼촌을 감방에서 데려왔다 가죽과 뼈만 남은 삼촌은 털 뽑힌 앵무새처럼 처량한 몰골이었으며 나와 눈이 마주치자 시선을 돌렸다. 피고석에 선 그를 미워하기란 그리 쉽지 않았다.

어머니가 증언을 했고 판사가 그만하라고 해도 계속 말했다. 어머니의 증언이 끝난 다음 시핸 순경이 수첩에 적힌 기록을 큰 소리로 읽었다. 그러고 나서는 판사가 제임스 삼촌에게 변호할 말이 있느냐고 물었다.

나는 켈리 부인과 결혼할 겁니다.

변호할 말은 없습니까?

있습니다 나는 그녀와 결혼할 겁니다.

그게 다입니까?

예 재판장님.

그럼 형을 선고하겠습니다. 레드먼드 배리 판사는 네모난 검은 천을 꺼내 머리에 썼다.

어머니는 그 청혼에 화가 났는지 꿍얼거리고 있었다 나는 판사가 제임스 켈리를 교수형에 처한다고 말하는 소리를 들었다 삼촌의 입이 벌어지고 이쪽저쪽으로 움직이는 혀가 보였다. 겁에 질린 눈이 우리 쪽을 향했다 그가 끌려나가는 모습을 우리는 두려움에 차서 지켜보았다.

법원을 나설 때 여자들은 울었지만 젬과 나는 우리 바람이 이루어진 게 지독히 수치스러워서 잠자코 있었다.

사형선고 후 어머니는 빨개진 눈으로 술에 취해서 밤마차를 타고 왕가라타 셋방으로 돌아갔다 그 방이 어떻게 생겼는지는 모른다. 오두막에 함께 살 때는 방귀만 뀌어도 자식들에게 다 들렸기 때문에 비밀이란 있을 수 없었지만 이제 피프틴 마일 크리크에서 멀리 떨어진 곳에 사는 어머니 삶은 어떤지 알 수가 없었다. 빨래일을 한다고 들었고 어쩌면 정말로 그랬는지도 모르지만 어쨌든 어머니가 꼭 해야만 하는 일을 했던 건 분명하다. 어머니는 부모와 형제자매가 있었지만 결국 자식 7명이 딸린 가난한 과부였고 자식들이 죄다 놀라고 불안한 상태였다. 댄은 이불에 오줌을 쌌고 애니 누나는 무릎뼈가 아파서 뛰면 덜걱거리는 소리가 났다. 나도 이모들 노예 노릇을 하는 불행을 어머니에게 숨길 정도로 조심스럽지는 않았다.

나는 키가 5센티미터나 자란 줄도 모르고 케이트 이모가 너무 푹 삶는 바람에 옷이 줄어서 가랑이 사이로 파고들고 가슴팍이 꽉 죈다고 생각했다 돈도 못 받는 농장 일꾼으로 해가 뜰 때부터 질 때까지 배곯으며 죽도록 일만 한다고 여겼다.

제임스 삼촌이 형을 받고 4달이 지난 8월 어느 날 아침 나는 피프틴 마일 크리크의 옥외변소에 앉아 있었다 말이 전속력으로 달려오는 소리를 들었지만 폼 잡기를 좋아하는 불량배인 퀸과 로이드 사람들은 말 위에서 묘기를 부리거나 코를 풀고 울타리를 뛰어넘는 짓도 곧잘 해서 별로 신경쓰지 않았다. 악취가 진동하는 어둠 속에 앉아 볼일을 보면서 오두막 주위를 가볍게 도는 말발굽소리와 후우 하아 하는 여자 목소리를 듣고 있었는데 그때 조급하게 내 이름을 부르는 소리가 들렸다. 나는 볼일 볼 짬도 없다고 짜증내면서 단추도 채우다 말고 멜빵끈을 올리며 밖으로 허둥지둥 나갔다.

아침해를 등진 어머니가 내 주위를 빙 돌았다 고급 실크인지 새틴으로 만든 새 드레스는 새빨갰다. 땅이다 야호 어머니가 외쳤다.

어머니는 모자를 안 썼지만 검은 머리를 땋았고 발그레한 얼굴에 검은 눈이 반짝거렸다 잘생긴 밤색 암말을 타고 있었는데 치마가 위로 올라가서 매끄러운 무릎이 드러났다. 땅이다 야호 우리 땅이 생겼다 어머니가 외쳤다.

나는 새 낙농장 쪽을 봤다 말라깽이 케이트 이모와 건강미 넘치는 제인 이모가 문간에 서 있었는데 여왕처럼 화려한 모습으로 나타난 언니를 보고 케이트 이모는 얼굴을 찡그리고 제인 이모는 미소 지었다. 바로 그때 장작더미 뒤에 숨어 있던 젬이 슬그머니 나오더니 어머니를 보고 달려와 엄지발가락과 2번째 발가락으로 말의 무릎뼈를 등자 삼아 디디고 어머니 무릎에 올라앉았다. 그동안 어머니가 몹시 그리웠던 것이다.

나는 어디 땅을 빌렸는지 물었다 어머니는 젬의 머리와 목에 키스하더니 말을 타고 빙글 돌았다 빌린 게 아니야 어머니가 외쳤다 불하받은 거야 어제저녁 5시에 토지국에 돈을 내고 신청했어 그러니 진짜 우리 땅이야 내 사랑스러운 아들들아.

어디요 엄마 어디예요?

이제 보게 될 거야 거기로 살러 갈 거니까.

오늘요?

바로 지금.

다시 행복해질 수 있으리라고는 생각도 못했는데 30분 후 나는 젬한테 안장을 양보하고 말 맨등에 올라탄 채 우리의 운명을 향해 달리고 있었다. 나는 아직 13살이었고 어머니도 30을 넘긴 지 얼마 안 된 젊은 여인이었다 어머니는 천둥 같은 말발굽소리를 내며 우리를 지나쳐 언덕의 좁고 흰 흙길을 거침없이 달렸고 낮게 깔린 안개가 어머니 무릎 주위를 감쌌다. 그다음에는 좁은 샛강을 따라갔다 나뭇잎 사이로 햇살이 비쳐들었고 죽어서 껍질이 둥글게 벗겨진 흰 나무에 둘러싸인 오두막이 나타났다 나는 널빤지 벽과 거친 오리목과 축축한 나무껍질 지붕에서 피어오르는 김을 보았다 그 집에서 네가 잉태될 줄은 몰랐다.

6살 동생 댄이 아랫도리를 벗은 채 오두막에서 달려나오고 그 뒤에서 튼튼한 매기가 웃으며 나타났다 우리를 향해 햇살 가득한 안개 속을 달려오는 그애들을 보고서야 나는 거기가 우리집이란 걸 알았고 가슴이 터질 것 같아 말에서 뛰어내려 깔깔대는 벌거숭이 댄을 번쩍 안아올렸다.

어머니가 불하받은 땅은 그레타에서 5킬로미터 정도 떨어져 있었고 바로 옆에 일레븐 마일 크리크가 흘렀다 그 샛강 이름이 그대로 동네 이름이기도 했다. 57A 지구는 대충 같은 크기로 나눈 5개 구역 중 하나로 길 근처에는 나무가 듬성듬성했지만 이내 숲이 울창해지면서 완전한 평지에 점토질이 되었고 그러다 남쪽으로 조금씩 경사져 올라가서 넓은 분지에서 퍼터스산맥의 양팔 사이로 달려올라갔다.

35헥타르는 내 생각보다 작았지만 어머니가 그 땅을 선택한 건 크기 때문이 아니라 이미 오두막이 지어져 있고 도로와 가까워 돈벌이가 될 만한 장점이 보였기 때문이었다. 젬과 내가 도착한 날 아침 어머니는 벌써 브랜디 1통을 담그고 유리병 2다스와 코르크마개 1그로스*를 사놓고 작은 무허가 술집을 운영하고 있었다. 물론 정부 허가 없이 밀주를 파는 건 불법이었지만 어머니는 꼭 해야만 하는 일을 하는 것이었다 땅을 개간하고 울타리 칠 돈을 마련하려면 그 수밖에 없었다.

내가 댄을 잡고 매기가 댄에게 바지 입히는 걸 거드는 동안 어머니는 젬에게 말고삐를 넘기고 오두막으로 들어갔다. 그리고 빨간 드레스를 벗고 셔츠와 밧줄로 허리를 질끈 묶는 남자 바지를 입고 나타났다. 어머니는 우리 모두 일을 해야 한다며 밤에 젖소들이 못 나가게 울타리 치기를 도우라고 했다. 울타리를 쳐야 몇 마리 안 되는 우리 소를 피프틴 마일 크리크에서 데려와 버터를 만들고 돈을 벌 수 있었다 당시 버터 450그램이 2실링이었다.

나는 도착한 지 2시간도 안 되어서 거대한 유칼립투스를 베어 넘어뜨렸다 앵무새들이 놀라서 울어대고 아기 주머니쥐 1마리가 나무에 깔려 죽었다. 어린 누이 케이트와 그레이스가 주머니쥐를 샛강가에 묻었지만 어머니나 큰아이들은 감상에 빠질 시간도 없이 노예처럼 일했고 손 더럽히기를 싫어하는 애니 누나도 예외는 아니었다.

---

* 1그로스는 12다스, 즉 144개다.

날이 저물 때까지 울타리를 완성하지는 못했지만 우리 가족은 내 새로운 힘을 목격하고 내가 가장 노릇을 할 수 있다는 걸 알게 됐다. 누구나 그랬겠지만 나는 완전히 녹초가 됐다. 애들 몫인 잔일은 제치고 마지막 햇살 속에 앉아 젖은 돌로 도끼날을 갈았다. 어머니를 돕느라 바빠야 할 애니 누나가 샛강에서 가재를 발견했다며 나를 불렀다. 누나에게 베이컨 껍질 조금하고 끈을 가져오라고 해서 같이 샛강으로 갔다 내가 미끼 묶는 법을 가르쳐주는데 누나는 제대로 보지 않았고 딱히 놀랍지도 않았다.

엄마한테 밀주 팔지 말라고 해.

가재는 눈 씻고 찾아봐도 없었다 누나가 나하고 따로 얘기하고 싶어서 속임수를 쓴 거였다.

밀주를 팔았다고 경찰이 엄마를 잡아갈 거야 우리는 직업학교에 보내버리고. 애니 누나다운 말이었다 누나는 언제나 똑같았다.

아휴 누나 걱정 마.

하지만 누나는 내 소매를 잡아 비틀었다. 우린 남자 어른이 필요해 누나가 말했다.

왜?

엄마랑 결혼해서 우리를 구해줘야 하니까.

누나누나 안달 좀 하지 마.

안달이라니. 너 바보야?

나 무시하지 마 누나. 내가 나무를 얼마나 많이 벴는지 못 봤어? 여기 가재가 있으면 내가 잡을 수 있다는 거 몰라? 나도 남자 노릇 얼마든지 잘할 수 있어. 우린 멋진 농장을 만들 거야.

누나는 코웃음쳤다 그 얇고 냉소적인 입술을 보면서 누나는 무슨 일이든 희망적이거나 좋게 보는 법이 없다는 걸 떠올렸고 천성이 그러니 뭐라고 할 수도 없다고 생각했다.

넌 겨우 13살밖에 안 됐어 누나가 말했다. 넌 인생에 대해 아무것도 몰라.

애니 누나도 개미 거미나 무서워하지 아무것도 몰랐지만 누나에게 독한 말은 하지 않았다. 우리에게는 땅이 있었다 해가 졌고 어머니가 성냥 사는 걸 깜빡하는 바람에 밀가루를 샛강물에 개서 익히지도 않고 배를 채우고 먼지투성이 침대에 누웠는데도 나는 여전히 이른바 낙천주의자였다 잠자리에서 어머니가 우리가 곧 갖게 될 멋진 소들에 대한 공상을 펼칠 때도 그 말을 의심할 이유를 찾지 못했다.

그렇게 너무도 행복한 겨울을 보낸 뒤 1868년 봄 나는 청색 셔츠와 코듀로이 바지를 받았다 베날라에서 월 신부가 어머니에게 보내준 그 옷들은 밤에 말을 타다가 떨어진 사람 것이었다. 죽을 때 그는 18살이었지만 바지는 나한테 꼭 맞았다.

어머니가 아버지의 반장화를 찾아냈다 징이 촘촘하게 박힌 멋진 장화였다 가죽이 딱딱하고 갈라져 있었지만 나는 청부업자 홈스 씨가 가르쳐준 대로 라드&양기름&베니션 테레빈유를 발라 부드럽게 만들었다. 아직 나한테는 좀 컸는데 풀을 집어넣으니 전혀 불편하지 않았다 무게도 좀 있었지만 일레븐 마일 크리크의 그 1번째 봄에는 아무것도 무겁지 않았다.

나는 하루에 나무 3그루를 베고도 야생마를 길들일 짬이 있었다 처음 몇 마리는 다루기가 약간 힘들었지만 곧 동생들이 그레타에 있는 학교에 타고 다닐 수 있게 됐다. 어머니에게는 아랍 느낌이 나는 멋진 순종 암말을 선물하기도 했다. 한번은 어머니가 그 말을 타고 베날라 미사에 갔는데 경찰이 훔친 말이라고 의심했지만 증거가 없어서 수사가 흐지부지됐다.

9월 초 봄비가 떨어지기 시작했고 10월 말쯤에는 풍족하게 내렸다 날씨가 점점 따뜻해지고 소들도 새 목초지에서 생산을 잘했다. 경찰도 그 지역의 다른 가난한 정착민들보다 우리를 더 괴롭히지는 않았다.

애니 누나는 가슴이 제법 어른스럽게 불룩해졌지만 내가 보기엔 아직 아기였다 1주일이 멀다 하고 겁을 잔뜩 집어먹고는 경찰이 쳐들어와서 어머니를 멜버른 감옥으로 끌고 갈 거라고 난리를 부렸다.

말발굽소리가 들렸어 공기 중에 먼지내와 유칼립투스향이 뒤섞인 여름향기가 나는 어느 달 밝은 12월 밤 애니가 말했다. 어떤 ××가 집 근처에 얼쩡거리고 있어.

새 거세마가 말썽 피우는 거야 매기가 말했다 그애는 긍정적이었다.

경찰이야 애니가 외쳤다 난 알아.

나는 어머니와 누나가 맞붙기 전에 불안을 가라앉히는 게 상책이란 걸 일찌감치 알고 있었다 내가 우리집 가장이었다 그래서 침대에서 일어나 묵직한 반장화를 신었지만 애니 누나는 그 모습을 뻔히 보면서도 빨리 술을 감춰야 한다고 거위같이 꺽꺽거리는 소리로 속삭였다. 어머니가 누나에게 주둥이 닥치라고 했다. 나는 문걸쇠를 풀고 어둠 속으로 나갔다.

달빛 속에 남자가 서 있었다 오른손에 특별 제작한 카빈총을 들었고 곰가죽코트 위에 맨 벨트에도 번쩍거리는 큰 권총이 2개 꽂혀 있었다. 나는 용건이 뭐냐고 물었다.

그 남자는 바로 대답하지 않았다 어깨가 넓고 강인한 턱은 수염이 무성하며 검은색 곰가죽코트가 무릎까지 내려왔다. 외진 곳이군 마침내 그가 말했다.

오두막 안에서 어머니가 벽난로 부삽으로 무장하느라 득득거리는 소리가 들렸다. 남자가 엉겅퀴를 뜯어 말에게 먹였다 나는 그가 목적이 뚜렷한 사람이란 걸 알 수 있었다 하얀 몰스킨 바지가 달빛 아래서 스테인드글라스 창문 속 사제복처럼 빛났다.

1실링 주면 큰 잔으로 술 1잔 가져오겠다고 내가 말했다.

너 이름이 뭐냐?

네드 켈리.

꼬맹이가 무허가 술집을 운영한다 이거냐 네드 켈리.

어머니를 돕고 있어요.

지금 그런다는 거냐?

네.

그는 내게 미소 지으며 말고삐를 베란다 기둥에 묶었다. 어머니한테 해리 파워가 찾아왔다고 말해.

오두막 안에서 그 유명한 이름을 듣고 우당탕퉁탕 소리가 들리더니 애니 누나가 어머니를 불렀고 어머니는 입다물라고 말했다.

잠시 후 나는 위대한 해리 파워를 따라 어두컴컴한 오두막으로 들어갔다. 어머니는 어느새 새빨간 드레스로 갈아입고 식탁에 앉아 있었다. 어서 오세요 어머니가 촛불을 100개쯤 켜놓기라도 한 것처럼 말했다.

어머니는 불을 켜지 않으려고 했지만 손님은 주머니를 뒤져 동그란 총알이니 뇌관이니 꺼내놓더니 황린성냥을 찾아내 우리 수지양초에 불을 붙였다 깜박이는 촛불 그림자가 아이들 눈에 가득했다. 우리 모두 그 산적이 식탁에 내려놓은 카빈총을 똑똑히 보았다. 구경이 2.5센티미터 가까이 되는데다 개머리판의 반을 잘라 총신을 심하게 줄인 무시무시한 무기였다. 어머니가 그에게 흉기는 밖으로 치우라고 하기를 기다렸지만 그런 말은 전혀 없었고 대신 그가 꼬마가 말한 대로 브랜디 1잔을 주면 좋겠다고 말하자 직접 커튼 뒤로 갔다.

해리 파워는 큼지막한 손으로 총알과 뇌관을 쓸어모아 뇌관은 왼쪽 주머니에 총알은 오른쪽 주머니에 넣은 다음 의자 등받이에 기대앉아 자기를 구경하는 눈들을 똑바로 봤다. 너희 내가 누군지 아니?

나는 그의 등뒤에 있어서 그에게 안 보였지만 그레이시와 매기는 겁을 먹고 숨었다. 애니와 댄은 커튼 틈으로 대담하게 쳐다보고 있었다 어린 댄은 전설적인 인물을 구경하느라 커다란 검은 눈이 튀어나올 지경이었고 애니 누나는 입을 비죽거리며 비웃었다.

나는 산적 해리 파워다.

애니 누나가 그래도 누그러지지 않자 그 유명한 머리가 나를 돌아봤지만 나는 별안간 수줍어서 반장화를 벗고 곰팡내나는 침대로 기어들었다. 어두컴컴한 곳에서 작은 가슴 앞에 팔짱을 낀 애니 누나가 보였다. 해리 파워는 누나가 원하는 어머니 짝이 아닌 게 분명했다. 하지만 어머니는 기분이 나쁘지 않았다 딴채에서 춤추듯 걸어들어오는 어머니 발소리가 들렸다. 1번째 잔을 내려놓는 소리에 이어서 2번째 잔의 쨍강 소리가 들렸다. 술도 적당히 하면 보약이죠 손님.

해리 파워가 어머니에게 자기를 기억하느냐고 물었다. 댄과 젬이 속닥거리고 있어서 잘 들리지 않았다.

아 그럼요 파워 씨 기억하고말고요.

내가 지금 어떤 상황인지 아시오?

수요일인가 언제 펜트리지에서 탈옥했다고 톰한테 들었어요.

저 사람 산적이야 조용히 하고 잠이나 자 젬이 댄에게 속삭였다 하지만 댄은 내 침대를 지나 애니의 침대로 갔고 거기서도 환영받지 못했다. 저리 가 이 개××야 잠이나 자.

잠시 후 댄이 젬에게 도로 달려가 잔뜩 흥분해서는 형아형아 저 사람 장화 위에 콘서티나 각반* 찼어. 입 닥쳐 젬이 말했다.

조용히 해 이 염×할 놈아 어머니가 외쳤다 하지만 댄은 들은 척도 않고 애니 누나 침대로 후다닥 달려갔다 나도 댄을 따라갔다

---

* 아코디언처럼 주름진 각반.

어머니가 제임스 삼촌에 대해 묻기 시작하자 애니 누나도 궁금해서 발길질이 약해졌다. 가족 모두 아직 삼촌의 운명에 무척 신경쓰고 있었다.

아 그래 거기 있지 다마스쿠스의 칼* 신세지 해리 파워가 말했다. 켈리 부인 내가 거기서 사형수를 많이 봤는데 전부 달라. 라이언과 에번스 기억나나? 에번스 마누라를 죽이려고 독약을 만들었던.

삼촌은 사형수 아냐 댄이 속삭였다 저 사람한테 아니라고 말해 우리 삼촌은 이제 사형수 아니라고 말해.

이 멍청아 우린 항소중이야 애니 누나가 말하자 어머니가 소리쳤다 육×랄 교수대 밧줄을 갖다가 네 다리를 확 묶어버린다 앤 켈리 어디 두고 봐라.

해리 파워는 입을 다물고 어둠 속을 바라보았다. 난 라이언과 친했소 그가 말했다. 그 불쌍한 친구는 형을 받고 아무것도 못 먹었지만 부인 시동생은 에번스처럼 먹는 데서 큰 위안을 얻었지.

제임스는 원래 식충이예요.

켈리 부인 그건 예의바른 말이 아니지.

변호사 비용 대느라 내 돈을 20파운드나 까먹고도 혐의를 못 벗고 있다고요. 그 염×할 인간 그냥 교수형당하게 놔두는 건데.

식충이라고 부를 수도 있지만 식욕이 왕성하다고 할 수도 있지.

어머니는 의자에 기대 뒤로 몸을 젖히며 팔짱을 꼈다.

엄마가 저 아저씨 안 좋아해 댄이 속삭였다 처음엔 그 말이 맞

---

* 위태로운 상황을 뜻하는 관용어 '다모클레스의 칼'을 잘못 말한 것.

는 것 같던 게 어머니 표정이 아주 딱딱하게 굳어 있었다.

나는 남자라면 누구나 있는 정상적인 욕구들이 있소 켈리 부인.

애니 누나가 불만스러운 소리를 내며 베개로 얼굴을 덮고 다시 우리에게 발길질을 하기 시작했다.

하지만 그중 하나를 충족시키지 못하다보니 제임스 켈리처럼 실컷 먹을 수 있는 남자가 부럽기 짝이 없군. 켈리 부인 나는 장협착을 앓고 있소 해리가 말했다.

얼굴을 덮었던 베개를 치운 애니 누나가 내 귀에 대고 댄 좀 제 침대로 보내라고 속삭였지만 나는 해리가 크고 두툼한 허리띠를 풀더니 비비 꼬아서 장협착이 어떤 식으로 되는지 보여주는 모습을 지켜봤다 그걸 보더니 어머니는 바로 누그러졌다 그가 어머니를 그렇게 빨리 변하게 한 것이었다 그렇군요 어머니가 말했다.

나중에는 해리가 걸핏하면 허리띠를 이용해 자기 장 모양을 보여줘서 나도 시들해졌지만 처음에는 고개를 갸웃하고 반짝이는 눈으로 그를 보는 어머니에게 엄청난 모성애가 느껴져서 무척 신기했다. 해리 베이컨 좀 먹을래요?

그러면 죽을 고생 할 거요 엘런.

양고기 좋아해요?

꿈에도 그리는 음식이오 해리 파워가 말했다 그 분홍빛과 연한 맛이 그만이지.

그가 우아하게 입술을 핥았고 어머니는 심란한 눈으로 그를 보면서 물었다 소고기는?

똑같소.

두 사람은 아는 동물 이름이란 이름은 다 댔고 나는 그 대화가 혼란스럽고 불안했다 해리가 허리띠를 건네자 어머니는 그걸 받아서 돌돌 말더니 무릎에 놓고 다시 폈다. 나는 해리 파워한테 홀딱 빠졌지만 그가 어머니 목을 보면서 이를 드러내자 싫어졌다.

저기요 내가 외쳤다.

어머 세상에 어머니가 외쳤다.

파워 씨는 제임스 삼촌이 교수형을 안 받을 수도 있다고 생각하나요?

해리 파워가 나를 노려봤다. 무슨 소리냐 꼬마야?

제임스 켈리 삼촌요. 우린 삼촌이 교수형당하길 바라지 않아요.

해리는 어머니에게서 허리띠를 받아 다시 허리에 찼다 단단히 뿔이 난 것 같았다.

너희 제임스 삼촌의 문제는 변호사가 유명한 멍청이라는 거다.

그 말에 어머니가 발끈했다 힘들게 번 돈을 갖다바친 변호사를 무시하는 말이 듣기 싫었던 것이다.

해리의 잔이 비지도 않았는데 어머니는 둘 다 들고 일어나 딴채로 갖다 치웠다.

내가 어떻게 했으면 좋겠어요 어머니가 소리쳐 물었다.

징크.

그게 뭔데요?

비치워스에 있는 변호사인데 우리를 위한 친구요 징크가 딱이오 엘런.

딴채에서 나온 어머니 손은 비어 있었고 눈은 단추처럼 검고 딱

딱했다. 징크!

어머니의 유명한 성질이 나오려는 순간 해리 파워가 손을 뻗어 어머니 손바닥을 어루만지는 것 같더니 손을 뺐다 어머니는 알을 품은 암탉처럼 순해졌다.

이걸 징크 변호사한테 줘요 그가 말했다 그럼 제임스 켈리를 교수대 밧줄에서 무사히 지켜줄 거요 그가 말했다. 애니 누나 침대 발치에서는 소버린 금화*10개가 보이지 않았지만 어머니의 울음소리는 똑똑히 들렸고 어머니가 그 남자의 거칠고 넙적한 손을 꼭 잡고 눈물과 키스를 퍼붓는 모습도 보였다. 우리의 작은 오두막에서는 어머니가 눈꺼풀만 깜빡거려도 그 소리가 바람에 양철판이 덜걱거리는 것만큼 크게 들렸다.

다음날 아침 어머니 담요 아래로 쑥 나온 낯선 사람의 발을 보니 기분이 묘했다 해리 파워의 크고 평평한 발은 시뻘건 혹투성이에다 잔뜩 부어 있었다 솔직히 나는 어머니가 새 남편을 들이지 않는 게 훨씬 좋았지만 불가능한 바람이라는 걸 알기에 그나마 해리 파워가 낫다고 생각했다. 어떤 여자고 나를 알아서 나쁠 건 없지 언젠가 그가 나한테 한 말이었다 발과 장 문제를 감안하더라도 그는 과부를 만나려고 뜨거운 열기가 아지랑이처럼 피어오르는 길을 말을 타고 달려오는 다른 남자들 예를 들면 레이스비에서 온 터크 모리슨이나 허우대만 말쑥한 영국인 빌 프로스트보다 훨씬 나았

---

* 1파운드짜리 금화.

다. 터크는 어머니에게 사랑 노래 불러주기를 좋아했지만 빌은 우리 식탁에 앉아 가뭄을 이겨내는 방법에 대해 귀가 아프도록 떠들어댔다. 목장 울타리나 손보고 잃어버린 말이나 찾으러 다니는 목장 관리인 주제에 자기가 대단한 농업 전문가라도 되는 양 오스트레일리아인들은 땅을 제대로 가꿀 줄 모른다느니 천하고 무식하다느니 멋대로 지껄였다.

빌 프로스트는 목장주 복장으로 다녔다 무더운 한여름에도 털달린 갈색 트위드코트를 입었다 그래서 애니는 호감을 가졌지만 나는 그의 무식한 의견들에 모욕을 느꼈고 어머니가 그에게 넘어간 게 화가 나서 미칠 지경이었다.

오 그래요 빌 정말 그런가요 빌 어쩌고저쩌고.

나는 손에 물집이 잡히고 피가 나도록 하루에 나무를 5그루씩 벨 수 있었고 애가 그렇게 일하고 있으면 어른이 돼서 부끄러운 줄 알아야 하는데도 프로스트는 내가 기억하는 한 도끼를 집어들고 유칼립투스 1그루를 베는 법이 없었다. 대신 방목장에 거름을 뿌리라느니 곡식 그루터기를 태워봐야 바로 비가 안 오면 아무 소용 없다느니 무식한 의견만 늘어놓았다.

해리 파워의 큰 장점은 우리가 망종화를 심든 덤불쥐와 왈라비를 교배시키든 신경 안 쓴다는 점이었다. 그는 밤에 왔다가 아침 일찍 떠났고 항상 선물을 들고 왔다 마차를 털면 금 회중시계나 사파이어 반지를 술집을 털면 럼주나 악취나는 지폐를 갖다줬고 우리 마음대로 처분해서 재산을 늘리게 해줬다.

하지만 빌 프로스트는 기껏 〈베날라 엔사인〉이라는 지역신문이

나 가져왔고 어머니와 둘이 신문에 실린 소 가격을 들여다보며 식민지* 농부들의 무식함에 혀를 끌끌 찼다 나는 그걸 개인적인 모욕으로 받아들였다.

또다른 구혼자로 앨릭스 건이 있었다 그레타에서 처음 왔을 때부터 그건 분명했다 그날은 무덥고 희뿌연 일요일로 목구멍에 먼지가 잔뜩 끼고 파리들이 귓속으로 기어들어가서 콧구멍으로 나오는 그런 날이었다. 나는 소우리에 있었는데 비쩍 마른 남자가 말을 타고 진흙 바닥이 드러난 샛강을 따라올라와서 오두막을 지나 내가 아픈 저지종 소를 구슬려 양동이에 든 물을 먹이고 있는 데까지 왔다.

그 소 탈모 있다 그 남자가 말했다.

알아요 내가 대답했다.

고치는 법도 알아?

버터 바르고 있어요.

엘먼 연고 발라야지 엘먼 연고 있어?

몰라요.

남자는 말 위에서 나를 내려다봤는데 푸른 눈과 모래색 머리에 얼굴은 많이 그을렸고 나이는 28살 아래로 보였고 그러면 어머니보다 훨씬 어렸다. 잔소리할 게 더 남았나 싶었지만 그는 잠자코 자기 말을 아픈 소 옆으로 끌고 왔다. 잠시 후 오두막을 향해 걸어가는 그가 보였는데 안짱다리에 보양**을 매고 있었다.

---

* 당시 영국의 식민지였던 오스트레일리아를 가리킨다.
** 일꾼들이 흙이나 풀씨 같은 것이 올라오지 못하도록 바지 무릎 밑에 묶었던 끈.

내가 다시 소를 향해 고개를 돌린 순간 우지끈 소리가 나면서 묵직한 그레이박스 가지 하나가 부러져 오두막 지붕에 맞고 닭들에게 떨어졌다 별 피해는 없었다. 그 나무는 워낙 가지가 자주 부러져서 우리는 그냥 그런가보다 했지만 남자는 저런 위험한 나무를 사람 사는 집 가까이 두면 되겠느냐며 난리법석을 떨었다. 나야 일이 바빠서 신경도 안 썼지만 그는 곧 소우리에서 과부를 찾아냈고 아이들도 불러모았다 아이들에게 둘러싸인 꼴이 아버지 노릇 훈련이라도 하는 것 같았다.

가까이 가서 들으니 그가 그레이박스는 유칼립투스의 일종이고 가지 때문에 사람이 죽는 걸로 유명하다며 일장연설을 늘어놓고 있었다. 한창나이의 남자를 덮쳐서 과부 제조기라고 불린다고 주장했다.

우린 걱정 없어요 내가 말했다.

남자는 나를 흘낏 보고 어머니에게 고개를 돌렸다. 죄송하지만 도끼 좀 잠깐 빌려도 되겠습니까 그가 물었다.

어머니는 도끼 없어요 내가 말했다.

남자는 앵무새처럼 작고 넙적한 매부리코 아래로 나를 잔뜩 꼬나보았다.

어머니가 말했다 네드 네 도끼를 건 씨에게 갖다주면 되잖니. 어머니는 손으로 어린 댄의 어깨를 감싸안고 다른 손으로 애니 누나 머리를 쓰다듬었다 누나는 해리 파워가 못마땅한 것만큼 이 후보자가 마음에 든 기색이었다. 그렇지만 나는 그를 내 아버지로 삼을 생각이 없어서 도끼 있는 데를 말해주고 직접 찾아오라고 했다.

아 내가 가져올게요 그러고는 애니 누나가 오두막으로 한가로이 걸어갔다 모두 따라가 빙 둘러서서 앨릭스 건이 도끼날을 가는 놀라운 광경을 구경했다. 도끼날 가는 쇼가 끝나자 그는 널빤지 몇장을 쪼갰고 어머니는 그런 묘기는 난생처음 구경하는 것처럼 지켜봤다.

나는 내 일도 아닌 돼지 돌보는 일을 하러 자리를 떴다 돼지우리에서 돌아와보니 구혼자가 그레이박스에 75센티미터 정도 간격으로 홈을 낸 다음 거기 널빤지를 대서 줄기 위로 올라갈 때 발 디딜 자리를 만들어놓은 상태였다.

그가 나무를 넘어뜨리는 기적을 선보이려는 찰나 애니 누나가 와서 그를 집으로 데려갔고 샛강에 내려가서 씻고 와보니 어머니가 그에게 캥거루 고기를 구워 대접하고 있었다. 그날 밤 그는 식탁 위에서 잤는데 그곳은 어머니 침대와 아주 가까웠다. 그는 밤중에 2번 일어났고 그때마다 내가 등불을 갖다줬다.

다음날 앨릭스 건이 떠나고 해리 파워가 돌아왔다 우리 오두막이 엄×할 기차역이라도 되는 모양이었다 해리 파워가 사파이어를 주자 어머니는 처음에는 무척 고마워했지만 둘이 오후내 술을 퍼마시더니 밤중에 싸움이 나서 해리 파워가 가버렸다.

다음날 나는 아무 도움 없이 아주 큰 레드검 3그루를 베고 앵무새 4마리를 총으로 사냥해 털을 뽑고 배를 갈랐다. 애니 누나가 저녁으로 앵무새 파이를 만들었는데 아주 맛있었다는 건 인정한다.

그 다음번에는 해리가 갓 잡은 암양을 가져왔다 머리랑 엉덩이를 쐈다는데 어떻게 했는지는 설명해주지 않았다. 그는 밤을 지내고 아침 일찍 떠났다.

일부러 그런 건지 우연인지는 몰라도 해리가 가자마자 앨릭스 건이 왔다 그는 포마드냄새를 풍기며 삼으로 만든 새 밧줄을 가져와서 그 2실링짜리 밧줄로 해리가 사파이어로 받은 것보다 더 많은 감사를 받았다. 그가 밧줄을 갖고 나무에 올라가는 걸 가족과 함께 지켜보면서 나는 그가 떨어져서 모가지가 부러졌으면 좋겠다고 생각했다. 닭장 위 9미터 지점에서 그는 제일 큰 가지를 잘라 지붕으로 내려뜨렸다. 어머니는 칭찬을 퍼부으며 애니 누나에게 해리가 잡아온 암양으로 내장 튀김을 만들라고 했다. 요리가 끝나자 먹어야 했고 그러다보니 그레이박스 가지를 1개밖에 못 자르고 날이 저물었다.

건은 식탁에서 잤고 그가 일어날 때마다 나는 염×할 테리어처럼 그의 곁을 지켰다.

그 다음주 내내 어머니와 나는 내가 베어놓은 레드검을 톱질한 다음 끙끙대며 큰 통나무를 굴리고 지레로 움직여 한쪽에 모아뒀다. 잎과 잔가지는 잘 말려 땔감으로 쓰려고 따로 쌓아놨다 보통 고된 일이 아닌데도 식구들 중 누구도 말 1마디 없었다. 다들 앨릭스 건 얘기만 하고 싶어했다.

1주일 뒤 그가 굴렁쇠와 인형 그리고 어머니와 애니 누나에게 줄 실크 스카프를 갖고 왔다. 나는 보위 나이프*를 받았는데 고맙다는 인사는 했지만 마침 손님으로 와 있는 늙은 술고래 소몰이꾼

---

* 양쪽에 날이 있는 수렵용 긴 칼.

과 체커를 하고 노느라 별 관심을 두지 않았다. 앨릭스 건이 내일 가지 베기를 끝내겠다고 약속했는지 애니 누나가 주일에 나무를 벤 벌로 하느님이 달로 보낸 사람 신세가 될 거라면서 그를 놀리는 소리가 들렸다.

그는 그런 얘기 안 믿는다고 말했다.

애니 누나는 밖으로 1발짝만 나가면 달에서 그 남자가 도끼를 들고 등에는 나뭇단을 메고 강아지를 데리고 있는 걸 기꺼이 보여주겠다고 말했다.

내 말이 왕이 되어 소몰이꾼의 말들을 따먹느라 나는 그들이 나갔다가 다시 들어온 줄도 모르고 있다가 앨릭스가 어머니에게 하는 말을 들었다.

켈리 부인 산보 좀 할까요.

좋죠 어머니가 말했다. 어머니는 바느질감을 내려놓고 앨릭스 건과 함께 어둠 속으로 걸어나갔다.

나는 애니 누나에게 물었다 무슨 수작을 벌이려고 저러지?

애니 누나는 대답 대신 야릇한 미소만 지었고 그 틈에 소몰이꾼의 말이 내 말 4개를 뛰어넘어 왕이 되었다. 어머니가 앨릭스 건과 팔짱을 끼고 활짝 웃으며 들어와 거기서 또다시 게임이 중단됐다.

애니 누나가 바느질감을 내려놨다. 누나의 뺨이 빨갛게 물들고 나를 보는 눈이 반짝거렸지만 어머니의 확실한 발표를 들으면서도 나는 너무 당황스러워 도저히 믿을 수가 없었다. 잠시 뒤에야 말라깽이 누나가 앨릭스 건과 결혼한다는 사실을 깨달았다.

다 컸다고 착각했던 나는 진실을 알게 되자 엄청난 충격을 받았다 어른이 되려고 그렇게 노력했는데 아직 어린애였다. 나는 누나의 발그레한 얼굴과 블라우스 아래 봉긋 솟은 가슴을 봤고 이제 2사람이 함께 할 수 있게 된 것들을 생각하며 얼굴을 붉혔다.

15세 때의 삶

59페이지 분량의 목재펄프 함유량이 높은 8절 크기 종이로 갈색으로 변색중. 군데군데 접히고 변색되고 얼룩지고 살짝 찢어짐.

이뮤 플레인스에서 열린 가난한 아일랜드식 결혼 피로연. 해리 파워의 조수 노릇을 하며 겪은 흥미로운 일화들과 스스로 원해서 한 것이 아니라는 주장. 빅토리아주 북동부 지리에 대한 안내. 무법자 파워의 활동 방식에 대한 귀한 정보와 어느 성공한 목장주가 어떻게 부를 쌓게 되었는지에 대한 자세한(비현실적이긴 해도) 기술. 이 문서는 소장본의 전형적인 부분으로 무수한 싸움에 대한 내용 포함. 글쓴이의 첫 감방 체험으로 마무리.

애니 누나와 앨릭스 건의 결혼 피로연이 옥슬리호텔에서 열렸다 나는 14살이었고 내 또래 여자애들도 있었지만 춤추는 법을 몰랐고 멀리뛰기와 400미터 경마에서 우승한 다음에는 따분해졌다. 제 세상 만난 아이들이 활개치고 뛰어다녔지만 나는 아무 할일 없이 주방 문간에 서서 저녁이 나오려면 얼마나 오래 걸릴까 생각했다. 그 자리에서 어머니를 관찰할 수 있었는데 버슬을 대서 뒤가 불룩한 새빨간 드레스를 차려입은 어머니는 체크무늬 트위드코트를 입은 족제비 얼굴의 남자 그러니까 무식꾼 빌 프로스트와 춤추고 있었다. 어머니는 방금 여자부 1600미터 경마에서 우승해서 무척이나 밝고 행복한 모습이었다. 그러다 내가 보고 있는 걸 눈치채고는 영국인을 버리고 내게로 왔다.

이리 와 어머니는 화려한 드레스 자락을 들고 김이 자욱하고 바닥이 미끌미끌한 주방을 지나 호텔 텃밭으로 나갔다 거기 더블린

에서 온 이모부 와일드 팻이 술에 잔뜩 취해 물탱크 아래 뻗어 있
었다. 그에게는 눈길도 안 주고 어머니는 변소와 퇴비더미 사이로
나를 데려가더니 자기 춤 상대가 마음에 드느냐고 불쑥 물었다.

신경 안 써요.

그럼 그이 좀 그만 노려보면 고맙겠구나. 너 반미치광이 같아.

얼굴 표정이 맘대로 되나요.

어머니는 그 말을 곰곰이 생각하는 것 같았는데 어머니도 여자
라 무슨 꿍꿍이속인지 중국인 속을 알 수 없는 것만큼이나 도저히
짐작이 안 갔다.

그럼 늙은 해리 파워는 어떻게 생각하니?

아 당연히 그 사람이 더 좋죠 엄마.

그 사람이 더 낫다고 생각하니?

아 그럼요.

그럼 내가 해리와 잘되게 도와줄래?

예 엄마 뭐는지 할게요.

다시 밝고 행복해진 어머니는 내 이마에 키스하면서 호텔 옆에
서 기다리라고 했다. 해리에 대해 더 잘 알아볼 시간을 가지라고
했다.

그 사람과 얘기하라고요?

그보다는 말을 타면서.

나는 아버지의 낡은 반장화를 신고 결혼식에 왔는데 홈스 씨의
비법 덕분에 가죽이 이제 한결 부드러워지긴 했지만 그렇다고 가
벼워지거나 조용해지진 않아서 호텔 마룻바닥 밑에 숨겨뒀다. 1시

간 안에 해리를 만날 것 같아서 반장화는 거기 그냥 뒀다.

해리의 모습이 보이기 전에 베란다를 걸어오는 묵직한 발소리가 먼저 들렸다. 베란다에서 길까지 구부러진 계단이 있었지만 지금은 등나무 덩굴에 덮여 있어서 해리는 발이 걸려 거의 내 발치에 넘어졌다. 그 유명한 산적 앞에서 일어났는데 하마터면 몰라볼 뻔했다 왕 같던 사람이 지금은 몸에 뼈가 하나도 없는 것처럼 보였다. 실연한 남자를 본 적 없는 나는 그 상태를 못 알아챘다.

내 말을 주시오 그럼 왕국이라도 내놓을 테니 그가 외쳤다 잔뜩 취한데다 눈에 핏발이 서고 흰자가 노랬다. 나는 그를 데리고 바퀏자국이 울퉁불퉁한 길을 지나 방목장으로 갔다 거기서 그는 먼저 꼬리 끝에 술 모양 털이 난 암말을 그다음에는 짐을 잔뜩 진 불쌍한 얼룩무늬 조랑말을 찾아냈다. 그러고는 암말을 탔는데 좀더 정확히는 암말에게 자신을 맡겼다고 봐야 했다.

그는 웨일러종이라는 3번째 말을 가리키며 자기 것이니 타라고 했다. 2살 먹은 힘 좋은 말이었다 나는 그 명령이 전혀 기분 나쁘지 않았다.

한편 빌 프로스트는 뒤 베란다에서 어머니와 춤추고 있었고 춤이야말로 그의 대단한 장기였다. 그가 자기 쪽으로 확 틀자 어머니는 어린나무처럼 낭창낭창 휘어져 위험했다 하지만 빌 프로스트는 에나멜가죽 댄스화를 신고 희망에 부풀어서 잔뜩 흥분해 있었다.

이 괴로운 장면에 파워는 고개를 돌려버렸다 우리는 진지하게 서쪽을 바라보며 천천히 그곳을 떠났다.

소년은 그 유명한 산적이 길을 잘 알 거라고 생각했지만 둘이 1시간쯤 달려 모이후를 지났을 때 남자가 말고삐를 당기며 여기가 어디냐고 물었다. 소년은 자기 세계의 경계를 넘었다고 그에게 솔직하게 말했다.

소년이 말했다 이제 집으로 돌아가야죠.

남자는 멍청이라고 욕하더니 더 깊고 거친 시골로 들어갔다 소년은 어떻게 해야 할지 몰라 따라갔다.

너에게 지리를 대충 알려주마 쉽게 배울 수 있는 땅이 아니니 먼저 간단한 그림으로 설명하자면 세모꼴로 자른 거대한 파이 조각이 있고 바깥쪽 껍질을 따라 높은 산맥이 있다고 상상해라 그게 바로 그레이트디바이딩산맥이다.

파이 조각의 뾰족한 끝에 강마을 왕가라타가 있고 오븐스강이 파이 조각 동쪽을 따라 흐른다고 상상하면 된다. 그리고 브로큰강이 파이 조각 서쪽 면을 이룬다고 말하는 게 제일 간단하다 얼토당토않은 소리지만 신경쓸 것 없다. 좀더 나긋나긋한 킹강이 파이 조각 한가운데를 지나 정확히 왕가라타에서 오븐스강과 만난다. 그리고 평지인 왕가라타에서 언덕이 시작된다. 애니는 그 근처 옥슬리에서 결혼했지만 소년과 험악한 남자는 오후내 파이 조각의 중심을 따라 더 높은 지대로 갔다. 오후 늦게 소유지의 경계를 벗어나 구불구불 긴 산등성이를 헤치고 올라가서 초저녁에는 깊은 산속으로 완전히 들어갔다. 마침내 그들은 나무가 울창한 작은 협곡으로 이어진 오솔길을 따라가 물이 흐르는 곳에 닿았다.

이게 무슨 강인 것 같냐 남자가 물었다 아직도 혀 꼬부라진 소리를 냈고 시뻘건 눈에 악의가 번득였다. 소년이 모른다고 대답하자 남자는 또다시 멍청이라고 욕했다 2사람은 곧 말에서 내렸다 남자는 굵고 탁하게 우릉우릉 울리는 목소리로 소년은 고장난 파이프오르간처럼 끽끽거리는 소리를 내며 싸웠다. 그러다 남자가 부러진 손톱으로 어둑어둑한 땅에 표시하면서 그 방향이 북쪽이라고 말했다 소년은 다른 쪽이라고 했다 소년은 무척 예민하고 진지했다 그동안 모진 일을 많이 겪었지만 아직 너무 어리고 남의 말을 잘 믿었기에 자기가 조수 시험을 치르는 중이고 그 시험에서 떨어지는 게 낫다는 걸 몰랐다.

그럼 오늘밤은 집에 안 가요?

집은 개뿔.

그렇게 대꾸하며 남자는 가져온 걸 꺼냈는데 먹을 거라곤 럼주 3병과 바구미가 생긴 밀가루 1자루뿐이었다 그래서 달이 뜨자 소년은 혼자 주머니쥐 1마리를 사냥해와서 쓸모 있는 애라는 걸 2번째로 증명했다. 야영지로 돌아오니 컴컴했고 산적은 코를 골며 자고 있었다. 소년이 흔들어 깨웠지만 그는 소년이 불을 피우고 요리를 할 때까지 안 깼다.

그날 밤 소년은 추워서 계속 불을 피웠지만 남자는 땅바닥에서 캥거루 사냥개처럼 코를 골고 방귀를 뀌어대며 잘 잤다 남자는 방수코트가 있었지만 소년은 아무것도 없었다 시린 발은 장화도 없이 반나절이나 말을 타고 와서 벌써 부어 있었다. 소년은 형제자매가 그리웠고 자기 침대로 돌아가 그 친숙한 따스하고 탁한 공기를 다시 마실 수 있다면 더 바랄 게 없었다.

자정이 지나고 얼마 되지 않아 이슬이 내리기 시작했고 소년은 잠을 잘 수 없었다 채찍새 울음소리가 안개 낀 축축한 새벽공기를 가르며 울려퍼지기 한참 전 그날 당장 집으로 도망치기로 결심했다 남자에게 악감정은 없었다. 소년은 일어나서 밀가루 자루에서 바구미 여러 마리를 골라낸 다음 조니케이크*를 굽고 진한 홍차를 끓였는데 솜씨가 무척 좋았고 그건 주머니쥐를 사냥한 것만큼 큰 실수였다 그렇게 그의 운명이 결정됐으니까.

소년과 남자는 통나무에 나란히 앉아 아침을 먹었다 소년은 혼자 일레븐 마일 크리크로 돌아갈 수 있다고 말했다. 남자가 말릴 거라고 생각할 이유가 없었고 실제로 남자는 그동안 지나온 길과 산에 대해 물어보기만 했다. 소년의 대답이 아주 정확했는지 남자는 잔에 홍차를 가득 따라주고 설탕도 1숟가락 더 줬다.

그렇긴 해도 이제 일레븐 마일 크리크는 생각할 것 없다 남자가 말했다. 그건 집에 보내주지 않겠다는 뜻이었다.

소년은 그걸 그냥 의견으로 받아들이고는 집에 자기가 꼭 필요하다고 동생 젬은 아직 힘이 약해서 나무를 벨 사람은 자기뿐이라고 열띠게 설명했다. 빌 프로스트가 어머니 침대로 기어들려고 잔뜩 벼르고 있고 그건 우리 둘 다에게 아주 안 좋은 일이라고 했다.

빌 프로스트의 이름이 나오자 남자는 깊은 생각에 잠겨 홍차를 후후 불며 그 뜨거운 김에 수염을 따뜻하게 데웠다. 씨× 그건 빌 프로스트의 농장이 아니지 그가 말했다.

---

* 밀가루 반죽을 뜨거운 재에 구워 만드는 빵.

당연하죠 소년이 맞장구쳤다.

그 농장은 내 것도 아니지만 그 자식 것도 아냐.

남자는 와틀나무 덤불 속 어둑한 작은 빈터를 둘러봤다 그게 그의 집이었다. 소년은 저 나이가 되도록 세상천지에 제집 하나 없는 남자의 처지가 무척이나 처량하게 느껴졌다. 그는 빌 프로스트가 싫고 어머니 침대에 기어들지 못하게 무슨 짓을 해서라도 막을 거라고 말했다.

얘야 난 농부가 아니고 산적이다.

농사일 배우는 건 어렵지 않아요.

남자가 모자 그림자 속 핏발 선 고통스러운 눈으로 소년을 빤히 보더니 갑자기 씩 웃으며 소년의 무릎을 꽉 꼬집었다 무척 아팠지만 호의의 표시였다.

내가 충고 좀 하마 네드. 남자가 소년의 이름을 부르기는 처음이었다. 너희 땅 전 주인이 누군지 아니?

피지 씨요 돈을 안 갚았죠.

아니 그 늙은 그레이박스에 목매달았다 염×할 지붕에 올라가서 나무에 목을 매달고 뛰어내려서 까마귀가 눈이랑 뇌 절반을 파먹은 뒤에야 발견됐지. 네 엄마는 잊어. 너나 나나 일레븐 마일 크리크에 가봤자 좋을 게 없으니까.

남자는 남은 홍차를 불에 끼얹고 물건을 챙기고 럼주병들을 방수코트에 둘둘 말았다.

소년이 물었다 그래도 집에 데려다줄 거죠?

약속하지 남자가 말했지만 그 약속을 언제 지킬지는 밝히지 않왔다.

소년은 말들에게 가서 줄을 풀고 안장을 얹었다 이윽고 말에 탄 2사람과 짐말이 남쪽으로 출발할 때도 소년은 곧 서쪽으로 방향을 돌려 산등성이를 가로지를 거라 생각했지만 지대는 갈수록 높고 험준해졌고 남자는 서둘러 약속을 지키려는 기색이 없었다.

주전자에 물을 끓이려고 물가에 멈췄을 때 소년은 퉁퉁 부은 발을 보이며 더는 못 가니 돌아가야 한다고 말했다.

걱정 마라 내가 장화를 사줄 테니.

장화 사줄 필요 없어요 집에 반장화 있으니까.

그 염×할 반장화는 잊어라 내가 발목에 고무밴드 댄 장화를 사줄 테니.

그래서 소년은 남자가 탄 암말의 거대하고 우울한 엉덩이를 따라 툼벌럽까지 갔는데 당연히 거기에는 장화 살 데라곤 없고 쓰러져가는 판잣집 1채뿐이었다 소년은 뒤 베란다에서 자라는 허락을 받았지만 도저히 잠을 잘 수 없었다 밤새 모기가 기승을 부리고 술꾼들이 시끄럽게 떠들어댔다 한배에서 난 새끼들 중 제일 작고 약한 개를 두고 술꾼 2명이 싸움을 벌이기도 했다. 마침내 차가운 새벽이 오자 소년은 조용히 웨일러에 안장을 얹고 올라타려고 했지만 그 순간 등짝 한가운데를 호되게 맞고 울퉁불퉁한 길의 흙더미로 쓰러졌다. 누가 때렸나 돌아보니 남자 짓이었다.

남자가 말했다 약속한다니까 염병할 장화 사줄 테니 껍질을 홀랑 벗겨놓기 전에 당장 안으로 들어가.

남자는 소년의 팔을 잡고 베란다로 끌고 가서 커튼을 찢어 소년의 부은 발을 둘둘 감았다. 둘이 산유를 1잔씩 마시고 웜뱃산맥이라는 거친 산을 향해 출발했다. 소년은 자기 인생길을 배우고 있는 줄은 꿈에도 몰랐다.

2일 뒤 그들은 평원으로 내려왔고 소년은 처음으로 미히 목장을 봤다. 그들이 천천히 달려가자 수풀에서 메추라기가 날아오르고 검은 매와 작은 종다리 아침 하늘에서 은회색으로 변해가는 분홍색 앵무가 보였다. 아직 겨울비가 안 와서 풀은 지푸라기 빛깔이었지만 소년은 이 끝없이 넓은 땅을 독차지한 사람의 부와 힘에 놀라움을 금치 못했다.

마침내 둘은 왕가라타에 도착했고 소년은 자기 말이 〈폴리스 가제트〉에 장물로 올라 있는 줄 알았더라면 기분이 달랐겠지만 어머어마하게 큰 마을에 와서 무척 들떴다 그들은 라드너스 컨트리맨스 호텔 마구간에 말을 넣었다 웨딩케이크처럼 생긴 호텔은 2층으로 높은 베란다를 따라 멋진 연철 난간이 둘러져 있었다. 소년은 아일랜드 애는 안 받아줄 거라고 커튼으로 동여맨 발도 너무 더럽다고 말했지만 남자는 소년의 어깨에 팔을 척 올리고 화려한 프런트로 당당히 데려가 2인실 하나 달라고 했다.

예 파워 씨 프런트의 남자가 말한다. 펜트리지 감옥 탈옥수는 이름이 알려진 걸 전혀 겁내지 않았다 오히려 그 반대였다. 프런트의 남자가 숫자가 적힌 큰 열쇠를 줬지만 남자는 서둘러 방으로 들어가지 않고 먼저 소년을 거리로 데려나가 커튼을 풀고 말구유 물에 발을 씻으라고 했다.

자 내가 좋은 장화 사준다고 약속했지 남자가 말했다.

소년은 장화보다 더 갖고 싶은 게 없었지만 장화가 얼마나 비싼지 알기에 차라리 그 돈으로 어머니 선물을 사고 싶다고 했다가 뒤통수를 1대 호되게 얻어맞고 남자에게 귀를 잡혀 길 건너 잡화점이라는 데로 끌려갔다.

소년은 곧 자주색 벨벳 의자에 앉아 있었고 양복을 빼입고 셔츠 칼라가 멋진 남자가 아 예 아 아닙니다 파워 씨 하면서 시중을 들었다.

이 친구 장화 하나 주시오 고무밴드 댄 거 큐번 힐*로.

잘 알겠습니다 가게 주인은 그렇게 말하고 소년의 더럽고 아픈 발 1쪽을 줄자로 아주 조심스럽게 쟀다.

곧이어 그가 아서 퀼러&선이라는 글씨가 박힌 갈색 판지상자를 가져와 뚜껑을 열었고 새하얀 박엽지에 싸인 것을 본 소년은 눈을 의심했다. 주인은 상자를 바닥에 내려놓고 어디론가 사라졌고 소년이 어떻게 해야 하는지 몰라 고민하고 있는데 모직으로 된 물건 1쌍을 들고 왔다.

사랑하는 딸아 네 아버지는 그 물건이 뭔지 몰랐단다 평생 양말이란 걸 신어본 적이 없었으니까. 그때까지는 가끔 반장화 속에 풀을 뭉쳐 넣는 걸로 만족했지. 주인이 소년에게 양말을 똑바로 신는 법을 알려줬고 소년은 양말 발꿈치 부분이 동그란 게 그렇게 신기할 수 없었다. 너무 순진하다고 웃으면 안 된다.

주인이 고무밴드 댄 장화를 건네서 소년이 아직 아픈 발을 넣어

---

* 안쪽이 일직선으로 떨어지는 중간 높이 굽.

보니 여자 장갑같이 부드럽고 야들야들했다. 소년의 얼굴이 어땠는지는 신만이 아시겠지만 산적과 가게 주인이 소년을 보고 빙글거렸고 소년은 큰 소리로 웃기 시작했다.

네 아버지가 일어서자 키가 5센티미터나 더 커져 있었고 특히 그게 행복했다.

그날 밤 해리는 라드너스 컨트리맨스 호텔 식당에서 포식을 시켜줬다 너는 그런 데를 구경도 못해봤을 것이다. 양념통이 크리스털이고 은접시에 각설탕이 수북했다 해리는 장이 심하게 꼬였지만 나는 배가 고팠다 그래서 그는 내가 로스트비프와 요크셔푸딩 그다음 웨이터가 내 눈앞에서 만든 팬케이크를 먹는 걸 구경만 했다. 숙박비가 얼마인지는 몰랐지만 목욕비를 따로 받지는 않았다 애브널에 있는 셸턴의 호텔 욕조보다 더 훌륭한 게 수도꼭지만 돌리면 김이 모락모락 나는 뜨거운 물이 콸콸 쏟아져나왔다. 나는 몸이 말린 자두처럼 쭈글쭈글해질 때까지 욕조에 들어가 있었다.

해리가 술에 취해 쿵쾅거리며 들어와 나는 한밤중에 잠이 깼다 그는 침대에 쓰러져 코를 골았지만 나는 크게 아랑곳하지 않았다. 오늘이 그와 보내는 마지막 밤이고 내일이면 집에 돌아가 식구들에게 그동안 본 걸 모두 말할 거니까. 어둠 속에서 침대 밑에 있는 장화를 더듬어보았다 아침이 되자 아주 당당하게 장화를 신고 테이블마다 귀리죽과 케저리*와 검은 소스병이 차려진 식당으로 갔다.

---

* 쌀, 생선, 달걀 등을 넣어 만든 인도 음식.

말구종이라는 사람이 우리 말에게 먹이와 물을 먹여서 나는 늙은 웨일러에게 가 새 장화 신은 발을 등자에 끼우기만 하면 됐다 맑고 상쾌한 아침이었고 아직 8시가 안 된 시간이었다 우리는 말을 타고 왕가라타를 벗어났고 마을 끄트머리에 그레타 방향을 알려주는 표지판이 있었다.

거기서 나는 해리에게 작별인사를 하며 내가 우리집 맏이라 집에 가서 할일이 있다고 토지법이 지랄맞아서 계약을 못 지키면 땅을 도로 빼앗긴다고 말했다.

나도 지랄맞으니까 내가 시키는 대로 해 해리가 말했다.

그치만 집에 보내준다고 약속했잖아요.

좋아 그럼 장화 도로 내놔.

좋아요 나는 장화를 벗어 길에 던지고 집 쪽으로 말머리를 돌렸지만 해리는 덩치에 비해 몹시 날랬다 어느새 말에서 내려 내 말 고삐를 잡았다 아랑곳 않고 발꿈치로 말 옆구리를 찼지만 여러모로 누가 수인인지 아는 늙은 말은 꿈쩍도 안 했다.

이거 내 말이야 해리 파워가 말했다.

나는 말에서 내리며 이런 말 필요 없다고 양말 바람으로 걸어갈 거라고 양말도 내놓으라고 하면 맨발로 갈 거라고 나를 못 가게 막을 수는 없다고 말했다.

집에 안 가는 게 좋을 거라고 엄마가 화낼 거라고 그가 말했다.

나는 큰 소리로 비웃으며 그에게 거짓말쟁이라고 했지만 그 노란 눈에서 동정 비슷한 걸 보니 마음이 흔들렸다. 그가 말했다 나랑 가자 그게 네 엄마가 원하는 거고 넌 말들만 붙잡고 있으면 돼.

무슨 소리인지 모르겠어요 내가 말했다. 엄마 혼자서는 그 땅을 건사 못하고 그럼 정부가 땅을 빼앗아갈 거라고요.

글쎄 네 엄마는 믿는 구석이 따로 있는 것 같은데.

그게 무슨 소리예요?

그는 비참한 얼굴로 어깨를 으쓱했다 그의 슬픔을 보니 목장 관리인 빌 프로스트를 두고 한 말이란 걸 알 수 있었고 그제야 그의 말이 믿겨졌다. 도끼로 머리를 맞은 기분이었다. 아버지를 잃은 지 2년밖에 안 됐는데 어머니까지 잃을 수는 없었다 나 때문에 기분이 상했다고 해도 어머니는 날 버리면 안 되는 거였다.

해리가 장화를 내밀었고 결국 내가 뭘 어쩔 수 있었겠느냐?

곧 나는 다시 그 산적과 함께 산악지대를 향해 남쪽으로 킹강을 따라내려갔다. 상쾌한 산들바람이 불고 하늘은 맑고 푸르렀지만 이제 나는 집 없는 아이가 되어 기분이 킹강의 물보다 낮게 가라앉았고 주위 풍경이 다 내 마음을 아는 것 같았다. 숲이 개간된 곳은 풀이 뜯어먹혀 뿌리만 남고 잿빛 마른 모래 아래 흙이 드러나 있었다 엉성한 통나무 울타리나 껍질이 둥글게 벗겨진 나무나 농부의 손길이 닿은 흔적이 보일 때마다 나는 큰 슬픔이 북받쳐올랐다.

우리는 종일 말을 타고 갔다 오후 늦게 해리가 길에서 조금 벗어난 곳에 야영지를 정했는데 먼지 이는 작은 둔덕이라 말들 먹일 게 거의 없었다. 원주민처럼 어린나무와 땅에 떨어진 나무껍질로 임시 오두막을 지어보려던 그는 금세 인내심을 잃고 발로 차서 부숴버렸고 어쩔 수 없이 내가 숲속 깊이 들어가서 엄청나게 큰 초록 유칼립투스 껍질을 벗겨왔다. 그렇게 해서 오두막이 제대로 지어졌다. 그러고 나서 내가 총으로 캥거루를 사냥해 손질하고 그의 카빈총에서 장전용 꼬챙이를 빼서 아버지한테 배운 대로 고기를 지방 살코기 지방 살코기 지방 순서로 꿰었다. 나는 기운이 하나도 없었다.

해리는 오두막을 칭찬했다 고기구이도 맛있다고 했지만 밤에 장이 심하게 꼬여서 숲으로 들어갔다 그러더니 네가 상상할 수 있는 욕이란 욕은 다 해대고 꼭 지옥에 떨어진 사람처럼 비명을 질러댔다.

번개가 번쩍였지만 천둥은 안 쳤다 나는 빌 프로스트에게 빼앗긴 땅 생각에 잠을 설쳤다. 피커니니의 새벽은 건조하고 이슬이 내리지 않았다 집이 사무치게 그리워서 해리가 좀 어떤지 들여다보지도 않고 조니케이크를 굽고 홍차를 끓여서 갖다줬다. 해리는 말등에 덮는 담요에 권총 3자루와 카빈총을 늘어놓고 에나멜가죽 통에 든 화약을 확인하고 있었다.

자 여기 봐라 꼬마 켈리.

그가 총에 총알과 충전재를 밀어넣는 동안 나는 그의 모습이 전반적으로 산뜻해졌다는 걸 알아차렸다. 수염도 깨끗하고 눈에서는 탁한 빛이 걷히고 생기가 돌았다. 자 여기 봐라 집에 있는 네 엄마에게 갖다줄 멋진 선물이 생길 거다.

나는 그가 남은 캥거루 고기를 두고 하는 말인 줄 알았다.

캥거루 따위 빌 프로스트한테나 잡아오라고 해.

해리는 권총을 내려놓고 일어나 굵은 목에 빨간 손수건을 묶으며 이제부터 우리는 빌 프로스트가 절대 못하는 일을 할 거라고 말했다. 꼬마야 영웅이 돼서 집에 돌아가게 해주마 그가 벨트에 권총을 꽂으며 말했다.

엄마는 내가 집에 가는 거 원하지 않는다면서요.

아니 난 그런 말 한 적 없다.

그가 내 마음을 갖고 노는 게 싫어서 어머니가 진짜로 뭐라고 했는지 물었다 그는 나를 밀어냈다 내가 그의 가슴팍을 밀치자 그는 인간의 눈보다 빠른 속도로 바지에서 벨트를 잡아빼 내 맨팔을 후려쳤다.

맞고 싶은가보지 절대 다시는 그런 짓 마라 그가 말했다.

나는 얼마나 아픈지 내색하지 않으려 했다.

자 이제 가서 말들 다리에 묶은 밧줄 풀고 안장 얹고 조랑말에 짐 실어 그가 말했다.

벨트로 맞은 데가 너무 아파서 나는 울음을 참으려고 용을 쓰면서 노예 노릇은 안 하겠다고 말했다 하지만 약한 반항이었고 그건 그도 알았다. 그는 다시 벨트를 차고 주머니에서 쇠빗을 꺼내 모양을 내기 시작했다. 넌 내일도 그걸 할 거고 그 다음날도 할 거고 그걸 하는 걸 씨× 자랑스러워할 거다 넌 이제 맨발의 아일랜드 얼간이가 아니라 해리 파워의 조수다.

엄마는 내가 집에 가는 거 원하지 않는다면서요.

경고하는데 또 그랬다간 아예 아파서 앉지도 못하게 채찍으로 맞을 거다 이제 내가 시키는 대로 하는 거야 얼른 오두막 부수고 짐 싼 다음 말들 조용히 시키고 구경이나 해.

무슨 구경요?

해리는 대답하지 않았지만 곧 휫필드 방향에서 천둥 같은 말발굽소리가 들렸다 그는 서둘러 코트 버클을 채우고 권총 3자루를 벨트에 쑤셔넣었다.

딕 터핀*이라고 하는 구경거리다 그는 그렇게 말하고는 길을 향해 천천히 걸어내려갔다 머리에는 기름을 바르고 잿빛 수염은 단정히 빗고 맞춤 제작한 카빈총을 손에 들고 길 한복판에 떡 버티고 서 있는 모습이 영락없는 산적이었다.

마차가 힘겹게 언덕을 올라오는 소리가 들렸다 마부가 고함을 쳐대고 채찍소리가 요란했다. 네드 말들이나 잘 잡고 있어 해리가 외쳤다. 잠시 후 새빨간 마차가 모퉁이를 돌자 나는 심장이 쿵쾅거리고 분노는 눈 녹듯 사라졌다. 손들어 그 유명한 해리 파워가 벨트에서 권총을 빼서 허공에 대고 쏘며 외쳤다 그 소리에 놀란 우리 짐말이 앞발을 들고 뛰어오르더니 나를 질질 끌고 길 쪽으로 빈터를 설반이나 갔다 내가 안 끌려가려고 버티는 동안 마차 브레이크가 맞물리면서 쇠바퀴가 끼이익 내지르는 커다란 소리와 내 웨일러가 앞발을 들고 힝힝거리는 소리가 들렸다.

공기 중에 먼지와 공포가 가득했다. 금 내놔 나는 해리 파워다.

짐말과 웨일러를 진정시켰지만 정작 내 피는 사납게 요동쳤다. 씨× 금 내놓으라고 해리가 외쳤다 나는 부자가 된다는 생각에 무척 행복했다.

---

* 영국의 전설적인 노상강도.

씨× 금 없어 먼지처럼 메마른 목소리가 들렸다 와틀나무 잎 사이로 훔쳐보니 하이럼 크로퍼드의 번쩍거리는 양키 마차가 요동치는 용수철 위에서 아직도 흔들렸고 막대기처럼 키가 크고 마른 원주민 마부가 가라앉는 먼지 사이로 내려다보고 있었다.

해리는 총구가 2.5센티미터나 되는 전장총을 마부의 셔츠를 향해 겨눴다. 씨× 네 창자를 날려버리겠다.

하지만 마부는 코다라는 이름의 비치워스 사람으로 누구한테 기죽느니 차라리 죽고 마는 산에서 자주 보이는 바보 중 하나였다 그는 먼지 바닥에 가래침을 칵 뱉었다. 그래봤자 씨× 금 없어 그가 말했다 이봐 친구 조심하게 이놈이 자기가 해리 파워라는데.

2번째 말은 다른 쪽에서 말을 타고 모퉁이를 돌아온 사람에게 한 것이었다.

넌 누구지 해리가 새로 나타난 사람에게 물었다.

난 해피 밸리에서 온 우드사이드요.

목장주 우드사이드 내가 시키는 대로 해 저 마부한테 가서 금자루를 챙겨 나한테 던져.

씨× 금 없다니까 마부가 말했다.

나는 해리 파워야 내가 있다고 하면 있는 거야 해리가 외쳤다

네놈이 글로스터 공작이래도 상관없어 금 없어 친구 아무리 소리질러봐야 달라질 건 없다고 마부가 말했다.

씨× 해리가 으르렁거리며 일부러 그랬는지 실수였는지 총을 쏴서 마침 길가에서 얼쩡거리던 애먼 까마귀 1마리를 골로 보냈다. 예민한 짐말이 총소리에 놀라 길로 뛰어나갔고 나는 고삐에 매

달려 와틀나무에 얼굴을 긁히면서도 이제 꼼짝없이 강도로 지목되겠구나 하는 생각밖에 안 들었다 마차 안에서 여자가 나를 똑바로 보고 있었다.

말을 달래서 도로 와틀나무 장벽 뒤에 숨은 뒤 새 장화에 묻은 까마귀 피를 닦아냈고 그러고 나서도 산적질이 어떻게 되어가고 있는지 살펴볼 기회가 있었다. 우편물자루들이 옆구리가 터진 채 길에 나뒹굴었고 해리가 그 옆에 무릎을 꿇고 앉아 내용물을 확인하고 있었다.

소포를 확인하는 게 나을 것 같은데요 우드사이드 씨가 제안했다 그의 협조적인 태도는 말을 빼앗길 수도 있다는 두려움에서 나온 것인지도 몰랐다. 그 말은 아주 힘세고 혈통 좋은 녀석이었다.

소포는 2개밖에 없어 그래도 파란 자루에 든 등기우편물 말인데 바로 전에 만난 산적은 저 안에 든 걸 보고 아주 만족했지 코디가 말했다.

소포 내놔.

하지만 소포는 실망스러웠다 1번째는 레이스 2번째는 영국 시계였다 그걸 본 해리는 영국을 욕하며 시간만 나면 영국인들을 가만두지 않겠다고 으름장을 놓았다 겁에 질린 마차 승객들이 여기 중국인이 있다고 소리치기 시작했다 마차에서 떠밀려나온 이 중국 남자는 양탄자 천으로 된 가방을 끌어안고 해리 파워 앞에 섰다.

광부야?

그 중국인은 광부가 분명했다 체격이 떡 벌어지고 다리가 튼튼한 게 해리 파워와 아주 비슷했다.

광부 아닙니다 10실링 드릴게요 중국인은 지갑에서 동전 몇 개를 꺼내 해리에게 내밀었다.

금 내놔 그러면서 해리는 빈 카빈총을 벨트에 꽂고 보위 나이프를 뽑은 다음 이로 칼집을 벗겼다 왼손에는 권총 오른손에는 칼을 들고 중국인에게 다가갔다.

중국인은 조국의 명예를 드높이는 아주 용감한 인물이었다. 10실링 가져요.

네 노란 심장을 찢어놓겠다 해리가 칼을 들고 덤비며 외쳤다.

중국인은 춤추듯 날렵하게 피했고 해리의 칼은 그의 가방을 벴다 맙소사 밀이나 콩꼬투리가 든 줄 알았는데 구슬이 와르르 쏟아져나왔다 마노 구슬&캣츠아이 구슬&회오리 구슬&레몬 소용돌이 구슬&왕구슬&유리눈 구슬이 떨어져 먼지 속에서 구르다가 말발굽 아래까지 왔다. 금은 눈을 씻고 찾아도 없었다.

나빠나빠 이 후레×× 죽여버리겠어 중국인이 울부짖었다 하지만 해리가 다리를 걸어차고 총을 겨누자 마차 안으로 쫓겨들어갔다.

해리는 기운이 빠져서 다른 승객들은 뒤질 생각도 않고 마차와 목장주를 그냥 보냈다 그들이 각자 가던 길로 떠나자 해리는 나를 불러내서 메마르고 단단한 흙바닥에 널린 구슬을 보여줬다.

맘대로 가져라.

이게 날 영웅으로 만들어줘요?

해리의 손이 허리띠로 갔지만 권총이 꽂혀 있어서 아까처럼 쉽게 잡아뺄 수 없었다.

씨× 구슬이나 집어 그가 지친 목소리로 말했다 나는 시키는 대로 했고 그 순간부터 나는 법적으로 산적이 됐다.

나는 14살 반밖에 안 됐고 아직 코밑에 수염도 안 났지만 주머니마다 구슬을 잔뜩 넣고 해리 파워를 따라 천천히 말을 타고 달릴 때 이미 내 앞날을 향해 전속력으로 돌진하고 있었다. 구식으로 말을 타는 해리는 점프할 때마다 몸을 뒤로 얼마나 많이 젖히는지 등에 껑거리끈* 자국이 생길 것 같았다. 내 경우에는 등자를 짧게 해서 빨리 달릴 때는 서서 타고 쓰러진 나무를 넘을 때는 몸을 앞으로 기울였다. 우리는 과거&미래였고 순수&연륜이었다 휫필드까지 죽어라 달려가 거기서 가난한 농부에게 귀리 1양동이를 빼앗았다. 그리고 한나절이나 말들을 끌고 툼벌럽으로 향하는 길을 올라갔지만 사람은 구경도 못했고 해리가 커튼을 찢어버렸던 오두막에도 사람은 없었다. 거기서 우리는 숲으로 들어가 웜뱃산맥으로 갔다 말들도 지치고 숲도 무척 울창해서 속도가 확 줄었다 갈수록 거친 협곡이 나오고 거대한 화이트검**은 예수님 어렸을 때쯤 심은 것 같았다. 땅거미가 지기 시작해서야 폭이 45센티미터쯤 되는 작은 샛강이 흐르는 얕은 계곡으로 들어섰다 강둑 고사리 덤불에 눈도 없는 굵은 통나무 오두막이 쓸쓸하게 서 있었다. 까마귀들이 울어대는 슬픈 석양빛 속에서 보니 대번에 느낌이 안 좋았다.
집이다 해리가 말했다.

---

* 말꼬리에 걸어 안장에 매는 가죽끈.
** 유칼립투스의 일종.

그 오두막은 감옥처럼 튼튼하고 어두웠다 창문이 없어서 눈먼 벌레처럼 아주 약하고 공격당하기 쉬워 보였다. 파워는 불쌍한 자기 말의 다리를 묶어놓고 고사리 덤불에서 풀을 뜯게 한 다음 이 집이 어떠냐고 나한테 물었다.

나는 말을 더 잘 먹이지 않으면 쓸모없어질 거라고 말했다. 해리가 예고도 없이 내 머리를 후려갈겼다.

똑바로 알아 그가 핏발 선 노란 눈으로 노려보며 말했다 똑바로 알고 같잖게 아는 거 싹 다 지워버려. 그러면 이 몸이 얼마나 말 먹이는 법에 훤한지 알게 될 거다 네가 100살까지 살아봐라 나보다 잘 아나 그때까지 살지도 못하겠지만. 이 작은 오두막이 근사한 물건이라는 걸 이제는 알겠어?

알아요 안다고요.

이 거짓말쟁이야 넌 이 오두막이 너한테 뭘 해줄 수 있는지 아직 몰라 비누하고 물로 입 깨끗이 닦고 나한테 말할 거다 해리 제가 알지도 못하면서 똥개처럼 시끄럽게 짖어댄 날은 없었던 걸로 해주세요.

아직도 맞은 데가 아팠지만 정작 그의 목소리는 다정하기까지 했는데 문 앞에 와서는 다시 잔소리를 늘어놓았다.

이 무식쟁이야 잘 들어 왕가라타에서 베날라 비치워스까지 경찰이란 경찰은 다 나를 쫓고 있지만 웜뱃산맥까지는 누구도 못 쫓아와 그가 말했다.

그가 성냥을 신발에 그었고 무시무시한 굴 같던 오두막 안이 환해졌다 공기가 안 통해서 답답했고 시큼한 생쥐냄새가 풍겼다 먹이와 담요를 발견한 생쥐들이 얼씨구나 가족을 꾸린 것이다.

해리가 이곳에서 묵을 준비를 시작했는데 알고 보니 그게 그의 방식이었다 바닥에 나뒹구는 낡은 술병들은 구석으로 차버리고 접힌 담요에서 죽은 새끼 들쥐를 털어낸 다음 벽과 천장 들보 사이의 어두운 구석을 더듬어 초를 찾아냈다.

친구 여기가 바로 불릭 크리크다 절대 너를 배신하지 않는 곳이지. 물론 네 친구들은 다 좋은 사람들이겠지 하지만 경찰에 매수되지 않을 사람은 없어 여자들은 침대에서 방귀를 뀌면 질색하고 개들은 좋은 벗이 되어주지만 죽고 말지. 이 낡은 오두막은 벽 두께가 60센티미터나 된다 그게 무슨 의미인지 아냐?

잘 안 썩는 거요?

해리가 벨트에서 권총을 뽑았다 어디 거는지 혹은 감추는지 보여주려는 줄 알았는데 총을 쐈다 번쩍 불꽃이 일고 고막을 찢는 요란한 소리가 울렸다 귀가 웅웅거렸다 그가 촛불을 들고 총알이 박힌 곳을 보여주었다.

그가 말했다 방탄효과 기똥차지? 우린 알리바바가 될 수 있어 그 이야기 알아? 간단히 말하면 알리바바는 동굴이 있었고 불편을 참아야 했지. 불을 피울 수 있고 어떤 날씨에도 굴뚝으로 연기가 잘 빠져나가는 마른 동굴을 찾아내기는 무척 어렵지만 이 오두막은 군대가 쳐들어와도 막아낼 수 있는 요새라고.

해리를 대단한 개척자라고 말하는 사람도 나오겠지만 우리 어머니 같은 사람들은 개척자의 신발끈만도 못하다고 말했을 것이다. 사실 그는 혼자 밥도 못해먹고 심지어 이도 못 닦았지만 여우

가족보다 피난처가 많았다 빅토리아주 북동부 전역에 걸쳐서 비밀 동굴과 임시 오두막과 속이 빈 나무가 어디 있는지 훤히 꿰고 있었고 나는 그런 데서 다 자보게 되었다.

그리고 이런 곳에서 그의 새로운 면을 보았다 지저분하게 쓰레기나 뒹구는 곳 같아도 어디까지나 겉보기에 그렇고 불럭 크리크의 컴컴한 구석들에는 수지양초&정어리 통조림&밀가루&탄약이 가지런히 쌓여 있었다. 리디 크리크 위에도 초록 어린나무와 양철과 삼베로 교묘하게 거처를 만들어놓았다.

그중 일부는 새로 지은 은신처였지만 불럭 크리크에 있는 이 사악한 오두막만큼 그가 완전히 믿는 곳은 없었다 이곳에서 그는 자신의 비밀 무기인 철제 드럼통 2개에 든 귀리 100킬로그램을 보여줬다.

옜다 무식쟁이야 말들한테 먹여 그가 말했다. 내가 목에 사료자루를 걸어주자 말들이 무척 좋아했다 그다음에 해리에게 달고 빛깔이 얼룩덜룩한 조니케이크를 만들어주고 칭찬을 들었다. 그는 나를 착한 아이라고 불렀고 나는 그의 온화해진 모습을 보게 되어 기뻤다 나 역시 행복했고 내 땅에서 나를 내쫓은 빌 프로스트를 잠시나마 잊었다.

설거지를 하고 나서 알리바바 이야기를 해달라고 부탁했다.

더 좋은 이야기를 해주지 해리가 말했다 거기 벽이 좀 기울어진 데 앉아라 그럼 내가 제임스 휘티가 땅을 갖게 된 이야기를 들려주마. 나는 시키는 대로 했다 그는 냄새 지독한 담배를 파이프에 채운 다음 불을 붙이더니 시커멓고 단단한 엄지손가락으로 꾹꾹 눌렀다.

그가 말했다 그건 다 오늘 네가 얻은 그런 구슬자루 덕분이었지.

그 말에 나는 픽 웃었다.

해리가 잠시 말을 멈춰 또 맞을 줄 알았지만 그는 파이프를 흔들기만 했다.

그가 말했다 꼬마야 잘 들어 끝에 가서 누가 웃는지 두고 보자. 제임스 휘티 씨는 처음 베버리지에 왔을 때만 해도 네 아버지 어머니처럼 가난해서 오줌 눌 요강 하나 없었지 그러다 어느 비 오는 컴컴한 밤 그가 말을 타고 멜버른 도로를 따라 집으로 가는데 악마가 나타났어.

진짜 있었던 일이에요?

주둥이 닥치고 들어 악마를 의심한다면 너도 제임스 휘티만큼 지혜가 없는 거다 그도 처음엔 안 믿었으니까. 비가 내리고 있었다는 말 내가 했나?

했어요.

비도 오고 바람도 불고 술까지 얼근히 취해 있었지 대니 모건의 호텔에서 술을 마시고 왔거든 그래서 악마가 말을 걸었을 때 에디 월슨이나 러치 오핸런 같은 산적인 줄 알았는데 말발굽소리가 안 들리는 거야 악마 말소리를 들으며 언덕을 달려올라갔던 거지 아마 악마가 휘티의 귓가에서 날고 있었겠지.

악마가 아일랜드인 목소리였나요?

그게 무슨 소리야?

아일랜드어로 말했냐고요.

맙소사 잠자코 이야기나 들어 금방 악마가 눈앞에 나타났고 휘티는 원하는 게 뭐냐고 물었지 악마는 아무것도 원하는 게 없다고 대답했어. 휘티가 말했어 잘됐군 나도 너한테 원하는 게 전혀 없으니까 그는 계속 달리려고 말에 박차를 가했지만 악마를 지나칠 수 있는 말은 없고 그의 말도 꿈쩍 안 했다. 악마가 말했어 나한테 원하는 게 없다는 말은 틀렸다 넌 나한테 죽도록 원하는 게 있으니까 그러면서 악마는 가죽주머니를 꺼내 휘티에게 내밀었어.

구슬이었어요?

끼어들지 말라니까 악마가 준 거지만 휘티는 그 주머니를 던져버리지 않았지. 여기 든 게 뭐냐고 그가 악마에게 물었어.

구슬이다 악마가 대답했어.

염×할 구슬주머니로 뭐하라고?

악마는 창문으로 구슬을 던지기만 하면 무슨 소원이든 들어준다고 말했어.

농부 휘티는 거래에 깐깐한 사람인지라 우선 대가부터 물었지.

악마는 공짜라고 대답했어. 네가 살아 있는 동안은 아무것도 안 받을 거라고. 죽어야만 대가를 치를 테니 넌 신경 안 써도 된다고. 휘티가 말했어 좋아 아주 마음에 드는군 그런데 만일 내가 원하는 걸 네가 줄 수 없다면? 그럼 대가를 받지 말아야지 하지만 지금까지 내가 들어줄 수 없는 소원은 없었어 악마가 대답했어. 이 주머니를 갖고 가서 원하는 게 생기면 구슬 1개를 베버리지의 성마리아교회 창문으로 던져.

해리 나 그 교회 알아요 거기 가봤어요.

우리 애들이 세례받은 데 아닌가? 휘티가 악마에게 말했어 스테인드글라스 유리창에 십자가의 길이 하나하나 그려져 있는. 맞아 그 교회다 악마가 말했고 둘은 악수를 나눴어.

악마의 손은 어땠어요?

차갑고 미끌미끌했지 그런데 그건 중요한 게 아니고 휘티는 금방 원하는 게 생겼어 강가에 있는 좋은 땅을 무척 갖고 싶었는데 목장주들과 그 앞잡이들의 방해로 도무지 손에 넣을 수가 없었지. 그래서 어느 캄캄한 밤 베버리지로 말을 타고 가서 교회의 1번째 창문에 구슬을 던져서 예수님 코를 깨뜨렸고 유릿조각이 교회 안쪽 바닥에 닿기도 전에 성직자들이 교회 주위에 곧잘 심는 초라한 소나무 뒤에서 악마가 나타났어. 악마는 좋아서 어쩔 줄 몰라하며 휘티에게 원하는 게 뭐냐고 물었어 휘티는 땅을 원한다면서 지역과 지번을 댔고 악마는 파란 줄이 쳐진 연습장에 받아적었지. 좋아 다음주 목요일 오후 우체국에 가봐 악마가 말했어.

5일 후 휘티는 베버리지 우체국에 가서 원하던 땅의 정식 권리 증서가 든 공문서용 갈색 봉투를 받았어 휘티에겐 모든 게 더할 나위 없이 만족스러워서 뒤돌아볼 필요가 없었지. 11년 동안 원하는 땅은 다 손에 넣어서 4000헥타르나 되는 땅과 유명한 앵거스 황소 3마리를 갖게 됐어. 그 모든 걸 얻기 위해 그는 키레네 사람 시몬과 예수의 얼굴을 닦아주는 베로니카와 예수의 옷을 벗기는 장면과 예수를 십자가에 못박는 장면이 그려진 창문을 깼지.

하지만 결국 늑막염에 걸려 자리에 눕게 되자 그는 겁에 질려 아내에게 모든 걸 털어놓고 울면서 자기는 지옥에 갈 거고 이제 방도가 없다고 한탄했어. 하지만 그는 행운의 사나이였지 아내가 아일랜드 티퍼레리 사람이라 굉장히 수완이 좋았거든. 아내가 말했어 그만 홀쩍대고 구슬 남은 거 있어? 휘티가 대답했어 딱 1개 남았어 무덤 속 예수님 몸까지 망가뜨릴 수는 없었거든. 좋아 아내는 그를 병석에서 일으켜 마차에 태우고 베버리지로 갔지 휘티는 연신 기침을 해대고 몸을 떨고 목을 가르랑거렸어. 마차가 어찌나 빨리 언덕을 내려갔는지 말고삐가 풀린 것 같았지만 그건 아니었지. 일단 교회에 도착하긴 했는데 다 죽어가는 사람이 승천 장면이 그려진 창문을 깰 힘이 남아 있을지가 문제였다 하지만 온갖 난관에도 휘티는 구슬을 잘 던져서 예수님의 성스러운 심장을 맞혔지. 그러자 악마가 기뻐서 어쩔 줄 모르며 득달같이 나타났어 악마는 지난 4시간 동안 휘티의 목에서 나는 가르랑거리는 소리를 들으며 기다렸거든. 악마가 말하지 네가 나한테 올 준비가 됐구나. 아직은 아냐 휘티가 말했어 이 씨×놈아 소원 하나가 남았다. 악마가 말했어 마음대로 해라 하지만 그 기침소리를 들으니 넌 날이 밝기 전에 내 것이 되겠구나. 그건 두고 봐야지 네가 내 소원을 들어주지 못하면 나는 천당에 간다 휘티가 대꾸했어. 너는 내가 못 들어줄 소원을 말할 만큼 영리한 놈이 아니다 악마가 말했어.

악마 말이 틀리진 않았지만 그건 근처 수국 덤불 뒤에 숨은 휘티의 아내 생각은 못하고 한 말이었어 휘티의 마지막 소원은 아내 머리에서 나온 거였지. 그녀가 티퍼레리 사람이라고 내가 말했나?

말했어요.

티퍼레리 사람이라 여우처럼 영리했다 그녀가 악마에게 말할 마지막 소원을 알려줬어.

휘티가 말했어 변호사들을 정직한 사람들로 만들어줘.

너도 알다시피 악마는 피부 대신 석탄같이 까만 비늘이 덮여 있는데 휘티의 소원을 들은 악마의 비늘이 여기 이 재처럼 허예졌어. 그건 못해 악마가 말했어. 아 꼭 해야 돼 휘티가 말했어. 못해 그럼 난 할일이 없어져 몸을 녹일 석탄 1덩어리 없는 신세가 될 거야 악마가 말했다.

그게 해리가 웜뱃산맥 은신처에서 내게 들려준 이야기다. 그때 난 휘티 씨가 저세상 사람이 되었겠거니 생각했는데 착각이었다 여러 해가 지나 모이후 경마장에서 그를 만나는 기쁨을 누렸다 하지만 그건 다른 이야기다.

애니 누나 결혼식은 4월이었고 이제 5월 말이 다 되어갔다 그동안 비가 와서 가뭄에 메말랐던 풍경이 초록으로 변해갔다. 일 때문에 여기서기 떠돌며 나는 새로 개간된 땅에서 고개를 내미는 소리쟁이와 민들레를 많이 보았다. 내가 있어야 할 곳에 있었더라면 젬과 매기 댄까지 동원해 부지런히 괭이질을 해서 잡초를 없앴을 것이다 낙농장에는 민들레향이 나면 안 되니까. 비에 젖은 숱한 가을밤 나는 빌 프로스트가 그 일을 게을리하면 어쩌나 애태웠고 오두막이나 동굴에 누워 오늘이 해리와 보내는 마지막 밤이라고 다짐했지만 쌀쌀한 아침이 되면 다시 블랙베리 뿌리를 모아 물에 끓여서 해리의 장에 좋은 약을 만들었다. 다시 강모래로 낡은 프라이팬을 박박 문질러 닦고 다시 아침 주스가 묻어 반짝이는 입 믿을 수 없는 입이 속삭이는 거짓말을 견뎠다 금에 대한 약속과 때가 되면 어떤 전리품을 챙겨서 집에 돌아갈 수 있을지에 대한 거짓말.

그래서 해리가 버클랜드 마차를 털던 5월 22일까지도 나는 그의 조수 노릇을 하고 있었다 길 위로 나무를 쓰러뜨리고 그가 작업하는 동안 말들을 붙잡고 있던 동료라고 보도된 이름 모를 인물이 바로 나였다.

손들어 그날 해리가 외쳤다. 이 씨× 개××야 손들어.

무슨 우연인지 마부는 전에도 그 말을 들은 적 있는 사람이었다 네가 기억할지 모르겠지만 그의 이름은 코디 키 크고 홀쭉하고 아주 냉정하고 냉소적인 사람이었다.

아니 이게 누구야 그가 고삐를 무릎에 놓고 담배쌈지로 팔을 뻗으며 말했다.

해리는 길에서 2미터 위 언덕에 서 있었다.

이 개×× 해리는 그렇게 외치고 권총을 흔들며 언덕에서 미끄러져내려왔다. 광분해서 달려오는 이 모습을 보고 코디는 얼른 태도를 바꿨고 해리가 마차 옆까지 왔을 때쯤엔 담배쌈지 대신 지갑을 꺼내 내밀고 있었다. 해리는 지갑에 든 돈을 세보지도 않고 나중에 챙길 셈으로 일단 길에 던져버렸다.

내려 그가 외쳤다 내려. 너도 내려 해리가 코디 옆에 앉은 승객에게 명령했다 그는 땅딸보 푸주한으로 방수코트 안에 줄무늬 앞치마를 입고 있었다.

10실링 6펜스밖에 없어요 푸주한이 실퍽한 흰 손으로 동전을 내밀며 말했다 1파운드에서 마차삯 내고 남은 잔돈이에요.

어쨌든 해리는 그 돈도 챙겼다. 다 나와 너희는 산적에게 걸렸다 그가 외쳤다.

마차 문이 천천히 열리고 여자 2명과 남자아이 1명이 내렸다. 여자 중 나이 많은 쪽은 30살이 좀 넘은 통통한 부인으로 지갑을 열더니 10실링짜리 지폐 1장과 플로린 은화* 3개를 꺼냈다.

고맙소 부인 해리는 돈을 주머니에 넣으며 말했다 그 예쁜 목걸이도 넘겨야겠는데.

좀전까지만 해도 강도를 당하는 게 신기해서 들떠 있던 부인은 보석을 잃게 되자 얼굴이 어두워졌다 그녀는 아이가 목걸이를 풀 수 있게 고개를 숙였다. 해리의 주머니 속으로 사라지는 보석을 보며 그녀가 말했다 저기 혹시 1실링만 돌려줄 수 있을까요 전보를 보내야 해서.

해리가 1실링보다 더 줬는지 그녀는 얼굴이 환해지며 고개를 살짝 숙였다.

거기에 용기를 얻은 2번째 여자가 자기는 돈이 1푼도 없다고 하지만 있었다면 기꺼이 다 내놨을 거라고 말했다.

그다음 남자아이가 앞으로 나서서 3펜스를 내놨다.

나는 얼마간 절망스러운 심정으로 그 장면을 지켜봤다 이번 강도질로 좋은 게 더 나올 리 없다는 걸 알았기 때문이다. 하지만 해리가 남자아이에게 3펜스를 돌려줄 때 길을 총총 달려오는 말 1마리가 보였다. 옷을 아주 잘 차려입은 젊은 여자가 다리를 한쪽으로

---

* 2실링짜리 은화.

모아 밤색 암말에 걸터앉아 있었다 키가 160센티미터나 되고 이마에 흰 점이 박힌 그 말은 20파운드를 줘도 살 수 없는 물건이었다. 웨일러가 절름거리기 시작하자 해리는 내게 새 말을 구해주겠다고 약속했던 터였다.

손들어 나는 해리 파워다.

오 파워 씨 실망시켜서 미안하지만 돈을 1푼도 안 갖고 나왔어요 말 주인이 말했다.

그건 다른 여자들과 다를 바 없었지만 목소리는 달랐다 말씨가 완전히 영국식이었다 다시 말해 특이했다.

내려 해리가 소리쳤다.

좀 도와주시겠어요 그녀가 말했다.

씨× 혼자 알아서 내려 해리가 말했다.

여자는 멋지게 내려 금세 훌륭한 자기 말 옆에 섰는데 당황해서 얼굴이 새빨갰다.

해리가 주위의 승객 모두에게 말했다 아니 이런 말을 타고 다니는 여자가 빈 지갑이라니 무슨 이런 희한한 일이 다 있나 그래. 영국 여왕이 염×할 독일인을 잠자리에 들인 사건 이후로 제일 희한한 일일세.

예의를 지켜요 푸주한이 말했다.

주둥이 닥쳐 푸주한.

하지만 푸주한은 용감한 사람이었다 그는 턱을 치켜들고 계속 말했다.

예의 지키라고요 이분은 보이드 양입니다 가난한 학교 선생님이에요 찢어지게 가난하다고요.

씨× 푸주한 내가 바보인 줄 알아?

당신은 가난한 사람 돈은 안 뺏는다고 들었는데.

가난하다고! 저 빌어먹을 안장을 봐 저런 건 14파운드는 줘야
사. 언제부터 가난한 여자들이 14파운드짜리 안장을 갖게 됐지?

불가능하진 않아요.

뭐가 어째? 푸주한 조심해 해리 파워한테 말대답하는 건 아주
위험한 일이니까.

말대답하는 게 아닙니다 푸주한이 말했다 하지만 얼굴이 시뻘
게져서 산적 앞에 다리를 벌린 채 버티고 서 있었다 이런 안장은
경품으로도 종종 받는단 얘기를 하려던 건데 당신은 딴 데 있다 와
서 모를 수도 있겠군요.

딴 데?

당신이 떠났다는 기사 읽었어요.

그러니까 감옥에 갔다는 뜻인가 이 개××.

기분 나쁘게 받아들이지 마요 당신이 감옥에 갔다는 소식 들었
어요 안장을 경품으로 주기 시작한 게 최근 일이니까 당신은 모를
수도 있지요.

속임수인지 긴가민가하는 해리의 얼굴이 멀리서도 보였다.

그럼 말은 뭐야 말도 경품으로 탔나? 해리가 물었다.

이 결정적인 순간 길 위쪽에서 어이 하고 외치는 소리가 들리더
니 손님이 1명 더 나타났다 키 큰 빨간 머리 아일랜드 남자였고 부
자 행색은 아니었지만 아이언바크 뿌리로 만든 지팡이를 들고 있

었다. 그에게 주머니를 뒤집어보게 했지만 역시 비어 있었다 해리는 그를 보이드 양 근처에 모여 있는 포로들 무리로 보냈고 나는 그 말이 내 것이 될 거라고 생각했다. 해리가 마저 그 말을 빼앗아 나한테 주기를 기대하고 있는데 중국인 1명이 걸어왔고 그러고 나서 바로 워울리 출신 낙농업자가 아무 쓸모 없는 불쌍하고 비실비실한 말을 타고 왔다. 그들의 돈을 빼앗으면서 해리는 자기가 강도질을 할 수밖에 없는 처지에 대해 변명을 겸해 약간의 연설을 곁들였는데 굳이 여기 옮겨 너를 괴롭히진 않으마.

중국인이 돈을 넘겼을 때쯤 해리가 빼앗은 돈은 총 3파운드였다 그사이 코디가 길옆에 불을 피워놓았고 포로 9명이 불가에 웅크리고 서서 처분을 기다리고 있었다.

해리가 보이드 양에게 말했다 당신이 선생이라는 걸 성경에 대고 맹세할 수 있나?

나중에 〈엔사인〉에 실린 대로 그녀는 열성적으로 거짓 맹세를 했다 사실 피비 마틴 보이드 양은 부유한 목장주의 조카딸이었고 그 목장주는 푸주한 앨런 조이스의 소중한 고객이었다.

성경에 대고 맹세해요.

좋아 나는 가난한 선생은 안 터니까 마차 선두마를 데려가지 해리가 말했다.

그날은 만사가 꼬이는 날이었다. 선두마는 해리를 모실 준비가 안 되어서 뒷줄 오른쪽에 있는 갈색 말을 골라야 했다. 코에 흰 점이 있는 그 말은 쓸모 있었지만 기가 꺾여 있었다.

그리고 그 말을 고른 결과 나는 마운트 배터리 목장 주인인 닥터

J. P. 로의 눈에 띄게 되었다.

5월 23일 추위와 어둠이 내려앉았고 달도 안 보였다. 나는 옥슬리에 있는 오두막 앞 베란다에 서 있었는데 매서운 바람이 그대로 들이쳤다 거센 빗줄기가 얼굴을 때리고 진흙 바닥에 쏟아졌다. 우리집의 달고 건조하고 탁한 공기가 몹시 그리웠지만 파워의 무보수 졸자 신세로 경찰이 오나 망을 봐야 했다 비가 억수같이 쏟아지고 킹강 다리가 물에 60센티미터나 잠겨 신음하고 있는데 경찰이 어떻게 우리를 잡으러 올 수 있다는 건지 도대체 알 수가 없었지만. 나는 몹시 피곤했고 사는 게 지긋지긋했다.

버클랜드 마차에서 빼앗은 불쌍한 갈색 말은 나와 함께 베란다 아래서 비를 피하고 있었다 그 말은 목장주 닥터 로의 총에 맞아 다친 상태였다. 해리 탓이었다 그 말을 단조롭고 정직한 마차 말의 삶에서 끌어낼 이유가 없었으니까 날마다 마차를 끌고 산길을 오를 때면 그 커다란 심장이 무겁게 뛰었겠지만 이제는 끝없는 노동이 반복되던 따분한 삶이 달콤하게만 느껴질 것이다. 말은 어깨 위쪽에 총을 맞았고 상처가 나아봤자 절름발이 신세였다. 그러니 눈을 가린 채 망치에 맞아 죽겠지 사는 게 그렇다.

오두막 안에서는 웃음소리와 노랫소리가 요란했고 커튼을 내린 창문에 그림자들이 어른거렸다. 해리 파워는 춤을 추고 있었다 무지외반증 얘기는 하나도 없었다 밤이고 낮이고 무지외반증 때문에 징징거리는 인간인데. 나는 발을 갖고 그렇게 법석을 떠는 사람은 처음 봤다. 노상 발&장 타령이었다 발&장. 날마다 축축한 아

침 내가 가장 먼저 하는 일은 장에 좋은 블랙베리 뿌리를 찾아다니
는 것이었다 천만다행으로 냄새 고약한 무지외반증은 자기가 알아
서 처리했다. 그는 매듭이 7개인 빨간 끈을 갖고 있었는데 그걸 염
증으로 부어오른 발가락에 특별한 방식으로 묶고 이런 주문을 외
웠다.

뼈와 뼈 피와 피
그리고 모든 힘줄은 제자리에

갈색 말이 진흙 바닥에 쓸쓸히 오줌을 갈겼다 안에서 베이컨 굽
는 냄새가 났지만 나한테는 1조각도 안 내왔다. 속에서 부아가 끓
어오르는데 문이 벌컥 열리더니 해리 파워가 대장간에서 쓰는 집
게로 시뻘건 석탄을 들고 나왔다. 가슴이 큰 안주인이 따라나왔다
골반이 남자아이처럼 좁은 안주인은 아주 예쁜 손에 설탕 그릇을
들고 있었다. 알근히 취해 깔깔대더니 유명한 산적 품에 비틀거리
며 넘어지는 척했다.

네드 켈리 말 붙잡아 해리가 말했다 나는 그가 증인들 앞에서
내 이름을 말하는 게 달갑지 않았다. 불과 2일 전에도 해리 때문
에 마운트 배터리 목장의 닥터 로가 내 얼굴을 똑똑히 보게 되었
다. 그때 우리는 닥터 로의 방목장이 내려다보이는 바위에 엎드려
갈색 말을 더 쌩쌩한 녀석으로 바꿔칠 기회를 노리고 있었다. 교활
한 늙은 여우 같은 로는 우리 옆쪽으로 몰래 기어올라와 총을 쐈고
바로 내 코앞에서 흙먼지가 피어올랐다. 나는 그 자리에서 항복하

고 싶었지만 해리가 그 목장주보다 무서워서 그를 따라 꼬박 2일을 폭풍우를 뚫고 미친듯이 달려 물에 빠진 생쥐 꼴로 이 베란다까지 왔다 나는 달리면서 아카시아 덤불에 얼굴을 베었고 매질이라도 당한 것처럼 입술이 잔뜩 부어올랐다.

안주인이 설탕을 주자 해리 파워는 시뻘건 석탄에 뿌렸다.

염×할 말 붙들어 그가 내게 말했다.

내가 말고삐를 잡고 있자 해리는 연기 나는 석탄을 말의 상처로 가져갔다 퀸과 로이드 집안 남자들이 이 치료법을 쓰는 걸 보긴 했지만 해리는 술에 취해서 석탄을 너무 가까이 들이댔고 털 타는 냄새가 났다. 처음 털이 탈 때 말은 발길질만 했지만 2번째는 앞발을 들고 뛰어오르는 바람에 나는 고삐를 놓치고 말았다 말이 베란다의 나무껍질 지붕을 뚫어버렸다. 해리는 오두막에 입힌 피해에 아랑곳하지 않는 듯했다. 자 이러면 낫는다니까 그가 말을 달랬다. 하지만 거짓말이었다 총알이 너무 깊이 박혀서 연기가 거기까지 닿을 리 없었다.

해리가 금방 먹을 걸 내주겠다고 했다.

나도 안에 들어갈래요 내가 말했다.

오 그래 그러시겠다?

경찰이 배를 타고 온다면 모를까 여기서 망보는 건 쓸데없는 짓이에요 내가 말했다.

대꾸하는 대신 그는 내 머리통을 후려갈겼다 나도 주먹을 휘둘렀다. 하지만 그는 반격을 허용하지 않고 내 불알을 잡았다.

나랑 싸우겠다는 거냐 꼬맹아?

아녜요 해리.

안주인이 지켜보는 가운데 그는 내 불알을 꽉 움켜쥐었고 나는 고통을 못 참고 비명을 질렀다 그는 내게 그런 모욕을 주고 돌아서서 여자친구를 데리고 안으로 들어가버렸다. 나는 놀란 말을 달래면서 이게 유명한 해리 파워와의 마지막 모험이라고 다짐했다.

잠시 후 문이 열렸다 해리는 아니었다 낯선 남자는 둥글고 우람한 어깨와 육중한 팔을 보니 농부에 더 가까웠는데 들고 있는 건 달랑 술잔 하나였다 그가 술을 권했지만 나는 그 냄새가 싫었다.

꼬마야 너한텐 너무 독한가? 멋진 턱수염이 얼굴을 감싼 소위 미남이었다. 레모네이드 좀 타줄까?

그가 히죽거리며 빤히 보기에 나는 마음만 먹으면 얼마든지 마실 수 있다는 걸 보여주려고 조금씩 홀짝거렸다.

네 엄마는 그 술이라면 사족을 못 쓰지 너도 알 거야.

글쎄요.

사족을 못 써 그가 말했다.

어릴 때부터 나는 우리 어머니 이야기를 하려는 남자를 많이 봐왔다 그는 베란다 기둥에 등을 기대고 히죽 웃었다. 너 빌 프로스트 아냐?

나는 안다고 인정했다.

럼주와 정향담배라면 아주 껌뻑 죽는 인간이지. 남자의 야비하기 짝이 없는 말투에 당황한 나는 말의 차갑고 축축한 목에 얼굴을 대고 쓰다듬었지만 그는 계속 지껄였다.

집 떠난 지 좀 됐다면서.

댁이 꼬치꼬치 캐물을 일이 아니라고 말해주고 싶었지만 나는 아무 말도 안 했다.

그럼 엄마 소식 못 들었겠구나.

나는 뭐라도 아는 양 구는 그에게 넘어가지 않을 작정이었다.

네 엄마 빵 굽느라 바쁘다 그가 말했다.

잘됐네요.

빌 프로스트한테 잘된 거지 그가 말했다 네 엄마 오븐에 빵을 넣는 게 그자거든.*

나도 모르게 그의 배로 주먹이 올라갔고 창자가 푹 들어가는 게 손에 느껴졌다 입 밖으로 터져나온 숨냄새도 맡았는데 1주일은 묵은 밀기울죽처럼 시큼했다 그는 80킬로그램 가까이 나가는 거구인데도 머리대구처럼 입을 벌리고 비틀거리며 뒤로 물러났다. 나는 증오에 차서 그의 얼굴에 침을 뱉고 빗속으로 떠밀었다 돼지 몰듯 진흙탕에서 장작더미 쪽으로 몰아대자 그가 울부짖으며 도와달라고 외쳤다 나는 그에게 1번만 더 우리 엄마 얘기를 꺼냈다간 죽여버리겠다고 소리쳤다.

문이 열리고 해리가 베란다로 나오는 모습이 곁눈으로 보였다 그는 짧고 굵은 목을 앞으로 빼고 나를 한껏 노리고 있었다. 말이 자기를 고문한 그를 알아보고 날카롭게 울부짖으며 베란다 기둥에 묶인 고삐를 거칠게 당겼다. 해리 파워가 허리를 굽혀 장작을 집어들었다 나는 그의 손에 들린 장작을 보고도 아무렇지 않았다.

_____

* '임신하다'의 숙어에서 나온 것으로 빵은 아기, 오븐은 자궁을 뜻한다.

베란다 기둥이 뽑혔고 말이 펑펑 도는 기둥을 끌고 뒷걸음쳐 빗속으로 나갔다 한편 해리 파워는 작정으로 나를 후려치기 시작했고 특히 콩팥 부근을 집중적으로 때렸다 나는 아무것도 못 느낀 채 미남의 팔을 뒤로 꺾고 얼굴을 진흙에 처박았다.

말은 도망을 못 갔지만 무섭게 날뛰었다 발길질이 무시무시하고 눈이 허옇게 뒤집혀서 아무도 가까이 가지 못했다. 내가 떠버리 남자를 놓아준 건 해리가 아니라 말 때문이었다. 해리와 남자가 지켜보는 동안 떨고 있는 불쌍한 말을 달래자 말은 내가 엉킨 고삐를 풀고 마당으로 끌고 들어갈 수 있게 얌전히 있었다.

그사이 비가 더 억수같이 쏟아져서 무척 시끄러웠지만 해리 파워의 사과를 놓칠 정도는 아니었다. 오두막에서 흘러나오는 불빛에 일부러 구르기라도 한 것처럼 진흙투성이가 되어서 무릎이 밖으로 향하게 다리를 쩍 벌리고 앉아 있는 미남이 보였다. 내가 다가가자 그는 다시는 우리 어머니에 대해 함부로 말하지 않겠다고 했다. 해리에게 돌아서니 그는 엄지손가락을 총을 찬 벨트에 꽂고 있었다.

이리 와 그가 말했다.

나를 쏠 작정이구나 나는 그렇게 생각하면서도 따라갔다. 방금 전까지만 해도 용맹한 용사였던 나는 도살장에 끌려가는 불쌍한 짐승처럼 비칠비칠 어두운 빗속으로 걸어갔다. 가파른 골짜기를 내려갔고 거기는 오두막의 희미한 노란 불빛이 닿지도 않았다 해리가 어깨에 손을 얹어 나는 걸음을 멈췄다. 발목을 돌아 흐르는 물이 느껴졌다 꼭 심장을 돌아 물이 흐르는 것 같았다.

장화 내놔.

나는 시키는 대로 했고 맨발로 질척거리는 진흙 웅덩이에 서 있다가 한참 만에야 그가 가버린 걸 깨달았다. 나는 잘린 것이다.

어머니는 일레븐 마일 크리크의 오두막에 앉아 있었다 아침까지 불씨를 살려두려고 재로 불을 덮고도 왠지 잠자리에 들 수 없어서 다리가 3개인 스툴에 앉아 다리를 쭉 뻗고 커다란 손을 앞치마에 올려놓고 있었다.

어머니는 여전히 잘생긴 여인이었고 머리칼은 까마귀 깃털처럼 윤기가 흘렀다 난로 불빛이 그 윤기 속에서 어른거렸다. 어머니는 잠자리에 들 수도 있었지만 다시 머리를 빗었다 200번 빗질을 끝내자 머리를 땋기 시작했고 그다음 동그랗게 말아 틀어올리니 머리가 북처럼 팽팽히 당겨져서 잠자리에 들 수 없었다. 어머니는 불씨를 품은 잿더미 앞에 그대로 있었고 오두막 안은 아이들의 차가운 숨결로 가득했다 생쥐들이 〈베널라 엔사인〉을 겹겹이 붙인 벽 속에서 부스럭댔다.

빗발이 약해지자 식탁 위 지붕에서 물이 새 똑똑 떨어지는 소리가 가장 크게 들릴 정도로 아주 조용해졌지만 어머니는 잘생긴 머리를 갸웃한 채 뭔가 다른 소리에 귀기울이고 있었다. 지금도 샛강이 불어나 걱정되어서 바깥에 신경쓴 거지 미신 때문은 아니었다고 말한다. 어머니는 문빗장을 풀고는 등불을 들고 긴 잠옷 차림으로 둥글게 껍질이 벗겨진 죽은 유칼립투스들 사이를 걸었다 그것들은 나무 유령이었다 수액이 가득하던 줄기가 이제는 바싹 말랐다. 캥거루 사냥개들은 짖지는 않았지만 목줄에 묶인 채 제자리에서 빙빙 돌았다.

어머니가 등불을 들었을 때 나는 몇 킬로미터 떨어진 곳에서 훔친 장화를 신고 절룩거리며 길을 걷고 있었다 어둠 속에서 길은 시커먼 얼룩으로밖에 보이지 않았다.

어머니는 치맛단을 들고 샛강을 살피러 내려갔다 어머니가 신은 반장화는 진흙과 거름이 잔뜩 묻어서 무거웠지만 금세 다 씻겨나갔다 샛강이 빠르게 불어나 슬그머니 길로 흘러넘친 물이 귀리밭까지 넘보고 있었다.

자정이 넘은 게 분명했다 나는 길에서 벗어나 풀밭에 있었고 도대체 어디가 어딘지 몰라 손으로 앞을 더듬으며 걸었다. 어머니는 오두막으로 돌아갔지만 잠자리에 들지는 않았다. 포슨 씨네 염소 울음소리가 들리는 것 같자 어머니는 다시 문빗장을 풀고 등불을 들고 나갔다. 염소 모습이 보이지도 소리가 들리지도 않았다.

다시 안으로 들어가려는데 그림자가 보였다 처음에는 원주민인 줄 알았지만 자세히 보니 붉은 드레스를 입은 늙은 백인 여자였다.

길을 잃었나요 어머니가 외쳤지만 여자는 들은 척도 안 했다 키가 돼지우리만했다 그건 90센티미터도 안 된다는 뜻이었다.

누구 찾아요 어머니가 외쳤다 온몸에 소름이 돋고 땋은 머리가 곤두섰다.

대답이 없었다.

누구세요? 하지만 어머니는 이미 그 여자가 밴시*라는 걸 알았

---

* 아일랜드 민화에 등장하는 요정. 구슬픈 울음소리로 사람의 죽음을 알린다.

다 어머니는 아이들을 보호하려고 문 쪽으로 뒷걸음쳤다.

누구 찾아요?

밴시는 대답이 없었다 어머니는 어릴 때부터 저승사자한테 참견하면 안 된다는 말을 숱하게 들었고 손이 불탄 남자와 밤새 자기 오두막 벽에 걸려 있었던 사람 이야기도 알았다. 밴시를 방해한 사람은 평생 복을 못 받는다는 것도 알았지만 이곳은 밴시가 원래 있어야 하는 곳에서 멀리 떨어진 타국이었기에 등불을 높이 들었고 밴시는 고개를 돌리며 성질 고약한 요정답게 등골을 오싹하게 만들었다. 밴시는 추한 노파였지만 긴 금발을 드러내더니 자기 마음을 달래기라도 하려는 것처럼 머리를 빗기 시작했다. 어머니는 빗 이야기를 다 알았다 뼈로 만든 빗&쇠로 만든 빗&금으로 만든 빗을 다 알았고 밴시의 머리칼을 따라 움직이는 그 무시무시한 도구를 보며 얼른 침대로 가서 눈을 감는 게 상책이라는 것도 알았지만 어머니는 퀸 씨라 그럴 성격이 아니었다.

누구를 찾는지 말해요 어머니가 외쳤다.

나는 멀리 풀밭을 걷고 있어서 무슨 일이 일어나고 있는지 전혀 몰랐지만 시간은 정확히 안다 그 이유는 너도 곧 알게 될 것이다.

어머니가 말했다 네드는 아니죠? 당신이 찾는 게 우리 아들 네드는 아니죠?

밴시는 대답하지 않았다 그래서 어머니는 젬이 문에 세워둔 도끼를 집어 스코틀랜드 사람처럼 양손으로 잡고 돌리다가 어둠 속 밴시를 향해 휙 던졌다.

바로 그 순간 나는 크루커드 크로싱이라는 곳의 북쪽에 있었다.

나는 밴시의 울음소리를 들었다. 사람들 말처럼 암여우 울음소리가 아니라 튼튼한 남자의 창자도 녹일 만큼 무시무시한 울부짖음이 하늘을 뒤흔들었다. 어두운 땅에 엎드려 손으로 귀를 막고 몸 아래서 진흙이 떨리는 걸 느꼈다 울음소리가 그친 뒤에도 차가운 땅이 내 피의 온기를 남김없이 빨아들이기라도 한 것처럼 그대로 있었다. 동이 틀 때까지 그렇게 있다가 일어나니 몸 자체가 진흙으로 변한 것처럼 뻣뻣하고 잿빛이었다. 나는 톰 버클리가 사는 계곡 끝으로 갔다 그는 속이 빈 거대한 유칼립투스 둥치에 경사진 지붕을 얹어 아주 멋진 집을 지어놓고 살았다. 문을 여니 안이 캄캄했다 선반이 많은 광부 오두막으로 모든 게 제자리에 있었지만 정작 주인은 바닥 한가운데 쓰러져 다리 하나가 뒤로 꺾여 있었다. 외국 왕의 옷을 입고 있었는데 이유는 나도 모른다. 옷은 무척 낡았고 톰 버클리는 노총각이라 죽음을 슬퍼할 아내도 자식도 없었다. 나는 어쩔 줄 몰라 말을 빌려 타고 급히 집으로 출발했다.

우리의 용감한 부모들이 마치 입에서 이가 뽑히듯이 자신들의 역사인 아일랜드에서 쫓겨나 코크나 골웨이나 더블린의 항구에서 정들었던 모든 소중한 것과 작별할 때 밴시도 저주받은 죄수선 롤라호 텔리체리호 로드니호 피비던바호에 함께 탔고 영국인의 눈은 장차 그 아일랜드인들에게 닥칠 시련을 상상할 수 없었던 것처럼 밴시의 모습을 보지 못했다. 밴시는 뱃머리에 앉아 코크에서 보터니만으로 가는 내내 머리를 빗었다 그녀는 십자가 3개를 겹쳐서 박은 것처럼 생긴 외국 국기 아래서 우리 부모들과 함께 항해했다.

빅토리아주에서 내 부모는 성녀 브리짓의 기운이 점점 약해져 가는 걸 목격했다 어머니는 양이 새끼를 잘 낳도록 짚으로 십자가를 만들고 외할머니가 가르쳐준 대로 열심히 공을 들였지만 성녀 브리짓은 암소 뿔에서 젖이 잘 내려오게 하는 힘을 잃은 게 분명했다. 성녀 브리짓을 향한 아일랜드인의 사랑은 빅토리아에서 시들해졌다 송아지 낳는 데 더는 도움이 안 되면서 우리 마음속에서 천천히 사라져갔다.

하지만 밴시는 새로운 기후에서 블랙베리처럼 번성했다 웅덩이에 얼음이 얼 때 베날라에서 왕가라타까지 평원 전체가 지옥처럼 불볕에 달아오를 때 밴시는 우리와 함께 있었다. 숲에 유칼립투스 아지랑이가 피어오르고 성난 파리들이 쉬지 않고 윙윙거릴 때조차 밴시는 고향으로 돌아가지 않았다 애브널에서 베날라에서 유로아에서 그리고 멜버른 도로에 놓인 새 다리들 아래서 각기 다른 시기에 밴시의 빗이 등장했다고 알려졌다.

밴시의 울음소리를 들었을 때 나는 그게 뭔지 확실히 알았고 톰버클리의 조랑말을 타고 집으로 달려가는 내내 밴시가 우리 가족 누구도 데려가지 않았기를 기도했다. 와틀나무 가지를 꺾어 조랑말을 사정없이 몰아댔다 피투성이가 된 말 옆구리에 황금빛 꽃이 소금처럼 뿌려졌다.

밤마다 외로움에 몸부림치며 꿈꿨던 집이 마침내 보이자 나는 충격에 빠졌다 너무 작았다. 나무껍질 지붕은 휘어지고 집 주위에는 부러진 잿빛 나무줄기가 즐비했는데 일부는 서고 나머지는 쓰러져 있었다. 비에 젖은 겨울 아침이었다 샛강은 사납고 잿빛 구름이 낮게 걸려 있고 산에서 위협적인 찬바람이 불어왔다. 나는 일찍이 본 적 없는 엄청나게 황량한 광경을 목격했다 까마귀 1마리 까치 1마리 없고 울타리에 때까치 1마리 앉아 있지 않았다. 정적 속에서 나는 밴시가 죽음의 임무를 수행했음을 확신했고 어머니가 세상을 떠났을까봐 두려워 물에 잠긴 길에서 말을 몰아댔다.

많이 불어난 샛강을 조랑말로는 건너기 어려워서 나는 장화를 벗고 쓰러진 통나무 위를 건넜다 그때까지 그게 우리의 유일한 다리였다.

개들이 짖기 시작하더니 우리 그레이시가 보였다 4살 된 그레이시가 비명을 지르며 돼지우리 뒤에서 달려나왔다 조금 후에야 그레이시가 장난치고 있다는 것을 알아챘다. 그다음에는 다부지고 튼튼한 우리 매기가 그레이시 그레이시 때려줄 거야 하고 외치며 나왔다.

그리고 젬이 후추나무 뒤에서 나타났는데 못 본 새 키가 5센티미터는 컸고 덩치도 우람해졌다 맨발이 진흙투성이였고 집에 돌아온 나를 보는 검은 눈이 반짝였다. 나는 아무도 안 죽었다는 걸 알았다.

어머니가 배에 왼손을 얹고 따라왔다 자궁 안에서 다른 심장이 뛰고 있을 때 여자들이 하는 자세였다. 빌 프로스트가 해놓은 거라곤 그것뿐이었다. 다리도 안 놓고 땅도 개간 안 하고 목초지는 소리쟁이와 민들레 천지였다 노란 민들레꽃을 보자 나는 가슴이 무너졌다.

어머니가 물었다 해리는 어디 있어?

우리 발치에는 한때 어머니와 아들이 가로톱으로 잘랐던 통나무들이 널려 있었다.

그래 해리는 어때 잘 있니? 어머니가 물었다 내게는 아무 감정도 내보이지 않았다. 사실 밴시에게 더 솔직하게 감정을 보였다.

톰 버클리가 죽었어요 오두막 한가운데 쓰러져 있어요.

어머니는 성호를 긋고는 내 어깨에 양손을 얹고 뼈들이 제대로 튼튼하게 있는지 확인했다. 어머니가 미소 지으며 말했다. 너 튼튼해졌구나 응?

보면 알 거예요.

아들아 뭘 할 거니?

여기서 일하려고 왔어요.

어머니는 조용히 머리에 꽂은 핀들을 만지작거리기 시작했다.

빌 프로스트랑 안 싸울게요 그게 걱정이라면 그를 노려보거나 하지 않을게요 내가 말했다.

그레이시가 내 다리를 껴안고 보양을 잡아당겼다.

그의 오른팔이 될게요 여기서 일만 하면 돼요 내가 말했다.

하지만 어머니는 잿빛으로 얼룩진 지평선으로 시선을 돌렸고 거기서 쓸 만한 걸 못 본 게 분명했다.

해리는 어떻게 된 거야?

그 사람한테 관심 없잖아요 내가 말했다.

해리 잡힌 거니 그런 거야?

아뇨 안 잡혔어요 엄마가 좋아할 것 같아서 돌아왔어요.

너한테도 체포영장이 나왔니?

내가 집에 왔다고요 염×할 목초지가 민들레랑 소리쟁이 천지인데 내가 떠나 있는 동안 아무도 풀을 안 뽑았잖아요.

어머니는 한숨을 쉬고 고개를 저었다 주님 저 좀 살려주세요.

난 아무 문제 없어요 내가 말했다.

아들아 넌 내 문제들을 몰라.

딱 봐도 토지법이 요구하는 게 아무것도 안 돼 있잖아요.

어머니는 주변을 둘러보았다 우리 땅이 서글프고 한심한 꼴이라는 건 부인할 수 없었다 새로 울타리를 쳐서 소유권을 표시한 땅이 없었다.

나라에서 도로 땅을 빼앗을 거예요 내가 말했다.

그 말에 어머니가 별안간 몸을 돌려 내 따귀를 갈겼다.

내 돈 어디 있어 씨× 내 돈 어디 있느냐고 어머니가 소리쳤다.

그레이시가 내 다리를 놨다 슬금슬금 멀어져가는 기척이 느껴졌다.

도우려고 집에 왔어요.

너희가 씨× 버클랜드 마차 턴 거 알아 리드 머피네 목장도 털었잖아 네 누이가 신문 다 읽어줘.

산적질이 엄마 생각처럼 그렇게 짭짤하지 않아요.

그럼 아무것도 안 가져온 거야?

예.

그럼 난 어쩌라고 어머니가 외쳤다.

내가 도우려고 집에 왔잖아요.

넌 집에 오면 안 돼 내가 그 개××한테 널 맡기면서 15파운드나쳤어. 그 인간 밑에서 일 배우라고 보낸 거야.

어머니와 아들은 방목장 한가운데 마주서 있었다 닭들은 하나 같이 진흙투성이에 축 늘어졌고 돼지들은 갈비뼈가 앙상하게 드러난데다 벌써 일레븐 마일 크리크의 물이 빠지기 시작하면서 누런 진흙 바닥에 누운 시든 귀리가 보였다 아들은 바보 멍청이가 된 기분이었다 썩은 고기처럼 팔려갔던 신세였으니까.

다음날 아침 먹는 자리에서 어머니는 절망적인 목소리로 사는 게 지긋지긋하다고 계속 말했다 내가 빈손으로 돌아왔으니 앞으로 어떻게 살아야 할지 모르겠다고 했다.

빌 프로스트는 이제 어머니 침대뿐 아니라 아버지 의자까지 차지하고 우쭐대며 앉아 있었다 혈색 좋은 얼굴은 깨끗이 면도하고 연고를 발라 번들거렸다 나는 그에게 우리 땅을 지킬 방도가 있는지 물었다.

검둥이들한테 돌려줘 그는 그렇게 말하더니 킬킬거렸다 아니아니 검둥이들은 안 받을 테니 아일랜드인들 줘 농담이다 네드 아주 좋은 질문이야 마침 나한테 그 답이 있거든. 그는 뒷주머니에서 구겨진 봉투를 꺼냈다 나는 그가 최근 가축 시세표라도 내놓나 했지만 봉투 안에는 갈색과 노란색이 섞인 천조각이 있었다. 그가 말했다 이게 네 엄마를 살려줄 거다 네드 이게 바로 내가 네 엄마한테 청혼할 때 약속한 거지.

청혼? 나는 처음 듣는 소리라 어머니를 봤지만 어머니는 아기를 바닥에 내려놓고 천조각에 정신이 팔려 있었다.

빌 그게 뭐야 어머니가 물었다.

이 물건이 뉴사우스웨일스에 가면 여기 빅토리아에서보다 값이 4배나 나가. 프로스트는 우리의 감탄을 기대하는 마술사라도 되는 양 식탁을 둘러봤다.

빌 놀리지 마.

그는 천조각을 어머니 손에 쥐여줬다. 이걸 갖고 머리강만 건너면 돼 그럼 여기서 산 가격의 4배를 받을 수 있다고. 켈리 부인 이제 버터는 그만 만드는 게 좋지 않겠어?

어머니는 내게 의기양양한 눈길을 던졌다. 원래부터 밀수에 마음이 끌렸는데 자신처럼 배짱 두둑한 사람을 만났다고 착각하는 듯했다.

나는 빌 프로스트를 노려보거나 하지는 않았지만 어머니가 그에게 버터 판 돈을 주는 걸 보고 동생 젬에게 밖으로 나가자고 했다. 앞 베란다를 지나면서 나는 도끼 2개를 들었고 소우리 뒤로 가서 목장 관리인 빌 프로스트는 취미가 없는 일을 우리가 해야 한다고 말했다. 안 그러면 땅을 잃을 테니까.

젬은 9살밖에 안 됐는데도 내 말을 귀담아 들었다 이마를 찌푸리고 검은 눈을 내 얼굴에서 떼지 않았다 내 전략을 듣고 이모들 노예 노릇 하러 다시는 안 간다고 말하더니 도끼날로 손을 그었고 나도 똑같이 했다. 우리는 피를 섞고 맹세했다 젬은 말했다 나는 죽을 때까지 대장에게 충성할 것을 맹세해.

일요일이었고 빌 프로스트는 일하러 안 가도 되는데도 바로 떠났다.

시작하자 내가 말했다.

우리는 거대한 아이언바크 아래서 맹세했는데 지름 2.5미터에 역사만큼 나이를 먹은 나무였고 껍질이 어찌나 검고 거친지 외국 왕의 갑옷 같았다.

그래 젬이 대답했다 젬은 손바닥에 침을 퉤 뱉더니 거친 나무껍질에 도끼를 박았다 껍질 속은 시큼하고 붉었다 우리는 나무껍질을 반짝이는 거대한 널빤지 모양으로 벗겨냈다 젬의 도끼는 2킬로그램밖에 안 나갔다 나는 젬이 창피하지 않게 자주 쉬었다.

보통 나무였으면 저녁 먹기 전까지 2그루는 베었겠지만 이건 할아버지 나무라 우리 둘이 종일 매달려야 했다 파리떼가 벌어진 입으로 들어오고 손은 수액이 묻어 시커멓고 끈끈해졌다 우리는 차도 안 마시고 계속 일했고 하늘에서 빛이 사라질 때에야 삐걱거리는 소리가 들렸다.

나무를 베어본 사람은 그 소리를 안다 문이 쾅 닫히기 전 생명의 경첩이 움직이는 소리다.

나무는 느리게 또 빠르게 쓰러진다 한편으로는 쓰러지는 시간이 영원 같지만 다른 한편으로는 단두대만큼 금방이다. 나는 젬에게 피하라고 소리쳤다 젬은 멈춰서 뒤돌아봤는데 그 잘생긴 검은 눈망울과 어리둥절한 표정이 지금도 눈에 선하다. 그때 종이 1장이 찢어지는 것처럼 아주 작게 갈라지는 소리가 들렸고 나는 손을 뻗어 젬의 머리를 가슴으로 끌어당겼다. 아이언바크가 넘어갔다. 마치 제국 전체가 무너지는 것 같았다 나무 꼭대기가 옆에 있던 그레이박스에 부딪히며 1000개의 뼈가 한꺼번에 부러지는 소리가 났다. 나무줄기가 공중으로 튕겨나갔다가 어마어마한 무게로 우리를 지나 떨어졌는데 대포알이 귓가를 스쳐지나가는 것 같았다.

어머니는 종일 도끼소리를 들었지만 내가 고함치기 전까지는 이웃인 브리키 윌리엄슨이 내는 소리인 줄 알았다. 땅이 흔들리는 걸 느낀 어머니는 그제야 어스름 속에서 달려왔고 매기&댄&그레이시도 줄지어 따라왔다 어머니의 살 중의 살인 자식들이 태어난 순서대로 오고 있었다. 모두가 소리를 질러대고 쓰러진 나무우듬지를 헤치면서 다가왔다 어머니는 가지들을 젖히고 우리 머리 쪽에 섰다. 결코 눈물을 보인 적 없는 어머니가 어두워져가는 땅에 쓰러져 우리를 안고 흐느꼈다 굵고 짭짤한 눈물방울이 꼬질꼬질한 우리 얼굴에 떨어졌다. 나는 뱃속의 아기를 느끼고 어머니 품에서 벗어나 어머니를 일으켜줬다.

어머니는 코를 풀었다. 너희는 용감한 아이들이고 아주 훌륭하다고 말했고 이제부터 자기도 돕겠다고 했다.

이제 난 가장이었다 그래서 난 어머니에게 아기 생긴 거 우리도 다 안다고 우리가 어머니를 보살피겠다고 농장을 성공시킬 테니 우리를 믿으라고 말했다.

나는 내가 그런 소리를 할 줄은 몰랐고 예상 밖으로 동생들도 그 말을 듣더니 내 옆으로 와서 자기들도 어머니를 보살피겠다고 맹세했다. 댄은 7살이라 도끼도 제대로 못 들었지만 아주 엄숙하게 맹세했고 어머니는 댄에게 고맙다고 했다. 빌 프로스트나 청혼 얘기는 아무도 안 꺼냈다.

밤이 되어 집에 돌아온 빌 프로스트는 아버지 의자에 앉아 있는 나를 보고 아무 말 없이 얼른 딴채에 있는 어머니에게 갔다.

아 그냥 내버려둬요 어머니가 말했다. 그러고 나서는 속삭이는 소리밖에 안 들렸지만 빌 프로스트가 접시를 들고 식탁에 앉을 때는 혈색 좋은 얼굴로 히죽거렸다. 그가 그레이비소스를 끼얹은 감자를 떠먹으며 말했다 너희 4헥타르를 개간할 거라며?

물론이에요 젬이 대답했다.

거참 딱한 일이구나 프로스트가 말했다.

조용히 해요 빌 우리 애들이 얼마나 착한데요 엄마도 많이 도와주고 어머니가 말했다.

빌 프로스트는 기고만장한 태도로 고개를 치켜들고 입꼬리를 내렸다. 그가 젬을 보며 말했다 난 네가 멜버른에 있는 큰 집에 살면서 멜버른컵* 구경가고 싶어할 줄 알았는데.

아저씨도 안 갈 거잖아요 젬이 말했다.

내가 안 간다고?

그럼 우린 어떻게 되는 거죠 짐승 허벅지 뼈에 헝겊을 둘둘 감아서 만든 인형을 갖고 놀던 매기가 물었다. 우리를 버리고 떠날 거예요?

아니 우린 아무도 안 버려 어머니가 말했다.

하지만 난 애들이 일레븐 마일 크리크에서 계속 농사지을 계획인 줄 알았는데 내가 잘못 알았나 빌이 말했다.

똑똑히 잘 안 거예요 젬이 말했다.

_____

* 멜버른에서 열리는 경마대회.

그럼 네 앞날은 뻔해 네 삼촌들처럼 남의 소 훔치다가 감옥에 가고 거기서 그렇게 인생 끝날 거다 남쪽에서 바람이 불어오면 감옥 창가에 서서 플레밍턴에서 들려오는 경주소리나 듣겠지.

젬은 말없이 고개를 숙였고 나는 그애가 울음을 참으려고 애쓰는 걸 알았다 그래서 빌 프로스트에게 아이 겁주지 말라고 정중히 말했다.

빌이 말했다 젬은 날 알아 내가 농담하는 걸 안다고.

나는 젬을 봤다 눈에 눈물이 그렁그렁했지만 싸우지 말라고 도리질했다 내가 또 집에서 쫓겨날까봐 두려웠던 것이다.

어쨌든 여긴 내 집이고 난 너희한테 내 맘대로 말할 거야 빌 프로스트가 말했다.

당신 집 아녜요 내가 말했다.

그만 조용히 해 어머니가 말했다.

프로스트는 나를 보며 말했다 여기가 무슨 네 집이야 쫓겨나기 전에 네 발로 나가.

그 말에 나는 손을 식탁에 놓고 그의 작고 약한 눈을 노려봤다. 어디 내쫓아보시지 빌 나는 숟가락을 내려놓고 일어나려는 시늉을 했다.

그는 아무 말 안 했지만 처음으로 내 성깔을 알아본 게 분명했다. 젠장 사람 차도 못 마시게 그가 말했다.

그 순간 특별한 말은 오가지 않았지만 그때 우리 사이에 일어난 일에 대해선 의심의 여지가 없다.

고난의 나날이 이어졌다 버터 판 돈을 다 들였는데도 60필이나 된다는 천에서는 돈 1푼 안 나왔다. 9월이 되자 소젖이 나오지 않았고 그건 우리가 아침에 먹을 빵과 물이 떨어진다는 뜻이었다. 이 시기에 사건이 많이 터졌는데 빌 프로스트나 식탁에서 그가 앉을 자리와 관련된 것만은 아니었다.

애니 누나 남편 앨릭스 건이 양을 훔친 죄로 잡혀갔다 이제 나는 앨릭스가 여자와 아이들에게만은 쟁기 끄는 말처럼 다정하고 착실하다는 걸 알았다. 그는 아픈 아기를 간호도 하고 약을 사러 폭풍우를 뚫고 2시간이나 달려 베날라까지 갔다가 다시 2시간을 달려 돌아왔는데 우박을 맞아 팔에 상처가 나고 넓은 등이 여자 드레스 색깔처럼 파랗고 노랗게 멍들었다고 했다. 나는 베날라 법정에서 성서에 손을 얹고 그가 나한테서 양을 산 거라고 주장했지만 내 증언은 도움이 안 됐고 그는 감옥에 갔다.

외삼촌 지미 퀸도 중국인한테 도둑질을 해서 감옥에 갔고 그다음엔 웰런 경사가 말을 타고 와서 어머니에게 여기서 불법으로 술을 판다고 증언한 사람들이 있다며 그만두지 않으면 고소하겠다고 했고 끝으로 외할아버지가 돌아가셨다.

어느 날 아침 밖에 나가보니 턱이 등불처럼 길쭉한 소년이 장작더미에 앉아 도끼날을 갈고 있었다 대체 여기서 뭐하는 거냐고 묻자 자기 이름은 빌리 그레이고 어머니가 나무등치를 뽑을 일꾼으로 샀다고 했다. 천을 팔아봐야 돈이 안 된다는 걸 어머니도 깨달은 것이다. 내가 일꾼은 필요 없다고 말하자 빌리 그레이는 순순히 떠났다.

빌 프로스트는 이제 더 자주 집을 비웠고 어머니는 몸이 피곤해져서 예전만큼 일을 많이 할 수 없었지만 우리는 봄까지 도끼&곡괭이&말&불을 갖고 열심히 일했다 어머니가 잭 다이어에게 황소 2마리까지 빌려서 나와 함께 아침마다 말을 잘 안 듣는 황소들을 데리고 나무둥치를 뽑았다. 그리고 빌 스킬링이 찾아왔는데 개프니스 크리크 출신의 29살짜리 광부로 진짜 아주 튼튼했다. 어머니가 그를 고용했고 내가 해고했다 빌리 그레이와 달리 그는 순순히 떠나려 하지 않았다.

샛강의 잠자리 애벌레와 밤이면 등불에 몰려드는 황제고무나방 그리고 다른 모든 숨쉬는 것이 우리에게 씨 뿌릴 때라고 말하고 있었다 그래서 우리는 매일 아침 더 일찍 일어나고 매일 밤 더 늦게 잤다 나는 끝도 없이 나무 꿈 둥치 꿈을 꿨다. 농장을 갖게 될 거라고 다짐했지만 그건 미친 사람의 환상이었다 내가 상상하는 농장은 그런 지형에서는 절대로 있을 수 없는 너무도 푸른 모습이었다. 멋진 집에 가뭄에도 샛강이 흐르고 연기 나는 건초더미나 둥글게 껍질이 벗겨져 죽은 나무는 찾아볼 수 없었다. 나는 숲에서 살다시피 했기 때문에 중국인 아푹이 길을 따라 어슬렁어슬렁 내려왔을 때 내가 그 자리에 있었던 건 순전히 운이었다.

누나 애니 건은 앨릭스가 감옥에 간 3달 동안 우리와 살고 있었다 누나는 그동안 내내 기분이 몹시 안 좋았지만 그날은 야외에서 저녁을 먹을 수 있도록 내왔다 그래서 샛강 옆에 가족이 모였다. 그곳에는 우리 땅을 지나는 길이 있었다.

어머니는 강가 풀밭에 양동이를 엎어놓고 그 위에 앉았다 배가 커다랗게 나오고 눈은 의심의 무게로 쑥 꺼졌다 따가운 햇빛에 눈을 가늘게 뜨고 이제 천을 팔아 벗어나기란 불가능해진 연기 나는 방목지를 돌아봤다. 10월이라 큰비가 내려야 할 때였지만 어머니는 벌써 여름냄새를 맡을 수 있었다 웅덩이가 말라가고 나무둥치 사이 땅이 단단하게 타들어갔다.

눈이 부신데도 중국인을 처음 발견한 건 어머니였고 45미터 밖에서도 그가 뭘 원하는지 알아챘다. 중국인 아푹은 법정에서 자기가 가금류 행상이라고 주장했지만 행상이라면 보통 코르셋 아편부터 애들 연필까지 온갖 잡동사니를 팔지 1가지 물건만 파는 행상은 듣도 보도 못했다. 그는 또 우리한테 물을 부탁했다고 말했는데 그게 1번째 위증이었다 위스키 좀 달라고 애원했고 어머니는 주지 않았다.

줘요.

안 돼요 이제 안 팔아요.

아푹은 투덜거렸는데 나중에 법정에서는 속으로 웅얼거린 거라고 둘러댄다. 그는 우리 모두를 위아래로 훑어보다가 나를 보더니 1발짝 다가와서 손을 내밀었다 그의 손에 든 걸 본 나는 머리가 쭈뼛했다 구슬 6개가 있었는데 마노 구슬&캣츠아이 구슬&회오리 구슬&레몬 소용돌이 구슬&왕구슬&유리눈 구슬이었다. 우리가 강도질을 했던 그 중국인인지는 알 수 없었다.

우린 놀이할 시간 없어요 내가 말했다.

애들은 시간이 많지 그러면서 그가 나한테 구슬을 내밀었고 내가 손을 치자 구슬이 콴동* 씨처럼 땅에 떨어졌다.

주우워 그가 말했다.

너 중국인한테 명령받는 거야? 애니 누나가 물었다.

아니 나는 그렇게 대답하고 애니 누나가 나눠주는 삶은 달걀 접시를 받으려고 다시 앉았다.

그동안 중국인은 구슬들을 내려다보더니 나를 올려다봤다가 어머니를 건너다봤다. 쟤 아주 나쁜 아들 그가 말했다.

아니 말도 안 돼 얼마나 착한 아들인데 어머니가 말했다.

쟤 아주 나쁜 아들 중국인은 그렇게 말하고 구슬을 줍게 하려고 내 귀를 잡았다.

지금은 나도 그가 다른 뜻 없이 구슬을 선물로 주려고 했다는 걸 믿지만 켈리 집안사람에게 힘을 쓰려고 한 건 그의 중대한 실수였다. 나는 그의 목을 쳤다. 잦은 싸움은 당시 세상 돌아가는 방식이었다 유칼립투스의 새들을 봐라 지금도 똑같이 하고 있으니까. 댄이 중국인 다리를 찼고 젬은 그의 대나무를 집어 머리와 그 부근을 세게 때렸다. 그 불쌍한 개××가 일어나자 나는 다시 찼고 그의 몸에서 구슬들이 콩깍지에서 콩 쏟아지듯 튀어나왔다.

다시 일어선 그는 켈리 형제들에게 둘러싸여 감히 움직일 생각도 못했다.

그만 됐다 그만하고 그 사람 장난감 돌려줘라 어머니가 외쳤다.

하지만 우리는 그만할 생각이 없었고 어머니가 직접 구슬을 전부 주워서 주인에게 돌려줬다.

---

* 오스트레일리아의 야생 복숭아.

하지만 이제 아푹은 가슴 앞에 팔짱을 꼈다. 이 씨×놈들 고소할 거야 경찰에 고소할 거야 이 씨× 악마들 그가 말했다.

자자 그럴 만도 했잖아 우리 네드도 악의는 없었어 어머니가 말했다.

이 미친 아일랜드 악마들 너희 나 죽이려고 했어.

아니아니 걔들은 어린애야 어머니가 말했다.

아푹은 갑자기 젬한테서 대나무 막대기를 빼앗아 칼처럼 치켜들고 뒤로 물러섰다.

자 잠깐만 여기서 잠깐 기다려 어머니가 말했다.

어머니는 독이 잔뜩 오른 중국인에게 차분히 등을 돌리고 집으로 걸어갔다. 중국인은 우리를 때릴 기세로 막대기를 높이 쳐들고 있었지만 우리는 겁먹지 않았다. 나는 도끼를 젬은 곡괭이를 갖고 있었고 우리에게 둘러싸이자 그는 이제 자기가 끝장났다고 생각한 게 분명했다.

곧 어머니가 커다란 술병을 가져왔다. 이걸 마시면 나아질 거야.

중국인은 킁킁 술냄새를 맡았다. 그러더니 막대기를 내려놓고 말했다 그럼 마셔보지.

술병을 받는 중국인을 보고 나는 웃으며 도끼를 내려놓았다. 그가 술병을 비우자 어머니는 10실링짜리 지폐 1장을 줬다.

그것으로 옳게 정리되었다고 너는 생각하겠지만 사태가 무마된 뒤 그 배신자 중국인은 베날라로 가서 내가 자기 돈 1파운드를 빼앗았다고 경찰에 신고했다. 다음날 웰런 경사가 기마경찰 둘을 데리고 왔다 그가 말에서 내릴 때만 해도 평소처럼 도둑맞은 소 낙인을 확인하러 온 모양이라고 나는 생각했다.

네가 네드 켈리냐?

예 맞는데요.

널 노상강도죄로 체포한다.

베날라 경찰 막사에서 웰런 경사는 순경들을 보낸 다음 나를 데리고 좁고 어두운 복도를 걸어갔다 검은 문 3개가 보였고 검은 빗장이 달려 있었다 마지막 문이 소리 없이 열렸고 사향냄새 지린내 안 씻은 몸냄새가 섞인 슬픈 사내냄새가 내 운명을 알렸다. 나는 안으로 들어서며 보기만 해도 걱정스러운 울퉁불퉁한 흙바닥과 벽 위쪽에 깊숙이 박힌 손바닥만한 창문을 보았다.

여기가 너의 새 땅이다 웰런 경사가 말했다 태어난 순간부터 정해진 곳에 마침내 오게 됐다는 걸 나는 알았다 어둠이 눈에 익으면서 창문 밑 쇠침대를 살펴보니 겁내던 것만큼 나쁘진 않았다.

손들어. 경사의 목소리가 꽤 다정했다.

나는 그에게 돌아섰고 그가 열쇠 1뭉치를 들고 수갑을 풀기 시작했다.

무슨 죄로 들어왔는지 알아? 그가 고른 열쇠가 수갑에 안 맞는 듯했다. 무슨 죄인지 확실히 들었어?

들었어요.

그는 수갑에 정신이 쏠려 있었다. 아이구 불쌍한 녀석 그가 수갑을 벗기며 말했다. 그리고 유죄판결이 떨어지면 무슨 벌을 받는지 아느냐고 물었다.

아뇨.

교수형이야 이 자식아.

이후 나는 사형선고를 숱하게 받지만 이 맨 처음이 가장 마음의 준비가 안 된 상태였다 길 건너 마당에서 아이들이 크리켓을 하는 소리와 근처 대장간에서 땅땅땅 규칙적인 망치질소리가 들렸다. 다리가 풀려 주저앉았다는 것도 무릎 뒤쪽에 침대의 차고 단단한 감촉이 느껴질 때까지 알아차리지 못했다.

그때 그 개××가 웃는 소리가 들렸다 하얀 이와 툭 튀어나와 빛에 번득이는 커다란 눈만 빼고 제대로 보이지는 않았지만 그 웃음소리를 듣고 나는 그가 약한 인간이라는 걸 알았고 그러자 마음이 놓였다.

네가 해리 파워 부하인 거 알아 해리 파워를 잡도록 협조해주면 오늘밤 안에 풀어주지 그가 말했다.

나는 아무 말 하지 않았다.

일어나!

나는 시키는 대로 했다 갑자기 배에 주먹이 날아들었다 숨이 턱 막혔지만 그 아픔과 숨막힘에서 진실과 희망을 보았다. 교수형에 처할 거라면 때리지 않았을 테니까.

일어나 그가 다시 외쳤다. 자 대답해봐.

아무것도 안 물어봤잖아요.

그가 또 때렸지만 나는 그보다 훨씬 더한 고문도 끄떡없이 버틸 수 있었다 고문당하면서도 배신자가 되기를 거부한 아일랜드인들의 이야기를 들으며 자랐으니까.

그가 말했다 중국인 말을 통역해줄 사람을 부를 거다. 적임자를 찾을 때까지 여기서 1달이고 2달이고 썩을 수도 있어.

교수형시킨다면서요.

물론 그는 또 때려서 본의 아니게 나한테 위안을 줬다 그가 때릴 때마다 내가 죽지 않으리란 걸 일깨워줬으니까.

마침내 그가 감방에서 나갔을 때 나는 몹시 아팠지만 그래도 침대에 올라갈 수는 있었다 거기는 빛이 좀 들어와서 내 혈색 나쁜 아일랜드인 피부에 생긴 누런 멍을 찬찬히 살펴볼 수 있었다. 시시각각 모양이 바뀌는 봄하늘 구름 같은 멍을 보면서 아버지를 생각했다 그가 침묵 속에서 견뎠을 공포가 어땠을지도.

하지만 감옥에서 가장 고통스러운 건 구타도 교수형에 처한다는 협박도 아니었다 나 없이 고생할 가족 생각이었다 나는 가족보다 편한 신세라는 걸 알았다 갓 구운 이스트빵에 잼을 발라 먹고 저녁에는 보리와 양고기가 들어간 수프를 먹고 간식으로 맛있는 스튜까지 먹었으니까 게다가 스튜는 갈수록 맛이 좋아졌다.

마침내 11일 아침 높은 윙칼라 셔츠를 입은 창백한 낯선 남자가 감방에 들어왔다 큰 키에 어깨가 구부정하고 목소리가 높았다.

에드워드 켈리 그가 어둠 속에서 나를 자세히 들여다보며 물었다. 맙소사 너 몇 살이니?

15살요.

음 나는 징크다 그가 손을 내밀며 말했다 손이 무척 말랑말랑하고 축축했다. 나는 28살이고 네 변호사로 왔다.

나는 돈이 없어서 변호사비를 못 낸다고 말했다.

너한테 그럴 돈이 있다면 그게 더 걱정이지.

우리 엄마도 돈 없어요.

이따 티타임까지 네가 못 풀려나면 웰런 엉덩이에서 토끼를 꺼내 그에게 날로 먹이라는 지시를 받았다.

해리가 돈 내는 거예요?

쉿 꼬마야 나는 탈옥수와 거래 안 한다 알겠니?

예 알겠습니다.

너도 마찬가지고.

예 그렇습니다.

법정에 설 때까지 30분밖에 안 남았으니까 빨리 말해.

16세 때의 삶

첫번째 꾸러미처럼 국립은행 편지지 중간 크기 용지(약 가로 20센티미터, 세로 25센티미터) 44페이지 분량. 손가락 자국과 약간의 얼룩을 제외하면 집에서 작성한 것처럼 매우 깔끔한 상태.

살해 협박을 했다는 고백. 빌 프로스트가 켈리 부인을 버린 뒤 글쓴이가 해리 파워와 재회하면서 생긴 사건에 대한 설명. 불난 산을 말을 타고 지나간 사연. 빌 프로스트를 쏜 사연. 해리 파워의 성격 묘사와 R. R. 맥빈에게 강도질한 경위에 대한 자세한 기술. 두 강도가 스털링산을 넘어 깁슬랜드로 간 여정과 스승에 대한 환멸.

우리 땅에 돌아온 나는 때마침 티타임이라 빌 프로스트가 내 의자를 차지하고 앉아 커다란 양고기 스튜 접시를 앞에 놓고 이거 달라&저거 달라 하는 꼴을 보게 됐다. 하지만 누이들을 얼싸안아서 자연히 그 인간 시중을 못 들게 했다. 누이들은 나를 안고 울었다 어머니는 내게 미소를 보냈지만 댄의 손가락에 붕대를 감아주기 바빴다. 빌 프로스트는 이거 달라&저거 달라 소리치다가 내가 누이들을 붙들고 있자 하는 수 없이 감자를 가져오려고 의자를 비웠다.

그가 일어서기가 무섭게 나는 내 의자에 앉았고 감자를 가져온 그는 자기 컵과 숟가락을 다른 자리로 옮길 수밖에 없었다 누이들이 무척 재미있어했다. 곧 빌 프로스트를 뺀 모두가 즐겁게 식사했지만 그는 감옥에 갔던 일로 나를 트집잡는 데 입을 썼다. 네드 변호사 비용이 네 엄마한테 엄청난 부담인 걸 알아야지 그가 말했다.

댄이 식탁에 우유를 엎질러 널빤지 틈새로 아이들 무릎에 뚝뚝 떨어지자 어머니는 딴채로 달려가려고 했다.

우라질 엘런 좀 앉을 수 없어? 빌 프로스트가 말했다.

아버지도 어머니한테 그런 식으로 말한 적이 없었는데 엘런 켈리는 빌 프로스트에게 대거리를 못했다 어머니가 그런 약해빠진 남자한테 당하는 꼴을 보니 끔찍했다. 변호사 비용은 걱정할 거 없어 어머니가 양동이에 대고 걸레를 짜며 말했다.

아니 엘런 당신이 5파운드에 그렇게 대범한 건 처음 보는군 그가 교활하게 말했다.

어머니가 우유를 닦았다. 4파운드야 빌.

오 4파운드! 겨우!

어머니는 의자에 앉아 찻주전자를 집었다가 빈 걸 깨닫고 불평 없이 다시 일어나 찻잎을 문밖에 버리고 불가로 가서 끓는 물을 찻주전자에 부었다. 빌 프로스트가 계속 지켜봤다.

그 4파운드를 누가 냈지? 그가 나를 보면서 말했다 ㄱ 교활한 인간의 새 부리 같은 코를 잡아당기고 싶었다.

그 돈을 냈다고 누가 그래? 어머니가 아직 우러나지도 않은 차를 따르며 말했다. 그걸 보고 나는 어머니가 흥분한 걸 알았다.

빌 프로스트가 도마뱀 눈을 찻잔으로 돌렸다. 당신이 해리 파워한테 뭐 안 받았으면 좋겠어 그가 말했다.

어머니는 말없이 차를 마셨다 빌 프로스트는 양배추를 쪼아먹으려고 노리는 닭처럼 곁눈으로 어머니를 흘깃거렸다.

먹어 엘런.

한참 내버려둔 어머니의 스튜는 굳어서 막이 생긴 상태였다. 어머니는 시키는 대로 먹기 시작했다.

엘런 내가 아무것도 모르는 줄 아나보지.

프로스트의 목소리에 독기가 잔뜩 올라 있었다 내가 의자에서 일어나려 하자 어머니가 얼른 그 인간의 털북숭이 팔목에 손을 올렸다. 당신이 아무것도 모른다고 생각한 적 없어.

나는 이런 대화를 참을 수가 없어서 먹다 말고 바람을 쐬러 나갔다. 젬과 댄이 바로 따라나왔다 젬과 나는 꼬맹이에게 막대기로 공 치는 법을 가르쳐줬다. 댄은 씨× 독종이라 어두워질 때까지 포기하지 않았다.

그날 밤 어머니의 울음소리와 빌 프로스트의 속삭임이 들렸다. 여태 나는 내가 상관할 일이 아니면 보지도 듣지도 말아야 한다고 배우며 자랐지만 빌 프로스트가 어머니를 해리 파워의 창녀라고 부르자 더는 귀머거리 행세를 할 수 없었다. 침대에서 일어나자 매기가 팔을 잡았다 매기는 나를 말리려고 했지만 내가 커튼 밖으로 뛰쳐나가자 따라왔다.

우리 엄마한테 욕하지 마요 우리 엄마 겁쟁이 아니에요 매기가 말했다.

닥치고 가서 자.

사과해 안 그러면 코를 부러뜨려놓을 테니까 내가 말했다.

프로스트가 우리를 상대하려고 천천히 일어났을 때 나는 그가 잔뜩 취한 걸 알게 됐지만 그런 약점이 있다고 양심에 찔리지는 않았다 어차피 그가 팔이 더 기니까. 사과하지 그가 혀 꼬부라진 소리로 말하고 무릎을 꿇더니 어머니 손을 잡았다.

빌 빌 제발 이러지 마 빌.

엘런 내가 지금까지 한 모든 말과 행동을 용서해줘. 말은 그렇게 했지만 태도가 대단히 위협적이고 야비했다 다음에 그가 어떻게 나올지 알 수 없었다. 아 네드 손을 내밀어 악수를 하면서도 그의 흐리멍덩한 눈에는 악의가 가득했다. 네드 고맙다 정말 고마워 고마워.

그러더니 모자를 들고 밖으로 나갔다 어머니가 애타게 그를 불렀다.

매기 매기 가서 빌 데려와.

매기가 꼼짝도 안 하자 어머니는 내게 고개를 돌렸는데 뺨이 눈물에 젖어 반짝거렸다.

가지 마요 매기가 말했다.

이 ××야 가서 데려와 어머니가 외쳤다 나한테 해줄 게 아무것도 없으면 그거라도 해. 가서 데려와 그리고 미안하다고 사과해. 저 사람이 벌어오는 돈 없으면 우린 굶어죽어.

그때 전속력으로 길을 달려가는 말발굽소리가 들렸다 어머니는 고통을 못 이겨 바닥에 주저앉았다.

아기 아버지라고 어머니가 외쳤다.

좋아요 저 개×× 잡아올게요 내가 말했다.

달빛이 밝아서 쉽게 찾을 수 있었다 이제 그는 달리지 않고 천천히 자기가 관리하는 목장으로 향하고 있었다.

나는 어머니가 사과하라고 시켰으니 내가 사과한 것처럼 행동하는 게 좋을 거라고 그에게 말했다. 그리고 만일 어머니를 버리면 당신이 자고 있는 동안 찾아와서 쏴죽이겠단 말만 했다.

그의 파충류 눈이 달빛 속에서 나를 노려봤다. 그는 아무 말도 안 했지만 우리는 돌아서서 천천히 집을 향했다.

다음날 우리는 아무 일 없었던 것처럼 굴었다 계절에 안 맞게 날이 더웠다 어머니는 해장술을 했지만 프로스트는 캥거루 사냥을 하고 싶다고 했다 그가 눈독들이는 씨× 커다란 회색 캥거루가 있었다 가끔 그 캥거루는 우리 오두막 옆 샛강까지 내려왔다. 어머니는 몸이 안 좋은데다 사냥을 가기에는 쩌죽을 것 같은 날씨라고 말했지만 빌 프로스트는 계속 엽총을 청소했다 눈에 핏발이 서 있었지만 정상이었다 전날 밤 살해 위협을 당한 사람처럼 행동하진 않았다.

젬과 댄과 나는 그를 따라서 퍼터스산맥으로 들어갔고 우리의 묵직한 반장화 밑에서 잔가지와 나뭇잎이 뼈처럼 부서졌다. 늙은 레드검 그늘에서 기다리고 있는 캥거루들을 발견했다 캥거루들은 무슨 일을 당할지도 모른 채 다가오는 우리를 지켜봤다.

집에 돌아와서는 엄청난 양의 고기를 소금에 절이는 빌 프로스트를 도왔다 어머니 눈이 어둡고 불안해 보였다. 그날 밤은 바람 1점 없이 후더웠다 빌 프로스트가 목장주 심슨 씨의 소들을 멜버른 헤이마켓에 내다 팔아야 해서 내일 떠나면 7일은 못 돌아온다고 말했다. 그건 전혀 이상한 일이 아니었다 전에도 그런 적은 많았으니까.

월요일 아침 작별할 때 어머니는 좀 지나치다 싶게 명랑했다 목초지로 달려가서 민들레를 꺾어 빌 프로스트의 셔츠에 꽂아주고 콜린스 스트리트에 가면 예쁜 여자 많이 만나겠다고 놀려댔다 하지만 그가 레이스비로 길을 떠나자마자 침대에 드러누웠다.

내가 다가가자 어머니는 이제 자기 인생은 끝났다고 빌 프로스트는 안 돌아올 거라고 말했다.

나는 어머니가 이겨낼 거라고 생각했지만 며칠이 흘러도 기분이 나아지지 않았고 거의 먹지 않아서 눈이 쑥 들어갔다 어머니가 무슨 생각을 하는지 알 수 없었다. 어머니의 불행을 구경만 하고 있을 수도 없었다 그건 내가 상상할 수 있는 그 무엇보다도 베날라 감옥보다도 더 고통스러웠다.

어머니는 7일 동안 손으로 자궁을 감싸안고 누워만 있었다. 빌 프로스트는 8일째 되는 날 오기로 했지만 마침내 샛강에서 말발굽 소리가 들렸을 때 어머니는 꼼짝도 안 했고 내가 달려나갔다 밖에는 힘찬 종마를 탄 가냘픈 소년이 있었다.

소년이 나를 향해 달려왔다 반바지를 입은 다리가 곡괭이자루만큼 가늘었다. 아 빌 프로스트가 보냈구나 나는 생각했다.

네가 네드니 소년이 외쳤다. 그의 맨발은 족히 25센티미터는 됐다 그래서 어떤 애인가 싶어 올려다보니 자그마한 얼굴은 지쳐빠졌고 파란 눈은 늙은 아버지 아래 태어난 애들처럼 아주 시들시들했다.

내가 물었다 빌 프로스트가 보냈어?

그는 대답 대신 작은 막대기처럼 길고 가느다란 손가락으로 갈색 봉투를 건넸다.

봉투에는 편지와 빳빳한 1파운드 새 지폐 1장이 들어 있었다 나는 빌 프로스트가 보낸 거라고 생각했다가 돈은 엄마 줄 것 소년과 함께 올 것이란 글을 읽고서야 해리 파워의 부름을 받았다는 걸 깨달았다.

제×랄! 나는 넌더리가 나서 깨진 병을 집어 마당에 던졌다.

안 멀어 소년이 말했다.

씨× 그가 그레타에 있다면 엄청 멀걸.

그레타보다 더 가야 돼 소년이 인정했다.

지옥에나 떨어져라.

다시 편지를 펴고 돈은 엄마 줄 것을 읽었다 나는 다시는 해리 파워 밑에 들어가지 않겠다고 맹세한 몸이었다.

도대체 나한테 원하는 게 뭐래?

몰라 편지에 안 써 있어? 소년이 대답했다.

나는 돈은 엄마 줄 것 편지를 3번이나 읽었다 그제야 해리가 우리 어머니를 무척 좋아한다는 생각이 들기 시작했다 그는 우리 어머니를 돕기 위해서라면 무슨 일이라도 할 것 같았다.

여기서 기다려 1초도 안 걸려 내가 소년에게 말했다.

오두막 안에서는 어머니가 집에 있는 코트와 옷과 담요를 죄다 덮고 누워 있었다. 나는 거기서 아버지의 낡은 갈색 방수코트를 빼서 입었다.

엄마 빌 데려올게요.

어머니가 미소를 지었다 너무나 지친 미소였다 이제 어머니는 미소 지을 기력도 남아 있지 않았다. 우리는 참새 쫓는 데나 쓸 만한 낡고 구부러진 엽총이 있었는데 나는 그걸 어깨에 메고 총알 몇 개와 뇌관 4개와 화약통 1개를 챙겨 코트의 커다란 주머니에 넣었다. 나는 어머니 뺨에 키스하고 1파운드 지폐를 줬다.

엄마 해리가 준 거예요 빌 찾는 걸 그가 도와줄 거예요.

고마운 해리 바보 같은 인간 어머니가 말했다.

나는 다시 어머니에게 키스하고 매기를 찾아 내 계획을 알린 다음 더 꾸물거리지 않고 어머니의 밤색 말에 안장을 얹었다. 그동안 소년이 탄 종마는 빨리 떠나고 싶어 안달나서 연신 쿵쿵대고 콧바람을 불어댔다 소년이 부드럽고 달콤한 목소리로 말을 달랬다.

우리는 바로 달리기 시작했다 나도 말타기라면 다른 애들 못지않게 대담했지만 그 소년은 1마디로 끝내줬다 그는 나를 이끌고 숨이 멎을 듯 가파른 벼랑을 2개나 내려갔다 하느님 예수님 우리가 어릴 때 한 일들을 생각해서 우리를 구해주세요.

우리는 먼지구름을 일으키며 그레타를 통과하고 시골을 가로질러 옥슬리와 태러윈지를 지났다 가는 길에 나는 엽총으로 커다란 토끼 2마리를 쐈다 소년은 아주 괴상했다 말수가 적었지만 나한테 총을 잘 쏜다고 했다 나도 너보다 말을 잘 타는 사람은 못 봤다고 대꾸했다. 2시간 반을 달려서 우리는 길가의 아주 예쁜 농장집에 도착했다 마당이 깨끗하고 헛간과 닭장과 돼지우리도 잘 만들어놨고 울타리 기둥은 모두 장붓구멍이 있었다. 자기 집이라고 말은 안 했지만 거기가 소년이 사는 집이었다. 안으로 들어가니 마룻바닥이 반들반들했고 식당은 따로 있었는데 창에 흰 커튼이 달려 있고 장미 가득한 꽃병이 식탁에 놓여 있었다.

의자와 소파가 놓인 2번째 방에서 나는 소년의 어머니에게 토끼를 선물했다 그녀는 매우 기뻐하면서 저녁때 스튜를 만들어주겠다며 바로 부엌으로 가져갔다.

파워 씨는 어디 있느냐고 묻자 소년과 어머니는 바로 올 거라고 했지만 아무리 기다려도 해리는 나타나지 않고 소년이 식탁 의자들 위를 뛰어다니기 시작했다 정말 이상한 놀이였다 소년의 어머니가 아들을 무서워해서 그걸 그냥 내버려둔다는 걸 알 수 있었다. 소년은 괴상하게 가느다란 손가락으로 천장을 만지기도 했는데 나중에 생각해보니 내가 착각한 게 분명했다 천장 높이가 4미터나 됐으니까.

한참 후 아주 예쁜 소녀가 들어왔다 나보다 2살 어린 14살쯤 되어 보였는데 벌써 여성스러운 태가 났고 내가 바라보자 가슴에 팔짱을 꼈다 누이들이 있어서 눈치를 아는 나는 시선을 돌렸다.

잠시 후 소녀가 자기네 소들을 구경하겠느냐고 물었다 물이 마르지 않는 계곡을 보여줄 수도 있다고 했다. 그녀의 까만 긴 머리와 반짝이는 눈을 보니 그러고 싶었다. 나는 그녀를 따라 모래사장이 있는 샛강을 건너 비탈을 올랐다 거대한 선반 모양 화강암을 기어올라 바위산 꼭대기까지 갔다 꼭대기 바로 아래 풀밭이 숨어 있었는데 풀이 얼마나 푸르른지 나는 평생 가도 그런 데서 살 수 있을 것 같지 않았다. 몇 마리 안 되는 소는 모두 살이 오르고 윤기가 흘렀다 이 식민지에 정의가 살아 있다면 우리가 어떤 만족을 누릴 수 있는지 그 증거를 직접 눈으로 보는 건 언제나 너무도 즐거운 법이다. 소녀에게 오빠는 몇 살인지 물었다 소녀는 자기 오빠가 아니라고 대답했다 나는 파워 씨가 어디 있느냐고 물었고 소녀는 안

달하지 말라고 금방 나타날 거라고 했다. 그리고 자기 이름은 케이틀린이라고 했다.

소녀가 손을 내밀길래 바위에서 내려오도록 잡아줬는데 아주 따스했다 그녀는 가파른 바위벽 아래로 나를 데려갔다 길은 알지만 내 손이 이끌어줘야 하는 모양이었다. 곧 우리는 푸르름의 원천을 만났다 그건 바위틈으로 솟는 샘물이었다 샘은 차갑고 바위틈에서 자라는 이끼 때문에 검었다. 거기 소녀와 나란히 앉아서 나는 잠시 무척 행복했다.

그 집 사람들은 유난히 친절했다. 어머니는 요리를 굉장히 잘했다 그녀는 금세 우리에게 잼 소스와 노란 커스터드를 넣은 스팀 푸딩을 만들어줬고 내 평생 그런 멋진 요리는 처음 구경했다. 2그릇째 받은 걸 반쯤 먹었을 때 문이 벌컥 열리더니 해리 파워가 납시었다. 턱수염을 싹 밀어서 훤히 드러난 얼굴이 보기 민망했다 턱은 너무 길고 입은 어쩔 수 없는 경우가 아니면 절대 미소 짓지 않았다. 감옥에서 볼 수 있는 단단하고 네모진 머리통은 불에 달궈 망치질해서 만든 것 같았다.

뒤로 나와 네드 켈리 할말 있으니까 그가 말했다.

해리는 뒤 베란다에서 내 장화를 내밀었다. 마지막으로 봤을 때만 해도 물에 젖고 진흙이 묻어 있었던 장화를 늙은 웜뱃* 해리가 잘 닦아놓은 것이다 그가 그런 허드렛일을 얼마나 질색하는지 아

---

* 오소리와 비슷하게 생긴 오스트레일리아의 동물.

는 나는 무척 놀랐다. 사과의 뜻인지 보상인지는 말을 안 해서 알수 없었지만 장화를 깨끗이 닦고 기름을 먹여 여자 지갑처럼 보들보들하게 만들어놓았다.

그가 내게 장화를 툭 던지며 말했다 도망갈 때 잊은 것 같아서.

나는 그의 딱딱한 늙은 얼굴을 자세히 살폈지만 감정이라곤 찾아볼 수 없었다.

앉아서 장화를 신는 것밖에 달리 할 게 없었다. 그동안 발이 컸는지 발가락이 죄었다.

편해?

예 해리.

그거 신고 가서 내 말 끌어와.

나는 다시는 그의 명령을 받지 않겠다고 다짐했었지만 좋은 게 좋은 거라고 빌 프로스트 문제로 그의 도움이 필요해 방목장으로 가서 꼬리 끝에 술 모양 털이 난 그의 늙고 불쌍한 암말을 찾아냈고 울타리 디딤대에 떨어진 안장을 주워 그가 준 임무를 다했다.

네 말은 어딨냐 말을 끌고 해리에게 가자 그가 물었다. 야 이 녀석아 날 저물어.

아직 작별인사도 안 했어요.

작별인사는 무슨 얼어죽을 가서 씨× 네 말이나 끌고 와 그가 말했다.

나는 초록 풀이 무성한 목초지로 가서 내 말을 찾아 안장을 얹었다 하지만 꾸물거리면 해리의 화를 돋울 줄 알면서도 말에 오르지 않았다. 그 소녀 때문이었던 것 같다 나는 깔끔한 울타리와 강에서 외양간으로 가는 살진 검은 소들에게 감탄하며 천천히 집을 향해 걸었다. 물론 해리는 이미 두꺼운 갈색 벨트에 번쩍이는 총들을 꽂고 말에 올라 있었다. 전에는 턱수염에 감춰졌던 길고 튼튼한 턱 위로 파이프를 물고 있었다.

말 타 그가 말했다.

그런 명령을 받기에는 내가 너무 컸다는 걸 그는 이해 못했다 나는 꿈쩍 않다가 그가 때리려고 하자 말했다.

우리 엄마는 당신 도움이 필요해요.

아 그렇게 말하며 그의 태도가 돌변했다.

빌 프로스트가 멜버른으로 토꼈어요. 우리 엄마는 엄청 충격받았고요.

해리는 미소를 지을락 말락 했다. 너 정말 그렇게 생각하냐?

예 그렇게 생각해요.

해리는 파이프를 반쯤 빼더니 굵고 검은 연기를 길게 뿜었다. 다른 사람이 멍청이라는 걸 밝힐 때면 늘 그랬듯 무척 즐거워했다.

내가 최근 소식을 전해주지. 빌 프로스트는 염×할 멜버른에는 가지도 않았다.

갔어요 내가 알아요.

하늘에 맹세코 안 갔어.

하늘에 맹세코 갔어요.

저승사자에 맹세하는데 절대 안 갔어. 여기서 16킬로미터도 안 떨어진 왕가라타의 피터 마틴스 스타 호텔에 지금까지 1주일 내내 있었어.

그 씨×놈을 봤어요?

매과이어가 그 기쁨을 누렸지.

난 매과이어가 누군지 몰라요.

장화를 잃은 그날 밤 네가 옥슬리에서 죽이려고 했던 사람인데 그거 말고는 아는 게 쥐뿔도 없긴 하겠지. 매과이어가 우리 빌을 봤는데 새 여자 브리짓 코터와 요란한 술파티를 벌이고 있다더군.

그런 여자 이름은 못 들어봤는데.

빌 말이야 그 여자랑 즐기지 않을 때는 술집에 앉아서 네드 켈리가 자기를 쏘겠다고 협박한 얘기를 떠벌리고 있지. 아 너 얼굴 빨개지는구나. 그 얘기 때문에 너 아주 병신 되고 있어 지금쯤 왕가라타에서 모르는 사람이 없을걸.

향긋한 봄날 저녁이었지만 나는 달빛 속 빌 프로스트의 도마뱀 눈을 떠올렸다 나를 노려보던 그 눈은 흐릿한 악의를 품고 있었다.

그래서 너를 불러온 거다 해리가 말했다.

바로 그래서 내가 온 거예요 우린 같은 생각을 하고 있었어요 내가 말했다.

오 그건 아닌 것 같은데 정말 아닐걸.

그 인간은 개××지만 엄마는 그 인간 없으면 안 돼요. 그래서 데려가야 돼요.

아니 해리가 말했다 목소리는 부드럽기까지 했다 그거야 네가 사실을 몰랐을 때 계획이고 이제 넌 프로스트가 네 엄마를 배신한 걸 알아. 그 자식은 새 여자가 생겼고 넌 그 자식이 너에 대해 뭐라고 떠들고 다니는지도 알아.

그 인간은 씨×놈이지만 엄마가 아기를 낳을 거예요.

우리가 네 엄마를 보살피면 돼 해리가 말했다 하지만 먼저 프로스트부터 처리해야지 넌 이런 말을 해줄 아버지가 없으니 내가 대신 해주마 그 자식이 너를 바보 만드는 걸 그냥 내버려두면 안 돼.

내가 할 수 있는 게 없잖아요.

오 과연 그럴까?

그의 말이 맞아요 도망가면 총으로 쏴죽일 거라고 진짜로 말했어요.

놈이 널 겁쟁이로 만들고 있는데 그것도 맞아? 너 겁쟁이야?

해리 그런 말 마요. 아니라는 거 알잖아요.

그럼 뭘 해야 되는지 알겠군.

나는 그의 늙고 냉혹한 눈을 들여다보며 내가 해야 할 일을 알았다 그건 아무도 원치 않는 끔찍한 일이었지만 나는 이제 선택의 여지가 없음을 알았다.

그래요 뭘 해야 되는지 알아요.

어스름에 골짜기를 떠난 우리가 산 정상에서 막 햇빛을 다시 봤을 때 모퉁이를 덜컹덜컹 돌아오는 마차와 말 1마리를 마주쳤다 키 작은 노인이 서커스 하듯 좌석에 서 있었다 이로 사기 파이프를 문 노인은 채찍으로 앞쪽 길을 때려대며 엄청난 먼지구름을 일으키고 있었다. 우리는 간신히 그의 마차를 비켰는데 그가 우리를 보고 워워 말을 세웠다 혼란이 가라앉자 나는 그가 B씨라는 걸 깨달았다 그 가난한 농부는 해리와 나 둘 다 아는 사람이라 이름 머리

글자로 부르는 게 적절하진 않지만 그렇게 부르겠다. 그는 아내가 죽은 지 얼마 안 된 몸이었다.

언덕을 반쯤 내려간 지점에서 B씨가 멈춰 서자 나는 큰 소리로 인사하며 달려갔지만 그는 대꾸도 하지 않았다 나를 무시하는 게 분명했다. 그는 해리하고만 얘기했고 나를 경멸하는 만큼이나 해리와 친분이 있는 게 자랑스러운 듯 여러 번 성 대신 이름으로 불렀다 그의 정보에 따르면 빌 프로스트는 왕가라타를 떠나 비치워스로 갔다고 했다 나는 B씨가 오로지 해리에게 그 소식을 전하기 위해 등이 굽은 늙은 말을 채찍으로 때려 억지로 세웠다는 걸 깨닫고 내가 얼마나 엄청난 일에 가담한 건지 감이 오기 시작했다.

해리가 보답하려고 지갑을 열자 B씨는 욕지거리를 하고 침을 뱉으며 친구 사이에 그것 좀 도와줬다고 돈을 주면 자기를 모욕하는 짓이라고 말했다.

B씨는 가난뱅이였다 셔츠는 누더기고 장화도 역청과 노끈으로 때웠지만 자기 할말을 했고 해리는 싫은 내색 없이 들어줬다. 결국 늙은 농부는 돈을 받았고 가던 길을 갔다 그의 마차를 끄는 말은 편자가 하나 빠져서 다리를 심하게 절었다.

가난뱅이가 산적에게 의리를 지키듯 산적도 가난뱅이에게 의리를 지킨다.

우리는 말머리를 돌려 천천히 언덕을 내려갔다 이제 서둘러 목적지에 갈 필요가 없었다 내 이유야 말 안 해도 알 테고 해리의 경우에는 비치워스에 있는 순경 2명이 그를 붙잡아 이름을 날리고 싶어 안달나 있어서 밤늦게 들어가고 싶어했다.

내가 극진한 대접을 받은 작은 농장집을 지날 때 해리가 그 샨이라는 소년에 대해 어떻게 생각하느냐고 물었고 나는 그렇게 말을 잘 타는 아이는 처음 봤다고 대답했다. 그러자 해리는 샨은 필시 인간 아이가 아니라 바꿔치기한 존재라고 말했다.

산꼭대기는 볕이 쨍쨍하지만 골짜기 아래는 스코틀랜드 말로 황혼이 깔려 모든 까마귀와 피리까마귀가 음산하게 울어대는 시간이었다. 해리가 이야기를 들려줬다 아일랜드 티퍼레리 근방에 부부가 살았는데 밤중에 아이를 납치당했다. 그 자리에 대신 남겨진 아이는 매우 기이하게도 완전히 지친 눈빛이었고 실제로 아주 늙었다는 걸 누구나 알 수 있었다. 부모는 아이를 두려워해서 잔소리를 안 했고 아이가 접시를 깨거나 지붕에 기어올라가도 감히 뭐라고 못했다. 해리는 그렇게 바꿔치기한 아이를 직접 본 적은 없지만 자기 어머니는 알았고 아이가 동시에 여러 곳에 있는 재주가 있다는 얘기를 어머니에게 들었다고 했다. 아이는 바느질을 좋아했는데 남자애치고는 이상한 취미였지만 아무도 놀리지 않았다. 아이는 종종 숲이나 근처 마을에 있다가도 집안에 있고 때때로 동시에 들에도 나타나서 동네사람들을 놀랬다. 집에서는 불가에 앉아 헝겊조각을 이어붙여 망토를 지었는데 아주 멋진 망토였고 그 많은 색깔 천을 어디서 구했는지 아무도 설명할 수 없었다. 특히 빨간 헝겊은 스테인드글라스에서 볼 수 있는 그 색이었고 어머니 옷가지에는 빨간색이 일절 없었다 집에 빨간 천은 1조각도 없었다.

사람들은 부모를 만난다는 핑계로 그 집에 찾아가 망토를 보고 바느질하는 아이의 손가락을 구경했다. 그런 구경거리는 처음이었다. 손가락이 어찌나 길고 민첩한지 원숭이 손 같았고 바느질하느라 구부릴 때면 뼈가 아예 없는 듯했다 하지만 사람들은 아이가 망토를 무슨 모양으로 만드는 건지 자세히 볼 수 없다고 불평했다.

세월이 흐르고 형제자매들은 자라서 자식을 낳는데도 아이는 나이를 먹지 않았다 아이의 눈이 더 흐려졌다고 생각하는 사람도 있었지만 망토 하나 만드는 데 그렇게 시간이 오래 걸리는 이유를 아무도 몰랐다.

그러던 어느 날 어머니가 신부님을 찾아가 아이가 신부님께 구하는 답이 있으니 모일 모시에 찾아와줄 수 있는지 물었다. 신부가 그 집으로 찾아갔고 불가에서 기다리고 있던 아이는 곧장 질문을 던졌다.

제가 천당에 갈까요?

신부는 아이의 기이하게 흐린 눈과 길고 가느다란 손가락을 봤고 상처 주고 싶지 않은 마음이 간절했지만 그렇다고 거짓말을 할 수도 없었다.

이윽고 신부가 대답했다 네 몸에 아담의 피가 1방울이라도 흐른다면 너도 나처럼 천당에 갈 기회가 있다고 장담하마.

만약 없다면요 소년이 물었다.

그럼 넌 천당에 못 간다 신부가 대답했다.

그러자 그 불쌍한 것은 끔찍한 비명을 내지르며 바느질감도 바닥에 떨어뜨리고 도망쳤다. 아이는 다시는 나타나지 않았지만 그 부모는 아이가 만든 걸 오래도록 간직했다. 망토에는 아기 예수를 안은 성모 그림이 있었고 그걸 본 사람들은 너나없이 아주 훌륭하다고 전했다.

이제 날이 거의 어두워졌고 나는 해리에게 그 망토를 본 적 있는지 물었다 해리는 자기 어머니가 추방되기 전날 밤 봤다고 말했다. 요정 이야기를 믿느냐고 내가 묻자 그는 그때 어머니에들 그이야기를 하도 많이 들어서 젊은 남자애들 겁줘서 여자애들 가까이 못 가게 하려고 지어냈겠거니 했는데 이제는 생각이 바뀌었다고 말했다. 어쩌면 진짜 요정이 있는지도 모른다는 거다.

말들은 아주 천천히 걷고 있었다 이제 어두워서 길이 잘 안 보였다 나는 해리에게 왜 생각이 바뀌었는지 물었지만 그는 대답하지 않았다. 밴시는 본 적 있는지 물어도 말이 없길래 더 묻지 않았다 하지만 빌 프로스트를 찾아 북쪽으로 가는 동안 자꾸 사악한 것들이 생각났고 나쁜 예감에 마음이 무거웠다.

비치워스에서 24킬로미터도 안 떨어진 곳에서 유칼립투스가 타는 지독한 냄새를 맡았다 나는 근처에 산불이 났다고 말했다 해리는 잘못 안 거라고 불은 아주 멀리서 난 거라고 말했다. 호지슨스 크리크에 당도했을 때 하늘에서 검은 잎이 떨어졌지만 그래도 해리는 개의치 않다가 새빨간 불꽃의 테를 두른 잎이 떨어지기 시작해서야 멈추라고 외쳤다. 나는 이제 살인자 같은 게 될 필요가 없겠구나 생각했다.

손수건을 물에 적셔 해리가 내 손에 물병을 쥐여주며 말했다. 입하고 코 위로 묶어.

그렇게 우리는 살인을 향해 계속 앞으로 나아갔다 그레타로 방향을 돌리는 게 좀더 어른스러운 행동이었다고 너는 말할 수도 있 겠지만 그 운명의 밤 나는 15살과 16살 사이에 갇혀 있었고 해리 파워를 따라가는 것 말고는 선택의 여지가 없다고 생각했다. 나는 그 늙은 웜뱃 같은 남자를 따라 어둠 속을 나아갔고 이제 연기 때 문에 눈이 아팠다. 내 말도 내키지 않는지 고개를 쳐든 채 버티고 서서 귀를 앞뒤로 쫑긋거렸다. 나는 채찍질을 하는 대신 말의 떨리 는 목에 기대 좋은 소리로 달래주었다. 해리가 나를 길 바깥쪽으 로 이끌었는데 잘 안 보이기는 그도 마찬가지였다. 우리는 조심스 럽게 산등성이를 따라 천천히 나아가다가 봉우리 사이에 이르렀고 거기라면 머나먼 비치워스의 불빛이 보일지도 모른다고 기대했지 만 숨막히는 연기만 자욱했다 빵집 화덕 속처럼 불빛이 비치고 연 기가 갈색과 노란색이었다 불길은 보이지 않았지만 동쪽으로 짐작 되는 곳에서 바람이 불어왔다. 내 말이 제 앞에 놓인 운명을 예감 하고 부르르 떨었다 나는 착하지 네가 다치는 일은 절대 없을 거야 하고 달랬지만 사실 길을 잃었고 달도 별도 보이지 않았다. 우리는 산의 형세를 따라 나아가기 시작했지만 바람은 더 뜨거워지기만 했다. 해리의 말이 2번이나 놀라서 어둠 속에서 앞발을 들고 뛰어 올랐다 나는 그도 길을 잃은 줄 알았는데 그건 모욕적인 생각이었 다 결국 그는 교묘히 산불을 피해 길을 이끌었고 그건 산사람의 대 단한 재주였다.

리즈 크리크 위에서 마침내 시야가 트인 언덕에 다다랐고 거기 서 산불이 정면으로 보였다 불길이 산등성이를 타고 북동쪽으로 번져 비치워스 가장자리까지 접근해 있었다. 토종 소나무가 활활

타오르고 애플검*과 관목도 불붙어 불길이 우리 옆구리까지 올라
오는 바람에 리즈 크리크 옆 울셰드 골짜기로 내려갈 수밖에 없었
다. 짙은 연기 속에서 우리는 하마터면 농부 하나를 깔아뭉갤 뻔했
다 그 농부는 스카프로 얼굴을 둘둘 감은 아이들을 데리고 불과 싸
우러 가는 중이었다. 5살밖에 안 되어 보이는 아이가 아버지의 납
작한 회색 모자를 썼는데 등불 빛에 비친 눈에 두려움이 가득했다.
나는 그들을 도와 울타리를 지켜야 한다고 말했다.

　해리는 어깨 너머를 돌아보더니 울타리는 다시 치면 되고 우리
는 계속 갈 거라고 말했다. 연기 속으로 사라지는 그 가족을 보면
서 나는 우리 가족이 생각나고 어머니가 그 순간에도 손으로 배를
감싸고 있고 자궁 속에서는 아이가 움직이는 게 상상돼서 몹시 양
심에 찔렸다 하느님이 허락하신다면 나는 언젠가 그 아기에게 애
플검이 굉음을 내며 타오르던 밤 반은 미친 캥거루들이 성난 불길
에 쫓겨 세바스토폴 마을로 내려간 이야기를 들려줄 것이다.

　그 황폐한 골짜기에서 우리는 등불 빛에 의지해 아직까지 사금
을 채취하는 중국인 무리를 보았다. 백인 광부들은 벌써 몇 년 전
채굴을 포기하고 떠났지만 중국인들은 남은 폐석을 체로 치고 있
었고 불길이 덮칠 수도 있는데 작업을 쉬지 않았다. 여기 땅은 거
대한 방화대防火帶 같았다 온통 찢어발겨진 게 가죽이 벗겨지고 개
들이 내장을 파헤쳐놓은 짐승 시체 같았다 인정사정없는 전쟁터
같았다. 거기가 우리의 원래 목적지는 아니었지만 어린 살인자는

---

* 유칼립투스의 일종.

이 지옥 같은 풍경을 지나자마자 대충 아무렇게나 지어놓은 작은 오두막을 보았다 밖에서는 중국인이 여럿 모여 널찍한 나무판자 위에서 마작을 하고 있었다. 바짝 말려 소금에 절인 저장용 고기처럼 단단해 보이는 남자들이었다.

여기 구경거리가 있군 해리가 말했다.

노름꾼들을 두고 하는 소리인 줄 알았는데 해리는 기둥에 매놓은 눈에 익은 회색 밭장다리 암말을 보고 있었다.

아 예쁜 말이군 해리가 말했다 사실 전혀 그렇지 않았다. 얘야 저 말 알아보겠냐?

아뇨.

그 자식 말이야 해리가 말했다 그리고 다시 미소 지었다.

나는 아닌 것 같다고 했지만 그건 거짓말이었다. 몹쓸 운명이 우리를 사냥감이 있는 문간까지 데려다줬다.

해리가 말했다 가서 무슨 편자를 박았나 확인해봐.

나는 말의 오른쪽 뒷발을 잡으면서도 U자 모양 편자에 조금 튀어나온 곳이 있으리란 걸 이미 알았다.

해리에게 엄지손가락을 들어 보이는데 속이 뒤집혔다. 말발굽을 내리는 나를 중국인들이 지켜보고 있었다 모든 게 더이상 현실 같지 않았다. 해리가 으슥한 데를 찾아 엽총을 준비하라고 속삭여서 나는 오두막 뒤로 갔고 다시 와보니 해리가 중국인들에게 돈을 주고 있었다 범죄 전 목격자를 매수하는 건 처음 봤다.

나는 엽총을 엉덩이에 차고 허름한 오두막 문가에 서서 6번째 계명을 어길 준비를 하고 있었다.

아니 네 뒤야.

뒤로 돌아서니 오두막보다 한심한 거처가 보였다 후줄근하고 더러운 천막인데 꼬질꼬질한 입구 가림막의 노란 끈에 출입금지 팻말이 붙어 있고 그 옆 대나무 장대에 찢어진 붉은 종이등이 매달려 있었다.

해리가 눈을 찡긋하며 노란 끈을 풀자 팻말이 땅에 떨어졌다. 해리에게 떠밀려 안으로 들어가면서도 나는 그곳이 사창굴인 줄은 꿈에도 몰랐다 천막 밖은 지저분하고 곰팡이가 피어 있었으니까 하지만 껍질만 보고 과일 속을 알 순 없는 법이다.

제일 먼저 충격을 준 건 엉덩이 살이 없는 여자였는데 너무나 많은 첫 충격이 한꺼번에 몰려들었다. 여자나 빌 프로스트나 알몸이었다 교회에 간 사람처럼 창녀 앞에 무릎을 꿇고 있던 빌 프로스트가 내가 들어오는 기척에 일어났으니 나도 총을 들 수밖에 없지 않았겠나.

나가 얼른 나는 창녀에게 말했다.

황갈색 눈이 잔뜩 성이 나 있었지만 창녀는 검은색 실크 가운으로 치부를 가리고 내가 시키는 대로 했다. 프로스트는 겁먹지 않으려고 했다. 그만둬 그가 말했다 햇볕에 그을린 팔을 내미는데 음부가 훤히 보였다. 다치기 전에 그 염×할 총 이리 내놔. 그가 총을 뺏으려고 긴 팔을 뻗었다 나는 등에 닿는 천막을 느끼고 더 물러설 곳이 없다는 걸 알았다. 나는 공이치기를 당겼다.

씨× 쏘고 싶으면 쏴. 평생 감옥에서 썩고 싶어?

나는 그를 죽일 수 있을지는 몰랐지만 죽여야 한다는 건 알았다 나는 그에게 사기꾼 거짓말쟁이라고 외치며 총을 겨눴다 그때 어둠 속에서 목소리가 들려왔다.

어린애를 살인자로 만들지 마.

해리 파워입니까?

알면서 뭘 물어.

해리 당신 개×× 좀 치워요.

이 아이한테 평생 감옥에서 썩고 싶으냐고 말하는 거 들었다. 내가 대리인이거든.

그러면서 해리 파워가 천막 안으로 들어왔다 묵직한 미제 연발총이 손에 들려 있었다. 해리는 그 무시무시한 무기를 빌 프로스트의 관자놀이에 똑바로 겨눴고 나는 살인이 너무 무서워서 크게 안도할 수도 없었다. 해리는 왼손으로 총을 잡고 오른손으로 프로스트의 거시기를 움켜쥐었다.

빌 아주 멋진 소시지군.

오 제발 해리 빌 프로스트가 말했다 이제 그는 겁에 질려 있었다 그도 그럴 것이 턱수염 없는 해리는 광대뼈에 잔인함이 입가에 분노가 그대로 드러나서 아주 무시무시했다.

하지만 빌 이 물건이 말썽을 너무 많이 피운단 말이지.

안 돼요 해리. 잠깐. 좋은 게 좋은 거라잖아요.

이건 거시기로 피를 보내는 큰 혈관이지 빌 자넨 아주 유식하니까 잘 알 거야. 자네 별명이 그래 하지만이던가? 그래 하지만 프로스트. 그래 하지만 내가 더 유식하지 안 그래?

해리가 콜트의 공이치기를 당겼다.

여길 쏘면 피가 엄청 쏟아질 거야 빌.

안 돼요 제발 해리.

빌 장화 좀 가져오겠냐 네드?

하지만 빌은 창녀를 찾아올 때 댄스화를 신었다 들어보니 무척 가볍고 우아했다 구두창도 종이처럼 얄팍했다.

제발 해리 뭐든 내가 다 잘못했어요.

잘못은 내가 아니라 저애한테 빌어야지. 네드 신발끈 좀 풀어라 그래 잘했어.

뭐하는 거야?

빌 자네는 지혈대가 필요해.

나는 지혈대가 무슨 뜻인지 몰랐고 빌 프로스트도 마찬가지였다 빌은 그 말에 잔뜩 겁을 먹었다. 뭐? 그게 무슨 말이에요?

자네 지혈대가 뭔지도 몰라? 그거참 책에 날 일일세 그래 하지만 프로스트 저게 없으면 피를 너무 많이 흘려서 죽어 그럼 자네 잘못으로 죽는 거니까 잘 들어 빌 신발끈으로 자네 물건을 묶어. 내가 대신 해줄 수도 있지만 난 손에 총을 들고 있어야 해서.

빌 프로스트의 얼굴은 원래 벌겋는데 거시기에 멋진 신발끈을 묶자 시체처럼 잿빛이 됐다.

자넨 나쁜 인간이었어 빌리 해리 파워가 말했다.

빌 프로스트는 가슴을 떨며 격하게 울었다 그가 헐떡거리며 말했다 오 해리 제발 제발 그냥 보내줘요.

그래 하지만 다시는 여기 이 네드 욕을 하고 다니지 않겠다고 약속할 수 있어?

예 그럴게요 이제 빌 프로스트는 큰 소리로 울고 있었고 눈물이 턱수염으로 흘러내렸다.

뭘 한다고?

약속할게요.

그래 하지만 켈리 부인에게 양육비로 매주 1파운드씩 보내는 것도 약속할 수 있어?

그래요 무슨 수를 써서라도 그렇게 할게요.

그럼 풀어주지 해리가 권총 손잡이로 빌의 머리를 때리며 큰 소리로 말했다.

나중에 해리는 빌 프로스트를 때린 걸 후회한다고 말하지만 때려서 일이 꼬인 건 아니었다. 문제는 빌 프로스트였다 숫염소처럼 자존심이 센 그는 일단 공포가 가시자 그 일대에 소문이 어떻게 날지밖에 생각 못했다. 치욕을 못 견뎠다. 그는 입술이 잔뜩 부어오른 채 눈물을 보이며 머리를 조아렸지만 천막을 나서는데 우리에게 복수하려고 난폭하게 움직이는 그의 커다란 그림자가 보였다. 내가 해리에게 소리쳤지만 빌은 이미 하우다 권총*을 들고 돌진해오고 있었다.

파워 이 개×× 그가 외쳤다.

나는 엉덩이께 멘 소총을 쐈다 총알이 빗나간 줄 알았는데 등불 앞에서 비틀거리는 그의 손이 배를 누르고 손가락 사이로 잼처럼 흘러나오는 검은 피가 보였다.

---

* 맹수 사냥용 권총.

때는 2월이었고 나는 12월이 되어야 16살이었다.

그 총 1발로 나는 다시 꼼짝없이 해리 파워의 부하가 됐다 그의 친구들이 우리를 마구간에 숨겨줬고 새벽이 되어 그가 나를 깨웠다. 그는 벌써 나가서 거리를 돌아보고 온 뒤였다.

빌 프로스트는 죽었다 피를 너무 많이 흘렸어 그가 말했다.

오랜 세월이 흐른 지금은 그 뻔뻔스러운 거짓말을 쉽게 믿어버린 그 아이가 참으로 불쌍하다 나는 하늘에서 죽은 사람이 내려다보듯 그 아이를 내려다본다.

애야 경찰들이 널 잡으러 다닌다.

나는 영장이 나왔는지 물었지만 해리는 대답하는 대신 상아 손잡이가 달린 주머니칼을 펴더니 코트 주머니에 손을 넣어 길쭉한 소시지를 꺼냈다 팬에 구운 소시지는 아직 뜨겁고 반짝거렸다. 소시지와 칼을 건네는 해리의 눈에 감정이 번득였는데 나는 그걸 동정으로 착각했다.

아침 먹어라 불쌍한 녀석.

나는 빌 프로스트의 거시기가 생각나서 고개를 흔들었고 해리가 소시지를 도로 가져갔다.

걱정하게 만들고 싶지는 않다만 경찰 1무리가 일레븐 마일 크리크로 떠났다 거기 가면 너를 체포할 수 있을 거라고 생각한 거지 해리가 말했다.

나는 겁에 질린 내색은 않고 영장이 나왔는지만 다시 물었다.

맹세하는데 내가 안전하게 지켜주마 그 늙은 악당이 말했다.

나는 분명 교수형을 당할 거라고 말했다.

얼른 가서 재 1양동이 갖고 오면 안전할 거다 그가 말했다.

그는 고분고분해진 나를 보고 기분좋았을 것이다. 내가 재를 가져오자 그는 길고 커다란 턱과 목에 검은 재를 바르며 나한테도 똑같이 하라고 시켰다. 그리고 크고 넙적한 코와 축 늘어진 눈가에 지저분한 재를 문질러 바르며 말했다 이렇게 하면 선량한 주민으로 보일 거다 이 작은 떠돌이 꼬맹아.

함께 온몸에 재를 바른 뒤 해리는 말들에게 귀리를 잔뜩 먹이고 우물에 가서 물을 길어오라고 명령했다. 나는 그의 덫에 걸린 토끼였지만 아직은 몰랐다.

밤새 마을에 뜨거운 북풍이 부는 바람에 살인과 연기와 길 위를 굴러가는 쇠바퀴가 나오는 악몽에 시달렸는데 이제 바람이 잠잠해졌고 거리는 쥐죽은듯 고요했다. 해리와 내가 말을 타고 포드 스트리트에서 출발했을 때 어느 행인이 불길과 싸우면서 썼던 탄 삼베 조각이 달린 장대를 들고 절룩거리며 왔다. 그가 우리를 올려다봤다 연기와 검댕으로 시커먼 얼굴에 눈은 핏발이 서 있었다.

안녕하시오 해리가 말했다.

안녕하시오 친구.

서쪽은 온통 불길에 휩싸여서 우리 사기꾼들은 남쪽을 향해 처치 스트리트 한복판을 천천히 나아갔다. 불타는 쪽에서 여자 2명이 우유 양동이를 가득 실은 마차를 몰고 왔다.

신의 가호가 있기를 그들이 외쳤다.

우리 살인자들에게 신의 가호가 있기를 늙은 엉터리 배우 해리가 모자를 들어 보이며 말했다 더없이 행복한 표정이었다. 우리는 곧 빌 프로스트의 시체가 누워 있을 튼튼한 석조건물을 지났고 나는 나도 모르게 성호를 그었다 너무 수치스럽고 미안해서 안장에 웅크리고 앉아 말갈기 쪽으로 시선을 내리깔았다.

곧 우리는 버클랜드 도로에 닿았고 거기서 메마른 숲속에 수은처럼 뻗은 캥거루 길로 들어서서 피가 흐르듯이 조용히 지나갔다. 진드기처럼 꼬물꼬물 깊은 산속으로 들어갔고 마침내 산등성이를 내려가서 불럭 크리크의 고사리 덤불에 서 있는 그 낡고 눈 없는 오두막에 도착했다.

여기선 아무도 널 붙잡을 수 없어 해리가 말했다.

나는 졸지에 범죄자 신세가 됐다 그땐 너무 어리고 잘 속아서 해리 파워가 맘대로 갖고 놀 수 있었던 것 같다. 웜뱃산맥에서는 안전하다는 그의 말을 믿었고 워비산맥에 있는 게 낫겠다고 했을 때도 전혀 의심하지 않았다 심지어 그가 사람이 많이 사는 글렌로언 뒤쪽 산이나 제복 입은 경찰이 있는 호텔 바에 데려갔을 때도 마찬가지였다.

내가 그 살인으로 큰 충격을 받은 걸 알면서도 그는 절대 안쓰럽게 여기지 않았다 오히려 참새처럼 명랑하게 짹짹거리며 죽은 사람을 그래 하지만이니 빌 프로트(이 말은 음부를 비빈다는 뜻이라고 했다)니 부르며 조롱했다. 모닥불 앞에서 크고 네모진 엉덩이를 어둠 속으로 쑥 내밀고 빌의 왈츠를 아주 상스럽게 흉내내기도 했다.

달빛이 비치는 밤이면 나한테 뇌관 2개짜리 단발총만 달랑 주고 혼자 사라질 때가 많았는데 훨씬 나중에 매기가 말하기를 자기는 밝은 달이 좋았다고 그런 달이 뜬 밤이면 해리가 워비산맥에서 말을 타고 내려와 어머니에게 구애했다고 했다. 처음 찾아온 날은 어머니에게 몹쓸 짓을 한 빌 프로스트를 총으로 쐈다고 자랑했다고 했다. 곧 빌의 왈츠를 따라 춰서 어머니를 웃겼다는데 그 늙은 사기꾼은 엘런 켈리를 침대에서 일으켰다가 다시 같이 침대로 갔을 것이다.

그는 더러운 거짓말쟁이였다 거짓말이 그의 큰 취미이자 일이었다 다른 사람들이 콧구멍을 쑤시거나 심심풀이로 맬리* 뿌리에 얼굴을 새기듯 계속 거짓말을 해댔다. 우리 어머니한테는 내가 뉴사우스웨일스를 여행하고 있다고 깜박 속여넘기고 나한테는 경찰이 나를 체포하려고 일레븐 마일 크리크에 진을 치고 기다린다고 말했다. 거짓말 솜씨가 얼마나 기가 막힌지. 자기가 경찰을 지켜보고 있으니 철수하면 알려주겠다고 했다. 물론 나는 그를 철석같이 믿었다 교수형을 면하게 해줄 사람이 그뿐이었으니까 그래서 그가 강도질을 할 때마다 말들을 붙잡고 있고 밤마다 캥거루나 주머니쥐나 산비둘기를 사냥해서 바쳤다 그에게 이틀 연속 같은 음식을 준 적도 없었다. 그는 벽에 머리를 기대고 짖는 개처럼 게을렀지만 나는 그를 원망하지 않았고 머리대구나 민물가재나 뱀도 먹였다. 나무도 하고 말도 돌보고 말편자도 규칙적으로 갈아줬다. 따뜻한

---

* 유칼립투스의 일종.

밤에는 얕은 구덩이 2개를 파서 잠자리를 만들고 작은 무덤 같은 구덩이 위에 모기장도 쳤다. 마음씨가 착해서가 아니었다 아무것도 안 하고 있으면 살인을 저지른 밤으로 생각이 급히 되돌아가 엉덩이 살 없는 중국 여자와 빌의 손가락 사이로 흘러나오는 검은 피가 떠올랐다.

가끔 해리는 사태가 심상치 않으니 윔뱃으로 도망쳐야겠다고 말했다 거기서는 그가 2주씩 나를 두고 사라져서 불럭 크리크 오두막에 가는 게 두려웠지만 그래도 그의 말을 믿었다 그는 우리 어머니에게 구애하러 간 거였지만 홀로 남겨진 나는 괴로운 생각들에 시달려야 했다. 낫과 괭이로 창문 없는 오두막 주위의 고사리를 모두 없앴지만 그러자 비만 오면 풀이 더 잘 자랐다. 모래를 일어 사금도 채취하고 통나무와 잔가지로 울타리도 만들고 야생마를 잡아 길들이기도 하면서 쉴새없이 몸을 움직여도 마음이 평온해지지 않았다 어머니가 낳을 아기의 아버지를 죽인 죄책감이 너무 컸다.

그러나 진실은 소년도 말도 심지어 해리 파워조차 영원히 덮을 수 없는 법 그건 교활함으로도 학대로도 심지어 그의 거대한 엉덩이의 엄청난 무게로도 안 된다. 어느 날 아침 워비산맥으로 돌아가는 길에 맥빈의 킬피라 목장을 지날 때 나는 처음으로 낌새를 챘다. 맥빈은 목장주일 뿐만 아니라 권세 높은 치안판사이기도 해서 그의 땅에서는 군인들이 사각지대라고 부르는 저지대인 작은 협곡과 샛강을 따라 걸었다. 2일간의 여정이었고 우리는 맥빈의 땅 북쪽 가장자리에서 밤을 틈타 그의 양 1마리를 잡아 배불리 먹고 2번째 날 아침을 맞았다. 깊고 좁은 골짜기에서 천천히 달려나가던 우리는 말을 타고 반대쪽으로 지나가는 사람과 부딪칠 뻔했다. 너무 가까이 지나쳐서 그쪽 말의 입에서 나는 당밀냄새가 맡아질 정도였고 내가 옆으로 틀자 그의 등자쇠와 부딪쳤다. 그의 말이 앞발을 들고 섰고 내 말이 비틀거렸지만 우리 둘 다 땅에 떨어지진 않았다. 엄청 멋부린 그를 보고 사복경찰이 분명하다고 생각했다 우리가 서로 옆으로 피할 때 나는 해리가 말 옆구리에 힘껏 박차를 가하는 걸 봤는데 갑자기 그 낯선 사람이 우리를 쫓아왔다. 트위드양복 차림에 배가 나온 게 경정쯤 되는 것 같았다 그가 우리를 향해 모자를 흔들며 외쳤다. 어이 빌 거기 서 빌.

해리는 안전하게 그냥 갈 수도 있었지만 그러지 않았다. 빌이라니 씨× 누구한테 빌이래? 그가 외쳤다.

낯선 이가 화를 참고 상냥하게 대답했다 미안하오 친구. 얼굴은 넓고 통통했지만 코는 작고 뾰족했으며 기민한 검은 눈으로 해리의 얼굴을 자세히 뜯어보고 있었다.

얼굴은 빌하고 안 닮았는데 말 탄 자세가 똑같군. 빌 프로스트 아시오? 별명이 그래 하지만인데. 그 친구 병원에서 나온 뒤로 못 봤군.

그렇게 진실이 드러났지만 저녁때 물고기가 물위로 뛰어오르듯 순식간이었고 내가 알아챘을 때 물고기는 사라지고 잔물결만 남아 있었다. 그때쯤 해리는 벨트에서 미제 연발총을 꺼내 낯선 사람의 가슴에 겨누고 있었다.

이 건방진 놈 해리가 호통쳤다.

진정해요 친구 낯선 사람이 말했다. 악의는 없었으니까. 빌과

하나도 안 닮았군.

해리가 외쳤다 친구라고 씨× 난 네 친구 아냐 신사와 대화하는 법을 알려주지 주머니에서 시계 꺼내고 말에서 내린 다음 시계는 고삐에 묶어 빌어먹을 ××야.

그자가 지시에 따르자 해리는 그의 말 주위를 돌며 고삐에서 시계를 풀었다. 그리고 귀에 대고 소리를 듣는 척했다. 아주 비싼 물건이 틀림없군 그가 말했다.

난 당신이 누군지 모르겠소.

난 해리 파워다 이 멍청한 놈아.

그럼 유명인이군 당신 명성은 많이 들었지.

면도를 해서 반들거리는 해리의 얼굴이 기쁨을 감추지 못했다. 그는 시계의 금줄을 손바닥에 올려놓고 쥐더니 재킷 주머니에 전리품을 넣었다.

당신이 공정한 사람이라는 소문도 들었소 당신에 대한 노래들도 들었고 낯선 남자가 말했다.

나는 그런 노래를 들어본 적 없고 해리도 그런 것 같았지만 해리는 얼굴이 더 환해지며 말했다 그래 네 말 그대로다.

그 시계는 우리 아버지 거요 내 집으로 갑시다 대신 돈을 줄 테니 낯선 사람이 말했다.

난 공정하지만 멍청이는 아냐 이 근처에 집이라곤 킬피라 목장주 주택밖에 없어 해리가 말했다.

그게 내 집이오.

그럼 당신이 R. R. 맥빈이겠군 저 거세마는 유명한 데이라이트고 해리가 이죽거렸다.

맞소. 말도 맞고.

생각지도 못한 일이라 해리는 놀라움을 감추려고 맥빈의 말을 사려는 사람처럼 그 주위를 빙 돌았다. 그는 큰 곤경에 빠졌고 그 자신도 궁지에 몰린 걸 알았다.

맥빈 치안판사 이렇게 만나서 무척 반갑소만 당신 뚱뚱한 엉덩이에 총알 박아넣기 전에 그냥 가는 게 좋을 거요.

그건 현명한 행동이 아닌데.

맞아 하지만 난 현명한 사람이 아냐.

치안판사가 나를 돌아봤다 눈이 잉크처럼 새까매서 거기 빠져 죽을 것 같았다. 넌 이런 어리석은 일에 연루되고 싶지 않겠지 안 그러냐?

나는 아무 말도 하지 않았다.

내 말이라도 데려가게 해주시오.

당신은 말이 없는데 해리가 대꾸했다.

내 말을 훔치겠다고?

당신은 말 없다니까 해리가 다시 말했다.

파워 씨 정말 재고해볼 생각이 없는 거요?

난 재고 같은 거 할 만한 위인이 못 돼.

좋소 치안판사는 그렇게 말하고 휙 돌아서서 먼지 날리는 자신의 땅을 성난 걸음으로 성큼성큼 갔다.

해리는 말에서 내려 맥빈의 말에 올라탔다.

빌 프로스트 얘긴 뭐예요?

아무것도 아냐.

저 사람이 빌 프로스트를 봤다고 했잖아요.

아냐 그런 말 안 했어.

나도 귀가 있었지만 그런 뻔뻔한 거짓말은 처음이라 내가 잘못 들었나 싶었다. 해리가 새 말에 박차를 가했고 나는 그를 따라 불럭 크리크의 대피소로 돌아갔다.

그날 밤 우리는 태퉁에서 야영을 했지만 해리가 불을 못 피우게 해서 비트 통조림을 먹었다 나중에 해리의 신음소리가 들렸는데 장 때문일 수도 있고 자기가 얼마나 어리석은 짓을 저질렀는지 이제야 깨달은 것일 수도 있었다. 까치와 방울새의 맑은 금속성 울음소리에 잠이 깨니 해리가 약탈품 보따리 앞에 웅크리고 앉아 있었다 가까이 가보니 새 금시계의 태엽을 감고 있었다 그는 그 시계에 엄청 신경을 쏟았고 시계가 잘 가는 걸 확인한 다음 금줄을 단춧구멍에 끼우고 톡톡 쳐서 자리를 잡게 했다.

시계 잘 가요?

그는 고개를 들지 않았다.

불 피워도 돼요?

이윽고 그가 눈을 들었는데 겁먹었다는 걸 알 수 있었다.

새로운 곳으로 갈 때가 된 것 같다 그가 말했다.

어디요?

깁슬랜드.

만일 네가 태퉁과 깁슬랜드 사이에 있는 산들의 벼랑과 깎아지른 등성이와 위험천만한 혈암에 대해 안다면 해리가 R. R. 맥빈을 얼마나 두려워했는지 짐작할 수 있을 거다. 사실 해리만 그런 것도 아닌 게 나도 맥빈이 내 얼굴을 본 게 무척 안타까웠다.

해리가 말했다 우리가 잠깐 안 보이면 이 문제도 기억에서 사라질 거야.

그래서 나는 그날 아침도 그 다음날도 불을 못 피웠다 우리는 말을 몰고 조용히 웜뱃산맥을 지나 툼벌럽으로 갔고 거기서 짐말 1마리를 더 구해서 맨스필드로 갔다 거기서 해리가 밀가루와 설탕을 사오라고 시켰다 비트를 하도 많이 먹어서 오줌이 피처럼 빨갰다.

맨스필드를 떠나며 우리는 정든 파이 조각 모양 영역에서 벗어났다 델러타이트강 근처 메리지그에 가까워졌을 때 정면에서 남풍이 불어왔다 캥거루풀이 파도치는 초원과 거친 산악지대와 비늘로 뒤덮인 야수가 땅에 무릎을 꿇은 듯한 모습으로 기다리고 있는 불러산을 올려다보았다.

도망 5일째 날씨가 맑고 추웠다 바람도 많이 불어서 숲을 헤치고 계속 이어지는 산등성이를 오르는데 주위에서 죽은 나무가 쿵쿵 쓰러졌다. 날이 저물 때 바람이 센 높은 봉우리 사이에 도착했다 거기 식물은 전부 난쟁이 같았다 바위 사이사이에 허연 유칼립투스 줄기와 지저분한 카키색 관목이 낮게 깔려 있었다.

이제 염×할 불 피워도 돼.

바람 덕에 사냥이 무척 쉬웠다 왈라비를 잡았는데 녀석은 내가 접근하는 것도 몰랐다. 그날 밤 우리는 고기를 구워 먹었고 해리는 배 아프다는 소리를 안 했다. 어쩌면 그는 우리 어머니를 그리워했는지도 모르겠다 저녁을 먹고 우리는 담요에 누워 말없이 거대한 그레이트디바이딩산맥을 바라봤다 이 지역은 나도 처음 봤는데 요정 이야기에 나오는 풍경 같았다 바람 부는 맑은 하늘에는 다이아몬드가 가득하고 산맥의 들쑥날쑥한 검은 윤곽이 장관이었다.

저기를 말 타고 넘어야 한다.

알아요.

해리가 웃음을 터뜨렸다 그가 옳았다 그때 나는 어떤 고생길이 펼쳐질지 몰랐다.

저기 봐라 해리가 가리켰다. 저건 크로스컷 소Crosscut Saw라고 불리지 저기 저 산은 스페큘레이션Speculation 저건 버거리Buggery 또다른 산은 디스페어Despair다 너도 아냐?

아뇨 해리.

이제 알게 될 거고 후회할 거다.

험한 곳일지 몰라도 두렵진 않았다 나는 별빛 속에 잠들었다가 우박에 잠이 깼다 말들이 괴로워서 발길질을 하며 날뛰었다 새로 구한 짐말이 사라져서 내가 아침 시간 반을 들여 녀석을 다시 찾아왔다. 그다음 탬보 크로싱으로 가는 길고 위험천만한 이동을 시작했다 도둑들과 웜뱃만 아는 가파르고 위험한 길을 따라 5일을 더 갔는데 하루만 빼고 매일 춥고 비가 왔다.

탬보에 도착하면서 나는 어느 때보다 집에서 멀어졌다. 곧 우리는 맥팔리 술집을 발견했다 바닥이 진흙과 술로 질퍽거렸고 건초 마차 속 젖은 개처럼 악취를 풍기는 술꾼이 우글거렸는데 오고 싶어서 온 사람도 있었지만 탬보강이 불어난 바람에 발이 묶인 사람도 있었다 개중에는 입이 거친 농부 일자리를 잃은 양털깎이 톱밥이 들어가서 눈이 빨개진 고개 숙인 패배자도 있었다. 불행한 술꾼들이 모인 곳답게 분위기가 음침하니 안 좋았고 나는 그들 사이에 이방인으로 끼어 있고 싶지 않았다.

해리가 갈증을 달래는 동안 나는 그나마 공기가 나은 문간에 서서 문틈으로 요란한 탬보강을 바라봤다 흙 때문에 시뻘건 강물을 보니 그 흙을 모아 농장도 만들 수 있을 것 같았다. 강 이편에는 작은 방목장이 있었는데 손님들이 끌고 온 말이 거기 잔뜩 모여 빗속에서 서로 밀고&물고&괴롭혔다.

그렇게 내가 일레븐 마일 크리크에서 가장 멀어졌던 그때 말을 타고 길을 따라 천천히 올라오는 남자가 보였다 회색 암말이 살짝 밭장다리 걸음이었다. 남자는 납작한 챙모자를 썼고 영국 스타일의 긴 방수코트에는 진흙이 튀어 있었다 말이나 주인이나 몹시 지쳐 보였다. 남자는 좀 쉬었다 갈 생각인지 안장을 벗기고 풀도 없는 진흙 방목장으로 말을 끌고 갔다. 그리고 술집을 향해 지친 모습으로 오는데 안짱걸음이 희한하게 낯이 익었다.

한편 해리는 곰가죽코트를 풀어헤쳐 권총들을 보이며 바를 차지하고 앉아 있었다. 빨리요 빨리 나와요 내가 속삭였다. 그는 흥분한 나를 보고 불길한 예감을 느낀 게 분명했다 바로 훔친 시계를 꺼내 시곗줄을 만지작거리고 뚜껑을 열어 한참이나 문자반을 들여다보며 위안을 찾았다.

그 사람이에요 내가 말했다.

해리는 시계 뚜껑을 닫고 바지 주머니에 넣더니 지저분한 조끼

위로 금줄을 잘 정돈했다.

지금 바로 가마.

하지만 그때 빌 프로스트가 열린 문가에 나타났다 틀림없는 그 자였다.

이럴 수가 해리 파워가 외쳤다.

우리 2사람을 본 빌 프로스트의 안색이 그의 영국인 엉덩이처럼 허옇게 질렸다 그가 하우다 권총을 꺼내려고 주머니로 손을 가져갔다.

우린 네가 죽었다고 들었는데 해리가 재빨리 말했다.

내가 왜 죽어? 프로스트는 나한테서 눈을 떼지 않았다.

총 맞았잖아 내가 말했다. 해리의 손이 벨트의 미제 연발총 근처에 가 있었다.

어떤 개××가 그래 프로스트가 여전히 나를 주시하며 말했다.

해리가 당신이 죽었다고 들었댔어 내 총에 맞고 피를 니무 많이 흘려서 내가 말했다.

해리 파워는 거짓말쟁이야 빌 프로스트가 말했다 맙소사 그걸 아직도 몰랐다니. 병원에서 2번이나 봤고 네 엄마 집에서도 1번 봤어 내 채찍 가지러 들렀을 때 씨× 지금도 나한테 눈을 찡긋거리고 있잖아.

나는 해리에게 고개를 돌렸다 그는 개처럼 히죽거리고 있었다.

농담이다.

네 엄마한테 서비스해주고 있던데 빌 프로스트가 말했다.

농담이야.

이 더러운 거짓말쟁이 내가 외쳤다 나는 제정신이 아니었다 평생 그렇게 사기당하거나 속은 적이 없었다 이 씨× 더러운 거짓말쟁이 나는 아무 욕이나 막 해댔다.

하지만 해리 파워는 어린애한테 그런 욕을 잠자코 듣고 있을 사람이 아니어서 콜트 31구경 리볼버를 꺼내 내 귀 위쪽에 댔다.

이제 내 주위가 고요해졌다 나는 해리의 눈을 들여다봤다 그 눈은 막을 친 것처럼 흐릿하고 무표정했다.

사과하는 게 좋을 거야 그가 속삭였다.

잘못했어요 해리.

더 크게.

잘못했습니다 파워 씨.

네가 잘못 안 거야.

예 제가 잘못 알았어요.

그는 내 머리통에서 총을 떼고 공이치기를 내렸다 그리고 이제 히죽거리며 내 머리를 후려갈겼다 멍청이 그는 나를 몰랐다.

나는 마주 웃어주며 그의 어깨에 왼손을 올렸다 그는 덩치가 크고 단단했다 손에 육중함이 느껴졌지만 나는 더이상 두렵지 않았다 그의 배에 주먹을 날렸다 그가 몸을 웅크리자 주먹으로 목을 가격했다 그에게서 무시무시한 소리가 터져나왔다 나는 권총을 빼앗아 그의 네모진 뒤통수에 댔다 숱이 줄어가는 머리카락 사이로 지저분한 머릿가죽이 보였다 손이 떨렸다 나는 그에게 살고 싶은지 죽고 싶은지 물었다.

유명한 해리 파워는 대답하는 대신 진창 바닥에 엎드려 거대하고 뚱뚱한 머리대구처럼 헐떡거렸다 내가 금시계 줄을 잡아채자 그의 조끼가 찢어졌다 나는 줄에 천조각이 달린 금시계를 바닥에 집어던졌다.

죽여버리겠어 내가 외쳤다.

나는 피가 끓었지만 살인을 할 수는 없어서 대신 비싼 금시계를 쐈고 시계는 위로 튀어올랐다가 빙그르르 돌았다 시계 내부의 바퀴와 스프링이 다 튀어나오고 술꾼들이 우르르 도망쳐 진흙투성이 술집 구석구석에 숨었다. 나는 권총을 벨트에 차고 돌아서서 빗속으로 나갔다.

그날 밤 나의 사랑하는 어머니는 내 꿈을 꿨다 어머니는 내가 맥팔리 술집 밖에서 탄 말의 생김새를 정확하게 설명할 수 있었다 어머니는 그게 얼룩덜룩한 회색 말이고 내가 위험에 처했다는 건 알았지만 상대가 해리 파워라는 건 몰랐다. 나는 방목장을 향해 걸어가며 흘낏 술집을 뒤돌아보았다 파워가 일어나서 오른손을 커다란 미제 연발총에 댄 게 보였다. 나는 콜트 31구경을 꺼내지 않고 방목장 울타리를 기어올랐다 방목장에서는 유명한 데이라이트가 암망아지들을 괴롭히고 있었다 데이라이트는 몸통이 훌륭하고 목도 길고 튼튼한 아주 잘생긴 말이었고 나는 파워 씨 밑에서 고생한 대가로 녀석을 갖기로 결심했다. 암말들이 녀석을 암망아지들에게서 쫓아냈는데 녀석의 옆구리가 피범벅인 걸 보니 이미 암말들에게 차이고 물어뜯기고 한 모양이었다 하지만 나한테는 그게 성격이 나쁜 표시로 보이지 않았다. 고삐를 잡으러 가자 녀석은 내 쪽으로 궁둥이를 돌렸는데 처음에는 나를 걷어찰 작정이었던 것 같지만 이내 마음을 바꿔 다리를 물려고 했다.

술집 베란다에서 구경꾼들이 지켜보고 있었다 빌 프로스트가 해리의 어깨에 손을 얹었지만 해리가 바로 밀쳐냈다. 가슴이 쿵쾅거리지 않았다고는 못하겠지만 나는 그 말을 차지할 자격이 있고 그 사실을 똑똑히 알기에 빗속에서 녀석을 타고 가기로 했다 데이라이트는 콧김을 뿜으며 뒷다리를 차올렸지만 나는 녀석에게 네 성질쯤 얼마든지 받아줄 수 있다는 걸 알렸다. 그동안 해리 파워&빌 프로스트는 계속 나를 주시하고 있었다 둘 다 변소간 쥐만큼 교활해서 잠시도 눈을 떼선 안 됐지만 그럴 수 없는 상황이라 내 등으로 그들의 가증스러운 눈길의 무게를 느끼고 있어야 했다. 나는 데이라이트를 울타리에 매놓고 짐말을 찾았다 짐말은 여태 짐을 잔뜩 지고 있었다 파워의 제일 좋은 방수시트에 차 조금 감자 몇 개 치즈 1덩이를 챙겼다. 식량을 마댓자루에 넣는 내 모습은 그럭저럭 말에 가려져 있었다.

나는 둘둘 만 말 담요를 겨드랑이에 끼고 마댓자루를 어깨에 비스듬히 메고 울타리를 넘었다 해리를 보니 미제 연발총을 바지 앞섶 바로 위로 든 위험한 상황이었다. 나는 담요를 안장가리개에 묶고 마침내 데이라이트에 올라탔다.

나를 쏘는 건 쓸모없는 짓이었지만 해리는 자존심이 하늘을 찌르는 인물이었다 사실 강물소리가 너무 커서 내가 떠날 때 그가 총을 쏘지 않았다고 확실히 말할 수는 없지만 길 끄트머리의 작은 언덕을 돌 때 나는 살아 있었다. 홍수가 진 탬보강 옆을 천천히 달리는 동안 맑고 깨끗한 빗물이 모자챙 위로 쏟아졌고 이제는 멋진 새 길동무를 마음껏 즐길 수 있었다. 귀를 앞뒤로 쫑긋거리는 모습 앞에서 깐닥거리는 주근깨투성이 회색 목 걸음에 맞춰 흔들리는 갈기 이 모든 것이 합쳐져서 순식간에 무척 행복해졌다.

이랴 달려 내가 명령하자 오 세상에 녀석은 바로 내달렸다 녀석의 심장은 집채만했다 홍수가 난 강을 헤엄쳐 무너져가는 둑을 기어올랐고 그다음에는 길이 우리 발아래서 쏜살같이 날아갔다 콧김을 내뿜는 녀석은 어떤 모험도 마다하지 않는 막강한 짐승이었다. 우리 둘 다 해리 파워에게서 해방됐고 어디로든 갈 수 있었다 집을 향해 산들을 지나 해리엇빌로 갈 수도 있고 왕을 만나러 시암으로 갈 수도 있었다 우리는 못할 게 없었다.

닥터스 플랫에서 이윽고 빗줄기가 약해졌고 늙은 광부 2명과 마주쳤는데 씻지 않은 도자기 주전자 1쌍처럼 서로 생긴 게 똑같았다 둘 다 삽 모양 턱수염을 기르고 키는 150센티미터 정도밖에 안 됐다. 그들은 노란 파이프를 빨며 나더러 해리엇빌로 갈 생각을 하다니 미쳤다고 했다 페인터 스퍼라는 낭떠러지를 내려가야 하기 때문이었다. 나를 말릴 수 없다는 걸 깨달은 그들은 방수코트 안쪽에 유서를 써놓으라고 충고했다 비가 온 뒤라 안개가 심하고 혈암이 많아서 데이라이트가 낭떠러지에서 떨어지고 나도 죽을 거라고. 나는 겁먹지 않고 길을 알려달라고 했다 그들은 웃으며 보공잭*이 훔친 가축떼를 뉴사우스웨일스로 몰고 갈 때 지나간 길로 가

---

* 19세기 빅토리아주에 출몰한 도적단의 두목.

야 한다고 말했다 진흙땅에 지도도 그려주었다. 그렇게 교육을 받은 나는 길을 따라 천천히 달렸다.

어두워질 때쯤에는 다시 장대한 산악지대에 있었다 차가운 공기 때문에 콧구멍이 얼얼했지만 내게는 달콤한 고통이었다 하늘은 다시 아주 맑아졌고 나는 스노검* 숲에 자리잡고 통나무 속에 향긋한 불을 피웠다. 몹시 추워서 데이라이트에게 담요를 줬다가 밤에 몸이 얼어붙는 것 같아서 도로 뺏었는데 그 앙갚음인지 아침에 보니 녀석이 허락도 없이 자취를 감추었다.

다리를 묶고 방울을 달아놔서 어차피 멀리 갈 수 없다는 걸 아는 나는 느긋하게 감자 2알을 굽고 차를 끓여 아침을 먹었다. 얼음장 같은 개울물에 세수를 한 다음 녀석을 찾아나섰지만 아침이 다 가도록 방울소리조차 들을 수 없었다 식량도 거의 없고 잘 알지도 못하는 곳에서 갈 길이 멀기만 했던 나는 상황이 매우 심각하다는 걸 깨닫기 시작했다. 정오쯤 긴 바위투성이 산등성이를 올라가니 거대한 접시 모양 평원이 펼쳐졌고 그사이로 작은 개울이 흘렀다 풀이 푸르고 향긋했고 일레븐 마일의 바싹 마른 땅과는 영 딴판이었다. 나는 데이라이트의 흔적을 찾아 개울을 따라가다가 스노검 숲에서 양치기 오두막을 발견했다. 겨울눈에 대비해 지붕 경사가 무척 가팔랐고 숲에서는 보기 힘든 돌로 만든 벽난로가 있었다. 어이 하고 외쳐봤지만 오래전 버려진 오두막이었다 벽은 손도끼로 대충 깎은 널빤지였지만 안쪽은 양치기가 집 꾸미기에 열심이었

---

* 유칼립투스의 일종.

는지 널빤지에 진흙을 바르고 〈일러스트레이티드 오스트레일리안 뉴스〉까지 발라놓았다 되는대로 처덕처덕 발라놓은 게 아니라 아주 깔끔했다. 마치 책 속을 걷는 것 같았다 기사 내용을 읽어볼 수밖에 없었는데 양키들끼리 싸운 전쟁 사진이 많았다 총을 실은 배와 전투 계획이 나오고 전부 8년이나 9년 전 날짜였다. 오두막은 넓고 건조하고 정돈이 잘되어 있었다 침상은 6명까지 잘 수 있었다 나는 이런 외딴집에 살면 얼마나 행복할까 생각했지만 먹을 게 없고 이제 꼼짝없이 해리엇빌까지 걸어가야 할 처지였다.

야영지로 돌아와 앞으로의 시련에 대비해 닥치는 대로 눈에 보이는 걸 주머니에 넣고 있는데 관목 덤불에서 작은 움직임이 느껴졌다. 밤에 캥거루들이 쿵쿵거리던 기억이 나서 재빨리 콜트 권총을 장전하고 나뭇가지가 흔들리는 곳을 겨냥했다. 방아쇠를 당기려는 순간 데이라이트가 나를 충분히 곯려먹었다고 생각했는지 긴 회색 머리를 흔들었다 방울이 울리고 녀석이 호기심에 찬 코를 덤불 밖으로 내밀었다.

이 씨×놈 내가 외쳤다.

녀석은 미안하다고 사과하며 빈터로 나와 절룩거리며 내 주위를 돌았다 방울이 계속 울렸다 녀석이 속임수를 썼다는 게 도저히 믿기지 않았지만 그 모든 일이 고의였다는 건 의심의 여지가 없었다 녀석이 사죄의 뜻으로 고개를 푹 숙이고 있었으니까. 내가 악당 깡패라고 욕하자 녀석은 기가 한껏 살아서 내게 다가와 코를 비벼댔고 나는 웃음을 터뜨렸다 참을 수가 없었다. 그때부터 우리는 둘도 없는 친구가 됐고 나는 녀석에게 계속 말을 걸고 농담을 했다.

녀석은 나를 태우고 페인터 스퍼를 내려갔고 그 무시무시한 낭떠러지에서 단 1번도 멈칫거리거나 비틀거리지 않았다.

그날 밤 우리는 해리엇빌에서 멀지 않은 곳에서 야영을 했다 나는 데이라이트가 도망 못 가게 묶어놓으며 미안하다고 사과했다.

2일이나 제대로 먹이지 못해서 3일째에는 데이라이트를 몰아대지 않았다 천천히 에둘러 가기로 했고 그래서 브라이트 마을을 통과하면서도 공공도로는 이용하지 않았다. 곧 우리는 해리가 그렇게 잘 다니던 길로 돌아와 3일째 오후 중간쯤 글렌모어에 도착했고 거기서 지미 퀸으로부터 내가 그 사건에 아직 묶여 있다는 소식을 들었다. 경찰이 우리 이모부 잭 로이드에게 맥빈 집안에 가보로 내려오는 시계와 말을 훔쳤다는 누명을 씌워 잡아간 것이다 게다가 더 기막히게도 그 강도질에서 내가 한 역할을 사촌 톰 로이드에게 뒤집어씌워 쫓고 있기까지 했다.

경찰간부들과의
첫 접촉

일반 종이, 왼쪽 여백이 찢어진 괘선지 20페이지(약 가로 23센티미터, 세로 30센
티미터). 파란색 잉크로 작성했고 아래 여백에 얼룩 남아 있음.

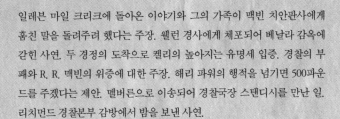

일레븐 마일 크리크에 돌아온 이야기와 그의 가족이 맥빈 치안판사에게
훔친 말을 돌려주려 했다는 주장. 웰런 경사에게 체포되어 베날라 감옥에
간힌 사연. 두 경정의 도착으로 켈리의 높아지는 유명세 입증. 경찰의 부
패와 R. R. 맥빈의 위증에 대한 주장. 해리 파워의 행적을 넘기면 500파운
드를 주겠다는 제안. 멜버른으로 이송되어 경찰국장 스탠디시를 만난 일.
리치먼드 경찰본부 감방에서 밤을 보낸 사연.

톰 로이드는 나와 동갑이었다 우리는 홍수가 난 샛강에서 막대기 던지기 시합도 하고 흙바닥에서 레슬링도 하고 한번은 그레타에서 원턴 늪까지 유명한 말타기 경주를 벌인 적도 있었다 톰이 내 죄를 뒤집어쓰고 벌을 받게 할 수는 없는 노릇이었다. 그래서 집으로 돌아가는 길이 무척 우울했다 가봤자 경찰에 자수하는 것 말고 할 게 없었으니까.

데이라이트와 내가 그레타에서 불에 홀랑 타버린 낡은 호텔을 지날 때는 밤이었고 날씨가 따뜻하지는 않았지만 어둠의 달콤한 향이 거미줄처럼 내게 달라붙었다 이제 재냄새는 안 나고 유칼립투스 잎과 새로 갈아엎은 흙 냄새만 났다 나는 미친 마이클 오브라이언의 돼지 15마리와 대녀허 부인 집 새 베란다의 시큼하고 진한 톱밥냄새를 맡았다. 하늘에는 달도 별도 없었다 하지만 퍼터스산맥을 내려가고 30분 뒤 남서풍에 가랑비가 실려왔고 아무것도 보이지는 않았지만 길가 나뭇잎 사이에서 주둥이가 긴 반디쿠트의 기척이 났다 개 짖는 소리는 안 들렸다 아주 이상했다.

데이라이트는 2번이나 겁을 먹었고 나는 녀석을 계속 몰았다 녀석은 마지못해 움직였다 그때 왼쪽 굴뚝에서 불똥이 분수처럼 튀었고 나는 집까지 90미터 남았다는 걸 알았다. 불똥이 튀던 그 순간 나는 커다란 말 그림자도 봤다 말을 탄 사람은 흰옷을 입고 있었다 어머니가 나를 기다리고 있었다 내가 오는 걸 어떻게 알았는지 모르겠지만 나는 놀라서 심장이 튀어나올 뻔했다.

내가 샛강을 건널 때 개들은 조용했지만 어머니의 거칠면서도 속은 부드러운 친근한 목소리가 들렸다.

너니?

나예요.

어머니 말에 물린 재갈이 덜걱거리는 소리는 들렸지만 칠흑같이 깜깜해서 어머니는 보이지 않았다.

어머니가 말했다 사랑하는 아들아 너를 위해 튼튼한 암말을 데려왔다 이 자루에 치즈랑 절인 고기도 있다.

경찰이 나를 찾고 있어요 내가 말했다 그 말을 하고 나니 이상하게도 마음이 편해졌다.

어머니가 말했다 어떤 멍청한 ××가 맥빈한테 강도질을 했다 그래서 이 근방에 경찰이 불개미집처럼 우글거려. 피프틴 마일에도 진을 치고 있고 그레타에도 진을 치고 있어 아침마다 해도 뜨기 전에 우리집 문을 두드려대고. 너와 친한 톰 로이드를 찾고 있는 거지만 뱃이 꼬이면 아무나 잡아갈 거다. 멜버른의 높은 인간들한테 들볶이는 모양이야.

엄마 내가 탄 말이 맥빈 거예요.

어머니는 대꾸하지 않았다.

엄마 해리 파워랑 내가 그랬어요.

해리는 네가 뉴사우스웨일스에 있다고 했어.

엄마 해리가 이 말 저 말 잔뜩 늘어놨지만 사실이 아니에요.

염×할 그렇다면 더더욱 이 말을 데려가야겠구나. 맥빈 말은 나한테 줘 얼른 풀어줄 테니.

엄마 할말이 더 있어요 내가 빌 프로스트를 쐈다는 말을 하러 집에 온 거예요. 빌을 쏘면 안 되는 거였는데 어떻게 말해야 할지 모르겠는데 정말 죄송해요.

해리가 그랬다던데.

해리는 말도 못할 만큼 지독한 거짓말쟁이예요.

긴 침묵이 흘렀다 나는 어머니 생각을 볼 수도 없고 느낄 수도 없었다.

안장도 훔친 거니 어머니가 물었다.

맥빈의 이름 머리글자가 있어요.

시계는 어딨니 그건 네가 갖고 있지 않길 바란다.

해리가 가졌어요.

그럼 말하고 안장 놔두고 이 암말 끌고 웜뱃으로 가.

엄마 톰이 대신 감옥에 가게 할 수는 없어요.

맙소사 네드 로이드 집안사람들은 그렇게까지 널 생각해줄 것 같니?

나는 말에서 내려 데이라이트를 울타리에 묶었고 결국 어머니도 나를 따라 오두막으로 들어왔다.

밀고자들이 내 도착을 눈치채지 못하도록 집안에 가둬뒀던 우리 캥거루 사냥개 2마리가 잽싸게 튀어나갔다. 집에 들어오자 어머니의 괴로움이 너무도 훤히 드러났지만 어머니는 엄격한 흰 등을 돌리고 감정을 내보이지 않았다.

집에 들어갔을 때는 자정이 지난 시각이었지만 형제자매가 하나둘 커튼 뒤에서 나왔다. 매기가 1등으로 나왔는데 깨끗한 흙과 끓인 우유 냄새가 났다 그애가 내 손을 잡아끌며 새로 태어난 동생 엘런에게 데려갔다. 빌 프로스트의 딸은 빵덩어리만했다 아기는 식탁 위 과일상자 안에서 자고 있었다 쓰레기가 금으로 변한 경우가 있다면 바로 그 아기였다.

내가 벌을 피해 도망치지 않으리란 걸 알고 어머니는 비통한 마음으로 매기한테 제일 좋은 식탁보를 깔라고 시켰다 그리고 케이트가 침대에서 기어나오자 숨겨둔 버들무늬 접시를 꺼내오라고 했다. 댄한테는 더러운 손톱을 깨끗이 씻으라고 하고 어머니 자신은 고급 밀랍양초 4개를 켜서 일정하게 늘어놓고 크리스마스 저녁식사처럼 가족 수에 맞춰 정식으로 식탁을 차렸다. 아이들이 하품하며 식탁에 앉자 어머니는 내가 도망갈 때 주려고 준비한 마댓자루를 풀었다.

매기는 나를 위해 준비했던 음식이 식탁에 차려지는 걸 보고 울기 시작했다 그러자 그레이시도 울었고 케이트도 금방이라도 울음 합창에 낄 것 같았다 그래서 나는 데이라이트 녀석의 못된 장난질과 녀석을 캥거루로 착각하고 쏠 뻔한 이야기를 들려줬다.

케이트와 그레이시는 내 이야기를 무척 재밌게 듣고는 건포도 푸딩을 먹고 곧장 침대로 가서 잤다. 댄이 자기는 사나이라며 안 자고 나를 지킬 거라고 했지만 금세 꾸벅꾸벅 졸아서 나는 그 사나운 8살짜리의 몸을 침대에 뉘었다.

젬이 맥빈의 말을 윈턴까지 끌고 가 울타리 근처에 묶어놓겠다고 해서 나는 작별인사를 하러 밖으로 나갔다 데이라이트에게 절대 너를 안 잊겠다고 너는 내가 타 본 말 중에서 제일 용감하다고 말했다. 안으로 들어오니 어머니가 식탁 한가운데 올려놓은 꾸러미가 보였다 흰 박엽지에 싸여 있길래 아기 옷이겠거니 짐작했다. 어머니가 꾸러미를 푼 뒤에야 나는 그게 아주 오래전 애브널에서 셸턴 씨가 준 2미터 길이 초록색 허리장식띠라는 걸 알았다. 에드워드 켈리의 용기에 감사하는 뜻으로 셸턴 가족이.

이걸 매라 어머니가 말했다 어머니의 강렬한 눈은 눈물이 그렁그렁했다. 내가 어머니 뜻대로 허리장식띠를 매고 다시 앉자 어머니는 옆에 앉아 내 손을 잡고 손목을 쓰다듬었다. 그렇게 우리는 해리 파워가 우리 땅에 뿌린 악의 씨앗을 수확할 잔인한 아침을 기다렸다.

새벽에 나는 웰런 경사에게 체포되어 가족을 떠나 억수같이 쏟아지는 빗속에서 베날라로 갔다 나를 잡으려고 움직인 세력에 대해 나는 알지 못했다. 내 도움으로 말과 시계를 빼앗긴 게 경찰국장의 친구라는 것만 알았지 그 계급에 대해서는 맥빈의 깃털베개

만큼이나 아는 게 거의 없었다. 나는 웃는물총새의 무시무시한 부리나 그 성난 사나운 눈을 상상 못해서 웃는물총새라는 존재를 아예 모르는 나무껍질 속 통통한 나방 애벌레였다.

감방은 전에 왔을 때와 같았고 나는 그때처럼 웰런이 때릴 줄 알았지만 훨씬 심한 짓을 했다 내 허리장식띠와 벨트와 신발끈을 빼앗아간 것이다 그는 스탠디시 경찰국장에게 딱딱 뚜우뚜우 무선을 쳐서 소식을 보냈고 곧 160킬로미터 떨어진 멜버른의 경찰국장 방에서 네드 켈리란 이름이 불렸다 그리고 그날이 지나기 전 니컬슨 경정과 헤어 경정은 베날라로 가서 나를 심문하라는 명령을 받았고 두 경찰간부가 더럽고 울퉁불퉁한 멜버른 도로를 달려왔다. 그들은 물&기름이고 초크&치즈였다 그들의 차이는 번쩍거리는 제복으로도 가릴 수 없었다. 그레이트디바이딩산맥을 지나는 내내 비가 내렸다 그들은 은몰 장식이 달린 모자를 무릎에 놓고 마차에 앉아 있었다. 나는 16살이었고 그들이 오고 있다는 걸 전혀 몰랐디.

5월 10일 화요일 빵과 물로 식사한 후 나는 수갑을 찬 채 감방에서 베날라 경찰서로 끌려갔다 나는 그 경찰 2명을 보고 무척 놀랐다 여자 향수 냄새만큼이나 분명하게 권력의 냄새가 풍겼다. 말쑥한 미남인 헤어 경정이 말하는 동안 건장한 늙은 스코틀랜드인 니컬슨은 창밖을 내다보고 있었다 그는 수의사가 웰런 경사의 말 이빨을 가는 데 더 관심이 있는 것 같았다.

헤어는 어깨가 넓고 상류층 말투를 썼다 삼나무 책상에 엄한 얼굴로 앉아 영국인의 파란 눈으로 나를 겁주려고 했다 그는 내가 해리 파워와 함께 저지른 혐의를 받고 있는 강도질을 줄줄이 댔다.

그가 그것에 대해 할말 있느냐고 물었다.

나는 사촌 톰 로이드의 체포영장은 찢어버리는 게 좋을 거라고 말했다.

그가 괴상한 은색 도구로 파이프를 청소했다 과거에 외과의사였는지도 모르겠다. 그는 은장식이 달린 가죽주머니에 담배를 보관했고 자기가 마음만 먹으면 톰 로이드를 잡아다가 평생 감옥에서 썩게 할 수도 있다고 했다 우리 어머니가 톰 로이드를 숨겨줬으니 1865년 토지법에 따라 땅을 빼앗을 수 있다는 말도 했다.

그건 증거 없잖아요 내가 말했다.

그는 마음먹으면 우리 어머니를 감옥에 보낼 수 있고 내 형제&삼촌&사촌도 마찬가지라고 우리가 토끼처럼 자식을 많이 낳아도 상관없다고 어머니&아기까지 죄다 감옥에 가둘 거라고 했다. 그가 일어서자 촌충이 몸을 똑바로 펴는 것 같았다 어지러울 정도로 키가 컸다 190센티미터 아니 193센티미터는 되어 보였고 발은 앙증맞을 정도로 작았다.

네가 맥빈 씨를 만난 것 자체를 후회하게 만들어주지 그는 그렇게 말하고 밖으로 나갔다.

니컬슨은 남아 있었는데 그는 늙고 지치고 영국인 헤어보다 훨씬 친절해 보였다. 우리 어머니가 땅을 얼마나 갖고 있는지 물었고 내가 공손하게 대답하자 토지법을 비판하며 소 키우기에 좋은 땅을 밀 농사에 쓰는 건 범죄라고 말했다. 수갑을 벗고 싶은지 물어봐서 나는 고맙다고 했다 그는 의자를 내주며 사실 헤어는 심술 사나운 ××라고 그에게 대들지 말았어야 했다고 말했다. 너 자신을 보호하려면 정보를 좀 줘야 된다 조금만 말하면 돼. 해리가 네 친구라는 거 안다 그가 말했다.

파워는 내 친구 아네요 그는 개××예요 내가 말했다.

그럼 더 잘됐구나 그가 말했다.

난 밀고자 아냐 씨× 당신들한테 아무도 안 넘겨 내가 말했다.

그러자 니컬슨이 벌떡 일어나 달려들었다 내가 주먹을 들어 막았지만 그는 몸을 홱 돌려 창밖 풍경에 관심 있는 척했다. 우리는 잠시 말없이 앉아 있었고 그가 내게 눈을 찡긋했다 나는 이 이상한 늙은 새를 어떻게 대해야 할지 몰랐다.

네 엄마가 파워 씨랑 좋은 관계라는 거 알고 있다 이윽고 그가 말했다.

해리 파워는 거짓말쟁이에 도둑이에요 우리 엄마는 이제 그 인간 안 만나요 내가 장담해요.

니컬슨이 졸린 눈으로 나를 빤히 보더니 말했다 너 모든 혐의를 벗고 싶지 않니?

이미 자백했어요 웰런 경사가 그걸 다 받아적었고 내가 서명했어요.

애야 웰런 경사는 서류를 잘 잃어버리기로 유명하지 니컬슨은 다시 눈을 찡긋했다.

그럼 톰 로이드 체포영장도 잃어버릴 수 있어요?

아 물론이지 니컬슨이 말했다. 네가 제공할 정보를 맛만 보여줘도 웰런 경사는 톰 로이드의 체포영장과 너의 6가지 혐의 중 1번째 걸 잃어버릴 거다. 그럼 공평하지 안 그래?

그래서 나는 그에게 별거 아닌 정보를 줬다. 그날 늦게 그가 내 감방에 찾아와 내가 보는 앞에서 톰의 체포영장을 찢었다. 그게 빅토리아주의 법이 집행되는 방식이다.

다음날 아침 일찍 헤어&니컬슨이 우리 어머니를 찾아갔다 어머니는 남들 눈을 신경쓰지 않지만 그래도 주머니쥐를 잡아 손질하다가 들켜서 당황했다.

요새는 파워 부인으로 사는 줄 알았는데 우린 그렇게 들었소 니컬슨이 말했다.

염× 잘못 들었네요 어머니는 주머니쥐가 더이상 경찰들 눈요기가 되지 못하게 찬장에 집어넣었다.

그럼 해리와 안 어울렸다는 건가?

그래요.

아 그거참 유감이군 거금을 손에 쥘 기회를 놓쳤으니 니컬슨이 말했다.

500 헤어가 말했다.

5파운드요? 어머니는 관심을 보이지 않을 수 없었다. 지금 나한테 5파운드를 주겠다는 건가요?

500이오 켈리 부인.

무슨 대가로요?

우리에게 파워 씨를 소개해주는 대가요.

헤어가 깔끔하게 접힌 〈폴리스 가제트〉를 꺼내 어머니에게 내밀었다 어머니는 까막눈이었고 그 씨×놈도 그걸 알고 히죽거렸다.

어머니는 손을 닦고 신문을 받아들었다.

하느님 맙소사 어머니는 신문을 들여다본 다음 돌려줬다. 평발 늙은이 해리 파워를 넘기면 정부가 나한테 500파운드를 준다고요?

그런 거금을 마다할 이유가 없을 것 같은데.

그렇게 생각했다니 이 개똥만큼 무식한 인간들아 어머니가 소리쳤다 그 소리가 너무 커서 아기 엘런이 깼다.

켈리 부인 애들이 보고 있소 좋은 본을 보여야지.

내가 자식들한테 본을 보일 건 사람 목숨을 돈과 바꾸는 것만큼 천한 짓이 없다는 거야 개 풀어서 쫓아내기 전에 내 땅에서 썩 꺼져. 우리 개가 말뚱을 좋아하긴 하지만 뒤룩뒤룩한 경찰 엉덩이는 더 좋아할걸.

헤어와 니컬슨은 그다음으로 이모부 잭 로이드를 찾아갔다 이모부는 전날 감옥에서 풀려났고 그들 사이에 무슨 얘기가 오갔는지는 몰라도 이모부가 그들을 쫓아내지 않은 것만은 확실했다.

경정들은 나한테는 500파운드 얘기를 꺼내지도 않고 배신의 대가로 다른 보상을 해줬다. 베날라 법정에 증인으로 선 맥빈이 내가 그의 물건을 털어간 소년이 결코 아니라고 성경에 대고 맹세했고 나는 놀라서 지켜봤다.

니컬슨이 말했다 네가 협조하면 우리가 어떻게 해줄 수 있는지 잘 봐라.

다음날 우리 모두 다시 법정에 갔고 헤어와 니컬슨은 또 정의를 가지고 농간을 부렸다 정의를 밀고 당기고 훌쩍 건너뛰게 하더니 내 혐의 2개를 더 벗겨줬다.

나는 그들에게 정보를 더 줘야 할 것 같아서 그레이트디바이딩 산맥을 지나 탬보 크로싱까지 갔던 이야기를 해줬다. 해리가 깁슬 랜드 해안에 있는 이든에서 다른 나라로 도망칠 계획이었다고 주장했다.

그들은 내가 말한 대로 받아적었다.

다음날은 내가 이해할 수 없는 법적 논쟁이 벌어졌다. 결국 치 안판사가 내게 재구류 명령을 내리고 카인턴으로 이송하라고 했지 만 경정들은 허리장식띠와 벨트를 돌려주고 나를 멜버른으로 데려 갔다. 마차 안에서 나는 그들이 준 카레달걀샌드위치를 먹었고 헤 어와 니컬슨은 브랜디를 마시고 시가를 피웠다. 이제 어떻게 되는 거냐고 물었지만 그들은 대답이 없었고 나는 겁먹은 티를 절대 내 지 않았다.

나는 프랭클린 스트리트에 있는 차가운 파란색 석조건물인 멜 버른 감옥으로 이송될 예정이었지만 투랙 스트리트의 저택으로 끌 려갔다 가을 낙엽 태우는 달콤한 냄새가 가득한 밤이었다. 니컬슨 이 거대한 연철대문을 열어젖혔고 헤어가 초인종을 눌렀다 그러자 제복을 입은 잘생긴 순경이 집사처럼 나타났다 이어서 내 앞에 펼 쳐진 멋진 터키 양탄자가 눈에 들어왔다 파란색과 주홍색이 섞인 양탄자였고 우리 식구는 상상도 못할 아름다운 물건이었다 장화를 신은 채로 그 위를 밟고 지나가도 되는지 자신이 없었지만 헤어가 나를 데리고 양탄자 끝까지 걸어갔고 마침내 우리는 긴 검은색 코트를 입은 신사들이 당구를 치는 큰 방으로 들어갔다 그들의 코트에는 훈장과 메달이 달려 있었고 나는 거기서 무슨 나쁜 일을 겪게 될지 짐작도 할 수 없었다.

여우를 못 잡은 모양이군 경정.

대신 새끼를 잡아왔습니다.

아 그렇군 키 큰 신사가 말했다 그가 내게 미소 지었고 나는 그에게서 해악을 봤다 그는 호리호리하고 말쑥했지만 날카로운 이는 삐뚤빼뚤하고 오래된 피아노 건반처럼 변색되었다.

그러니까 네가 네드 켈리구나 아는 사실을 물어보는 게 분명해서 대답할 필요는 없어 보였다.

죄수가 국장님 질문에 대답할 겁니다.

저는 네드 켈리입니다 내가 말하자 방안이 조용해졌다.

넌 맥빈 씨 시계를 훔쳤다.

그 대답으로 나는 맥빈이 법정에서 내가 강도질을 하지 않았다고 성경에 대고 맹세하는 걸 들었다고 치안판사가 위증할 리가 없다고 말했다.

경찰국장은 처음부터 나를 좋아하지 않았고 이제 더 안 좋아했다. 그가 말했다 네드 켈리 일레븐 마일 크리크에서 당구 많이 치겠지 그의 뒤에 있는 남자들이 킬킬거렸다 나는 못하는 게임이 없고 당구로 말할 것 같으면 달아나는 토끼를 쏘아 맞힐 수 있는 애라면 흰 공과 막대기도 잘 다룰 수 있다고 말했다.

무식하면 용감하다더니 그가 말했다.

그 막대기 하나만 줘보세요.

이건 큐라고 부른다.

줘보세요 그럼 누가 무식한지 보여줄 테니까.

생각보다 무례하게 말이 나왔고 경찰국장의 눈썹이 한껏 올라 갔다. 이런 이 녀석을 어떻게 하지? 그가 말했다.

채찍으로 때리십시오 매질을 하십시오 기타 등등 기타 등등.

좋아 당구 시합을 하자 네가 이기면 모든 혐의를 풀어주지 경찰국장이 말했다.

나는 아주 공평한 일이라고 했고 신사들은 여전히 킬킬거렸다 그들은 나를 멍청이라고 생각했다 내게 유머감각은 기대하지 않았던 것이다.

하지만 네드 켈리 만약 네가 진다면?

그럼 제 수갑을 가져도 돼요.

경찰국장은 그 농담을 전혀 좋아하지 않았다. 네가 지면 해리 파워를 넘겨라 그가 말했다.

나는 사람 갖고는 거래 안 한다고 대답했고 경찰국장은 얼굴이 시뻘게져서 너 호되게 맞아야겠다고 했다.

나는 겁쟁이가 아니고 원한다면 남자 대 남자로 싸우겠다고 말했다.

그가 얼굴을 바짝 들이대고 말해서 저녁으로 뭘 먹었는지 입냄새로 다 알 수 있을 정도였다 그는 마음 같아서는 내 비장을 터뜨려주고 싶지만 경찰국장의 권위가 있어서 차마 범죄자에게 손대지 않는 거라고 했다 내 얼굴이 축축해질 정도로 침을 튀기며 말하는 그의 눈에 불이 일었다 그건 약한 남자의 분노였다.

헤어 경정이 정문의 순경을 데려와 이 친구가 경찰국장 대리인을 자원했다고 선언했다 다시 말해 그 불쌍한 순경은 상관을 대신해 싸우게 된 거였다. 신사들이 가구를 벽 쪽으로 밀고 양탄자를 걷고 당구 초크로 바닥에 네모난 링을 그렸다.

순경은 나보다 6살 많고 몸무게와 팔 길이에서 유리했지만 그가 링으로 나오자 나는 그의 관자놀이에 강펀치를 날렸다. 그의 머리가 뒤로 젖혀졌다 팔로 고통이 전해졌지만 눈을 보니 그의 정신적 고통이 더 크다는 것을 알 수 있었다. 그는 멋지게 몸을 숙이고 이리저리 움직였지만 제대로 주먹을 날리지 않았고 관중이 겁쟁이라고 야유하기 시작했다 상냥하고 미남이기는 했지만 아픔을 즐기지 않는 사람이었다. 그가 다시 앞으로 나오자 나는 가까이 접근해서 목에 해리 파워에게 날린 바로 그 펀치를 날렸다. 상대는 맞은 부위에 손을 올리며 비틀거렸다. 내가 마무리 펀치를 먹였고 순경의 허리가 꺾였지만 신사들은 그를 봐주지 않았다.

일어나 일어나서 싸워.

나는 최대한 인간적으로 끝내려고 관자놀이를 때렸고 그는 쓰러지면서 벽 아래쪽 굽도리널에 머리를 세게 부딪혔다 그의 눈이 감겼고 아무도 일어나라고 외치지 않았다. 방안 분위기가 무겁게 가라앉았다 브랜디 잔을 향해 돌아서거나 다른 방에 예쁜 여자들이 있다는 걸 떠올린 영국인들에게서 너도 치욕의 냄새를 맡을 수 있었을 것이다. 나로 말할 것 같으면 승자였지만 아무 상도 못 받고 도로 수갑을 차고 리치먼드 경찰본부로 끌려가야 했다. 그게 경찰국장의 심문이었다.

니컬슨 경정이 나한테 담요 하나를 더 주라고 당직 경사에게 지시했지만 경사는 내 이름조차 모르는 듯한 순무 같은 얼굴의 아일랜드 순경 2명한테 나를 넘기고 가버렸다. 그들은 담요도 안 주고 어둡고 습한 마당으로 나를 밀쳤다 짚&분뇨 냄새가 훅 끼쳐서 마구간에 가두려나보다 생각했다.

등불 빛에 나란히 붙은 빈 감방 2개가 보이자 나는 안도하고 아일랜드 순경들에게 담요를 갖다달라고 했지만 그들은 우리는 네 하인이 아니라면서 나를 감방에 밀어넣었다. 바닥은 흙이 아니고 돌이었지만 공포와 소독약 냄새가 몹시 기분 나쁘게 친근했다. 잠시 후 순경 하나가 와서 담요를 다 코버그에 소독하러 보내서 1장도 없다고 전했다.

5일 전 체포될 때 입었던 몰스킨 바지와 빨간 셔츠를 그대로 입고 있어서 얇은 차림이었던 나는 너무 추워서 이가 프라텔리 노인의 나무인형처럼 달각거렸다 초록 허리장식띠도 별 도움이 되지 않았다.

한참 시간이 흘러서야 문 아래로 환한 불빛이 보여 나는 춥다고 소리쳤다.

대답이 없었다.

누군지 몰라도 제발 좀 도와줘요.

나한테 덤벼들지 않겠다고 성모님께 맹세해 밖에 있는 사람이 말했다.

담요 준다고 했었단 말이에요 내가 말했다.

염× 벽에 붙어서.

매질을 하려나보다 싶어서 몸이 뻣뻣하게 굳었지만 문이 활짝 열리고 거기엔 나한테 졌던 잘생긴 순경이 서 있었다 그는 성화 속 성자처럼 아름다웠다 품에 담요를 잔뜩 안은 그의 주위가 환히 빛났다.

나한테 덤벼들지 않겠다고 성모님께 맹세해 그가 말했다 그는 얼굴이 심하게 멍들고 이마가 깨져 있었다.

성모님께 맹세해요.

2번 침 뱉어.

나는 그대로 했다.

좋아 그가 내 침대에 담요를 놓으며 말했다. 나는 바로 담요에 쓰러졌다 담요는 까끌까끌하고 좀약냄새가 심했지만 그렇게 아늑하고 따뜻할 수 없었다.

내 이름은 존 피츠패트릭이야 그가 말했다.

네드 켈리예요.

알아 그는 등불을 바닥에 놓고 신문지에 싼 병을 아주 조심스럽게 꺼내 꿀꺽꿀꺽 들이켠 다음 손으로 쓱 닦고 나한테 건넸다. 나는 술을 안 마신다고 솔직히 말했다.

술 마실 나이 됐는데.

맛이 싫어요.

좋아 그가 말했다 그는 자기 보물을 침대 아래 잘 둔 다음 술병을 쌌던 신문지를 진지하게 폈다.

네가 나한테 덤벼들면 난 잘려 그러니까 그런 짓 하면 안 돼.

절대 안 해요.

침 뱉어 그가 말했다.

나는 침을 뱉었다.

2번 뱉어.

나는 다시 뱉었다.

좋아 그가 또다시 신문을 잘 펴며 말했다. 이 일을 한 지 2달 됐는데 완전히 좋은 건 아니지만 에저턴산보다 나아. 난 거기선 다시는 못 살아.

그는 이제 신문을 무릎에 대고 반으로 접은 다음 또다시 반으로 거기서 또 반으로 접었다.

에저턴산 알아? 그가 슬프게 물었다.

몰라요.

자 그가 말했다 그리고 단검을 꺼내 접힌 부분을 따라 신문을 잘랐다. 나는 그게 에저턴산과 관계있는 줄 알았는데 그렇지는 않았다.

밑 닦을 때 이거 써 저기 저 못에 걸어놓고 그가 말했다. 바로 그거야. 자 이제 정부 고기 좀 먹어볼래?

에저턴산에 대해 무슨 말을 하려 했는지는 몰라도 그건 까맣게 잊고 2번째 꾸러미의 끈을 잘랐다 경찰국장의 양다리 하나가 통째로 있었다 그는 침대 내 옆자리에 앉아 분홍색 고기를 잘라주었다 살점은 차갑고 비계는 오도독오도독했다 나는 지금껏 만나본 경찰 중에서 그가 최고라고 생각했고 그에게 다치게 해서 미안하다고 말했다.

그는 지금껏 만나본 싸움꾼 중 네가 최고라며 자기는 웰터급 챔피언이라 잘 안다고 했다. 아까 내가 스탠디시 경찰국장에게 싸우자고 했을 때 아주 통쾌했고 그 개×× 표정을 볼 수 있다면 얼마든지 맞아도 좋다고 했다.

사랑하는 딸아 네 엄마가 켈리 폭동이라고 불리는 사건 신문기사를 많이 모아둔 걸 안다 그게 불타지 않고 아직 남아 있다면 피츠패트릭의 동생 앨릭스 사진을 볼 수 있을 거다 나를 네 엄마에게 소개해준 사람이 바로 그다. 사진을 보면 앨릭스는 다리가 튼튼하고 손이 크고 입이 토끼 궁둥이만하다는 걸 알게 될 거다. 내 감방으로 찾아온 사람은 마음이 더 넓었다 그는 경찰국장의 테이블에서 훔친 시가에 불을 붙였다. 그리고 영원히 에저턴산에는 돌아가지 않게 해달라고 밤마다 기도한다고 말했다. 자기 눈을 들여다보면 그곳의 끔찍한 헐벗은 언덕이 있을 거라고 장담했다. 내게는 언덕 대신 관대한 마음만 보였고 그가 좋았다는 말밖에 할 수 없다.

나는 그에게 왜 나를 위해 이런 위험을 감수하는지 물었다.

네드 내 말 잘 들어 넌 착하고 용감한 애야 내가 보기엔 아주 정직하기도 하고. 하지만 그들은 네가 필요 없어지면 짓밟을 거야 곧 그렇게 될 거다 확실해.

그걸 어떻게 알아요?

친구 내일이면 그렇게 될 거야 침 뱉고 맹세할 수 있어.

그걸 어떻게 아느냐고요.

닥쳐닥쳐 염×할 내가 침 뱉고 맹세한다고 그들은 염×할 만찬에서 우리를 하인으로 부려 그건 규칙에 어긋나는 짓인데도 그 씨

×놈들은 신경 안 써 자기들이 이 식민지의 지배자니까. 입 닥치고 내 말 잘 들어 네드 년 멜버른에 오기 전 나 같아 난 경찰국장이 벗은 여자를 의자마다 하나씩 앉혀놓은 만찬장에서 포도주나 따르는 웨이터 노릇을 할 줄은 꿈에도 몰랐다고.

세상에.

내가 장담하는데 넌 그 씨×놈들을 몰라.

홀딱 벗었다고요?

그때 근처에서 기침소리가 들렸다.

그는 옆 감방에 죄수가 있는 모양이라고 속삭였지만 나는 비어 있다는 걸 알았다. 조용히 해 그가 서둘러 양다리를 싸며 말했다.

내 팔을 잡은 그는 나한테 맞고 나가떨어진 놈팡이가 아니라 나보다 6살 많은 어른이었다 그가 내 귓가에 대고 빠르게 말했다.

그들은 더 친절하게 굴 필요를 못 느끼면 본색을 드러낼 거야.

나는 몸을 빼려고 했다. 조용히 해 그가 나를 잡아당기며 말했다 그들은 네 어머니를 부적격자로 선언하고 땅 임대를 취소할 거야. 네 가족이 그 지역에 사는 걸 원치 않아 그들이 그렇게 말하는 걸 내 귀로 들었어 네드 네가 나 못 믿는다는 거 아는데 난 거짓말쟁이 아냐.

거짓말쟁이는 아닐지라도 그 순간 나는 그가 친구인지 적인지 헷갈렸다.

해리 파워는 모레 배신당할 거다.

그건 당신 말이고요.

잘 들어 사실이니까 그들이 잭 로이드라는 자에게 보상금 500파운드를 제안했고 그가 미끼를 물려고 하고 있어. 곧 덫을 놓을 거고 해리 파워는 감옥에 갈 거야. 네가 보상금을 챙기는 게 좋잖아 증언 같은 거 할 필요 없이 그를 밀고하기만 하면 돼.

그는 술병과 등불을 집어들었다. 술병은 음식물 반입구로 내놔.

감방 안은 캄캄했고 나는 시키는 대로 했다.

난 거짓말 안 해 그가 말했다 그리고 담요와 술냄새만 남기고 떠났다.

경이로운 멜버른 그게 신문에서 멜버른을 부르는 이름이다.

아마 내가 중국인이었다면 아무 부끄럼 없이 파워를 배신했을지도 모르지만 어렸을 때 우리 아일랜드인은 배신자를 욕하도록 교육받고 자랐다 그리고 경찰은 내가 아버지를 미워하기를 바랐다 그들은 우리 아버지를 어떤 사람이라고 불렀다.

베버리지 가톨릭 학교에서 우리는 성인보다 배신자에 대해 더 많이 배웠고 그래서 나는 5살 나이에 존 코케인 에드워드 애비 심지어 영국인들이 머리에 역청과 화약으로 불을 붙이자 반란군을 배신하고 만 불쌍한 앤서니 페리 이름까지 달달 외웠다. 그 반대도 마찬가지로 애시 블랙스미스 톰 머리 그리고 오언 핀의 이름도 알았다 그들은 매질과 고문을 당해서 온 마을에 비명소리가 메아리쳤지만 끝까지 반란군을 배신하지 않았다.

해리 파워가 나를 심하게 이용해먹은 건 사실이지만 그를 배신할 수는 없었다. 리치먼드 경찰본부에서 보낸 그 길고 어두운 밤 나는 협조를 거부한 죄로 우리 모두 지독한 벌을 받을 거라고 상상했지만 차가운 새벽이 오고 내가 보상금을 거부했을 때 아무도 나를 협박하지 않았고 나는 너무 안도한 나머지 그걸 불안해하거나 이상하게 여기지 않았다.

2일 후 베날라로 보내진 나는 혐의가 모두 풀려 영국 여왕의 너그러운 허락하에 비바람 몰아치는 20킬로미터 길을 걸어 집으로 돌아갈 수 있었다.

내가 3주나 감옥에 있었는데도 어머니는 나를 반겨주지 않았다 어머니는 냄비 가장자리를 거름국자로 긁어 진한 노란색 크림을 떠서는 작은 갈색 그릇에 담고 있었다.

나는 어머니에게 왜 그러느냐고 나한테 냄새나느냐고 물었다.

어머니는 대답이 없었고 나는 베란다로 나갔다 낙농장에서 걸어오는 매기를 보고 손을 흔들었지만 매기는 못 본 척했다. 그러더니 곧 말을 타고 볼드 힐스로 갔다.

베란다에는 연장이 많고 거기 내 낡은 큰 망치도 있었는데 손잡이가 내 살갗인 양 익숙하고 매끄러웠다 지붕 못에 걸린 캔버스자루 속에 내 쐐기도 있었다. 할일이 기다린다는 걸 알기에 연장을 들고 소우리 뒤로 나갔다 가보니 게으름과 방치의 흔적뿐이었다 전에 베어놓은 통나무들 주변에 잡초가 무성했다.

곧 말이 다가오는 소리가 들렸고 9살 댄과 11살 젬이 타고 있었다. 동생들은 내가 눈앞에 빤히 보이는데도 모르는 척했고 그제야 내가 가족들에게 큰 잘못을 저지른 모양이라고 생각했다. 통나무 하나를 잡초가 없는 데로 굴려가서 작은 1번 쐐기를 대고 때려 박았다.

젬이 혼자 돌아왔다 아버지의 3킬로그램짜리 큰 망치를 들고 왔다 나는 젬이 쐐기를 박도록 1발짝 물러섰다.

난 형 비난 안 해 누가 형을 비난할 수 있겠어.

무슨 일인데 내가 물었다.

나는 젬의 검은 눈에서 격한 감정을 보았다.

알잖아.

난 아무것도 몰라.

형이 해리 파워 밀고한 거 우리도 알아.

그제야 나는 파워가 결국 체포됐다는 걸 알았다 그는 퀸 씨 땅위쪽 은신처에서 니컬슨에게 잡혔다고 했다.

형 멜버른으로 끌려갔었다며.

그렇긴 한데 해리를 밀고하진 않았어.

경찰국장한테 끌려갔다가 경찰들을 해리한테 데려가려고 돌아왔다며.

거짓말이야.

케이트 이모가 그 일이 일어나기 전부터 알고 있었어 이모가 와서 형이 무슨 짓을 하려고 하는지 말해줬어. 형이 경찰들을 해리한테 데려다주고 그 대가로 풀려날 거랬어. 근데 진짜 이모가 예언한대로 해리는 체포되고 형은 돌아왔어.

나는 집으로 달려가 문간에서 어머니에게 소리질렀다 아들이아니라 동생을 비난해야 한다고. 어머니는 귀머거리나 된 것처럼돌아보지도 않았다.

엄마 동생 케이트는 염×할 거짓말쟁이예요 경찰에 해리를 팔아넘긴 건 내가 아니라 케이트 이모라고요.

어머니가 달려들어 내 머리를 후려갈겼고 나는 뒤로 물러났다. 나가 나가라고 꼴도 보기 싫다 어머니가 외쳤다.

나는 베란다로 물러났으나 어머니가 계속 쫓아왔다.

유다 같은 놈 어머니가 외쳤다.

유다라고요? 나는 삽을 집어들었다.

그래 유다.

그건 내가 들어본 가장 모욕적인 말이었다. 거기 서요 1발짝도 떼지 마요 내가 외쳤다.

어머니는 아직 분이 가라앉지 않았지만 가장 아끼는 무기가 내 손에 있었다 나는 어머니가 그 삽을 휘두르는 걸 숱하게 봤다 아들보다 동생을 더 믿는 몰인정한 어머니에게 화가 나서 나는 말처럼 부들부들 떨었다.

해리를 배신한 건 잭 로이드 이모부예요 내가 외쳤다. 이 신성한 쇠에 대고 맹세할 수 있어요.

어머니가 고개를 저었다 어머니의 불신에 폭발한 나는 살인 무기도 될 수 있는 위험한 삽을 벽에 휘둘렀고 레드검으로 만든 손잡이가 2동강이 났다 2조각 다 들어보니 창처럼 무시무시했다 새빨갛고 철도 침목처럼 단단했다.

씨× 내가 어머니에게 말했다.

그레이시가 비명을 지르면서 내 허리를 안았다. 엄마 아프게 하지 마.

로이드 부부가 해리를 500파운드에 팔았다고요!

아이고 세상에! 어머니가 손으로 입을 막으며 계단에 주저앉았다. 다행히 어머니가 보상금 액수를 떠올렸던 것이다.

나는 그레이시를 떼어내고 다시 망치를 집어들었지만 고된 일이 마음을 진정시켜주기는커녕 오히려 어머니가 나를 그런 식으로 평가했다는 생각에 화가 더 치밀었다 손이 부들부들 떨리고 감정이 프라이팬 위 베이컨 조각처럼 날뛰었다. 벤 지 1년은 된 통나무의 껍질은 축축하고 미끌미끌했지만 속은 잘 말랐고 나뭇결이 곧았다 나는 오후내 쫄쫄 굶었다.

나는 음식보다 네 할머니의 사과를 더 바랐다 땅거미가 지기 시작해서야 어머니는 나한테 와서 울타리 작업을 아주 잘했다고 말했다.

넌 착한 아들이야 어머니가 말했다 우리는 나란히 서서 초록빛의 차가운 겨울 방목장을 바라봤다 암소들이 젖통이 불어서 울타리 주위에 무리지어 서 있었다.

여섯번째 꾸러미

해리 파워의 체포로
촉발된 사건들

12페이지(약 가로 21센티미터, 세로 24센티미터). 글 쓸 여백을 확보하기 위해
활짝 펼친 봉투 여섯 장으로 구성. 낡은 소인들은 부분적으로 지워졌고 수신인은
빅토리아주 그레타의 M. 스킬링 부인. 이례적으로 작은 글씨지만 켈리의 필체 확
인 가능.

해리 파워를 배신했다는 오해로 외가 식구들과 빚어진 갈등. 홀 순경과
싸우도록 이모부 팻과 외삼촌 지미 퀸을 유인했고 그로 인해 팻 퀸이 끔
찍한 결과를 맞게 된 사정에 대한 고백. 홀 순경과의 충돌. 글쓴이는 매코
믹 부부에게 모욕적인 편지와 물건을 전달해 홀에게 체포되었고 이후 3년
형 선고.

어머니는 내가 배신자가 아니라는 걸 알았지만 어머니 자매 중 진짜 배신자 케이트 로이드 말고는 그 사실을 아는 사람이 없었고 물론 케이트와 남편 잭은 그 잘못된 소문을 열심히 퍼뜨릴 이유가 있었다. 곧 이모와 삼촌 모두가 나를 미워하게 됐다 특히 제일 다혈질인 삼촌 지미 퀸과 이모부 팻 퀸은 나를 잡아다 패줘야 한다고 우겼다.

딸아 내가 지금 네 할머니 형제들을 나쁘게 말하는 걸 이해해주기 바란다 그들은 거칠고 술꾼에다 도둑질과 싸움질을 일삼고 나를 잔인하게 괴롭혔으니 하지만 네가 꼭 기억해야 할 건 네 조상들은 아무한테도 머리를 조아리지 않았고 그건 가난한 사람은 경찰에게 굽실거릴 수밖에 없는 식민지에서 매우 희귀한 일이었다는 사실이다.

내가 자식들을 침대에 편히 재울 수 있는 부자 목장주였다면 날 때부터 혹은 결혼으로 퀸 씨가 된 사람들에 대한 감상적인 이야기를 너에게 들려줄 시간이 있었을 것이다 사실 더블린 출신 와일드 팻은 우리 어머니 술집에서 아코디언을 연주했고 지미 삼촌은 목소리가 아름다워서 너도 삼촌이 부르는 〈샨 밴 보트〉*를 듣는다면 눈물을 흘릴 것이다. 바로 그 삼촌이 어릴 때는 그토록 다정했던 삼촌이 이제 나를 쥐××니 배신자니 부르기 시작했다.

하지만 그건 행복한 시절에나 할 이야기고 그때는 암흑기였다 지미와 팻은 자기들 핏줄이 위대한 해리 파워를 배신한 걸 수치로 여겨 계속 나를 괴롭혔다. 어느 모로 보나 범죄자인 그들의 말은 검고 윤기가 흘렀다 그들은 자기들이 해적 왕이나 되는 줄 알았다 지미가 키가 더 컸는데 눈꺼풀이 늘어지고 눈이 깊은 씨× 미남이었다. 와일드 팻은 별로 잘생기지는 않았고 구레나룻이 장미 덤불처럼 무성하고 입매가 아주 야비했다. 그들은 오브라이언호텔 베란다에 앉아 있다가 내가 말을 타고 지나간 때마다 야유했다 네느 켈리는 밀고자 거짓말쟁이 배신자 철조망에 둘둘 말아서 윈턴 늪에 굴려 넣어야지.

해리가 체포되기 전만 해도 나는 그 지역에서 평판이 좋았지만 이제 다들 길에서 나와 마주치지 않으려고 얼른 반대쪽으로 건너갔고 아무도 일자리를 주지 않았다. 우리집도 아주 조용했다 술 마시러 오는 손님도 없고 우리를 도우러 오는 친척도 없었다. 사람들

---

* 아일랜드 민요. '불쌍한 늙은 여자'를 뜻하는 샨 밴 보트(Shan Van Voght)는 아일랜드를 상징한다.

은 내 죄에 대해 수군대지조차 않았고 나는 조용한 고통 속에서 지냈다. 너무 외로워서 피츠패트릭 순경에게 양다리와 담요를 줘서 고맙고 보상금을 거절한 벌을 경찰이 아닌 가족에게 받고 있다고 편지를 썼다.

주소가 필요해서 컬루이스 스트리트에 새로 생긴 경찰서를 찾아갔다 홀 순경이 책상에 앉아 있었는데 몸무게가 100킬로그램이 넘고 나만큼 인기가 없는 사람이었다. 그는 공무용 봉투에 피츠패트릭의 주소를 쓰고 편지를 넣어 봉했다 우표값은 받지 않았다.

그는 내가 일자리를 구하고 있다는 얘기를 들었다고 말했다.

나는 아무도 일자리를 안 준다고 하다못해 똥통 묻는 일도 안 시킨다고 대답했다.

아 우리가 그보다 나은 일을 줄 수 있어 그가 말했다 말 방목장의 망가진 울타리를 고치는 일인데 일당이 5실링이라는 것이었다 꽤 큰돈이었다.

경찰들 일을 해주고 돈을 받으면 완전히 봉이 되겠지만 어차피 변절자로 몰린 몸이라 더 손해볼 것도 없다고 생각했다 하지만 그건 착각이었다. 내가 일을 시작한 첫날 해리 파워는 강제노동 15년형을 받았고 그 가혹한 벌이 사람들에게 알려지자 나는 더욱 적극적인 공격의 대상이 되었다.

어느 춥고 습한 월요일 오후 비바람이 몰아치고 하늘은 과부의 상복에서 흘러나오는 염색물처럼 검었다 팻과 지미 퀸이 컬루이스 스트리트를 따라내려오고 있었다 긴 갈색 코트와 눈까지 푹 눌러 쓴 모자에서 악의가 철철 흘러넘쳤다. 처음엔 울타리를 넘어오지 않고 말을 탄 채 내가 일하는 모습을 지켜보기만 하더니 다시 비가 오기 시작하자 술집 쪽으로 방향을 돌렸다. 거기서 끝나기를 바랐지만 몇 시간 뒤 그들이 다시 와서 컬루이스 스트리트를 질주하며 왔다갔다했다 그건 공공장소에서의 난폭행위에 해당됐고 100킬로그램이나 나가는 홀 순경이 베란다에 있었지만 갑자기 급히 처리할 일이 떠올랐다며 안으로 들어가버렸다.

홀 순경의 비겁한 행동을 본 짐과 팻은 울타리의 가로대를 올리고 경찰 방목장으로 어슬렁어슬렁 들어와 끌로 장붓구멍을 파고 있는 내게 접근했다 그러더니 짐승의 숨이 끊어지기를 기다리는 쐐기꼬리독수리처럼 주위를 빙빙 돌았다.

나는 홀 순경이 그런 파렴치한 무단침입을 묵인했다는 게 믿기지 않았지만 경찰서 안에서는 아무 기척도 없었고 짐과 팻은 점점 기세등등해져서는 바짝 접근해서 돌며 계속 변절자 스파이라고 욕했다. 팻은 내가 술집에 가서 매를 맞아야 한다고 말했다 도망칠 구멍이 없었다 술주정뱅이와 결혼한 불쌍한 여자라면 주위를 빙빙 도는 이 남자들이 내 어린 마음에 던진 불길한 예감을 알 것이다 그건 고통 자체에 대한 예감이 아니라 자기방어의 희망 너머 어둡고 메슥거리는 감정이었다. 곧 아치디컨 순경이 순찰을 마치고 돌아왔다 그는 삼촌 이모부에게 아무 말 하지 않고 울타리 가로대를 올리며 소총을 빼들었다. 삼촌 이모부도 말없이 건방지게 그를 지나쳐 다시 술집으로 향했다.

위험이 사라지자 홀 순경이 일당을 주려고 나왔는데 내 눈을 피했고 입에서 술냄새가 났으며 돈 계산에 애를 먹었다.

그가 내게 옥슬리에 춤추러 갈 거냐고 물었다.

나는 팻과 지미 퀸이 지금 오브라이언에서 내 욕을 하고 있어서 한판 붙으러 가야 한다고 말했다.

이때껏 블라인드를 내리고 앉아 비스킷에 밀라와 포도주를 마시다 나와 완전히 흐리멍덩하고 느글느글하고 무기력한 분위기를 풍기던 그는 내가 퀸 사람들과 싸우겠다고 하자 태도가 싹 바뀌었다.

안 돼 그가 외쳤다 안 돼 그건 공정한 싸움이 아냐.

어스름 속에서 번뜩이는 축축한 눈을 보니 아까 그가 사무실에 꼼짝없이 갇혀 무서워할 때 어떤 기분이었을지 상상이 됐다. 문까지 나왔다가 그들을 상대하기가 겁나 몇 번이나 포기했을지.

홀이 외쳤다 오 네드 그건 용납 못해.

나는 그가 거짓말쟁이에 어느 쪽으로도 굽힐 수 있는 사람이라는 걸 알았지만 그 말을 했을 때는 그가 좋고 믿음이 갔다.

홀이 말했다 아치디컨 순경이 돌아왔으니 우리 둘이 가면 돼 그들이 널 건드리면 체포할게 내 꼭 그러지.

그가 술집에서 그들을 체포할 가능성은 없었다 술꾼들이 방해할 테니까. 그도 같은 생각인지 이렇게 말했다 네가 문제를 일으켜 그게 방법이야.

문제는 이미 생겼어요 내가 말했다.

가서 문제를 일으키고 이리 도망쳐 넌 거기까지만 하면 돼. 그 퀸 씨들은 깡패지만 여기가 그들의 워털루가 될 거다 전에는 나를 하인처럼 다루던 홀이 내 도끼를 들어 베란다에 갖다놨다.

아치디컨 순경 그가 외쳤다.

나한테는 이렇게 말했다 놈들에게 본때를 보이자고 네드 여왕 폐하를 모욕하고 빠져나갈 순 없지.

그가 전투 준비를 하러 안으로 들어가자 나는 말을 타고 곳곳에 누런 물이 고인 길을 천천히 내려가 오브라이언으로 갔다 해거름이라 술집 앞에 폭풍우용 램프 1줄이 걸려 있어서 케니라는 남자와 길가에 서서 술을 마시는 지미 삼촌과 팻 이모부를 쉽게 찾을 수 있었다. 나는 지미에게 똑바로 다가가서는 말을 휙 돌려 그를 세게 쳤고 그는 쓰러지지 않았지만 균형을 잃고 맥주잔을 놓쳤다.

아니 왜 이러는 거야?

뭘 잘못했나 생각해보시지그래.

그러자 지미가 달려들어 말에서 끌어내리려 했지만 나는 얼른 그의 손아귀에서 빠져나갔다 케니가 고삐를 잡으려고 해서 그 개××귀를 냅다 걷어차고 말머리를 돌려 전속력으로 경찰서를 향해 달렸다.

케니와 삼촌 이모부가 맹렬히 추격해오며 내 방울을 따버리겠다느니 창자로 가터벨트를 만들겠다느니 욕을 해댔다. 나는 말에서 뛰어내려 경찰서 안으로 들어갔고 거기에 홀과 아치디컨이 벨트에 엄지손가락을 꽂고 나란히 서 있었다.

빨리 뒷문으로 나가 홀이 말했다.

나는 시키는 대로 했지만 구경거리를 놓치고 싶지 않아서 앞 베란다로 갔고 굉장한 싸움의 목격자가 됐다. 홀 순경이 지미를 말에서 끌어내려 수갑을 채우려 애쓰고 있었다. 그때 와일드 팻이 말에서 등자를 벗겨 철퇴처럼 휘두르며 홀에게 달려들었다. 내가 소리쳤지만 이미 너무 늦었다 등자가 홀 순경의 머리를 내리쳤고 순경은 도살장의 황소처럼 쓰러졌다. 그러자 아치디컨 순경이 지미의 손에 수갑을 마저 채우려 했지만 팻이 등자를 들고 달려들어 다시 머리를 깨려고 했다.

대×통을 깨버려 지미가 외쳤다.

내가 팻 뒤로 접근할 때 등자가 휙 소리를 내며 귓가를 스쳤다.

놔줘 홀이 일어나려고 버둥거리며 아치디컨에게 외쳤다. 그 ××
놔주라고 홀이 뒤에서 내 셔츠 칼라를 잡아당기며 외쳤다. 그래서
우리 3인방은 경찰서 안쪽으로 후퇴했다. 두 순경이 새 총알과 화약을 챙기느라 법석을 떨었고 그사이에도 홀의 돼지 같은 얼굴에서 피가 흘러 바닥으로 책상으로 일지로 떨어졌다 그들이 탄약 캐비닛 열쇠를 찾았을 때는 삼촌 이모부와 그 친구가 가버린 뒤였다.

상관없어 놈들은 어차피 이 일로 똥통에 얼굴을 처박게 될 테니까 홀이 말했다.

다음 목요일 지미와 팻이 베날라의 곰팡내나는 작은 빨간 벽돌 법정에 끌려왔을 때 나는 검찰측 증인으로 참석했고 어머니도 내 증언을 보러 왔다. 어머니 왼쪽에는 동생이자 더블린 사람 팻의 아내 마거릿이 걱정스러운 모습으로 앉았고 오른쪽에는 배신자 잭 로이드의 아내인 사나운 케이트가 있었다. 피는 물보다 진한 법이라 증언할 차례가 됐을 때 가족을 배신할 수 없었다 그 개××들은 벌을 받아 싸지만. 그래서 나는 홀 순경이 퀸 씨들을 체포하려고 나한테 싸움을 걸도록 시켰다고 증언했고 그걸로 혐의가 풀릴 줄

알았다.

그런데 판사가 위증죄로 집어넣겠다고 협박했다 그는 팻 이모부가 흉악한 자고 유죄이며 벌을 받아야 한다고 말했다.

케이트 이모가 벌떡 일어나더니 경찰이 싸움을 선동했다고 소리질렀다.

정숙 안 그러면 당신도 펜트리지로 보내겠소 판사가 말했다.

케이트 이모가 자리에 앉자 판사는 그녀의 제부 팻 퀸에게 홀의 머리에 상처를 낸 죄로 3년형을 선고했다 그러자 마거릿이 울부짖기 시작했고 케이트 이모가 다시 일어났지만 입을 열 새도 없이 판사가 지미에게 3개월형을 선고했다.

법원 밖 어런들 스트리트에서 사람들이 나를 피했고 어머니마저 어디로 사라졌다 홀 순경만 내게 다가왔다.

나는 미안하다고 가족을 위해 당신을 배신할 수밖에 없었다고 말했다.

그는 미소 지으며 내 등을 토닥였다 그게 내가 친구들과 가족들에게 더 미움받게 만들기 위한 수작이란 건 나중에야 깨달았다. 그는 어쩔 수 없이 올해가 가기 전 나를 펜트리지 감옥에 집어넣어야겠다고 아주 작게 속삭였다.

그렇게 우리 가족에게 끔찍한 가난의 시기가 시작됐다 이제 어머니는 다가오는 말발굽소리를 듣고 혹시 빌 프로스트나 지미 퀸이나 해리 파워가 새 푸른색 드레스나 맥주에 전 지폐가 가득 담긴 주머니를 가져오는 건 아닌지 기대에 차서 안개 낀 길을 내다보는 일이 없었다. 나도 이제 오밤중에 춤추는 소리나 백파이프소리나 방수코트를 입은 술 취한 거구의 남자가 어둠 속에서 자기 말을 자랑하는 소리에 잠이 깨는 일이 없었다. 로이드 집안사람들이 더이상 우리집에 찾아오지 않고 땅에서 나는 것도 없고 돈도 1푼 없고 많은 밤을 가끔 내가 사냥해온 것 말고는 먹을 것도 없이 불가에 앉아 보냈다. 어머니는 아버지가 감옥에 갔을 때처럼 옛날이야기를 들려주기 시작했다.

나는 이제 수염이 거뭇거뭇하게 나기 시작했지만 콘코바와 데르드러와 메브 이야기나 무기 가득한 전차를 탄 쿠훌린 이야기를 들을 나이를 지난 건 아니었고 나도 쿠훌린처럼 세상으로부터 나를 지킬 무기가 있었으면 좋겠다는 생각이 간절했다. 어머니는 불빛에 눈을 반짝이며 이야기를 들려줬고 오두막 안은 집중해 열심히 듣는 귀와 두근대는 심장으로 가득했다. 우리는 생각보다 훨씬 행복했다.

어느 날 아침 창밖을 살피다가 길을 걸어올라오는 작은 남자를 보았다 진흙이 잔뜩 묻은 고무장화를 신은 레프러콘* 같은 이 남자는 어림잡아 150센티미터밖에 안 되어 보였지만 어깨가 넓고 이마는 높고 수염을 삽 모양으로 길렀다 건들건들한 걸음걸이를 보니 그대로 160킬로미터도 너끈히 갈 것 같았다. 발을 굴러 장화에 묻은 노란 진흙을 떨어내는 그를 지켜보다가 나는 그가 떠돌이 장수벤 굴드라는 걸 알았다 그의 손에는 T자 낙인이 찍혀 있었고 마차

---

* 아일랜드 민화 속 요정.

에는 천과 옷 모자 그리고 사이즈 6부터 12까지 장화가 가득했다. 그 마차가 우리 땅에서 진흙탕에 빠져 꼼짝을 안 하는 바람에 그는 땅이 굳어 마차를 끌어낼 수 있을 때까지 하루에 6펜스씩 내고 우리집에 묵을 수 있느냐고 물었다. 이제 우리에게 그건 엄청난 금액이었고 첫 숙박료를 받자 어머니는 젬을 그레타로 보냈다 젬은 설탕 1파운드를 사서 달려왔다 다짜고짜 설탕부터 사는 게 이상해 보일 수도 있다만 너는 살면서 설탕 떨어지는 일이 없기를 바란다. 설탕은 언제나 우리에게 기쁨을 주었고 그때도 마찬가지였다. 그런데 굴드는 더 좋았다. 그는 아주 재미난 사람이었고 우리에게 필요한 걸 갖고 왔다 바로 활력과 열정이었다 그는 눈가에 주름이 자글자글했고 웃을 때마다 눈을 감았다.

우리가 벤 굴드를 주의깊게 살폈다면 그의 영혼 한가운데 자리한 익숙한 분노를 알아차렸을 것이다. 그는 아일랜드인은 아니었지만 우리와 같은 불을 지니고 있었다 영국 정부가 가난한 사람에게 죄수의 족쇄를 채울 때마다 가슴에 피워놓는 그 불.

첫날밤 그는 세상에서 제일 편한 사람이었다 특히 내게 다정했지만 무엇보다 좋았던 건 어머니를 웃게 한 것이었다 그 떠돌이 장수 때문에 어머니가 웃다가 눈물까지 찔끔찔끔 흘리게 되다니 기적이었다. 늘 우거지상인 댄조차 뺨이 동그래졌고 젬의 이마 주름살이 펴졌다 그 습하고 지루했던 1달 내내 기관지염을 달고 산 꼬맹이 케이트도 커튼 쳐진 침대에서 기어나와 내 가슴에 행복한 얼굴을 기댔다.

다음날 아침 구름이 걷히고 해가 나와 신선한 초록 땅에서 빨래처럼 김이 올라왔다. 나는 벤 굴드의 웃음소리에 잠이 깼다 그는 러닝셔츠에 멜빵바지 차림으로 베란다에 서 있었고 발가락이 양말을 뚫고 삐져나왔다.

모여 그가 외쳤다 모여.

내가 아직 불을 안 피워서 끓인 물이 없었지만 어머니가 기분좋게 일어나고 아이들도 모두 허둥지둥 나왔다. 평소 우리집 아침 풍경은 아니었다.

어이 켈리 씨들 이리 모여.

밖으로 나가니 동생들이 잠옷 바람으로 덜덜 떨면서 도대체 무슨 재미난 일인가 하고 안개 낀 진흙길 쪽을 보고 있었다. 울타리 반대쪽에 길들인 늙은 암말이 있었다 털이 빠지고 등이 굽은데다 5살은 되어 보였지만 젊은 수말이 자꾸 성가시게 덤벼들자 자기가 세상에서 제일 예쁜 줄 아는지 껑충거리며 피했다.

굴드가 말했다 저건 매코믹의 마차를 끄는 말이야 내가 알아.

우린 매코믹이란 이름을 처음 들었지만 굴드가 매코믹 부부도 자기처럼 떠돌이 장수라고 말해줬다.

벤 굴드가 말했다 저 꼬락서니 한심한 암말은 말 팔자는 제 주인이나 그 여편네를 닮는다는 법칙을 증명해주지.

나는 얼른 불을 피워야 한다는 걸 알면서도 벤 굴드의 얼굴이 뭔가 다르다는 생각에 쉽게 자리를 뜨지 못했다.

매코믹은 디먼*에서 간수였지 그가 말했다.

---

* 밴 디멘스 랜드의 '디멘'과 '디먼(Demon, 악마)'의 발음을 이용한 말장난.

매코믹이 야만적인 밴 디멘스 랜드 감옥 간수였다는 뜻이었다. 그리고 매코믹 부인은 원래 그 감옥 죄수였다고 했다.

그러더니 나를 돌아보며 말했다 저 염×할 말을 돌려주는 게 좋아 안 그러면 그들이 아치디컨 순경을 여기로 보내 네가 말을 훔쳤다고 지껄이게 만들 테니까.

나는 경찰도 내가 저런 풀자루 같은 말은 안 훔친다는 걸 안다고 대답했다.

말대꾸하지 말고 저 염×할 말 마을로 끌고 가. 매코믹 부부가 거기서 야영하는데 마차를 알아볼 수 있을 거야 옆에 이름이 써 있으니까.

갠 안 가요 어머니가 말했다.

예?

젬이 갈 거예요 어머니가 말했다 우리 네드는 당분간 그레타에 안 가요.

아 그렇군 난쟁이 굴드가 나를 한참 뚫어져라 보며 말했다 그게 그렇게 불편할 수가 없었다.

그래서 젬이 말을 데리고 떠나고 어머니와 그레이시는 우유 짜러 가고 나는 매기가 아침식사 준비를 할 수 있도록 불을 피웠다. 1번째 조니케이크를 팬에 올리기도 전에 맹렬한 속도로 달려오는 남녀 1쌍이 보였다 철벅철벅 물을 튀기며 샛강을 건너 우리 오두막까지 와서는 노래 속 기마경찰처럼 훌쩍 뛰어내렸다.

매코믹!

굴드가 얼른 뛰어가 작지만 넓은 몸으로 문을 막아섰고 나는 그의 등뒤에 섰다.

말을 돌려주다니 고맙군 매코믹이 말했다 홀쭉한 아일랜드인의 눈에는 비난이 어려 있고 입은 물고기 똥구멍만했다.

정말 고마워할 일이지 않냐고 벤 굴드가 말했다. 그는 천천히 앞으로 밀고 나가 매코믹 부부가 진흙탕으로 내려서게 만들었다.

실컷 부려먹고 나서 말이지 매코믹 부인이 외쳤다.

부려먹긴 뭘 부려먹어 그냥 돌려준 거야. 애를 시켜서 공짜로 돌려보내줬더니 애는 그냥 걸어오게 해 씨× 잘하는 짓이다 친절을 베풀면 어떤 꼴을 당하는지 잘 가르쳐줬군그래 굴드가 말했다.

우리 말을 부려먹었어 매코믹 부인이 말했다 그녀는 젊고 이가 황금농어처럼 작고 날카로웠다. 당신들이 우리 말을 부려먹었잖아 딴소리하지 마.

그보다 나은 말이 20마리나 있는데 우리가 왜 그 말을 부려먹어요 내가 말했다.

그러자 농어 이빨이 나를 향했다. 너 누군지 알아 그녀가 말했다.

난 아줌마 처음 보는데요.

해리 파워 친구인데 그를 배신해서 여기부터 왕가라타까지 도둑이라고 소문이 자자해. 네가 내 말을 부려먹었지 이 깡패××야.

벤 굴드가 베란다에 걸린 소채찍을 들었다. 이만 가봐야 한다니 유감이군 그가 말했다.

우린 안 가 매코믹 부인이 소리쳤다.

굴드는 완전히 딴사람이 됐다 가장자리가 주름으로 자글자글한 눈이 돌처럼 굳어서 매코믹 부부를 노려보며 채찍을 펼쳤다. 채찍

맛을 보여주지 그가 외쳤다.

그는 땅으로 뛰어내려 채찍을 휘둘렀고 돌&나뭇조각이 튀어올라 지붕 너머 양계장으로 떨어지면서 닭들이 꼬꼬댁거리고 깃털이 날렸다.

안 간다고 매코믹 부인이 말했다 하지만 남편은 눈치가 있어서 그녀의 팔을 잡아끌며 말들을 세워둔 곳으로 갔고 둘이 말을 타고 떠났다.

동생들은 그걸 무척 재미난 구경거리로 여겼지만 매코믹 부부 때문에 속이 뒤집힌 굴드는 분을 삭이지 못해 욕지거리를 해대며 베란다를 왔다갔다했다. 그러다 송아지 불알 2쪽을 꾸러미에 싸더니 매코믹에게 마누라 바람나기 전에 이걸 몸에 달라는 내용의 편지를 썼다.

이것 좀 마을에 갖다줘라 그가 말했다.

나는 그레타에 가지 않기로 어머니와 약속했지만 심부름을 했다. 야영 장소에 매코믹 부부가 없길래 눈에 잘 띄는 곳에 꾸러미를 놓았다.

평평하고 평화로운 방목장 사이에 이제 물막이 판자를 댄 그럴듯한 집 몇 채가 있었고 그중 하나에 아일랜드인 할머니 대너허 부인이 살았다 부인이 우리 어머니한테 전할 말이 있다며 나를 불렀다. 그래서 잠시 함께 앉아 쌉쌀한 과자와 진한 홍차를 먹었다.

그리고 집으로 돌아가는데 매코믹 부부가 오브라이언호텔 베란다에서 나를 봤다.

우리가 너 고소할 거야 매코믹이 외쳤다 주위에 술꾼들이 떼지어 있어서 기가 잔뜩 산 것 같았다.

너 그 염×할 꾸러미 때문에 경찰에 소환될 거다.

나는 그에게 나도 맘만 먹으면 명예훼손죄로 고소할 수 있다고 대꾸했다 그리고 굴드도 나도 그 염×할 말을 훔치지 않았다고.

그러자 매코믹 부인이 황소 정강이뼈를 휘두르며 계단을 뛰어 내려왔다 오다가 주운 모양이었다. 남편도 뒤에서 따라오며 이 지역 사람들 전부가 너를 경멸한다고 너는 엄마 치맛자락에 숨은 겁쟁이라고 소리쳤다.

그 모욕에 나는 말에서 내렸다. 그때 매코믹 부인이 그 어이없는 무기로 내 말 옆구리를 때리자 말이 앞으로 펄쩍 뛰었다 그 바람에 고삐를 잡고 있던 내 주먹이 매코믹의 코로 날아가면서 그가 중심을 잃고 벌렁 나자빠졌다. 싸움을 마무리하려고 말을 묶던 나는 술집에서 내려오는 홀 순경을 봤는데 마치 반짝거리는 늙은 거미가 거미줄 한가운데서 스르르 미끄러져내려오는 것 같았다.

그가 나한테 무슨 일로 이 소동이냐고 물었다. 나는 명예훼손을 당했다고 말했다.

매코믹 부부가 꾸러미를 가져왔고 홀 순경이 꾸러미를 풀어 불알을 보고 편지를 읽었다 나는 그때 그의 얼굴에 번지던 미소를 영원히 잊지 못할 것이다. 네가 이 편지 썼니 그가 물었다 나는 벤 굴드를 배신할 수 없어서 대답하지 않았다.

나는 즉시 체포되어 그레타 감옥에 갇혔고 거기서는 빵도 물도 안 줬다. 다음날 나는 법정에 섰고 잭 로이드 이모부가 증인으로 나와서 내가 말을 타고 매코믹 씨를 공격하는 걸 봤다고 증언했다 지미와 와일드 팻 퀸을 감옥에 보낸 복수였다.

나는 매코믹 씨를 친 혐의로 3개월형 불알 건으로 추가 3개월형을 받았고 1년 동안 소란을 피우지 말라는 명령을 받았다. 혼잡한 법정 안에서 어머니의 슬픈 눈을 보았다. 어머니는 우리의 앞날을 나보다 잘 알고 있었다.

17살에 감옥에서 나왔을 때 나는 키가 188센티미터에다 어깨는 떡 벌어지고 손은 비치워스 감옥 안에서 휘두르던 망치처럼 단단했다. 수염이 무성했고 더는 어린애가 아니었다 애초에 내게 유년이란 게 있기나 했는지 싶지만. 그런 게 있었다고 해도 감옥 안에서 다 사라졌다 펄펄 끓는 솥에서 지방과 골수가 다 녹아 없어지는 것처럼.

화창한 3월 아침 감옥에서 풀려나 포드 스트리트로 나왔다 일레븐 마일 크리크에 있는 집으로 걸어가려고 했지만 법원 명령에 따라 그레타 경찰서에 출두해야 했다. 그래서 다시 홀 순경을 볼 수밖에 없었다 경찰서로 들어가니 그가 책상에 다진 양상추를 흘리며 카레달걀샌드위치를 우걱우걱 먹고 있었다.

무슨 일로 왔나 이윽고 그가 진수성찬에서 고개를 들고 물었다.

출소 신고하려고요 내가 말했다.

이름이 어떻게 되지?

그제야 감옥에 있는 동안 내가 너무 많이 변해서 그가 몰라본다는 걸 깨달았다.

아 저 네드 켈리인데요.

그의 수염에는 양상추가 달라붙어 있었고 더러운 책상에는 파리들이 기어다녔다 그런 인간을 어떻게 신뢰할 수 있겠는가. 그는 내게 이걸로 벌을 다 받았다고 생각한다면 너는 바보라고 기회만 생기면 바로 너를 다시 감옥에 집어넣겠다고 말했다.

할말 다 끝났어요?

그래 가봐.

앞으로 그를 피해야겠다고 결심하고 어머니 땅으로 향했고 곧 거기서 매부 앨릭스 건의 친구 와일드 라이트를 만났다. 와일드한테는 얼굴이 희고 꼬리가 짧은 아주 예쁜 밤색 암말이 있었는데 M자 낙인이 시계탑의 시곗바늘처럼 눈에 확 띄었다. 그런데 이 암말이 사라져 다 같이 종일 찾아다녀도 헛수고였고 결국 와일드가 우리 암말 1마리를 빌려갈 테니 나는 자기 말을 찾아서 데리고 있다가 나중에 자기가 돌아오면 맞바꾸자고 했다. 그는 그 말이 다른 사람 소유라는 얘기는 하지 않았다.

얼마 안 있어 나는 왕가라타로 가다가 길가에서 그 암말을 보고 얼른 잡았다. 며칠 후 그 말을 타고 그레타를 지나는데 홀 순경이 불러세우며 법원 명령 관련 서류에 서명할 게 있다고 했다. 그래서 말에서 내렸더니 그 거구의 멍청이가 나를 잡아 패대기치려다가 자기가 미끄러져서 뒤로 나자빠졌다. 그때 놈의 목을 밟고 권총을 빼앗았어야 했는데 나는 도망친 암말을 잡으러 갔다.

홀이 콜트 리볼버를 들고 4발 중 3발을 쐈지만 총이 말을 안 들어 제대로 발사되지 않았다. 방아쇠 당기는 소리를 듣고 나는 이제 죽었구나 싶어 홀이 반동으로 떨리는 손에 권총을 들고 가까이 올 때까지 가만히 서 있었다. 그러다 또 방아쇠를 당길까봐 무서워서 그에게 덤벼들어 권총을 뺏고 다른 손으로 목덜미를 잡았다.

그제야 홀은 그 암말은 도둑맞은 거고 말을 훔친 혐의로 체포하겠다고 외쳤다. 나는 그를 믿지 않고 발을 걸어 넘어뜨려 흙을 잔뜩 먹게 만들었다 더 심하게 다룰 수도 있었지만 소란 피우지 말라는 법원의 명령을 받은 처지였다. 홀은 아직 총을 갖고 있었지만 나도 비치워스 감옥에서 한두 가지 배운 게 있어서 그를 계속 땅에 굴려 오브라이언 부인이 호텔 밖에 관목 울타리를 세우는 곳까지 갔다 그리고 그 덩치 큰 겁쟁이 경찰관을 울타리로 던졌다. 나는 그를 엎어뜨리고 그 위에 걸터앉아 양발 박차를 그의 허벅지에 박았다. 그는 개들에게 공격당한 커다란 송아지처럼 울부짖었다 양손을 목뒤로 돌려 권총을 빼앗으려고 했지만 그는 악착같이 죽어라 버텼다.

그가 구경하는 남자들에게 도움을 청했다 나는 소란을 피워선 안 되는 처지라 함부로 사람을 칠 수 없었다. 그들이 밧줄로 내 손발을 묶었고 겁쟁이 홀이 6연발 콜트 권총으로 갈겼다.

컬루이스 스트리트로 나를 찾으러 온 어머니와 매기는 땅에 떨어진 핏자국을 따라왔고 피는 경찰 막사의 반들반들한 문설주에도 떨어져 있었다. 그날 밤 헤이스팅스 의사선생이 내 머리를 9바늘이나 꿰맸다.

다음날 아침 경찰은 내게 수갑을 채우고 족쇄에 밧줄을 연결해 마차 좌석에 묶었다.

왕가라타 법정에서 그들은 거짓 증언을 했다 홀은 〈폴리스 가제트)를 보고 그 암말이 도난당한 말이라는 걸 알았다고 주장했지만 그 기사는 홀이 나를 살해하려고 했던 날로부터 5일 후인 4월 25일에야 실렸다.

왕가라타에서 경찰은 내게 말을 훔친 혐의도 뒤집어씌웠지만 그것도 이상한 게 그 암말이 도난당한 날은 내가 비치워스 감옥에서 출소하기 전이었다 그래서 말을 훔친 혐의에는 유죄판결이 나올 수 없었다.

대신 아직 법적으로 도둑맞은 것도 아니었던 말을 받은 혐의로 강제노동 3년형을 선고받았다 그렇게 나는 젊음의 마지막 희망을 빼앗겼다 여자와 키스 1번 못해보고 결혼할 나이가 됐다.

아무도 나만큼 가혹한 벌을 받지 않았다. 와일드 라이트는 암말을 훔친 장본인인데도 겨우 18개월형을 받았고 홀로 말할 것 같으면 나를 살해하려고 했는데도 다른 지역으로 전출된 것 말고는 아무 처벌도 받지 않았다.

나는 비치워스 감옥으로 돌아갔고 거기서 교도관들이 나를 홀딱 벗기고는 베이고 피 나는 머리를 박박 밀면서 협박과 모욕을 해댔다. 하지만 불이 너무 뜨거우면 생나무도 타는 법이다 나는 강물이 세차게 흐르는 강가에 앉아 숱한 밤을 보냈다 비는 그칠 줄 몰랐고 새파란 생나무들이 비도 끌 수 없는 분노의 불길 속에서 거품을 일으키며 활활 타올랐다.

펜트리지 감옥 출소 후의 삶

리넨 장정의 휴대용 일기장(약 가로 7.6센티미터, 세로 12센티미터) 50페이지.
면지에 낙서와 소묘 중간 정도로 볼 수 있는 사람, 나무, 울타리 그림 6점. 가장자
리에 흙자국. 주소란에 'J. 길, 제릴데리'라는 작은 발행인 명함이 붙어 있으며 날
짜는 1879년 2월 이후.

킬라와라 제재소에서 일하던 2년에 대한 그리운 회상으로 끝을 맺지만
1874년 펜트리지 감옥에서 풀려나 와일드 라이트와 유명한 권투시합을 벌
이기까지 격동의 몇 개월에 초점이 맞추어져 있다.

내가 감옥에 있던 첫해 중반 어머니는 과부의 고난을 겪고 있었다 어머니가 망치를 들고 의자에 올라가 뒷문으로 찬비가 들이치지 못하도록 양철판을 박고 있을 때였다. 못질을 하다 엄지손가락을 2번째 찧었을 때 방목장 옆에 서서 자기를 지켜보는 낯선 사람을 알아차렸다. 끔찍한 누더기 코트&누더기 바지를 입은 노인이었다 부랑자인가 싶어서 어머니는 불쌍한 마음에 이리 오라고 손짓한 다음 빵이라도 만들어 먹으라고 밀가루 1컵을 가져왔다. 고깔처럼 만 신문지에 밀가루를 담아줬고 그제야 노인에게서 풍기는 고약한 냄새를 맡았다 모직코트가 오줌에 찌들어 변색되었고 비 때문에 썩는 냄새가 더 진동했다. 그런데도 노인은 왕자처럼 당당한 태도로 밀가루는 필요 없으니 안 받겠다고 말했다.

아저씨 그럼 뭘 드릴까요?

브랜디로 목 좀 축이고 싶은데 노인이 말했다.

브랜디는 1잔에 3펜스예요 어머니가 말했다.

난 가진 게 2펜스뿐이라 노인이 말했다.

차를 마시고 싶다면 줄 수 있어요 설탕까지 넣어서 어머니가 말했다.

사실 난 쥐잡이꾼이라네 노인이 말했다.

좋은 일 하시네요 그런데 밀가루 받을 거예요 말 거예요 난 종일 여기 서서 그런 얘기나 하고 있을 새가 없어요.

2펜스 내고 쥐도 잡아주겠소 노인이 말했다.

우린 쥐 없어요.

그건 내가 알지.

무슨 소리야 이 지린내나는 노인네야 내가 내 집에 뭐가 있는 줄도 모를 거 같아?

무슨 소리인지는 네 알 바 아니고 내 이름은 쥐잡이꾼 케빈이야 그 이름을 쉽게는 잊지 못할 거다 내가 너희 집에 재앙을 내릴 테니.

그래?

하늘에 맹세코 그럴 테니 1페니 갖고 인색하게 군 걸 뼈저리게 후회할 거다.

노인은 그렇게 말하고 돌아섰다. 그에게 보따리가 있었다면 길 어딘가에 숨겨놨을 것이다 어머니는 보따리를 못 봤으니까 새끼 쥐가 있었다면 주머니 속에 잘 감췄을 것이다 어머니는 그에게서 아무 움직임도 눈치 못 챘으니까. 그는 모직코트를 입은 냄새 고약한 노인일 뿐이었고 진흙길을 내려가 샛강을 건너 윈턴 방향으로 사라졌다. 어머니는 다시는 그를 보지 못했지만 쥐잡이꾼 케빈이란 이름을 앞으로 오랫동안 잊지 못할 거라던 그의 예언은 맞아떨어졌다.

바로 그날 밤 집에 재앙이 들어 쥐들이 밀가루 속 벽 속 아이들 몸 위로 돌아다니기 시작했고 아이들이 자다 말고 비명을 질러댔다 끔찍한 일이었다. 쥐들이 우리의 사랑스러운 아기 빌 프로스트의 딸 엘런에게 설사병을 옮겼다.

어머니는 아이들 손에 브랜디병을 들려 사방으로 쥐잡이꾼을 찾으러 보냈다 누구든 쥐잡이꾼을 찾으면 그 술로 노인의 마음을 달래기 위해서였다. 아이들은 3마을로 흩어졌다 댄은 비치워스 & 젬은 베날라 & 메기와 케이트는 왕가라타 하지만 그곳들에 쥐잡이꾼 케빈의 이름은 잘 알려져 있었지만 그 사람은 그림자도 찾을 수 없었다.

저녁이 되어 일레븐 마일 크리크로 돌아온 아이들은 바구니 속 싸늘히 식은 아기 시신 곁에서 성모께 기도하는 어머니를 봤다. 다음날 맥빈의 킬피라 목장에서 일하는 목수가 관을 짜는 동안 젬과 댄이 버드나무 아래 무덤을 팠다 불쌍한 아기는 겨우 14개월밖에 안 됐지만 들개들이 파헤치지 못하게 구덩이를 깊이 파야 했다.

그게 끝이 아니었다.

젬이 머리가 아프다고 쓰러져서 어머니가 조랑말 마차에 태워 글렌모어로 데려갔고 이모 마거릿 퀸이 젬의 머리를 박박 밀고 겨자 습포를 댔다 그뒤로 젬은 누가 머리를 건드리기만 해도 못 참았다. 그리고 다른 재앙도 많았다 사마귀도 나고 종기도 나서 살에 뜨거운 병을 댔다가 고름을 빼야 했다 시집간 누나 애니는 말을 도둑맞았고 그 일로 플러드 순경의 손아귀에 들어가게 됐다.

나중에 어머니는 플러드 순경이 한 짓을 알고 나서 그 이름에 대해 곰곰이 생각하며 플러드도 재앙 아닌가 스스로 묻게 된다.* 플러드는 키가 크고 눈에 핏발이 선 남자였다 까마귀는 짝짓기를 할 때 눈에서 피를 흘린다는 말이 있다. 우리 누나는 엄연히 애니 건 부인이었지만 남편이 감옥에 있었고 플러드 순경은 곧 눈에서 피를 흘리기 시작했고 곧 누나를 임신시켰다.

한편 누나의 남편과 나는 비치워스 감옥 마당에서 돌을 깨고 있었다 그는 눈 밑이 검고 어깨에 맷돌이라도 진 것처럼 허리가 굽어 있었다. 신부가 나를 찾아와 누나가 아기를 낳다가 죽었다는 소식을 전했는데 정확한 상황은 설명해주지 않았다 하지만 어머니는 애니 누나가 죽고 우리에게 플러드의 자식까지 남겨진 건 그 냄새 고약한 노인의 저주라고 항상 믿었으며 그래서 모든 길 자기 탓으로 돌렸다. 젬이 소도둑으로 잡혀갔을 때도 어머니는 이 또한 쥐잡이꾼의 재앙이라고 말했다.

1872년 여름 어느 아침 어머니는 42살이었고 아들 둘과 남동생&숙부&제부가 감옥에 있었다 사랑하는 딸 둘은 버드나무 아래 묻혔고 또 무슨 재앙이 닥칠지 알 수 없었다. 뿌옇게 먼지 낀 그날 아침 어머니가 매기를 데리고 토마토 지지대를 세우고 있을 때 낯선 사람이 찾아와 브랜디를 청했다. 이 남자는 미국인이고 키가 크

---

* '플러드(Flood)'는 홍수를 뜻한다.

고 호리호리했다 작은 수염을 기르고 눈꺼풀이 늘어졌으며 입가에는 알 듯 모를 듯한 엷은 미소를 띠고 있었는데 세상이 참 우습다는 건 알지만 굳이 구구절절 입 밖에 내선 안 된다는 듯한 미소였다. 그도 냄새 고약한 노인처럼 돈은 없고 수표만 있는데 베날라에 가야 현금으로 바꿀 수 있다고 했다.

매기는 그를 비웃었지만 어머니가 갑자기 심하게 나무랐다. 넌 무슨 말을 그렇게 하니 누가 들으면 우리를 인정머리라곤 눈곱만큼도 없는 사람들이라고 생각하겠다. 저분한테 술 갖다드려.

술을 갖다주라고요 매기가 놀라서 튼실하고 큰 엉덩이에 진흙 묻은 손을 대고 물었다.

못할 이유가 뭔데?

뭐 엄마가 그걸 신경이나 써요 매기는 그렇게 말했지만 시킨 대로 했고 어머니는 계속해서 토마토 지지대를 세웠다. 그후로 오랫동안 어머니는 매기가 조지 킹에게 술 1잔을 대접한 다음에야 쥐들이 떠났다고 믿었다.

나는 3년 세월을 빼앗기고 다시 세상에 풀려나 살길을 찾게 됐다. 말이 없어서 비치워스에서부터 마른땅을 32킬로미터를 걸어 러그의 평원을 가로질렀고 8시간 후 내 예전 삶에 다가갔지만 그것은 가망 없이 변해 있었다 샛강은 방향과 성질이 바뀌어 이제 진흙 웅덩이만 이어졌다. 거대한 검은 와틀 고목은 쓰러졌고 길 끝에 있는 커다란 레드검은 키가 6미터도 넘었다. 통나무를 쪼개 만든 방목장 울타리 가로대도 보였는데 새 목재였고 색이 노랬다 그때 아기를 안고 집에서 나오는 어머니가 보였다 처음에는 아기가 엘런인 줄 알았지만 다시 생각해보니 엘런은 죽어서 버드나무 아래 묻혀 있었다.

어머니가 처음 한 말은 이것이었다.

네드 말썽 일으키지 마라.

나는 어머니 품에 안긴 아기를 들여다봤지만 무슨 아기인지 알 수가 없었다.

내 걱정 마요 나는 말 방목장을 돌아보며 말했다 거기에는 훌륭한 말이 많았고 키 큰 젊은 남자도 있었는데 20대로밖에 안 보였다. 어찌나 나를 노려보던지 말안장을 풀어 울타리 가로대에 걸쳐놓으면서도 눈을 떼지 않았다.

집에 재앙이 많았어 어머니가 말했다 흰머리가 보이는 어머니는 밝은 색깔의 새 원피스를 입었는데 내가 보기에는 나이에 비해 너무 어린 옷이었다.

내가 물었다 저 젊은 친구는 누구예요?

조지 킹이야.

그게 누군데요?

네드 네가 돌아올 때까지는 결혼할 수 없다고 저 사람한테 기다려달라고 했다.

나는 조지 킹이 울타리를 넘는 걸 지켜봤다. 내 또래로 봐도 될 만큼 젊은 남자라 욕지기가 났다.

어머니는 조지 킹의 아기에게 20년 전 내가 빨았던 젖을 물렸다 그때 어머니는 젊었고 말 탄 모습이 우리 아버지가 본 어느 여자보다 예뻤다. 이제 어머니는 창가의 작은 의자에 앉았고 새 남편은 식탁에서 길고 마른 다리를 벽난로 시렁 근처까지 쭉 뻗고 앉아 있었다 그의 미제 장화는 노란색이고 굽이 큐번 힐보다 높아서 멋쟁이 여자 구두 같았다. 어머니는 트림을 시킨 아기를 G. 킹에게 넘겨줬고 그는 아기가 토할까봐 자신의 멋진 노란 스웨터 가슴팍에 수건을 깔았다. 어머니는 거기 앉아서 바보 같은 미소를 지으며 아기 손가락 발가락을 어루만지는 그의 모습을 지켜봤다.

집에 돌아온 댄이 출소한 나를 보고 몹시 기뻐했다 댄은 이제 자기가 어른인 줄 알았다 13살인데 벌써부터 코밑이 거뭇거뭇하고 코에 여드름이 났다 머리는 산발에 옷은 화려했다 셔츠 2장을 겹쳐 입고 밀짚모자 끈을 코에 걸어 고정했다. 댄은 나와 악수하자마자 자기 애인을 만나러 왕가라타에 가자고 했다. 내가 조용히 살고 싶다고 했더니 댄은 그렇다면 번지수를 잘못 찾아왔다며 조지 킹의 컵에 든 브랜디를 벌컥벌컥 마셨고 조지가 댄에게 눈을 찡긋했다 그들은 무질서의 왕이라도 되는 것처럼 굴었다 둘이 죽이 척척 맞았다.

티타임이 지난 후 나는 킹에게 산책이나 하자고 정중히 권했다 여름 하늘에는 아직 빛이 남아 있었다 주위가 온통 자줏빛으로 물들고 맥아향이 났다 우리는 그가 만든 울타리에 걸터앉았고 나는 빌 프로스트가 우리 어머니를 버리고 떠난 후 그를 총으로 쐈다고 알려줬다.

그는 아무 대답 없이 턱수염만 문질렀다.

나는 그에게 아기를 어떻게 키울 생각인지 물었다.

그러자 그는 흰 이를 드러내며 자기는 자식을 많이 둘 거고 아주 근사한 계획이 있어서 자식 굶길 걱정은 없다고 말했다. 그러더니 내게 물었다 내 계획 듣고 싶어?

나는 아무 말도 하지 않았다. 땅거미가 지고 있었다.

그럼 나를 쏘고 싶은 거야?

너무 슬퍼서 말이 나오지 않았다.

맥빈이라는 농장주 알아 네드?

너무 잘 알아 탈이지.

그 사람 아주 근사한 말들을 갖고 있잖아? 너랑 나랑 그 말들을 끌고 머리강 건너 뉴사우스웨일스로 가서 길 잃은 말들을 가두는 거기 공설우리에 넣는 거야 그랬다가 다시 사들이는 거지.

이번에도 어머니는 말만 번지르르하게 하는 놈팡이를 고른 것이다 그는 천을 밀수해서 떼돈을 벌겠다던 빌 프로스트보다 나을 게 없었다.

그가 물었다 나를 도와주겠어? 아니면 댄한테 도와달라고 할까?

그러기만 해봐 진짜 쏴죽일 테니까 내가 말했다.

아 나 총 맞고 싶지 않다고.

이제 완전히 어두워져서 3년 만에 처음 밖에서 본 밤하늘에 별들이 반짝였다 공기는 후끈하고 북쪽에서 바람이 불어왔다.

참고로 말하는데 난 절대 맥빈 씨랑 안 엮여 내가 말했다.

좋아 집에 돌아온 지 얼마나 됐다고 무리하면 안 되지 그가 말했다.

하지만 그날 밤 꼬마들이 잠들자 그는 닭장에 들어갈 구멍을 찾는 늙은 왕도마뱀처럼 끈질기게 나한테 추근댔다. 수염을 긁적이고 자꾸 미소를 보냈다 어머니는 나를 꼬드기려 애쓰는 그를 만족스럽게 지켜봤다.

내가 어머니에게 말했다 나랑 밖에 좀 나가요 목초지 문제로 할 얘기가 있으니까.

내가 먼저 어둠 속으로 나갔고 어머니는 순순히 따라왔다 샛강 근처에 이르러 어머니를 향해 돌아섰다 나는 3년이나 집을 떠나 있었기에 이런저런 생각이 많았고 나름대로 우리 농장을 구할 계획도 있었다.

엄마는 변했어요.

그러자 어머니가 말했다 난 행복하다 하지만 그게 네 마음에 안 든다면 미안하구나.

왜 내가 맥빈한테 덤비길 바라는 거예요? 그럼 다시 감옥에 들어갈 게 뻔한데.

나는 어머니가 말없이 가만있는 줄 알았는데 조금 이따 보니 울고 있었다. 내가 1팔로 껴안자 어머니는 뿌리쳤다. 어머니가 말했다 넌 내 인생이 얼마나 한심한지 몰라 여기서 사는 게 어떤지 잊었다 염×할 이웃들은 틈만 나면 닭이나 송아지를 훔쳐다 가두지 경찰은 날마다 찾아와 내 새끼들 잡아가려고 문을 두드리지. 걔는 염×할 안장을 훔쳤다.

누가 무슨 안장을 훔쳐요?

댄 이 멍청한 ××가 이 어미를 위해 돈 좀 벌어보겠다고 그런 거야. 여긴 미래가 없어 술 팔아서 남는 것도 별로 없고 안장을 훔쳤으니 댄은 감옥에 갈 거야.

나는 말을 키워볼 계획이라고 말했지만 어머니는 듣지 않는 것 같았다. 난 조지가 내빼고 나서도 오랫동안 일레븐 마일 크리크에 있을 거예요 내가 말했다.

어머니가 내 따귀를 갈겼다. 닥치고 주위를 봐라 어머니가 외쳤다. 저 울타리 쳐놓은 거 보라고 여기서 내뺄 생각인 남자가 저렇게 해놓겠니?

이 기둥은 그레이박스예요 4년 안에 썩어 없어져요. 아버지 같았으면 절대 울타리에 그레이박스는 안 썼을걸요. 아이언바크나 레드검을 쓰지.

난 견딜 수가 없어 어머니가 외쳤다 어머니는 몸을 굽혀 양손에 흙을 떠서는 머리와 얼굴에 문질렀다. 죽었으면 죽었지 잘난 네 아비랑은 1분도 같이 못 살아.

어머니는 돌아서서 젊은 남편에게 갔고 나는 별 아래 오랫동안 남아 있었다 푸른 돌감방에 갇혀 그토록 그리워하던 집이었지만 감옥에서 마음의 위안이 되어줬던 모든 꿈은 장화 밑 거름이 되어 있었다.

다음날 점심이 되기 전 나는 집에서 32킬로미터쯤 떨어진 킬라와라 근방의 J. 손더스 씨와 R. 룰스 씨가 하는 제재소에 벌목꾼으로 취직해서 그날 오후 저목장 옆에 있는 그들의 오두막으로 거처를 옮겼다.

협박과 싸움이 없는 곳에서 자유를 누리니 그렇게 편안할 수 없었다.

내가 평생 원한 거라곤 집뿐이었는데 펜트리지 감옥에서 돌아와보니 피땀 흘려 가꾼 땅이 처음 보는 사람 손아귀에 들어가 있었다. 조지 킹이 집에서 환영받는 건 상관없지만 거기 있는 순종 말 30마리는 엄연히 내 소유였다 그래서 말들이 사라진 걸 알았을 때 어머니에게 전갈을 보내 말들을 어떻게 했는지 물었다. 말들은 도둑맞았고 도둑은 법 위에 있는 옥슬리의 플러드 순경이라고 했다. 그 부당함에 나는 분노가 끓어올랐고 분노를 달랠 길은 위험뿐이었다 이제 나는 목구멍에 불이 붙는 밀주를 갈망하는 사람처럼 위험을 원했다.

마침 나는 딱 맞는 직업을 갖고 있었다 벌목은 위험천만한 일이었다 비가 올 때는 미끄럽고 바람이 불 때는 무척 아슬아슬했다. 우리는 일단 나무줄기에 V자로 홈을 파고 거기 20센티미터짜리 판자를 끼워 일종의 계단을 만든 다음 지상 3.5미터 높이에서 작업을 했다. 동료인 J. 오헌은 유부남이라 나무가 쓰러지려고 하면 얼른 뛰어내려 도망치고 총각인 내가 남아 작업을 마무리해야 했다. 그 위험이 잠시 분노를 잊게 만들었지만 패배한 나무가 만신창이가 되어 땅에 쓰러지면 다시 우울한 기분이 밀려들고 어떻게 내가 삶과 땅을 빼앗기게 되었는지 생각하게 되었다. 그래서 나는 바보처럼 밤낮으로 그런 생각을 하며 자유를 망쳤고 그 생각의 대상이 하나의 형체를 갖추었다 곧 내 이런저런 불행의 대상은 와일드 라이트라는 하나의 형체로 나타났다 굵은 목에 눈썹은 우스꽝스럽게 비뚤어진 와일드 라이트. 나는 그를 때려눕히고 싶어서 미칠 지경이었다 뻔히 알면서도 훔친 말을 나한테 넘긴 게 바로 그니까. 복수를 안 하면 마음의 평화를 찾을 수 없다는 생각이 금세 분명해졌고 그의 행방을 수소문하기 시작했다.

나는 일레븐 마일 크리크에 발을 끊었지만 어머니가 쿠키를 들고 찾아왔다 어머니가 그 쿠키를 굽기 위해 버터를 얼마나 많이 썼을지 나는 잘 알았다. 우리는 일꾼 오두막 계단에 앉았고 내가 와일드 라이트를 봤느냐고 묻자 어머니는 이유를 눈치채고 그가 뉴사우스웨일스에 갔다고 둘러댔다.

검은 눈에 생기가 넘치는 어머니는 잔꾀도 많지만 웃음도 많다. 우린 늘 말 이야기를 좋아했고 그러다보면 고대 로마 이전까지 거슬러올라가곤 했다 어머니는 혈통과 품종에 견해가 뚜렷해서 그게 우리 대화 주제일 때가 많았다 하지만 그날 오후에 어머니는 맥빈 말의 대단한 순종 혈통으로 이야기를 끌어가며 그 말들을 훔치면 거금을 손에 쥘 거라는 생각을 떨칠 수 없다고 고백했다.

나는 어머니에게 그 얘기를 하러 온 거라면 얼른 일레븐 마일로 돌아가는 게 낫겠다고 말했다.

어머니는 내 손에 입을 맞추며 아니라고 아들을 보러 온 거라고 네가 얼마나 보고 싶었는지 모른다고 말했다.

나는 그 말을 믿지 않았다 나는 어머니에게 댄도 어머니 아들이라고 말했다.

그게 무슨 뜻이니?

댄한테 그 말들 훔치라고 꼬드기지 말라고요.

아니 너 도대체 나를 어떤 엄마로 생각하는 거니?

염×할 킹 부인이잖아요.

어머니는 멋진 쿠키통을 남겨두고 화가 나서 돌아갔고 나는 다시 와일드 라이트에 대해 내가 감옥에 가면서 생긴 손해에 대해 생각했다.

와일드 라이트는 기분좋을 때는 다정했지만 대단한 개××라 누가 꼬나보는 시늉만 해도 죽인다고 달려들었다. 동생인 더미Dummy 라이트는 이름에 걸맞게 말을 못했는데 놀림을 당하면 와일드 라이트가 물불 안 가리고 동생을 보호했다. 그래서 나는 제재소에서 동료들에게 더미 흉을 보기 시작했다 와일드 라이트를 잡기 위해 독을 바른 미끼였다. 밤에는 와일드 라이트 꿈을 꿨다 놈의 턱과 이마와 코를 박살내면서 주먹이 부서지는 느낌이 들었지만 고통스럽기는커녕 황홀하기만 했다. 톰 로이드는 언제나 가장 좋은 친구였고 나는 그에게 그 행복한 꿈 이야기를 해줬다. 톰은 꿈이라 다행이라고 현실이라면 와일드 라이트한테 맞아 죽을 거라고 했다 와일드 라이트는 나보다 체중이 30킬로그램은 더 나갔다.

톰은 배신자 이모부의 아들이었지만 그 자신은 벽돌처럼 단순하고 한결같고 진지했다. 도둑맞은 말들 대신 새로 말들을 키우자고 제안한 것도 톰이었다 그게 떳떳하고 정직하고 또 부정하지 않은 방법이니까. 나는 그 말들 덕에 천천히 삶을 되찾을 수 있었다 신이 만든 창조물 중에 그렇게 아름다운 건 없다 평원을 내달리는 멋진 말이 주는 감동을 따라갈 감정은 없다.

일레븐 마일 크리크에서 일어나는 일을 알고 싶진 않았지만 소문은 피할 수가 없어서 G. 킹이 어머니에게 아랍산 암말을 구해줬다는 걸 알게 됐다 내 생각에 2가지 이유에서 그건 실수였다 먼저 아랍산 암말 때문에 순종 말은 시간만 낭비하는 건달로 여겨질 거고 다음으로 그건 훔친 말이 분명했다 나는 어머니와 아기가 감옥에 갈까봐 겁이 났다.

이 지역을 뜨는 게 정신건강에 이롭겠다는 생각에 제재소에 말하고 320킬로미터쯤 떨어진 깁슬랜드로 가서 비슷한 일을 시작했지만 그곳의 숲은 축축하고 황량해서 분노와 우울로 기분이 더 깊이 가라앉았다. 이제 밤마다 꿈에 아버지와 어머니가 나타났다 아버지 얼굴에 칼로 벤 상처가 1000군데는 됐는데 내가 낸 거였다 베버리지의 끔찍한 양철트렁크에 든 여자 드레스도 보였다 내 비명에 같이 자는 동료들이 놀라서 깼다.

북동부 지역으로 다시 돌아온 나는 톰 로이드가 우리 암말 2마리를 임신시킨 걸 알았다 오랜만에 일어난 최고로 기쁜 일이었고 나는 기운이 나서 다시 미래를 생각하게 됐다. 어느 토요일에는 킬라와라와 일레븐 마일 크리크 사이 중간 지점에 있는 레이스비의 평원에서 말을 탔다. 겨울이었다 하늘에는 먹구름이 끼고 멀리서 내리는 비가 얼룩처럼 보였다 날이 빠르게 저물고 있었다. 그 우울한 풍경 속에서 나는 아랍산 말을 타고 전속력으로 달려가는 여자를 봤다. 이 세상에 우리 어머니처럼 말을 타는 여자는 없었다 등을 곧게 펴고 등자끈을 길게 해서 치마를 무릎 위로 걷어올린 채 말을 타는 어머니 모습을 보면 짜릿한 전율이 흘렀다. 어머니를 보면 킬라와라 경마에 출전한 젊은 여자들은 나약한 아기였다.

어머니는 늘 경주를 좋아했기에 나는 평원을 지나 아카시아 덤불 속으로 쫓아갔다 어머니는 워비산맥 쪽으로 방향을 틀었다. 그리고 낮은 산기슭 구릉에서 바위언덕 아래로 잠시 사라졌다. 이곳은 토끼굴 천지라 땅이 엉망인데도 어머니가 속도를 늦추지 않는 바람에 곧 말이 넘어졌다. 아랍산 말은 넘어질 때 물구나무서기를 하듯 거꾸로 섰다가 뒤로 벌렁 나자빠져 굴렀고 주인이 일어났을 쯤에는 이미 집에 저녁을 먹으러 가고 없다. 하지만 어머니는 일어나지 않았다.

말에서 내려 어머니에게 달려갔다 내가 어머니를 죽였다는 생각에 가슴이 쿵쾅거렸다.

하지만 가서 보니 어머니가 아니었다. 검은 머리 소년이었다 드레스를 입은! 18살이 안 되어 보이는 그 소년은 가슴을 들썩이며 거친 숨을 몰아쉬었다 나는 화가 머리끝까지 치밀었다 소년이 그렇게 작고 검고 안짱다리가 아니었다면 흠씬 두들겨팼을 것이다. 그를 일으켜세우고 그냥 따귀만 1대 갈겼다. 그는 셔츠와 작업복 바지 위에 드레스를 입었고 가슴과 밑단에 진흙이 묻어 있었다.

나는 변태××라고 욕하며 또 1대 쳤다 그는 겁먹지 않고 내게 침을 뱉었다. 드레스를 입은 것 말고 여자 행세는 하지 않았고 수염도 열심히 길렀다. 벨트에 낡은 화승총이 꽂혀 있고 주머니쥐 같은 눈으로 나를 사납게 노려보길래 위험한 짓을 하기 전에 총을 빼앗는 게 낫겠다 싶었다.

나는 그에게 왜 염×할 드레스를 입고 있느냐고 아주 흉측하다고 말했다. 그러고는 화승총을 빼서 멀리 던져버렸다.

그는 그게 아버지 화승총이라며 그러면 안 된다고 말했다.

네 아버지가 여자옷 입은 너를 보면 우물에 던져버릴 거라고 나는 말했다.

그는 나를 비웃고 내 발치에 피를 뱉으며 아직도 와일드 라이트랑 싸우겠다고 떠들고 다니느냐고 물었다.

주둥이 닥쳐 이 변태××야 네가 날 알아.

댄의 형이잖아 그가 말했다 우리 왕가라타 경마에서 악수도 했는데.

그제야 나는 그가 기억났다 스티브 하트라는 키 작은 검은 머리 기수였다.

댄 친구라 그냥 보내주겠지만 드레스 입은 게 또 눈에 띄었다간 소시지 고기가 될 줄 알라고 나는 말했다.

그는 전혀 고마운 기색 없이 화승총을 가져다가 벨트에 꽂았다.

와일드 라이트가 형을 소시지 고기로 만들어버릴걸 내가 그 자리에서 구경할 거야 그가 말했다.

와일드 라이트는 뉴사우스웨일스로 도망갔어.

와일드 라이트는 비치워스의 임피리얼호텔에서 형을 기다리고 있어 형이 더미 얘기한 거 다 듣고.

그 말을 듣자 내 혈관 속 피의 성질이 바뀐 것 같았다 전에는 고통스러운 거품이 일었는데 이제 어둡고 차분해졌다. 나는 소년이 아주 멀리 도망가지는 않은 말을 잡는 걸 도와줬다. 하지만 소년이 눈에서 사라지기도 전에 나는 그를 잊었다 내 인생을 망친 개××

와일드 라이트에게 어떻게 복수할지에만 골몰해 있었다.

에드워드 로저스 씨는 임피리얼호텔 주인이라 나는 그의 얼굴과 이름을 알았지만 그도 나를 알고 있어서 깜짝 놀랐다. 내 말이 물통의 물을 1모금 마실 사이도 없이 그가 몸소 나를 맞으러 왔다.

네드 켈리 그가 말했다.

에드워드 로저스 내가 말했다.

그는 아일랜드놈이 자기 세례명을 부른 데 충격받았지만 금방 침착해져서는 수액이 묻은 내 끈끈한 손을 글로스터 공작 손이라도 되는 것처럼 잡았다.

네드 사실 말이야 그가 말을 꺼냈다 몹시 유감스러워하는 태도였다. 여기선 싸우면 안 돼 그건 내가 용납 못해. 아이제이아 라이트는 내 손님이고 신사적으로 문제를 해결할 방법이 있을 거야. 에드워드 로저스는 내 손을 놓지 않고 뒤집어서 관절을 살펴봤는데 우리 어머니 손을 벨벳 베개에 올려놓고 진찰하던 중국인 한의사처럼 친절했다.

여기서 그와 싸울 계획 아닌데요.

내 말을 잘못 알아들었군 그가 말했다 무슨 영문인지 파란 눈이 몹시 흥분한 모습이었다. 싸움은 곤란하지만 퀸즈베리 후작*이라면 얘기가 다르지.

---

* 글러브를 사용하는 현대 권투의 기초를 만든 인물로 이에 따른 규칙을 '퀸즈베리 규칙'이라 한다.

나는 후작 얘기라곤 생전 들어본 적도 없다고 솔직히 말했다.

자네들은 런던 프라이즈 링 규칙* 따르지?

우린 땅에 금을 긋고 해요 그걸 시합 개시선이라고 부르고요 당신은 그걸 싸움이라고 하는지 모르겠는데 그걸 할 작정이에요.

맨주먹으로?

그를 밖으로 내보내주면 내가 당신 술집 안으로 들어갈 필요도 없어요.

에드워드 로저스는 수염을 어루만졌다.

너도 내 소문 들었을 거야.

내가 그에 대해 아는 건 한여름에도 스리피스 정장을 입는다는 것뿐이었다.

알다시피 난 스포츠광이야 고리 던지기&구주희&크리켓&레슬링 물론 영국 서커스단과 크리켓 시합을 주선한 것도 바로 나라는 얘기 들었겠지 그 시합 봤나?

나는 대답하지 않았다 그도 개의치 않고 내 팔꿈치를 잡아 술집 옆에 있는 샛길로 끌고 갔다 부자인데다 나이도 나보다 20살은 많은 그를 거스르고 싶진 않았지만 내 말이 아직 물을 마시고 있다고 알렸다.

데니스 그가 외쳤다 켈리 씨 말한테 귀리 먹여.

한 소년이 내 말을 길 위쪽으로 끌고 갔고 나는 반대 방향으로 끌려갔다 로저스 씨는 내 귀에 대고 쉴새없이 떠들었다 자네 번스

---

* 맨주먹으로 하는 권투 규칙.

라는 친구 알지 옥슬리 쇼에서 그 친구랑 싸웠잖아. 자네가 12라운드에서 이겼지 자네랑 같은 종교라면서.

조 번일 거예요.

아이제이아 라이트는 미친 ××야 물론 자네도 알겠지만. 그가 체중 면에서 유리하지만 조 번 말이 자네의 경우 체중은 크게 신경쓸 필요가 없다더군. 자 이리 와보게 내가 무슨 제안을 하려는지 보여줄 테니까.

우리는 돌아서서 호텔 쓰레기통과 옥외변소와 양계장을 지나 풀밭에 도착했고 저 아래 스프링 크리크가 흘렀다.

바로 여기야 어때? 두 신사가 제대로 맞붙기에 이만한 데가 있을까?

흠 아주 한적하네요 내가 말했다.

내가 여태껏 한 말 중 가장 멍청한 것이었지만 에드워드 로저스는 눈도 깜짝 안 했다.

8월 8일이 좋을 것 같은데 어때 그가 물었다 다음주였다.

나는 좋다고 대답했다. 그곳을 떠날 때 술집의 열린 창문으로 와일드 라이트의 거대하고 못생긴 얼굴을 봤다 그는 엿 먹으라는 뜻으로 엄지손가락을 들었다. 그 도발을 못 본 척하고 지나갔지만 그가 당장 쫓아오지 않는 건 놀라웠다. 우리 둘 다 그 싸움을 위해 1주일을 기다렸다 나는 그 씨×놈을 때려눕히면 기분이 얼마나 후련할지 그 생각밖에 없었다.

8월 8일 비치워스에 도착해보니 구경꾼이 너무 많아서 임피리얼호텔에 다 들어갈 수 없을 정도였다. 조 번이 문에서 나를 맞이

해 위층 살림집으로 데려갔고 거기서 로저스 씨가 초록색 실크 손수건 같은 걸 들고 나를 기다리고 있었다.

여기 있네 그가 그걸 나한테 던지며 말했다.

여자 팬티 같은 거였다.

권투 반바지야.

그가 방을 가로질러 걸어올 때 나는 창밖의 엄청난 관중을 봤다 모두 풀밭 주위에 모여 일부는 서고 일부는 식당 의자에 앉아 있었다.

로저스는 내 손에서 실크 반바지를 빼앗아 자기 몸에 댔는데 남자다워 보이라고 만든 옷이라면 헛수고였다. 얼간이 같았다.

그냥 내 옷 입고 싸우겠어요 내가 말했다.

맙소사 이게 런던 규칙에 따른 정식 복장이야. 라이트도 같은 걸 입었어.

그건 그쪽 사정이고 난 벌거숭이로는 안 싸워요.

로저스 씨는 혀를 차며 애석한 눈길로 관중을 내려다봤다.

벌거숭이가 아냐 무식하기는. 색깔에 맞춰 입는 게 자랑스럽지 않나?

그제야 나는 링 주위에 걸려 있는 초록색&오렌지색 띠를 보았다. 사실 라이트가 신교도라는 걸 잊고 있었다.*

이 친구야 자네도 색깔이 있긴 해야 돼. 셔츠 속에 뭐 입었지? 로저스가 말했다.

---

* 아일랜드인 사이에서 초록색은 가톨릭교, 오렌지색은 개신교를 상징한다.

그가 내 셔츠 단추를 풀어서 나는 얼른 몸을 뺐다.

내복 입었네 그럼 됐어 그가 외쳤다.

싫어요!

아니 그거면 돼 그가 말했다.

바로 그때 요란한 함성이 들렸다 라이트가 춤을 추며 잔디밭으로 나왔는데 반벌거숭이였다 발에는 장화를 신었지만 웃통은 벗고 오렌지색 실크 반바지 하나만 달랑 입고 있었다.

다리는 염×할 울타리 기둥만했고 무릎은 크고 흉했다 그가 링 주위를 껑충거리며 뛰어다니는 동안 나는 제일 좋은 자리를 차지하고 앉은 어머니 엘런 켈리를 보고 충격받았다. 라이트가 어머니 앞에서 주먹을 휘두르며 힘을 과시했고 나는 그가 얼마나 거구인지 깨닫고 당황했다 어깨도 우람하고 팔은 허벅지 같았다 복수를 꿈꿀 때 이런 모습은 그리지 않았었다.

더는 체면을 따질 때가 아니라서 나는 위아래가 붙은 긴 모직내복만 빼고 옷을 다 벗은 다음 그 위에 초록색 실크 반바지를 입었다. 진짜 얼간이가 된 기분이었지만 달리 방도가 있었겠느냐?

조 번은 재미있어하는 것 같았지만 내가 쳐다보자 얼른 침울한 표정을 지었다.

내가 말했다 좋아 저 씨×놈을 해치우자고.

밖으로 나가는 길에 맨발로 싸우는 건 허용되지 않는다고 해서 슬리퍼를 신었다 내 발보다 $1/2$ 사이즈 작았지만 상관없었다.

가랑비가 내리는 가운데 우리는 양계장을 지나 풀밭으로 갔다 와일드 라이트가 오렌지를 빨아먹다가 나를 보더니 뱉어버리고 다가왔다.

너 죽었어 그가 내 머리를 후려치면서 말했다 강타를 맞고 나는 그대로 옆으로 쓰러졌다 어머니가 반칙 반칙 반칙 외치는 소리가 들렸다 나는 비틀거리며 일어났고 조 번이 라이트를 발로 차서 보내는 게 보였다. 에디 로저스와 내 여동생 매기가 어머니 팔을 하나씩 잡고 있었다.

피다 누군가 외쳤다 첫 피다.

내 눈으로 액체가 흘러드는 동안 땅에 시합 개시선이 그어지고 정식으로 싸움이 시작됐다.

나는 그 싸움에 대해 기억나는 게 전혀 없지만 조 번에게 50번은 들었고 그 이야기는 이렇다.

네가 양계장을 지나 풀밭으로 들어갔을 때 와일드 라이트가 팔을 옆으로 휘둘러 네 머리를 때려서 너는 시합이 시작되기도 전에 땅에 쓰러졌고 그 순간 우린 네가 끝났다고 생각했지. 거긴 신교도 술집이라 구교도가 무슨 일을 당하든 아무도 신경 안 쓰니까. 그들은 네 피를 마실 작정이었어. 와일드는 네가 더미를 조롱하고 다닌다는 얘기를 듣고 너를 죽이려고 했지.

와일드가 네 눈을 찢어놨고 너희 어머니는 분해서 소리를 질러 댔지 와일드는 네가 일어나는 걸 기다리지도 않고 또 공격하려고 했어. 그때까지만 해도 난 너를 잘 몰랐지만 와일드가 반칙을 저질렀다는 건 누구나 알 수 있었어 내가 심판을 불렀지만 에디 로저스가 심판이자 물주였고 와일드 라이트한테 돈을 전부 건 상태였지.

너를 보조할 사람은 나밖에 없었어 그래서 주먹을 쓰면 규칙 위반이라는 생각이 들길래 라이트의 무릎을 걷어찼지. 어이쿠! 그때 너도 라이트의 눈을 봤어야 했는데 이 시건방진 건 뭐냐는 눈빛이었지 관중은 미쳐 날뛰고 네 어머니는 나를 응원하고 시합은 시작도 되기 전이었다고.

로저스가 지팡이로 시합 개시선을 그었고 너와 라이트는 그 선을 사이에 두고 마주섰지. 너는 벌써 피가 눈으로 흘러내리고 있었고. 라이트는 너보다 키가 3센티미터 정도 크고 덩치도 우람했어 신교 내기꾼들의 우상이었고 그 점만은 의문의 여지가 없지.

라이트는 염×할 뱀처럼 미쳐 있어서 이기기 위해서라면 못할 짓이 없었어 힘이야 제일 세도 사실 좀 느리고 어설픈 데가 있지.

로저스가 얼룩무늬 손수건을 던져 시합이 시작됐고 몇 초 지나지도 않아 네가 3방을 먹였어. 라이트는 놀라고 당황해서 비틀거렸어 신교도들이 자기들의 막강한 영웅이 쓰러지는 걸 보고 지른 비명을 너도 들었어야 했는데 씨× 그건 전쟁이었어. 로저스는 초록색과 오렌지색 띠를 배치할 때 오렌지가 승리할 거라고 확신했었지. 너희 어머니는 반쯤 이성을 잃고 관중한테 내 아들이 너희도 손봐줄 거라고 외쳐댔지. 시합중에 네가 씩 웃어 보이자 어머니 얼굴이 붉어졌어. 라이트한테 다가갈 때도 너는 어머니를 보며 웃고 있었다고 그러더니 그 씨×놈을 무슨 잠자는 소라도 되는 것처럼 손쉽게 쓰러뜨리지 뭐야.

빌 스킬링은 너무 좋아서 오줌을 지릴 뻔했고 너희 어머니를 번쩍 안고 흔들어댔지.

라이트는 힘겹게 일어났어 그러더니 보조자를 물리치고 개시선으로 왔어. 네가 다시 접근해 그의 사정권 안으로 들어갔는데 이번엔 턱 아래를 맞았어 입이 딱 닫히며 쓰러졌지만 눈은 크게 뜨고 있었지. 함께 넘어졌는데 네가 먼저 일어났고.

라이트의 약점은 느린 거고 네 약점은 팔이 짧은 거였어. 4라운드에서 네가 상대의 굵은 목에 결정타를 먹이려다가 팔이 짧아 실패하고 되레 이마에 강타를 맞았지. 네가 쓰러졌어.

라운드가 이어지면서 1명이 나가떨어질 때마다 30초 휴식시간이 주어졌어. 빗줄기가 거세졌지만 아무도 실내로 들어가지 않았어. 곧 선수 2명은 보조자의 시중이 필요해졌고 너는 내 품에서 무겁게 늘어졌지 네 내복은 빗물인지 땀인지로 흠뻑 젖었고 와일드 라이트도 너보다 상태가 별로 좋진 않았어. 그렇게 녹초가 된 사람들은 처음 봤다니까.

에디 로저스는 뒷짐을 지고 선수들 주위를 돌았어 마치 너희가 대차대조표고 자기가 돈을 번 건지 망한 건지 모르겠다는 듯이 코를 앞으로 내밀고 눈을 가늘게 뜨고.

와일드 라이트가 엘더레이도* 광석 파쇄기처럼 두 팔을 쭉 뻗어서 올렸다 내렸다 하며 너한테 다가와 짓뭉개버릴 작정이었던 거지. 너는 잔뜩 경계하면서 상대를 지켜봤고.

네가 주먹을 몇 번 피하자 와일드가 관중에게 네가 겁쟁이라고 소리쳤어. 더미가 관중 사이를 누비고 다니다가 시끄러운 소리를

---

* 골드러시로 번성했던 빅토리아주의 작은 마을.

내기 시작했고. 그러자 네 어머니도 흥분해서 너한테 와일드 라이트를 죽여버리라고 소리쳤지.

싸움은 느리게 진행됐어 풀밭은 오래전에 파헤쳐져서 진흙투성이였고 선수들은 무거운 형벌의 수렁에 빠진 것 같았지. 너를 일으켜세우니 손이 피와 콧물 범벅인 게 방금 잡아서 가죽을 벗긴 짐승처럼 끈적끈적하고 미끌거렸어. 곧 바람이 불면서 비가 한바탕 억수같이 쏟아졌고 라이트는 구부정하니 늘어졌지만 너한테는 비가 피로회복제 같더라고.

라이트가 둔해졌는데 너는 재빨랐어 머리를 치자 그가 쓰러졌어 네가 눈을 쳤고 그는 또 쓰러졌지. 신교도 함성은 잦아들고 더미는 훌쩍거렸지만 네 어머니는 무진장 기뻐하며 손을 무릎에 포개 얹고 빌 스킬링의 우산 아래 꼿꼿이 앉아 있었지.

라이트는 보조자가 링 가운데까지 데려다줘야 했고 거기서도 그냥 서서 흔들거리기만 했어.

네가 말했어 이걸로 셈은 끝났다.

그러고는 그 기분을 강조하듯 주먹을 날렸고 라이트는 등이 펴지며 나동그라졌어.

와일드 라이트가 끝났다는 건 장님도 알 수 있었지만 그의 보조자는 신교도라 억지로 자기 영웅을 링 가운데로 끌고 가서 100킬로그램 거구를 일으켜세웠어. 빌 스킬링이 너한테 끝장내라고 소리쳤지만 너는 그냥 슬쩍 밀기만 했고 와일드 라이트가 쓰러지면서 완전히 패배했지.

관중 속에서 요란한 함성이 터져나왔고 더미가 링으로 뛰어들어 너한테 주먹을 휘둘렀는데 충격과 공포로 미친 눈빛이었어. 그러더니 옷을 다 입은 채 진흙 위의 형에게 엎어졌고 아무도 감히 다가가지 못했지.

톰 로이드도 그날 거기 있었고 빌 스킬링과 네 어머니와 매기 그리고 당시엔 몰랐지만 스티브 하트도 있었지. 우리는 내기를 안 걸어서 돈은 못 땄지만 너를 호위해서 비치워스의 거리를 지나 곧장 리언스호텔로 갔어. 그날 너는 전능한 예수그리스도였고 더피 신부까지도 너에게 존경을 표하러 왔지.

그 시합에서 승리한 결과 나는 인기인이 됐지만 그건 배신자로 미움받는 것보다 더 나빴다 여러모로 상황은 똑같았지만 말이다. 이제 술 취한 얼간이가 너도나도 위대한 챔피언과 싸워 왕관을 빼앗으려 들었다.

술꾼이나 여드름 난 어린애들과 싸워봐야 재미도 없고 그래서 나는 조용히 살기로 결심했다 제재소에서 주급을 받으며 일했고 술집과 경마장은 출입하지 않았다 그때 제재소에서 같이 일했던 동료들에게 물어보면 내가 얼마나 조용한 사람이었는지 말해줄 것이다. 그렇다고 완전히 은둔자처럼 지낸 건 아니고 톰 로이드와 행복한 시간을 많이 보냈다 우리는 말을 사고팔았는데 모든 일이 잘되어서 사는 말마다 이득을 봤다. 나는 와일드 라이트와 친해지기도 했지만 그는 곧 장물취득죄로 체포되어 비치워스 감옥에 3년간 갇혔다.

조 번도 찾아왔는데 내가 얼마나 평화로운 삶을 살고 있는지 깨닫자 담배를 갖다줬고 내가 담배 안·피운다고 하자 책을 갖다줬다. 만일 네가 비치워스 술집에서 조 번을 본다면 그를 학자로 여기지는 않을 것이다 대신 가만두지 못하는 팔다리와 사납고 위험한 눈에 주목하겠지 칼날처럼 날카롭게 파고드는 눈. 그 조 번이 나를 통나무에 앉히고 책을 펼쳤다 그의 거칠고 투박한 손이 아주 부드럽게 책장을 넘겼다.

잠자코 듣기나 해 네드.

그렇게 해서 나는 『로나 둔』이라는 책의 주인공 존 리드를 알게됐다. 나는 킬라와라의 껍질 벗긴 매끄러운 통나무에 앉아 있었지만 내 눈은 수백 년 전 일들을 보고 있었다 나는 존 리드와 다른 소년의 무시무시한 싸움을 목격했다 존은 그 싸움에서 이긴 직후 아버지가 둔 일가 사람들에게 살해된 걸 깨닫는다.

내가 아버지를 잃은 나이에 존 리드도 아버지를 잃었다. 그는 레슬링 챔피언이었지만 그 소리를 지겨워했고 작아지기를 바랄 때가 많았다. 그리하여 나는 로나를 만나기 전부터 이 책은 물론 아이스크림까지 좋아하게 됐다 사람들에게 범죄자로 불리는 조 번이 내게 잉크 만드는 법만 가르쳐줬지 사용하는 기쁨은 알려주지 않은 어빙 선생보다 훌륭한 선생이라는 게 사실상 증명된 셈이다.

그 축복받은 평화로운 2년 동안 나는 『로나 둔』을 3번 읽었다 성경도 일부 읽고 윌리엄 셰익스피어의 시도 읽었다. 바깥세상에는 특히 가족에게는 더더욱 관심이 없었다. 조지 킹이 말도둑으로 잘살고 있는 동안에는 일레븐 마일 크리크 근처에도 가지 않을 작정이었다. 그해 봄에야 나는 눈을 뜨고 동생 댄이 어떤 꼴이 됐는

지 보았다 그때 무슨 일이 있었는지는 다음에 이야기해주마. 그게
내 조용한 삶의 끝이었다는 것만은 확실하게 말할 수 있다.

24세

제본되지 않은 중간 크기 용지 4절 80장. 심하게 변색되고 얼룩과 젖은 자국이
있지만 읽기는 용이.

🪶

휘티 씨의 가축 절도 누명을 쓴 일이 많은 부분을 차지함. 댄 켈리의 변화
와 플러드 순경과의 갈등, 그로 인한 웜뱃산맥 도피, 그곳에서 무법자 무리
가 결성된 사연. 스티브 하트의 복장도착에 대한 간략한 배경 설명. 피츠
패트릭을 만나 두번째 꾸러미의 M. H.임이 분명한 메리 헌을 소개받은 사
연. 켈리 부인이 메리 헌에게 적대감을 보이고 글쓴이가 조지 킹의 과거 행
실에 분노한 사정. 피츠패트릭 순경을 쏜 일화는 조 번으로 추정되는 타인
의 글씨로 상당 부분 수정됨.

어머니가 아기들&남편들 때문에 정신없는 와중에 혼자 알아서 커야 했던 댄은 곧 2번째 가족을 찾았다 그레타 일당으로 알려진 젊은 남자들이었다. 이제 댄은 시끌벅적한 패거리와 먼지 이는 평원을 달리고 술을 마시고 담배를 피웠는데 그럴 돈을 어떻게 마련했는지는 모르겠다 댄은 돈 버는 일을 한 적이 없으니까. 확실히 옷 사 입을 형편은 아니었던 게 내가 예전에 버린 옷을 입고 다녔다. 가끔 댄은 매기나 케이트한테 바짓단이나 소매를 줄여달라고 부탁했지만 1년 2년 지나면서 누이들도 댄에게 점점 화가 났고 내가 관심을 갖게 됐을 때쯤 댄은 허수아비 꼴이었다.

그날은 주급을 받은 날이었다 나는 오브라이언호텔 위층 베란다에서 톰 로이드에게 암말들 짝짓기 비용으로 2파운드를 주고 있었다. 곧이어 북소리 같은 말발굽소리가 들리더니 말을 탄 무리가 모이후 방향 큰길을 달려와서는 술집 앞에 요란하게 멈춰 섰다 말들은 푸르르 히힝 시끄럽고 사람들은 서부의 무법자처럼 옷차림이 화려했다 모자끈을 코에 걸고 허리에는 색깔 있는 장식띠를 두르고 있었다. 그들의 마스코트는 다름아닌 16살 댄 켈리였다 댄은 그들이 준 빨간 장식띠를 허리에 매고 있었다.

위에서 보니 내 동생 댄이 안장에서 미끄러져 헝겊인형처럼 땅바닥에 떨어지자 요란한 환호성이 터졌다 잘했어 댄 멋져 댄.

댄은 굳은 얼굴로 그들 앞에서 격렬하게 토하는 것으로 화답했다. 계단을 달려내려가니 댄이 비틀비틀 돌아다니며 침을 뱉고 욕설을 하고 있었다.

그러더니 나를 보았다.

켈리 대 켈리다 댄이 외쳤다 모여라 염×할 켈리 대 켈리의 대결이다.

댄이 관심을 끌기 위해 이 싸움을 알린 거라면 그건 헛수고였다 댄이 땅에 금을 긋는 동안 동료들은 말을 끌고 오브라이언호텔 마당으로 들어가버린 것이다.

망가진 동생을 보자 가슴이 찢어졌다.

나는 선한 의도로 다가갔으나 금 있는 데까지 가자 댄이 주먹을 휘둘렀다 주먹을 피하는 건 일도 아니었지만 성질이 났다 나는 동생의 뼈만 앙상한 어깨를 꽉 잡고 길을 걸어내려갔다. 우리 안전지대인 대녀허 부인 집으로 갈 계획이었는데 경찰서를 지날 때 댄이 코트에서 쏙 빠져나가 몸을 흔들며 피했다 하필 거기서 그런 춤을 추다니 어리석기 짝이 없는 짓이었다. 10미터도 떨어지지 않은 곳의 베란다 난간에 올린 반들거리는 장화가 보였다. 홀 순경은 전근

갔지만 후임자가 잠복해 있었다.

때려눕혀주지 덤벼 덤비라고 댄이 소리쳤다.

댄이 갑자기 주먹을 날리길래 나는 그 말라비틀어진 손목을 잡고 끌어당겼다. 쉿 내가 말했다 경찰 장화가 그림자 속으로 사라졌다. 경찰들이 지켜보고 있었다.

이 씨×놈아 내가 어떻게 되든 네가 무슨 상관이야? ×같은 제재소로 꺼지지그래? 댄이 외쳤다.

나는 우리 둘 다 체포될까 두려워서 코트를 댄의 머리에 뒤집어씌우고 유칼립투스 쪽으로 뒷걸음쳤다 댄은 미끌미끌한 거대한 물고기처럼 흐물거리고 정신없이 움직였다.

패럴 순경이 뭐라고 외치는 소리가 들리더니 호건 경사가 문밖으로 나와 양손 엄지손가락을 바지 멜빵에 찌르고 서서 우리를 지켜봤다. 목이 굵은 패럴은 손으로 황갈색 머리를 쓸어넘겼는데 그 모습을 보자 꼬리를 앞뒤로 움직이는 호텔 고양이가 생각났다.

여기서 뭐하는 거야 댄이 물었다.

조용히 기다리기나 해.

입 닥치고 있어라 그러더니 댄은 술 취한 눈으로 지저분한 나무껍질을 부지런히 들락날락하는 설탕개미를 지켜봤다 잠시 후 천천히 허리의 장식띠를 풀기 시작했다.

아 형 난 바보 멍청이야 댄이 말했다.

잠시 뒤에야 댄이 나를 공격했다고 사과한 게 아니란 걸 깨달았다 소중한 허리장식띠에 묻은 토사물을 보고 화가 난 거였다. 댄은 2미터 가까이 되는 장식띠를 풀며 파티 드레스에 그레이비소스가 묻은 아가씨처럼 징징대고 있었다. 나는 그게 그렇게 속상하면 내가 빨아다주겠다고 말했다.

여자 있구나 댄이 빈정댔다.

히죽거리는 패럴 순경을 보면서 나는 동생을 일으켜세워 길을 걸었다.

알았다 그래서 집에 안 온 거구나 씨× 드디어 여자가 생긴 거야 댄이 말했다.

닥쳐.

여자가 생겼어.

내가 여자 없다는 건 너도 알잖아 댄.

그렇지 엄마가 형 여자니까 누구나 아는 사실이지 댄이 말했다.

닥쳐.

좋아좋아 엄마가 형의 여자야.

우리 뒤에 있는 경찰들이 이 대회를 즐기고 있었다 내일 아침이면 온 마을에 소문이 퍼질 터였다.

형이 조지한테 앙심을 품은 것도 그가 형 여자와 결혼해서지.

경찰은 우리와 20미터쯤 떨어져 있었지만 댄이 조지 킹은 내가 따라잡을 수 없을 정도로 뛰어난 말도둑이라고 단언하는 소리가 들릴 만한 거리였다.

내가 옆구리를 치자 댄은 토했던 입을 내 귀에 대고 말했다. 겁먹을 거 없어 경찰은 못 들었으니까.

씨× 입 닥쳐.

댄이 다시 귀에 입을 댔는데 그 미끌미끌한 느낌이 싫었다. 댄이 말했다 씨× 조지는 말 20마리를 손도 안 대고 훔칠 수 있어. 염×할 말들이 그냥 따라온다니까.

나는 몸을 뒤로 뺐지만 동생은 배고픈 새끼 고양이처럼 끈질겼다.

씨× 조지 킹은 말 500마리를 훔치고도 감옥은커녕 유치장 1번 안 갔어.

조지 킹이 뭘 했는지는 관심도 없이 나는 술 취한 동생을 끌고 대녀허 부인의 과수원으로 들어갔고 경찰들은 히죽거리며 보금자리로 돌아갔다 우리는 호런의 방목지를 가로질러 다시 술집 옆 도로로 나갔다.

나는 댄에게 그 패거리랑 어울리지 말고 일자리를 구하라고 했다. 까마귀같이 새까만 머리에 눈이 가렸지만 댄이 귀기울이는 건 알 수 있었다. 그래서 댄에게 나와 톰 로이드와 함께 말 사고파는 일을 하겠느냐고 제안했다.

형.

그래 댄.

10실링만 빌려줄래?

녀석을 때려눕혀야 마땅했지만 주급 봉투에서 10실링짜리 지폐를 꺼내줬다.

다 써버리지 말고 어머니 좀 갖다줘.

그제야 댄은 그날 처음으로 나를 보고 웃었다. 고마워 형 진짜 고마워 진짜 빨리 갚을게.

나는 친구들을 향해 비틀거리며 베란다로 올라가는 댄을 지켜봤다 긴 소매가 펄럭거리고 바지가 땅에 질질 끌렸다 댄이 들어가자 요란한 환호성이 들렸다.

그의 친구들은 하나같이 말투가 똑같았고 비록 입은 거칠어도 범죄자들이 아니라 시간을 때우기 위해 이리저리 몰려다니는 젊은 이들일 뿐이었다 하지만 그날부터 나와 톰은 목장주들이 댄의 친구들을 오래 두고 보지는 않으리라 확신했다.

가뭄이 심한 해는 부자들도 가축을 먹이기 위해 어린나무를 베었다 자기들도 힘들다보니 가난한 이웃에게 평소보다 가혹하게 굴었다. 목장주 휘티는 정부의 연줄을 이용해 공유지를 빌릴 수 있도록 허가받았고 그 결과 가난한 사람들은 가뭄에 말라비틀어진 땅에서 가축에게 풀을 먹일 곳이 없었다. 정부 도로 옆에 말을 풀어놓고 풀을 먹이면 휘티의 하수인들이 잡아다가 길 잃은 말을 모아놓는 공설우리에 가뒀다. 하루에 60마리가 끌려간 날도 있었는데 죄다 가난한 농사꾼의 말이었다 그들은 밭을 갈거나 추수를 하다 말고 옥슬리의 공설우리까지 달려갔고 거기 가서도 말을 빼올 돈이 없으면 매도증서를 내놓거나 돈을 빌려야 했는데 그게 쉬운 일이 아니었다.

그런 억울한 일을 당하고 분노한 사람들이 목장주의 귀리에 불을 놓기도 했지만 댄이 안장을 훔쳤다는 혐의를 받기 전까지 나는 속담에 나오는 타조처럼 땅에 머리를 박고 제재소에서 일만 했다. 댄이 안장을 훔친 적이 없다고는 말 못하지만 이번에는 누명을 쓴 거라 나는 댄을 변호하러 그레타 경찰서로 갔다.

존 패럴 순경에게 내 동생이 안장을 훔친 혐의를 받아선 안 되는 이유를 설명하려는데 말을 꺼내기도 전에 그가 선수를 쳤다.

우리는 자네 범죄행위에 아주 진절머리가 나.

누구요 나요?

여기 자네 말고 누가 있어.

다른 사람이랑 혼동한 것 같은데요.

자네 그레타의 에드워드 켈리 아냐? 그는 〈폴리스 가제트〉를 펼쳐서 내가 헨리 리데커라는 농부의 암말을 훔친 혐의로 수배중이라고 보여줬다.

나는 그런 짓 한 적 없다고 댄도 안장 안 훔쳤다고 가난한 사람들 좀 가만 놔두고 법망을 피해 알짜배기 땅을 차지하는 목장주들이나 잘 감시하라고 말했다. 나는 휘티 씨가 피프틴 마일 크리크를 불법으로 차지하기 위해 어떤 농간을 부렸는지 지적했다.

오 그러니까 우리가 자네를 부당하게 괴롭히고 있다는 거군 패럴이 비웃었다. 그때만 해도 나는 패럴이 휘티 씨 사위라는 걸 몰랐다.

이 거짓 고소 때문에 나는 이틀 치 일당을 날렸다 하루는 옥슬리 경찰서에 출두하고 또 하루는 베날라 법정에 섰는데 법정에서 리데커 씨는 내가 그의 암말을 훔친 적 없다고 진술했다. 물론 경찰은 나를 풀어줄 수밖에 없었다.

나는 법정에서 나를 위해 증언해준 리데커 씨가 고마워서 야생 황소를 발견하자 목줄을 매서 선물했다. 그 소식을 들은 휘티는 켈리가 황소를 넘겼다면 훔친 게 분명하고 그 황소의 법적 주인은 자신일 거라는 결론을 내렸다. 나는 많은 사람으로부터 내가 그 황소를 훔쳐 곧 체포될 거라는 말을 들었다.

나는 언제 체포될지 모른 채 계속 제재소에서 일했다. 하지만 감감무소식이었다.

댄이 재판을 받게 됐을 때 나는 하루 휴가를 내고 댄과 함께 법원에 갔다. 무죄가 선언된 후 우리는 모이후 경마장에 갔는데 휘티 씨가 눈에 띄었다 R. R. 맥빈과 다른 사람들과 함께였다.

나는 그에게 내 이름을 댔다.

내가 자넬 알아야 하나 그가 나를 떠돌이 보듯 하며 말했다.

아 휘티 씨 저를 아실 텐데요. 나는 아주 공손하게 굴었다.

아니 전혀 모르겠는데 그가 말했다.

그 겁쟁이가 무례하게 고개를 돌렸지만 나는 계속 말했다. 내가 당신 황소를 훔쳤다고 떠들고 다닌다면서요.

휘티가 미치광이의 눈빛을 사나운 야생마 등에 처음 안장을 얹을 때 볼 수 있는 눈빛을 드러냈다. 켈리 자네가 잘못 들은 거야.

휘티 씨 그런 것 같지 않은데요.

그러자 휘티는 황소를 잃어버리기는 했는데 나중에 찾았고 내가 훔쳐갔다고 얘기한 적은 없다고 말했다. 그러면서 사위인 패럴 순경이 네드 켈리가 그 황소를 훔쳐서 팔았다는 얘기를 해줬다고 했다.

나는 결백을 확인해서 기뻤지만 다음주에 휘티가 이번에는 내가 자기 송아지떼를 훔쳤다고 떠든다는 소리를 들었다. 나는 그에게 본때를 보일 수도 있었지만 그러지 않았다.

그러던 중 새끼를 밴 우리 암말들이 공유지로 들어갔고 휘티 개

××가 그 말들을 끌어갔다. 톰과 내가 돈을 많이 들여 먹이고 종마와 교배시키고 이러저러하게 많이 투자한 암말들이었다. 휘터가 말들을 공설우리에 가뒀을 때 나는 공유지가 그의 땅이 아니라는 사실을 보여주기로 결심했다. 그의 귀리를 태우거나 하지는 않았다 그냥 옥슬리 공설우리 자물통을 부수고 법적으로 내 소유인 암말들을 찾아왔다 그때나 지금이나 난 그걸 범죄로 여기지 않는다.

바로 그 다음날 내 동생 댄이 말을 타고 평화로이 옥슬리 마을을 돌아다니는데 플러드 순경이 댄을 말에서 끌어내려 팔을 뒤로 결박하고 경찰 막사 세탁실로 끌고 갔다 거기서 비열한 플러드는 시트 끓이는 물에 얼굴을 처박겠다고 위협했다. 애니 누나를 꼬였던 바로 그 플러드 순경은 이제 동생 댄을 목숨을 구걸할 지경으로 고문했다. 팔에 화상을 입히고 관용 권총을 댄의 주린 배에 대고 공설우리에서 말을 훔친 혐의로 체포하겠다고 말했다.

댄은 자기가 안 그랬다며 애원했다.

플러드가 말했다 내일 아침까지 그 암말들이 공설우리에 돌아와 있지 않으면 씨× 전쟁이 벌어질 거다 네가 제일 먼저 쓰러질 거고. 그러고는 댄을 풀어줬다.

나는 아직 몰랐지만 그날이 내 직장생활의 마지막날이었다 제재소 점심시간인 정오에 요리사가 땅바닥에 캔버스 천을 깔고 음식을 차리는 동안 나는 찻잔을 들고 앉아 있었다. 거대한 먼지구름이 보이더니 말을 탄 내 동생이 흙먼지를 몰고 마당으로 곧장 달려들어왔다 갓 구운 이스트빵에 나무껍질과 흙이 흩날렸다 숲에서는 그보다 큰 실례가 없었다.

나는 일어나 동생을 맞으면서 음식에서 멀찍이 떨어진 곳으로 이끌었지만 그애가 입을 열기도 전에 상처를 봤다 빨갛게 부어오르고 물집 잡힌 팔뿐만 아니라 다친 눈까지. 물집이 터져서 끔찍했다.

댄은 다친 경위뿐 아니라 플러드의 협박까지 전했고 나는 도대체 어떤 인간이 우리 가족을 다치게 하고도 무사할 수 있다고 생각할 만큼 어리석은지 궁금했다. 댄은 살&피가 섞인 내 동생이었다 나는 댄을 통나무에 앉히고 화상 입은 곳에 버터를 바른 다음 이스트빵 1조각을 가져다주고 당밀을 두껍게 발라주고 양고기 스튜를 실컷 먹였다.

5시가 되어 나는 제재소에 그만두겠다고 말하고 댄과 함께 지상에서 우리가 의지할 유일한 곳을 향해 출발했다. 남쪽으로 가면서 어머니 땅을 지나쳤는데 그곳의 껍질 벗겨진 죽은 나무들은 정직한 희망의 무덤이었다. 그날 밤 우리는 맥빈의 킬피라 목장 깊숙한 곳에 있는 포 마일 크리크 근처에서 잤다 바깥세상은 가뭄에 말라 비틀어졌어도 그곳에는 아직 우리 말들이 먹을 풀이 있었다. 다음 날 우리는 완만하게 언덕진 맥빈의 땅을 눈에 띄지 않게 가로질렀다 맥빈은 나를 볼 수 없었다 그는 내가 자기 동맥 속 뱀이고 역병을 옮기는 창자 속 쥐라는 걸 몰랐다.

정오쯤 우리는 맥빈 치안판사의 마지막 철조망 울타리를 끊고 개간되지 않은 땅으로 들어섰다 폭발적인 유칼립투스향이 점점 더 강해졌다. 우리는 오후내 거대하고 메마른 마가목 숲을 올라갔고 밤이 되어서야 불럭 크리크의 촉촉한 풀 사이를 흐르는 물소리를 들을 수 있었다. 달빛 아래 은빛 고사리 덤불이 보였고 그 가장자리에 해리 파워의 낡은 은신처가 있었다 지붕에는 큰 나뭇가지가 떨어져 있었다. 나무껍질 지붕이 심하게 상했지만 굵은 삼베로 만든 낡은 침대는 동생의 잠든 몸을 지탱할 만큼 튼튼했다. 밤새 나는 머리를 굴렸다 댄이 회복될 때까지는 떠나지 않겠지만 때가 되면 댄을 고문한 자들에게 우리 가축을 훔치고 우리 가족을 위협하면 반드시 대가를 치르게 된다는 걸 가르쳐줄 작정이었다.

웜뱃산맥은 휘티와 맥빈의 부드럽고 풍요로운 땅에 박힌 거친 강철 쐐기라고 할 수 있다 맥빈 치안판사의 땅에 발을 들인 지 2주 만에 나는 홀로 휘티의 미히 목장을 걷고 있었다. 나라에 가뭄이 극심했지만 목장주 휘티는 가난한 농사꾼들처럼 고통받지 않았고 그의 드넓은 땅은 풀뿌리까지 뜯어먹힌 우리 어머니 땅과 대조적이었다. 피프틴 마일 크리크에 이르자 달빛에 윤기가 흐르는 아주 잘 먹인 샤이어* 1쌍에 건강한 종마가 많이 보였다. 그중에는 새끼 밴 암말들도 있었는데 다음날 집에 도착해서 본 우리 가축과 그렇게 다를 수가 없었다 우리 젖소들은 갈비뼈가 다 드러났고 죽어 자빠져서 까마귀에게 눈알 뽑힌 양이 5마리나 됐다.

처음에는 소우리 뒤에서 어이 하고 외치고 오두막이 보이자 다시 어이 외쳤다.

잠시 후 어머니가 눈 위로 손을 들어 햇빛을 가리며 베란다 그

---

* 몸집이 크고 힘이 센 짐마차용 영국 말.

늘에서 나왔다.

무슨 일로 왔니 어머니가 물었다 어머니가 결혼한 후로 발걸음을 안 했으니 집에 온 지 2년이 넘었다.

그 사람 만나러 왔어요.

베날라 의사한테 갔다.

나는 방목장에 성깔을 부리며 서 있는 밤색 암말을 고갯짓으로 가리켰다. 그럼 그 사람 말은 여기서 뭐하는 거죠?

저 말은 부목을 대서 못 달려.

내가 말에서 내려 베란다로 올라가자 매제인 빌 스킬링이 문간에 나타났다. 아이고 왜 이래 네드 하지만 그의 놀란 눈동자가 움직였고 그쪽으로 고개를 돌리니 어머니가 10×5센티미터 각목을 들고 달려오고 있었다 나는 재빨리 그걸 떨어뜨렸다. 어머니가 붕대 감은 손으로 내 멱살을 움켜쥐었다 내가 지금까지 본 어머니들은 통통하고 부드럽고 피부가 크림과 로스트비프로 윤기가 흘렀지만 우리 어머니 손은 그레타의 거친 평원에서 캐낸 뿌리처럼 크고 메말랐다.

그 사람 해치지 마 난 더 잃고는 못 살아 어머니가 외쳤다.

잃는 건 휘티가 될 거예요 나는 어머니에게 놈들이 댄을 고문하고 내 말들을 훔친 이야기를 들려줬다. 이제 놈들이 고통을 좀 맛볼 차례예요.

아무 짓도 마라 일터로 돌아가 어머니가 말했다.

그만뒀어요 어머니가 원하던 대로 놈들 말을 훔치러 왔어요.

어머니는 작고 괴상한 소리로 울부짖더니 내 품에 푹 안겼다 어머니의 가련하고 단단한 몸이 흐느낌으로 고통스러워하는 게 느껴졌다.

너를 위험에 몰아넣으려던 게 아니었어 난 네가 도둑질하는 거 싫다.

쉬쉬 나는 어머니를 달랬다 어머니를 안고서야 내가 어머니를 얼마나 깊이 사랑하는지 알게 됐다 우리는 늙은 등나무에서 뻗어 나온 두 가지처럼 함께 자랐다.

네드 나한테 원하는 게 뭐지?

조지 킹이 오두막 모퉁이에 서 있었다 엉덩이에 찬 카빈총 방아쇠에 손가락을 걸고 있었지만 그 자세로는 웜뱃 엉덩이도 못 맞힐 거고 나는 그를 얼마든지 때려눕힐 수 있었다 적어도 내 생각엔 그랬다.

당신이 말들을 떼거리로 따라오게 하는 재주가 있다고 댄이 허풍치고 다니던데 애리조나 야만인들한테 배웠다며.

조지가 커다란 흰 이를 드러냈다. 네드 그게 허풍 같아?

내가 알고 싶은 게 그거야 조지.

어머니는 집에 여윳돈이 좀 있다고 내가 다시 감옥에 끌려가는 걸 보느니 차라리 나한테 그 돈을 주겠다고 했다.

나는 돈에는 관심 없고 휘티의 가장 잘 먹인 말들을 공설우리에 집어넣을 거라고 대답했다.

조지 킹이 말했다 허튼소리 듣고 있을 시간 없어 나한테 원하는 게 뭐야?

미히 목장 외진 곳에 휘티 씨 말 떼거리가 있어 아주 잘 먹인 것 같더라고.

조지가 다시 웃었다 이번에는 부드럽거나 다정한 웃음이 아니었다. 엘런 가서 주전자나 불에 올려 그가 말했다.

나는 양키의 명령에 고분고분 따르는 어머니를 보고 속이 뒤집혔지만 그건 내가 상관할 바가 아니라서 조지와 함께 방목장으로 걸어가 울타리에 기대서서 그의 절름발이 말을 바라봤다.

네드 난 처음 여기 왔을 때 너와 친구가 될 준비가 되어 있었어 네가 감옥에서 나올 때까지 네 엄마와 결혼도 안 했지. 넌 그때 내 동업자가 될 수 있었지만 나한테 엿이나 먹으라고 말한 거나 다름 없었어.

맞아.

휘티의 조랑말 몇 마리를 훔치고 싶다면 내 허락은 필요 없어.

그 씨×놈 말을 다 훔치고 싶어.

댄이나 젬한테 도와달라고 해. 톰 로이드나.

내가 하는 일 때문에 가족이 다치는 건 원치 않아 그 야만인들한테 배운 방법을 나한테 가르쳐주기만 하면 돼.

그는 아무 말이 없었고 우리는 울타리에서 그의 암말이 다리의 붕대를 씹어서 떼어내려고 애쓰는 걸 지켜보고 있었다. 잠시 후 어머니가 오두막 문간에 나타나 차가 준비됐다고 불렀다.

좋아 마침내 조지가 말했다 이번만 같이 하지 휘티 씨 말 50마리를 하룻밤에 한꺼번에 빌리는 거야.

그리고 웜뱃으로 끌고 가면 돼.

아니 머리강을 건너서 뉴사우스웨일스로 들어간다 일은 반씩

나눠서 진행할 거야 그만 가봐 네 여자가 널 위해 차를 준비해놨다
니까.

그는 울타리를 넘어 방목장으로 들어가고 나는 집으로 가서 낡
은 식탁에 어머니와 마주앉았다.

이제는 조지하고 안 싸울 거지 어머니가 말했다 어머니는 일을
많이 해서 손톱이 다 부러지고 손가락 관절이 붉거져 있었다.

나는 어머니 손을 잡아 내 얼굴에 갖다댔다.

조지는 좋은 사람이야 어머니가 말했다.

나는 아니라고 말할 수가 없었다.

나는 평생 말과 함께 살았지만 말이 얼마나 청개구리 짓을 할
수 있는지 양키를 통해 알게 됐다 말은 사람이 접근하면 도망치지
만 등을 돌리면 따라오지 않고는 못 배긴다 조지 킹은 말을 유인
하기 위해 암말도 종마도 귀리도 채찍도 고삐도 필요 없었다 맨몸
으로 가서 오직 말의 호기심만 이용해 미히와 킬피라의 평원에서
말들을 끌어냈다 나는 그런 광경은 난생처음 봤다 50마리나 되는
종마가 조지 킹의 아랍산 말을 따라 1줄로 서서 고개를 숙이고 천
천히 산으로 달려들어갔다.

도둑질을 해본 적 없는 나는 부자들 걸 훔치는 게 얼마나 큰 기
쁨인지 깨닫고 놀랐다 목장주들은 당하는 입장이 되자 죄의 대가
를 참지 못하고 먹딴 돼지처럼 비명을 질러대며 그 불법행위에 관
한 공개회의를 소집했다 그동안에도 나는 그들 집 뒷문 근처에서
살다시피 했고 차를 마시는 맥빈을 말 등에 앉아 지켜본 것도 여러

번이었다. 개들이 미쳐 날뛰어도 그가 할 수 있는 건 어둠에 싸인 야생의 식민지를 쏘아보는 것뿐이었다. 그는 그 땅의 주인이 아니고 영원히 될 수 없었다.

곧 다른 사람들이 우리와 함께 불럭 크리크에서 살기 위해 산으로 들어왔다 그들은 정직한 노동을 피하려고 온 게 아니었다 반대로 나와 댄과 함께 있으면 술을 잊고 우리 곁에서 새벽부터 해질녘까지 일하게 됐다 그렇게 우리는 황무지 한가운데를 개간하고 곡식을 심었다. 우리는 우리끼리 조용히 살 수 있는 세상을 만들고 있었다.

이제는 타락한 범죄자로 잘 알려진 조 번이 불럭 크리크에서 맨 먼저 한 일은 사금 채취를 위한 홈통을 만든 것이었다 다시 말해 정부가 열성을 쏟고 있는 2차산업 하나를 시작했던 것이다. 아 물론 그는 멋부리기를 좋아하고 성미 고약한 말의 꼬리처럼 기분이 오락가락했지만 그거야 성자로 떠받들어지는 휘티 씨도 마찬가지 아닌가. 조는 태어날 때부터 친구인 에런 셰릿을 데려왔는데 밤이면 둘이 불가의 맨땅에서 가축몰이 개처럼 웅크리고 잤다 그들은 거기&그 사람&그것 같은 비밀스러운 말로 이상하게 이야기를 나눴는데 그게 무엇을 가리키는지는 자기들만 알았다. 불가에서 그들이 검은 연기*라고 부르는 걸 피울 때면 그들은 2명의 늙은 중국인처럼 그렇게 온화하고 차분해질 수 없었다.

어느 날 아침 나는 스티브 하트가 찾아온 걸 보고 정말 놀랐다

---

* 아편을 뜻한다.

여자 드레스를 입었던 그 변태 말이다 녀석은 말을 탄 채로 우리가 황무지에 이루어놓은 걸 살펴보고 있었다.

좋은 말들이네.

나는 그의 말 엉덩이에 돌을 던졌고 말이 놀라 앞발을 들고 뛰어올랐다.

씨× 이틀이나 걸려서 힘들게 왔다고 잊지 않았겠지만 나 댄 친구야 그가 외쳤다.

그럼 이틀 걸려서 돌아가면 되겠네 만약 경찰이 찾아오면 누가 꼰질렀는지 뻔하겠군 그럼 네가 어디 숨어 있든 반드시 찾아내서 그 앙상한 모가지를 꺾어버리겠어.

내가 계집애 같은 놈이라고 생각하는 모양인데 아냐.

네가 뭐든 내가 알 바 아냐.

난 스티브 하트야 내 말은 지쳐서 맛이 갔고 나도 종일 굶었어 그가 말했다.

그 작고 구부정한 것이 말에서 내렸다 체구와 나이에 어울리지 않는 자신감이 당황스러울 정도였다.

나 계집애 같은 놈 아냐 그가 다시 말했다.

내가 그에게 홀렸던 모양이다 그가 내 방목장에 말을 넣겠다고 했을 때 막지 않았다. 그의 말은 멋진 밤색 암말이었다 목이 길고 키가 167센티미터에다 아주 튼튼했다 그 나이 애가 어떻게 그런 말을 살 돈을 마련했는지 알 수 없었다. 안장은 구식 헝가리제로 무척 낡고 금이 가 있었다 그가 안장을 울타리에 걸쳐놓는 동안 나는 양손을 주머니에 넣고 지켜만 봤다.

나는 레이디 클레어 소년단*이야 그가 말했다.

나는 주머니에 손을 더 깊숙이 찔러넣었다.

현명하게도 그는 더 가까이 오지 않았다 내가 어떤 사람인지 말해줄게 그가 말했다.

그 문은 열고 싶지 않았다 나는 그에게 차나 1잔 마시고 떠나라고 말했다.

연기 사이로 나를 바라보는 그 은밀하고 열렬한 눈길을 내가 왜 참아줬는지 모르겠다 그에게 감탄해서라고는 생각할 수 없다 나는 그날도 그 다음날도 스티브 하트를 쫓아내지 않았다 그는 말과 역사와 오브라이언의 패배부터 생가죽채찍을 꼬는 정확한 방법에 이르기까지 온갖 것에 아는 체하는 성가신 떠버리 본색을 바로 드러냈다.

우리 중 학자는 조 번이었다 그는 시도 많이 쓰고 노래도 불렀지만 귀찮게 하지 않으면 자기 의견을 말하지 않는 편이었다. 반대로 스티브 하트는 무슨 교수라도 되는 양 아일랜드 정세에 대해 주절주절 떠들어대고 로버트 에밋&토머스 마&스미스 오브라이언 같은 영웅들 이름을 늘어놓았다 그들을 만나본 적도 없으면서 여자애처럼 로맨스와 역사 속에 살면서 더 용감하고 더 좋았던 시절만 생각했다.

---

* 18세기 아일랜드 클레어에서 지주들에게 저항하는 활동을 벌인 가톨릭 비밀조직으로 여자옷으로 위장했다.

조와 나는 깨어 있는 세상에서 살았다 우리는 정치인과 경찰의 묵인 아래 나라의 눈알을 뽑은 휘티와 맥빈이 만든 우리의 가혹한 현실을 알았다. 이 괴짜 소년의 백일몽으로는 그들의 힘에 대항할 수 없었다 그의 아일랜드 순교자들은 우리에게 좋은 땅을 줄 수도 없고 하다못해 옥슬리 공설우리에서 우리 소들을 빼낼 수도 없었다. 다음날 아침 나는 그에게 떠나는 게 좋겠다고 말했다.

그래도 나쁜 애는 아냐 조 번이 말했다.

말이 너무 많아.

교육적인 내용도 좀 있잖아.

넌 그 ×× 짜증 안 나?

해는 안 끼치잖아 게다가 댄 친구고 조가 말했다.

그래서 나는 댄과 스티브에게 5실링을 주고 베날라에 가서 오트밀과 감자를 사오라고 시켰다 덕분에 얼마 동안 평화를 누릴 수 있었다.

3일 후 나는 샛강 옆에서 사냥한 캥거루를 손질하고 있었다 털가죽을 벗겨내자 반짝이는 푸른색의 단단한 배가 드러났고 그때 나뭇가지 부러지는 소리가 들렸다. 그 골짜기에 사는 건 밴조 안에 들어가 사는 것과 같아서 나뭇가지 부러지는 소리가 총소리나 비슷했다 곧 말을 탄 사람 2명이 마가목의 줄무늬 그림자 사이로 다가오는 게 보였다. 처음에는 케이트와 매기인 줄 알았는데 앞쪽 여자가 햇빛 아래 나왔을 때 보니 댄이었다 겨우 3일 지났을 뿐인데 이제 댄은 밝은 푸른색 드레스를 입고 얼굴은 온통 검은 칠을 한 모습이었다. 그 뒤로 입술이 얼룩진 원흉 스티브 하트가 나타났다.

내 동생과 괴짜 소년은 곧장 내게로 왔고 나와 1미터도 떨어지지 않은 곳에서 말들이 섰다 나는 캥거루 창자를 빼서 땅바닥에 던지고 스티브 하트에게 말에서 내리라고 명령했다.

스티브 대신 댄이 명령에 따랐는데 시커멓게 칠한 얼굴로 멍청한 웃음을 지으며 구겨진 드레스를 잘 폈다 밝은색 새 새틴 드레스였고 가슴에 아직 상표가 붙어 있었다. 댄이 내게 손을 내밀었다 성화 속 성자처럼 손바닥에 피가 1방울 맺혀 있었다 그러고 나서 스티브 하트가 손을 내밀었고 나는 둘이 모종의 서약을 했다는 걸 알 수 있었다. 스티브 하트의 눈은 초롱초롱하고 은밀했다 나는 그를 말에서 끌어내려 땅에 내동댕이쳤다. 그가 허둥지둥 일어났다.

난 맞을 이유 없어.

나는 댄에게 드레스 벗으라고 소리쳤다.

스티브 하트는 벗지 말라고 했다 그가 내게 모든 걸 설명하겠고 했지만 나는 아가리 닥치라고 말하고 댄에게 드레스는 어디서 났으며 얼마 주고 산 거냐고 따져 물었다. 댄은 윈턴의 굿맨 부인 물건이고 사실은 훔친 거라고 고백했다 그 멍청하기 짝이 없는 짓에 나는 댄의 궁둥이를 걷어찼다.

하트가 달려들었지만 나는 그의 손목을 붙잡고 다른 손으로 그를 세게 때려눕혔다 일어서는 그의 흐릿한 입술에서 피가 나고 눈에 눈물이 고여 있었다. 내가 볼일을 보고 돌아오기 전에 떠나라고 나는 말했다.

반쯤 손질한 캥거루를 사람이든 짐승이든 아무나 차지하라고 그 자리에 내버려둔 채 드레스를 챙겨 즉시 윈턴으로 출발했다 동생이 절도 혐의를 받기 전에 처리하기 위해서였다. 밤에도 쉬는 둥 마는 둥 죽도록 달려서 윈턴에 도착했고 사람들한테 물어물어 세븐 마일 크리크 위 높은 지대에 있는 뒤쪽이 무너진 오두막을 찾아갔다 그곳은 떠돌이 장사꾼 데이비스 굿맨의 집으로 마차 폐차장 한가운데 있어서 주변에 못 쓰는 바퀴와 녹슨 스프링과 목재 조각이 어지러이 널려 있고 오리들이 사방에 똥을 싸질러놔서 냄새가 코를 찔렀다. 나는 드레스 보따리를 챙겨 집으로 가져갔다.

내 장화굽이 베란다에 닿기도 전에 문이 삐걱 열리더니 큰 가슴과 풍성한 빨간 머리와 크림처럼 매끄러운 흰 살결의 여자가 나와서 무슨 일로 왔느냐고 물었다. 나는 굿맨 부인에게 남편분 상품을 돌려주러 왔다고 말했지만 그녀가 보따리 속 물건을 확인하고 있을 때 별안간 문간에 경찰이 나타났다.

이 사람이에요 체포해요 피치* 굿맨 부인이 외쳤다.

나는 그 순경에게 아무것도 안 훔쳤다고 말했다.

다 염×할 켈리잖아 염×할 뭐가 달라 다 한통속인데 굿맨 부인이 외쳤다.

염×할 켈리들 중에서 어느 켈리지 경찰이 농담조로 물었다.

네드 켈리요.

그러자 경찰이 반갑게 내 손을 잡아서 굿맨 부인이 경악했고 나도 굉장히 놀랐다. 우리 형이 널 춤추는 데 데려가라고 서면으로 명령을 내렸어.

----

* 피츠패트릭의 약칭.

맙소사 피치 잠깐 기다려요 굿맨 부인이 외쳤다.

순경은 못 들은 척했다. 난 앨릭스 피츠패트릭이야 네가 멜버른의 경찰국장 집에서 우리 형 존을 때려눕혔지. 리치먼드 감옥에서 밤에 소고기 먹었고 그가 말했다.

양고기인데요.

맞았어 오늘밤에는 나랑 1잔하는 거야.

피치 이 개××는 도둑이에요.

닥쳐 어밀리아 피츠패트릭이 말했다 그 드레스들 좀 보자고.

굿맨 부인의 응접실로 들어가니 거기에는 많은 술과 반쯤 먹다 남은 삶은 양다리가 있었다 피츠패트릭 순경이 내 보따리를 풀더니 채찍으로 쿡쿡 쑤셔 드레스를 하나씩 들어올렸다 나는 그가 자기 형과 똑같다고 생각했다 그의 안에는 악마가 있었다.

이거 좋군 어밀리아.

2파운드나 하는 거예요.

이것도.

그건 3기니고.

오 굿맨 부인이 기니로 옮겨갔군 순경이 내게 눈을 찡긋하며 말했다.

나는 드레스를 돌려주러 왔을 뿐이고 살 돈은 없다고 말했지만 피츠패트릭은 드레스들을 굿맨 부인에게 주면서 옷이 어떤지 다시 입고 보여달라고 했다 나는 굿맨 부인이 순순히 칸막이 뒤로 가길래 놀랐다 피츠패트릭이 셰리를 따라줬지만 나는 거의 2일을 굶어서 양고기를 더 먹고 싶었다 그는 자기 형이 내 이야기를 자주 했다고 말했다.

곧 굿맨 부인이 새빨간 드레스를 입고 나왔다 아주 큰 버슬이 달린 드레스였다 그녀는 기분이 좋아져서는 나한테 잘생긴 총각이라며 함께 춤추자고 했다.

그래 어디 돌아봐 피츠패트릭이 외쳤다.

굿맨 부인이 손을 내밀고 웃으며 다가왔으나 나는 쑥스럽기도 하고 춤을 출 줄도 몰랐다 그녀가 손을 내리자 나는 그녀에게 모욕을 줬다는 걸 깨달았다.

켈리 씨는 여기 춤추러 온 게 아냐 물건 사러 온 거지 피츠패트릭이 말했다.

그러자 굿맨 부인은 우리에게 다른 드레스 몇 벌을 보여줬지만 그때부터 골이 나서 다시 나를 적으로 여겼다.

아주 좋아 파란색이랑 빨간색 둘 다 싸줘 피츠패트릭이 말했다. 그는 여자를 후리면서도 모욕을 줬는데 이때껏 다른 남자들한테서는 보지 못한 방식이었다. 굿맨 부인은 피츠패트릭에게 드레스 2벌을 싸주며 돈은 낼 거라고 믿는다고 말했다.

오 그럼 2배로 주지.

오 그렇군요 정말이죠?

그래 앞뒤로.

나는 일레븐 마일 크리크에서 식사와 잠자리를 해결할 생각으로 피츠패트릭 순경과 헤어지려고 했지만 그가 내게 눈을 찡긋하며 마음에 드는 춤 상대를 찾든지 아니면 감옥에 가든지 선택하라고 했다. 우리는 굿맨 부인을 거절하고 집에 둔 채 어둠 속으로 나왔다 이 일로 인해 나중에 그녀가 댄 켈리와 톰 로이드 잭 로이드를 강간미수와 무단침입과 절도 혐의로 고소한 사실을 알고 있다. 〈비치워스 애드버타이저〉에는 이런 기사가 실렸다.

여러 해 전부터 그레타 인근에 젊은 깡패단이 살고 있는데 그들은 어릴 때부터 사기꾼에 부랑자로 자랐고 끊임없이 말썽을 일으켰다 일요일에는 몇몇이 그들의 전문 분야 중 하나인 말을 훔친 죄로 복역하다가 풀려난 지 얼마 안 되어 다시 못된 장난질에 탐닉하고 있음이 밝혀졌다.

말을 훔친 건 맞다고 할 수 있지만 내가 어쩌다 굿맨 부인의 앙심을 사게 되었는지는 언급이 없다 역사의 진실하고 비밀스러운 부분이 내 손에 맡겨져 있다는 걸 너도 알겠지.

비치워스가 춤추러 가는 동네라는 건 가난한 농부 아들이라도 알지만 윈턴도 그런 곳으로 쳐주지는 않을 것이다 그래서 세븐 마일 크리크 옆으로 난 어둡고 질척거리는 길을 순경과 함께 천천히 달려가던 나는 춤추는 즐거움은 다른 날로 미뤄야겠다고 말했다.
이거 왜 이래 왈츠소리 안 들려?
음악이라고는 범람원의 소 방울소리뿐이었지만 댄의 운명이 피츠패트릭 손에 달려 있었다. 마차 바큇자국이 깊게 팬 베날라 로드에 다다르자 그가 시큼한 술냄새 풍기는 입을 내 귀에 대고 굿맨 부인의 드레스를 돌려줬으니 공식적인 표창을 받을 자격이 있다고 속삭였다.

나는 표창이 무슨 말인지도 몰랐지만 경찰이 베날라 쪽으로 말머리를 돌렸을 때는 그와 헤어질 생각이 싹 사라졌다.

내가 공식 메모랜덤을 다 봤어 전부 다 내 책상으로 오거든 그가 말했다.

메모랜덤이라니 그리스 말처럼 들리는 게 무슨 뜻인지 알 수 없었다.

네드 켈리 너에 대한 메모랜덤을 다 봤어 하지만 이제 난 네 이름에 붙일 전혀 다른 종류의 정보가 있지.

그게 뭐죠 내가 깜짝 놀라서 물었다.

그게 뭐냐 그가 너무 크게 소리치는 바람에 그의 말이 놀라서 펄쩍 뛰었다. 그게 뭐냐 그가 말했다 뭐라고 하려 했는지 잊어버린 것 같았다. 이윽고 그가 말했다 비밀인데 난 머지않아 베날라에서 경사가 될 거야 그럼 네드 켈리 넌 경찰 친구가 생기는 거지. 그럼 메모랜덤에 염×할 깡패로 오르지 않을 거야 내 말 알아들어?

모르겠는데요.

맙소사 이 친구야 난 존 피츠패트릭 동생이고 내가 너와 네 동생 뒤를 봐주겠다는 거야.

뒤를 봐준다는 게 무슨 뜻이에요?

우선 드레스 절도 혐의를 씌우지 않을 거야 시작으로 괜찮지 않아?

그제야 나는 2일 동안 힘들게 달려온 보람이 있었다는 걸 깨달았다 나는 크게 안도해서 그의 손을 잡고 흔들었다.

그가 외쳤다 자 날 잡아보시지.

그런 경찰이 있었던가? 내가 알기로는 없었다. 그는 나무들 사이를 천천히 달려나가기 시작했고 내 말은 지쳐 있기는 했지만 늘열의가 넘쳐서 피츠패트릭의 말 꽁무니에 붙어서 목숨을 위협하는 고무나무 가지가 늘어진 울퉁불퉁한 길을 12킬로미터나 달렸다. 우리는 천둥 같은 말발굽소리를 내며 브로큰강 다리를 건너 어런들 스트리트로 들어섰다 거기에는 내가 갇혔던 감방이 있었지만 피츠패트릭은 법에 관심 없었다 그는 민첩하게 말에서 내려 굿맨부인이 준 보따리를 챙기고 길 건너 구두장이 집 울타리에 말을 매놓았다.

말들 물 좀 먹일까요?

그냥 가 네드 그냥.

나는 그의 흥분한 발걸음을 따라갔다 그는 쏜살같이 대문을 지나 넓고 어두운 베란다로 올라가서 요란하게 문을 두드리며 내가 문 안쪽에서 숱하게 들었던 소리를 질렀다.

경찰이다 문 열어.

즉시 문이 열리고 피츠패트릭의 웃음소리 너머로 여자 목소리가 들리고 2사람이 급히 안으로 들어갔다. 재빨리 불이 켜지고 안주인의 모습이 불빛에 드러났다 미소 짓고 있는 튼튼한 여자였는데 잠자리에 들 준비를 마친 듯 머릿수건을 쓰고 있었다. 그녀가 술쟁반을 내왔고 피츠패트릭은 벌컥벌컥 술을 들이켰다.

훨씬 젊은 여자 2명이 곧 들어왔다 자고 있었는지는 모르겠지만 눈이 피곤한 기색 없이 반짝거렸고 머리도 위로 올리고 있었다. 하나는 키가 큰 금발 미녀로 무척 쾌활하고 가슴이 풍만했다 그녀는 음악도 없이 바로 피츠패트릭과 왈츠를 추기 시작했다.

2번째 여자는 키가 150센티미터밖에 안 됐지만 더 곱고 섬세하게 아름다웠다 머리칼은 반짝이는 까마귀 날개 색깔로 밤하늘 같았다. 등은 날씬하니 부드러운 곡선을 그리고 어깨는 반듯하고 고개는 꼿꼿했다. 그녀가 내 품에 들어왔을 때 비누와 소나무 향이 났고 나이는 16살이나 17살쯤 된 것 같았다.

내가 춤을 못 춘다고 고백하자 그녀는 자기가 가르쳐주겠다며 여름 산들바람처럼 가볍게 내 품에 안겼다. 그녀의 눈은 초록색이고 살결은 무척이나 흰 게 고국에서 온 배에서 내린 지 얼마 안 된 소녀 같았다 그녀는 친구와 함께 노래를 부르며 몸을 흔들기 시작했다 피아노를 치기에는 너무 늦은 시간이라 입으로 디다디다 노래했다.

그녀는 이름이 메리 헌이고 템플크론 마을에서 작년에 왔다고 했다 그리고 나더러 놀라운 학생이라고 했다 이렇게 스텝을 빨리 배우는 사람이 있을까요? 순식간에 나는 감히 꿈도 꾸지 못했을 만큼 행복해졌다.

2일을 말안장에서 보낸 나는 깨끗한 셔츠로 갈아입고 머리도 빗을 걸 그랬다고 말했다 하지만 그녀는 걱정하지 말라고 아버지가 고향에서 대장장이에 편자공이었기 때문에 말냄새가 친근하다고 말하면서 윤이 흐르는 머리를 내 가슴에 기댔다 우리는 춤을 췄고 로빈슨 부인은 의자에 앉아 긴 분홍색 목도리를 떴다.

피치가 나중에 어떤 속임수와 죽음을 야기하고 얼마나 지독한 겁쟁이&거짓말쟁이인지 판명됐든 나는 아직도 그가 인생에서 이 이상을 원한 적이 없고 로빈슨 부인 집에서 가슴 큰 벨린다와 춤추던 그에게는 악의가 없었다고 믿는다.

우리 모두 숨이 차서 예쁜 소파에 쓰러졌다 비싼 벨벳을 씌운 소파였는데 덮개에는 빨간색&노란색 장미꽃이 있었다 머릿기름에 얼룩지지 않도록 작은 천까지 덧대놓았다.

피츠패트릭이 보따리를 꺼냈고 여자들은 흥분해서 안에 뭐가 들어 있을까 궁금해했다 물론 뭐가 있는지 벌써 다 알면서.

피츠패트릭이 몹시도 가난한 경찰이란 건 이제 세상이 다 알지만 과거에는 잡화점에서 일해서 정직하게 벌어먹고 살았는지도 모른다. 그가 드레스 1벌을 벨린다에게 주고 나는 다른 드레스를 메리 헌에게 줬다 여자 2명은 행복한 비명을 내질렀고 메리는 내 양 뺨에 키스했다.

여자들이 드레스를 입어보러 간 사이 로빈슨 부인이 큼직하고 두툼하게 자른 차가운 양다리 고기를 내왔다 나는 몹시 허기졌지만 아직 물을 못 먹은 말부터 거둬야 한다는 걸 알았다. 나갔다가 집안으로 다시 들어오니 내 이름을 부르는 소리가 들렸다 네드 켈리 네드 켈리.

나는 그 목소리를 따라 캄캄한 복도를 걸어갔다 모퉁이를 돌자 열린 문이 보이고 메리 헌이 촛불을 켜놓고 서서 손으로 드레스 뒤쪽을 잡고 있었다.

네드 호크 좀 채워줘요.

그녀는 돌아서서 드레스를 잡고 있던 손을 놓았다 드레스가 흘러내려 바닥으로 떨어졌다 그녀는 버터쿠키맛이 났다 나는 그녀에게 너무도 사랑스럽고 예쁘다고 말했고 그녀는 손으로 내 입을 막고 수염에 얼굴을 묻었다.

딸아 지금 네가 몇 살인지 알 수 없어서 하는 부탁이니 아이를 갖기 전이라면 더 읽지 마라 어쩌면 그후에도 나를 닮았으면 부모의 침실은 들여다보고 싶지 않을 수도 있다. 하지만 이걸 불태우거나 없애진 말아다오 내가 사랑에 빠지는 게 얼마나 기쁜 일인지 기억할 수 있도록 간직하고 싶으니까.

그리고 우리는 사랑의 게임을 시작했다 호크와 단추와 향긋한 물건이 얼마나 많았는지 너는 모른다. 우리는 그것들을 하나하나 벗겼고 그녀는 침대에 누웠다 그건 죄가 아니었다 하느님이 그녀의 살결을 희디희게 머리칼을 밤처럼 까맣게 눈을 초록빛으로 입술을 미소 짓게 만드셨으니까. 그녀는 자질이 뛰어난 선생이어서 나를 잘 이끌어줬다 내 품의 그녀는 암사슴처럼 가녀리고 강했다 가슴은 작지만 무척이나 탐스러웠다 그녀는 고개를 뒤로 젖혀 내게 창백한 목을 드러냈다 나는 그녀를 찾아냈다 나는 그녀의 가슴을 가졌다 그녀의 가슴을 입에 물고 빨고 또 빨았다 나는 누구 젖을 훔치고 있는지 몰랐지만 그녀는 비명을 지르며 내 머리칼을 움켜쥐었다 내 인생에 일어난 최고의 일이었다.

끝난 후 우리는 나란히 누워서 서로에게 미소 지었다 그녀의 아기가 깨고 나서야 나는 기분이 상했다. 그녀가 엄마인 줄 몰랐고 그런 행동을 한 게 수치스러웠다.

동이 트기도 전에 나는 그 집을 나와 베날라의 거리에서는 보이

지도 않는 머나먼 웜뱃산맥을 향해 풍요로운 평원을 다시 가로질
렀다. 2일 후 불럭 크리크에 도착해 전혀 예상치 못한 광경을 보게
됐다.

　댄과 스티브 하트가 골짜기에서 산등성이를 따라올라갔다가 웜
뱃 굴이 득실득실한 산허리로 내려오는 대단한 길을 만들어놨다 스
티브가 여태 안 떠나서 화가 나야 마땅했지만 나는 고작 24살이었
고 맥빈 씨한테 새 선물까지 받지 않았겠니? 고맙게도 그가 뮤직이
라는 이름의 암말을 나한테 기증한 것이다. 그 말은 키가 160센티
미터가 넘고 훌륭한 몸통에 등도 다부졌다 우리는 금세 아주 친해
졌고 녀석은 내가 원하는 대로 척척 따랐다. 우리의 긴 여행이 끝
나기 무섭게 녀석은 흥분된 분위기를 눈치챘다 녀석은 절대 도전
을 놓치지 않는 말이라 금세 나는 땅에 떨어진 손수건을 입으로 집
을 수 있을 정도로 안장에서 몸을 잔뜩 숙인 채 평원을 내달렸나.
나는 말 등에서 무릎을 꿇고 울타리를 넘었다 그런 대담한 행동을
여남은 번이나 하면서도 단 1순간도 아기가 있는 가녀린 여자를
잊을 수 없었다. 그녀가 너무 그리워서 스티브 하트는 떠올릴 겨를
이 없었다 밤에 침대에 누워 잠 못 이루며 도대체 어떤 비겁한 인
간이 어린 가톨릭 신자를 그런 수치스러운 꼴로 살게 만든 걸까 생
각했다.
　다음날 나는 베낼라의 시금소에 사금을 가져가겠다고 말했다
친구들이 그 거짓말을 믿든 말든 신경도 안 썼다.
　서리 내리는 추운 새벽 나는 윈턴의 굿맨 부인 집에 찾아갔다

조그만 여자아이가 벌써 일어나 오리들에게 먹이를 주고 있었지만 아이아버지는 한참이나 지나서야 문 두드리는 소리를 들었다. 나는 부인에게 드레스를 사고 싶다고 말했다.

그가 굿맨 부인은 아직 자고 있으니 직접 골라보라며 나를 안으로 안내했다 식탁에는 양고기가 그대로 있었고 코흘리개 남자아이가 그릇에 담긴 귀리죽을 떠먹고 있었다. 엄청나게 많은 드레스가 소파에 아무렇게나 널려 있었고 나는 그중에서 앞에 금속장식이 달린 빨간 드레스를 골랐다. 데이비스 굿맨은 3파운드를 불렀다 나는 2파운드 아니면 안 사겠다고 말했다. 그가 그러라고 해서 나는 돈을 주고 휘몰아치는 찬바람을 맞으며 말을 달려 베낼라로 가서 다리를 건너 어린들 스트리트로 갔다.

내가 모퉁이를 돈 순간 메리 헌이 우유를 가지러 나왔다 그녀는 밝은 노란색 면 원피스를 입었고 나는 그제야 아이아버지가 집에 있을까봐 두려워졌다. 그녀가 나를 발견하자 나는 지나가는 길인 것처럼 모자를 기울여 인사했지만 그녀 얼굴이 환하게 빛났다 그녀는 누가 보든 말든 상관없이 계단을 달려내려왔고 나는 그녀를 안아올려 벌건 대낮에 키스했다. 이 모든 일이 내가 처음 재판을 받았던 법원에서 6미터도 안 떨어진 곳에서 일어났지만 홍수 때 넘친 강물처럼 어디로 흐를지 모르는 게 인생이다. 나는 이제 겁에 질린 어린애가 아니었다.

아니 이런 추운 아침에 무슨 일로 여기까지 오셨을까? 그녀가 물었다.

나는 그녀를 땅에 내려놓았다 그녀는 나긋나긋하고 가녀린 몸으로 지그 춤을 추듯 1발 1발 움직였다. 이게 사랑이구나 나는 생각했다.

작은 선물을 가져왔어요.

그래요 정말? 그녀가 연신 방글거리며 말했다.

응.

나한테 주려고요?

아직 포장은 안 했어요.

오 성가시게 포장은 왜 해요 종이만 벗기만 되는데.

집안은 제비 둥지처럼 어둡고 아늑했다 나는 그녀와 다시 키스할 준비가 되어 있었지만 그녀는 이리저리 움직이며 볼일을 보느라 바빴다. 화덕을 청소하고 불쏘시개를 넣고 성냥불을 붙였다.

나는 아기는 어디 있느냐고 물었다.

오 그 아인 지독한 잠꾸러기니까 걱정 마요. 그녀는 우유에 생긴 얇은 막을 숟가락으로 걷어냈다 굳이 낙농업자가 아니라도 그게 아주 좋은 우유란 건 알 수 있었다 베날라의 강가 평원을 따라갈 목초지는 없다. 자 크림 먹어봐요 그녀가 말했다.

그녀는 숟가락을 내 입에 넣었다가 내게서 그 크림 우유를 도로 가져갔다.

이게 뭐죠? 그녀가 물었다.

몸에 닿은 선물을 느꼈던 것이다 그래서 나는 짜부라뜨리느니 풀어보는 게 낫겠다고 말했다. 그녀의 입술은 탐스럽고&크고&모양도 아주 예뻤다 그런 사람은 본 적이 없는데도 놀라울 정도로 친근했다.

어둠침침한 부엌에는 소나무 불쏘시개에 불이 붙어 연신 탁탁 튀는 소리가 났다. 메리가 내 셔츠 속에서 선물을 빼 뺨에 갖다댔다 어머니가 빨간 장미를 뺨에 댈 때와 똑같았다.

실크네요 그녀는 탄성을 내지르고는 드레스를 펼쳐 몸에 대봤다 그 빨간 드레스가 내 깃발이었다 나는 그녀만 보이고 그녀 말고는 아무 생각도 안 났다 그녀를 번쩍 들어 꽉 끌어안았다. 그녀는 가젤이었다 가젤은 본 적이 없지만 그녀는 망아지였다 나는 반쯤 행복에 취해 그녀를 안고 부엌을 돌았다 그녀의 머리에서 아일랜드인 집에서 만든 비누와 재 냄새가 났다 나는 그녀를 사랑했고 그래서 그녀에게 말했다.

불쏘시개가 활활 타오르고 그녀가 행복하게 웃었다 하지만 화덕에 땔감을 넣고 우유를 불에 올려야 했다. 내가 그녀를 더 높이 들어올리고 목에 키스하자 그녀가 신음소리를 냈고 나는 그녀를 더 높이 들고 가슴에 입술을 댔다.

우리는 마지못해 떨어져서 화덕에 장작을 넣었다 그다음에 그녀가 구리 냄비에 우유를 붓는데 손이 떨렸다. 나는 그녀 뒤에 서서 허리를 안고 우유가 끓기를 기다렸다 그녀는 몸을 흔들며 커다란 흰 말들을 꿈꾸는 소녀가 나오는 노래를 흥얼거렸다.

나는 지금껏 결혼 생각은 해본 적 없는데 이제 남자가 얼마나 평화로운 삶을 누릴 수 있는지 상상이 된다고 말했다 그녀가 나를 돌아봤다 눈빛이 어둡고 심각했다. 그녀는 내 입술에 손가락을 댔다.

그런 말 하지 마요 그럼 안 돼요.

나는 미안하다고 했다 그녀는 두 팔로 내 목을 껴안고 키스했다 입술과 눈뿐만 아니라 턱수염과 콧수염에도 했다 라이언스 크리크에서 머리를 감고 수염도 씻고 와서 다행이었다.

곧 우유가 끓자 그녀는 우유를 큰 그릇에 붓고 모슬린으로 덮은 다음 화덕 불을 확인하고 바람구멍을 살짝 막아서 불을 줄였다. 나는 드레스를 입어보겠느냐고 묻고는 그녀를 데리고 넓고 컴컴한 복도를 지나 방으로 갔다. 침대 한가운데서 아기가 자고 있었다 가느다란 금발의 남자아이로 다리가 포동포동하고 빨간 입술을 삐죽 내밀고 있었다 그녀가 아기를 조심스럽게 안아서 열린 서랍에 내려놓고 담요를 덮어줬다.

그녀의 노란 원피스는 이제 젖과 내가 원하는 것으로 거뭇하게 젖어 있었다 내가 원한 게 옳은지 그른지 나는 모른다 그게 죄인지 아닌지 모른다 하지만 우리 둘 다 무척 행복했고 아침내 침대에 누워 있었다.

길 건너 법원 문이 열릴 때 나의 차분하고 다정한 메리는 따스한 몸을 내 가슴에 기대고 있었다 나는 옆집 구두장이 그리브스 씨 망치소리를 들었다 이윽고 아기가 깼고 나는 메리가 아기에게 젖 먹이는 모습을 지켜봤다. 작고 야무진 가슴으로 그러고 있으니 더욱 신기했다 아기는 엄마 가슴에 손을 올리고 젖을 빨았다 아기에겐 돌봐줄 아버지가 필요했다 나는 그제야 내가 그 자리에 나서야겠다는 생각이 들었다.

곧 사람들이 일어나 움직이는 기척이 들렸다 메리는 로빈슨 부인에게 고용된 몸이라 집안일을 시작해야 한다고 말했다.

나는 네 엄마에게 언제 다시 만날 수 있는지 물었다. 그녀는 다음주 금요일까지 기다려야 된다고 했고 거의 10일이나 더 있어야 했다 나는 그날들을 어떻게 보낼지 몰라 막막해하며 불럭 크리크로 돌아갔다.

첫 경고는 총소리가 아니라 버려진 마차였다 바퀴 하나가 웜뱃 굴에 빠진 마차는 옆구리에 오라일리라는 이름이 쓰여 있었다. 사고가 난 지 얼마 안 된 게 분명하고 말은 안 보였지만 말똥을 손으로 만져보니 따뜻하진 않아도 오래된 건 아니었다. 마차에서 크고 무거운 물건을 내려 끌고 갔는지 사초와 고사리 덤불에 노란 홈이 엄청나게 파여 있고 그다음 와틀나무 덤불에는 엄청난 충돌이 있었는지 어린나무들이 반으로 꺾여 있었다.

나는 꺾인 와틀나무들을 향해 달리다가 카빈총소리와 이어서 권총소리를 듣고 말에서 미끄러져내려 사초 사이를 기어갔다 검은 연기인지 거시기인지 아무튼 네가 뭐라 부르든 아편의 향긋한 냄새가 공기 중에 가득했다. 개간지 가장자리에 다다른 나는 난리가 난 우리 야영지를 보게 됐다 내 아랍산 말은 울타리를 뛰어넘어 도로 샛강을 건너고 있었고 다시는 녀석을 볼 수 없었다 나의 순종 암말들은 잔뜩 흥분해서 힝힝거리며 날뛰고 있었다.

스티브 하트가 내 31구경 콜트 권총을 들고 있었다 그는 오두막을 향해 탕탕탕 살벌하게 총을 쏴댔다.

그가 누구를 해치려고 하는지는 알 수 없었다 나는 그를 향해 달려갔다 하지만 내가 사정거리에 들어갔을 때 그가 소리를 질렀고 오두막 문이 활짝 열리더니 댄&조 번&에런 셰릿이 걸어나왔다 마치 교회에서 나오듯 한가롭고 태평한 걸음걸이였다. 조가 나를 향해 이상야릇하게 즐겁고 행복한 미소를 지었지만 그의 관심은 총알 세례를 견뎌낸 문에 있었다 이제 그는 문 앞에 무릎을 꿇고 앉아 나무 파편을 멍하니 칼로 뜯고 있었다. 나는 무척 어리둥절한데다 화가 났다 무엇보다 전에 떠나라고 명령했는데도 여태 버티고 있는 스티브 하트에게 화가 났다.

그때 낯선 목소리가 들려왔다 혹시 내가 기다리는 네드인가?

나는 거구의 늙은 아일랜드인을 바라봤다. 그는 뒤쪽 통나무에 앉아 있었다. 그 살찐 얼굴은 초면이었지만 팔뚝 근육을 보니 대장장이가 분명했다. 그가 앉아 있는 통나무는 2일 전까지만 해도 고사리에 둘러싸여 있었지만 이제 고사리는 온통 짓밟힌 상태였다. 통나무와 샛강 사이에는 풀무와 쇠를 버리고 남은 찌꺼기가 널려 있었다. 이 모든 게 한눈에 들어왔고 통나무가 하나 더 있었는데 모루로 썼는지 많이 튄 상태였다. 마지막으로 옆이 절반 잘려나간 거대한 녹슨 밸러스트 탱크가 보였다.

도대체 맥은 누구냐고 물었다.

그는 존 오라일리라며 내가 기분이 안 좋은 걸 안다고 했다. 자기도 기분이 안 좋다며 밸러스트 탱크를 여기까지 실어와서 철판을 잘라 오두막 문 안쪽에 붙인 수고비를 받을 때까지 계속 기분이 안 좋을 거라고 했다. 지금껏 불법행위는 해본 적이 없는데 저 쪼그만 까까머리 남자애가 태통 마을에서 그를 강제로 붙잡고는 통통하게 살찐 송아지를 잡아 고기를 통째로 주겠다고 꼬여서 여기까지 데려왔다는 것이었다. 그는 홀아비고 7명이나 되는 자식이 지금 윈턴에서 누이와 함께 쫄쫄 굶고 있지만 않았다면 밸러스트 탱크를 헐값에 넘기진 않았을 거라고 했다. 그건 그렇고 태퉁 밖 라이언스 크리크를 지나면서는 가축을 1마리도 못 봤는데 여기 근사한 말이 이렇게 많다니 정말 이상하다고 했다.

나는 우리 말들은 합법적으로 얻은 거고 수고비는 약속대로 주겠다고 말했다.

그리고 스티브 하트에게 가려는데 그가 알아서 다가와 내 콜트 31구경을 건넸다.

일단 내 말 먼저 듣고 얘기해 그가 말했다.

나는 권총을 벨트에 차며 그가 내 명령을 어겼다고 말했다.

아냐 난 여길 떠나서 하루 동안 갔어.

그런데?

그런데 엄청난 기회가 찾아왔어.

그래 씨× 우리를 배신하고 이 대장장이한테 야영지 위치를 알려줄 기회 말이지 내가 말했다.

형을 배신한다고? 그가 갑자기 눈에 눈물이 그렁그렁해서 외쳤다. 형을 배신하느니 차라리 지옥불에 타죽고 말지 그러면서 모자를 땅에 내팽개쳤다. 맙소사 내가 누군지 기억 못하는군.

그래.

형이 나를 처음 봤을 때 난 8살이었어.

네가 착각하는 거야.

아니 형은 해리 파워 심부름꾼이었고 우리 아버지한테 땅 임대료 낼 돈을 갖다줬어 정말 그랬어 네드 켈리 정부에서 우리 땅을 압수하려고 할 때 2번이나 더 그랬어.

난 그런 기억 전혀 없어.

왕가라타 근처야 그가 말했다 그리고 그동안 나를 봤던 장소들을 댔다 경마장 쟁기질 시합장 그는 내가 와일드 라이트를 때려눕히는 것도 봤고 최근에는 휘티 코앞에서 말들을 훔친 이야기도 들었다고 했다.

난 형 갱단에 들어오려고 왔어. 재주가 많진 않지만 잘하는 건 아주 잘해 그가 말했다.

나는 그의 용기에 감탄하지 않을 수 없었다.

형이 시키는 대로 다 할게 그가 말했다.

여기 갱단 같은 건 없어.

형이 대장이잖아 형이 명령하면 다들 복종하잖아.

그래 너만 빼고.

나도 절대 안 돌아올 작정이었는데 형을 도울 방법이 보였어 그래서 문에 방탄 철판을 댄 거야.

하지만 스티븐 하트 저 늙은 대장장이를 봐 저 살찐 늙은 얼굴과 처진 눈을 보고도 그가 휘티에게 내가 있는 곳을 안 흘릴 거라고 생각하는지 말해.

나도 그 생각 했어 그래서 눈을 가리고 왔어. 내가 장담하는데 저 노인네 여기가 어딘지 몰라.

수고비는?

어린 송아지 1마리면 돼 그건 내가 알아서 할 테니까 신경쓸 것 없어.

너 송아지 훔쳐본 적 있어?

그가 머뭇거렸다.

짐승 죽여봤어?

그래도 약속했어 하트가 말했다.

그 문제는 걱정 말라고 내가 말했다. 송아지는 조랑 내가 구해
다가 잡아서 소금에 절여주지 대장장이가 원하는 게 그거라면. 대
신 모든 준비가 끝나면 네가 그의 눈을 가리고 마차에 고기를 실어
서 윈턴에 있는 집까지 데려다주는 거야. 그런 다음 왕가라타에 있
는 사랑하는 아버지한테 돌아가서 같이 저항의 노래도 부르고 마
이야기 오코넬* 이야기도 실컷 해 하지만 스티브 다시는 여기 오지
마. 여긴 갱단 같은 거 없으니까.

시키는 대로 다 할게.

됐어.

휘티 씨한테 경고장도 쓸 수 있어 아주 교훈적인 내용으로.

아니.

나를 변태로 생각하는 모양인데 그건 해명할 수 있어.

아니 해명 못해 나 바쁘니까 그만하자.

검은 연기인지 옌폭인지 거시기인지는 조의 정신에 강장제나
다름없었다. 술은 그를 거칠고 화나게 만들었지만 검은 연기는 햇
빛이 버터를 녹이듯 그의 모든 행동을 느리고 부드럽게 만들었다.

---

* 아일랜드의 민족운동 지도자 대니얼 오코넬.

그가 수송아지 피를 빼는 동안 나는 송아지를 거꾸로 매달 밧줄을 구하러 갔는데 돌아와보니 죽은 송아지는 벌써 가슴에 작은 구멍이 뚫린 채 나자빠져 있었다. 조가 눈을 찡긋하더니 날카롭게 깎은 막대기를 구멍에 찔러넣고 송아지를 옆으로 살짝 기울여서 솜씨 좋게 세웠다.

밧줄 필요 없어.

그는 길고 느긋한 하나의 동작으로 가죽을 벗겨내고 송아지를 뒤집어 반대쪽 가죽을 벗겼다. 그리고 도끼로 가슴 한가운데를 쪼개고 칼로 꼬리를 잘랐다. 서두르거나 다급한 기색은 전혀 없이 20분 내에 송아지를 4조각으로 토막내고는 에런한테 볼일이 좀 있다며 가버렸다.

나는 송아지 고기를 대장장이의 마차에 실으려고 어린 친구들을 불렀지만 그때 늙은 아일랜드인 대장장이가 자기는 산적이 무서워서 해거름에는 절대 길을 안 떠난다고 했다. 그는 다음날까지 우리 야영지에서 버텼고 아침이 되어 스티브&댄&내가 부젓가락&망치&풀무를 버려진 마차까지 옮겼고 마차 바닥에 초록 잎사귀가 달린 유칼립투스 가지를 깔고 그 위에 깨끗한 고기를 놓고 젖은 자루로 덮은 다음 말들에 마구를 씌우고 그의 눈을 가렸다. 그러고 나서도 그를 처리하려면 갈 길이 멀었다.

나는 스티브 하트에게 마차를 몰게 했다 이번엔 내가 직접 녀석을 집에 데려다줄 작정이었다.

작별인사해 이제 다시는 하트를 못 만날 테니까 내가 댄에게 말했다.

마차가 달리기 무척 힘든 지역이었다 태통까지 가는 데 종일 걸렸다. 이틀째가 되어서야 겨우 킬피라 옆에 마차 바큇자국이 깊게 팬 길이 나왔고 벌써 고기 썩는 냄새가 났다. 우리는 최대한 고기가 상하는 걸 막으려고 핸슨 농장에서 소금을 샀다.

우리가 혼자 말을 타고 오는 경찰을 발견한 건 한낮이었다 내가 눈가리개를 벗으라고 하자 대장장이는 좋아서 얼른 따르더니 우리쪽으로 천천히 달려오는 경찰을 보고 자기는 죄지은 것도 없는데 체포되게 생겼다고 소리치며 다시 눈가리개를 하려고 했다. 내가 웬만하면 아가리 닥치라고 하자 그는 시키는 대로 했지만 겁을 먹어서 제정신이 아니었다.

스티브 하트는 어깨를 웅크리고 마부석에 쥐죽은듯 앉아 있었다 나는 그에게 31구경 콜트를 주고 대장장이가 허튼짓하면 쏘라고 말했다.

피츠패트릭 순경이 다가와서 땀에 젖은 내 암말 주위를 돌기 시작했다. 이건 또 뭐지 켈리?

순경 나리 제가 대답하겠습니다 대장장이가 외쳤다.

그가 황급히 마차에서 내려 비틀거리며 우리를 향해 다가왔는데 왼쪽 눈만 보이게 눈가리개를 올리고 오른손으로는 편히 앉아 있으려고 단추를 풀어놓은 바지춤을 움켜쥐고 있었다.

피츠패트릭은 그 꼴사나운 광경에서 등을 돌렸지만 나는 스티브 하트가 대장장이에게 콜트를 겨냥하는 걸 봤고 공이치기가 화구를 때리는 소리도 들었다 빈총을 준 게 천만다행이었다.

저 사람이 나를 쏴요 대장장이가 외쳤다.

시끄러 피츠패트릭은 그렇게 말하고 돌아서서 스티브 하트를 지나쳐갔다 스티브 하트는 쓸모없는 무기를 이미 바지 속에 넣은 뒤였다. 경찰의 관심을 끈 건 파리였다 결혼 잔치의 성직자들처럼 파리떼가 훔친 송아지 위에 새까맣게 꼬여 있었다. 피츠패트릭이 마차 주위를 2바퀴 돈 다음 몸을 숙여 울퉁불퉁한 마댓자루를 들추자 파리떼가 그에게 구름처럼 날아들었다.

쉬어 그가 명령했다.

감옥에 가본 적 있는 스티브 하트가 다리를 벌리고 손을 등뒤로 돌려 쉬어 자세를 했다.

너 말고 이 파리××들한테 명령한 거야 피츠패트릭이 그러면서 호탕하게 웃어젖혔다. 대장장이는 생각보다 복잡한 상황에 나를 향해서 자신 없는 미소를 보냈다.

잘했어 저렇게 훈련 잘된 파리들은 내 평생 처음 보는군 피츠패트릭이 내게 돌아오며 말했다.

그는 다시 한바탕 웃어젖혔다. 스티브 하트는 놀림감이 되어 분한 표정이었다 피츠패트릭이 웃음을 그치더니 킬피라 목장에서 도둑맞은 말들 문제로 나를 수사하겠다고 큰 소리로 선언했다 나는 그를 따라 큰 리버검 고목 그늘로 20미터쯤 갔고 하트는 초조한 눈빛으로 우리를 지켜봤다.

내가 영장 갖고 왔느냐고 묻자 피츠패트릭은 내게 은밀히 몸을 기울이며 새 부리 같은 자기 코를 톡톡 때렸다.

이 멍청아 영장이 어딨냐 난 아직 술도 안 깼는데 밤에 맥빈이랑 같이 있었거든 그런데 이제 술이 확 깨게 해줄 사람을 만났군.

어디로 가는 길인데요?

마침 일레븐 마일 크리크로 가고 있었지.

그럼 방향이 틀렸어요.

피츠패트릭은 가죽주머니에서 나침반을 꺼냈지만 제대로 들여다보지도 못하겠는지 도로 집어넣고 내게 다정한 미소를 보냈다. 나 사랑에 빠졌어 그가 말했다.

저 씨× 대장장이가 엿듣고 있어요.

대장장이는 신경쓸 거 없어 아무것도 못 들으니까 내 말 어떻게 생각해. 남들이 뭐라고 하든 신경 안 쓰지만 그래도 너한테만은 축복받고 싶어.

누구를 사랑하는데요?

말했잖아.

안 했는데요.

네 여동생 케이트라고 말했어 1주일 내내 자네 생각을 했는데 이런 외딴곳에서 난데없이 마주치다니 정말 이상한 일이야.

하지만 앨릭스 피츠패트릭이 시큼한 냄새 나는 콧수염을 14살 케이트의 입에 대는 게 더 이상했다 그건 해리 파워의 흉측한 발이 어머니 침대 밖으로 튀어나온 꼴과 조금도 다를 게 없었다.

저기요 나리 지금 그 사람 체포하는 거면 저는 가도 될까요? 대장장이가 외쳤다.

피츠패트릭이 속삭였다 오 네드 그녀는 너무도 상큼하고 활기차 목이 얼마나 예쁜지 인상 풀라고 내가 그녀한테 얼마나 신사답게 행동하는지 직접 와서 봐. 그는 나침반을 꺼냈다. 거기가 여기서 북동쪽인가?

북쪽이었지만 그건 중요한 게 아니고 나는 그에게 우린 지금 베날라로 가고 있다고 말했다.

그러자 피츠패트릭이 갑자기 말머리를 돌리더니 공적인 태도로 돌변해서는 대장장이에게 지금 당장 파리떼를 끌고 어디든 원래 있던 곳으로 가지 않으면 중죄로 잡아넣겠다고 명령했다.

대장장이가 말했다 오 감사합니다 좋은 분이시군요 제가 성함을 여쭤봐도 될까요?

꺼져 피츠패트릭이 말했다.

예 나리.

나는요 스티브 하트가 물었다.

네드 켈리를 베날라로 데려갈 거다 따라오고 싶으면 따라와 피츠패트릭이 말했다.

나는 스티브에게 눈을 찡긋했지만 그는 누그러지지 않았다.

도대체 무슨 죄로 잡아가는 거예요 네드 켈리는 당신 가족을 다 합친 것보다 더 훌륭한 사람이라고요 스티브가 말했다.

같이 갈 거야 말 거야? 감방 같이 써도 돼.

스티브는 조용히 비참한 눈길을 보냈다.

그럼 꺼져 순경이 말했다.

스티브 하트는 대장장이 옆자리에 올라탔다 나를 보지는 않았지만 고삐를 채칠 때 숙인 몸에서 수치심이 느껴졌다 마차는 북쪽 비구름을 향해 천천히 떠났다.

나랑 같이 여동생 보러 안 갈 텐가 피츠패트릭이 물었다.

지금은 말고요.

베날라로 가는 건가?

그래요.

넌 바보 멍청이야 그가 다시 나침반을 꺼내며 언짢은 목소리로 말했다. 그 여자한테 빠지기 전에 나한테 상의했어야지.

나도 당신하고 내 여동생에 대해 똑같이 말할 수 있어요.

메리는 너한테 맞는 여자가 아냐 켈리 내가 메리 성격을 알아 어제 형한테 편지를 보냈는데 너한테 그 여자를 소개한 게 큰 실수였던 것 같다고 썼어.

내 귀에는 그런 소리가 하나도 안 들어왔다 나는 그가 뭘 몰라서 그런 말을 한다는 걸 알았다.

앨릭스 당신은 내 성격 몰라요.

넌 항상 자기를 최고라고 생각하지 그는 그렇게 말하고는 질문을 한 것처럼 기다렸다. 자기가 말을 더 잘 탄다고 생각하지.

내가 대답을 안 하자 그 엉뚱한 남자는 발꿈치로 말 옆구리를 찼다 그가 떠날 때 보니 말 탄 자세가 아주 훌륭해서 엉덩이와 안장 사이로 틈이 보이지 않았다 말을 너무 심하게 몰아서 죽일 것 같긴 했지만. 3시간 후 나는 브로큰강 근처에서 기다리고 있는 그를 보았다 불쌍한 말은 그의 군용 박차에 찔려서 피와 땀으로 옆구리가 흠뻑 젖어 있었다.

너는 바보 멍청이다 그는 그렇게 말하고 가버렸다.

보통 누가 경찰에 체포되면 친구들은 그를 버리고 떠난다 그건 비겁한 게 아니라 상식이다 경찰은 항상 알려진 공범을 찾아 나서기 때문에 가능한 한 마을에서 멀리 떠나 있는 게 상책이다. 스티브 하트도 그걸 알았지만 상관하지 않았고 대장장이를 윈턴까지 데려다준 다음 바로 베날라 경찰서로 향했다. 거기 경찰들이 나를 모른다고 하자 그는 거짓말이라 여기고 내가 유치장에서 법원으로 끌려갈 때까지 길에서 어슬렁거리며 기다렸다.

한편 나는 자유의 몸으로 네 엄마와 로빈슨 부인 집 베란다에 앉아 행복한 시간을 보내고 있었다 이제 봄이었고 앞 울타리에서 1움큼씩 떨어지는 흰 재스민꽃이 소녀의 손수건처럼 향기로웠다. 우리는 일요일 일찍 미사를 보러 갔다 나는 몇 해 만에 처음 간 건데 신부님이 내 죄들을 듣더니 결혼해야 한다고 말했다 나는 즉시 그렇게 하겠다고 대답했다. 그날 오후 데이비스 굿맨에게 2파운드를 주고 멋진 이륜마차를 빌렸다 그는 칼만 안 들었다 뿐이지 강도나 다름없었지만 일요일에는 달리 마차를 빌려주는 데가 없었다 마차를 몰아 일레븐 마일 크리크로 가서 내 사랑과 그녀의 아기를 어머니에게 보여줬다. 어머니에게 메리를 인사시키는 건 전혀 걱정되지 않았다 메리는 아일랜드인에 구교 신자고 아주 상냥한 여자 아닌가?

어머니는 오두막 안에서 우리를 맞아줬다 스콘을 만들고 차를 따라줬다 메리에게 대놓고 무례하게 굴진 않았지만 내가 어머니 남자들에게 했던 걸 그대로 되갚았다. 어머니와 조지 킹은 판자처럼 뻣뻣하게 의자에 앉아서 메리가 가려고 일어설 때까지 눈길도 주지 않았다.

만나서 반가웠어요 어머니가 말했다 그건 내 가슴에 낙인을 찍는 말이었다.

베날라로 돌아오는 길에 메리의 예쁜 뺨으로 눈물이 흘러내렸다 내가 결혼해주겠느냐고 묻자 그녀는 물었다 당신 어머니는 어쩌고 나는 어머니가 어쩌든 알 바 아니라고 말했다.

그날 밤 피츠패트릭의 하숙집으로 찾아가 기쁜 소식을 전했다 그는 바보 멍청이나 메리 헌과 결혼할 거라고 말했다 내가 그녀를 왜 그렇게 못마땅해하느냐고 따졌지만 그는 내 면전에서 아무 말도 못했다. 내가 떠난 후 피츠패트릭은 메리에게 긴 편지를 썼다 그 이유는 장님 낚싯줄처럼 복잡하게 뒤엉켜 있지만 골자는 그가 나를 형제처럼 사랑하고 누구든 나를 속이면 가만두지 않겠다는 거였다.

다음날 아침 내가 아직 자고 있을 때 메리는 우유통 손잡이 안쪽에 끼워진 그 편지를 발견했다 편지를 읽고 겁에 질린 그녀는 우유를 집에 들여놓지도 않은 채 치맛자락을 잡고 경찰 마구간을 향해 브리지 스트리트를 달려내려갔다. 그 시간에 보이는 사람이라곤 스티브 하트뿐이었다 스티브는 추위&허기를 참으며 유치장 밖에서 계속 기다리고 있었다. 그와 나의 관계를 모르는 메리는 그를 지나쳐 마구간으로 달려들어가서 피츠패트릭을 붙잡고 자신이 행복해질 기회를 망치지 말아달라고 울며 애원했다. 아름다운 여인의 얼굴이 온통 일그러지고 눈물로 젖고 우유 같은 살결이 그녀의 손에 든 편지처럼 구겨진 걸 보고 바람둥이로 불리는 남자가 무슨 기쁨을 느꼈겠는가.

나한테 왜 이렇게 잔인한 거예요 그녀가 외쳤다 피츠패트릭의 얼굴은 말 몸통의 그림자에 가려서 보이지 않았다. 내가 당신한테 무슨 죄를 졌다고 이래요?

메리 그에게 진실을 말해.

그럼 그가 죽일 거예요.

경찰로서 약속하는데 네드 켈리는 너를 해치지 않을 거야.

내가 아니라 다른 사람요 피치.

이 말에 그 씨×놈은 잠시 콧수염을 잘근잘근 씹으며 메리를 위아래로 훑어봤다. 메리 그가 누구를 해친다는 거지 이윽고 피츠패트릭이 물었다 메리는 맑은 초록 눈으로 그를 똑바로 쳐다봤다.

나?

그야 모르죠.

이봐 아가씨 그에게 사실대로 말하지 않으면 내가 대신 하겠어.

제발요 피치 이렇게 부탁해요.

하지만 등자에 발을 거는 그의 눈빛은 차가웠다. 숨기고 있는 걸 솔직히 말해 그는 침착하게 받아들일 거야 내가 보장해.

스티브 하트는 마구간에서 미친 ××처럼 달려나오는 피츠패트릭을 알아봤다 익히 알려졌다시피 피츠패트릭은 계속 그 속도로 윈턴까지 달려가서 앞서 말한 장물아비에 떠돌이 장사치에 위증자인 데이비스 굿맨을 찾아가 그 뚱보한테서 흰 가루가 든 작은 봉투를 샀다 그리고 로빈슨 부인을 시켜 꿀을 듬뿍 넣은 신선한 레모네이드를 1잔 만들고 거기 약을 타게 했다.

부채꼬리딱새들이 울타리에서 춤추는 동안 나의 가녀린 검은 머리 메리는 그 레모네이드를 건네고 내가 마시는 걸 지켜봤다.

　내 손을 잡는 그녀 손이 너무 축축해서 나는 혹시 어디 아프냐고 물었다. 그녀가 말했다 아기아버지가 누군지 당신이 모른 채 결혼할 수는 없어.

　스터키 씨라고 했잖아.

　스터키 씨는 다른 이름이 있어.

　오 뭔데?

　그는 조지 킹으로도 알려져 있어.

　나는 그 끔찍한 진실을 듣고도 말을 이었다 넘어지기 전에 몇 번 더 뛰는 캥거루같이. 조지 킹이 당신이랑 결혼하겠다고 약속했어?

　그가 당신 어머니와 결혼한 거 나도 알고 있었어.

　맙소사 그런데 어떻게 나를 따라 우리집에 갈 수 있었지?

　당신이 그렇게 원하는데 어떻게 싫다고 해?

　아 그들이 나를 바보 멍청이로 생각했을 거야.

　우리 둘 다 한심한 바보라고 생각했겠지.

　그녀의 사랑스럽고 앳된 얼굴이 죽은 사람처럼 차가워졌다 모든 기쁨을 내던진 얼굴이었다. 조지 킹을 향한 내 증오는 깊고 어두웠다 미늘창처럼 단단하고 잔혹했다 펜트리지 감옥에서 나온 날 그를 죽였어야 했다 그날 그는 어머니가 떠준 노란 스웨터를 입고 있었고 그때 이미 나는 그의 실체를 알아봤다.

　심장에 녹은 쇳물이 가득 차올랐고 그 진실이 불처럼 동맥으로 밀고 들어왔다 나는 소리를 지르며 벌떡 일어났다. 약기운에 다리가 빵 반죽처럼 물렁했다.

앉아 자기.

목소리가 안 나왔지만 익숙한 집안을 이리저리 빠져나가 난간에 내 안장과 고삐가 걸려 있는 뒤 베란다로 갔다. 술 취한 사람처럼 비틀거렸고 안장을 들 때 메리가 피치를 부르는 소리가 들렸지만 아무 생각도 안 들었다.

구두장이네 방목장을 향해 계단을 내려가기가 무척 힘겨웠지만 내 암말이 울타리까지 마중나왔다.

네드 어디 가는 거지? 피츠패트릭이 물었다 그가 어디서 나타났는지는 보지 못했다.

집 내가 말했다.

오늘은 안 돼 네드.

그는 수갑을 갖고 있었다 내가 주먹을 날렸지만 바로 제압당했다 약에 취하지만 않았어도 그렇게 호락호락 잡히지 않았을 것이다. 그는 내 팔을 등뒤로 꺾으며 지금까지 만나본 사람들 중 내가 제일 멋진 사나이라고 말했다 팔목을 조이는 수갑이 느껴졌고 그게 마지막 기억이었다 다음날 아침 나는 감방에서 깨어났다.

피츠패트릭 순경이 고개를 빳빳이 세운 웰런 경사와 함께 나타났다. 나는 웰런 경사를 모르는 척했고 그가 무척 안도하는 걸 봤다 그는 배를 당기고 바리톤 목소리로 나에 대한 거짓말을 읽었다 내가 말을 타고 보도를 달렸고 취한 상태였다는 것이었다 그런 건 전혀 기억이 안 났고 조지 킹이 내 어머니와 약혼녀의 명예를 더럽혔다는 기억만 또렷이 남아 있었다.

내 성격이 하룻밤 사이 완전히 바뀌어서 제압하려면 군대라도 필요한지 이제 다들 정원 길에 모여 있었다. 경찰이 길을 막고 이리저리 몰아대서 나는 웰런 경사의 양상추를 밟게 됐고 그 벌로 로니건 순경한테 아랫배를 얻어맞았다. 그다음엔 내 친구라는 작자의 거만한 명령을 받았다 피츠패트릭이 죄수는 왼발 오른발 왼발 오른발 맞춰서 걸어야 한다고 소리쳤다.

어린들 스트리트를 왼발 오른발 왼발 오른발 걸어가던 나는 다른 방면의 친구를 만났다 바로 안짱다리 꼬마 스티브 하트였다 이틀 밤을 길에서 보내는 바람에 옷 꼴은 말이 아니었지만 멋지게 빗어 가운데 가르마를 탄 검은 머리는 양끝이 동그랗게 말려 있었다. 톰 로이드도 있었는데 같이 경찰을 야유하기 시작했다 스티브는 내 운명에 대한 분노를 억누르지 못했다. 그가 돌을 집어들 것처럼 허리를 굽히자 웰런이 즉시 죄수에게 채울 수갑을 가져오라고 소리쳤다.

나는 스티브에게 돌을 내려놓으라고 소리쳤다 그리고 민머리 경사에게 그가 전에 나를 노상강도 혐의로 체포한 적이 있고 그때 내가 아무 말썽도 일으키지 않았던 걸 상기시켰다. 오늘은 겨우 말을 타고 보도를 달렸다는 이유로 잡혔는데도 피츠패트릭이 수갑을 들고 다가오고 있었다. 나는 그 비겁자를 무시하고 지나갔고 친구들이 응원하기 시작했다 나는 고개를 높이 들고 거침없이 법원으로 걸어갔다.

잘했어 네드 넌 저 비겁한 ××들을 다 합친 것보다 더 훌륭해.

길을 건너자 로니건이 멈추라고 명령했다 내가 안 멈추자 그가 뒤에서 달려들었다. 나는 발꿈치로 빙글 돌아서 그 개××를 땅에 쓰러뜨렸다.

구두장이네 문이 활짝 열려 있길래 나는 그리로 뛰어들었지만 뒷문에 자물쇠가 채워져 있었다 덤벼드는 로니건을 밀쳐내자 피츠패트릭이 내 장화를 잡았고 밑창과 굽이 완전히 뜯겨나갔다. 그가 협조해달라고 부탁했지만 나는 그가 벽이나 상대하도록 내동댕이쳤다 가발은 비뚤어지고 입에 인형 이빨 같은 못을 문 채 구두장이가 재빨리 물러섰다. 로니건이 뒤에서 다가와 더러운 손으로 내 불알을 움켜쥐었다 한편 웰런은 내 배에 주먹을 날리기 시작했다 경찰들이 나를 둘러싸고 폭스테리어처럼 짖어댔지만 나도 가만있지 않았다 작업장 안에서 그들을 이리저리 끌고 다니며 벽에 내동댕이쳤다.

방앗간 주인이 나타나 그만두라고 소리치자 경찰들이 그 말을 따랐다. 그는 경찰들한테 부끄러운 줄 알라고 밀했나 꽤 큰 체구에 고급 양복을 입은 그는 넙적한 얼굴이 정직해 보였다 그가 내게 수갑을 채워도 되는지 물었고 무척이나 정중한 그 태도에 나는 그래도 된다고 대답했다. 그가 법원으로 같이 가자고 하기에 양처럼 순하게 따라갔지만 조지 킹 그리고 그에게 내릴 벌에 대해서는 잊지 않았다.

스티브 하트&톰 로이드도 나를 따라 법원으로 들어왔다 메리는 벌써 앉아 있었고 내 처지를 동정하는 3쌍의 눈이 있었지만 내 관심을 끈 건 4번째 눈이었다 조지 킹의 자식 말이다. 그때 분명 내가 미쳐 있기는 했지만 피고석에서 내려다보니 그 아기가 제 아버지의 차가운 파란 눈으로 나를 노려보는 듯했다.

나는 방앗간 주인이 어떤 사람인지 단단히 착각했다는 걸 깨달았다 그는 치안판사였다. 피츠패트릭이 내게 불리한 증언을 했고 염×할 방앗간 주인은 취중 풍기문란과 폭행을 저지른 죄를 인정해 벌금 4파운드와 피츠패트릭의 옷에 대한 배상금 5실링을 선고했다 그리고 그 개××들이 나를 다시 감방으로 끌고 갔다.

메리 헌은 주머니 속 동전을 세는 스티브&톰을 보고 자기를 따라오라고 했다 그녀는 오스트랄라시아은행으로 가서 저금한 돈을 찾았고 3사람은 경찰서로 걸어가 그걸 다 정부에 바쳤다.

감방에서 나와 은인들 앞에 섰을 때 내 눈에 그들은 안 들어오고 아기의 눈과 내가 자기 핏줄에게 벌을 주려는 걸 이미 아는 것처럼 삐죽 내민 입술만 보였다. 나는 그제야 아기 이름을 알게 됐는데 그도 조지였다.

나는 영수증이 나올 때까지 기다려야 했다 하늘에서 천둥이 치기 시작했고 내 암말이 일레븐 마일 크리크를 향해 진창길을 철벅거리며 달려갈 때쯤에는 우박이 세차게 쏟아지고 있었다. 나는 용감한 말 뮤직을 독하게 몰아댔다 31구경 콜트가 벨트에 꽂혀 있고 577구경 엔필드가 방수코트 안에서 흔들렸다 화약이 젖지 않는 게 더 중요했다 몸이 춥고 떨리는 건 상관없었다.

핼로런의 집을 지날 때 우박이 그치고 해가 나더니 정부 땅에서 향긋한 안개가 올라왔다. 이웃인 브리키 윌리엄슨이 방목장을 가로지르는 모습이 눈에 띄었다 그는 장화가 벗겨져도 멈추지 않고 맨발로 진흙 위를 달렸다. 조지 킹에게 알려주러 가는 것 같아서 나는 말 옆구리에 박차를 가해 헬로런의 땅 뒤쪽을 가로질러 달려서 4단짜리 높은 울타리를 뛰어넘어 남쪽에서 어머니 땅으로 접근했다. 소우리를 돌아나오기도 전에 쐐기꼬리독수리가 하늘로 날아오르고 그 거대한 날개 주변에서 극성맞게 깍깍거리는 까마귀들을 보고 뭔가 문제가 생긴 걸 알아챘다. 마당 한가운데 조지의 밤색 암말이 처참한 꼴로 죽어 자빠져 있고 또다른 쐐기꼬리독수리가 사체 배에 머리를 파묻고 있었다. 암말이 머리와 가슴에 산탄총을 맞고 거한 파티가 벌어지는 바람에 커다란 콩팥이 벌써 절반은 사라졌고 번들거리는 푸른 내장은 제자리를 벗어나 어머니의 오두막을 향해 길게 늘어져 있었다. 독수리는 포식하고 까마귀는 공격했다. 나는 말에서 내려 엔필드를 꺼내들고 오두막으로 접근했다. 사방이 조용했다.

오두막 안으로 쳐들어갔지만 눈에 들어온 건 식탁에 잔뜩 쏟이진 곡식과 그걸 게걸스럽게 먹고 있는 쥐 3마리뿐이었다.

킹의 이름을 부르자 어머니 침대 밑에서 뭐가 부스럭거려 나는 공이치기를 당겼다.

나와 이 겁쟁아.

하지만 침대 밑에 있는 건 조지 킹의 자식들 그러니까 3살 먹은 존과 4살 엘런뿐이었다 무슨 일이 있었는지 말하라고 했지만 아이들은 어둠 속에서 새끼 주머니쥐처럼 눈만 반짝이며 꼼짝도 하지 않았다. 다른 침대 밑도 살폈지만 뒤로 나자빠져서 파리처럼 버둥거리며 죽어가는 쥐 1마리밖에 찾지 못했다.

밖으로 나가서 혹시 조지 킹이 올라갔나 싶어 후추나무 위를 살핀 다음 텃밭으로 갔다 아버지의 낡은 산탄총이 길 한가운데 놓여 있고 울타리 꼭대기에 올라앉은 어머니가 보였다. 어머니는 늙은 여자들이 장례식에서 그러듯 몸을 앞뒤로 흔들고 있었다 핏줄이 불거진 손은 배에 가 있었다. 어머니가 나를 향해 고개를 돌렸는데 눈이 푹 꺼지고 코는 더 커진 것 같았다 하루 사이 완전히 백발 할머니가 되어 있었다.

도망갔어 그 씨×놈 못 붙잡았어 어머니가 말했다.

나는 산탄총을 집어들었다 총이 뜨거웠다.

하지만 그 염×할 말은 못 가게 했지 어머니가 말했다 나는 손으로 계속 배를 감싸고 있는 어머니를 보고 다시 임신한 걸 알아차렸다 어머니는 아기를 갖기에는 너무 나이가 많아서 존 킹을 임신했을 때 이가 4개나 빠졌고 이제 뺨이 홀쭉했다. 나는 어머니를 감싸안았다 살이 하나도 없이 뼈만 만져졌다 희망이 없어 어머니가 말했다 오두막에 저주가 들었다고 그때 그 냄새 고약한 늙은이의 저주에서 벗어나지 못했다고 오두막을 몽땅 태워버리겠다며 그릇들이 없어져도 상관없다고 말했다.

나는 안다 우리에게 저주를 내린 건 다른 누구도 아니고 경찰과 부자 목장주들이다. 어머니에게 브랜디를 주려고 집에 들어갔다가 킹의 큰 컵과 그가 직접 벗겼다는 인디언 머릿가죽이 없어진 걸 알았다. 브랜디를 갖다주니 어머니는 거절도 않고 받아 마셨는데도 혈색이 돌아오지 않았고 눈에 희망의 빛이라곤 없었다.

어머니는 조지와 함께 산 세월은 저주였다고 말하며 그 증거가 여기 더 있다고 오두막 주위에 심어놓은 붓꽃을 가리켰다 나는 어머니가 꽃까지 불행의 원인으로 여기는 걸 보니 정신이 돈 모양이라고 생각했지만 다음 순간 꽃들 사이에서 움직임이 눈에 띄어 살펴보니 쥐가 1마리 있었다. 잠시 후 여러 마리가 보였는데 뒷발로 서서 앞발을 흔들며 무척 괴로운 듯 오두막 주위를 돌아다녔다.

어머니는 쥐약을 놓아 여느 쥐잡이꾼 못지않게 쥐들을 잘 처리해왔으면서도 이제 와서 쥐들의 죽음을 저주의 증거로 여기고 있었다 나는 그런 어머니가 너무 감상적으로 보였다. 누이들이 도와주러 오기를 빌었지만 매기는 빌 스킬링과 결혼한 몸이었고 그레이시는 어디 갔는지 보이지 않았다. 오후 늦게 케이트가 돌아왔다 어머니와 너무도 대조적인 케이트의 모습을 그 커다란 검은 눈과 윤기 흐르는 길고 검은 고수머리를 나는 영원히 잊지 못할 것이다. 피가 반만 섞인 남동생과 여동생이 겁에 질려 침대 밑에 있는 걸 보고 케이트가 달래 나오게 했다 핼로린네 집에 숨어 있는 그레이시를 찾아낸 것도 케이트였다.

자식들이 집으로 들어가자고 아무리 설득해도 어머니는 꼬떡 안 했다 아무도 고집을 꺾을 수 없었다 해거름에 내가 매기를 데리러 갔고 매기가 구운 양고기가 든 큰 냄비와 브랜디 1병을 들고 와서 모두 후추나무 아래서 저녁을 먹었다 그날 밤 어머니는 매기네 집에서 잤다.

다음날 나는 브리키와 함께 조지 킹의 말을 묻었다 그리고 밤이 되어서야 메리 헌에게 돌아갔는데 그녀는 로빈슨 부인의 부엌에서 내게 등을 돌린 채 아기에게 젖을 먹이고 있었다.

나 왔어 내가 말했다.

대꾸가 없었다.

자기야 나 왔어.

그녀는 돌아보지 않았다. 어디 있었어?

나는 어머니에게 새집을 지어줘야 한다고 말했다 킹 이야기는 조금도 안 했지만 메리가 아기를 어깨에 걸쳤을 때 아기는 자기를 떠나간 아버지의 차가운 푸른 눈으로 나를 바라봤다.

피츠패트릭이 메리 헌을 찾아와 나한테 말 좀 잘 해달라고 애원했다 그는 나를 아껴서 감방에 넣은 거라고 했지만 메리는 그의 협박을 잊지 않았다 그녀는 키가 150센티미터밖에 안 되고 몸도 무척 가냘팠지만 큰 장화를 신은 경찰을 베란다에서 밀어냈고 그는 발이 걸려 정원에서 비틀거렸다 이 쓰레기 같은 인간아 다시는 여기 찾아오지 마.

로빈슨 부인이 그 말 들으면 안 좋아할 텐데.

오 방금 당신이 한 말을 네드에게 전하게 만들지 마.

하지만 네드는 일레븐 마일 크리크에서 벌어지는 줄다리기 한가운데 묶인 매듭이었다 나는 날마다 어머니의 임시 거처를 짓는 일에 매달렸다 건초가 비를 맞지 않게 짓는 헛간처럼 기둥은 4개뿐이고 3면에 십자 모양 지지대를 댔다 그리고 아이언바크로 서까래 몇 개를 만들고 그 위에 나무껍질을 대고 나뭇가지를 묶어 덮었다 그 일이 끝나자 나는 새 오두막을 짓기 시작했고 어머니는 진행상황을 보며 무척 기뻐했다 못이 1개씩 박힐 때마다 어머니의 등도 펴지고 눈빛도 밝아졌다 어머니의 유일한 불만은 내가 해만지면 떠나는 거였다. 결국 나는 메리에게 샛강 옆에서 같이 야영을 하자고 했지만 메리는 어머니가 자기를 미워한다고 말했다. 로빈슨 부인이 메리의 방세로 2파운드를 내라고 해서 그 돈을 마련해줬지만 어머니에게는 그런 개인적인 사정을 말하지 않았다 그런데도 어머니는 또 쥐냄새를 맡았다.

분명 여자가 있어 어머니가 우리 방목장 쪽을 바라보며 말했다 방목장에는 평소처럼 암소가 모두 문가에 모여 있었다. 어머니는 말을 사랑했지만 소는 좋아하지 않았다.

누군지 알잖아요. 저번에 메리 데려왔었잖아요 어머니도 분명 기억날 거예요.

내가 기억해야 하니? 그레이시 저 소들 좀 우리에 넣어라.

잊었을 리가 없어요.

어머니가 고개를 홱 돌려 언한 눈으로 나를 봤다. 아 그래 안다 유부남 애를 가진 여자.

그렇게 문제들이 알에서 부화한 흰개미들처럼 우리를 향해 몰려들었다 어느 여름밤 베날라에서는 누가 메리의 방 창문을 두드리며 네드 네드 네드 불러서 우리의 잠을 깨웠다. 메리가 피츠패트릭이라고 못 들은 척하라고 속삭였지만 창문을 열고 내다보니 그 경찰관은 끔찍한 상태였다 술에 잔뜩 취한 흉한 몰골로 자기는 내 우정을 잃었으니 세상에서 제일 비참한 사람이라고 선언했다. 그러더니 베란다에서 수국 덤불로 떨어졌다 나는 그를 일으켜서 밖으로 데리고 나가 한밤중에 진창길 한가운데를 걸었다 나는 속옷 바람이고 그는 제복 차림이었다 그는 펑펑 울면서 자기가 나를 잡아 가둔 건 조지 킹을 죽이는 걸 막기 위해서였다고 말했다.

새벽 1시가 되어서야 나는 그를 진정시키고 용서했지만 그후로 3시간 가까이 또 메리를 달래야 했다 메리는 피츠패트릭에게 격렬한 분노를 품고 있었다 그가 프랭크스턴에도 여자가 있고 드로마나에도 여자가 있으면서 누구 1명 떳떳한 관계로 만들어주지 않는다고 폭로했다. 그녀는 경찰 친구가 무슨 소용이냐고 했지만 우리 켈리 가족은 그동안 플러드&홀&패럴에게 하도 당해서 피츠패트릭이 꼭 필요했고 다시 무허가 술집을 시작한 우리 어머니는 특히 더 그랬다.

일레븐 마일 크리크에서 내가 침실 공사를 하던 날 피츠패트릭이 사복을 입고 나타나 하루 휴가 내고 도우러 왔다고 했다 직접 연장을 가져왔는데 가구공에게나 어울릴 만한 좋은 끌도 있었다. 그는 아주 훌륭한 긴 대패를 조심스럽게 꺼냈고 우리는 즉시 그걸로 작업에 들어갔다.

그날 밤 베날라에서 나는 메리와 함께 침대에 누워 있다가 베란다에서 발소리를 들었다. 거짓말쟁이 악마가 왔군 메리가 말했다.

하지만 그건 스티브 하트였다 그는 안장을 훔친 혐의로 경찰에게 쫓기고 있었다 우리는 그를 바닥에 재우고 아침에 불럭 크리크로 보냈다. 나는 그에게 혐의를 벗을 방법을 찾아보겠다고 약속했다.

당신이 무슨 수로 그런 재주를 부려 갑자기 목장주라도 된 거야 메리가 물었다.

방법을 찾아봐야지.

피츠패트릭한테나 얘기하잖아.

아냐.

3일 후 피츠패트릭이 다시 일레븐 마일 크리크에 왔다 나는 그에게 스티브 하트의 혐의에 대해 알아볼 수 있는지 묻고 스티브 이야기를 아주 좋게 했다. 피츠패트릭은 알아보겠다고 약속하더니 사실은 더 급한 일로 왔다며 굿맨 부인이 댄 켈리를 무단침입&절도&강간미수로 신고했다고 말했다.

댄이 그 지역에 있었을 리 없다는 걸 알기에 나는 그건 거짓말이라고 떳떳하게 주장할 수 있었다 피츠패트릭도 내가 진실을 말한다는 걸 알았고 그건 우리 우정 덕이었다.

그가 말했다 웰런 경사조차 그녀가 거짓말한다는 걸 알아. 웰런 경사가 굿맨 부인과 그 남편을 위증죄로 집어넣을 계획이라는 내용의 메모랜덤을 멜버른에 보냈어. 댄은 감옥에 보낼 계획이 전혀 없으니까 이렇게 하면 돼. 댄을 경찰서에 데려가서 자수시켜.

왜 그래야 되는데?

그래야 댄이 무죄로 밝혀지고 굿맨 부인은 벌받을 수 있으니까.

우리는 빌 스킬링의 오두막으로 걸어갔다 거기서 어머니&케이트&매기&빌 모두 결정에 참여했다. 피츠패트릭이 떠난 후 우리는 그가 좋은 사람이고 댄은 그가 시키는 대로 하는 게 좋을 거라는 데 모두 동의했다.

다음날 아침 나는 메리에게 동생을 만나러 가야 한다고 말하고 로빈슨 부인에게 6펜스를 주며 차가운 감자 몇 알과 양고기샌드위치를 부탁했다. 바람이 심하게 몰아치는 봄 날씨였다 나는 돌풍을 맞으며 다시 1번 웜뱃산맥으로의 길고 익숙한 여행길에 올랐다 킬피라의 기름진 땅을 지나고 라이언스 크리크를 따라올라가 개간이 안 된 야생의 땅으로 들어가서 바람에 흔들리는 나무들 냄새를 맡자 여기가 내 안식처란 걸 알 수 있었다 해리 파워가 남겨준 단 하나의 훌륭한 유산 그는 공작이 장자에게 물려주듯 그 땅을 줬고 나는 길 하나 산맥 하나마다 감사했다.

불럭 크리크에서 빗방울이 떨어지는 새벽에 내 동생 댄은 내가 시키는 대로 하겠다고 말했다 댄은 감옥을 무척 두려워했지만 방수코트를 입고 모자를 눈까지 깊이 눌러썼다 스티브와 내가 함께 평원을 향해 웜뱃을 내려갔다.

우리가 베날라에 들어간 저녁때까지도 비가 내렸고 브로큰강이 많이 불어 있었다 스티브와 나는 댄 켈리가 용감하게 자수하는 모습을 지켜봤다 댄은 촛불에 의지해 감방으로 끌려갔다.

피츠패트릭이 약속한 대로 그 사건은 곧 재판에 부쳐졌고 댄은 중대한 혐의를 모두 벗었다 그런데 엽×할 치안판사가 목청을 가다듬더니 추가로 재산손괴죄로 3개월형을 선고했다.

형이 선고될 때 동생 눈이 내게로 향했다 댄은 겨우 16살밖에 안 된 손톱에 때가 새까맣게 끼고 검은 머리가 두피에 착 달라붙은 꾀죄죄한 소년이었다. 맙소사 댄이 내게 눈을 찡긋했다 끌려가는 동생을 보고 있자니 가슴이 찢어졌다. 그걸로 나와 알렉산더 피츠패트릭 순경의 우정은 끝났다.

그때는 1877년이었고 정부가 위기를 겪고 있어서 감옥이나 판사에 들일 돈이 없었다 그래서 2월에 감옥에서 나온 댄은 얼마나 고생을 하고 배를 곯았는지 옷은 몸하고 따로 놀고 눈은 흐리멍덩하고 몸은 딱지투성이었다. 그는 내가 사는 어런들 스트리트로 찾아왔다 나는 지금 경찰이 실적을 올리려고 아무나 잡아들이고 있으니 사람 사는 곳을 피해야 한다고 말했다.

댄은 불럭 크리크로 돌아갔고 곧 조 번&에런 셰릿 같은 친구들이 합류했다 그들도 불도그개미처럼 성가시게 구는 경찰 때문에 집에서는 살 수 없었던 것이다. 3월 어느 날 저녁 피츠패트릭이 우리집 문을 두드렸을 때 나는 이미 짐을 싸서 불럭 크리크로 가고 있었다.

내 앞으로 나온 영장은 휘티의 말들을 훔친 혐의였지만 4주 후 댄 켈리&잭 로이드에게 발부된 체포영장은 휘티의 도둑맞은 말들을 판 사람들과 닮았다는 이유였다.

그래서 경찰이 말벌처럼 우리 주위에서 윙윙거렸고 부활절 일요일에 로니건 순경이 베날라에서 미사를 보고 집에 돌아가는 어머니 뒤를 따라붙었다. 거기서 누구를 체포할 생각이었는지는 모르지만 그는 실망스럽게도 어머니가 딸을 낳는 것만 거들게 됐다.

우리는 어머니 아들들이라 3명의 동방박사처럼 세상에 나온 아기를 환영하러 갔다 조 번도 함께였다. 해거름이었고 새들이 나무 위에서 안달하고 있었다 새들도 내 친구가 피우는 파이프 효과를 본 모양이었다. 남은 평생이 결정되기 직전이었지만 그는 오두막 사각지대에 나와 나란히 앉아 아편의 향긋한 냄새에 휩싸여 있었다. 아편은 감각을 둔하게 만든다지만 조는 아편을 피우면서도 어머니 집 앞 베란다에서 쿵쿵거리는 장화소리를 들었다.

경찰이다 조가 말했다. 피츠패트릭이야.

나는 말발굽소리조차 듣지 못했다. 피츠패트릭이 확실해? 내가 물었다.

조는 움직이지 않았지만 내가 벨트에서 콜트 권총을 뽑는 걸 연푸른 눈동자로 지켜봤다.

댄한테 체포영장 나온 거 알아? 그가 물었다.

나도 나왔어 내가 말했다 나는 약실 6개에 다 장전하고 윤활유로 봉한 다음 다시 조심스럽게 벨트에 꽂았다. 그사이 조는 나한테서 눈길을 거두고 달콤한 연기가 위로 올라가 어두워져가는 벽에 거미줄처럼 달라붙는 광경을 지켜보고 있었다.

나는 조용히 그에게 욕을 하고는 오두막 남쪽으로 돌아갔고 거기서 창문으로 댄을 봤다. 댄은 토끼처럼 굳어서 자신의 운명 즉 알렉산더 피츠패트릭을 바라보고 있었다. 한편 어머니는 틀니를 끼고 그레이시한테 뭐라고 말했고 그레이시가 밖으로 달려나가더니 잠시 후 케이트를 달고 왔다.

피츠패트릭이 케이트를 거칠게 끌어당겨 무릎에 앉히는 게 보였다 그 이상은 나도 참을 수 없었다 나는 태연히 문 앞에 모습을 드러냈다.

꺼져 내가 명령했다.

피츠패트릭은 내 총을 보고도 들은 척 않고 케이트의 손을 주물렀다. 어머니는 그런 짓에 눈감은 채 오븐 뚜껑을 열고 긴 자루가 달린 삽으로 껍질이 딱딱한 빵 2덩어리를 꺼냈다.

씨× 무릎에서 내 동생 내려놔.

피츠패트릭이 한숨을 쉬며 말했다 기껏 보호해주는데도 내가 어떤 대접을 받는지 알겠지?

걱정할 거 없어요 우리가 결혼한다는 거 들으면 오빠도 당신에게 잘해줄 거예요 케이트가 대답했다.

이 멍청한 계집애 그 자식은 너랑 결혼 못해 내가 외쳤다.

피츠패트릭이 케이트를 무릎에서 밀어냈다 그의 손이 벨트에 찬 권총 근처로 가는 걸 본 내 손은 이미 콜트 위에 있었다.

뭐하자는 거야 그가 물었다.

너 여자 있잖아 이 개××야.

그 말이 어머니의 주의를 끌었다.

저 ×× 약혼한 여자가 따로 있고 프랭크스턴에 임신시킨 여자도 있어요.

어머니는 주저 없이 삽을 쳐들더니 피츠페트릭의 머리를 내리쳤다 그의 헬멧이 벗겨졌다 그는 비틀거리며 45구경 권총을 빼들었다 내가 31구경 권총을 발사해서 그의 손목을 쏘자 총이 바닥에 떨어졌다.

갓난아기가 빽빽거렸고 조 번이 문가에 나타났다 동공이 작은 핀만했다 그가 우리 아버지의 낡은 산탄총을 얼추 피츠패트릭에게 겨눴다. 꼬마 존 킹이 제일 먼저 침대 밑으로 후다닥 기어들어갔고 일찌감치 도망쳤던 케이트는 자기 침대 커튼 뒤에서 신음했다. 나는 조에게 총 내려놓고 아이들을 매기 스킬링에게 데려가라고 지시했다.

브리키 윌리엄슨이 조를 흘끗 보더니 자진해서 아이들을 챙겼다 아이들을 몰고 가는 그의 모습이 새끼돼지들에게 젖을 빨리며 도망치는 늙은 암퇘지 같았다.

피츠패트릭은 피가 흐르는 손을 손수건으로 감싸려고 했다 그가 내 앞에서 몸을 움츠렸다. 그런 게 아냐 그가 말했다.

입 닥쳐 어머니가 외쳤다 어머니는 45구경 경찰총을 집어들고 배신자 피츠패트릭에게 겨누고 있었다 손은 밀가루 범벅에 어금니를 악물고 있었다 눈은 강한 의지로 이글이글 타올랐다.

이 씨×놈 내 딸을 망쳐놨어.

피츠패트릭은 어머니가 그걸 문제삼는 게 놀라운 모양이었다.

우는소리하면서 사기치는 사내××들 지긋지긋해 어머니가 크고 납작한 엄지손가락으로 공이치기를 당기며 말했다 지난번 그놈을 그냥 보내준 건 내 실수였어.

그러자 피츠패트릭이 울기 시작했다 자기가 나쁜 인간인 걸 안다며 살려주기만 하면 하늘에 맹세코 절대 상부에 보고하지 않겠다고 말했다 콧물이 수염으로 흘러내렸다 하지만 그런 비참한 꼴도 어머니의 동정을 사지 못했다 어머니는 그의 머리에 침을 뱉고 애니가 버드나무 아래 묻혔다고 내 딸 하나가 벌써 경찰×× 거시기 때문에 죽었다고 외쳤다. 나는 어머니가 그를 쏠 수도 있다고 생각했다.

총 줘요.

어머니의 머리는 핀이 반쯤 빠져 산발인데다 눈빛도 이상했다. 나는 아주 천천히 움직이며 45구경 권총을 향해 손을 뻗었지만 차갑고 단단한 총신을 잡고도 어머니 행동을 예측할 수 없었다.

엄마 놔요.

어머니의 입꼬리가 처졌다. 조심해요 안 그러면 나도 버드나무 아래 묻힐 테니까 내가 말했다.

그 말에 어머니는 입술을 일그러뜨리더니 끔찍한 비명을 지르며 머리칼을 쥐어뜯기 시작했다. 나는 권총의 지독한 무게를 떠안았고 어머니는 어둠 속으로 달려나갔다 강가에서 울려퍼지는 어머니 통곡소리가 들렸다 그런 슬픈 통곡을 너는 들어보지 못했을 것이다 거기에는 빌 프로스트와 조지 킹 잃어버린 자식들 어머니가 겪은 모든 상실과 아픔이 담겨 있었고 듣는 사람 창자를 쥐어짰다.

피츠패트릭 주위에는 그에게 배신당한 사람들뿐이었다 댄&나&침대에서 흐느끼는 케이트 오두막은 우리가 도저히 견딜 수 없는 고통으로 가득했다 나는 총알을 뺀 다음 그에게 권총을 돌려줬다.

네가 피츠패트릭 순경의 진술서를 읽는다 해도 우리가 그 코흘리개 개×놈한테 베푼 친절은 알 수 없을 것이다. 조가 그에게 럼주를 따라줬다 나는 그의 손에 박힌 총알을 빼낸 뒤 붕대를 감아줬다 그는 오두막을 떠나며 문간에 서서 이런 말로 내게 고마움을 표시했다 마침 조 번이 그걸 적어둬서 여기 증거로 내놓을 수 있다.

피츠패트릭: 넌 지금까지 내가 만난 누구 못지않게 훌륭하고 오늘밤 네 덕분에 목숨을 구했다는 걸 나도 안다는 걸 알아주면 좋겠군 난 목숨을 건질 자격이 없고 너한테 신망을 잃은 게 몹시 유감스러워 난 그 누구보다 네 신망을 얻고 싶으니까.

그가 떠난 후 조는 다음 대화를 기록했다.

E. 켈리: 저 말 어떻게 생각해?

J. 번: 그 자식 뜨거운 쇠로 지졌으면 좋겠는데 씨×놈이 우리 모두를 밀고할 거야.

그의 말대로 되었다.

스트링이바크 크리크에서
벌어진 살인

뉴사우스웨일스은행 편지지, 중간 크기 용지(약 가로 20센티미터, 세로 25센티미터) 42장. 물에 얼룩진 자국.

피츠패트릭을 쏜 데 따른 추적. 도망자들이 필연적으로 체포되리라고 경찰이 예상한 증거. 스트링이바크 크리크 총격전에 대한 설명과 자신들의 행동이 정당방위였다는 켈리의 반복적인 주장. 댄 켈리가 경찰의 발포로 부상당한 정황에 대한 증언. 애런 셰릿의 정찰 및 후원. 홍수 난 머리강을 건너려는 수차례의 시도, 경찰 감시를 뚫고 원 마일 크리크를 과감히 건넌 일.

어머니는 새 오두막에 돌아온 후 절대 그곳을 떠나지 않으려 했다 불가에 앉아 재에 그림만 그리고 있었다 경찰관을 위협했으니 처지가 곤란해진 게 빤한데도 나는 도망치라고 어머니를 설득할 수 없었다.

어머니 감옥에 가는 건 싫잖아요.

넌 내가 뭘 원하는지 몰라.

나는 평생 어머니를 곁에서 지켰다 10살 때 어머니에게 고기를 주기 위해 머리 씨의 암소를 죽였다 우리 불쌍한 아버지가 돌아가셨을 때는 어머니를 도와 일했다 나는 맏아들이라 농사일을 거들기 위해 12살 때 학교를 그만뒀다 어머니가 금을 가질 수 있도록 해리 파워를 따라나섰다 먹을 게 없을 때는 열심히 일했다 돈이 없을 때는 훔쳤다 그리고 아무짝에도 쓸모없는 프로스트&킹이 사슬에 묶인 암캐에게 접근하는 비겁한 들개처럼 주위를 맴돌 때 어머니를 보호하려고 애썼다.

여기서 떠나라 네 동생이나 구해 내가 한 짓은 내가 책임질 테니 어머니가 말했다.

아녜요 그 개××는 나를 잡으러 온 거였다고요 댄이 말했다.

가라니까 어머니가 사납게 말했다 제발 내 일은 내가 알아서 하게 내버려둬.

케이트는 자기 침대에서 울부짖었다 댄이 제일 괴로워하며 어머니 손을 잡으려고 했다 어머니는 아무 짓도 안 했어요.

어머니는 손을 뿌리쳤다 내가 바보였다 어미로서 천하의 바보 짓을 했어.

어머니는 단호히 댄을 내게 밀쳤다 걔를 돌봐줘라 힘들게 태어난 애야 쓸모없는 인간이 되게 두지 마 내 말 알아들어?

예 어머니.

넌 경찰이 걔를 못 찾게 숨겨 일아들어? 난 케이티와 같이 있을 테니까.

나는 그 어두운 오두막에서의 마지막 순간을 자주 떠올린다 케이트는 침대에서 울고 어머니는 우리 둘의 뺨에 키스했다.

가라 내 영혼이 너희 안에 함께 있을 거다 어머니가 말했다.

다음날 우리 아들들은 멀리 떠나 있어 살인미수 혐의로 수배되어도 안전했다 우리는 경찰이 찾을 수 없는 장소에 있었다. 고통을 당한 건 일레븐 마일 크리크에 남은 사람들이었다. 매기의 남편 빌 스킬링은 사건이 발생했을 때 6킬로미터 떨어진 곳에 있었고 증인도 있었지만 체포영장이 나왔다. 브리키 윌리엄슨은 아이들을 안전한 곳으로 데려가기만 했는데도 피츠패트릭의 거짓말 때문에 살인미수 방조 혐의를 받았다. 어머니도 같은 혐의를 받았고 내가 어머니를 지키지 않고 떠나는 바람에 소 방목장에서 버섯 뽑듯 쉽게 경찰이 어머니와 갓난아기를 데려갔다. 어머니와 아기는 비치워스 감옥에 갇혔다.

그리고 거기서 레드먼드 배리 경이 고사리 덤불에 숨은 거대하고 뚱뚱한 거머리처럼 어머니를 기다리고 있었다 거머리의 유일한 목적은 살아 있는 피를 빨아먹는 것이다 배리 경은 유리카에서 반역자들의 목을 매달려고 했던 바로 그자였다* 집에 불을 지른 제임스 삼촌에게 사형을 선고한 바로 그자였다. 우리는 그가 재판을 맡는다는 소식을 듣고 징크 변호사를 통해 어머니&아기를 풀어주면 자수하겠다고 전했지만 그 위대한 분은 우리를 장화에 묻은 개똥만큼도 안 여겼다. 그는 우리 촌놈들에게 본때를 보이겠다는 말을 전해왔다.

나는 그에게 똑같이 하겠다고 맹세했다.

케이트가 이제 평생 피츠패트릭을 안 보겠다고 하자 그 비겁한 경찰은 아기 조지에게 줄 수놓인 옷을 들고 어린들 스트리트를 살금살금 내려갔다 월요일 밤 9시였고 엄마&아기는 잠들어 있었지만 피츠패트릭은 그런 걸 신경쓸 인간이 아니었다 그는 메리의 방

---

* 1854년 채굴산업이 번성한 밸러랫 지역에서 영국 정부의 압제에 반발한 광부들이 봉기를 일으킨 유리카 방책 사건. 무력충돌 결과 정부군이 압승했다.

창문을 두드리며 아기에게 당장 새 옷을 입히라고 했다. 그의 명령을 무시하는 건 너무 위험한 일이라 어쩔 수 없이 메리는 조지에게 옷을 입히고 유모차에 뉘어 베란다로 데리고 나갔다.

물론 피츠패트릭은 아기에게 아무 관심이 없었다 그는 성냥불을 켜서 조지가 경기를 일으키게 만들더니 울음소리는 아주 신물이 난다고 말했다. 그러고는 메리에게 도움이 필요하지 않냐고 이제 네드 켈리가 쫓기는 몸이 됐으니 어떻게 살 거냐고 걱정해줬다.

메리는 그의 새 부리 같은 코를 잡아당기고 싶은 생각이 굴뚝같았지만 오스트랄라시아은행에 저금해둔 돈이 조금 있다고만 했다.

그건 가장 똑똑한 방어였기에 피츠패트릭은 잠시 아무 말 못하다가 은행에서 이자는 제대로 받고 있느냐고 물었다.

메리는 모른다고 대답했다. 그걸 누가 알겠어요?

통장 내놔봐 피츠패트릭이 말했다. 은행원들은 건달이라 가끔 이자 적는 걸 깜빡한다니까 모르긴 몰라도 은행 이익금 절반은 깜빡한 이자로 벌걸.

메리는 빌미를 주고 싶지 않았지만 그가 노려보며 고집을 부렸다 메리는 어둠 속 들개처럼 빛나는 그의 눈에서 증오를 느낄 수 있었다.

피치 나중에 찾아서 보여줄게요 어디 숨겨놨는지 기억이 안 나요 그때 아기 조지가 기침을 하기 시작했다. 자 이제 이 녀석을 안에 들여다 재워야겠어요.

아니아니 아직 안 돼 아직 아기를 제대로 못 봤어.

메리는 피츠패트릭이 또 성냥불을 켤까봐 각오했으나 갑자기 그가 변소 좀 써야겠다고 말했다. 변소에 다녀온 그는 아기는 잊고 라탄 의자에 앉아 다리를 쭉 뻗었다.

내가 비밀 하나 알려주지 그가 말했다.

조지를 안에 뉘고 와서 들을게요 메리가 말했다.

지금 들어 내가 증권보호협회에 얘기해봤는데 거기 사람들이 널 기꺼이 도와주겠대.

메리는 웃음을 참을 수가 없었다. 그 부자 목장주들이 내 이름을 안다면 그건 내가 헤픈 여자라는 소문을 들었기 때문이겠죠.

네드 켈리를 잡도록 도와주면 그들은 너를 성모마리아로 생각할 거야. 메리는 자신의 머리칼을 스치는 입을 느끼고 그가 생각보다 더 가증스러운 인간이란 걸 깨달았다. 그녀가 말했다 아뇨 피치 난 그런 짓 절대 못해요.

아기를 위해서도?

그녀는 너무 떨려서 말을 할 수 없었다. 피츠패트릭이 안락의자에서 몸을 내밀더니 성냥을 그었다. 내가 실례 좀 했지 그가 말했다 메리는 그의 손에 들린 푸른색 은행통장을 봤다. 피치! 당신 내방에 갔었군요 이리 줘요.

메리 이건 내가 갖고 있어야겠어 물론 괜찮겠지.

메리는 그가 왜 통장을 원하는지 알 수 없었지만 불빛에 비친 그의 잔인한 눈을 봤다. 오 피치 왜 나를 미워하는 거죠?

피츠패트릭이 성냥불을 불어 껐다 어두운 공기 중에 유황냄새가 코를 찔렀다. 난 너 안 미워해 하지만 아무 치안판사한테나 이 통장을 보이면 네가 아이를 부양할 수 없다고 생각할걸 아이는 법적으로 위험에 처한 상태가 되는 거지.

그는 아기를 빼앗아 고아원에 보낼 거고 그럼 그녀 때문에 아기가 먼저 죽을 거라고 협박했다.

좋아요 당신 제안 생각해볼게요 메리가 말했다.

그래 피츠패트릭이 차갑게 말했다 내일 정오까지 경찰서로 연락해.

그가 떠나자마자 메리는 도망쳐야 한다는 걸 알았다 조지를 태운 유모차를 방으로 밀고 가서 아기에게 내복 잠옷 재킷 숄을 잔뜩 껴입혔다 아기는 팔다리가 깁스한 것처럼 뻣뻣해져서 요란하게 울어댔다.

로빈슨 부인의 자동피아노가 〈뱃사람 폴카〉를 연주하는 동안 메리는 몇 안 되는 소지품을 스카프에 둘둘 말아 모직카디건에 쌌다. 그러다 마음을 바꿔 아기 주위에 그것들을 쑤셔넣고는 유모차를 끌고 복도를 지났다 마룻바닥이 고상한 목상수의 묵직한 부츠 아래서 몸서리를 쳤다.

그녀는 어런들 스트리트로 나가서 일레븐 마일 크리크로 이어지는 구멍이 움푹움푹 팬 길을 향해 바람과 어둠을 뚫고 유모차를 밀었다.

그녀는 천사들을 보내 우리를 인도하고 보호하는 전능하고 자비로운 하느님께 기도했다 우리가 여행길을 떠날 때부터 돌아올 때까지 길동무가 되어주고 그들의 보이지 않는 보호막으로 우리를 감싸고 충돌과 화재와 폭발과 추락과 명의 모든 위험으로부터 지켜줄 것을 천사들에게 명령해주소서. 구름 사이로 보이는 달조차 위안

대신 섬뜩함을 안겼다 구름이 점점 더 낮아지고 무시무시해졌다
베날라 북쪽에서 바람과 함께 바늘처럼 가는 비가 얼굴을 찌르기
시작했다. 그녀는 코트를 벗어 아기를 덮어줬고 빗줄기가 굵고 거
세지면서 흠뻑 젖었다. 켈리에게는 그리 나쁜 밤이 아니었지만 메
리에게는 심각한 고난이었다. 그녀는 중국인 원주민 부랑자가 무
서웠고 자기 심장소리가 말발굽소리처럼 귓가에 쿵쿵 울렸다.

새벽어둠 속에서 너희 고모 케이트는 그레타 방향에서 절룩거
리며 걸어오는 낯선 여자를 봤다 스킬링 오두막 윌리엄슨 오두막
그리고 켈리 오두막을 지나쳤다가 되돌아오던 네 엄마는 발이 온
통 찢어지고 물집이 잡혔지만 아기는 흔들리는 유모차에서 곤히
잠들어 있었다.

오 하느님 저를 불쌍히 여기소서 저는 무슨 일이 있어도 그를
배신할 수 없어요 메리가 외쳤다.

케이트는 그 여자가 나와 무슨 관계인지 몰랐지만 네 엄마를 오
두막 안으로 들였다 두 사람은 조지가 무사한지 먼저 확인했고 그
다음 케이트가 낯선 여자의 발에 식초를 바르고 갈색 종이를 붙여
줬다 그러고 나서야 케이트는 그녀가 누군지 알게 됐고 피츠패트
릭이 그녀에게 저지른 죄에 대해서도 들었다.

여기는 당신 집이에요 당신의 진짜 가족과 함께 있는 것만큼 안
전해요 내 누이가 말했다.

레드먼드 배리는 양가죽 가발을 쓰고 우리 어머니에게 알렉산
더 피츠패트릭 순경 살인미수 방조죄로 3년형을 선고했다 그리고

아기를 어머니와 떼어냈다 그는 잔인하고 무자비한 개××였다 이
제 그의 차례가 올 것이다.

웜뱃산맥은 가파르고 구불구불했다 깊은 협곡이 깎아지른 절벽
에 둘러싸여 있었다 그런데도 우리 야영지 위치를 아는 사람이 너
무 많아서 안전하게 느껴지지 않았다. 맨 먼저 에런 셰릿이 아편인
지 거시기인지가 든 나무상자를 가져왔다. 그다음엔 지미 퀸이 왔
고 그다음엔 와일드 라이트가 찾아와서 자기가 맨스필드 중심가에
있는 핀치의 마구 제작소 주위를 어슬렁거리고 있었을 때 얘기를
했다. 모스 핀치는 입이 무거운 염×할 노인네로 사람들과 말을 잘
안 했고 특히나 말썽꾼에 좀도둑으로 일대에 소문이 자자한 와일
드 라이트한테는 더 안 했다. 와일드가 기름투성이인 그 가게의 긴
그림자 사이를 얼쩡거리자 모스 핀치는 대놓고 물었다.

아이제이아 무슨 일로 왔나?

흑맥주 1잔 사달라고요.

아 하지만 난 술 안 마신다는 거 알잖나.

지금 아저씨 얘기 하는 게 아니잖아요.

그냥 농담으로 한 말이지 와일드는 술을 얻어마실 거란 기대는
없었다 따분해서 뭐 재미난 일 좀 없나 찾아다니고 있었을 뿐이다
그때 모스가 아주 긴 가죽띠를 꿰매 만들고 있던 벨트인지 끈인지
가 주의를 끌었는데 정확히 그게 뭔지 알 수 없었다.

이건 뭐예요?

아 조심해 버클 떨어뜨렸잖아.

와일드는 버클을 작업대에 올려놓았다. 7미터가 넘는 벨트를 누

가 쓴대요?

모스가 묵묵부답이자 와일드는 기분이 상했다 그는 늘 다혈질이었다. 도르래 벨트구만 그가 말했다.

그래도 모스는 대답이 없었다.

씨× 이거 어디 쓰는 거냐고. 툭하면 무시당한다고 생각하는 와일드는 목소리를 높였다.

아이제이아 내려놓게 알다시피 난 딸린 식구들이 있어 장난할 시간 없다고 하지만 모스의 말이 끝날 때쯤 아이제이아 라이트는 그에게 얼굴을 바싹 들이대고 있었다.

이게 어디 쓰는 물건인지 말하는 게 좋을걸.

모스는 초조하게 앞치마 주머니를 뒤졌다 자 1실링 줄 테니 가서 술 사먹고 진정하게.

그건 진짜 엄청난 일이었다. 모스 핀치가 평생 누구한테 술 1잔 사준 적이 없다는 건 맨스필드 전체가 아는 사실이었다.

와일드는 돈을 주머니에 넣었다. 먼저 이게 뭔지 말하시지.

좋아 아이제이아 이건 장의사라고들 부르는 걸세.

오호 와일드가 말했다 그건 산사람들이 계속하라는 뜻으로 하는 말이었다.

그래 그렇게들 부르는 물건이야.

뭐하는 건데요?

입에 담기 끔찍한데 시체 옮기는 데 쓰는 거야 시체를 짐말에 묶을 때 말이야 장의사라고 했잖나 자 이제 그만 나가 일해야 되니까. 모스는 지저분한 노란 밀랍덩어리를 집어 실에 문질렀다 밀랍에 십자 모양으로 깊은 고랑이 파였다.

누가 만들어달라고 했는데요?

그건 자네가 알 바 아냐.

에이 말해줘요 내가 아저씨한테는 아무 짓도 안 했잖아요 안 그래요?

모스는 그게 무슨 상관이냐고 말했지만 와일드가 대답을 꼭 들어야 직성이 풀리리란 건 알았다.

아저씨한테는 1번도 피해 안 줬잖아요 말을 빌리거나 그런 적 없잖아요.

모스는 십자 모양 선에 비밀이라도 숨겨진 듯 밀랍을 들여다봤다. 좋아 그가 말했다 케네디 경사가 주문했어 이제 그만 가봐.

케네디가 누굴 죽일 계획이죠?

모스 핀치가 사납게 노려봤다.

맙소사 켈리 형제들을 죽이려는 거군 와일드가 외쳤다.

그래서 와일드가 그 소식을 전하러 50킬로미터를 달려온 거였다. 그때부터 우리는 우리의 장의사인 그 가죽벨트가 뱃속에 거대한 촌충처럼 자리잡고 평생 날마다 점점 커가는 상상을 했다. 그날 저녁에는 어둠이 내려도 누구 하나 요리를 안 하고 불가에 앉아 커다란 생나무에서 흘러나온 수액이 지글지글 끓는 것만 바라보고 있었다 나는 어린 친구들이 제일 마음 쓰였다. 스티브와 댄은 나란히 쪼그려 앉아 홍차를 홀짝였다 그들은 용감하게 모자 그늘에 감정을 숨기고 있었다.

정어리 통조림을 먹고 코트로 몸을 감싸고 잠자리에 누웠을 때 조 번이 입을 열었다. 거시기에 취했을 때처럼 우울하고& 쉰 목소리였다.

그는 미국이나 아프리카로 가겠다고 빠를수록 좋다며 미래가 뻔히 보인다고 말했다. 네드 그래도 괜찮지? 그가 물었다.

괜찮아.

너희도 같이 가도 돼 일단 깁슬랜드로 건너간 다음 이든에서 배를 구하면 돼. 경찰이 깁슬랜드까지 쫓아오진 않겠지 머리강을 건너는 지점은 감시할 거야. 네드?

네드는 안 가 스티브가 말했다.

내가 왜 안 가는데?

켈리 부인 곁을 안 떠날 거잖아 그가 말했다 맞는 말이었다.

아침이 되자 조는 몸이 안 좋다며 안 떠났다 다음날도 다리&배가 아프다며 남아 있었다. 아무 말 안 했지만 나처럼 그도 가죽띠 꿈을 꾼 게 분명했다.

3일 후에도 그는 아직 남아 있었고 와일드 라이트가 마치 나쁜 소식이 제 어머니를 찾아오듯 다시 우리에게 달려왔다. 씨× 케네디 경사가 그가 외쳤다.

나는 그의 말고삐를 잡아끌고 다른 사람들한테 안 들리는 데로 가려고 했지만 이미 스티브&댄이 옆에 와 있었다 솜털이 보송보송한 얼굴에 두려움이 분명히 쓰여 있었다.

무슨 소식이지 친구?

와일드는 바지 보양을 풀고 말의 뱃대끈을 느슨하게 풀었다. 경찰이 염×할 스펜서 대원들을 데려왔어 그는 안장을 벗겨 스티브에게 건넸다.

댄이 물었다 뭘 데려왔다고?

댄 물 1잔 갖다줄래 와일드가 말했다.

나는 그가 어린 댄을 배려해 못 듣게 하려고 그런 줄 알았는데 그는 댄이 돌아오기를 기다렸다가 말했다. 케네디 개××가 52구경 스펜서 연발총을 빌려왔어.

케네디 누구?

케네디 경사 댄.

젠장.

목사한테서 산탄총을 구했고 우즈포인트의 황금 호위대*가 쓰던 스펜서도 준비했대 경찰이 씨× 너희를 죽일 작정이야 와일드가 말했다.

젠장.

스펜서가 뭔데? 댄이 물었지만 아무도 대답 안 했다 스펜서는 최신 전쟁기계였다.

뭐 그들이 우리를 못 찾으면 쏠 수도 없지 내가 말했다. 농담으로 넘기려고 했는데 조가 험악한 눈길을 보냈다.

와일드는 떠나면서 맨스필드의 새 우체국 지붕에서 훔친 납덩어리를 우리에게 선물로 줬다. 스티브가 주전자를 가져왔고 새 총알을 만들 수도 있었지만 스펜서에는 상대가 안 된다는 걸 틀림없이 그도 알았을 것이다.

---

*19세기 중반 빅토리아주에서 금 운송을 경호한 특별 호위대.

나는 어린 댄을 데리고 샛강 쪽으로 산책 나가서 조가 우리를 떠나더라도 너는 내 옆에 있는 게 더 안전하다고 말했다. 해리 파워와 나는 이곳에 여러 번 숨었고 아무도 우리를 못 찾아냈어.

씨× 나도 어머니 안 떠나 형만 그런 게 아니라고.

네가 떠날 거라는 말 안 했어 대니.

씨× 대니라고 부르지 마.

댄.

형은 사람들 앞에서 날 대니라고 불렀어 씨× 아기 때 이름을.

그럼 댄.

고마워 네디 댄은 씩 웃더니 다리를 차서 나를 쓰러뜨리려고 했다 댄은 작은 장난꾸러기 족제비였다 나는 캥거루 사냥개와 놀듯 댄과 레슬링을 했다. 흙먼지 속에서 구르며 나는 웃고 있는 댄의 꾀죄죄한 얼굴을 봤다 평생 우리는 이렇게 뒤엉켜 있었고 동생을 죽게 둘 수 없었다. 오두막이 우리 요새였다 하지만 지금 보니 처음 봤던 14살 때만 해도 오두막이 약하고 눈이 멀었다고 생각했던 기억이 떠올랐다.

여기 있으면 아무도 못 찾아 나는 댄에게 그렇게 말하고 조를 불러 같이 정찰 나가겠느냐고 물었다. 조는 망설이다가 말에 안장을 얹었다 우리는 툼벌럼으로 향했다 경찰이 맨스필드에서 장의사를 가져올 때 그쪽으로 올 테니까. 곧 긴 산등성이에서 물웅덩이가 생긴 작은 언덕에 도착했고 조가 부드러운 모래흙에서 뭔가를 발견하고 휘파람을 불었다. 염×할 그가 말했다 경찰 말 4마리와 우리 시체를 맨스필드로 실어갈 짐말이 지나간 자국이었다.

우리는 무거운 침묵 속에서 1시간가량 더 달렸고 다시 휘파람소리가 들렸다.

염× 여기 경찰이 더 있어.

사랑하는 딸아 너에게 거짓말은 하지 않으련다 나는 2번째 말 발자국을 보고 겁에 질렸다 우리 은신처가 발각된 게 분명했다. 이 2번째 패거리는 캥거루 길을 따라 스트링이바크 크리크의 옛 금광으로 갔는데 스트링이바크 크리크와 불럭 크리크는 중간에 샛강 하나밖에 없는 가까운 거리였다.

오두막으로 돌아오는 길에 나는 조가 기회가 있을 때 못 떠난 자신을 바보라고 생각한다는 걸 알 수 있었다. 그는 강한 남자였고 뱀눈 총알눈으로 불렸지만 그에게 그런 별명을 붙인 사람들도 자신을 파괴할 총신을 내려다보는 24살 청년의 눈은 보지 못했다.

어둠이 찾아오자 쉽게 경찰의 위치를 알 수 있었다 그들은 스트링이바크 크리크의 눈에 잘 띄는 빈터에서 야영하고 있었다 쓰러진 나무 4그루가 직각으로 만나는 십자 모양의 적당한 위치에 불을 피웠다. 불길이 너무 커서 모두 무대 위 배우처럼 환한 빛을 받고 있었고 토마토나 경작지 이야기를 하면서도 무시무시한 무기를 어깨에서 내려놓지 않았다 눈도 계속 어둠 속을 주시하고 있었다. 나는 스트런 순경과 플러드 순경을 알아봤고 그렇게 불빛에 모습을 환히 드러낸 그들이 멍청하기 짝이 없다고 판단했다.

메아리가 잘 울리는 곳이라 잔가지 하나만 꺾여도 큰 사건이었다 우리 뒤쪽에서 가지가 요란한 소리를 내며 땅에 떨어지자 경찰 둘이 벌떡 일어나 어둠에 대고 총을 겨눴다. 거기 누구냐! 꼼짝 마라! 등등. 본인은 몰랐지만 스터런은 그때 내 가슴을 향해 똑바로 총을 겨누고 있었다 하지만 연발총을 든 경사는 꼼짝 않고 앉아서 순경 3명을 비웃었다. 이런 순 겁쟁이들 같으니라고.

스터런이 천천히 총을 내렸다 그래서 조&나는 포아풀 덤불로 들어가 들개처럼 조용히 불럭 크리크로 후퇴했다. 스터런 순경이 경사의 조롱 어린 웃음에 맞서 다시 토마토 이야기를 하는 소리가 아직 귀에 들렸다.

모퉁이를 돌자 조가 내 귀에 대고 다급하게 말했다 친구 경사가 갖고 있는 염×할 연발총 봤어? 나는 조의 미소냄새를 맡았다 어둠 속에서 정어리 통조림 뚜껑이 열리는 것 같았다. 씨× 그게 스펜서야 그가 말했다 나는 손으로 그의 입을 막으며 아가리 닥치라고 했다. 아 정말 근사한 물건이야 스펜서. 나는 그의 가슴에 주먹을 날렸지만 눈앞에서 웃는 그를 보게 되어 무척 기뻤다 조 번은 행복할 때 강력한 힘이 되니까. 나는 우리 문제가 해결되면 염×할 스펜서를 하나 사주겠다고 말했다.

나무에서 잘 자라는 사과를 왜 돈 주고 사?

닥쳐 우리는 2명이고 저쪽은 4명이야 우리가 가진 건 카빈하고 해리의 낡은 31구경뿐이고.

내 계산으로는 우리 4명인데.

댄은 빼.

넌 댄의 보모가 아니야 동생을 보호하고 싶으면 제대로 된 총을 주라고.

개 총 있어.

젠장 켈리 우린 저 개××들한테 포위될 거라고. 지금 무기를 빼앗지 않으면 별수없이 죽을 거야.

틀린 말은 아니었지만 나는 인생의 다음 단계를 선뜻 정할 수 없었고 결국 결정을 내리지 못한 채로 불럭 크리크에 도착했다.

그날 밤 조는 나와 함께 야영지 위에 있는 산등성이에서 보초를 섰다. 자정에서 1시간쯤 지나 바람 방향이 남쪽으로 바뀌면서 길고 거센 돌풍이 되었고 그러자 한동안 바람이 잠잠했던 산에서 죽은 나무들이 우리 주변에 쓰러지기 시작했다 하늘에서는 거대한 구름층이 달과 별을 모두 가리고 있었다.

차디찬 아침 공기에서 비냄새가 나는 것 같았다 내 마음은 멜버른 감옥으로 향했다 빗줄기가 어머니 감방의 양철지붕을 요란하게 두들기고 있으리라. 나는 어머니를 보호해주지 못한 대신 동생 댄을 더 잘 보살피기로 다짐했다. 보초를 설 때만 해도 댄에게 무척이나 감상적인 마음이었지만 그 빌어먹을 녀석은 잠에서 깨자마자 짜증나게 굴었다 꾀죄죄한 손 위로 긴 소매를 끌어내리며 자기를 안 깨우고 밤새 자게 내버려뒀다고 나한테 욕을 했다. 머리는 산발에다 얼굴에는 숯검정이 잔뜩 묻어서는 씨× 씨× 투덜댔다. 머리 위에서는 진홍앵무&웃는물총새가 아침에 눈뜨기 무섭게 그들만의 전쟁을 벌이고 있었다. 스티브 하트가 철판으로 무장한 문 옆에 조용히 서 있었다 새빨간 허리장식띠로 멋을 부리고 모자끈을 평소 습관대로 코에 걸고 있었는데 나는 나중에야 그게 전투 복장임을 알게 됐다.

나는 댄을 툭 치며 세수 좀 하라고 말했다 댄은 입을 삐죽거리다가 같이 정찰 나가자는 말에 바로 기분이 풀렸다.

잠깐 기다려 잠깐만 댄이 말했다.

댄은 샛강으로 달려가 얼굴을 깨끗이 씻고 머리도 단정히 빗고 젖은 소매는 깔끔하게 걷어올리고 돌아왔다. 그리고 모자를 쓰고 각도를 흡족하게 조정한 다음 뒷주머니에서 소중한 허리장식띠를 꺼냈다. 그걸 마음에 들게 매기까지 한참 걸렸지만 마침내 초라한 들새 사냥총을 담요에 싸는 것으로 모든 준비를 마치고 말을 타고 내 뒤를 따랐다.

어머니가 잠에서 깨어 감옥의 하루를 맞은 그 시각이었다 어머니도 내 생각을 했는지는 모르지만 나는 동생을 데리고 경찰들을 향해 불럭 크리크를 내려가면서 어머니 생각을 했다. 광부들이 마구 파헤쳐놓은 우울한 지역이었다 우리는 스트링이바크 크리크 물가에 말을 매어놓고 나머지 200미터는 걸어서 갔다 야영지에는 플러드 순경&스트런 순경만 있었다. 상황이 우리에게 유리하게 바뀐 것이다.

나는 댄에게 조와 스티브를 불러오라고 하고 포아풀 덤불에 엎드려 플러드 순경을 지켜봤다 그는 불가에서 야영용 주전자에 찻잎을 1줌 넣고 휘휘 젓더니 땅에 내려놨다. 스트런이 쉬면서 담배나 1대 피우자고 외쳤고 바로 그때 친구들이 브라운 독사처럼 풀밭을 스르르 기어왔다 나는 조의 흥분한 눈빛을 봤고 이어서 스티브 하트에게 엎드리라는 신호를 보냈다.

지금이 아니면 기회가 없어서 나는 성호를 긋고 577구경 엔필드를 들고 벌떡 일어섰다 꼼짝 마! 손들어!

플러드 순경이 나를 향해 돌아섰고 숨어 있던 조 번이 나왔다. 손들어 그가 외쳤다 그는 부러진 막대기를 담요로 감아 들고 있었다 당연히 총은 없었다.

플러드가 천천히 손을 들었지만 스트런 순경은 도망치기 시작했다. 조가 외쳤다 거기 서 이 개××.

조는 무기가 없고 나는 플러드 순경을 상대하고 있어서 스트런 순경은 내 동생 몫이 됐지만 댄은 총을 못 쏘고 있었다.

스트런이 쓰러진 통나무 뒤로 숨자 조 번이 화가 나서 막대기를 휘두르며 내 동생에게 소리쳤다 당장 저 개×× 쏴 안 그럼 놈이 널 쏠 거야.

스트런이 카빈총을 들고 통나무 뒤에서 튀어나왔다. 나는 운명의 방아쇠를 당겼다 무슨 선택의 여지가 있었겠는가?

불꽃&화약 냄새가 진동했다 스트런이 풀밭에 나뒹굴며 소름 돋는 신음소리를 냈다. 나는 벨트에서 31구경 콜트를 빼들고 플러드에게 달려갔지만 손을 들고 떨고 있는 건 플러드가 아니라 낯선 사람이었다. 쏘지 마요 쏘지 마 쏘지 마요.

나는 댄에게 누군지 모를 그 ××를 맡기고 황급히 스트런에게 갔다 그 불쌍한 ××는 이미 죽었고 오른눈에서 흘러나온 피가 납빛 얼굴을 적시고 있었다 알렉산더 피츠패트릭 순경이 한 짓의 결실이었다.

나는 나머지 순경에게 총을 겨누고 다가갔다 그는 죽음을 예상

하는 게 분명했다 툭 불거진 눈으로 꿈쩍 않고 버티고 서 있기는
했지만 얼굴에 납빛 공포가 어려 있었다 키가 180센티미터가 넘고
덩치가 큰 남자로 호남형 얼굴에 검은 턱수염을 각진 모양으로 기
르고 있었다. 나는 스트런 순경을 죽이게 되어서 유감이라고 말하
고 그는 해치지 않을 거라는 걸 이해시키려 했다.

네가 네드 켈리냐?

맞아.

네가 죽인 건 스트런이 아냐 불쌍한 톰 로니건이지.

그러나 나는 베날라에서 싸운 적이 있어서 로니건을 알았다. 저
건 로니건이 아냐 내가 말했다 그는 악의에 차서 나를 노려봤다.
톰 로니건 맞아 넌 그의 아내를 과부로 만들고 4명이나 되는 자식
을 불쌍한 거지로 만들었어. 나는 정말 유감이라고 했지만 댄이 소
리쳤다 로니건이 자초한 거야 그 멍청한 ××가 우릴 쐈다고.

산등성이에서는 물푸레나무가 뭉게구름을 배경으로 성자들처
럼 빛났지만 이곳 아래서는 까마귀들이 살인으로 어두워진 울음을
내지르고 있었다. 형 베날라에서 형 불알을 떼려고 했던 바로 그
멍청한 ××야.

입 닥쳐 내가 댄에게 말했다 그러나 동생은 죽은 경찰 얼굴로
피가 흘러 헝클어진 턱수염에 진흙처럼 엉겨붙는 걸 보고도 괴로
워하기보다 어린애처럼 야유했다. 댄이 로니건의 웨블리 권총을
빼앗자 나는 그러다 누구한테 해를 입힐까봐 댄&스티브 하트에게
경찰들 총을 다 걷어다가 총알을 빼라고 명령했다. 스티브는 내 시
선을 피했지만 지시에 따랐다.

댄은 불가에서 식어가는 이스트빵을 찢어서 조에게 조금 줬지만 스펜서를 찾아내지 못한 총알눈 조는 기분이 고약했고 세상에 친구라곤 없었다.

댄은 입에 빵을 가득 넣고 게걸스럽게 먹으며 웃고 떠들어댔다 위로 걷어올렸던 바짓단이 장화 근처로 내려와 진흙에 질질 끌렸다. 머리가 무지근하니 느릿느릿 돌아갔다.

당신 플러드 아니지 내가 순경에게 말했다.

내 이름은 매킨타이어야.

염×할 매킨타이어 씨 당신 친구 스펜서는 어딨지? 조 번이 물었다.

연발총? 스캔런이 갖고 있어.

그게 누군데?

그와 케네디 경사가 너희를 찾으러 갔어.

씨× 나를 쏘려고? 그런 뜻이야?

아니 우린 그냥 체포하러 온 거야.

나는 조의 미소를 보며 일종의 두려움을 느꼈다 그는 이제 죽을 때까지 내 동지가 되겠지만 새 웨블리 권총을 경찰의 코앞에 겨눈 그에게서 나는 그때까지 보지 못했던 냉혹하고&잔인한 모습을 발견했다.

넌 거짓말쟁이야.

매킨타이어가 대답하려고 했지만 조가 말을 잘랐다.

닥치고 장의사나 내놔 소문을 하도 많이 들어서 보고 싶으니까.

무슨 소리인지 모르겠군 매킨타이어가 말했고 그 대답에 조의 입술이 살의로 살짝 실룩거리는 게 보였다. 나는 불상사를 막으려고 조에게 다가가 웨블리 권총에 왼팔을 뻗으며 이름을 불렀지만 그건 싸우는 개를 쓰다듬는 것만큼이나 어리석은 짓이었고 그는 권총으로 내 팔을 내리쳤다.

꺼져 개인감정으로 이러는 거 아니니까 조가 으르렁거렸다. 그가 보기에 매킨타이어는 자기 시체를 죽은 캥거루처럼 묶어서 피가 뚝뚝 떨어지고 파리떼가 윙윙거리는 채로 산과 계곡을 지나 맨스필드로 옮길 계획이었던 것이다.

그 염×할 장의사 내놓으라니까 그가 명령했다.

그런 거 아냐.

매킨타이어가 뒷걸음치자 조가 무릎을 걷어찼다 예전에 와일드 라이트를 찰 때와 똑같았다. 매킨타이어가 비틀거리며 비명을 질렀고 조는 총구를 들이대 그를 텐트 쪽으로 몰았다. 텐트 바닥에 탄약&밧줄&도끼가 놓여 있었고 모스 핀치가 맨스필드에서 만든 띠 2개도 보였다 띠는 60센티미터 너비로 단단히 감아 깔끔하게 정리해놓은 상태였다. 조가 띠를 빈터로 끌고 나왔다 덤불에서 아마기름냄새가 장례식장 꽃향기처럼 올라왔다.

조가 작은 도끼를 집어들자 매킨타이어는 최후를 맞이하게 되리라 생각하고 뒷걸음치다가 댄에게 쓰러졌다.

조 내가 외쳤다.

내 친구는 낯선 사람 보듯 나를 보았다.

저자에게 손만 대봐 총으로 쏴버릴 테니까 내가 말했다.

조는 왼손에 들린 돌도끼를 쳐들더니 가죽띠를 내리쳤다 도끼를 내리칠 때마다 씨× 소리를 뱉었고 결국 그 반짝이던 가증스러운 물건은 조각조각 끊어져 바지허리 묶는 데도 쓸 수 없게 됐다. 조는 창백한 얼굴로 헉헉대며 땅에 침을 뱉었다 마침내 그가 다시 나를 봤을 때 우리 둘 다 방금 일어난 일 때문에 무척 당황스러워하고 있었다.

매킨타이어가 두 손으로 머리를 감싸고 풀썩 주저앉았다.

기왕 대가를 치렀으니 물건을 손에 넣는 게 좋을 것 같아서 우리는 나머지 두 경찰이 스펜서를 갖고 돌아오기를 기다렸다. 로니건의 시체는 나무껍질로 덮어놓았지만 우리는 멀찍이 떨어졌다. 계곡 바닥 쪽은 잔뜩 흐리고 금방이라도 비가 쏟아질 것 같았다 우라질 파리들이 피냄새에 흥분해서 여름날처럼 윙윙댔다 나에게 그건 언제나 죽음의 소리였다. 조만간 스트링이바크 크리크는 식민지 전체에서 가장 유명한 샛강이 되겠지만 영양분이 없어서 죽어버린 검은 와틀나무와 포아풀 천지인 그곳은 누구도 상상할 수 없을 만큼 황량했다.

긴 오후가 끝날 무렵 마침내 우리를 사냥하러 갔던 경찰들이 북쪽에서 샛강을 따라내려왔다. 둘 다 속도가 느리진 않았다 하지만 길이 좁아서 1줄로 올 수밖에 없다는 걸 나는 알고 있었다.

헛 놈들이 온다.

우리는 미리 정해둔 장소에 숨었다 스티브는 매킨타이어의 산탄총을 갖고 경찰 텐트로 기어들어가고 댄과 조는 포아풀 덤불로 살금살금 다가갔다. 나는 불가 통나무 뒤에 엎드리고 통나무에는 매킨타이어를 앉혔다 그의 동료들이 야영지에 도착했을 때 눈에 쉽게 띄게 하기 위해서였다.

1번째 말이 헐떡거리는 소리가 들리자 나는 매킨타이어에게 일어나서 말하라고 명령했다 그는 시키는 대로 했다.

켈리 일당이 여기 있어요. 우린 포위됐어요.

농담 한번 재밌군 그들의 대답이었다.

아니 아니에요 무기 버려요.

너무 오래 기다렸는지 내가 일어나보니 1번째 경찰의 손이 권총에 가 있었다 케네디 경사였다.

내가 경고사격을 했고 조&댄&스티브가 일제히 소리지르며 달려나왔다. 2번째 경찰은 스캔런이었다 그가 말에 박차를 가해 앞으로 달려오며 나에게 총을 쐈다. 나는 맞서서 총을 쐈고 스캔런이 말의 목으로 엎어지더니 꼼짝하지 않았다. 스펜서 연발총이 땅으로 떨어졌고 스캔런의 몸이 뒤따랐는데 감자 포대처럼 생명이 없었다.

사건이 가차없이 연달아 일어났다 하느님 맙소사 유감스럽기 짝이 없는 날이었다. 케네디 경사가 말에서 뛰어내리며 총을 쐈고 매킨타이어가 달아나기 시작했다 그는 우리를 위협하기는커녕 케네디의 말을 훔치기에 바빴다. 그리고 툼벌럽을 향해 줄행랑쳤다.

케네디는 내게 1발 더 쏜 다음 주위를 둘러보고서 말이 없어진 걸 깨닫고 숲으로 후퇴했다. 나는 스펜서를 집어들었지만 발사가 안 됐다 무겁고 낯설고 어떻게 조작하는지 알 수 없었다 그래서 그 저주받은 물건을 내던졌다. 앞쪽 지저분한 관목 덤불의 짙은 그늘에서 케네디의 푸른 제복이 보였다.

해치지 않겠다고 외치는데도 케네디는 무시무시한 현대식 탄피를 땅에 떨어뜨리고 도망쳤다. 나는 화약통&총알&뇌관을 곡예하듯 움직여 577구경 엔필드 소총을 장전하면서 그를 뒤쫓았다.

그가 어디로 유인하는지는 알 수 없었다 나는 부러진 잔가지와 짓밟힌 나뭇잎을 따라 그를 추적해 포아풀이 자란 작고 질퍽거리는 평지로 들어섰다. 10미터밖에 떨어지지 않은 곳에 그가 보였고 나는 총을 들고만 있었다.

왼쪽은 산등성이가 평평해지는 곳이었는데 그 정상 주위의 저 먼스 크리크에 가까이 갔을 때 그 교활한 개××가 광부들이 파놓은 도랑으로 쏙 들어갔다.

나는 그에게 소리쳤다 항복해 해치지 않겠다. 아무 대답이 없었고 갑자기 산속이 조용해졌다 내가 다시 움직이자 장화 밑에서 나뭇가지가 으스러지고 부러지는 소리가 오싹할 정도로 요란하게 들렸다. 나는 케네디가 숨은 도랑을 위에서 내려다볼 생각으로 다시 산등성이를 기어올라갔다.

그런데 3미터도 안 떨어진 앞쪽 나무 뒤에서 그가 불쑥 튀어나왔다 그의 권총이 번쩍였고 내 엔필드 소총이 응사했다. 나는 그의 겨드랑이를 맞혔다 그가 관목 덤불을 헤치며 미친듯이 내달렸고 나는 쫓아가면서 항복하라고 외쳤다 총구에 화약을 덜어 붓고 총알을 떨어뜨려 밀어넣었지만 충전재까지 쑤셔넣을 여유는 없었다. 그가 나를 쏘려고 팔을 들어올리며 돌아섰지만 내가 먼저 총을 발사했다.

나무줄기들의 껍질이 갈가리 찢긴 피부처럼 너덜너덜해져 매달려 있었다. 나는 눈을 부릅뜬 채 쓰러진 그에게 달려가 그의 총을 챙겼다 손에는 피만 잔뜩 굳어갈 뿐 무기가 없었다. 그는 항복하려던 거였다.

그는 가슴에 총을 맞았고 겨드랑이 상처의 출혈이 너무 심했다. 나는 그가 끝난 걸 알았기에 편안하게 해주려고 했다 하지만 죽음에 평안은 없다.

아 불쌍한 우리 마누라 그가 말했다 편지 써야 해. 내 수첩 좀 줘.

그는 몹시 고통스러워했다 나는 그의 가슴 주머니에서 수첩을 꺼냈다 온통 피투성이였지만 깨끗한 부분으로 몇 장 뜯어 연필과 함께 줬다. 그가 편지를 다 쓰자 나는 정말 미안하다고 말로 다 표현할 수 없이 미안하다고 말했다. 당신은 용감했다고 내가 말했다.

그는 한숨을 쉬며 자기는 바보라고 마누라가 11개월 된 아들 토머스를 잃은 지 얼마 안 됐는데 이제 남편까지 잃는 슬픔을 겪게 만들었다고 말했다. 그는 죽은 아들 토미 이야기를 했다 얼마나 멋지고 튼튼한 녀석이었는지 모른다고 그 아이를 잃을 줄은 꿈에도 몰랐다고 그 아이의 미소는 최고였다고. 무척 고통스러운 듯 자꾸 말이 끊겼다 그런 그를 어떻게 보고 있겠는가? 나는 그가 홀로 그런 고통에 시달리는 걸 원치 않았기에 조용히 총을 재장전했다.

그는 다시 아들 이야기를 하고 싶어했다 한날한시도 아들을 그리워하지 않은 적이 없다며 울었다.

나는 곧 아들을 만날 거라고 말해줬다.

케네디 경사가 나를 날카롭게 올려다봤다. 넌 이미 충분히 피를 봤어 그가 말했다.

나는 총을 쐈고 그는 신음소리도 없이 즉사했다.

와틀나무 그림자가 사람들 피로 끈적거리는 공포의 이날 나는 앞으로 어떤 놀라운 일이 더 있을지 상상조차 할 수 없었다. 우리는 경찰 말들을 앞세우고 저먼스 크리크를 지나 불럭 크리크로 갔다 이제 소총 4자루&웨블리 4자루가 있었고 조는 스펜서를 등에 둘러메고 있었다. 나로 말할 것 같으면 피부가 죽음으로 시큼하게 상해 있었다.

친구 1명이 찾아왔다 이름은 말하지 않겠지만 천만다행으로 그는 하루 늦게 온 덕분에 이른바 켈리 갱의 낙인을 면할 수 있었다. 그나 나나 밤에 불을 쬘 난로 이상을 바란 적 없었지만 그는 우리가 데리고 있는 경찰 말들을 보고 그 꿈이 박살났다는 걸 알았다.

하늘이 마른땅에 비를 뿌리기 시작했다 빗물에 내 죄가 씻기길 바랐지만 남극해의 차가운 숨결에 실려온 것이라 애초에 용서가 깃들어 있지 않았다. 나는 친구에게 이 비로 풀이 잘 자라길 바란다고 말했다 그는 나를 위해 종마를 팔았다며 접힌 지폐 1뭉치를 줬다 나는 그 돈을 메리 헌에게 갖다줄 수 있느냐고 물었다.

해리 파워는 스티브나 댄보다 어린 나를 이 오두막에 데려왔다. 여기가 바로 불럭 크리크다 절대 너를 배신하지 않는 곳이지 그가 말했다. 하지만 이 오두막은 눈먼 집이었고 나는 15살 때도 알았다 이 오두막은 언덕 그림자 속에 움츠리고 있는 얻어맞은 개 같다는 걸. 나는 밤새도록 악몽에 시달렸다 케네디가 항복하려고 손을 들었는데 내가 자꾸&자꾸 총을 쏴서 무척 당황스러웠다. 잿빛 새벽 나는 친구들에게 기분 나쁜 오두막에 불을 지르라고 했다 그들이 왜냐고 묻지 않아서 다행이었다 이유를 댈 수 없었을 테니까. 빗발이 굵어져갔고 우리는 열린 문을 통해 통나무와 나뭇가지를 오두막 안으로 옮겼다 밀가루와 청어리 통조림이 있었지만 한쪽으로 차놓았다 우리는 무슨 생각이었던 걸까? 못&편자도 있었지만 짐만 될 것 같았다. 우리가 활활 타는 횃불을 은신처 안으로 들여갈 때 하늘은 아직 어두웠다 철판으로 무장한 문은 우리를 보호하지 못하고 활짝 열려 있었다. 스티브 하트가 옛날 말로 된 구슬픈 노래를 부르기 시작했다 나는 그에게 조용히 하라고 우린 지금부터 스스로 역사를 써나갈 거라고 말했다.

오두막이 불길에 타오를 때까지 댄은 스캔런 순경의 총에 맞은 걸 감추다가 결국 심각한 부상은 아니고 그냥 스치기만 했다고 말했다 하지만 말고삐를 왼손으로 잡았고 킬피라 목장을 지날 때쯤에는 몸을 웅크리고 이가 딱딱 맞부딪치는 소리를 냈다. 매킨타이어 순경이 말에서 떨어져 웜뱃 굴에 숨어 있는 줄 몰랐던 우리는 복수심에 불타는 경찰떼가 벌써 추격에 나섰으리라 생각하고 있었다. 2번째 날 음산한 햇빛에 누이의 오두막에서 올라오는 연기가 보였지만 누이가 범인은닉죄 혐의를 받게 할 수는 없어서 동쪽으로 멀찍이 에둘러갔다 그러는 내내 댄은 상태가 아주 나빠 보였다.
비가 본격적으로 쏟아지기 시작했다 납 양동이가 반으로 쪼개진 것 같았다 갈증에 시달리던 바싹 마른 땅은 새끼 고양이처럼 쉽게 허물어졌다. 곧 누런 빗물이 땅을 뒤덮었고 나무껍질&나뭇가지가 둑을 만들었다가 빗물에 휩쓸려 협곡으로 떠내려갔다. 잔잔하게 흐르던 샛강이 이제 둑에서 흙을 1줌씩 훑어가서 우리가 말을 재촉해 옥슬리의 평원들을 지나는 동안 세상은 물의 벽에 막히고 무참히 찢겨져나갔다.

우리는 뉴사우스웨일스가 시작되는 거대한 머리강을 향하고 있었다 도망치는 게 아니라 후퇴하는 거였다. 우리는 머리강을 건너기 전에 먼저 오븐스강을 건너야 했고 그전에 셀 수 없이 많은 개울과 습지와 늪을 거쳐 50킬로미터를 가야 했다 3번째 날 새벽 2시경에야 오븐스강에 도착했다. 어두운 강에서 바위가 아우성치고 통나무가 다리 기둥에 부딪히는 소리가 들렸다 다리 자체는 물에 잠기지 않은 것 같았다.

댄이 너무 아픈 것 같아서 나는 조 번에게 문스 파이어니어 호텔에 가서 브랜디 좀 얻어오라고 지시하며 우린 도둑이 아니니까 돈을 꼭 내라고 말했다. 조는 씁쓸한 웃음소리를 내곤 어두운 호텔을 향해 성큼성큼 가면서 화난 것처럼 채찍으로 자신의 단단한 허벅지를 때렸다.

술이 도착하자 댄은 그걸 마시고 토했다 그러고 나서 우리는 다리를 건너기 시작했지만 건너편 길이 물에 잠겨서 하는 수 없이 강위쪽으로 거슬러올라가다가 테일러 협곡에서 경찰 말 4마리&짐 말 2마리를 강물로 몰았다.

물살이 무척 빠른데 댄이 안장에 앉은 자세가 영 불안해서 내가 뒤에 탔다 물살을 헤치고 나아가면서 댄은 꼬맹이처럼 나한테 욕을 해댔고 나는 껄껄 웃었다. 바로 거기서 나의 『로나 둔』과 케네디 경사가 아내에게 쓴 편지가 물에 젖었다 나중에 말려봤지만 글자가 다 사라지고 없었다.

다시 강을 따라내려가 비에 흠뻑 젖어서 에버턴이라는 음산한 작은 마을로 들어갔고 어느 집 문을 두드리니 잠옷 바람의 노인이 나왔다 이름이 콜선이었다. 나는 그에게 구한 물건들의 값을 다 쳐주고 내 이름을 알려줬다 그래야 네드 켈리는 도둑이 아니라고 말할 테니까.

비치워스 서쪽 높은 산을 올라 우리는 마침내 에런 셰릿의 농장 위에 있는 언덕 관목 덤불로 들어갔다. 총을 8번 쐈고 그 소리를 들은 조의 오랜 친구가 밤색 암말을 타고 득달같이 언덕을 올라왔다 그는 말없이 우리 주위를 돌며 경찰 말들을 살펴봤다 걱정스러운 눈으로 말들의 낙인을 확인했다 VR 낙인이 또렷이 찍혀 있었던 것이다.

나는 그에게 우리 소식을 들었느냐고 물었지만 그는 늘 그렇듯 먼저 조를 봤다.

어떻게 된 거야 친구?

조는 고개를 저었다 에런은 친구의 침묵에 몹시 마음 상한 것 같았지만 내게 고개를 돌려 설명을 청하지는 않았다.

어떻게 된 거야 댄? 온몸이 밀랍처럼 창백해진 채 안장에 웅크리고 앉아 있는 댄도 설명해줄 수 없었다. 조가 스펜서 연발총을 총집에서 빼 건넸지만 에런은 개머리판에 찍힌 VR를 보고 손도 대려고 하지 않았다.

마침내 그는 나를 보더니 따라오고 싶으면 따라오라고 말했다.

곧 우리는 1줄로 서서 언덕을 올라갔다 경사가 무척 가팔라졌다 그는 우리를 데리고 네이티브 도그 봉우리의 등성이로 데려갔다. 거기서 마침내 빈터를 발견했는데 최근에 말을 묶어놨는지 땅이 패고 말이 껍질을 뜯어먹어서 나무에 상처가 나 있었다. 조가 말들을 묶을 거야 그가 말했다.

에런은 나와 댄을 데리고 높은 절벽 위 좁은 길을 따라 언덕을 내려갔다 댄은 나에게 무겁게 기댔지만 곧 길이 너무 좁아져서 옆으로 나란히 걸어갈 수 없었다.

내가 안아줄게.

씨× 걸을 수 있어. 댄의 몸이 기우뚱하는 걸 내가 팔로 받쳐주었다 왼쪽은 바위&오른쪽은 허공이었고 댄은 강아지처럼 깽깽거렸다 모퉁이를 돌자 천만다행으로 동굴이 나왔다.

나는 댄을 벽에 기대세웠다. 댄 괜찮을 거야 내가 말했다.

뭐하려고?

에런이 바로 불을 피우기 시작했다.

안 돼 경찰이 연기를 볼 거야 댄이 말했다.

하지만 이런 비라면 연기를 피워도 위험할 일이 없었다 불이 잘 타오르기 시작하자 나는 댄에게 위스키를 건넸다. 씨× 됐어 댄은 그렇게 말하고 병을 밀어냈다 그의 눈은 에런이 석탄 위에 올려놓은 낙인에 가 있었다.

나는 댄 앞에 쪼그려 앉았다.

해야 돼?

넌 켈리야 내가 말했다.

아니었으면 좋겠어.

기다리고 있으니 조가 말들을 다 묶었다며 들어왔다. 스티브 하트는 팔로 무릎을 감싸안고 앉아 불을 바라봤다 나는 그의 아버지가 아들의 머릿속을 저항의 노래로 가득 채우지 않았다면 그도 하트가 아니길 바랄지 궁금했다.

준비된 것 같은데 에런이 낙인을 불에서 꺼내며 말했다 C를 E로 고치기 위해 흔히 쓰는 작은 1자 낙인이었다. 나는 댄이 셔츠 벗는 걸 거들었다 오른쪽 어깨가 까져서 빨갛고 한가운데 고름이 고여 있었다. 에런이 준비됐느냐고 물었지만 댄은 뒤로 몸을 뺐다.

그러자 에런은 동굴 안쪽으로 들어가 가끔 조와 함께 피우는 아편 파이프를 들고 왔다.

난 그 중국놈들 거 싫어 구역질나.

맘대로 해 에런은 파이프를 옆으로 치우고 다시 시뻘건 낙인을 집어들었다.

우리 형이 해줬으면 좋겠어.

좋을 대로.

에런이 내게 낙인을 건네자 댄은 나를 마주보며 오른손을 내밀었다 나는 어릴 적 등굣길에 샛강을 건널 때처럼 동생 손을 잡았다.

준비됐어?

알 게 뭐야 댄이 말했다 나는 낙인을 상처에 정확히 댔다. 댄의 입에서 희미한 소리가 새어나오고 눈이 허옇게 뒤집혔다. 씨× 불쌍한 내 동생한테서 프라이팬에 구운 소시지 냄새가 났다.

밤중에 한바탕 소란이 벌어졌다 먼저 어린 여자 목소리가 들렸는데 더럽게 쉴새없이 땍땍거렸지만 누구한테 잔소리를 하는지 알 수 없었다. 밖에는 비가 억수같이 퍼부었고 빗속에서 그 여자 그림자가 폭풍우에 길을 잃은 과일박쥐처럼 이리저리 움직였다.

당신은 완전히 구제불능이야 여자가 말했다 기껏해야 12살 정도 된 것 같은 목소리였다. 당신은 원래 건달이었지 그거야 나도 이미 알고 있었으니 뭐라 욕할 수 없지만 이제 완전히 구제불능이 됐어. 난 당신 어머니가 당신한테 너무 심하다고 생각했었는데.

우리 어머니라면 지긋지긋해 조 번이 버럭 소리쳤다.

싫어 난 거기 안 들어갈 거야 여자가 외쳤다.

제발 자기야.

고약한 냄새가 나 뭐가 죽었나봐. 조 끌어당기지 마 난 암소가 아냐.

여자는 앙탈을 부리면서도 조가 하자는 대로 했다 그들은 내 머리 뒤쪽 벽을 따라 지나갔고 여자의 젖은 치맛자락이 내 얼굴을 스쳤다.

절대 안 돼 조 나 안 해.

담요야 조가 단호히 말했다 깨끗한 거야.

그들은 잠시 조용했고 조가 성냥불을 켰다 작은 알코올램프 불빛이 동굴 저 끝을 비췄다.

베시 너에게 돌아가고 싶었어. 그런데 경찰이 사냥개처럼 우리를 쫓고 있어서 쉽지 않아.

나는 눈을 감고 있었지만 그 여자가 에런의 여동생 베시 셰릿이라는 건 안 봐도 알 수 있었다.

조 경찰이 쫓는 건 자기가 아냐.

베시 넌 아무것도 몰라 조가 말했다 달착지근한 아편냄새가 풍겼다 에런한테서 가져온 모양이었다.

조 내 말 맞잖아 피츠패트릭을 쏜 건 네드 켈리잖아. 내 말이 거짓말이면 거짓말이라고 해.

조가 한숨을 쉬며 말했다 어쨌든 이제 너무 늦었어.

그렇지만 우리 아버지가 경찰인 건 사실 아냐?

그건 오래전 아일랜드에 있을 때 얘기지.

그래도 어쨌든 영어로 쓰였잖아 아버지가 나한테 영장 읽어줬어 거기 댄 켈리와 네드 켈리 그리고 신원 불명자들이라고 돼 있어. 조 번이라는 이름은 안 나와 경찰이 자기 이름을 밝힐 생각이면 그렇게 하고도 남았지 그러니까 도망칠 필요 없어 그냥 사실대로만 말하면 돼.

그 개××들은 금방 내 정체를 알아낼 거야.

네드 켈리만 알 거야 여자가 절박하게 말했다 살인을 저지른 건 그 사람이니까. 〈폴리스 가제트〉에 이름이 올라간 것도 그 사람이랑 댄이야.

쉿 조가 말했다.

아니 조용히 안 해. 정신 차려 정신 차리란 말이야 자기는 교수형 안 당해. 에런 오빠가 그렇게 되도록 내버려두지 않을 거야 오빠가 당신을 보호해줄 수 있어.

조가 무슨 짓을 했는지 여자가 작고 날카로운 비명을 내질렀고 조가 램프를 껐다. 에런한테 끼어들지 말라고 해 그가 참견할 일이 아니니까.

새벽이 되어 베시 셰릿은 가버렸고 조는 아무 일 없었던 것처럼 침착하고&말끔하고&상쾌한 모습이었다. 그는 차를 끓이고 댄의 어깨에 버터를 발라주고 스티브와 내가 말에 짐 싣는 것을 도왔다. 빈터 가장자리에 선 베시가 보였다 코트도 없이 검은 머리가 젖고 옷도 흠뻑 젖어 작고 앙상한 어깨에 들러붙어 있었다 베시는 강렬한 눈길로 조를 바라보고 있었다.

네 친구야? 내가 물었다.

조는 고개를 저었다. 친구 나랑 같이 미국으로 가자.

네 여자잖아 부인하지 마.

아냐.

조 넌 아무도 안 썼어 내가 편지를 써주고 증언도 하지.

증언하는 건 네 맘이지만 그런다고 달라지진 않아. 그는 말에 뱃대끈을 두르고 말이 숨을 내쉬길 기다렸다가 꽉 졸라맸다. 편지야 얼마든지 쓸 수 있지만 우린 경찰을 3명이나 죽였고 놈들은 우리한테 그대로 갚아줄 때까지 분이 안 풀릴 거야. 나랑 미국으로 가자고.

나는 작은 가슴에 팔짱을 낀 채 떨며 서 있는 여자애를 바라봤다. 조 네 여자라고.

차라리 염×할 밴시한테 키스하는 게 낫지.

나는 그가 조롱하는 여자애 빗속에서 떨고 있는 불쌍한 그애를 보고 있었지만 조의 엷은 빛깔 눈은 더 어두운 꿈을 보고 있었다.

내가 여기 남으면 죽은목숨이나 마찬가지란 걸 모르겠어?

두려움 탓인지 아니면 아편 탓인지는 모르겠지만 햇빛에 탄 그의 얼굴이 도자기 그릇처럼 단단하고 반들거렸다. 나는 그와 여자문제로 입씨름할 입장이 아니었지만 누이가 넷에 어머니까지 있는 남자였다 말을 타고 불쌍한 베시를 지나칠 때 나는 다정하게 고개를 끄덕여주었다. 그러자 베시는 눈알을 굴리며 입을 삐죽거리더니 나한테 침을 칵 뱉었다.

그건 앞으로 맨스필드 살인마가 치를 대가의 아주 적은 착수금에 불과했다.

경찰에게서 도망치려면 머리강을 건너 뉴사우스웨일스로 가는 수밖에 없었다 우리가 바나와사 지역에서 본 건 강이라는 이름과는 거리가 멀었다. 머리강은 습지와 거대한 웅덩이로 이루어진 미로였는데 물이 불어서 직접 들어가보지 않고는 건널 수 있을지 알길이 없었다 그래서 우리는 3일 동안이나 계속 장소를 바꿔가며 시도했다 경찰 말들을 습지와 웅덩이로 몰았다가 물살이 너무 빠르거나 물이 깊으면 철수하는 식이었다.

하느님은 우리를 보지 않았다 길은 열리지 않았다 죽어라 밀어붙여도 머리강은 갈라지지 않았고 빗줄기도 약해지지 않았다. 우리가 다시 둑으로 물러날 때마다 갈색 물은 더 불어났고 젖을 못짜서 젖통이 퉁퉁 분 암소들이 새로 생긴 섬들에 고립되어서 고통스럽게 우는 소리가 둔하고 끈덕진 강물 위로 메아리쳤다.

우리는 물에 잠겨 비참한 꼴이 된 땅에 이르렀다 대부분이 와틀나무&갈대였는데 모두 침수된 상태였고 그 위로 키 큰 레드검 고목 몇 그루가 있었다 이곳 물살은 무척 위험했다 강물에 떠내려가는 나무들을 보면 알 수 있는데 꼭대기가 빙글빙글 도는 모습이 마치 배의 외륜 같았다.

댄은 다친 어깨에 손을 대고 생각에 잠긴 눈으로 강물을 바라보고 있었다. 스티브 하트는 잔뜩 웅크린 자세로 모자를 눈까지 푹 눌러쓰고 그 옆에 바싹 붙어서 있었다.

좋아 그럼 에런에게 다시 돌아가자 내가 말했다. 나는 조에게 시선을 던졌지만 그는 작별인사를 하듯 손을 내밀었다.

못 건너 조.

조는 무섭게 출렁대는 강물 저편을 내다보았다. 오래전 떠났어야 했어 그가 말했다 그리고 더는 아무 말도 하지 않고 말에 박차를 가해 갈대밭으로 들어갔다 물이 말의 배까지 찼다 말은 허우적거리다 똑바로 섰다가 다시 물에 처박혔다.

나 잡아 그가 외쳤다 목소리가 멀리서 들리는 것 같았다 하지만 그의 말이 2번째로 올라왔을 때 보니 물에 잠긴 땅의 등마루에 자리잡은 게 분명했다 이제 그는 광부가 금맥을 따라가듯 나아가고 있었다. 갑자기 강물이 아주 얕아지면서 말발굽 위 돌기까지밖에 안 찼다. 댄도 그 정도면 건널 만해서 암말을 몰아 강물에 뛰어들 준비를 했다.

저기 봐 갑자기 스티브가 속삭였다.

조 앞쪽에 빙글빙글 돌며 떠내려가는 커다란 통나무 하나가 보였다 조는 깊고&위험한 물길 가장자리에 있었다.

그거 말고. 뒤를 봐.

뒤로 고개를 돌리니 말 탄 사람들의 거대한 무리가 산에서 내려오는 무시무시한 광경이 보였다 남쪽으로 800미터쯤 떨어진 곳이었다. 비 때문에 흐릿하게 보였지만 경찰이 분명했다 죽은 동료의 복수를 위해 총출동한 것이다.

조는 그들을 보지 못했지만 말에 박차를 가해 위험한 물길로 들어섰고 말은 용감하게 수영을 하고 있었다. 경찰은 산과 강 사이의 풀밭을 달려오고 있었다. 조가 격류에서 벗어나 진흙 섬에 갇힌 암소 옆에 섰을 때는 강둑에서 90미터쯤 떨어져 있어서 마티니헨리의 사정거리 내였다.

스티브가 댄을 이끌고 작은 언덕 뒤 물에 잠긴 와틀나무 덤불에 숨으며 나한테도 오라고 속삭였다.

조의 목숨이 위태로운데 나만 숨을 수는 없었다 조는 자신의 장의사들이 다가오는 걸 보고 말이 뒷발로 서서 뒷걸음치게 했는데 서커스에서는 흔한 광경이지만 머리강 한가운데서는 매우 드문 일이었다.

이리 와 네드.

나는 용감한 행동을 목격하고 팔에 소름이 돋았다. 경찰들이 기분 나쁜 함성을 지르고 북소리 같은 말발굽소리가 들렸다 피크닉컵 경마장에 온 것 같았다. 머리 위로 총알이 핑 지나가서 나는 댄과 스티브가 입씨름하는 물에 잠긴 덤불로 황급히 몸을 숨겼다.

씨× 머리 좀 숙여 스티브가 말했다.

화약 젖으면 안 돼.

염×할 화약 걱정은 마.

아 그래 네 총은 안 젖었다 이거지.

봐 좀 보라고 이 멍청아 스티브가 진흙탕 속으로 권총을 던지며 외쳤다. 이제 됐어?

강에서 들리는 총소리에 언쟁은 중단됐다 뒷발로 선 말에 탄 조가 젖은 하늘에 스펜서를 갈긴 거였다.

멈춰 체포한다 경찰이 외쳤다.

저 개×× 쏴버려 다른 경찰이 외쳤다.

살인자들이 우리 가까이 있었고 머리 위 공기가 총성으로 찢어 발겨졌다 우리는 물속으로 숨었고 물이 얼음장 같은 손가락으로 우리 귀를 막았다. 다시 물 밖으로 고개를 내밀어보니 조는 다시 미국을 향해 헤엄치고 있었다 강 한가운데 그의 말이 있었고 섬은 이제 보이지 않고 갈색 물만 끝없이 펼쳐져 있었다.

물론 경찰들 중에는 상습범으로 불리는 조 번만큼 용기 있는 자가 없었다 그들은 산 주변만 수색을 좀 했고 장화에는 물을 묻히지 않았다. 그러다 오후 3시경 철수했다 우리는 물을 뚝뚝 흘리면서 조가 강둑으로 휩쓸려갔고 물에 빠져 죽은 송아지처럼 코에서 진흙이 흘러나오고 있을 거라고 확신했다. 댄은 입술이 새파랬다 내가 붕대를 갈아줬고 그다음 우리는 우울한 침묵 속에서 총기를 말렸다.

우리는 말을 타고 천천히 불어가는 강물을 어두워질 때까지 지켜봤다 스티브는 조가 물에 빠져 죽었다고 댄은 그가 무사히 도망쳤다고 장담했지만 우리는 어두워진 후에도 그곳을 뜨지 못했다. 몸을 녹일 불도 없이 거기 그대로 있었고 다음날이 다 되어서야 물소리 너머로 사람이 웅얼거리는 소리가 들렸다 한밤중에 그 목소리는 기도 같기도 하고 탄원 같기도 한 말을 웅얼거렸다. 염×할 친구를 버리고 떠났을 거야 동료를 남겨두고 가버렸겠지. 망할 인간들 어쩌고저쩌고 어쩌고저쩌고.

우리는 말 탄 사람 하나가 욕지거리를 해대며 어둠을 뚫고 천천히 더듬거리며 다가오는 걸 봤다 적의에 찬 조 번이었다. 우리는 그가 돌아와서 무척 기뻤지만 그에게 미국은 어땠냐 거기 여자들은 듣던 대로 예쁘냐고 놀려댔다.

이제 우린 죽은목숨이야 그 사실을 받아들이는 게 좋을 거야 그가 대꾸했다.

3살 존 킹&5살 엘런 킹&13살 그레이시 켈리가 비명을 지르며 오두막 안으로 뛰어들어와 침대 밑에 숨었다. 나는 그 이야기를 메리 헌에게 들었다 메리는 처음에는 아이들이 장난하는 줄 알았는데 콧수염 기른 경찰 2명이 육중한 권총을 빼들고 쫓아들어왔다.

나와 항복해라 경찰들이 외쳤다.

그들의 무기는 45구경 콜트 권총이었는데도 그것만으로는 안전하지 못하다고 여겼는지 둘 중 덩치가 큰 쪽이 유모차에 있던 메리의 아기를 인간 방패처럼 안아 들었다.

아기 조지가 주먹을 흔들며 비명을 지르기 시작했다. 아이엄마는 담요를 몸에 두르고 아기를 구하러 갔지만 경찰이 권총으로 그녀의 배를 찔렀다.

총 버려 그가 외쳤다.

여긴 총 없어요 메리가 외쳤다.

거짓말 마 브룩 스미스 경정이 외쳤다 네드 켈리가 여기 있다는 거 알아. 그는 담요를 벗겨내서 메리가 남자에게 보이고 싶지 않은 부분을 드러내게 만들었다.

나리 아기 떨어져요 메리가 외쳤다. 정말로 아기가 경찰 손에서 미끄러지고 있었지만 공포는 덩치 큰 남자의 귀도 먹게 할 수 있다 브룩 스미스 경정은 내가 오두막에 숨어 있고 자신의 죽음이 가까워졌다는 엄청난 공포에 사로잡혀 있었다.

켈리 나와 네가 총을 쏘면 아이들이 다친다.

오 내 아기 돌려줘요 메리가 외치며 앞으로 튀어나갔지만 바로 나가떨어졌다 그녀는 빼앗긴 둥지 근처에서 울어대는 물떼새처럼 아무 힘이 없었다.

얼른 나와 스미스가 외쳤다 애새끼가 내 손에 있다. 그러면서 한쪽 무릎으로 조지의 엉덩이를 받치고 가슴을 더 꽉 잡았다.

메리는 아기를 정부에 빼앗길 것 같았다. 오 제발 아기를 돌려주세요 나리.

브룩 스미스는 네 엄마를 세게 때렸다 그는 네 엄마가 케이트인 줄 알고 이렇게 말했다. 밖에 경찰들 봤지? 내일은 더 많이 데려와서 네 오빠들을 찾아내면 우리 총 속 종이처럼 잘게 조각내놓겠다.

나리 제발 부탁이에요 그앤 아직 아기예요 보시다시피 제가 아주 잘 보살피고 있고요. 원하신다면 제 통장이라도 보여드릴게요.

너 케이트 켈리 맞지?

아무 말 하지 마요 케이트가 말했다.

나리 제 이름은 메리 헌이에요 전 법을 어긴 적 없어요 제 아들도 마찬가지고요.

경정에게는 헌이라는 성이 아무 의미 없었지만 다른 경찰 마이클 워드 형사는 훨씬 더 부지런하고 위험한 인물이었다. 켈리 자식이에요 그가 말했다.

맙소사 브룩 스미스가 탄성을 내질렀다. 저 작은 악마 입 삐죽거리는 것 좀 봐.

메리가 그에게 달려들었지만 이미 비열한 워드 형사가 아기를 넘겨받은 뒤였다.

아기가 배가 아파요 그래서 그러는 거예요.

네가 똑똑한 여자라면 얘 아빠가 어디 숨어 있는지 말해주겠지 워드 형사가 웃으며 말했다.

그리고 예고도 없이 아기를 공중에 던졌다.

이런 브룩 스미스가 말했다.

네드는 아빠가 아녜요 제발 아기를 해치지 마요.

거짓말 그러면서 워드는 다시 아기를 공중에 던졌다 이번에는 훨씬 더 거칠어서 조지의 고개가 뒤로 꺾이고 입이 벌어졌다.

오 당신 씨를 저주하겠어 메리가 외쳤다.

워드는 미소를 지으려 했지만 뜻대로 되지 않았다.

아직 태어나지 않은 당신 자식들도 저주하겠어 메리가 말했다 그녀의 피는 얼음처럼 차갑고 눈은 석탄처럼 까맸다. 두꺼비의 발과 뱀의 눈으로 태어나길.

입 닥쳐!

당신은 돌아갈 집도 없는 원주민 같은 신세가 될 거야. 마누라는 군인들과 잘 거야. 당신은 발이 다 까지고 진물이 철철 흐르는 채 떠돌이로 살 거야.

워드 형사는 제단의 초처럼 새하얗게 질렸다.

그만 그의 파트너가 외쳤다 안 그러면 쏜다.

메리는 평소 무척 유순하고 예의바르고 아직 식민지의 태양에 피부가 망가지지 않은 17살의 앳된 여자였지만 지금은 입을 악다물고 있었다. 그리고 당신 음부가 빨갛게 붓고 비늘이 일어나길.

명령이다 브룩 스미스 경정이 외쳤다 그는 천장에 대고 총을 발사했다.

그 순간 조지의 눈동자 색깔이 변했다 케이트가 증언해줄 것이다. 한순간에 조지의 눈은 푸른색에서 황갈색 고양이 털 색깔로 변했다. 용광로의 열에 금속의 성질도 변하며 옛날에는 납으로 금도 만들 수 있었다. 내 딸아 어떤 이야기를 더 듣게 될지 기다려보렴 결국 가난하고 못 배운 우리 같은 사람들도 불속에서 고귀해질 테니까.

우리는 그레타로 돌아가기로 결심했다 경찰이 쫙 깔려 있었지만 용케 먹을 것과 마른 옷을 구할 수 있었다 하지만 에버턴에 돌아와보니 오븐스강 수위가 처음 건넜을 때보다 2.5미터는 높았다.

내가 앞장설게 스티브가 말했다 우리는 밤중에 물에 잠긴 중심가에서 대화를 주고받았다 푸줏간 뒤에서 개 1마리가 사슬에 묶인 채 몸을 날렸고 질겁한 말들이 우리 주의를 끄는 바람에 우리는 빙글빙글 돌고 말을 이리저리 몰아대면서 앞으로 어떻게 할지 의논했다.

네드 왕가라타에서 강을 건너자 스티브가 말했다.

머리강을 건너려다 실패한 뒤로 잔뜩 심통난 조가 비꼬았다. 정신 나갔어? 철도를 건너야 되는데 아니면 혹시 저 염×할 짐말들이 4단 울타리를 뛰어넘을 수 있다고 착각하는 거야?

닥쳐.

철길 문으로 들어갈 생각은 안 하는 게 좋아 잠겨 있으니까 조가 말했다.

문 같은 건 필요 없어 왕가라타에 철교가 있어 댄이 말했다.

경찰이 지키고 있을 거야 대니.

씨× 대니라고 부르지 말라니까.

네드 철교 아래로 건널 수 있어 스티브였다.

저 자식 말 듣지 마 네드.

조 그럼 어쩌자는 건데?

닥쳐 난 브라이트까지 올라갈 거야 알다시피 거기선 쉽게 강을 건널 수 있어 조가 말했다.

거긴 50킬로미터나 가야 돼.

하트 넌 게으른 ××라 12킬로미터쯤 갔다가 결국 거기서 잡히는 게 낫겠지.

잡힌단 소리 좀 하지 마 우린 안 잡히니까.

무슨 수로 철교 아래로 건너 강에 홍수가 났는데?

그래도 난 머리강을 헤엄쳐 건널 생각은 안 했지.

목소리 낮춰.

철교 아래 선반처럼 튀어나온 바위가 있어 홍수가 났든 안 났든 얼마든지 건널 수 있다고 내가 목숨걸고 장담해 스티브가 말했다.

삐걱 창문 열리는 소리가 들렸다.

스티브 하트를 돌아보면서 나는 왕가라타에는 경찰이 득실거릴 거고 거기서 강을 건너는 데 실패하면 경찰 손에 끝장난다는 사실을 상기시켰다.

건널 수 있어 내가 장담해.

좋아 왕가라타로 간다 내가 말했다.

우리는 마을을 통과할 때까지 빈 말들을 앞세우고 걷다가 어둠 속에서 텅 빈 도로를 달려 에버턴에서 태러윈지까지 거기서 왕가라타까지 갔다 4시경 도착했는데 말들이 너무 무리해서 꼴이 아주 사나웠다.

어슴푸레한 새벽빛과 가랑비를 뚫고 우리는 비에 젖은 마을로 내려갔다 2000명의 주민이 곤히 잠들어 있었고 말발굽소리가 내 귀에는 대포소리처럼 요란하게 들렸다. 철도가 원 마일 크리크를 건너는 지점에 가보니 그 염×할 샛강이 둑 위까지 차올라 있었다 조 번이 바로 스티브에게 욕지거리를 해댔다. 이 멍청이 덜떨어진 ×× 브라이트로 갔어야 했는데 어쩌고저쩌고 어쩌고저쩌고.

입다물어 내가 명령했다 조는 침을 탁 뱉었지만 말들을 한데 모으느라 입씨름할 겨를이 없었다.

스티브가 조에게 모자를 살짝 들어 인사하고 히죽거리며 미국에서 만나자고 한 다음 말을 달래서 물속으로 들어갔다. 그가 물속에 선반처럼 튀어나온 바위가 있다고 장담은 했지만 우리는 진짜 있기를 기도할 뿐이었다. 길 건너 집에서 여자 하나가 우리를 지켜보고 있었다 그 시선에서 나는 그녀가 우리를 알아봤다는 걸 알았고 그 물기 어린 어스름 속에서도 나를 살인자라고 욕하고 있다는 걸 똑똑히 느낄 수 있었다 나는 물에 뛰어들었다 수위가 엄청 높고 물살도 무시무시하게 빨랐다 말이 겁먹고 헐떡대기 시작했다 하지만 진짜로 그런 바위가 있었고 우리는 조심스럽게 철도 아래를 지나 건너편으로 올라갔다.

빨리 와 ××들아 우리 들켰어.

목격자 딜레이니 부인이 브룩 스미스 경정과 그 부하들을 깨우려고 언덕을 헉헉거리며 달려올라갈 때 우리는 불쌍한 말들을 혹독하게 몰아 워비산맥으로 들어갔다.

왕가라타에서 워비산맥 기슭까지는 8킬로미터밖에 안 됐다 그곳은 목장주들의 사랑을 받지 못하고 가난뱅이들 차지가 된 거칠고&험한 지역이었지만 해리 파워의 조수는 그곳의 말라붙은 젖통과 부어오른 관절을 알았다 그곳의 굽이와 협곡을 속속들이 꿰고 있었다 워비산맥이 어머니처럼 우리를 품어줬고 그곳에서 우리는 이름을 댈 수 없는 사람들의 보호 아래 다시 1번 필요한 장소들에서 잠을 잤다.

역사가 시작되다

뉴사우스웨일스은행 편지지, 중간 크기 용지(약 가로 20센티미터, 세로 25센티미터) 64장. 주름지고 변색되고 얼룩짐.

이 글을 쓰게 된 두 가지 동기에 대한 특별한 조명. 스트링이바크 크리크 살인사건 보도를 접한 메리 헌의 반응. 아버지가 된 글쓴이의 반응. 의회의 조사에 대한 믿음. 아일랜드 농부들의 복장도착에 대한 메리 헌의 회고. 도망칠 수 있었을 때 도망치기를 거부한 켈리의 사정. 배심원단 앞에서 열린 재판. 유로아은행 강도사건을 다룬 〈멜버른 아거스〉 기사 두 페이지가 군데군데 설명과 함께 첨부되어 있음.

2일 뒤 댄&나는 누이 매기를 찾아갔다 우리는 원주민처럼 밤사이 일레븐 마일 크리크로 접근했다. 하늘에 ¼ 조각달이 떠 있고 빠르게 흘러가는 구름 사이로 달빛이 비쳐 볼드 힐스의 친근한 젖가슴 모양을 알아볼 정도는 됐다. 우리는 언덕 너머에 죽은 동료의 복수를 하겠다고 비밀 서약을 한 경찰 20명이 야영하고 있다는 걸 알았다.

고향집의 모든 게 황폐했다 어머니의 1번째 오두막의 검은 그림자가 염×하게 쓸쓸해 보였다. 그 옆에 내가 지은 오두막이 있었다 냄새 고약한 쥐잡이꾼의 저주에서 어머니를 풀어주려고 지어준 집이었지만 경찰이 거기서 어머니를 끌어냈다. 우리는 그 2번째 오두막도 빈 줄 알았다 하지만 그곳을 지나는데 문틈으로 희미한 노란 불빛이 보였다. 나는 말을 세웠다.

얼른 가자 댄이 말했다.

후추나무 아래서 나는 목덜미 털이 곤두섰지만 8칸짜리 유리창 너머로 스튜 냄비를 들고 오락가락하는 여자의 모습이 보였다. 댄이 팔꿈치를 잡아당겼지만 나는 뿌리쳤다. 스튜 냄비에서 노란 연기가 모락모락 올라왔다 하지만 나는 그 새까만 머리와 흰 살결에 더 관심이 갔고 그럴 리가 없지만 어머니가 풀려났다고 생각했다. 기쁨이 솟아오르고 무거운 근심이 사라졌다.

어머니 내가 외쳤다.

맙소사 제발 가자 댄이 신음했다.

하지만 오두막 안의 여자가 내 외침을 듣고 돌아봤다 놀랍게도 메리 헌이었다.

네드야 내가 소리쳤다.

입다물어 조용히 하라고 댄이 애원했다 맙소사 형이 여기 있다고 경찰한테 알리고 싶어?

메리 헌이 베란다로 나왔다. 당신이야? 그녀가 속삭였다.

맞아.

여긴 안전하지 않아 그녀가 말했다.

나는 댄을 봤고 댄은 한숨을 내쉬며 웨블리 권총을 뺐다. 댄이 망을 보는 동안 나는 오두막으로 들어갔다 안에 유황연기가 자욱했다 아기 조지가 바닥에 놓인 상자에 누워 있는데 얼굴이 새빨개져 반짝거렸고 황갈색 눈으로 촛불을 바라보고 있었다.

애가 어디 아픈 거야?

메리는 대답하지 않았다.

왜 혼자 이러고 있어?

나 여기서 아무도 성가시게 안 해 밤새 아기에게 연기를 피워주는 거야.

메리 신문에서 나 나온 기사 봤어?

그녀는 왼쪽으로 조금 움직여 나와 아기 사이에 섰다.

메리 사람을 죽인 건 나도 어쩔 수 없었어.

메리는 고개를 저었다.

내가 먼저 쏘지 않았다면 그들이 나를 쐈을 거야.

메리는 미소를 지으려고 했다. 당신을 위해 기도했어 그녀가 말했다.

난 정정당당한 이유로 그들을 쐈어 메리.

메리는 기름병 테레빈유병이 보관된 높은 선반을 더듬어 오려둔 신문기사를 찾아냈다 자세히 들여다보니 악마 같은 사람 얼굴이 그려져 있었다.

읽어봐.

그 초상화를 그린 사람은 나의 타고난 결함만 나타내는 데 만족하지 않고 눈썹이 코 위에서 만나고 입술은 뒤틀리게 그려서 나를 악마로 시대의 공포로 표현했다 신문에 실린 이 그림은 가축을 빼앗긴 적도 가족이 위증으로 감옥에 간 적도 없고 할 줄 아는 일이라곤 사람들로 하여금 만난 적도 없는 이를 미워하고 두려워하게 만드는 것뿐인 겁쟁이의 작품이었다.

이건 내가 아냐.

네드 기사나 읽어보고 아니라고 말해.

메리의 두 팔이 사슬처럼 가슴을 감고 있었다 이 상태로는 그녀를 떠날 수 없어서 거미줄의 메뚜기처럼 시간을 지체했다. 기사 제목은 스트링이바크 크리크 경찰 살인사건이었다. 누가 썼는지 몰라도 그 기사에서 우리는 아일랜드 미치광이가 되어 있었다. 내가 케네디 경사를 불구로 만들었다고 했다 그를 죽이기 전에 칼로 귀를 잘랐다는 것이다. 게다가 동료 3명에게 경찰 시체에 총알을 박으라고 명령했고 따라서 모두가 나와 똑같은 죄인이 됐다는 것이다.

댄의 무거운 장화 소리가 베란다에서 들리고 문이 활짝 열렸다. 언덕 너머 경찰이 피운 불이 보인다고 그가 애원했다.

경찰 오는 거 보이면 알려줘.

제발 형 지금 가자.

하지만 메리 눈동자의 사랑&빛이 아침 재처럼 싸늘하게 식어버려서 그대로 떠날 수가 없었다.

댄 너 먼저 가 바로 따라갈 테니까.

나 혼사는 안 간다는 거 알잖아.

5분 이상 안 걸릴 거야 나는 그렇게 말하고 메리에게 돌아갔다. 내가 신문에 난 그런 짓을 했다고 생각해?

오 네드 누구 말을 믿어야 할지 모르겠어.

그럼 내가 한 일을 다 얘기할 테니까 잘 듣고 판단해 당신은 경찰이 어떤 인간들인지 몰라.

네 엄마는 우리 아버지 의자를 조지가 누워 있는 상자 옆으로 끌어다가 어깨를 웅크리고 앉았고 조지 주위에는 연기가 넘실거렸다. 나는 사나이 그녀를 사랑하는 사나이였다 내 몸은 그녀를 달래주고 그녀를 만지고 싶은 갈망에 차 있었지만 그러지 못하고 이야기만 했다.

　나는 피츠패트릭과 케이트 이야기부터 시작해 그 사건이 메리의 예언대로 맞아떨어진 것 그다음에 케네디 경사가 치명상을 입기까지 모든 일을 설명했다 불쌍한 댄 이야기는 5분보다 훨씬 오래 걸렸고 새벽이 가까워서야 끝났다 새벽빛은 물에 빠져 죽을 때처럼 축축하고&회색이었다. 그 음침한 시간에 나는 부엉부엉 소리를 들었다 그건 부엉이가 아니라 내 동생 댄이었다.

　우리는 촛불을 끄고 앞 베란다로 나갔고 빗속에서 숯처럼 까맣게 얼룩진 장의사들이 보였다 침략군이 우리의 친근한 언덕 옆구리를 돌아 달려오고 있었다. 댄이 황급히 샛강 쪽으로 갔고 나도 따라가려고 돌아섰으나 메리 헌이 내 손을 어루만졌다 그녀가 나를 사랑하는 건 얼마나 큰 축복이고 고통인가 하지만 가랑비 속에서 그녀는 여전히 나를 사랑한다.

　대장이 되어 사람들을 이끌려면 그들과 떨어져 있어선 안 된다 젖소들과 떨어져 있어선 안 되는 것처럼 다른 식으로 말하자면 수탉이 없으면 수평아리들이 구슬 같은 눈 위로 빨간 볏을 길러 흔들며 돌아다닌다 대장이 자리를 비우면 부하들은 대장이 앞장서 있을 때는 꿈도 못 꿨던 판단력을 발휘해 계획을 세운다.

　나는 동지들도 잔혹하고 체계적인 감옥에 갇힌 어머니도 잊지 않았지만 메리 헌의 눈에 다시 사랑의 불길을 지피는 동안 그들을 등한시한 데는 죄책감을 느낀다. 댄과 함께 워비산맥 은신처로 돌아왔지만 아무와도 얘기하지 않았다 녹초가 돼 있었다 정오에 동지들이 나를 흔들어 깨우며 지금 경찰 무리가 대형을 이루어 산 아래 평원을 달리고 있다고 말했다. 볼드 힐스 너머에 숨은 경찰보다 수가 많았지만 원턴을 향하는 것 같아서 나는 도로 갔다. 우리에게 은신처를 제공해준 가족의 이름을 여기 쓸 필요는 없지만 워비 산맥의 바위투성이 산기슭에서 고된 삶을 사는 사람들이었다 그들 역시 죄를 안 짓고 사는 이들은 아니었으며 경찰의 괴롭힘과 공유지를 차지하고 가난한 사람을 쥐어짜는 목장주들의 소행을 잘 알고 있었다.

해질녘 잠에서 깨보니 친구 가족이 신문을 바닥과 식탁에 펼쳐놓고 있었다. 이 작은 오두막에서는 늘 밑 닦을 종이도 부족했지만 이제 〈엔사인〉〈애드버타이저〉〈아거스〉 같은 신문 소굴이 되어 있었다 집안에 음식냄새 대신 차갑고 검은 잉크 냄새뿐이었다. 아기가 〈멜버른 헤럴드〉 1면을 찢어놨지만 거기 있는 내 이름을 못 읽을 정도는 아니었다. 도널드 캐머린 씨가 주지사에게 켈리 사건의 원인과 범죄자 체포를 위한 경찰 당국의 예비 조치에 대해 면밀한 조사가 이루어지도록 발의할 수 있는지 물었다. 그는 일부 경찰의 행동이 맨스필드 살인사건에 빌미를 제공했다는 내용의 정보를 갖고 있다고 말했다. 오랜만에 들은 최고의 소식이었다. 이 캐머린이라는 사람에 대해 들어본 적은 없었지만 그는 장님도 바보도 아니고 우리가 그런 짓을 저지를 수밖에 없는 상황에 몰렸으며 경찰이 불명예스럽게 우리를 추적했다는 사실을 이해하고 있었다.

그리고 용기를 북돋는 내용이 더 있었다 베리 주지사가 캐머런에게 경찰 조직력 결여로 문제가 발생했다는 믿을 만한 정보를 제출하면 당연히 조사를 실시하겠다고 답변한 것이다.

이것 좀 봐 이거 어쩌지? 내가 동지들에게 말했다.

조의 눈은 감기에 걸린 것처럼 게슴츠레해 보였다 정치인들이야 그가 말했다.

그래서?

아무 의미도 없다는 거지 그가 말했다 그는 내 〈헤럴드〉를 가져가고 〈멜버른 아거스〉 1면을 보여줬는데 거기에는 우리 모두 무법자로 발견 즉시 사살되더라도 무방하며 미친개 취급이나 받아도 마땅하다고 쓰여 있었다.

이건 믿어도 돼 제일 믿을 만한 거니까 그가 말했다.

댄과 스티브는 조를 보다가 나를 봤다 내 말을 기다리는 그들의 얼굴이 북처럼 팽팽했다.

난 이 캐머런이란 사람과 얘기해볼 마음이 있어 내가 말했다.

어떻게 할 건데? 조가 물었다.

아침에 말해줄게. 나는 조에게 〈아거스〉를 돌려주고 〈헤럴드〉를 다시 받아 캐머런 기사를 찢어냈다.

일레븐 마일에 다시 가려는 건 아니지?

죽어도 내가 죽는 거니까 상관 마 내가 말했다.

그 좆이 문제지 조 번이 외쳤다 셋이 다 나를 외면하고 웅크린 채 신문을 들여다봤다. 딸아 그들의 고통에 무심했던 이 아비를 용서해라 나는 사랑에 빠진 남자였고 그들이 그 독 잉크를 다 마시도록 내버려뒀다.

30분 뒤 나는 로미오가 되어 글렌로언 위 골짜기를 달리고 있었다 밤하늘은 짙은 감청색이었고 그 위에 볼드 힐스의 윤곽이 선명하게 새겨져 있었다. 경찰이 피운 불은 보이지 않았지만 나의 줄리엣은 무척 긴장한 얼굴로 내 손을 꼭 잡았고 키스는 없었다. 의자를 빼주길래 나는 그녀가 무슨 마음으로 그러는지도 모른 채 의자에 앉았다 평소와 달리 식탁에는 그릇이 싹 치워지고 종이 1뭉치와 우체국 펜&케이트 켈리 것이라는 표딱지가 붙은 빨간 잉크가 놓여 있었다.

당신이 전에 나한테 말한 걸 글로 써준다면 정말 기쁠 거야 그녀가 말했다.

어떤 부분을?

전부 다.

메리 난 글 잘 못 써 알면서 그래.

당신이 진짜로 나를 사랑한다면 써주겠지.

문장 구조를 못 배웠다는 밀을 어떻게 할까? 나는 오직 그녀와 마지막으로 1번 더 자고 싶은 생각뿐이었다 나는 개처럼 미쳐 있었고 400미터도 안 떨어진 곳에서 벌떼처럼 들끓는 경찰도 안중에 없었다.

전부 다?

피츠패트릭이 케이트와 결혼하려고 한 때부터. 그 부분부터.

그걸로 뭘 하려는지 알 것 같네 내가 말했다.

아 그래? 정말?

그녀의 눈에 다시 생기가 돌았다.

캐머런이라는 사람한테 보내려는 거지? 내가 말했다.

하지만 그녀는 캐머런 하원의원을 들어본 적도 없었고 〈멜버른 헤럴드〉에서 찢어낸 기사를 보여주자 내 손목을 잡았다.

얼른 써 그녀는 그렇게 말하고 침대로 갔다.

그녀가 길고 검은 머리를 빗기 시작했고 나에겐 그 이상의 격려가 필요치 않았다. 1페이지가 빠르게 완성되었고 2페이지 3페이지도 마찬가지였다. 메리는 자주 내게 와서 내 귀에 뺨을 대고 글을 읽었다 자랑이 아니라 그녀는 감동해서 눈물을 흘렸고 가끔 분노의 탄식을 토해냈다 이 글을 읽고도 신문들처럼 나를 비난할 사람은 아무도 없을 거라고 말했다.

이걸로 캐머런 씨를 설득할 수 있을까?

누구라도 설득할 수 있을 거야.

긴긴 밤 동안 이 정숙한 춤은 계속됐다 가끔 개들이 짖었고 자정 직후 케이트&매기가 돼지우리 뒤에 숨어 있는 경찰 2명을 발견하고 까무러치게 놀랐지만 그것 말고는 멀리 어둠 속에서 들리는 밤기차의 울음소리보다 더 신경을 건드리는 건 없었다 노인들은 아일랜드에 기근을 가져온 게 기차라고 말한다 그 기차들이 경찰들과 피투성이가 된 내 시체를 그릴 준비가 된 화가들을 베날라로 데려왔다.

나는 불쌍한 케네디의 죽음에 대한 이야기까지 끝나자 쓴 걸 전부 메리에게 줬다 메리는 머리의 푸른 리본을 풀었고 머리칼이 목과 어깨로 떨어졌지만 나의 키스를 허락하지 않고 내가 쓴 글을 리본으로 묶었다 베날라 법원에서 서기들이 하는 것처럼 말이다 의회에서도 분명 그렇게 할 것이다. 그녀는 목이 가느다란 병들이 놓인 선반 아래로 의자를 옮기고 리본으로 둥글게 말아 묶은 내 글을 테레빈유 뒤에 놓았다.

자 조심해서 내려가야지 그녀가 말했다.

그녀는 내게로 왔고 우리는 키스했다.

아침에 보내려고?

이제 캐머런 씨에게 보낼 사본을 만들자 그녀가 말했다 그러면서 내 딱지 앉은 거친 손을 가만히 자기 배에 올려놓았다.

나는 그녀가 말하기 전에 알았다 거기 네가 들어 있다는 걸 나는 너무나도 기뻐서 그녀 목에 그리고 입에 키스했다 고운 검은 머리 냄새를 맡고 반짝이는 검은 눈에 키스했다.

우리 아들을 위한 거였어 그래서 나한테 그걸 쓰라고 한 거구나 우리 아들을 위해서! 내가 외쳤다.

아니면 딸일 수도 있지 그녀가 말했다 그녀는 미소 지으며 울고 있었다.

딸일 수도 있지 내 사랑.

우리 딸이 세상에 나오면 아버지의 진실을 알 수 있을 거야 아버지가 누구고 무슨 일을 겪었는지.

너는 엄마의 말이 왜 나를 침울하게 만들지 않았는지 궁금할 것이다 네 엄마는 내가 정부 손에 살해될 거고 내가 어떤 사람이었는지 네가 알 수 없을 거라고 확신하는 게 분명했으니까. 하지만 그건 죽음과 전혀 관계없었고 오히려 그 반대였다 바로 그 순간부터 너는 내 미래였다 내 삶이었다.

그렇게 나는 작가 일에 빠져들었고 편지가 완성되자마자 캐머런 씨에게 보내는 2번째 편지를 쓰기 시작했다 그러느라 동지들 곁을 떠나 있었고 덤불에 숨어 있던 경찰이 덮쳤을 때 그 자리에 없었지만 그래도 그 이야기를 들려주겠다.

경찰이 몰려온다 우리를 숨겨준 집주인이 외쳤다 그는 멜빵이 끊어져서 바지 허리춤을 잡고 다른 손으로 스티브의 안장과 굴레를 들고 진흙 마당을 안짱걸음으로 왔다.

맙소사 경찰이 습지에 있어 얼른 도망쳐 경찰이 우리를 다 잡아갈 거야.

조의 거세마&댄의 암말이 마당에 있었지만 둘 다 굴레밖에 없었던데다 갑작스러운 소란에 미쳐 날뛰었다. 댄은 변소에 있었고 스티브는 꼬맹이들과 공기놀이를 하다가 집주인이 위험을 알리자 곧장 집으로 달려들어갔다. 아예 못 듣는 건 아니지만 귀가 어두운 안주인은 식탁에 앉아 토끼가죽을 벗기고 있었다. 스티브는 그녀에게 아무 말도 안 하고 대충 못을 박아 만든 벽장에 쳐놓은 커튼을 젖혀 그녀가 주일에 입는 가장 좋은 옷인 화사한 작은 드레스를 꺼냈다 가슴에 검은색&주황색 레이스와 이상한 꽃이 잔뜩 달린 드레스였다. 사과도 설명도 없이 스티브는 마치 왕도마뱀이 닭을 집어삼키듯 난폭하게 드레스를 꿰입었다. 그러고는 진흙투성이 몰스킨 바지 무릎 아래로 치맛단을 잡아당겨 내리고 허리에 벨트를 두르고 짧은 웨블리 권총 2자루를 찼다.

마당에서는 남편이 자식들에게 외치고 있었다 얘들아 뛰어 얼른 도망쳐라 경찰이 우리를 다 잡아갈 거다.

아이들 어머니는 그 소리를 듣지 못했다 그녀는 충격에 빠진 채 스티브 하트를 바라보고 있었다 그녀의 시든 뺨에 닭똥 같은 눈물이 흘러내렸다.

그건 내 드레스야 그녀가 중얼거렸다.

스티브가 불가에 무릎을 꿇고 앉자 천 찢어지는 소리가 요란하게 들렸고 그녀는 작게 비명을 질렀다 아주머니 죄송해요 스티브가 손으로 재를 퍼올리며 말했다 재의 일부는 식고 일부는 아직 불씨가 살아 있었다 스티브는 조심성 없이 재를 얼굴&머리에 문지르다가 불씨에 데자 씨× 씨× 욕지거리를 해댔다.

이 악마 같은 개×놈 안주인이 말했다.

그때 댄이 변소에서 달려왔고 안주인은 스티브가 푸른색 외출용 드레스를 문 쪽으로 던지고 댄이 받는 광경을 겁에 질린 눈으로 지켜봤다.

안 돼 제발 그녀가 애원했지만 내 동생의 눈은 돌처럼 아무 감정이 없었다 댄은 그 옷을 입기 시작했다.

법에 따라 혼쭐을 내주겠어 안주인이 갑자기 외쳤다.

그녀는 약골이 아니었다 어깨도 벌어지고 가슴도 튼튼했다 그녀가 깔쭉깔쭉한 장작을 집어들자 두 소년은 후퇴했다 그녀는 정말로 빨랐다.

경찰이 와요 스티브가 설명했다 그러나 안주인은 망측한 꼴의 두 소년을 쫓으며 아일랜드 여인들이 구세주를 노하게 하고 싶지 않을 때 쓰는 저주를 모두 퍼부었다 구세주가 너희 영혼을 빼앗고 슬픔이 너희를 차지하기를. 하지만 몽둥이를 휘두르지 말라는 구절은 성경에 없었으니 일단 마당으로 나오자 아무도 그녀를 막을 수 없었다. 댄이 드레스를 입으려 할 때마다 그녀가 공격해서 이미 드레스에 묻혀놓은 진흙에 새빨간 피까지 덧칠하게 됐다.

공격을 피해 도망치는 댄에게 스티브가 소리쳤다 정신줄 꽉 잡아. 그런 말은 어디서 주워듣는지 스티브 하트는 잡동사니 지식을 모으는 데는 1등인 까치 같은 녀석이었다. 정신줄 꽉 잡아! 댄은 드레스를 머리에 뒤집어쓰고 안주인을 향해 돌격했다 안주인이 보기엔 그랬다.

내가 그랬잖아 저치들이 우리를 다 죽일 거라고 안주인이 도망치며 남편에게 외쳤다. 골짜기를 향해 방향을 틀었는데 자식들이 달아난 쪽과 반대였다. 아이 1명은 나중에 글렌로언 철길 옆에서 헤매다가 발견됐다.

댄은 오두막으로 달려들어가 전에 친구와 마련한 대비책대로 얼굴을 검게 칠했지만 그래도 재통에 물을 부을 정신은 있었다. 댄은 다시 진흙 마당으로 달려나와 스티브에게 시커먼 주먹을 들어 요란하게 인사했다.

우리는 시브의 아들이다 댄이 외쳤다. 사랑하는 딸아 스티브가 아니라 시브다 그래봤자 그 말도 필시 스티브한테 배웠겠지만.

한편 조 번은 말에 올라타 있었다 그는 세상을 하직하기 전에 최대한 많은 경찰을 죽일 결심으로 몹시 흥분했지만 스펜서 연발총에 겨우 탄피 하나를 밀어넣고는 스티브&댄을 보고 동작을 멈췄다.

도대체 염×할 그 꼴은 뭐야 그가 물었다 하지만 댄이 다급히 물에 갠 재를 내밀자 얼떨결에 받아서 얼굴에 칠했다.

우리는 시브의 아들이다.

집주인이 스티브와 댄에게 안장 얹은 말 2마리를 끌고 오는 바람에 정상적인 질문이나 욕설은 나올 겨를이 없었다.

뒈져버려 이놈들아 늙은 집주인이 격분해서 말했다. 해리 파워는 내 마누라한테 이런 짓 한 적 없어 그는 우리 친구였다.

조 번은 어리둥절해서 스티브를 봤다.

우린 시브의 아들이다.

꺼져 노인이 소리쳤다 네놈들은 산사람의 수치야 씨× 다 죽어버려.

이 괴상한 몰골을 한 일당은 위험하고 짧은 길을 이동해 높은 언덕 비탈의 크고 납작한 회색 바위에 이르렀다 여기서 그들은 배를 깔고 엎드려 200미터 아래 모여 있는 장의사들을 감시했다. 흰 유칼립투스 숲 너머에 펼쳐진 평평한 풀밭에 경찰 부대가 모여 있었는데 이제 히드라보다 머릿수가 많아져서 30명이 완전무장을 했다. 댄이 해리 파워를 체포한 니컬슨 경정을 알아봤다 하지만 그보다 훨씬 충격적인 건 경정과 얘기하고 있는 두 원주민이었다.

검둥이야 스티브 하트가 속삭였다 난 검둥이 겁 안 나.

닥쳐 조가 말했다 그는 아직도 드레스 때문에 어리둥절하고 혼란스러웠지만 지금은 그 문제를 왈가왈부할 때가 아니었다 네가 검둥이라고 부르는 사람들은 원주민 수색자야 저 씨×놈 하나가 스펜서 20자루보다 더 위험하다고.

그래도 우리는 추적 못해 내 말 믿어도 돼.

조는 고개를 저었다 계집애 같은 녀석과 입씨름해봐야 시간낭비라는 뜻이었다 하지만 스티브는 짐승들이 습지를 다 쑤셔놔서 우리 발자국을 못 찾을 거라고 우겼다.

아가씨 내 말 잘 들어 웜뱃이 떼거리로 와서 쑤셔놔도 원주민들은 우리를 그 집까지 추적해올 수 있어.

이제 우린 거기 없잖아 그러니까 아무 문제 없지.

이 멍청아 그렇게 머리가 텅텅 비었냐? 네드가 거기 갈 거고 도착하자마자 놈들한테 잡힐 텐데.

비록 몰골은 괴상하지만 비록 가냘프고 약해 보였지만 스티브는 자기 의견을 말할 때 주저하는 법이 없었다 상대가 정신나간 싸움에 작정하고 덤비는 사람이라도 마찬가지였다. 아니 그런 일 없을 거야.

조는 이미 경찰 둘이 풀밭에 캔버스 천 까는 걸 봤고 지금은 다른 2명이 땅에 떨어진 나뭇가지를 밟아 부러뜨리고 있었다.

잔치판을 벌이는군.

곧 기분좋게 불이 타오르고 음식이 잔뜩 차려졌다. 원주민들은 초대를 못 받은 게 분명해서 이내 습지 옆 숲으로 들어갔다.

이제 조 번은 정교한 스펜서에 탄피 5개를 장전했다. 주위는 고요했고 현대식 황동 탄약이 약실로 들어가는 소리밖에 들리지 않았다. 저 원주민들 잡아야 돼 그가 말했다.

아무도 토를 달지 않았다 조가 말들을 언덕 뒤로 끌고 가라고 지시하자 스티브는 순순히 따랐다. 댄에게 웨블리 권총 2자루가 다 장전됐는지 확인하라고 하자 내 동생은 그렇게 했다. 그다음에 댄과 조는 언덕을 내려가기 시작했는데 소리를 내지 않으려고 심한 안짱다리처럼 장화 밑창 옆날을 세워서 걸었다. 댄은 살인을 할 수밖에 없다는 생각에 가슴이 아렸다.

얼마 지나지 않아 그들은 바위&회양목을 벗어나서 흰 유칼립투스 숲으로 들어갔다 그곳은 땅이 차갑고 축축한 습지였다. 댄은 조 번을 따라 유칼립투스 껍질이 벗겨지는 숲을 걸었다 왼손으로 드레스 자락을 들고 오른손에는 웨블리 권총을 쥐고 있었는데 사정거리가 기껏해야 20미터인 초라한 무기였다. 그는 곧 경찰들이 시끄럽게 떠드는 소리를 들었다 급작스럽게 죽음의 장소에 도착한 것이다.

고사리가 무릎을 스쳤다 아직 나무에 매달린 벗겨진 껍질들이 전쟁에서 폭탄을 맞은 사람의 너덜너덜한 피부 같았다. 앞쪽에 경찰들이 똑똑히 보였고 그보다 더 가까이에 원주민 2명이 빛&그림자의 줄무늬 속에 쪼그려 앉아 있었다. 나이든 원주민이 괴상한 원주민 말로 조용조용 이야기하고 젊은 원주민은 대답만 좀 했다.

댄과 조는 아주 조심스럽게 접근했다 잔가지나 나뭇잎 바스락거리는 소리로도 들킬 수 있었다 수색대장은 손바닥만한 햇살 속에 앉아 있었다 그는 강건한 노인으로 트위드코트와 흰 몰스킨 바지 경찰에서 준 무릎까지 올라오는 장화 차림이었다. 거리가 좁혀지면서 그늘에 앉은 조수도 눈에 들어왔는데 깡마른 원주민 청년으로 트위드바지와 청색 셔츠를 말쑥하게 차려입었다. 댄과 조가 도착한 순간 그가 투덜대는 듯한 소리를 냈는데 무슨 뜻인지는 알 수 없었다.

조 번이 그늘에서 모습을 드러내자 그는 조용해졌다.

아무 말도 오가지 않았지만 원주민들은 천천히 일어섰다.

조 번이 총을 홱 움직이자 노인이 손을 번쩍 들었고 조수도 똑같이 했다 그에겐 생소한 동작인 게 분명했다.

아저씨 경찰에서 발자국 찾는 일 하지 조가 속삭였다.

수색자는 고개를 저었다.

아저씨 정말이야?

노인은 상황을 재깍 알아차렸다. 나리 여긴 아무것도 없어요 그가 속삭였다 하늘에 맹세코 저 발자국은 다 짐승들 겁니다.

경찰한테 가서 여기 발자국 없다고 말해.

저 개××들은 나 없이도 아주 잘살아요 봐요.

저들이 아저씨한테 먹을 거 주나?

노인은 어깨를 으쓱했다.

아저씨 내 이름 알아?

나리 네드 켈리 맞죠.

아저씨 네드 켈리가 경찰한테 어떻게 했는지 알지.

예 나리 하지만 난 경찰 아녜요 나리 난 그 퀸즐랜드 개××들 일당이 아녜요 난 아무도 안 해쳐요.

좋아 조는 퀸즐랜드 개××들이 뭔지 그게 뭘 의미하는지도 몰랐지만 그렇게 말했다. 그걸로 대화는 끝났다. 수색자들은 다시 쪼그려 앉았고 조 일행은 나무 그림자 사이로 철수했다.

수색자들은 약속을 지켰다 그들은 그때도 심지어 나중에도 아무 말 하지 않았다 그들은 경찰을 반대 방향인 일레븐 마일 크리크

쪽으로 안내했다. 하지만 그건 네 아버지에게 도움이 되지 않았다.

　그날 밤늦게 조 일행은 글렌로언 골짜기를 달리고 있었다. 그들은 일레븐 마일 크리크에서 평원으로 내려가 족히 2시간은 오두막을 지켜보다가 조심스럽게 접근했다. 마침내 문을 박차고 들어간 댄은 오두막이 텅 비어 쥐들 차지가 된 것을 보고 괴로워했다.
　그전에 나는 니컬슨 경정이 오고 있다는 첩보를 듣고 메리와 조지를 짐마차에 태우고 말 탄 매기를 정찰병으로 앞세웠다 꼬불꼬불한 길을 따라 리버검 사이를 누비며 모이후까지 달려갔다. 거기서 캐머런 씨에게 편지를 부치고 서둘러 다시 길을 떠나 곧 에디마을 휫필드 마을을 통과했다. 달이 뜨자 매기는 집으로 돌아가고 나는 메리&조지를 데리고 잿빛과 흰빛 평원을 지나 킹강 상류에 다다랐다 그곳은 산악지대로 들어가는 길목이었다 너도 내가 해리 파위에게 배운 지형이 기억날 것이다. 새벽에 우리는 퀸 씨가 사는 데서 1.6킬로미터쯤 떨어진 곳에서 안전하게 야영했다. 그들이 익힌 고기를 날라다줬고 짐마차는 의심 사지 않을 곳에 숨겼다.
　같은 날 그 누런 새벽에 조 일행은 모이후에 도착해 보기 크리크에서 야영했다 우리나 그들이나 종일 숨어 있었다.
　해거름에 나는 짐말에 안장을 얹었다 베시라는 늙고 조용한 암말이었다 메리와 아픈 아기를 말에 태웠다 아이엄마나 무법자나 그래서는 안 되지만 우리는 다시 헤어지지 않기로 맹세한 몸이었다. 달빛이 킹 골짜기를 비출 때 우리는 킹강 서쪽 비탈을 천천히 올라갔다 산줄기에 이르러 산맥을 향해 남쪽으로 갔다 내가 앞장

서서 밧줄로 베시를 이끌었지만 험한 지대라 맥빈의 비옥한 강가 평야에서도 말을 타지 못할 메리에겐 커다란 시련이었다.

우리는 어느 때보다 서로를 사랑했다 장의사들이 추격해오고 네 오빠 조지는 심하게 병들어 축복의 시간은 아니었지만 말이다. 우리는 버클랜드 스퍼 근처 골짜기로 들어갔고 낡은 광부 오두막을 찾아내자 아픈 어린애를 낫게 하는 데 모든 시간을 썼다. 밤새 달려왔지만 쉬지 않았다 아기 숨소리가 몹시 거칠어졌고 먹기만 하면 토했는데 위액까지 섞여 나왔다. 나는 도끼소리로 까치들을 깨웠다 거대한 스트링이바크 줄기에 홈을 파고 높은 곳까지 올라가서 유칼립투스 이파리를 잔뜩 땄다. 그런 다음 광부의 쓰레기장에서 쓸 만한 도구를 가져다가 예전에 밀주 만들 때 하던 식으로 증류장치를 만들었다. 불을 피우는 건 위험했지만 유칼립투스 증기가 유황연기보다는 아기에게 훨씬 효과가 있을 터였다.

2번째 날 저녁쯤 되자 아기의 숨소리가 한결 편안해졌다 해거름에 유칼립투스 1그루를 베어 껍질을 벗겨서 아주 훌륭한 커튼을 만들었다. 그 덕에 촛불을 켤 수 있었다. 우리는 차가운 양고기를 먹었고 조지가 잠들자 나는 메리에게 쉬라고 하고 밖으로 나가 가족을 위해 망을 봤다. 내 콜트 권총은 화구에 뇌관 6개를 다 씌웠고 장전된 577구경 엔필드도 무릎에 놓여 있었다. 여러 시간이 지나고 이슬이 내리기 시작해서야 강가 바위 위를 달리는 말발굽소리가 들렸다 나는 엔필드 공이치기를 당기고 때를 기다렸다.

3사람이 티트리 숲을 헤치고 다가왔다. 천만다행으로 동지들이 무사히 도착한 것이었다. 조 번이 앞장서서 빈터로 들어섰다 댄의 거세마가 조의 암말 꼬리에 코를 박고 얌전히 따라왔고 스티브가 그 뒤를 열심히 따라왔다. 다들 얼굴이 안 보였고 댄의 옷도 잘 모르겠지만 무슨 작업 가운 같았다.

나는 열린 문에 대고 메리에게 외쳤다 친구들이 왔어.

메리가 자다가 촛불을 들고 달려나왔다. 그녀가 불을 비추자 왕립극장에서나 구경할 법한 광경이 환히 드러났다 드레스를 입은 검은 얼굴의 사내들. 나는 웃음을 터뜨렸지만 옆에서 메리가 문가의 차가운 진흙 웅덩이로 쿵 쓰러졌다. 까무러쳐버린 것이다.

스티브가 무언극에서 여자 역할을 맡은 남자 배우처럼 오두막으로 들어왔다. 메리가 눈을 떴다 그녀는 무슨 일이 있었는지 자기가 왜 오두막 안에서 깨어났는지 묻지 않았고 미소 짓거나 웃거나 드레스를 손가락질하지도 않았다. 그녀는 일어나 스티브에게 가더니 그의 납작한 가슴에 달려들어 레이스 주위의 노란 꽃을 잡아뜯었다.

이런다고 해결되는 건 아무것도 없어 그녀가 외쳤다.

스티브는 어깨에 힘을 주고 엄지손가락을 허리띠에 끼웠지만 무척 당황한 눈빛이었다.

그만해 그가 1걸음 더 물러서며 말했다. 메리는 그보다 15센티미터나 작았지만 이제 그가 포기한 영역에 침범해 드레스에서 레이스를 뜯어냈다.

나의 네드를 몰리의 자식으로 만들겠다고?

우리는 그게 무슨 말인지 몰리가 누군지 몰랐지만 메리의 예쁜 얼굴은 밤새 말을 타고 오느라 생채기가 나서 거칠고 절망적인 인상을 풍겼다.

저리 비켜 스티브가 외쳤다 그의 눈이 내게 도움을 청했지만 나는 그보다 더 당황스러웠다.

스티브가 메리를 벽난로 쪽으로 밀어내며 말했다 염×할 차나 1잔 주지그래.

나는 당장 그를 혼내주려 했지만 그 약삭빠른 궤변가는 미꾸라지처럼 빠져나갔다. 내가 그의 팔을 잡았지만 메리는 그 말대로 더러운 양철컵에 차가운 홍차를 철철 넘치도록 따랐다.

네 몰리 입에서 이 차가 독으로 변하길.

조 번은 여자한테 당하고만 있는 스티브를 보며 웃다가 이내 불쾌한 코웃음을 쳤다. 그는 갈라진 식탁의 긴 나무의자에 털썩 주저앉아 짙은 그림자 속에서 억센 팔로 팔짱을 꼈다.

네드 네가 말 안 한다면 내가 하지.

나는 조에게 아무 말 하지 말라고 안 그러면 후회할 거라고 메리는 내 아내나 다름없다고 말했다.

상관없어 스티브한테 그런 식으로 말하면 안 되지.

나는 그도 혼내주려 했지만 메리가 차가운 손으로 내 손목을 잡았다.

당신이 조야? 메리가 시치미를 떼며 물었다.

총알눈이 그녀를 재듯이 바라봤다. 여긴 당신 집 아냐 마침내 그가 말했다.

틀렸어 여긴 나와 네드의 집이야 메리가 말했다.

이런 젠장할 조 번이 소리쳤다.

닥쳐 내가 말했다 아무도 망을 안 보고 말들은 다 오두막 주변에 있잖아.

조가 미친 ××이긴 해도 즉각 이성을 찾았다. 그는 스티브&댄처럼 나를 따라 밖으로 나왔다. 말들은 밤이라 다리를 묶어놓아 거의 움직이지 못했고 그래서 다리를 풀어주고 킹강으로 내려가 물을 먹였다. 아무도 오두막에서 있었던 일은 입 밖에 내지 않았다 우리는 조용히 경찰과 원주민 수색자 이야기를 했고 소년들은 자기들이 입은 드레스에 대해 아무 말 없었다.

말들이 물을 실컷 마시자 나는 말과 일행을 이끌고 상류 쪽으로 1.6킬로미터 떨어진 말우리로 갔다. 나&해리 파워가 9년 전 만든 거였다. 나는 댄에게 오두막 아래 있는 비탈에서 망을 보라고 시키고 스티브는 메리를 지켜보라고 보냈다. 그럭저럭 모든 게 평화로위 보였지만 조와 함께 삽을 들고 오두막으로 돌아온 나는 식탁에 음식이 하나도 없고 또다시 네 엄마가 스티브 하트를 벽에 밀어붙인 광경을 보자 화가 머리끝까지 치밀었다.

네가 시브의 아들이라면 뭐의 아들인 거지? 말할 수 있어? 아니면 신부님이 종을 쳐줘야 말할 수 있나?

스티브는 전쟁에 나가 죽을 준비가 된 사나이였지만 자기보다 나이 많은 누이와 싸우는 법은 모르는 소년이기도 했다. 아일랜드지 그가 대답했다.

아일랜드라고 메리가 말했다. 남자였다면 스티브를 놔줬겠지만 그녀는 스티브가 이미 겁먹은 걸 몰랐다. 너는 아무거나 주워들고 그대로 읊는 식민지의 금조일 뿐이야.

정말 나한테 그런 식으로 말하면 안 되지.

오 그래 넌 훌륭하고 용감한 소년이지 아일랜드를 생지옥으로 만든 잔인한 살인자 개××들 가운데 하나가 아니라 메리가 말했다 그녀의 어깨가 너무나 반듯하고 가냘팠다.

그녀가 남자였다면 이쯤에서 조 번이 달려들어 주먹을 날렸을 것이다 마차 끄는 말처럼 거구였대도 그녀를 쓰러뜨리고 1숱 더 떠 목을 발로 찼을 것이다. 하지만 지금 그가 할 수 있는 건 자기 침묵을 더 참을 수 없을 때까지 사나운 눈초리로 나를 노려보는 것뿐이었다.

마침내 조가 외쳤다 씨× 도대체 이 드레스는 뭐야 무슨 염×할 비밀이라도 있는 거야?

아일랜드에서 입는 거야 조 스티브가 그의 옆에 앉으며 말했다.

조는 떽떽거리는 여자도 싫지만 드레스 입은 소년과 같은 편이 될 생각도 없는 듯했다. 하느님 맙소사 그가 말했다.

아일랜드에서 저항군이 입는 거야 형도 아버지한테 들었을걸. 목장주들 놀래주려고 스티브가 말했다.

그런 얘기는 난생처음 들었다. 메리가 식탁으로 가서 스티브 맞은편에 앉았다.

스티븐 하트 아일랜드에는 목장주 없어.

그땐 기사들이었지 그래도 똑같아.

기사들?

씨× 영국 여왕의 기사들 말이야 스티브가 소리쳤다.

그럼 너도 잘 알겠군 메리가 잠시 말을 멈췄다.

우리가 뭘 알아야 하는데 조가 차분하게 물었다.

메리가 촛불 1개를 더 켰고 그 불빛이 그녀의 길고 흰 팔을 따라 올라가 생채기 난 사랑스러운 얼굴을 비췄다. 당신이 조 번이지? 그녀가 초를 식탁의 옹이구멍에 꽂자 또다른 깊은 옹이가 또렷이 드러났다 그러니까 조 번의 이마에 생긴 분노의 표시 말이다.

조 그럼 이 의상이 아일랜드인이 약하고 무지할 때 입은 거라는 걸 알겠네.

조는 귀를 의심하는 게 분명했다. 우리 모두 염×할 아일랜드인 이지 여기서 그의 목소리는 낮아졌고 대답하는 메리의 목소리는 높아졌다. 조 번 당신에게 맞서는 게 몹시 유감스럽지만 당신은 식민지인이야. 나는 아일랜드인이고 지금부터 내가 하는 말은 진실 이야 나는 오늘 말고도 드레스 입은 남자를 많이 봤어.

아무도 말이 없었다.

메리가 설탕통&숟가락을 들고 일어나 식탁을 돌며 설탕을 나눠 줬다. 스티브는 그 선물을 받을까 말까 주저하다가 말없이 2숟가 락을 떠서 컵에 넣고 저었다.

메리가 말했다 만일 시트를 뒤집어쓰거나 가면을 쓰거나 드레 스를 입는 게 그렇게 효과가 강력하다면 아일랜드는 지상낙원이 됐을 거고 영국 왕은 죄다 지옥불에 타죽었을 거야. 스티브 하트 넌 사람들이 나의 네드에게 등을 돌렸으면 좋겠어?

조가 끼어들었다 우리 4사람은 씨× 온 나라가 죽이려는 4사람 이야 우리 목에 현상금 1000파운드가 걸렸고 30명이나 되는 경찰이 우리를 발견 즉시 사살할 권리를 갖고 평원을 수색중이라고. 지금 속이 뒤틀리고 뼈마디가 쑤시는 마당에 여자한테 그따위 연설 듣고 싶은 생각 눈곱만큼도 없어.

만일 당신들이 가난한 농부 걸 훔쳤다면 메리가 이야기를 시작했다.

조가 외쳤다 하느님 맙소사 염×할 변호사보다 더 지독한 여자야 그만큼 비싸진 않았으면 좋겠군.

메리가 내게 설탕자루를 건넸다 나는 그걸 도로 식탁에 놓고 그녀의 팔을 잡았다.

이리 와 자기 내가 그녀의 팔을 잡으며 말했다.

그만할 생각 없어 네드 미안하지만 내가 큰 호의를 베풀어서 당신들 모두에게 저 둘이 입은 복장에 대해 말해줄게.

나는 살인자도 가끔은 쉴 자격이 있다고 생각한다 하지만 내가 그런 생각을 하는 동안 메리는 이야기를 시작했고 조 번은 적대적인 노란 눈으로 그녀를 뜯어보며 평가하고 있었다.

네 엄마는 오두막 한가운데서 손을 앞으로 모아 맞잡고 서 있었다 뺨의 생채기에서는 아까부터 피가 나기 시작했다.

그녀가 말했다 우리 아버지는 템플크론이라는 마을에서 대장장이로 일했어 스티븐 하트 그 마을 이름을 들어본 적도 없겠지만 걱정 마 넌 기사들이라고 했는데 도니골*의 그쪽 지역에는 경Lord이

___
* 아일랜드 얼스터에 위치한 지역으로 영국령 북아일랜드와 접하고 있다.

있었고 그는 가끔 아버지한테 말굽을 갈아달라고 맡겨놓고 자기가 완전히 준비될 때까지 찾아가지 않았지 가난한 대장장이한테 그 말을 먹이고 재우는 비용을 떠안기고.

거기 기사는 없었지만 힐 경은 있었고 어느 날 아침 그가 우리한테 범상치 않은 말을 맡겼어 키가 큰 거세마였는데 잘생기고 새까맸지. 이마에 흰 점이 있었는데 영락없는 아일랜드 지도 모양이라 보는 사람마다 1마디씩 했어.

밤이 되어도 대저택에서 힐 경의 말을 찾으러 오는 사람이 없었고 우리 아버지는 얌통머리 없는 짓거리라는 둥 제멋대로라는 둥 투덜대면서도 말에게 귀리에 당밀을 넣어 먹였어 난 알았어 아버진 그 말이 너무 좋았던 거야.

겨울이라 해가 엄청 일찍 졌어 여기 베날라보다 훨씬 일찍. 템플크론에서는 오후 4시만 되면 캄캄했고 이날은 대서양에서 엄청난 폭풍이 몰아쳐서 어부 하나가 물에 빠져 죽었고 바람이 지독히도 요란하고 매서웠어. 문 두드리는 소리를 처음 들은 게 나였는데 바람소리인 줄 알았지.

하지만 드레스 입은 남자들이었어.

시브의 아들들이었군 스티브 하트가 말했지만 네 엄마는 신경쓰지 않고 계속 이야기했다. 난 6살이었고 그들은 덩치 큰 남자들이었어 얼굴에는 온통 검은 칠을 했고 개중엔 가면을 쓴 비쩍 마른 얼간이도 있었지. 다들 불붙인 나뭇단을 하나씩 들었는데 심한 바람에 하늘 높이 치솟은 불길이 초가지붕을 향해 혀를 날름거리고 있었어.

아버지 나오라고 해라 대장이 말했어 목소리가 무척 심각했지만 난 핼러윈이나 발푸르기스의 밤*에 드레스를 입고 시트를 뒤집어쓰고 집집마다 돌아다니는 스트로보이스**의 장난 같은 거라고 생각했어 시키는 대로 해야지 안 그러면 그들은 못된 장난을 치지. 드레스 입은 사람들 뒤에는 더 많은 무리가 있었고 비록 난 6살밖에 안 됐지만 하나도 안 무서웠어 아버지를 불러와서 그들이 무슨 요구를 하나 무슨 못된 장난을 치나 들으려고 옆에 붙었지만 아버지는 나를 집안으로 들여보내고 혼자 나간 다음 문을 닫아버렸어.

우린 대가족이었고 딸이 7명인데 내가 중간이었어. 마침 밤목욕 날이라 어머니는 정신이 없어서 딸 하나쯤 없어져도 모를 것 같길래 나는 슬리퍼를 신고 어머니 숄을 두른 다음 무슨 재미난 구경거리가 벌어지고 있나 보려고 살금살금 밖으로 나갔어.

내가 도착했을 때쯤엔 다들 마구간으로 밀고 들어간 뒤였고 집에 불이 옮겨붙을까봐 너무 걱정된 아버지가 그들에게 나뭇단의 불은 끄게 하고 우리 등불을 켜놓은 상태였지. 그날 밤 마구간에는 말이 5마리 있었지만 몰리의 자식들과 그 친구들은 그중 1마리의 칸막이 주위에만 몰려 있었어 물론 힐 경이 맡긴 크고 검은 말이었지.

나는 그 사람들이 어떤 옷을 입고 있었는지 아주 자세히 말할 수 있어 다 똑같이 입은 건 아니었지만. 6명은 드레스를 입었는데 아내가 아까워하지 않고 기꺼이 내줄 옷들이었어 여기저기 꿰매고

---

* 4월 30일과 5월 1일 열리는 봄축제.
** 파티가 있는 곳에 짚으로 얼굴을 가리고 나타나 노래를 부르거나 연극을 하고 음식을 얻어먹는 사람들.

덧대고 찢어진 옷 가난한 마을이긴 했지만 여자들이 돼지를 돌볼 때조차 입지 않을 옷들이었지. 모두 얼굴에 검은 재인지 석탄인지를 칠했는데 흰 피부가 조금도 안 보이게 꼼꼼히 칠한 사람도 있었고 대충 칠하는 시늉만 한 사람도 있었어. 굴뚝새 깃털로 만든 가면을 쓴 사람도 있었는데 무시무시했어 누군지 못 알아볼 뻔했지만 그 사람 드레스를 보니 누구 남편인지 단박에 알 수 있었지. 싱글로 로드 근처에서 손바닥만한 땅을 부쳐 먹고사는 소작농이었어 사실 다른 사람들도 이름 알기가 그리 어렵지 않았고.

우리 아버지도 그 사람들을 알았지만 친근하게 얘기하지 않았고 그들이 맨정신인데도 술에 취해서 사소한 일에도 기분 상할 수 있는 것처럼 조심스럽게 대했어.

아버지가 말했어 자 여러분 나는 여러분에게 공평할 거요. 여러분이 갖고 온 모자를 씌워도 아무 말 안 할 거고.

무슨 모자인가 싶었는데 1사람이 칸막이 안으로 들어가더니 말의 머리에 실크해트를 씌웠어 사람이 쓰는 모자가 아니라 말에게 맞도록 특별히 만든 거였지. 불쌍한 말은 모자 쓰는 게 싫어서 머리를 흔들었고 그 꼴이 하도 우스워서 나는 속으로 웃었어.

어이 힐 경 그 남자가 말했어. 말 이름은 머큐리였는데 그는 힐 경이라고 불렀어.

다른 사람이 자루를 꺼냈는데 흰 면으로 테를 두른 진홍색 담요가 들어 있었어 추기경이나 경이 입는 망토랑 비슷하게 만든 거였지. 우리 아버지는 그 망토를 말에게 걸치는 것도 허락했어.

말에게 모자를 씌운 남자가 말했어 아 힐 경 네 이름에 붙는 경은 하늘에 계신 분 이름과 같다.*

다른 남자가 말했어 힐 경 이 땅은 우리 땅이지 네가 맘대로 갖거나 나눠줄 수 있는 게 아냐. 힐 경 어떻게 생각하나?

머큐리는 힐 경 이름에 반응은 해도 물론 말은 할 수 없었지. 1명이 머큐리의 칸막이 안으로 뛰어내렸는데 말의 코를 비트는 기구를 들고 있었어 주둥이 끝에 걸어서 머리를 쉽게 못 움직이게 만드는 밧줄 고리지 그는 말에게 그걸 씌우고 비틀었어.

우리도 코 비트는 기구 알아 조 번이 말했다.

그 남자가 말했어 대답해 이 씨×놈아 할말 있으면 얼마든지해. 물론 말은 잠자코 있었어 뭐라고 할 수 있겠어?

그러자 그 남자가 말했어 좋아 그럼 재판을 하겠다 네가 그걸 얼마나 좋아하는지 지켜보지.

이제 드레스 입은 남자들이 전부 나무에서 떨어지는 거미처럼 칸막이 안으로 넘어갔어. 농부들이라 재빠르고 솜씨가 좋았지 그들은 곧 그 불쌍한 말을 걸리버보다 더 많은 밧줄로 묶었어 걸리버이야기를 아는지 모르겠지만. 말은 꽁꽁 묶여서 거미줄에 걸린 파리처럼 꼼짝 못했고 커다란 검은 눈이 겁에 질려 있었어 난 그게 장난인 줄 알았지만 불쌍한 머큐리는 제 운명을 알았던 것 같아 좋을 일이 없을 걸 안 거지.

사람들이 칼과 긴 막대기를 꺼냈어.

메리는 이야기를 중단했다.

---

* Lord는 귀족의 존칭이기도 하지만 '주님'이라는 뜻도 있다.

그 얘기는 하고 싶지 않아.

아무도 그녀를 재촉하지 않았다 우리 모두 말을 좋아해서 무슨 일이 벌어졌는지 궁금하면서도 그 말이 잔인한 고문을 당했을 거란 생각에 조용히 있었다.

그들은 말 주인에게는 감히 못하는 짓을 그 말에게 했어. 막대기는 끝을 뾰족하게 깎고 불에 달구어 더 단단하게 만든 것이었는데 굴뚝새 깃털 가면을 쓴 사람이 그걸로 말 배를 찔렀어.

맙소사 망을 보다가 방금 돌아온 댄이 외쳤다.

오 그래 그들은 막대기를 족히 30센티미터는 찔러넣었다가 뺐고 그 끝에 내장이 딸려나왔어 코바늘에 실이 딸려오는 것처럼.

개××들 조 번이 말했다.

그러자 우리 아버지가 칸막이 안으로 뛰어들어갔어.

조가 주먹으로 식탁을 탕 치자 금속 냄비들이 달그락거렸다.

우리 아버지는 굴뚝새 가면 남자한테서 막대기를 빼앗아 무릎에 대고 꺾어버리려고 했지만 꼴사나운 드레스 입은 남자들이 전부 달려들어 아버지를 칸막이 밖으로 끌어내서 구석에 처박아놓고 막대기로 머리와 어깨를 마구 때리면서 말이랑 똑같이 해주겠다고 협박했어.

나의 메리는 교회에 갇힌 새처럼 두려움에 갇혀 울기 시작했고 나는 그녀에게 다가갈 수 없었다 아무도 그럴 수 없었다. 아버지가 땅바닥에서 피를 흘렸고 그녀는 아버지에게 가고 싶었지만 놈들이 무시무시한 막대기로 아버지를 찌를까봐 숨어 있었다고 말했다. 그녀는 말이 공유지를 빼앗았다며 다 큰 어른들이 욕하는 소리를 들었다 그들은 말의 머리에 아일랜드 지도가 있는 게 그 증거라며 그 불쌍한 짐승에게서 아일랜드를 도로 빼앗지 못할 이유가 뭐냐고 따졌다. 어린 소녀는 공포 속에서 말의 끔찍한 비명을 들었다.

그들이 말을 학대하는 사이 메리의 아버지는 자신의 어여쁜 검은 머리 딸이 그림자 속에 웅크리고 있는 걸 발견했다. 그는 고함을 내지르며 벌떡 일어나 딸을 안고 집안으로 달려들어가 문을 잠근 다음 아이를 아내에게 넘겼다.

그뒤로 무슨 일이 있었는지 메리는 알지 못했지만 그날 밤 오래도록 바람소리 너머 말의 울부짖음이 들려왔다.

아침에 깨보니 군인들이 집을 에워싸고 있었고 위대한 힐 경이 의회에라도 출석한 것처럼 차려입고 분가루 칠한 가발까지 쓰고 있었다. 아이들은 문밖으로 못 나갔지만 메리는 말의 사체가 짐마차에 실리는 걸 지켜봤다 난도질해놓은 사체를 보자 토할 것만 같았다.

말의 흰 점 가죽은 나중에 싱글로 로드에 있는 집에서 발견되었다 그 집에 사는 소작농 마이클 코너는 욕설과 절도 혐의로 붙잡혔고 다른 농부 5명과 함께 도니골에서 교수형을 당했다.

메리가 말했다 우리 아버지도 아일랜드연맹 소속이었지만 재판에서 그들에게 불리한 증언을 했어 당신들도 이런 복장으로 다닌다면 사랑받을 수 없어. 사람들 삶을 편안하게 해줘야지 공포를 줘선 안 돼.

조 번은 컵을 내려놓고 어둠 속으로 나갔다.

그날 밤 오두막에서 나는 메리 곁에 누워 잠을 이루지 못했다 수염이 따끔거리고 가려웠고 팔다리가 탈곡기처럼 떨렸다 끔찍한 상상이 나를 괴롭혔다 이를테면 우리 아버지가 그 양철트렁크에 든 드레스를 입고 무슨 목적으로 뭘 했을지. 그건 대유배*의 고통이었고 부모들은 과거를 잊고 싶어해서 지금 우리 세대는 달의 웅덩이에서 태어난 올챙이처럼 무지했다. 나는 광부 오두막의 축축한 마룻바닥에 누워 네 엄마의 머리칼에서 나는 연기와 재 냄새를 맡았다 그녀는 사랑스러운 젊은 여인이었다 그녀는 과거에서 온 이방인이었다.

조가 망보러 나가고 조금 뒤 교대한 스티브가 돌아와 방수코트 위에 누웠다. 앞서 말했듯이 스티브는 체구가 작았지만 코 고는 소리는 대장장이 같았고 그의 코가 오르간 연주를 시작하자 나는 장화를 신고 밖으로 나갔다. 밤의 숲은 익숙했지만 이곳은 악몽 속인 것처럼 시커먼 유칼립투스들이 낯설고 기괴해 보였다. 거기 어딘가에 조 번이 있었다.

밤이면 모든 강은 은밀한 쌍둥이가 생긴다 공기로 된 유령 강물이 살아 있는 강물을 씻어내리며 바다를 향해 흘러간다 얕은 개울이 강과 만나는 평평하고 흰 자갈밭에 이르자 내 뺨에 차가운 기운이 느껴졌다 공기 중에 지독한 냄새가 섞여 있었는데 조 번이 설사병이 난 거였다. 조용히 고통을 견디는 그는 신음하고 몸부림치고

---

* 18세기 말부터 19세기 초까지 아일랜드의 노예와 범죄자를 영국의 식민지 오스트레일리아로 보낸 대대적인 이동.

하늘을 원망하던 해리 파워와 정반대였다.

설사병 난 거야? 그가 강으로 내려오자 내가 물었다. 그의 눈은 보이지 않았지만 하얀 이를 드러내고 씩 웃는 게 보였다.

거시기 생각이 간절하네 1모금 피우면 싹 나을 텐데 그가 말했다. 그는 여전히 웃고 있었지만 목소리는 양철컵 안에서 숟가락이 달그락거리는 것처럼 귀에 거슬렸다.

나는 아편은 없어도 그에게 위안이 될 소식이 있었다 캐머런 씨에게 편지를 써서 부쳤다고 말했다.

그 소식은 그에게 위안이 되기는커녕 다리를 미친듯이 긁게 만들었다. 오 그럼 이제 우리 모두 용서받겠네 네 어머니도 풀려날 거야 그가 말했다.

그럴지도 모르지.

맙소사 네드 너 그 캐머런이란 자가 누군지 알기나 해? 그가 어떤 집에서 사는지 알아?

그가 의회에서 한 말을 신문에서 읽었어.

그래 그는 염×할 정치인이야.

그래 의회엔 정치인이 있지.

정치인이 우리 같은 사람들 편에 서줄 거라고 생각해? 그들한테 우린 밀가루 속 바구미야.

조 다리는 왜 그렇게 긁어대?

친구 다리가 아니라 목이야. 나한테 의논을 했어야지 악담하고 싶진 않지만 캐머런이 네 편지를 보면 우리를 더 나쁘게 생각할걸.

그는 더 잔소리를 하려다가 갑자기 경련을 일으키며 씨× 씨×

소리밖에 못했다. 마침내 경련이 가시자 그가 말했다 캐머런을 말이라고 치면 결국 너도 그가 등이 굽고 목이 짧은 놈이라는 걸 알고 눈길도 안 줬을 거야.

조 신문에 났어 너도 봤잖아.

네드 넌 아주 똑똑한 친구지만 정치는 쥐뿔도 몰라.

씨× 넌 내 편지를 읽어보지도 않았잖아.

아이구야 그가 허리를 꺾으며 외쳤다 설사병이 단단히 난 모양이었다 맙소사 정말 못 말리겠군. 난 가봐야겠어 그는 용변 볼 만한 곳을 찾아 비틀거리며 티트리 숲으로 들어갔다.

괴로워하며 걷는 조의 뒷모습이 완전히 숲속으로 사라지자 나는 장화를 벗어 둑에 올려놓고 물속으로 들어가 큰 바위들이 있는데로 갔다. 판판한 흰 바위를 찾았는데 적당히 넓어서 내가 누워 팔을 아래로 늘어뜨리자 강물이 손목 주위로 흘렀다. 불쌍한 말 이야기 때문에 온몸에 기름막을 덮어쓴 기분이었는데 차가운 산속 물이 찜질약처럼 과거의 독을 모두 빼내줬다 나는 모자에 물을 가득 담아 머리에 부었다 흙&이끼 냄새가 강에 사는 송어의 살냄새 같았다. 가장자리가 묘하게 노란빛으로 물든 옅은 구름들이 영원한 별자리들 위로 흘렀다.

이튿날 아침 눈을 뜨니 메리가 아기를 안고 옆에 앉아 있었다. 아직 새들이 깨기엔 이른 시각이라 오두막 옆 수풀 속에서 울새 1마리만 울고 있었다. 난 여기 두고 가 그녀가 속삭였다 나는 다른 선택지는 없다고 모두 함께 계속 움직여야 한다고 대답했다.

아기가 열이 너무 높아서 못 가.

나는 거친 말은 안 했지만 뿌연 빛 속에서 단호하게 아기 조지를 그녀 품에서 떼어내 오두막 밖으로 안고 나가서 뒤틀린 검은 티트리 아래를 지나고 댄 아니면 스티브가 한밤중에 빨아 널어놓은 젖은 드레스들을 지나쳤다 드레스들은 메기 껍질처럼 강둑에 펼쳐져 있었다.

뭐하는 거야?

열을 내려야지.

메리는 내가 시키는 대로 얼음장처럼 찬 물속으로 들어갔고 나는 열이 펄펄 끓는 아기를 감싼 숄을 벗겼다 아기의 모습은 충격적이었다 원래 튼튼한 웜뱃 같은 아기였는데 지금은 갈비뼈가 드러나고 강물 속에서 살이 양고기 비계 같은 색이었다.

내가 아기 겨드랑이를 잡고 산속 물을 끼얹는 동안 메리가 울부짖었다 오 불쌍한 내 아기 오 맙소사 이 나라에서 아기를 키우는 건 잔인한 짓이야.

나는 바로 이 방법으로 어머니가 우리 열을 내렸던 걸 알기에 메리의 울부짖음에 신경쓰지 않았다 나는 아기를 메리에게 넘기고 모자로 물을 가득 떠서 다시 아기 머리에 부었다.

애 죽어 메리가 외쳤다 그녀의 눈에 눈물이 그렁그렁했다. 오 예수님 도와주세요 어쩌면 좋죠? 아기는 눈이 푹 꺼졌고 얼음장 같은 물을 부어도 종잇장처럼 힘없이 약하게 저항할 뿐이었다.

아기를 고문하고 싶은 마음은 없었지만 내 동지들이 잡히게 할 수도 메리와 아기를 숲에 버려두고 갈 수도 없었다.

오두막에 돌아왔을 때쯤 아기는 확실히 열이 많이 내렸지만 입술이 파랬다 그래서 메리가 다시 숄로 감쌌고 우리 5명 모두 아기를 둘러싸고 쪼그려 앉아 아기가 나아졌는지 살펴봤다. 동지들은 의견이 궁한 적이 없었지만 이번엔 모두 침묵만 지켰다. 다들 아기 때문에 체포되고 싶진 않지만 그렇다고 무자비하지도 않았다 초조해진 조가 물에 손가락을 담갔다가 아기 입에 넣었다. 손톱이 지저분한데도 조지는 아랑곳없이 세차게 빨았다. 바로 그 순간 우리는 말 1마리인지 여러 마리인지가 강을 첨벙거리며 건너는 소리를 똑똑히 들었다.

경찰이다 댄이 외쳤고 조가 아기 입에서 손가락을 홱 뺐다. 당연히 조지는 울기 시작했고 메리가 달렸지만 대처가 너무 느려서 내가 손가락에 침을 묻히고 설탕자루에 찔렀다가 아기 입에 넣었다. 아기의 침묵은 목숨만큼 귀중했다.

조기 황급히 총알을 장전하고 문밖으로 빠져나갔다 스티브가 뒤를 따랐지만 얼이 빠진 댄은 그제야 서툴게 화약통을 만지고 있었다.

이리 와 메리 설탕에 손가락 넣어줄게 내가 말했다.

하지만 메리는 아기를 안고 있는 것만 신경쓰느라 설탕은 안중에 없었다. 그래서 나는 손가락을 계속 아기 입에 넣고 있어야 했고 그렇게 왼손은 아기 입속에 오른손으로는 공이치기를 당긴 577구경 소총을 들고 메리와 함께 옆걸음으로 움직였다. 우리는 강의 좁은 지류를 따라 칼 모양의 키 큰 풀로 뒤덮인 곳으로 갔다 거기서 메리가 무덤에 눕듯 누웠다 나는 그녀의 겁에 질린 눈을 보고 더는 이렇게 살 수 없다는 걸 깨달았다 전쟁터에 나간 남편을 따라다니던 옛날 여자들처럼 그녀가 나를 따라다니게 할 수는 없었다.

핏빛 앵무새들이 별안간 솟아올라 카키색 숲을 헤치며 날아갔다.

20미터쯤 앞에서 조가 그래스트리* 뒤에서 튀어나와 스펜서를 들고 강으로 뛰어갔다. 그를 따라 달리면서 나는 다시 아내를 볼 수 있을까 생각했다 쓰러진 통나무 뒤에서 조심스럽게 일어서는 스티브와 댄이 보였다 내 요란한 발소리로 귀가 터질 지경이었다. 나는 무릎까지 올라오는 고사리 덤불을 달리고 있었다.

수풀 사이로 말 탄 사람이 똑똑히 보였다 내가 멈춰 서서 엔필드 소총을 들어올리는데 그가 박차를 가해 앞쪽으로 왔고 결국 조의 친구 에런 셰릿임을 알아보았다. 그의 손에는 작은 나무상자가 들려 있었고 조 번은 그걸 향해 달려가는 거였다&나는 진작 알았어야 할 사실을 깨달았다. 그는 중국인의 노예이자 연인이었다.

나는 에런이 마음에 안 들었다 그는 노상 조의 귀에 대고 속닥거리고 조의 시선을 찾고 우리는 알지도 못하는 장소나 시절에 대해 이야기했다. 그는 우리 야영지에 오자마자 조를 데리고 강으로 내려가 둘이 중국상자에 든 걸 마음껏 즐겼다 파이프를 빨며 중국에서 온 독에 푹 절았다. 오두막으로 돌아왔을 때 에런은 뭔가 알지만 그걸 말해줄 생각은 없다는 듯 비웃는 얼굴로 히죽거렸다. 그런데도 그런데도 그런데도 나는 에런 셰릿을 나무랄 수 없었다 그

---

* 이파리가 자라 나무처럼 단단하게 변하는 오스트레일리아의 관목.

는 못처럼 건장하고 힘센 산사람이었다.

　우리는 에런이 준 정보 덕에 오두막의 낡은 벽난로에 불을 좀 피워도 안전하다는 걸 알게 됐고 그가 가져온 베이컨&달걀을 요리할 수 있었다. 메리는 혼자 나무의자에 앉고 우리 남자들은 먼지 낀 통나무벽에 기대앉아 파이프나 말아서 만든 담배를 피웠다 한편 에런은 익어가는 베이컨을 한가롭게 쿡쿡 찌르며 무장한 경감&경정&경찰국장들 식민지 내의 가장 중요한 관계자들이 모두 동원되어 날마다 탁 트인 평원을 가로지르거나 길을 따라 달리며 오두막에서 오두막으로 우리를 찾아다니고 있다고 전했다.

　에런이 뒷주머니에서 낡은 〈멜버른 아거스〉를 꺼냈는데 내 이름이 그렇게 유명해진 게 아직도 충격이었다. 에런이 토막기사 하나를 가리켰다 경찰국장이 죽은 주머니쥐를 들고 있고 맹수 사자라도 잡은 것처럼 그 뒤에 부하들이 둘러선 그림이 실려 있었다 정착민 오두막이 배경이고 나무껍질 지붕에 난 구멍으로 흘러들어온 1줄기 빛이 주머니 달린 동물 사체를 비추고 있었다. 우리는 세바스토폴에 있는 셰릿 가족의 오두막이 습격당했다는 걸 알고 나서야 그 그림의 의미를 이해했다 그 사건은 이제 유명해졌으니 아마 너도 들었을 것이다. 경찰국장은 켈리 갱의 본거지를 찾아냈다고 착각하고 오두막으로 들어가며 산탄총 1발을 쏴서 에런의 형제 잭을 기겁하게 만들었을 뿐만 아니라 지붕에 구멍을 내고 꼬리가 동그랗게 말린 주머니쥐까지 죽었다. 그림에 달린 설명은 이랬다 신원 오인의 안타까운 예.

　그 신문에는 미신에 빠진 믹*이나 아일랜드인 하녀 무식한 브리짓 같은 만화 대신 켈리 일당을 찾아낼 머리가 없는 경찰에 관한 만화가 실려 있었다. 〈멜버른 펀치〉에 실린 걸 오려 여기 붙인다.

휘퍼(케일러 플레인스 바깥으로 가본 적 없음): "아니, 아직도 켈리 일당을 못 잡다니 창피한 일 아냐? 경찰은 왜 말을 타고 추격하지 않는 거지?"
스내퍼(단데농까지 가봄): "아닙니다, 틀렸어요―그게 아니죠―전략, 전략을 써야죠―나무 뒤에 숨어서 기다려야죠!!"

셔릿의 오두막에서 나온 경찰국장은 부하들을 이끌고 조 번의 어머니를 찾아가 소젖을 짜고 있던 그 노부인을 성가시게 했다. 에런은 느긋한 인상의 긴 턱에 적갈색 눈이 명랑했다 그는 특히 조에게 이 이야기를 했는데 아일랜드 욕을 퍼붓는 번 부인과 멋지고 깨끗한 장화를 신고 소우리에서 물러나 쇠똥 위에 선 스탠디시 경찰국장에 대해 아주 익살스럽게 전했다.

아픈 게 다 나은 조는 웃음을 터뜨렸다 그러나 에런은 내가 같이 웃자 마음에 안 들어했다. 나는 에런이 똑똑하진 않아도 마음씨는 착한 줄 알았는데 오늘은 그 즐거운 눈에서 계산적인 면이 보였다. 곧 그는 재미난 이야기를 그치고 조에게 베이컨을 잘 지켜보라면서 나는 뭔지 모르겠지만 호지슨스 크리크에서처럼 하라고 말했다. 네드 나랑 얘기 좀 할까?

---

* 아일랜드인을 가리키는 멸칭.

그의 입은 여전히 미소 짓고 있었지만 티트리 아래 작은 모래밭
에 다다를 때까지 나를 외면했다. 거기서 그는 산사람처럼 쪼그려
앉더니 나뭇가지 하나를 꺾었고 나는 그가 지도를 그리려나보다
생각했다.

자네 기분 더럽게 좋은 모양이야 그가 말했다.

나는 그에게 무슨 문제라도 있느냐고 물었다.

자네를 비난하는 게 아냐.

아직 아무 말도 안 했잖아.

친구 솔직히 말하지 그 개××들이 결국 자넬 잡고 말 거라는 건
누구나 아는 사실이야 경찰이 제보하면 돈을 주겠다고 사방에 떠
들고 다닌다고. 조의 기운을 북돋워주고 싶지만 바보가 아닌 이상
결과가 뻔하다는 거 알아.

나는 그렇게 확신해줘서 고맙다고 빈정거렸지만 그는 못 들은
체했다.

친구 조를 보내줘 그가 웃으며 말했다.

에런 난 조를 억지로 붙잡고 있는 게 아냐.

조는 이런 벌을 받지 않아도 돼 알다시피 아직 사람을 안 죽였
으니까.

떠나고 싶으면 언제든 떠나도 돼.

네드 조는 자네 손아귀에 있어 조는 그런 결과를 맞지 않아도 되
잖아.

어떤 결과 말인데?

알잖아 에런은 그렇게 말했지만 내 눈을 피했다.

에런 그럼 난 그런 결과를 맞아도 싸다는 뜻이야?

그가 대답을 못하길래 나는 오두막으로 돌아가려고 발걸음을 뗐다.

아직 안 끝났어 에런이 소리쳤다 그가 봉투 하나를 내밀었다. 나는 캐머런의 답장이라고 생각하고 덥석 받았지만 봉투가 아니라 물떼새 알처럼 얼룩덜룩한 무늬가 있는 네모난 연녹색 종이였다. 이게 뭐냐고 묻자 에런은 어깨만 으쓱했다.

종이를 펼쳐보니 네드 켈리라는 글씨밖에 없었다 교육을 충분히 받지 못한 사람의 어설픈 글씨였다. 이거 어디서 났어?

하지만 나는 이미 대답을 알았다.

자네 어머니가 쓴 것 같아.

엘런 켈리가 그걸 쓰려고 남몰래 얼마나 고생했을지 훤했고 그 네드 켈리는 단순한 이름&수신인이 아니라 그녀의 가슴에서 들끓는 온갖 수치와 복종의 무게까지 담고 있다는 생각이 가슴을 파고들었다. 그 개××들이 종이를 줬을 리 만무했다 어머니는 종이&연필을 훔쳤을 테고 멜버른 감옥 마당에서 혼자 걸을 때 돌멩이에 종이를 묶어 담장 밖으로 던졌을 것이다 젊은 여자들이 연애편지를 써서 던지듯이.

감옥은 험한 곳이다 그 안에 있는 죄수들은 살인자나 그보다 더한 사람들이지만 그 2단어는 손에서 손으로 전해졌다 그걸 전해봐야 얻는 것도 없고 위험할 뿐이었지만 밑바닥 인생을 사는 죄수들조차 우리 어머니가 부당하게 갇혀 있다는 걸 알았다. 영국 여왕은 이 나라 감옥이 사람들에게 강한 정의감을 심어주는 것을 경계해야 한다.

어느 월요일 아침 매기가 비치워스에 있는 징크 씨 사무실에서 나왔다 눈썹을 잔뜩 찌푸린 매부리코의 늙은 전과자가 기다리고 있었다 그는 매기 스킬링이냐고 묻더니 매기가 그렇다고 대답하자 그 종이를 줬다.

매기는 곧 그걸 에런에게 전달했고 에런은 내게 전했다 그 2단어로 어머니가 아들에게 전달한 요구는 확실했다. 물론 이젠 아무도 어머니와 나 사이를 가로막지 못했다 빌 프로스트나 조지 킹뿐 아니라 주지사&경찰국장&니컬슨과 헤어 경정&그 밑으로 거대한 피라미드를 이룬 피츠패트릭&홀&플러드 같은 부하들도 마찬가지였다 100명에 가까운 그들은 결국 패배할 터였다.

나는 에런에게 먼저 들어가라고 하고 킹강 옆 작고 습한 빈터에서 혼자 생각에 잠겼다 티트리 숲에는 10월 홍수에 떠내려온 잡동사니들이 걸려 있고 썩어가는 나무섶실로 축축한 땅에서는 진흙과 유칼립투스 향이 올라왔다. 나는 그 향긋한 예배당에서 하느님을 증인 삼아 맹세했다 만일 캐머런 씨가 조 번이 경고한 그런 인물이고 금방 어머니를 풀어주지 않는다면 내가 직접 감옥을 부수고 구해오겠다고.

에런은 쓸데없이 조를 꿈에 빠져 헤매게 만들어놓고 떠났다 나는 댄과 스티브에게 저녁거리를 구해올 테니 조와 메리와 아기를 지키라고 말했지만 사실은 어머니를 구할 전략을 짜러 나갔다.

샌디 플랫에 있는 오두막을 출발할 때 하늘의 구름까지도 나를 착잡하게 만들었다 종일 지저분한 양털 색깔 구름이 머리 위로 낮게 깔려 있었다. 나는 어디로 가서 뭘 해야 할지 아무 생각도 안 났고 말조차 내가 불쌍했는지 나를 여자나 아이 대하듯 했다. 말은 내가 올라탈 때 등을 구부린 채 뛰어오르지 않고 가만있었다.

우리는 종일 거친 산속 미로를 헤치고 다녔다 내가 뭐라고 하면 말은 귀를 뒤로 젖히고 들었지만 앞으로 어떻게 해야 할지 의견을 내진 못했다.

길잡이 노릇을 해줄 나보다 나은 사람이 그러니까 대장이 있었으면 좋겠다는 생각이 간절했다. 아버지는 내가 12살 때 세상을 떠났고 유일하게 해리 파워를 대장으로 따른 적이 있지만 일단 그의 약점을 발견하자 그를 뛰어넘었다고 생각했다. 그러나 이 구름 낀 음울한 하루를 보내며 나는 여전히 해리의 제자 신세라는 걸 여전히 그의 발자국을 따라가고 있다는 걸 깨달았다. 해리 덕에 나는 여기가 막다른 협곡이고 그게 곱사등 모양의 산등성이로 가는 가장 나은 길이라는 걸 알고 있었다. 이 무식쟁이야 해리는 나를 그렇게 부르며 스트래스보기산맥&워비산맥&웜뱃산맥의 비밀을 가르쳐줬다. 그가 말했다 산을 알게 되면 영원한 식민지 산사나이*가 될 거다.

그가 경찰에 체포되어 펜트리지 감옥에 갇히면서 그 말은 틀린 것으로 증명됐지만 나는 그의 길을 충실히 따라갔다 해거름까지

---

* 19세기 초 영국의 지배에 저항하다 아일랜드에서 오스트레일리아로 유배된 잭 도너휴의 별명. 감옥에서 탈출해 산사람이 되었고, 이후 아일랜드와 오스트레일리아에서 의적의 대명사가 되었다.

버클랜드 스퍼를 따라가면 퀸 씨들 땅 위쪽 절벽에 있는 해리의 은신처에 도착할 거고 내일 아침 잠에서 깨면 니컬슨 경정이 폭풍 속 그레이박스처럼 나를 덮칠 터였다.

나는 말고삐를 잡아당겼지만 약한 혈암 부분이 있어서 말이 앞발로 버티고 섰다가 미끄러져 꼬리에 껑거리끈이 감긴 채 아래쪽 바위턱에 중심을 잡고 섰다. 이 절벽 너머는 거대한 바다에 모든 산줄기가 코블러산까지 겹겹이 이어졌고 나는 이 파도처럼 굽이치는 거친 풍경에서 마침내 진실을 발견했다.

산은 아무도 보호해주지 않는다. 해리를 보호해준 건 사람들이었고 결국 그를 배신한 것도 사람이었다. 해리는 가난한 사람들을 먹여 살려야 한다는 걸 언제나 알았다 그들의 배를 채워주고 그들에게 잘해야 한다는 걸 알았다 그는 롭 로이나 로빈 후드가 되려고 했다 공설우리에 수용된 과부의 소를 찾아다주고 가난한 농사꾼이 자기 대신 괴롭힘이나 협박을 당하면 양이나 술이나 금화 1줌으로 보상해줬다.

해리는 그가 다니는 길이나 은신처를 경찰에게 갑자기 들켜 붙잡힌 게 아니었다 자기 자유의 대가를 정부보다 낮게 잡아서 붙잡힌 거였다. 슬프게도 가난한 사람들의 사랑은 타산적이었고 겨우 500파운드에 경찰은 그가 숨어 있는 집으로 곧장 안내받았다.

그래도 해리는 자기 몸값을 듣지 못했지만 우리 몸값은 신문마다 광고됐다 목동 1주일에 1파운드 소몰이꾼 1년에 40파운드 그리고 켈리 갱은 800파운드. 앞서 말했다시피 나는 학자가 아니지만 계산은 간단했다 우리는 8000파운드를 마련해서 가뭄에 말라

비틀어진 평원에 물을 대듯 이 지역 여기저기에 뿌려야 했다. 나는 이런 좋은 소식을 갖고 오두막으로 돌아갔지만 너무 오래 자리를 비운 모양이었다 아편 기운이 떨어진 조가 재채기를 하며 콧물을 흘리고 있었다 그는 좋았던 기분이 싹 가시고 다시 세상에 화가 나 있었다.

켈리 자넨 미쳤어 그가 주먹으로 식탁을 쾅 치며 외쳤다 씨× 난 안 해 하면 ×될 거야 절대로 이미 너무 많이 갔어.

침묵이 이어졌고 메리가 조용히 램프를 켜자 노란 불빛이 거미줄투성이 벽을 타고 올라가 조의 수염을 비쳤다 나는 그의 얼굴의 결점을 봤다 금빛 콧수염 속에 깊이 감춰진 언청이 입을 봤다. 난 은행 안 털어 그가 말했다.

뭘 그렇게 겁먹어 어차피 잡히면 교수형인데 댄이 물었다.

댄은 배짱 있는 녀석이지만 나는 녀석의 여드름 난 코를 잡고 의자에서 끌어내 뼈만 앙상한 무릎을 꿇리며 외쳤다 내가 약속하는데 여기 있는 사람들 전부한테 약속하는데 우린 교수형 안 당해.

모두 무사할 거야 메리가 외쳤다 그녀는 식탁 위 고리에 램프를 걸었다. 당신들은 용감한 사나이니까 모두 무사할 거야.

정말 위안이 되는군 당신이 마녀라도 돼? 조 번이 말했다.

메리는 아기의 머리에 코를 대면서도 자신을 노려보는 조에게서 눈을 떼지 않았다. 내 말 믿어 그녀가 말했다.

조는 비치워스에서 유명한 바람둥이였다 여자한테 장갑도 선물하고 스카프도 훔쳐다주고 여자를 기쁘게 해주는 데는 도사였다 하지만 지금은 아프고 창백해 매력 없는 모습이었다. 미친개처럼 짖어대는군 그가 내 아내에게 말했다.

닥쳐 내가 말했다.

둘 다 미쳤어 네드 너도 멜버른 감옥에서 네 어머니 못 빼내.

네드는 그런 말 하지도 않았어 메리가 외쳤다.

그래 하지만 속으론 그 생각을 하고 있어. 난 네드를 알아 어머니를 세상 누구보다 사랑하지.

네드 그런 생각 안 한다고 조에게 말해 네드.

그건 불가능한 일이야 은행을 2군데나 털어도 10만 파운드가 있어도 조가 말했다.

조 넌 나한테 이래라저래라 하지 마.

우린 경찰 피를 봤어 이제 희망은 캘리포니아뿐이야 제발 켈리 나 좀 떠나게 해줘 조가 외쳤다.

나는 그를 따라 밖으로 나왔다 검은 우산 같은 유칼립투스 위하늘은 해거름의 흰빛이었다 허벅지&종아리가 우람한 조 번은 웜뱃처럼 요란하게 수풀이 우거진 언덕을 올라가며 씨× 씨× 욕을 해댔다 나는 50미터 정도를 따라갔다 그의 성난 장화 아래서 나뭇가지가 아기 갈비뼈처럼 부러졌다. 그다음엔 무거운 침묵이 찾아왔다.

내가 소리쳤다 배를 구해도 선장한테 뇌물을 먹이고 뱃삯도 내야 돼 조 그 돈을 은행 말고 어디서 구하겠어?

난 죽는 건 겁 안 나 이윽고 그가 말했다 그제야 그의 모습이 어렴풋이 보였다 그는 나무 그루터기인지 바위인지 쓰러진 나무인지에 앉아 있었다.

죽을 정도로 위험한 계획 아냐.

난 사람 안 죽일 거야 이미 악몽에 시달릴 만큼 시달렸어.

사람 죽일 일도 없어.

우리 사이엔 긴 침묵이 흘렀고 웃는물총새가 밤을 부르는 마지막 울음을 토해냈다.

어머니는 복역기간 채우고 나오게 해 그리 길지도 않으니까. 우리 둘 다 감옥에서 오래 썩었지만 그렇다고 죽진 않았어.

나는 내 의무에 대해 입씨름할 준비가 되어 있지 않았다 나는 그에게만이 아니라 어머니에게도 의무가 있었다. 내가 1발짝 2발짝 다가가는 소리를 듣고 그가 뒤로 물러났다. 그럼 에런한테 돌아가 겁쟁이 똥개××처럼 징징대지 말고.

난 안 떠나 이유를 모르겠어? 그 미쳐가는 ××가 물었다.

나는 대답하지 않았다 다시 말하는 그의 목소리가 떨렸다. 네드 넌 누구 못지않게 좋은 사람이야. 그는 어둠을 헤치고 다가와 축축한 손으로 내 팔을 잡았다. 난 네 친구야 그게 내 불운이지 그가 말했다.

에런의 친구지 그게 더 큰 불운이고 나는 생각했다. 우리는 오두막으로 걸어갔다 촛불 불빛에 서로 눈이 보일 때까지 아무도 말하지 않았다.

조가 말했다 있잖아 이러면 어떨까 내가 베날라에 가서 은행을 조사해볼게.

아편을 조사하겠지 나는 속으로 생각했다.

조 돌아올 필요 없어 소식만 전해도 돼.

고마워 네드 조가 부랴부랴 담배쌈지를 챙기며 말했다.

나중에 그가 밤색 말에 안장을 얹는 동안 나는 스티브 댄과 함께 푸른 밤공기 속에 서서 기다렸다. 조는 은행 경비가 어떤지 가장 돈이 많아 털기 좋은 날이 언제인지 곧 알려주겠다고 했지만 이제 난 그에게 아무 기대도 없었다. 말에 탄 그는 평소답지 않게 몸을 기울여 내게 손을 내밀고 악수를 청했다.

괜히 사람들 무릎이나 걷어차고 다니지 말고 내가 말했다.

차려면 불알을 차야지.

무거운 말발굽소리가 아련해져서 더 들리지 않을 때까지 그대로 있다가 스티브 댄과도 헤어져 오두막으로 갔다. 스티브와 댄은 그날 밤 1번째 망을 보러 갔다.

오두막 안에서 조지의 콧물과 젖이 섞인 숨소리가 들렸다 나는 기분이 우울했다.

자기 메리가 불렀다.

응?

심술쟁이 조의 말이 정말로 틀린 건가 싶어. 우리 모두 미국으로 배 타고 못 갈 이유가 뭔데?

맙소사 메리 우린 돈이 없어 메리 도망가려면 은행을 털어서 돈을 마련해야 돼.

우리가 언제는 돈이 있었어?

메리 일단 은행을 털어야 돼 그건 피할 수 없어.

이때부터 우리의 오해가 시작됐다 나는 동지들이 사살되지 않으면서 은행을 털 방법만 궁리하고 있었지 그 돈으로 어떻게 할지 의논할 준비는 안 되어 있었다. 하지만 네 엄마는 그보다 훨씬 앞서가서 벌써 얼굴에 바닷물 물보라를 맞고 있었다.

당신이 은행을 턴 경험이 있긴 하냐고 그녀가 말했다.

은행 터는 법은 잘 알아.

오 미안해 이미 해본 줄은 전혀 몰랐네.

조 때문에 걱정할 필요 없어 난 은행을 털 수 있어.

메리가 식탁에 있는 내게로 왔다. 나는 그녀를 안고 가려린 등을 쓰다듬어 내려가 볼록 나온 배를 만지고 싶었다.

어떻게 할 건데 그녀가 물었다. 그녀는 너무도 분명하고 솔직한 눈으로 나를 응시했다.

여자들이 은행털이에 관심 있는 줄은 몰랐는데.

몹시 구미가 당기네. 예를 들면 은행 앞문으로 걸어들어갈 거야?

앞문이 다른 문 못지않게 좋겠지.

그럼 은행문이 열렸을 때 털 거야 아니면 닫혔을 때 털 거야?

열렸을 때.

열렸을 때?

마음에 안 드시나요 부인?

나라면 은행문이 열렸을 때는 절대 안 해 놀라운 여인이 말했다. 은행원뿐 아니라 손님들까지 처리해야 하는 부담을 안고 싶진 않으니까.

오 그런가?

나라면 은행원들이 문을 닫고 정산을 하는 3시 이후에 갈 거야 문을 두드리고 수표를 급히 현금으로 바꿀 일이 생겨서 왔다고 할 거야.

메리 은행을 턴 경험이 있군 내가 말했다.

내 뱃속엔 아기가 있고 그 아기가 아버지 무릎에 앉아 있는 걸 보고 싶어 그녀가 말했다.

내게 어머니에 대한 의무가 있다는 거 이해하겠어?

그래 알아 나에 대한 의무도 있고.

그래.

은행 지점장은 권총을 갖고 있을 거야.

내가 문을 두드리면 그 개××가 나를 쏴죽일까?

베날라에서는 확실히 그럴 위험이 있어 늙은 패트릭 맥그래스 지점장이 당신 얼굴을 알 테니까 안 그래? 전에 밤에 브리지호텔에서 우리랑 피치하고 같이 술 마신 필립스도 그 사람이 아직 창구 책임자로 있을 기야 그보다 네드 유로아에도 당신 얼굴 알려졌어?

메리 신문에 난 내 얼굴 그림 당신이 보여줬잖아 유로아 사람들도 그걸 봤겠지.

그럼 유로아은행에서는 나의 잘생긴 네드가 아니라 악마 얼굴을 알고 있겠네. 내가 수염을 다듬어줄게 글로스터 씨한테 좋은 양복을 사 입으면 아주아주 멋진 남자로 보일 거야 은행에서도 당신을 목장주로 볼걸. 현금으로 바꿀 수표를 가져가면 은행원들은 문을 열어줄 수밖에 없어.

나의 메리 나를 위해 문으로 와주지 않겠어?

당신을 위해서라면 세상 어디라도 가겠어. 그녀는 식탁을 돌아

내게 와서 딱지 앉고 못 박인 내 손을 잡고 조심스럽게 배에 올려
놓았다.

　사랑하는 딸아 이 아비가 애브널에서 교육을 제대로 받지 못했
다는 걸 너도 알 것이다 나는 월요일 아침마다 학교에 6펜스씩 들
고 가야 했다 아버지가 감옥에 갇혔을 때 빼고는 말이다 그땐 어머
니가 영세민 증명서를 받아야 했지. 그레타로 간 뒤에는 아예 학교
를 못 다녔다 그래서 우리의 은행털이 이야기는 나보다 훨씬 교육
을 잘 받은 사람들이 쓴 글로 대신할 거고 이 기사를 그 좋은 예로
알고 읽어도 좋다. 하지만 네 엄마가 옆에 달아놓은 의견을 보면
알겠지만 네 엄마 마음에 흡족한 기사를 쓴 기자는 하나도 없었다.
여기 내가 신문에서 오린 기사가 있고 네 엄마는 아침 햇살 속 울
타리에 앉은 강철 부리 웃는물총새처럼 내용을 검사했다.

〈모닝 크로니클〉, 1878년 12월 11일
페이스풀스 크리크 목장 강도사건
　페이스풀스 크리크 목장의 감독 주택은 유로아에서 철길을 따라 5킬
로미터쯤 떨어진 곳에 위치하며 철길에서 지척이다. 월요일 정오 직
후 목장 고용인 피츠제럴드가 자신의 오두막에서 식사를 하고 있을
때 산사람 하나가 어슬렁어슬렁 오두막 문으로 다가오더니 입에 문
파이프를 빼고 목장 감독 매콜리 씨가 있는지 물었다. 피츠제럴드는
대답했다. "없어요. 저녁때는 돼야 돌아올 거요." 그러자 산사람이
대답했다. "아 신경쓰지 마시오. 중요한 일 아니니까."

피츠제럴드는 식사를 계속했지만 오두막 문이 열려 있어서 산사람이 멀리 있는 사람들을 손짓해 부르는 모습이 훤히 내다보였다. 식사를 마칠 때는 험상궂게 생긴 두 남자가 산사람과 함께 있는 모습을 보았다. 그들은 매우 훌륭한 말 네 마리를 끌고 왔으며 상태가 무척 좋아 보였다. 네 마리 모두 밤색이었다.

(밤색 3마리 회색 1마리)

산사람이 다시 오두막으로 다가왔다.

(그는 엄청 미남으로 키가 180센티미터가 넘고 몸매도 좋음)

그때 피츠제럴드 부인은 부엌에서 집안일을 하고 있었다. 산사람이 불쑥 들어오자 깜짝 놀란 노부인은 누군지, 원하는 게 뭔지 물었다. 산사람이 대답했다. "난 네드 켈리요. 겁먹을 것 없소. 해치지 않을 테니. 먹을 것 좀 주시오. 말 먹일 것도 좀 주고. 우리가 원하는 건 그게 다요."

피츠제럴드 부인이 즉시 남편을 불렀고 남편이 왔다. 부인이 산사람에게 그를 소개한 다음 말했다. "이쪽은 켈리 씨예요. 먹을 걸 좀 달래요. 말먹이도요." 이때쯤 켈리는 권총을 뽑아들고 있었고 '맨스필드 살인마'를 아는 피츠제럴드는 이렇게 말했다. "그야 물론 이분들이 먹을 걸 달라면 드려야지." 그리고 네드 켈리는 피츠제럴드 부부와 대화를 나누었는데 특히 목장 고용인이 몇 명이나 되는지 자세히 물었다. 그는 모든 질문에 만족스러운 답을 얻었다.

한편 그동안 다른 두 남자는(하나는 댄 켈리로 밝혀졌다) 부지런히 말들을 먹였다. 또다른 남자가 문가에 서 있었는데 망을 보는 게 분명했다.

켈리는 피츠제럴드 씨를 창고로 쓰는 건물로 데려가 안에 가두었고 아무도 해치지 않겠다며 계속해서 안심시켰다. 일꾼들이 식사를 하러 오자 켈리는 매우 조용한 목소리로 손들라고 명령하고 일동을 창고로 데려가 피츠제럴드와 함께 가두었다. 모두 조용히 명령에 따라서 폭력은 없었다.

(그중 3명은 E. 켈리의 훌륭한 인품을 오래전부터 알았음)

오후 늦게 감독 매콜리 씨가 목장을 둘러보고 돌아왔다. 샛강 다리를 건너며 그는 주위가 쥐죽은듯 고요해 조금 놀랐다. 창고 가까이 갔을 때 안에서 피츠제럴드 씨의 외침이 들렸다. "켈리들이 여기 있어요. 꼼짝 말고 손들어야 돼요." 그는 그 말을 믿지 않았으나 네드 켈리가 나와 권총을 겨누며 손들라고 명령했다. 매콜리는 말에서 내리지 않고 말했다. "목장을 털어서 뭐하려고 그러나? 우리보다 좋은 말들을 가졌으면서." 켈리는 먹을 게 필요하다고 말했고 잘잘 곳도 필요하다고 덧붙였다.

그래도 매콜리는 그들이 켈리 갱임을 반신반의했으나 댄 켈리가 집에서 나오자 본지에 실린 바 있는 그 '흉악한 얼굴'을 알아보았다.

(D. 켈리는 맑고 푸른 눈과 높은 광대뼈에 강하고 잘생긴 얼굴임)

매콜리는 켈리 갱에게 말했다. "우리가 여기 남아야 한다면 최대한 편안하게 있는 게 좋겠네. 차도 마시고." 그는 일당을 이끌고 감독 주택으로 들어갔다. 그러나 켈리 갱의 태도는 무척 조심스러웠다. 음식에 독이 들었을까봐 인질 몇 명에게 먼저 먹어보게도 했다. 넷이 다 같이 자리에 앉지도 않았다. 둘이 식사하는 동안 나머지 둘은 계속 망을 보는 식으로 교대했다. 두번째 조가 피츠제럴드 부인의 양고기 스튜로 식사를 마쳤을 때 누가 온다고 알리는 외침이 들렸다. 마차와 말 두 필을 대동한 떠돌이 장수 글로스터 씨였다.

(정확히 제때 왔음)

그는 시모어에 점포가 있지만 옷과 잡화를 마차에 싣고 떠돌아다니는 습관이 있다.

네드 켈리가 손들라고 소리쳤지만 글로스터는 위험을 감지하지 못하고 평소대로 말들의 마구를 풀기 시작했다. 대니얼 켈리가 바로 총을 들어 쏘려고 했지만 네드 켈리가 막았다. 매콜리가 글로스터 씨에게 손들라고, 안 그러면 피를 볼 거라고 소리쳤다. 쇠심줄처럼 고집센 글로스터는 켈리 갱의 위협이나 목장 감독의 간청에도 아랑곳없이 계속 자기 볼일을 보았다. 네드 켈리가 그의 뺨에 총구를 대고 시키는 대로 하지 않으면 대×통을 날려버리겠다고 말했다. 먼지 날리는 마당에서 한 편의 드라마가 펼쳐졌고 매콜리 씨가 애쓴 덕에 켈리가 글로스터를 쏘는 불상사는 막을 수 있었다. 댄 켈리는 피를 갈망했다. 그는 "염×할 자식 몸에 총알을 박고 싶다"는 강한 바람을 표시했다. 글로스터는 창고에 갇히고 네 악당은 그 불쌍한 남자의 마차를 뒤져 새 옷을 하나씩 골랐다. 운좋게도 몸에 아주 잘 맞았다.

(정말이지 묘한 우연의 일치였음)

넷은 곧 멋쟁이 신사들로 탈바꿈했고 마차에서 찾아낸 향수를 듬뿍 뿌렸다.

(E. 켈리는 푸른색 재킷과 갈색 트위드바지, 조끼, 고무밴드를 댄 장화, 갈색 펠트모자 차림이었음)

그날 밤 잠자리에 들기 전 켈리 갱은 창고 문을 열고 인질들이 잠시 밖에 나와 신선한 공기를 쐬도록 해주었지만 그동안에도 권총을 들고 철저히 감시했다. 다 함께 파이프를 피우며 화기애애한 대화도 나누었다. 네드 켈리가 말했다. "난 경찰을 자주 봤고 소리도 자주 들었소. 내가 살인마라면 아무때나 내키는 대로 그들을 죽였겠지." 그는 어머니 이야기를 많이 했는데 그녀가 부당하게 감옥에 갇혔으며 경찰이 갓난아기와도 잔인하게 떼어놓았다고 계속 주장했다. 그러면서 정부에서 어머니를 풀어주면 자수할 듯한 분명한 인상을 풍겼다.

(사실이 아님. 그런 말은 한 적 없음. 그는 어떤 경우에도 자수하지 않을 것임.)

전신망 파괴

그들은 밤새 인질들을 감금한 채 두 사람씩 돌아가며 잠을 자고 망을 보았다. 이튿날 아침 모두 일찍 일어나 식사를 한 후 두목이 부하하나를 시켜 전신선을 망가뜨렸다. 전신선은 철길 양쪽에 있었다. 서쪽에 철도청 전용선 하나, 반대쪽에 식민지 일반 업무용 네 개였다. 선들은 가벼운 쇠기둥이 받치고 있었다. 철도 전신망을 파괴하기 위해 도기로 된 절연체를 깨자 선이 바닥에 떨어졌다. 그러나 더 심각하게 파손된 것은 반대쪽 선이었다. 악당들이 튼튼한 나뭇가지로 쇠기둥 일고여덟 개를 때려 전신선을 탈출 불가능한 미로처럼 만들어놓았다. 켈리 갱은 기차가 지나갈 때면 몹시 불안한 듯했다. 승객들이 파손된 전신선을 바라보는 게 목장에서도 똑똑히 보였던 것이다. 그러나 오후가 되어서야 기차가 서고 한 사람이 내렸다. 베날라에서 문제를 확인하러 온 수리공이었다. 기차가 시야에서 사라지는 즉시 그 사람은 인질이 되어 창고에 갇혔다. 그 일이 끝나자 네드 켈리는 매콜리 씨에게 국립은행 유로아 지점 수표를 써달라고 했다. 매콜리가 용감하게 거절했지만

(그는 위험할 게 없었고 자신도 잘 알았음)

켈리는 책상을 뒤져 4파운드짜리 수표와 몇 실링을 찾아냈다. 그는 이 정도면 충분하다고 말했다. 갱단이 출발 준비를 마치고 켈리가 말하기를 자기들은 마을에 들어갈 텐데 그동안 매콜리 씨를 비롯한 모두를 가둬놓아야겠다고 했다. 갱단의 일원 조 번이

(모두가 함께 배를 탈 준비가 될 때까지 식민지를 떠나지 않을 의리 있고 용감한 친구)

보초로 남았는데 인질들이 소란을 피우지 못하도록 한 명을 밖으로 불러내 총을 겨눴다. 탈출을 시도하면 그 사람을 쏘겠다는 확실한 암시였다.

일당은 목장을 출발했다. 네드 켈리가 짐마차를 몰고 댄 켈리는 떠돌이 장수 마차를 몰고 나머지 한 사람은 말을 타고 떠났다.

유로아은행 강도사건

은행은 평소대로 세시에 문을 닫았고 세시 사십오분경 창구 직원 부스 씨와 브래들리 씨는 마감 업무를 보고 지점장 스콧 씨는 근처 자신의 사무실에 있었다. 문 두드리는 소리가 들렸고 부스 씨는 문 가까이 앉은 브래들리 씨에게 누가 왔는지 확인해달라고 부탁했다. 문을 열자 산사람이 4파운드짜리 수표를 보이며 현금으로 바꾸고 싶다

고 말했다. 시간이 너무 늦었다고 하자 그럼 지점장 스콧 씨를 만나고 싶다고 했다. 브래들리 씨는 오늘은 너무 늦었다, 현금을 다 금고에 넣었다고 말했다. 그 남자는 억지로 밀고 들어오며 말했다. "나는 네드 켈리다." 바로 일당이 뒤따라 들어왔는데 회색 줄무늬 크림 셔츠*와 라벤더색 넥타이 차림이었다. 그들 둘이 은행원들을 권총으로 위협해 안쪽에 있는 지점장 사무실로 몰아넣었다. 네드 켈리는 사무실에 들어가자마자 스콧 씨더러 집에 가서 여자들에게 누가 왔는지 전하고 모두 데려오라고 명령했다.

(아님. 맨 처음 E. 켈리는 돈을 요구했고 현금 300파운드를 받았음. 지점장은 그게 전부라고 했지만 거짓말이었고 E. 켈리도 그걸 알았음.)

그렇게 해서 스콧 씨, 스콧 부인, 다섯 자녀, 스콧 부인의 어머니, 하녀 둘이 모였다.

(그 여자는 결혼한 몸이면서도 그에게 꼬리를 침. 그녀는 그가 무척 잘생기고 남편보다 낫다고 생각했는데 그건 분명한 사실임. 금고 열쇠를 찾아 E. 켈리에게 준 것도 그녀였음. 나중에 스콧 부인은 켈리 씨가 얼마나 예의바르고 품위 있는 신사였는지 입에 침이 마르도록 칭찬함. 사실 그녀는 남편 복이 별로 없는 여자로 스콧 씨는 키 작은 대머리였음.)

[이 대목의 몇 줄은 완전히 지워졌다.]

브래들리 씨는 잠시 시간을 끌며 주저하다가 열쇠들을 넘겼다.

---

* 남성용 셔츠의 일종.

(거짓말, 앞에서 말했듯이 열쇠를 준 건 여자였음)

그리고 켈리는 단단한 금고를 뒤졌다. 금고 안의 돈을 모두 꺼내 카운터에 올려놓았다. 지폐로 1900파운드, 금화로 300파운드였다. 네드 켈리는 밖으로 나가 작은 마댓자루를 들고 와서 돈을 담았다. 그리고 스콧 씨를 돌아보며 말했다. "마당에 마차가 있더군. 거기 말을 매시오. 당신들 모두 데리고 산으로 들어갈 건데 여자들에겐 우리가 끌고 온 짐마차보다 그게 더 편할 테니까."

스콧 씨가 마부는 외출했다고 말하자 켈리가 밖으로 나가서 직접 마차에 말을 맸다. 그다음 모두가 떠돌이 장수의 짐마차가 있는 뒷마당으로 갔다. 부스 씨, 브래들리 씨, 아이 셋이 댄 켈리가 모는 짐마차에 탔다. 스콧 부인과 그녀의 어머니, 나머지 두 아이, 하녀 하나는 지점장 마차에 타고 스콧 부인이 말을 몰았다. 다른 짐마차는 네드 켈리가 몰고 스콧 씨와 남은 하녀가 거기 탔다. 그렇게 켈리 갱은 은행의 돈뿐 아니리 열두 명의 인질과 함께 유로아 중심가를 벗어났다. 마침 그날 오후 마을에 장례식이 있어서 거리는 매우 한산했다.

(그게 누구 아이디어였더라?)

그들은 페이스풀스 크리크 목장으로 서둘러 달려갔다. 그곳에서 여자들을 집으로 돌려보내고 보초를 섰던 번이 인질들을 밖으로 나오게 했다.

여덟시 사십오분경 갱단은 산으로 들어갈 준비를 마쳤으나 그전에 매콜리 씨를 제외한 모든 사람을 감금했다. 켈리는 매콜리 씨에게 인질들을 세 시간 더 가둬두라고 명령하면서 자신들은 근처에 있을 테니 만일 인질이 하나라도 도망치면 그에게 책임을 묻겠다고 말했다.

켈리와 그 친구들은 바이얼릿 마을을 향해 떠났다.

무시된 경고

이 사건을 자세히 들여다보면 범죄자들의 대담한 활약뿐 아니라 상황을 철저히 통제하고 있다는 자신감을 확인할 수 있다.

(그랬음. 지금도 그렇고!)

그들이 경찰보다 한발 앞선 건 분명한 사실이며 설득력 있는 해명이 나오기 전까지 대중은 쉽게 예방할 수 있었던 사건이라고 생각할 수밖에 없다. 켈리 갱이 은행을 털 가능성이 높다는 지적이 신문에 여러 차례 실렸으니 당국에도 충분한 경고가 있었던 셈이다. 이 범죄자들의 추적에 백 명이나 되는 경찰력이 투입된 상황에서 켈리 갱의 활약은 특정 지역에서는 환호의 대상이 되고 있으며 점잖은 시민들은 경찰의 무능력을 그저 절망의 시선으로 바라볼 뿐이다.

페이스풀스 크리크에서 우리는 배심원단 앞에서 재판을 받았다 그건 기사로 안 났으니 신문을 보고는 알 수 없는 일이다.

12명이 인질로 잡혀 있었고 조 번이 내 옆에 서서 그들을 지켰다 가로 6미터 세로 3.5미터 크기의 좁은 창고에 모두 몰아넣었는데 원래 연장&식량을 보관하는 곳이었다. 덥고 바람 없는 밤이었고 추수로 바쁜 때였다 그해에는 기계를 써서 추수하고 단을 묶었는데 기계 내부가 고장을 일으켰고 목장 감독 매콜리는 그 염×할 기계보다 내가 더 골치라고 투덜거렸다. 매콜리는 제일 좋은 자리에 있었다 쇠로 된 톱니 모양 뼈대만 남은 고물기계를 차지하고 구석에 편하게 앉았다 나는 그를 발로 차서 밀어내며 이제부터 내가 감독이라고 말했다 그걸 보고 여러 사람이 몰래 슬그머니 웃었다.

원래 거기는 피츠제럴드 씨로 불리는 사람 자리였지만 나를 어릴 때부터 알던 그는 불평하지 않았다. 별명이 코골이 늙은이인 피츠제럴드는 해리 파워&빌리 스킬링의 친구였고 어느 목장에서든 제일 편하게 놀고먹을 수 있는 일을 찾는 것으로 명성이 자자했다. 자리를 뺏긴 코골이는 구석에 있는 왕겨자루 2개 위에서 요란하게 코를 골며 편하게 잘 잤다.

떠돌이 장수 지미 글로스터는 아직도 내 철천지원수라는 호전적인 역할을 맡고 있었다.

위는 좁고 아래는 넓게 구레나룻을 기른 피터 치버스는 상류층 말을 쓰는 막노동꾼으로 등불만 켜면 나타나서 별명이 나방이었다 그는 우리 어머니 술집 단골이었지만 살인자에게 측은지심을 느끼는 사람은 없는 법이라 신문에서 내 초상화만 본 사람들과 다를 게 없었다. 그리고 추수기계를 다루는 런던 출신 수리공 리브스와 위머라에서 온 임시 노동자 6명이 있었다 그중 맨스필드 살인마들과 함께 갇히는 걸 달가워할 사람은 아무도 없었다.

또 어깨가 딱 바라지고 머리는 가운데 가르마를 타고 콧수염에 왁스를 먹인 남자가 있었는데 내가 창고로 들어선 순간부터 눈을 떼지 않았고 다른 사람들이 편안한 잠자리를 마련하느라 바쁜 와중에도 꼼짝 않고 벽에 기대어 나만 보고 있었다. 모두가 자리를 잡고 기계 수리공까지도 1자리를 차지했을 때 콧수염에 왁스 먹인 남자가 퉁명스럽게 말했다.

스트링이바크 크리크에서 경찰을 죽여야 했던 이유가 뭐요?

이름을 묻자 그는 스티븐스라고 대답했다 나는 그가 경찰 출신인 걸 알 수 있었다.

나는 그에게 총을 쏜 건 나 혼자 한 짓이라고 조 번은 그러니까 지금 벨트에 권총 2자루를 꽂고 문에 기대서 있는 친구는 당시 무기라곤 나뭇가지 하나 들고 있었을 뿐이라고 말했다.

조가 내 주장을 확인해주기를 기대하듯 모두 그를 돌아봤지만 조는 라일리의 개처럼 웃으며 주머니를 뒤져 끈&밀랍 1덩어리를 꺼냈다.

나는 경찰이 스펜서 연발총&웨블리 권총을 들고 산으로 들어왔고 우리의 피투성이 시신을 맨스필드로 옮기기 위해 특별히 만든 긴 띠도 가져왔다고 설명했다.

모두 조용히 내 말을 들었으나 조가 2번째 주머니를 뒤지자 사람들 시선이 그리로 쏠렸다. 조는 침착하게 수지양초에 불을 붙였고 그가 바닥 한가운데 조심스럽게 양초를 내려놓는 걸 모두 지켜봤다. 촛불이 잘 타오르자 그는 길이가 10센티미터 정도밖에 안 되는 가죽을 들어올렸다.

이게 그 띠에서 남은 기념품이지 그가 말했다.

바깥 어둠 속 들고양이 울음소리 말고는 아무 소리도 없었다.

그 장의사 조각은 영국 법정에서는 증거가 될 수 없겠지만 우리 배심원들에게는 엄청난 효과가 있었다 일부 배심원은 역겨워서 만지고 싶어하지도 않았지만 나머지는 무슨 정보를 얻으려는지 아주 자세히 살펴보았다. 스티븐스는 흔들리지 않았다 그는 내가 베낭

라에서 경찰을 죽이려고 했던 일 때문에 경찰이 나를 두려워할 수밖에 없었다고 말했다.

피츠패트릭 말이오?

그렇소 피츠패트릭.

그러자 코골이가 증언대에 섰다. 그는 어디다 맹세 같은 건 안 했지만 동료들에게 네드 켈리를 어릴 적부터 잘 아는데 그는 총 솜씨가 백발백중이라 만일 그때 피츠패트릭을 죽일 마음이 있었다면 피츠패트릭은 지금까지 살아 있지 못할 거라고 말했다. 네드 켈리가 그 순경의 손을 쏜 건 애초에 손을 겨냥했기 때문이라고 자신 있게 보장했다.

스티븐스가 대단히 의심스러운 표정으로 나를 돌아봤다.

나는 그의 판단에 흔들리지 않고 피츠패트릭이 내 누이와 결혼하겠다고 약속했는데 이미 약혼녀가 2명이나 있는 게 밝혀졌다고 말했다.

그래서 그를 쐈군 스티븐스가 비꼬는 목소리로 말했다.

아니 우리 어머니가 화가 나서 그를 때렸소.

그다음에 당신이 쐈나?

아니 그 개××가 콜트 45구경 권총을 꺼냈소 그때 집에 어린애들도 있어서 총 든 손을 쏘는 게 덜 위험하겠다고 판단했지.

그다음에 그가 당신을 체포하려고 했고 당신은 저항했고?

아니 그는 자기가 한 짓을 사과했소 우리는 손에 붕대를 감아줬고 그는 내 친구로 남고 싶다는 말을 남기고 떠났소 만일 당신이 피츠패트릭을 안다면 내 말을 믿겠지.

그를 알아.

그럼 어떻게 생각하시나 스티븐스 씨?

스티븐스는 한숨을 쉰 다음 손으로 얼굴을 문지르며 말했다. 그가 천하의 얼간이라는 건 잘 알려진 사실이지.

조 번이 나와 눈을 마주쳤다.

그래서 경찰이 당신을 잡으러 간 건가요? 그 비열한 인간의 말을 믿고? 수리공이 물었다.

그렇지 조가 대답했다 그들은 네드의 누이들에게 산에다 그의 골을 뿌리겠다고 큰소리쳤고.

얘기가 그렇게 된 거로군 치버스가 말했다. 경찰이 당신을 죽이러 와서 당신이 그들을 죽인 거다?

난 그때 나뭇가지 하나밖에 없었어 조가 아쉬운 미소를 지으며 말했다. 안 그랬으면 무슨 짓을 했을지 모르겠군.

우린 우리를 지킬 무기가 없었지 그저 그들의 무기를 원했을 뿐이오. 결코 그들이 죽는 걸 바라지는 않았소 내가 말했다.

그 씨×놈들이 총을 쐈어 그게 문제였지. 여러분이 우리 입장이었대도 그들 멋대로 행동하게 놔두진 않았을걸 조가 말했다.

창고 안은 다시 조용해졌고 어둠 속을 달리는 기차소리만 들렸다. 나는 그들을 하나씩 보면서 만일 우리 입장이었다면 어떻게 했을 것 같냐고 물었다.

그들은 아무 대답도 안 했지만 태도가 누그러진 건 분명했다.

우리 어머니 문제는 어떻게 하겠소? 내가 물었다. 우리 어머니는 살인미수 방조죄로 감옥에 갇혀 있소 애초에 살인미수 같은 건 있지도 않았는데.

다시 아무 대답이 없었다.

어머니는 갓난아기까지 빼앗겼소 내가 말했고 그들은 대답하지 않았다. 오스트레일리아인들인 그들은 무자비한 법의 공포를 너무나 잘 알았다 그들의 피에는 부당함에 대한 역사적 기억이 새겨져 있었다 그래서 은행원이나 목장 감독이라고 해도 아무것도 아닌 일로 체포된 적이 없다고 해도 강제로 감옥에서 흰 두건을 쓰는 게 어떤 건지 마음속 깊이 알고 있었다 간수 눈을 똑바로 봤다고 채찍질을 당하는 게 어떤 건지 알았다 상류층 말을 쓰는 나방도 그런 공기를 마시며 살았기에 부당함이라면 골수에 사무치도록 잘 알았다. 나는 그 누구라도 오스트레일리아인에게 진실을 말하면 믿음을 얻을 수 있다는 증거를 페이스풀스 크리크 목장 창고에서 봤다 나는 그렇게 맑은 눈들을 본 적이 없었고 조도 곧 그걸 깨달았다.

밤이 늦어서야 사람들은 자기 시작했다 코골이는 왕겨자루 위에서 명성을 확인시켜줬다. 불이 꺼지자 나무껍질 지붕 틈새로 별이 보였다 나는 스티븐스에게 그런 정보를 보내면 어떤 조사가 이루어질 것 같은지 물었다. 그는 의회에 나쁜 정치인이 많지만 캐머런 씨는 원칙을 지키는 사람이라고 말했다.

편지를 읽을 것 같나? 조가 물었다 그 캐머런이라는 사람 진짜 배기인가?

아 그럼.

그럼 조사가 가능할 것 같소?

당신들이 나한테 해준 이야기를 그들도 듣는다면 조사를 할 수밖에 없을 거요.

조는 내가 말할 때는 안 듣더니 스티븐스의 말은 믿었다 내 딸아 무법자들 중 하나가 밤늦게 감독 주택으로 들어가 새벽 동이 틀 때까지 오랜 시간 뭔가를 열심히 쓰는 게 여자들에게 목격됐다는 신문기사가 이제 이해될 것이다. 캐머런에게 보낸 우리의 2번째 편지는 조 번이 쓴 것이었다 무척 강력하고 감동적인 편지였다.

그 일로 조는 원기를 회복해서 아침에는 까칠하게 굴지 않았다 재채기도 안 하고 처지를 비관하지도 않았다. 그날 우리는 국립은행 유로아 지점을 털었고 내 전략이 하나씩 차례로 성공하자 조의 미소는 점점 더 잦아졌다. 그는 자주 웃고 나와 눈을 마주쳤다. 그리고 은행 지점장 스콧의 부인이 내 열렬한 숭배자가 됐다고 몇 번이나 귀에 대고 속삭였다. 그는 스콧 부인에게 그리고 그녀의 남편에게도 무척 정중했고 그들에게 장의사 조각을 보여주는 걸 잊지 않았다.

은행 지점장 스콧은 완전히는 아니더라도 어느 정도 우리 편에 서줬다 그는 켈리 갱이 인질들에게 명령을 내리긴 했지만 결코 폭력을 쓰거나 거칠게 다루지 않았다고 기자에게 말했다 나는 그게 조 덕분이라고 믿어 의심치 않는다.

출발하기 전에 멋진 말타기 시범을 보이기 시작한 것도 조 번이었다 우리는 인질들에게 식민지 산사나이들의 능력을 보여줬다 그들이 구경도 못해본 말타기를 선보였다 말 등에 길게 엎드려 발은 꼬리에 코는 목에 놓고 달렸고 가끔 말 목에 발을 올리고 드러눕기도 했다.

보라 그들은 눈을 반짝이며 빨갛게 상기된 얼굴로 우리에게 박수갈채를 보냈다 은행 지점장&목장 감독&전직 경찰이 뙤약볕 아래 서서 환호를 보냈다 그건 우리가 꿈도 못 꿨던 발전이었다.

25세 때의 삶

갈색 포장지를 잘라 만든 종이(약 가로 10센티미터, 세로 20센티미터) 40페이지
를 노끈으로 엉성하게 장정. 속표지 여백에 커다란 구멍이 있지만 내용은 손상되
지 않음.

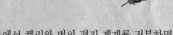

언론에서 켈리와 번의 편지 계재를 거부하면서 켈리 갱의 악명이 높아지
고 있음을 글쓴이 스스로 인식. 켈리와 메리 헌 사이의 언쟁, 경찰과 우체
국이 짜고 중요한 서신을 배달하지 않았다는 의혹 제기. 켈리 갱의 제릴데
리 마을 점령사건을 다룬 〈제릴데리 가제트〉 기사 스크랩과 사건 동기에
대한 자세한 설명. 뒷부분의 어조와 필체에서는 국민에게 자기 입장을 호
소할 기회를 얻지 못한 무법자의 커져가는 분노가 엿보임.

정부에는 고귀하고 잘난 사람이 수두룩하다는데 교육도 거의 못 받은 갱단을 체포할 머리가 없다는 건 대단히 당혹스러운 일이었다. 신문들은 스티브 하트가 매부리코라느니 댄 켈리가 사팔뜨기라느니 떠들어댔지만 그걸로 정부가 일부 영토에서 통제력을 잃었고 그와 관련해 스스로에게나 국민들에게 해명할 길이 없다는 사실을 축소할 수는 없었다.

우리의 엄청난 인기에 대한 설명을 내놓은 건 경찰이었다. 북동부 전역에 켈리 지지자가 수천 명에 이르고 바로 그래서 우리를 체포할 수 없다는 거였다. 거대한 우군이 우리를 먹이고 숨겨준다고 했다.

너도 알다시피 그게 내 포부이기는 했지만 그때까지만 해도 나는 아직 맨스필드 살인마로 널리 알려졌고 인기와는 거리가 멀었다. 우리는 12월 11일 유로아은행을 털었고 1월 4일 경찰은 그저 네드 켈리를 알거나 친척이거나 감옥에서 같은 감방에 있었다는 이유만으로 무려 21명을 체포했다. 개중에는 와일드 라이트처럼 진짜 친구도 있었지만 나머지는 가족 결혼식 때나 만나 얘기하는 사람들 아니면 스트링이바크 크리크 사건 이후 절교한 사람들이었다 예를 들어 잭 맥모니글은 내가 살인자가 됐으니 다시는 얼굴을 보지 말자는 말을 전해왔다. 그러나 불쌍한 잭은 모함&위증의 대상이 된다는 게 뭔지 알게 됐다 그는 수갑을 찼고&베날라 기차역으로 끌려갔고&더러운 양처럼 화물칸에 처넣어졌고&언덕 위 비치워스 감옥으로 이송되어 거기 구금됐다. 그게 부당한 짓이라는 걸 식민지 전체가 알았다 우리는 간수들의 지배를 받았고 옛날과 마찬가지로 정의는 찾아볼 수 없었다.

캐머런 하원의원한테서는 여태 아무 소식이 없었다 지금쯤 편지 2통을 그러니까 내가 쓴 무식한 편지&조가 쓴 유식한 편지를 분명 읽어봤을 텐데. 1월 내내 추수철이었지만 21개 농장은 주인이 경찰에 끌려가는 바람에 일을 못했다 경찰은 그들을 영원한 적으로 돌리면서 우리를 그들의 영원한 친구로 만들어준 셈이다. 이제 켈리 갱은 농장 일꾼이 되어 건초더미를 열심히 쌓아올렸다. 이제 부자인 댄은 노예처럼 일한다며 불평이 많았지만 나는 해가 길고 뜨거운 2월 초에도 모두 자기 몫을 다하도록 했다. 이 2달 동안 우리는 북동부 전체에서 언제고 환영받는 존재가 됐고 모이후 토끼들보다 더 많은 굴을 갖게 됐다.

나는 유로아은행을 털어 1만 파운드를 손에 넣으리라 기대했지만 실제로는 2260파운드뿐이었다 그래도 거금이긴 했다 나는 조 번에게 돈을 주면서 그동안의 우정&의리 고마웠고 나는 그의 간수가 아니니 미국이든 어디든 맘대로 떠나라고 말했다.

조는 내 어깨에 손을 얹고 말했다 죽는 날까지 네가 대장이야 그리고 돈을 돌려주며 어머니 빚 갚을 돈 65파운드&에런이 정부에 낼 땅 임대료 20파운드만 갖겠다고 했다. 이 말을 듣고 그를 낮게 평가했던 내가 부끄러웠다.

우리에게는 1975파운드가 남았다. 여자들 옷도 사고 우리 안장도 장만하기에 충분한 돈이었다 지미 글로스터를 빚더미에서 벗어나게 해주고 B. 굴드에게도 신세를 갚아서 기뻤다. 과부 그리피스 부인은 태즈메이니아에 하녀로 팔려간 딸을 데려올 수 있었다. 이런저런 문제를 해결해주고도 아직 1423파운드가 남았지만 이제 우리 어머니뿐 아니라 감옥에 갇힌 그 21명도 석방시킬 책임이 남아 있었다. 우리는 그들을 위해 징크 변호사를 샀다.

빅토리아 경찰은 아낌없이 보상금을 뿌려댔고 우리는 A. 셰릿뿐만 아니라 다른 사람들에게도 뇌물을 받으라고 허락했다. 우리는 워비산맥에서 평원에 일어나는 먼지기둥을 내려다보며 경찰이 내가 쓴 각본의 배우들이라는 걸 알 수 있었다.

메리는 우리가 은행을 털고 오두막으로 돌아오는 광경을 목격했다. 단추를 풀어헤친 셔츠가 바람에 부풀어오르고 지친 말들이 물을 튀기며 샛강을 건넜다 우리 모두 먼지&땀&덤불가시에 찔린 상처로 뒤덮여서도 승리감에 차 있었다. 스티브 하트는 메리의 뺨에 키스했다 조 번은 그녀를 번쩍 안아 빙글빙글 돌며 당신 남편이 장군이 됐다고 이제 세상에서 가장 위대한 사나이라고 말했다.

신문들이 네드 켈리가 미남이라고 떠벌릴 때 그런 거창한 찬사에는 관심 없었다 나는 캐머런의 소식을 기다리고 있었다 하원의원은 바쁘신 몸이지만 우리 편지가 의회에서 그에게 도움이 됐으리라 생각했다. 나는 내 죄를 용서받을 거라고 생각할 정도로 순진하진 않았지만 날마다 어머니의 석방 소식을 기다렸다.

나는 신문기사에 무척 신경썼지만 스크랩북을 사온 건 네 엄마였다 아마 지금은 네가 갖고 있을 테지 아주 독특한 초록색이고 안에 베날라의 파슨스 인쇄소에서 만들었다는 스탬프가 찍혀 있다. 여기에 메리는 사방에서 얻은 신문기사를 오려 붙이기 시작했다 그녀는 거짓말이나 틀린 걸 용납 못하고 반드시 여백에 고쳐놨다 어떤 기사는 직접 손으로 베껴 쓰기도 했는데 행복한 먼 훗날 그게 책꽂이에 꽂혀 있는 모습을 상상했을 것이다.

와일드 라이트(와이엇 판사에게): 의회가 소집되고 켈리 부인이 석방되고 피츠패트릭이 대신 체포되지 않는 한 켈리 갱을 잡을 수 없을 겁니다.

와이엇 판사(이번에도 라이트를 재구류시키며): 유감이네, 공정하게 대해주려 했는데 어렵겠군.

네 엄마가 우리의 제일가는 최고 지지자였다는 건 심지어 내 용감한 누이들보다 더 그랬다는 건 네게 굳이 증명할 필요도 없을 것이다. 우리 돈을 땅에 묻어 숨겨둔 것도 누구한테 얼마를 줘야 할지 결정했을 때 그 돈을 꺼낸 것도 네 엄마였다 메리는 무척 꼼꼼

했다 그래서 우리는 돈을 신중하게 써야 했다 지폐&동전을 세고 봉투에 넣어서 돈이 더 가거나 덜 가는 일이 없게 했다.

의회가 소집되기를 고대했지만 추수&경찰 때문에 몸도 마음도 정신없이 바빴다 우리는 계속 장소를 옮겨다녔다. 그러는 내내 켈리 가족은 네 엄마를 챙겼다 엄마에게 물어보면 말해줄 것이다 네 엄마는 케이트&매기와 베날라에 가서 손수건&스카프를 샀다 그들은 6펜스 동전을 1움큼씩 가져와서 값을 치르는 이유를 점원 여자에게 설명하고 싶지 않았다.

점원들은 기지가 뛰어나서 그들이 원하지 않는 이상 경찰이 추적할 도리가 없었다 그래서 유로아은행을 털고 3주가 지난 어느 덥고 맑은 날 메리&케이트는 마차를 타고 킬피라 목장 뒤쪽으로 달려와 15마일 크리크에서 편안히 야영하고 있는 나를 찾았다. 케이트가 마차에서 콘비프&차&설탕을 내리는 동안 네 엄마는 신문을 한아름 안고 강가에 있는 내게로 내려왔다. 파리가 달려들지 못하게 얼굴에 베일을 써서 그녀의 눈과 입이 안 보였다.

의회 기사야?

그녀는 대답 대신 베일을 들고 내게 키스했다.

편지는?

그 캐머런이란 사람이 당신 편지를 받았어 여기 신문들에 다 났어 그녀가 말했다. 하지만 긴장한 모습이었고 나는 신문을 펼친 순간 캐머런이 모든 신문사에 내 편지를 보였지만 단 1곳도 싣지 않았다는 걸 알게 됐다 그들은 어깨가 좁고 교만이 하늘을 찌르는 학교 교사처럼 내 글&인격에 토를 달았다. 나는 땅에 그 쓰레기를 던졌다 거지같은 신문 〈멜버른 아거스〉가 나를 영리한 무학자라고 한 것에 분노가 치밀었다 다른 신문은 나더러 병적인 허영심에 가득차 있다고 했다 그건 정의를 거스르는 짓거리였다 식민지는 비치워스 감옥이나 다를 바 없었다. 나는 신문들을 걷어찼다 경찰에 들킬 위험만 없었다면 총을 갈겨버렸을 것이다.

메리는 내 손을 잡고 &키스했다 그리고 내 얼굴을 잡고 눈을 빤히 들여다봤다. 자기 그건 이제 상관없어 그녀가 말했다.

그녀는 내 양손을 자기 배에 갖다댔다. 그녀가 말했다 우리 아기가 당신 편지를 읽을 거야.

하지만 나는 분을 참을 수 없었고 네 엄마도 위로가 되지 못했다 목구멍에서 말이 안 나왔다.

네 엄마가 산책하겠느냐고 물었고 그건 놀랄 일이었다 그녀는 더위를 싫어하니까 하지만 나는 네 엄마에게 신경쓸 겨를이 없었다 혼자 속을 끓이며 우리 모두를 억압하는 높은 자들에게 어떻게 복수할지 궁리하고 있었으니까.

씨× 인쇄소에 쳐들어가서 내 손으로 직접 인쇄하겠어 내가 말했다.

그녀는 내 팔을 잡았고 우리는 함께 언덕을 걸었다 발아래 갈색 풀이 유리처럼 반짝였다.

이제 더이상 그런 짓 할 필요 없어 원하는 걸 다 가졌으니까.

정의는 못 가졌지.

나를 가졌잖아 그녀가 내 어깨에 머리를 기대며 말했다 왜 그걸로 충분하지 않은 거야? 당신은 나&당신 아기를 가졌어 친구들&1000파운드가 넘는 돈도 가졌고.

나는 그녀가 무법자로 사는 비용은 계산에 넣지 않았다고 말했다. 우리는 언덕을 더 올라가서 홀로 선 유칼립투스를 보고 그 옅은 그늘에 앉아 하늘에서 맴도는 쐐기꼬리독수리를 지켜봤다.

나는 그 돈은 금방 다 없어질 거고 어머니를 멜버른 감옥에서 빼내는 비용도 만만치 않을 거라고 설명했다.

하지만 이제 당신은 세상 모든 어머니가 자식에게 바라는 걸 어머니한테 줄 수 있어.

그게 뭔데?

자식의 안전이지.

지금 나더러 도망치라고 말하는 건 아니지?

당신이 어머니에게 해줄 수 있는 가장 좋은 일은 안전하게 최대한 멀리 도망치는 거야.

딩신은 날 몰라 내기 말했다 그런 이기적인 겁쟁이 취급을 당하는 게 아주 기분 나빴다.

정말로 나보다 어머니를 더 사랑하는 거야?

그거랑은 달라.

네드 그들은 절대 어머니를 풀어주지 않을 거야 어머니를 아무리 사랑해도 그 사실을 받아들여야 해. 어머니는 법정에서 유죄판결을 받았어.

나는 그녀에게 우리 어머니를 몰라서 그런 말을 하는 거라고 엘런 켈리가 얼마나 고생하며 살았는지 당신은 상상도 못 할 거라고 대답했다.

어머니는 감옥에서 죽지 않아 하지만 당신은 식민지에 있으면 살아남지 못해.

그들이 풀어주지 않으면 내가 가서 힘으로 꺼낼 거야.

하지만 은행을 턴 다음 그 돈으로 도망치겠다고 약속했잖아.

메리 난 어머니를 못 버려 알잖아.

그럼 난 어쩌고?

뭐가?

은행 털 때야 잠자코 있었지만 죽는 걸 지켜보기만 할 순 없어.

메리 제발 울지 마.

안 울어 앞으로도 안 울 거고. 우린 1000파운드를 가졌고 우리 둘이 합의한 대로 써야 해.

내 말을 오해했군.

아니 당신 어머니는 감옥에서 나오면 그때 캘리포니아에서 만나면 돼 내가 평생 잘 모실게 시중도 들고 수프도 끓여드릴게 어머니가 나한테 침을 뱉고 창녀라고 욕해도. 어머니가 늙으면 보모& 하녀가 되어드릴게 하지만 여기 남아서 당신이 그들 손에 죽는 걸 지켜보진 않을 거야 그건 못해.

메리 경찰은 나를 못 잡아 도로를 뚫어봐도 못 찾아낼걸.

약속했잖아.

당신은 내 인생의 전부야 내가 말했다 하지만 이제 그녀 얼굴은 문처럼 닫혔고 아무리 세게 두드려도 열 수 없었다. 내 편지만 신문에 나면 다 해결돼 오스트레일리아인들은 죄 없는 어머니가 감옥에 갇혀 있는 걸 용납하지 않을 거야.

당신 편지를 실어줄 신문은 없다고 그녀가 외쳤다.

아까도 말했잖아 그럼 내 손으로 낼 거야 내가 말했다. 하지만 그녀는 벌써 언덕을 내려가고 있었다.

돌아와 내가 외쳤다 하지만 그녀는 고개를 빳빳이 들고 계속 걸었다 더이상 어린 소녀가 아닌 낯선 사람 같았다 잔인&당당했다. 나는 마른 여름풀 위에 쪼그리고 앉아 그녀가 누그러지기를 기다렸다. 맥빈의 목장 철조망을 넘어가는 예쁜 흰 발목이 얼핏 보이는가 싶더니 그녀는 덤불 속으로 사라졌다 케이트가 짐마차를 몰고 와 틀나무 덤불을 돌아나올 때 네 엄마는 거기 타고 있었고 내가 이름을 불렀지만 그 소리는 바람에 막혀 도로 내 목구멍으로 들어왔다.

그 주가 지나고 마지막 저녁 먹은 찌꺼기들 사이에서 매기가 5파운드 10파운드 지폐로 200파운드를 발견할 때까지 나는 메리가 나를 버린 걸 몰랐다 나머지 돈은 아직 땅에 묻혀 있는지 아니면 메리가 갖고 갔는지 알 수 없었다. 돈 묻어둔 곳을 아는 사람은 그녀뿐이니까.

지옥의 저주나 받아라. 나는 그런 생각을 하고 더 심한 생각도 했지만 그렇다고 그녀를 사랑하지 않았던 건 아니다 내 인생의 빛을 빼앗기고 내 아기도 사라졌지만 나는 자리를 지켰다 그게 대장의 고통이다 뱃속에서 쥐들이 창자를 찢어발겨도 어머니와 감옥에 갇힌 21명에게 자유를 줘야 한다. 나는 모두와 싸웠다 사방에서 나를 괴롭혔다 그 다음주 케이트 앞으로 전보가 왔다 포트멜버른에서 보냈고 내용은 놋 스트리트 23번지에서 5일 기다리겠음이었다.

북동부 공기는 빵 굽는 화덕처럼 뜨겁고 바람 1점 없었다 흰개미들이 내 수염 근처에서 날아다니고 귀&코로 기어들어갔다 나는 다시 학창 시절 잉크 당번이 돼서 매크래컨 가루로 잉크를 만들었다 쉬지 않고 펜을 놀리는 것 말고는 그 무엇도 내 마음을 달래주지 못했다 네 엄마에게 내가 아직 떠날 수 없는 이유를 설명하는 편지를 30페이지나 써서 우편으로 놋 스트리트 23번지로 보냈다.

정해진 5일이 지나가는 동안 나는 답답해 죽을 지경이었다. 옆에서 동지들이 많이 걱정해줬지만 다들 종일 그늘도 없는 방목지에서 중노동을 하고 온 뒤라 밤만 되면 황소처럼 코를 골았다 그 무더운 밤들에 나는 58페이지나 되는 편지를 또 썼다 이번에는 정부에 보내는 편지였다 그들 말대로 나를 못 배운 무식한 놈이라 해도 좋다 그래도 내 어린 시절에 대해 알려서 경찰의 과거를 그들이 우리 가족을 어떤 식으로 학대했는지를 밝히고 싶었다.

메리에게 보낸 편지는 주소 불명으로 돌아왔다 경찰 짓이었다 나는 그들이 내 편지에 손을 댄 걸 알았다. 바로 그날 놋 스트리트에서 눈물 젖은 편지가 왔다 나한테 소식을 못 들어 괴로워하고 있으며 샌프란시스코로 떠난다는 내용이었다. 저주받을 경찰 ××들 나는 그들을 증오했다. 그들은 내가 가진 걸 다 빼앗아갔다.

1879년 2월 7일 켈리 갱은 제릴데리로 말을 몰았다 뉴사우스웨일스은행 금고를 털어 현금을 확보하기 위해서였다. 정부에 보내는 58페이지짜리 편지는 허리장식띠로 몸에 묶었다 내가 총에 맞아 죽어도 내 시체가 말을 할 수 있다면 내가 무슨 말을 하고 싶었는지 누구도 혼동하지 않을 테니까.

켈리 갱이 어떻게 주말 내내 제릴데리를 장악했는지 못 들은 사람은 하다못해 중국인 중에서도 찾아보기 힘들 것이다. 나는 6개 신문에 우리가 군사작전보다 더 계획을 잘 짰다는 기사가 실린 걸 봤다. 내가 굳이 설명할 필요 없이 이 기사를 대신 붙이마 그래도 여기 나오는 일들이 벌어질 동안 내가 어떤 심정이었을지 상상해 주기 바란다. 58페이지짜리 편지가 계속 내 몸을 조이며 파고들었고 나는 그 글들이 내 살에 문신처럼 박히는 걸 느낄 수 있었다.

〈제릴데리 가제트〉, 1879년 2월 16일
켈리 갱, 제릴데리에 나타나다

토요일 밤 네드와 댄 켈리가 데이비드슨 부인의 울팩호텔에 찾아가 술을 아주 많이 마신 것으로 보인다. 네드 켈리는 여급과 스스럼없는 대화를 나누며 자신들이 라클런강 오지에서 왔다고 했다. 그들은 여급에게 제릴데리에 대해 많은 질문을 했다. 결국 화제는 켈리 갱으로 옮겨갔다. 그 이방인들은 제릴데리에서 켈리 갱의 평판이 어떤지 물었고 사람들이 그들을 매우 용감하게 여긴다는 대답을 들었다. 여급은 재미로 〈켈리 갱이 또 탈출했네〉 노래를 불렀다. 켈리 형제는 술을 몇 잔 더 마신 뒤 방 두 개를 예약하고 제릴데리에 갔다가 돌아오겠다고 말했다.

습격

토요일 자정이 지난 시각 경찰 막사가 네드 켈리, 댄 켈리, 하트, 번에게 포위됐다. 그중 하나가 소리쳤다. "경찰 나리! 경찰 나리! 일어나보세요. 데이비드슨네 호텔에서 큰 소동이 벌어졌습니다." 뒤쪽 방에서 자고 있던 리처즈 순경이 벌떡 일어나 소리가 들리는 쪽으로 나갔다. 그사이 더바인 순경은 바지를 입고 앞문을 열었다. 켈리가 권총 두 자루를 들고 두 경찰관을 막아서며 말했다. "손들어, 켈리다." 즉시 다른 무법자들이 권총을 들고 나타났다.

두 경찰은 감금됐고 갱단 둘이 그들을 지켰다. 나머지 둘은 잠옷 차림의 더바인 부인을 끌어내 무기가 있는 곳으로 안내하게 했다. 그들은 경찰들을 철저히 감시하다가 아침이 되자 감방에 가뒀다. 토요일과 일요일 밤에는 경찰 막사에 보초를 세웠다.

일요일 아침 막사에서 90미터 떨어진 법원에서 미사가 열렸고 더바인 부인은 평소대로 미사 준비를 하러 법원으로 갔다. 그것이 오전 열시경이었고 댄 켈리가 동행했다.

일요일 하루종일 막사의 블라인드가 모두 내려져 있었다. 켈리 형제는 경찰 제복을 입고 낮 동안 빈번히 막사와 마구간을 오갔다.

경찰이 감방에 갇힌 동안 네드 켈리는 순경 셋을 쏜 사건에 대해 더바인과 스스럼없는 대화를 나누었으며 케네디가 끝까지 싸웠다고 말했다. 하지만 그의 귀를 자른 건 부인했다. 켈리는 더바인에게 혹시 마을에 인쇄업자가 있는지 물으며 그를 꼭 만나고 싶다고, 전단과 자신의 인생 이야기를 찍어내고 싶다고 말했다. 인쇄하고 싶은 글 몇 장을 더바인 부인에게 읽어주기까지 했지만 화요일 부인은 그 내용을 전혀 기억하지 못했다.

켈리는 더바인에게 그와 리처즈를 총으로 쏠 작정이라고 말했지만 (그들을 죽일 생각은 전혀 없었지만 말을 잘 듣도록 겁을 줘

야 했음)

더바인 부인이 그들을 살려달라고 애원했다. 네드 켈리는 앞으로 한 달 안에 더바인이 경찰을 떠나지 않으면 돌아와서 총으로 쏘겠다고 말했다.

일요일 밤 에드워드 켈리는 다시 말을 타고 데이비드슨의 호텔로 가서 진탕 술을 마셨고

(2잔이 진탕이라면 그 말이 맞음)

여급과 스스럼없는 대화를 나누었다. 그리고 자정까지 호텔에 있다가 경찰 막사로 돌아갔다. 일요일 밤부터 아침까지 갱단은 둘씩 교대로 망을 보고 잠을 잤다.

일요일에 그들은 권총을 깨끗이 소제해두었다. 다음날의 위험한 일에 대비해(다행히 해당 사건은 인명 피해 없이 종결되었다) 총알을 모두 빼고 조심스럽게 재장전했다. 월요일 아침 일찍 번은 말 두 마리를 끌고 와서 편자를 박았고 하트는 푸줏간에 가서 고기를 사왔다. 잠시 후 번이 가게에 가서 물건을 잔뜩 사왔다.

기습

주민들은 켈리 갱이 제릴더리에 있는 줄 꿈에도 몰랐다. 월요일 오전 열한시경 주민 몇 명이 네드와 댄 켈리가 경찰 제복 차림으로 리처즈 순경과 함께 마을을 내려가는 모습을 목격했지만 그들이 켈리 형제라고는 생각도 못했다. 새로 온 경찰인 줄 알았고 겉모습도 영락없는 순경이었다. 리처즈 순경과 함께여서 더 그랬다.

전신주가 쓰러지고 네드 켈리가 권총을 들고 전신국 앞문으로 걸

어들어갈 때까지도 주민들은 켈리 갱이 와 있다는 낌새를 못 챘다.

오전 열한시가 조금 넘어서 네드와 댄 켈리가 리처즈 순경을 대동하고 로열 메일 호텔에 들어섰다. 불쌍한 리처즈는 호텔 주인 콕스에게 켈리 형제를 소개할 수밖에 없었고 네드 켈리는 몇 시간 동안 특실을 써야겠다고 말했다. 이제부터 은행을 털 예정인데 우연히 이곳에 온 사람들을 가둬야겠다는 것이었다. 놀란 콕스 씨 본인이 특실에 처음으로 갇혔고 그다음 한 시간 동안 호텔에 들어온 사람이 모두 끌려가 특실은 인질로 가득찼다. 그러자 네드 켈리는 번을 은행으로 보내은행 직원을 데려오게 했다.

은행 창구 직원 라이빙의 진술

월요일 열두시 십분경 내 자리에 앉아 있는데 뒷문 쪽에서 다가오는 발소리가 들렸습니다. 처음엔 지점장 탈턴 씨인 줄 알고 신경 안 썼죠. 발소리가 계속 가까워지길래 돌아보니 한 남자가 있었어요. 곧바로 그에게 말을 걸었습니다. 그는 좀 멍청해 보였어요. 술에 취한 것 같기도 하고.

(물론 그는 정신이 말짱했고 일부러 그렇게 연기한 것임)

누구냐, 무슨 자격으로 은행 뒷문으로 들어온 거냐고 묻자 그는 내게 총을 겨누며 자신이 켈리라고 꼼짝 말고 손들라고 했습니다. 나중에 번으로 밝혀진 그 남자는 내가 가진 무기를 다 넘기라고 했어요.

그때 젊은 랭킨이 들어왔고 번은 다 같이 콕스의 호텔로 가라고 명령했어요. 거기서 우리는 네드 켈리를 만났고 그가 탈턴 씨를 데려오라고 했습니다. 다시 은행으로 갔지만 지점장은 사무실에 없었어요.

그러자 네드 켈리가 내게 말했습니다. "당신이 가서 찾아와." 나는 목욕중인 지점장을 발견하고 이렇게 말했어요. "강도에게 당했습니다. 켈리 갱이 여기 있어요. 경찰도 당했어요."

번이 하트를 데려와 지점장을 넘겼고 그후 지점장도 다른 사람들과 함께 호텔에 갔혔어요.

네드 켈리가 나를 은행으로 데려갔습니다. 그가 말했어요. "여기 1만 파운드는 있겠지." 나는 그에게 창구에 있는 현금을 건넸어요. 691파운드였습니다.

켈리는 돈이 더 있는지 물었고 "아니요"라는 대답을 들었죠. 그는 창구 직원용 권총을 확보한 다음 돈을 더 요구했습니다. 그러다가 현금 서랍을 발견하더니 열라고 우겼어요. 그는 열쇠 하나를 손에 넣었지만 지점장이 보조열쇠를 갖고 있어서 서랍을 열 수 없었죠.

번이 망치로 부수자고 했지만 켈리는 로열 메일 호텔에서 지점장을 데려와 열쇠를 내놓으라고 했습니다. 그렇게 해시 현급 서랍이 열렸고 거기 든 1450파운드가 자루에 옮겨졌어요.

그다음 켈리는 대형 서류함을 꺼냈습니다. 은행에 있는 서류를 몽땅 태워버리겠다고 했어요. 그리고 모든 사람이 로열 메일 호텔로 갔죠. 대니얼 켈리는 호텔에 있었고, 네드 켈리는 인질 두 명을 데리고 호텔 뒤로 나가서 통장 서너 개를 태웠습니다.

은행을 털었지만 진짜 목적은 그게 아니었다 내 편지를 500장 찍어낼 작정으로 제릴데리에 간 거였다 그건 〈제릴데리 가제트〉 편집장 길 씨에게도 큰 이득이었다.

그날까지 길 씨는 기껏해야 새끼 밴 소 가격과 잡역부 임금을 알려주는 역할이나 했는데 내가 더 고귀한 임무를 맡기게 되었으니까. 그는 진실을 인쇄할 것이고 그러면 우리 어머니는 감옥에서 풀려날 것이다. 엘런 켈리가 9달 된 아기와 만나면 나는 바로 메리 헌에게 갈 수 있었다 그녀를 찾아내면 다시는 헤어지지 않을 작정이었다 필요하다면 뜨거운 석탄 위도 걷고 저승의 강도 건널 수 있었다 더이상 은행&정부를 괴롭히지 않고 떠날 작정이었다.

제릴데리에서 가장 중요한 일은 길 씨를 찾는 거라 일단 무사히 은행을 털자 나는 경찰 제복을 벗으러 금고실로 들어갔다. 장화끈을 묶고 있는데 창구에서 남자들 목소리가 들렸다 거기 누구요? 그들이 외쳤고 나는 그들을 교육시키러 나갔다. 우습기 짝이 없게도 늙은 뚱보 돼지가 있었다 몸무게가 115킬로그램은 나갈 것 같았다. 그 옆에는 길쭉하고 가느다란 새똥같이 생긴 놈이 있었다 대머리에다 뾰족한 턱이 큰 수염에 절반은 가려져 있었다.

나는 네드 켈리다 그렇게 말하니 명성의 힘이 두 남자의 눈알을 빨아들이는 게 보였다 그들의 눈이 똑같이 튀어나왔다. 내가 권총을 들어올리자 뚱뚱한 남자가 돌아서서 달리기 시작했다 나는 그 소중한 엉덩짝을 쏘겠다고 외쳤다. 뚱보는 멈칫했지만 말라깽이가 튀었다 하지만 전신선을 다 끊어놔서 크게 걱정되진 않았다.

당신이 치안판사겠군 내 말이 맞다는 데 100파운드 걸지 내가 홀로 남은 인질에게 말했다.

맞습니다.

당신 친구 잭 스프랫*도 치안판사인가?

아닙니다.

그럼 뭐지?

아 우리 신문 편집자 길 씨입니다.

내가 제릴데리에서 만나고 싶은 단 1사람이 지금 먼지나는 길을 달려 도망치고 있었다. 네놈을 쏴버리겠어 나는 치안판사에게 말했다 화가 머리끝까지 치밀어서 그를 몰아 호텔로 다시 들어갔다.

조 번이 재빨리 나를 따라 텅 빈 뜨거운 거리로 나왔지만 길 씨는 이미 사라지고 없었다. 조는 씨× 씨× 욕을 해댔다 그도 잔뜩 화가 나 있었다.

네드 그 씨×놈 저기 숨었어.

조는 베란다가 넓은 건물을 가리켰다 그 건물은 다른 거리로 코를 내밀고 있었다. 〈제릴데리 가제트〉 간판이 붙어 있었다 우리는 곧장 안으로 들어갔지만 그 건물은 버려진 배였다 선장&선원들이 보트를 타고 도망친 뒤였다. 선교에 반짝이는 검은 인쇄기와 활자 선반이 있었다.

빌어먹을 대장 우리 손으로 인쇄하자고.

메리가 떠난 뒤로 조는 바위처럼 듬직했다 아편환이 든 나무상자를 갖고 다니며 적당량을 피웠고 나를 돕는 일이라면 못할 게 없었다. 그가 말했다 친구 걱정 말라고 은행 창구 직원을 데려올게 학교 졸업장은 땄을 거 아냐.

5분 후 조가 라이빙 씨를 데려왔다 나는 라이빙 씨에게 내 편지

---

* 영국 전래동요에 등장하는 비계를 먹지 못하는 마른 남자.

대로 활자를 짜맞추라고 명령했다. 그는 키가 크고 남자다운 체격
이었지만 조한테 조판대를 받아든 손이 떨렸다 멍하니 활자덩어리
를 들여다보는 그는 보아하니 나만큼이나 활자에 일자무식인 게
분명했다.

진정해 내가 가서 염×할 인쇄업자를 찾아올 테니까.

조 번이 말을 타고 마을을 떠났다 그는 그 편지가 얼마나 중요한
지 알고 있었다. 나는 라이빙 씨에게 총을 겨누고 그가 활자를 빨
리 찾도록 철자를 불러줬지만 소용없었다 그는 멍청이였다. 20자
밖에 완성하지 못했는데 시계가 4시를 쳤다. 나는 당혹감을 감추
지 못하며 은행원에게 빨리 좀 하라고 재촉했다 그때 수수하고 단
정한 여자가 방충문에 나타났다. 그 뒤에 조 번이 서 있었는데 농
어처럼 얼굴이 시뻘겋고 코에서 땀이 뚝뚝 떨어졌다.

부인을 데려왔어 그가 말했다.

길 부인은 안으로 늘어와서 라이빙 씨를 보더니 놀라 숨을 삼켰
다가 혀를 찼다.

나는 당장 인쇄할 게 있다고 말했다.

그녀는 내 말은 안 듣고 애꿎은 라이빙에게 당신이 활자를 만진
걸 남편이 알면 펄펄 뛸 거라고 잔소리를 해댔다.

길 부인 내가 불렀다.

조판을 배우려면 5년이 걸려요.

길 부인 급히 인쇄할 게 있다니까요.

그럼 저 사람한테 그만하라고 해요. 인쇄할 걸 맡기고 가면 남
편이 돌아와서 작업해놓을 거예요.

사본이 없어요 이게 유일해요.

상관없으니까 제발 그냥 나한테 맡겨놓고 가요 지금 화덕에 케이크를 굽고 있는데 시간 끌면 다 타요. 이름이 뭐예요? 그녀가 카운터에서 접수 장부를 집으며 말했다.

네드 켈리.

귀가 먹은 건지 머리가 어떻게 된 건지 그녀는 내 이름을 듣고도 아무 반응이 없었다. 켈리 씨 몇 페이지짜리 원고죠?

58.

그녀는 몽당연필을 들더니 심을 쓱 핥았다. 에드워드 켈리 씨 원고 58페이지 접수 그녀가 말했다.

어지간히도 성실했다 제본을 어떻게 하고 싶은지까지 묻고 접수증에 다 적어놨다. 계약금 5파운드를 내라고 하더니 내가 돈을 주자 그것도 적었다.

자 이제 원고를 줘요 그녀가 말했다.

대장이 그녀에게 편지를 넘기다니 믿을 수가 없군 조 번이 말했다. 돈이 아니면 목숨을 내놓으라는 식으로 그 늙은 계집이 네드 켈리를 강탈했고 그는 황금같이 소중한 편지를 몽땅 넘겼다고.

딱 조다운 말이었다 그는 사람을 좋게 보는 법이 없으니까.

〈제릴데리 가제트〉, 1879년 2월 16일
켈리 갱, 제릴데리를 떠나다

켈리는 출발에 앞서 맥두걸스호텔로 들어갔다. 그 시간 호텔 바는 외지인으로 붐볐다. 다들 어디서 왔고 나중에 어디로 갔는지 아무도 모르지만 켈리 갱이 월요일에 그곳에서 '지지자들'의 도움을 받은 건 의심할 바 없는 사실이다.

호텔에서 켈리는 큰 소리로 말하고 술값을 냈다. 그는 친구가 많다며 만일 누구든 자신을 총으로 쏘려고 한다면 누가 자기 편인지 바로 알 거라고 했다. 그리고 이렇게 말했다. "쏠 테면 쏘시오. 단, 총을 쏘면 제릴데리 주민들은 자기 피 속에서 헤엄치게 될 거요."

켈리는 떠나면서 브랜디 두 병을 챙기고 값을 치렀다. 말을 타기 전에는 경찰 총에 맞느니 스스로 목숨을 끊겠다고 했다. 언제든 죽는 건 두렵지 않으며, 마음에 걸리는 일이 하나 있다면 정당방위로 유니콘* 셋을 쏜 것이라고 덧붙였다. 그러고는 바로 말을 탔고 하트는 떠나며 노래했다. "모건과 벤 홀의 시절 만세!" 외지인들은 환호를 올렸다.

무법자들은 데닐리퀸 로드를 조금 따라가다가 우나무라 쪽으로 급히 방향을 들어 마을에서 1.6킬로미터쯤 떨어진 곳에서 번, 댄 켈리와 합류했다. 그 두 사람은 은행에서 훔친 돈을 책임지고 있었다. 돈은 여분의 말에 안전하게 실려 있었다.

2주 후 나는 받을 걸 받으러 갔다 제릴데리는 캄캄했고 우리는 양곡상과 〈가제트〉 건물 사이 메아리 울리는 길을 말을 타고 갔다. 〈가제트〉를 지키는 경찰이 있다면 자러 간 모양이었다 조와 나는 말안장에 올라서서 베란다 지붕으로 기어올라갔다. 내 박차가 양

---

* 영국의 상징.

철지붕에 2번이나 부딪혔지만 길 씨&부인은 조 번의 푸른 성냥불이 펄럭일 때까지 깨지 않았다.

그 사람이야 그가 들어왔어 길 부인이 말했다.

그때 이미 나는 그 남편의 비쩍 마른 대×통에 총을 겨누고 있었다 이번에는 그도 도망치지 못했다.

길 씨 총 내놓으시지.

길은 침대시트를 고삐처럼 당겼다.

총 없어요 그가 말했다.

나는 침대 옆 못에 걸린 경찰 호루라기를 챙겼다. 씨× 총 내놓으라니까 경찰이 준 거 알아.

길의 앙상한 턱은 긴장으로 굳었고 눈이 툭 튀어나왔다 아내가 그의 베개 밑에서 총을 꺼냈다&남편은 그녀가 내게 웨블리 권총을 넘기는 걸 성난 눈으로 지켜봤다.

길은 내 원고를 인쇄하지 않았다고 불쑥 말했다.

그럼 지금 해야지 그러면서 나는 웨블리를 벨트에 꽂았다.

못해요 하느님 도와주세요 그건 내 잘못이 아니에요.

들창코 부인이 말했다 켈리 씨 여기 5파운드 드릴 테니 제발 받아주세요.

부인 잘 들어요 얼른 당신 남편 일으켜서 내 편지 인쇄하게 해요 안 그러면 방목지에 똥처럼 뿌릴 테니까.

오 켈리 씨 용서해주세요 당신 편지를 경찰한테 줬어요.

나는 말문이 막혔다 조 번이 대신 말했다 이 여자 아주 용감한데 당신이 얼마나 용감한지 알겠어? 길 부인은 고개를 저으며 조 번이 커튼 닫는 걸 겁에 질린 눈으로 지켜봤다.

우리 대장이 그 편지 쓰느라 얼마나 오래 걸린 줄 알아 그 사실들을 적느라 얼마나 고생한 줄 알아?

부인이 외쳤다 지금 정부 손에 들어갔잖아요 켈리 씨 정부에 보내려고 쓴 거 아닌가요? 당신이 보내려던 데로 갔어요 확실해요.

조가 등불을 켰고 방이 환해지자 그의 눈에서 이글거리는 분노가 그대로 드러났다. 이 악에 받친 남자를 본 길 씨는 속이 시커먼 시멘트처럼 딱딱하게 굳어선 벌을 면할 길이 없다는 걸 깨달았다 그는 손을 포개 무릎에 놓고 최악의 순간을 기다렸다.

필시 자신을 켈리 갱에 맞선 용감한 사람이라고 여겼겠지만 사실 인쇄업자로서 그는 비겁자였다. 옛날부터 인쇄업자는 진실을 밝힐 명예로운 의무가 있는데 그는 그걸 적에게 넘겨버렸다. 날 그렇게 쉽게 막을 수 있다고 생각했다면 그도 정부처럼 멍청이였다.

네드 이들을 믿은 네가 어리석었어 조가 말했다.

오 안 돼요 안 돼 그렇지 않아요 길 부인이 살려달라고 애원했다 나는 그녀에게 만일 내 편지를 읽는다면 내가 살인마가 아니란 걸 알 거라고 말했다. 당신 남편은 거미줄을 망가뜨린 어린애일 뿐이고 똑같은 거미줄이 내일 다시 생길 것이며 내 입을 막을 수는 없다고 말했다.

나는 내가 대단히 침착한 줄 알았는데 나중에 조한테 들으니 눈동자가 시뻘겋게 변했다는 것이다. 나는 잘 자라고 말했다 아니 그랬다고 나중에 들었다 그러고는 돌아서서 창문으로 나왔다.

그날 밤 켈리 갱은 비가 오고 번개가 치는 데서 야영을 했다 동지들이 코트로 몸을 감싸고 개처럼 조용히 누워 있는 동안 나는 물웅덩이에 앉아 방수코트로 촛불&종이를 가리고 있었다.

　나는 다시 시작했다 그들은 나를 막을 수 없었다. 나는 밤의 솥에서 생명을 길어내는 정부의 공포였다.

갑옷의 착상과 제작

갈색 포장지를 대충 자른 30페이지(약 가로 10센티미터, 세로 20센티미터) 분량
의 원고로 열한번째 꾸러미와 달리 장정되지 않은 상태. 꽤 심하게 찢어지고 얼룩
짐. 대부분 연필로 썼지만 군데군데 파란색 잉크로 작성.

딸의 탄생에 대한 뒤늦은 축하. 그레이트디바이딩산맥에서 보낸 겨울. 켈
리 갑옷은 중세식이라기보다 현대식임이 증명됨. 갑옷이 만들어진 과정에
대한 설명.

전쟁을 하면서 글을 쓰는 건 그냥 글을 쓰는 것과는 천지차이다. 1879년 가을 나는 길 부부에게 도둑맞은 58장을 다시 쓰고 있었다 물이 불어난 샛강 근처에서 달빛 아래 편지를 찢어버리고 다시 썼다 내용이 뒤죽박죽이고 머리가 혼란스러워 결국 포기하고 지금 네가 갖고 있는 물이 튀고 얼룩진 편지의 이 이야기로 돌아갔다.

　나는 거미라고 내가 거미줄 치는 걸 아무도 막을 수 없다고 큰소리쳤지만 그게 2월이었고 3월 말이 되자 전에 쓴 걸 다시 쓸 수 없다는 사실을 인정해야 했다. 나의 제릴데리 편지는 영원히 사라졌다.

　딸아 내가 문법이 틀려도 네가 아비보다 훌륭하다는 생각은 말고 이 글을 쓴 환경을 마음에 새겨라 1879년 가을 헤어 경정&워드 형사가 늘 우리 뒤를 쫓고 있었고 퀸즐랜드의 원주민 수색자들도 살인마 같은 악마라 우리 냄새를 맡기 전에 이미 사람을 여럿 잡았다.

4월이 지나고 5월의 찬비가 내리기 시작했다 우리는 밤에 움직이고 낮에 자면서 설사 열병 날아오는 신발 약한 마음 스파이&밀고자임이 드러난 자의 아양에 시달려야 했다.

일찌감치 6월 서리가 내렸으나 아직도 메리 헌에게서는 소식 1자 없고 내 맹세와 달리 엘런 켈리는 해도 안 드는 감방에서 풀려나지 않았다. 네드 켈리는 식민지에서 제일 무섭고 유명한 무법자였지만 어머니를 자유를 향해 1발짝도 움직이게 하지 못했다.

나는 정부에 편지 보내기를 포기했다. 이 글도 포기할 수 있었지만 그러면 너를 잃는다는 걸 알았다 이걸 포기하면 너는 사라질 것이다 나락으로 떨어질 것이다. 이제 나는 반쯤 미쳤지만 날마다 썼다 네가 내 이야기를 읽도록 네가 태어날 수 있도록.

6월 2주쯤 네가 태어났으리란 걸 알았지만 소식은 없고 서리&침묵뿐이었다 브라이트에 있는 산들&뷰티산에서 남풍이 쓸쓸한 냉기를 실어왔다. 댄은 기관지염에 걸렸고 나는 마침내 펜을 내려놓고 종이들을 엮었다. 리본을 묶을 때 커다란 슬픔이 벌레처럼 가슴속으로 들어왔다.

1879년 6월 20일 우리는 미리 계획된 대로 보급품을 챙기러 스트래스보기 마을 뒤쪽으로 내려갔다 오두막을 향해 서리 내린 오솔길을 따라가는데 하얀 겨울 풍경 속에 젊은 여자가 달려오는 게 보였다. 검은 코트를 입고 밝은 청색 모자를 쓴 그녀는 손을 흔들며 달려왔다.

좋은 날씨가 나쁜 소식을 가져오는 걸 너도 아니? 아름답고 눈부신 아침이었다 방목지를 덮은 서리가 반짝이고 때까치가 울타리에 줄지어 앉아 있었다 때까치의 아름다운 노랫소리에 나는 불길한 예감에 사로잡혔다.

전보야 내 동생 케이트가 외쳤다.

나는 말을 몰아 케이트에게 달려갔다 케이트의 코&귀가 빨갰지만 초롱초롱한 초록 눈은 반짝거렸다 두려운 얼굴이 아니었다. 전보야 케이트가 다시 그렇게 외치며 나한테 내밀었다.

케이트 너한테 온 거잖아.

그래 하지만 오빠한테 온 거야.

내 손은 얼어 있었다 종이는 아주 따뜻했다 방금 전 뜨거운 김을 쐬어 열었다가 도로 붙여서 풀이 아직 굳지도 않은 상태였다. 뭔데?

읽어봐 오빠 읽어보라고.

어미와 암망아지 샌프란시스코 방목지에 믹을 것 충분.

딸이야?

그렇다니까.

내 딸아 바로 너였다. 네가 태어난 것이다. 너는 외국에 있었지만 엄마 품에서 안전했다 나는 황소처럼 울부짖었다 내 입김이 터져나와 깨끗한 오스트레일리아 공기 속에서 얼어붙었다. 나는 방목지에서 원을 그리다가 8자를 그리며 뛰었다 말 위에 1발로 서서 양손에 권총을 뽑아들었다 동지들이 놀라서 쳐다봤다 우울해하던 대장이 드디어 미쳤나보다 생각했다.

네드가 아빠 됐어 케이트가 외쳤다.

그러자 너를 환영하는 말타기 쇼가 멋지게 펼쳐졌다 오두막 냄비에서는 여전히 귀리죽이 끓고 있었지만 곧바로 요란한 댄스파티가 열렸다.

켈리의 자식이 태어났다. 맨발의 남자아이들이 서리 위를 달리고 티모르 조랑말을 탄 여자아이가 소식을 전하러 출발했다 이들이 우리 친구였다. 우리가 힘들게 번 돈이 터진 자루의 밀처럼 새어나갔다.

경찰이 산&마을에 쫙 깔려 있었지만 이 나라는 그들 것이 아니었다 그들은 지금 산봉우리를 타고 노란 가시금작화처럼 퍼져나간 축하의 물결을 전혀 몰랐다. 조 번이 〈로즈 오코넬〉 노래를 불렀고 그의 우렁찬 바리톤 목소리가 방목지에 울려퍼지자 지저분한 양까지도 사팔뜨기 당나귀까지도 너의 탄생을 들었다. 스티브는 길 한가운데서 지그 춤을 췄다 조랑말처럼 민첩하고 예뻤다. 댄은 금방 취해서는 손에 네 이름을 쓰고 너의 진짜 나라로 데려오겠다고 맹세했다.

딸아 이들이 너의 사람들이었다 아침&오후&밤 내내 길을 따라온 그레타&모이후&유로아&베날라의 선량한 사람들. 어떻게 네 탄생 소식을 들었는지 산속 전보가 어떻게 전해졌는지 모르지만 그들이 왔다 남자들 젖먹이를 안은 여자들 면코트를 걸치고 덜덜 떨며 칼바람에 눈을 가늘게 뜬 아이들. 그들은 고장난 짐마차를 타고 도착했다 〈베날라 엔사인〉이 가장 끔찍한 계층이라고 부르는 그들은 소&돼지를 두고 떠날 형편이 못 되는 사람들이었지만 왔다 왜냐하면 우리가 바로 그들이고 그들이 우리니까 우리는 죄수

혈통이 무엇을 해낼 수 있는지 세상에 보여줬다. 우리는 더러운 피가 아니라 진짜 뼈대 있는 혈통 아름답게 태어난 사람이라는 걸 증명했다.

해거름&별빛 반짝이는 쌀쌀한 밤까지 그들은 가을 귀리처럼 계속 땅에서 솟아났다 문으로 창문으로 차가운 얼굴을 들이댔고 술이 다 떨어진 뒤에도 떠나려 하지 않았다 내게로 와서 소매를 만지거나 등을 두드렸다 그들은 커다란 통나무를 말꼬리에 매고 길 옆으로 끌고 갔다. 6개의 불이 네 생일 촛불이 200개의 눈동자에서 빛났다.

그중에는 경찰 끄나풀도 있었다 우리는 인정해야 한다 최고의 메리노 양도 똥을 싸고 궁둥이 털이 지저분한 법이니까 하지만 길씨 같은 겁쟁이도 끄나풀도 내 입에 재갈을 채울 수는 없었다. 그 말은 꼭 해야 하는 것이었고 나는 눈부신 은하수 아래서 그 말을 했다 하늘은 깨진 크리스털 조각을 뿌려놓은 것 같았다. 나는 우마차 위에 올라섰다 연설을 미리 계획하지도 않았고 그 중요성도 몰랐다 뭐라고 했는지도 연설이 끝난 뒤 잊어버렸다 다만 정부는 죄 없는 사람을 감옥에서 풀어줘야 하고 안 그러면 내가 식민지인으로 작전을 쓸 수밖에 없다고 한 것만 기억났다. 무슨 작전인지 몰랐지만 진실을 말했다 그건 빅토리아주의 밀에 생기는 녹병이나 뉴사우스웨일스주의 메뚜기가 건기에 겪는 갈증보다 더 지독할 거라고.

끄나풀&밀고자는 내 말을 듣고 덜덜 떨었다. 2일 후 다시 경찰이 쳐들어와 나의 오랜 친구 톰 로이드를 체포했다 신문들은 그를 나의 충성스러운 부관이라고 불렀고 그 고귀한 죄 때문에 그도 비치워스 감옥에 갇혔다.

다시 내 지지자들이 나 때문에 화를 입자 나는 잠시 그들 곁에서 사라지는 게 현명하겠다고 생각했다.

우리는 에런 셰릿을 정찰병으로 앞세워 보공 하이 플레인스에 있는 양치기 오두막으로 갔다 벽이 〈일러스트레이티드 오스트레일리안 뉴스〉 기사로 도배된 그 오두막이다 기사들은 낡은 가죽처럼 너덜거렸고 누렇게 바랬으며 곳곳이 생쥐에 갉아먹혔다.

에런은 2밤을 머물며 나한테 엄청난 유력가라느니 식민지 지배자가 돼야 한다느니 알랑방귀를 뀌어댔다. 얼른 미소를 지으며 비위나 맞추려 했고 벽 속의 쥐보다 더 성가시게 굴었다 그가 자기 농장으로 돌아가자 속이 다 시원했다.

곧 폭설이 내렸고 다른 정찰병이 식량을 대지 못할 때도 있었다 우리는 사랑하는 말까지 잡아먹어야 하는 신세가 됐지만 그래도 한동안 세상의 감시에서 벗어날 수 있었다.

그 폭설기간에 우리는 벽에 붙은 기사를 읽기 시작했다 내 『로나 둔』은 오래전 머리강에서 못쓰게 되어서 18년 전 기사밖에 읽을 게 없었다. 전에 살던 사람이 양키였는지 온통 남북전쟁 기사였다 이따금 전투 결과를 생쥐가 갉아놓아서 실망할 때도 있었다. 나는 바닥에서 180센티미터 높이까지 읽어올라가다가 나중에는 서까래 밑까지 올라갈 수 있게 받침대를 만들었다. 그렇게 기사를 읽다가 심하게 파괴된 함선 같은 걸 발견했는데 버지니아호라는 배였다 남부군이 배 전체에 철갑을 둘렀다 모니터호라는 배도 있었는데 선교가 1센티미터 두께 강철로 만든 탑 같았다 30센티미터짜리 총 2자루가 콧구멍처럼 보이는 철갑 괴물이었다. 아 사람이 저런 전함처럼 철갑옷을 만들어 입는다면 비치워스&멜버른 감옥 문을 뚫을 수 있을 것이다. 감옥 벽을 박살낼 수 있다. 어떤 무기에도 다치거나 살이 찢어지지 않는다 쇠꼬챙이와 뾰족한 날과 갈고리&갈퀴&가죽끈&고리와 끈으로 가득한 전차에 탄 위대한 쿠홀린 같은 병기가 될 수 있다.

스티브 하트도 받침대에 올라서서 함께 그걸 읽었다 나는 그에게 몰리의 자식들도 이렇게 입었어야 했다고 바로 이런 옷이어야 했다고 말했다. 그는 혹했지만 아편이 떨어져서 침울하니 침대에 누워 있던 조는 내 말을 안 들었다.

친구 아픈 건가?

조는 말없이 다리만 문질렀다 그러나 댄까지 받침대에 올라오자 갑자기 발작적으로 비아냥거렸다 지금 한가하게 그런 거나 읽을 만큼 안전할 줄 아느냐고 따졌다.

나는 밖에 눈이 60센티미터나 쌓였다는 사실을 상기시켰다.

조는 벌떡 일어나 장화를 신었다 그러면서 우리한테 얼간이라고 적이 어떤 인간들인지 조금도 모른다고 말했다.

스티브가 점잖게 몇 마디 하자 조는 그를 받침대에서 끌어내리고 이를 부러뜨려주겠다고 으름장을 놓더니 말을 타고 휭하니 떠나버렸다.

5일 후 그는 추위로 코는 새빨갛고 수염은 서리&고드름으로 뒤덮인 채 돌아왔다. 따로 이야기하고 싶다고 했지만 나는 스티브와 댄 앞에서 그냥 말하라고 했다 그는 나한테 욕을 하며 피츠패트릭이건 해리 파워건 아무나 웃어주기만 하면 홀라당 속아넘어가는 바보라고 했다. 배신을 당했는데 그것도 모른다고 했다.

배신자가 누구지?

어쩌면 나일 수도 있지 그가 말했다. 그의 눈은 거의 감겨 있었지만 이글거리는 분노는 똑똑히 보였다 반은 미친 것 같았다. 내 목숨과 너희 목숨을 바꾸자는 제안을 받았을 수도 있지.

누가 그런 제안을 할 수 있는데?

헤어 경정.

그자랑 얘기했어 그자한테 붙잡혔어?

직접은 아니고.

에런이 중간 역할을 한 거야?

조가 양손으로 얼굴을 감싸고 받침대에 털썩 앉았다. 그가 신음했다 아 네드 나 아파 그가 핏발 선 눈으로 올려다봤다 고드름&서리가 녹으면서 수염에 들러붙은 모습이 불쌍한 개 같았다.

에런이 내일 밤 경찰을 데리고 출발할 거야.

어디로?

그의 몸이 뒤로 휘청해서 잡아주려고 팔을 뻗었지만 오히려 성질을 내며 내 손을 쳐냈다.

여기로 그가 말했다.

오두막에 침묵이 흘렀다 무슨 일이 벌어졌는지 우리 모두 깨달은 것이다.

잘했어 친구.

아 염×할 네 친구가 아니었으면 좋겠어 그가 외쳤다 난 우리 앞날이 싫어.

우리를 등지고 불 앞에 앉아 있던 댄이 일어났다 꾀죄죄한 얼굴에서 눈만 반짝였다 댄은 이제 어린애가 아니라 운명에 단련되어 단단해진 켈리였다.

입다물어 조 형은 우리 친구니까 우리가 고통받지 않게 해줄 거야 댄이 말했다.

난 미래를 봤어 조가 말했다 밤마다 본다고 꿈에 나타나.

고통받을 사람은 형이 아냐 염×할 셰릿이지 이제 놈은 죽은목숨이야.

넌 이해 못해 이 개××야 그는 내 친구라고 내 목숨을 구하려고 그런 거야.

그만해 내가 그들에게 소리쳤다 나는 대장이었고 이 끝없는 말씨름에 종지부를 찍을 때였다. 나는 바지 주머니에서 종이 1장을 꺼내 아편에 전 조의 눈앞에 내밀었다.

이게 뭐야? 그가 종이를 뒤집으며 물었다.

철갑옷 입은 사람.

누군데? 그가 물었다.

너야 내가 말했다 그 사람은 용사야 죽지 않는 용사.

스티브 하트는 철갑옷에 필요한 재료가 땅에서 많이 자라고 대너허 부인 과수원에서 피핀종 사과를 따듯 쉽게 구할 수 있을 거라고 말했다. 그러면서 수수께끼를 냈다 그레타 방목지에서 가난한 사람이 추수할 수 있는 두께 0.6센티미터의 쇠로 된 열매는?

답은 농부들 쟁기에 달린 발토판이었다.

그리하여 배신자 셰릿이 헤어&니컬슨을 이끌고 보공 하이 플레인스의 빈 오두막으로 향하는 동안 우리의 동지 조 번은 우리와 함께 그레타로 돌아갔다 그는 죽는 날까지 의리를 지키겠다고 맹세했지만 이제 나는 더 나은 미래를 봤고 거기에 죽음은 없었다.

고향에 도착하자마자 나는 스티브&댄에게 쇠로 된 열매를 가져오라고 명령했다 비 오는 밤 반쯤 갈아엎은 방목지를 돌아다녀본 적이 없는 사람한테나 쉽게 들릴 일이었다. 그렇게 용은 비늘을 모으기 시작했다 아침이면 일레븐 마일 크리크 진흙 여울에 더 많은 쇠가 쌓였다.

나는 어머니 땅에서 1번째 철갑옷 본을 만들었다 여자들이 드레스를 만들 때 종이를 쓰듯이 갓 벗겨진 스트링이바크 껍질을 사용했다. 나는 조에게 그는 죽지 않을 거라고 약속하고 그의 탄탄한 몸을 보호할 1번째 본을 만들었다 큰 팔이 움직이기 편하게 나무 껍질에 절개를 넣고 어깨를 보호하기 위해 두툼한 테두리를 댔다.

이거 절대 효과 없어 조가 말했다.

조는 아픈 몸이라 나는 불평을 흘려들었다 재단사가 초크를 쓰듯 숯덩이로 쟁기 발토판에 모양을 그렸다 가슴판을 만드는 데 쟁기 2개 뒷판에 2개가 필요했다. 머리에 쓸 것으로는 모니터호 포탑처럼 생긴 투구를 만들었다 적이 죽는 게 보이도록 가느다란 눈구멍도 냈다 어떤 총도 그의 고통스러운 가슴을 다치게 할 수 없었다.

이 1번째 견본이 정리되었을 때쯤 발토판 7개가 모였다 누이들이 숯 300킬로그램을 짐마차에 싣고 볼드 힐스 뒤로 왔다. 거기서 작은 샛강 옆에 대장간을 차렸다 모루는 리버검만 있으면 됐다 샛강에 뉘어놓은 리버검을 차가운 강물이 계속 씻어줬다.

대영제국은 증기&공장&날마다 명령을 수행하는 수천 명의 노예를 가졌다 대영제국은 우리 식민지 사람들이 뭘 갖고 있는지 상상도 못한다. 우리는 증기 따위 필요 없다 무거운 망치 하나 끌 하나 천공기 하나 집게 3개만 있으면 우리 손으로 쉽게 만들 수 있었다. 가장 어려운 부분은 노동이었다 우리 넷이 새벽부터 저녁까지 종일 매달려야 했다. 지옥만큼 덥고 갈증은 지옥의 2배쯤 됐다 벗은 팔뚝과 가슴은 점 같은 작은 화상으로 따끔거렸고 망치질을 할 때마다 메뚜기만큼 굵은 비늘이 튀어올랐다 날이 저물 때 우리 몸에는 자잘한 상처가 주근깨처럼 박혀 있었다 하지만 우리는 1번째 모니터호를 완성했다 까마귀가 울어대고 앵무새가 말라비틀어진 방목지 위로 원을 그리며 날 때 우리는 조의 어깨에 50킬로그램짜리 젖은 쇠를 얹었다.

소용없을 거야 조가 말했지만 나는 그의 머리에 투구를 씌웠고 완벽하게 맞았다.

미래의 용사가 우리를 등지고 흔들림 없이 걸었고 우리 셋은 존경심을 품고 조용히 물러서 있었다 쇠줄로 매단 고환 보호대가 흔들리며 삐걱거리는 소리가 작게 들렸다 저런 전쟁기계가 땅을 밟은 적이 있던가? 그것은 천천히&조용히 언덕을 걸어올라갔다 거대한 검은 그림자가 어슴푸레한 저녁 하늘을 칠했다 우리는 그것의 새까만 팔이 위로 올라가 머리를 똑바로 겨누는 걸 보았다.

화약이 폭발하면서 요란한 소리가 울리고 투구가 옆으로 요란하게 흔들렸다. 조 번이 자기 머리를 쏜 것이다 그가 털썩 무릎을 꿇고 우리가 언덕을 달려올라가는 사이 투구를 벗었다 나는 마지막 남은 차가운 빛 속에서 그의 눈을 볼 수 있었다.

닥쳐 그가 말했다.

나는 그의 앞에 말없이 서 있었다.

닥쳐 효과가 있군 인정해 그가 말했다.

조는 거친 또라이였지만 그만 그런 건 아니었다 다음날 나는 매기와 케이트에게 지원자를 더 데려오라고 지시했다. 대영제국이 지원자를 부족함 없이 대줬다 단지 우리 친구라는 죄로 땅을 임대받지 못한 사람 정부의 강요로 밀을 심었다가 녹병으로 농사를 망친 사람 밴 디멘스 랜드 감옥의 삼각 형틀에서 몸이 망가진 사람 아들을 감옥에 보낸 사람 힘들게 얻은 땅을 목장주에게 빼앗긴 사람 위증으로 억울하게 옥살이한 사람 허구한 날 가축을 몰수당하는 데 진저리난 사람. 그들은 매기&케이트의 안내를 받아 비밀 장소로 와서 내 성경에 대고 맹세한 후 우리가 더이상 법 앞에서 떨 필요 없는 이유를 들었다. 우리는 이제 창을 든 사람들이 아니었고 비니거 힐*이나 유리카 방책의 비극은 되풀이되지 않을 터였다.

그해 봄&여름 동안 몇몇 농부가 비밀리에 북동부의 조용한 협곡에서 철갑옷을 만들었다 금조가 쇠 두드리는 망치소리를 흉내냈

---

* 1798년 영국의 압제에 대항해 봉기를 일으킨 아일랜드 저항군이 패한 곳.

다. 완성된 철갑옷은 부활의 때를 기다리며 땅에 묻혔다.

나는 그저 시민이 되길 바랐을 뿐이다 나는 말을 하려고 했지만 그 개××들이 내 혀를 훔쳐갔다 나는 정의를 요구했지만 놈들은 내게 아무것도 주지 않았다. 1880년 가을 나는 다음과 같은 경고장을 쓸 수밖에 없었다 우리 7사람은 거친 식탁에 둘러앉아 사본 60부를 만들었고 매기와 케이트가 그것들을 에런 셰릿을 포함한 농부들과 다른 사람들에게 보냈다.

북으로는 머리강 동으로는 올버리 브라이트 버펄로산 맨스필드 남으로는 그레이트디바이딩산맥을 경계로 하는 빅토리아주 북동부 전체에 내리는 명령. 서쪽 경계는 에추카와 시모어임.

위 지역 거주자 중 어떤 방식으로든 경찰에 협조하거나 탐정을 고용하거나 경찰의 보상금을 받고 타락한 자는 추방될 것이며 인간답게 매장될 자격을 박탈당할 것이다. 그들의 재산은 파괴되거나 몰수될 것이며 그들과 그들에게 속한 모든 것은 지상에서 제거될 것이다. 내가 직접 잡을 수 없는 적에게는 지금 가능한 현상금을 내걸 것이다. 증권보호협회 회원들은 돈을 인출해 그레타 지역의 과부와 고아 가난한 사람에게 나눠주기 바란다. 그레타는 내가 살았던 곳이며 다시 그곳에서 많은 행복한 날을 보낼 것이다. 두려움 없이 자유롭고 대담하게.

나를 두려워할 이유가 있는 모든 자에게 미리 경고한다. 전 재산을 처분하고 그중 $1/10$을 과부와 고아를 위한 기금에 내라 빅토리아주에 거주할 생각은 말고 이 통보를 읽는 즉시 최대한 빠른 시일 내로 영원히 떠나라. 이 경고를 무시하면 빅토리아주 밀의 녹병이나 뉴사우스웨일스주 메뚜기의 건기보다 더 지독한 결과를 맞게 될 것이다.

시기적절한 경고 없이 명령을 실행에 옮기고 싶진 않지만 나는 과부 아들로 무법자가 된 자이니 내 명령에 복종해야 한다.

에드워드 켈리

우리 모두 편지 사본을 만드는 일을 도왔지만 관은 스티브 혼자 그렸다 그는 숙달된 솜씨로 편지마다 특색 있는 관을 그렸다 어디에는 피 묻은 칼을 어디에는 해골&뼈를 그려넣는 식이었다.

그러나 에런 셰릿에게 보내는 편지에는 조 번이 그런 걸 못 넣게 했다 그는 셰릿에게 보내는 편지를 따로 빼서 무슨 내용인지는 몰라도 뒷면에 빽빽하게 글을 썼다 그는 글씨를 참 잘 썼다 어릴 석부터 글씨를 잘 쓰기로 유명했다. 조&에런은 아주 어렸을 때부터 친구였다 울셰드 학교에서는 짝꿍이었고 중국인들에게 맞서 함께 싸웠다 함께 가축을 훔치고 함께 감방에 갇혔다 그리고 드넓은 태고의 하늘 아래서 모닥불을 피워놓고 개들처럼 함께 누웠다. 나는 그가 덜 마른 잉크를 조심스럽게 닦아내고 봉투에 정성 들여 주소 적는 모습을 지켜봤지만 내용은 보지 않았고 편지를 부치고 나서야 거기 협박이 있다는 걸 알게 됐다.

에런은 바로 떠날 거야 내 말 명심해 조가 말했다.

그럴 거 같지 않은데.

아니 떠날 거야 바보가 아니니까 떠나지 않으면 죽일 수밖에 없다고 썼거든.

몇 주가 지난 후 밤에 야영지로 돌아온 댄이 소식을 전했다 에런이 조의 어머니 오두막 위쪽 동굴에서 자고 있고 경찰도 함께라는 첩보를 얻었다는 거였다.

말도 안 돼 내 편지를 못 받은 게 분명해 조가 말했다.

못 받을 수가 없지 편지 얘기는 집어쳐 울셰드 계곡 사람들 전부 그걸 달달 외는데.

그런데 왜 안 떠난 거지?

댄이 대답했고 나는 그게 진실이라고 확신했다 댄이 그런 말을 지어냈을 리가 없었다.

에런이 조 형을 쏘고 시체가 식기 전에 ×깐다고 했어.

그럼 그 자식은 죽은목숨이야 조 번이 말했다 이제 결심이 선 것이다.

열세번째 꾸러미

26세 때의 삶

7페이지(약 가로 30센티미터, 세로 35센티미터) 분량. 1880년 5월 7일 왕가라타에서 조지 피셔&선스가 주최한 말 경매의 광고 전단 뒷면에 작성. 산성지로 현재 매우 손상되기 쉬운 상태. 전체가 연필로 작성되었고 작은 글씨가 당시의 다급한 상황을 암시하지만, 「헨리 5세」의 두 대목을 대충 잘라내 녹슨 핀으로 고정한 6페이지와 7페이지로 인해 가장 주목할 만한 꾸러미가 됨.

애런 셰릿 살해에 대한 솔직한 설명과 경찰이 즉각 반응을 보일 거라는 켈리의 정확한 예측. 글렌로언에 위치한 존스 부인 호텔 점거와 교사 커나우 납치에 대한 자세한 설명. 7페이지에서 돌연 중단.

에런 셰릿은 배신자고 나를 보자마자 교수형에 처하려 들겠지만 그래도 나는 그의 죽음을 바라지 않았다. 그러나 조 번에게는 문제가 달랐다 뿌리깊고 격렬했다 나는 그의 펄떡거리는 심장을 진정시킬 수 없는 것처럼 그 문제에도 손댈 수 없었다.

보름달 뜬 겨울밤 안톤 비크라는 빨간 머리 독일인이 셰릿의 오두막에서 800미터쯤 떨어진 집으로 걸어가고 있었다 덩치 큰 남자 둘이 그를 덮쳤다 조 번&댄 켈리였다 그들은 방수코트 속에 묵직한 갑옷을 입어서 가슴둘레가 훨씬 늘어나 있었다. 비크는 조를 어릴 때부터 알았지만 조는 이제 덩치가 어마어마하고 얼굴은 검게 칠했다 그는 전쟁기계가 되어 있었다. 댄 켈리가 비크에게 수갑을 채우고 셰릿의 오두막 문을 두드리라고 명령했다.

비크는 오두막 안에 경찰이 있다고 경고했다.

상관없어 그가 들은 대답이었다.

비크는 손이 뒤로 묶인 채 비틀거리며 걸었다 조 번은 아무 말 없었다 댄이 문을 두드렸다.

비크야 문 열어.

무슨 일이야?

길을 잃었어. 어설픈 핑계였다 비크는 에런의 오두막 지붕에 올라가면 보일 엎어지면 코 닿을 데 살고 있었다.

이 멍청한 ××. 에런 셰릿은 문을 열었고 그의 가장 오랜 친구가 들고 있는 산탄총 구멍 2개를 봤다.

거기 또 누가 있나 그가 외쳤다 용감한 경찰들이 침대 밑으로 숨는 사이 에런은 조의 입에서 새어나오는 작은 외침을 들었다 남자아이가 회초리로 손을 맞을 때 낼 법한 아주 조용한 숨소리였다. 그게 그가 들은 마지막 소리라고 할 수 있었다.

달빛이 켄타우로스인 댄 켈리&조 번을 비췄다 쇠투구를 안장에 묶고 도로 한가운데로 달려 곧장 비치워스 중국인 수용소로 들어갔다 거기서 조는 좋아하는 걸 약간 샀다 그건 반들거리는 갈색 자두잼처럼 보였다.

글렌로언 뒷산에도 똑같이 차가운 달빛이 비쳤다 거기서 나&스티브 하트는 서로 철갑옷 입는 걸 도와주고 있었다. 달빛은 경이로운 멜버른에서도 어머니의 감방 높은 창문으로 쏟아져들어왔다.

도메인 로드에서는 잎이 다 떨어진 영국 나무 가지들이 경찰국장 집 벽에 손글씨처럼 가느다란 그림자를 만들었다. 이 역사적인 밤은 무척 밝아서 스탠디시 경찰국장이 등을 다 껐더라도 내 첩보

망을 벗어날 수 있는 것은 없었다 이제 그는 내 손바닥 안에 있었다 나는 그의 이교도 양탄자 그의 당구대를 알았다 그의 친구들 냄새&생김새도 알았고 순경이 경찰국장의 집 문을 두드려 무슨 소식을 전했는지 알기 위해 그 자리에 있을 필요도 없었다.

켈리 갱이 쳐들어와서 우리 정보원 에런 셰릿을 죽였습니다.

경찰국장은 자기가 영국 여왕의 종인 줄 알았지만 사실은 내 손에 조종되는 꼭두각시였다 내가 바라던 대로 그는 특별열차를 준비하라고 지시했다 원주민 수색자를 동원하고 헤어&니컬슨을 호출했다 해리 파워 체포로 자기가 유명해진 줄 아는 그들은 내가 쓴 각본에서 포로 신세가 되리라고는 상상도 못했다.

경찰 말들이 리치먼드 경찰본부에서 기차역으로 갈 때쯤 나&스티브 하트는 글렌로언에서 우리 작전에 집중했다 우리는 철길 옆 텐트에서 자던 선로공 제임스 리어든&데니스 설리번을 깨웠다.

나는 그들에게 경찰이 횡포&독재 때문에 이 땅에 대한 권리를 박탈당했고 철도에 대한 권리도 마찬가지라고 전했다. 우리는 그들을 데리고 철길을 따라가다가 협곡을 지나 길이 굽은 데서 레일 2개를 제거하라고 명령했다 그들은 마지못해 따랐다. 레일은 레드검 침목 9개가 붙은 채 가파른 제방 아래로 버려졌다.

지난밤 꿈에서 나는 사랑하는 늙은 어머니를 봤다 어떻게 그런 일이 일어나는지 누가 알겠느냐 어머니의 감방이 너무 생생해서 종이에 그릴 수 있을 정도다 반듯하게 접은 회색 담요 2장이 선반에 놓여 있고 흔들거리는 흰 탁자에 성경과 기도서가 있었다. 어머니는 침대에 앉아 나를 기다리고 있었다 짚을 넣은 요는 규정대로 개어져 있었다.

날 데리러 왔구나 어머니가 말했다 예 경찰은 어머니를 풀어줄 수밖에 없어요 내가 말했다. 지난 1년 동안 어머니가 얼마나 고생했는지 알 수 있었다 눈은 쑥 들어가고 입술은 크고 울퉁불퉁한 손에 가려져 있었다 유리처럼 투명한 살갗 아래 노끈 같은 신경이 다 보였다. 어빙 선생님이 드디어 당번을 시켜줬구나 어머니가 미소 지으며 말했다. 아래를 내려다보니 양손&팔에 잉크가 묻어 있었다 잉크가 내 셔츠&몰스킨 바지에 번져나갔다.

잉크를 쏟았어요 내가 말했다 하지만 쏟은 기억이 안 났다 놀랍게도 나는 애브널 초등학교에 돌아와 있었다. 그 허리장식띠를 매라 알겠니 어머니가 말했다. 그 장식띠는 길이가 2미터나 되고 금색 술장식이 달려 있었다 나는 부끄러울 게 없었다 어머니와 나는 좁은 통로를 나란히 걸어갔다 바다을 내려다보니 난장판이고 연기가 자욱했다 죽어 자빠진 경찰도 많았다.

멜버른 감옥 정문이 박살나고 거기 철갑선 모니터호가 11구경 총으로 감옥 중앙을 겨냥하고 있었다 그런데 내 장화 위로 바다가 넘실거렸고 러셀 스트리트는 전부 물에 쓸려가버렸다.

글렌로언 철길 옆에 존스 부인이 하는 작은 술집이 있다 싸움 전야인 지금 나는 거기 응접실에 앉아 있다. 벽 앞에 우리 철갑옷이 쌓여 있는데 그중 셋은 반질반질한 금속이고 나머지 스티브 하트 건 검은색&오렌지색 꽃이 그가 생각해낸 모양대로 그려져 있다. 흰 삼베를 바른 벽 사라사 천장 그리고 내가 글을 쓰고 있는 삼나무 탁자 이 탁자는 나폴레옹에게나 어울릴 만한 물건이다.

얇은 칸막이 너머에는 인질이 있다 그들 대부분이 내일이면 내 지원병으로 드러날 것이다. 종류가 다른 인질도 있다 브래컨 순경&스태니스트릿 역장이다 그들은 벌금을 물지도 감옥에 갇히지도 식민지에서 자신의 지위를 잃지도 않을 간수 같은 사람에게 흔한 독선적인 얼굴이다. 나머지 1명은 토요일 오후 철길 건널목에서 마주쳤다. 그는 아직 자기가 인질인 줄 몰랐지만 멀리서 봐도 힐끗거리는 눈과 인형한테나 잘 어울릴 보드라운 금빛 수염이 틀림없는 인질감이었다.

학교 선생 맞지? 그가 건널목 차단기 앞에 서 있는 내 옆에 이륜마차를 세우자 내가 말했다.

그걸 어떻게 알았습니까?

아 당신 같은 사람이야 어디서든 알아볼 수 있지 난 또 우리 어머니가 나를 교육시키려고 해진 옷을 입고 찾아가 애걸했던 그 깐깐하고 잘난 선생인 줄 알았지.

그는 소개 없이도 나를 알았다 코앞에서 보니 신기한 모양이었다. 기꺼이 마차에서 내린 그는 절름발이였다 발꿈치를 높이 들고 걸었다 내가 1짝만 굵은 그의 장화를 보고 있자 그가 나를 똑바로 바라봤다.

내 이름은 커나우요 그가 말했다 연푸른 눈이 여자 눈처럼 반짝였다.

그는 왼손에 두꺼운 책을 들고 있었다 빼앗아서 보니 셰익스피어 희곡집이었다.

책 읽는 사람을 싫어합니까? 그가 물었다.

아 나도 가끔 책을 읽지 나는 그게 쓸 만한 책인지 물었다.

아 그럼요 내가 무슨 소리를 지껄이는지도 모른다는 듯 그는 웃어댔다 나 같은 건 진흙투성이 장화를 신은 채 동양 양탄자를 밟고 다니는 멍청이라는 듯. 아 그럼요 아주 훌륭한 책이지요 그 거만한 태도를 보고 1대 갈겨주고 싶었지만 댄에게 존스 부인 호텔로 끌고 가라고 명령했다.

나중에 여기 내 방에 돌아와서 급히 글을 쓰고 있는데 누가 문을 두드렸다 이것 봐라 절름발이 선생이 책을 들고 온 거였다 나는 그에게 들어오라고 했다. 그는 반짝이는 커다란 눈으로 주위를 둘러봤다 철갑옷도 눈여겨봤지만 그의 시선이 가장 오래 머문 건 잉크병이었다.

작업을 방해했군요.

그의 얼굴은 너무 이상하고&당당했다 좁은 어깨에 비해 지나치게 큰 머리는 위대한 생각의 엄청난 무게를 감당하기 어려운 듯 이리저리 흔들렸다.

나는 그에게 무슨 희곡을 읽고 있느냐고 물었다.

영국 왕에 관한 작품이죠 그는 그렇게 대답하면서도 눈으로는 탁자 위에 펼쳐진 종이를 보고 있었다 뒷발로 서서 말하는 개라도 본 것처럼 호기심을 못 이겨 거의 사팔눈을 하고 있었다.

켈리 씨 글을 쓰고 있나봅니다.

그가 상관할 일이 아니라서 나는 대답하지 않았다.

그는 내 쪽으로 목을 길게 빼고 있었다. 과거 이야기를 쓰고 있나요?

〈아거스〉에서 나를 영리한 무식꾼이라고 했으니 학교 선생도 같은 의견이지 않겠냐고 내가 말했다.

켈리 씨 『로나 둔』이라는 소설이 있답니다 당신은 모르겠지만.

제목을 듣자 킬라와라 제재소에서 조 번에게 그 책을 선물받은 기억이 떠올랐다. 그때 조가 말했었다 잠자코 듣기나 해.

나는 그 책을 2번 읽었고 3번도 읽을 수 있었는데 오븐스강을 건너다가 책이 젖어 곤죽이 되어버렸다고 말했다.

켈리 씨 당신에 대한 기사를 많이 봤지만 당신이 학자라는 말은 들어본 적이 없군요. 『로나 둔』이 어떻게 시작되는지 내가 기억을 되살려주죠. 그 작고 이상한 남자는 구부러진 절름발이 다리로 균형을 잡고 셰익스피어의 책을 가슴에 안고 눈을 감고 커다란 머리에서 R. D. 블랙모어의 글을 끄집어냈다. 독자들은 내가 우리 교구의 오명을 씻기 위해 이 책을 썼다는 것뿐 아니라 내가 글을 전혀 못 배운 사람이라는 사실도 명심하기 바란다 나는 신사답게 외국어를 읽지도 못하고 일반적인 견해와 달리 내가 매우 높이 평가하는 거장 윌리엄 셰익스피어나 성경에서 배운 것 말고는 긴 단어를 쓸 줄도 모른다.

커나우가 눈을 뜨고 내게 미소를 보냈다.

그가 다시 인용했다 간단히 말해 나는 무식꾼이지만 농사꾼치고는 꽤 훌륭하다.

그러더니 원래 목소리로 말했다 켈리 씨 무식꾼인 건 전혀 나쁜 게 아닙니다 블랙모어가 무식꾼이라면 당신과 나도 무식꾼이 되기를 바라지 않겠습니까. 그러면서 커다란 흰 손을 모으고 머리 무게를 이쪽 어깨에서 저쪽 어깨로 옮겼다.

켈리 씨 당신 이야기를 읽게 해주시죠 그가 애원했다.

너무 거친데.

켈리 씨 그건 개인의 이야기예요 당연히 좀 거칠 수밖에 없고 그 래서 진실이라는 걸 알 수 있지요. 그가 계속 그런 식으로 얘기했고 결국 나는 1페이지를 보여줬다. 학교 선생 앞에 서기는 실로 오랜 만이었다 내 벨트에는 총이 3자루나 꽂혀 있고 그의 목숨을 빼앗을 힘도 있었지만 그래도 기분이 아주 묘했다. 그는 다 읽더니 탁자에 살며시 내려놨고 나는 좀 짜증이 난 채 그의 평가를 기다렸다.

아주 훌륭해요 그가 말했다.

거칠다는 거 알아.

대단히 힘있고 매력적인 글이에요 아주 약간만 손보면 어떤 학 자도 흠잡을 생각 못할 작품이 될 겁니다.

나는 문장 구조에 문제가 있다는 걸 안다고 말했다.

문장 구조 쳇 그가 외쳤다 내가 도와주면 간단히 해결할 수 있 어요.

친구 우린 시간이 없소.

켈리 씨 시간 안 걸려요 전혀.

염×500페이지나 되는데.

하룻밤이면 할 수 있어요 내 책들이 있는 우리집에서 작업하면.

그때 조 번이 들어와서 선생에게 나가라고 명령했다 조는 밀고 자랑 지금 뭐하고 있는 거냐고 물었다 그는 처음부터 선생한테 험 악하게 굴었다.

오 그는 우리 편이야 어차피 절름발이라 해코지도 못해.

맙소사 네드 제럴데리에서 그 여자한테 편지를 준 사람이 너잖아 그가 말했다 나는 등불 불빛 속에서 그의 끔찍한 눈을 봤다.

그거 1대 더 피워야 돼?

아니 네 동생이 벌써부터 퍼마시고 있어 다들 술에 취했다고 지금 기차가 오면 어떻게 되겠어? 너무 늦었어 뭔가 잘못됐다는 느낌이 들어.

다시 문 두드리는 소리가 들렸다 그 선생이었다 그는 입술에 손가락을 대고 절룩거리며 들어왔다.

켈리 씨 당신이 알아야 할 일이 있습니다 그가 속삭였다.

꺼져 이 끄나풀아 조가 그의 희고 부드러운 목에 웨블리 권총을 들이대며 말했다.

선생이 벨벳 같은 눈으로 나를 봤다 나는 조에게 무기를 거두라고 명령했다 그러자 커나우가 예쁜 입술에 손가락을 대고 말했다. 스태니스트릿 씨한테 총이 있더군요. 혹시 그걸 당신한테 쏠까봐.

그렇게 그 이상하게 생긴 작은 곤충은 자신의 우정을 증명했지만 조 번은 모진 마음과 의심을 풀지 않았다. 꺼지라고 했지 조는 우리의 제보자를 다른 인질들이 있는 바bar로 밀어내고 잠시 후 새 권총을 들고 혼자 돌아왔다. 선생 덕에 역장의 콜트를 압수했지만 조는 선생을 믿지 않았다. 참고로 말하자면 그는 철갑옷이 쓸모없다고 그걸 입고 말을 탔다가 살이 베이고 물집까지 생겼다고 자기는 절대 그거 입고 안 싸운다며 앞이 안 보여서 총도 똑바로 못 쏜다고 했다.

하느님 이 불쌍한 조를 도와주세요 그가 울면서 말했다 살인은
나쁜 짓이야 난 분명 지옥에 갈 거야.

나는 바깥의 바가 갑자기 조용해진 걸 깨달았다 모두 우리 얘기
를 듣고 있었다. 나는 손가락으로 입술을 톡톡 때리면서 인질들 기
분을 북돋워주게 놀거리를 좀 즐겨야겠다고 속삭였다.

조는 코를 풀고 외면했다. 내가 인질들에게 가려고 방을 나설
때 그는 창밖을 보고 있었다 그의 얼굴이 그를 마주보았다 그 검은
눈에 어둡고 무서운 상상이 가득했다.

징크 씨가 늘 말하듯 시간이 가장 중요하다 딸아 휘갈겨 쓴 걸
이해해다오.

절름발이 선생이 집에 가서 특수 신발을 가져.오게 해달라고 그
신발 없이는 춤 못 춘다고 외쳤다.

나는 그렇게 쉽게 도망치게 둘 수는 없다고 농담으로 받았다.

오 난 오늘밤을 놓치고 싶지 않아요 그가 말했다 그러더니 책을
내려놓고 내 옆에 와서 앉았다. 그는 잘생겼으면서도 혐오스러웠
다 나는 그에게서 눈을 뗄 수 없었다.

그—대부분의 사람들이 경찰이 그런 일을 당한 걸 자업자득이
라고 생각해요.

나—커나우 씨 당신은 아주 특이한 교사로군.

그—나 같은 의견이 식민지에서 아주 일반적이라는 걸 당신도
알잖아요.

그에게는 춤을 안 춰도 된다고 했지만 그가 뒤틀린 몸을 바에

기댔을 때 나는 그를 포함해 모두에게 노래를 1곡씩 부르라고 명령했다.

1번째로 존스 부인의 어린 아들이 〈소젖 짜는 어여쁜 처녀〉*를 불렀고 그다음에 스티브가 〈달이 뜰 때〉**를 불렀다 1사람씩 따라 부르기 시작해 어느새 합창이 됐고 언덕 위 우리 지원병들도 반짝이는 철길을 지켜보며 그 노래를 들을 수 있었다.

그러고 나서 나는 선생에게 일어나 학생들에게 노래를 불러주라고 했다. 그는 너무도 당당하고 이상한 인물이라 모두의 눈이 그에게 쏠렸다 그가 절룩거리며 가운데로 나가서 큰 책을 똑바로 들기 위해 엉덩이를 괴상하게 내민 자세로 섰다.

그—난 아는 노래 없어요.

사람들—노래해 노래해.

그—하지만 여기 이 상황에 맞는 글이 있습니다.

경악스럽게도 그가 자신의 아름다운 책에서 2페이지를 뜯어냈다 그러고는 자기가 겁보라고 선언했지만 그 글을 낭독하자 멋진 사람이라는 게 드러났다.

이게 그가 낭독한 글이다 책에서 뜯어낸 페이지를 여기 핀으로 꽂아놓는다.

이 전투가 내키지 않는 자,

---

* 아일랜드 민요.

** 1798년 아일랜드 항쟁을 소재로 한 노래.

떠나라, 통행증을 만들어줄 것이며,

여비도 마련해줄 것이다.

동지들과 함께 죽는 것을 두려워하는 자와는

함께 죽지 않겠다.

오늘은 크리스핀 축일이라 불린다,

오늘 살아남아 무사히 집에 돌아가는 자,

이날이 불릴 때 발돋움을 하고

크리스핀의 이름 앞에 우뚝 설 것이다.

오늘을 보고 늙을 때까지 살 자,

해마다 축제 전야에 이웃들에게

말할 것이다, "내일은 성 크리스핀의 축일이오."

그리고 소매를 걷어 흉터를 보여주며

말할 것이다, "이 상처들은 크리스핀의 축일에 얻은 것이오."

노인들은 잊기 마련이지만, 모든 걸 잊더라도,

그날 자신이 어떤 무공을 세웠는지 기억할 것이다.

그리하여 우리의 이름은

흔히 쓰는 말들처럼 그의 입에 밸 것이다,

해리 왕, 베드퍼드와 엑서터,

워릭과 탤벗, 솔즈베리와 글로스터가

생생히 기억되어 그들의 넘치는 술잔에 담길 것이다.

나는 그 우렁찬 목소리가 어디서 나왔는지 모른다 다른 때 그 선생의 태도는 갈대처럼 가벼웠지만 지금 우리에게 글을 읽어주는 그는 눈이 이글거리고 그 옛날 보통 사람들 곁에서 성직자들이 봉기한 것처럼 내 옆에서 병사의 얼굴을 하고 있다.

바닥이나 테이블에 앉아 듣는 사람들은 못 배운 이들이었다 본인들 탓은 아니지만 자기 이름도 못 쓰는 사람이 태반이었다. 옷은 낡고 돼지우리&외양간 냄새가 났지만 그들의 눈은 어쩔 수 없이 뜨겁게 불타오르고 있었다.

브래컨 순경은 얼굴을 찌푸렸지만 다른 얼굴들에서는 놀라움이 보였다 뜻은 잘 몰라도 배운 사람이 우리를 왕에 비유하는 건 알 수 있었으니까&시를 낭독하는 중간에 댄&조가 밖에 있다가 들어오자 그 갑옷 입은 모습을 모두가 존경의 눈으로 바라봤다. 그 두 청년은 진짜 오스트레일리아의 귀족이었다.

> 이 이야기를 선한 남자는 자신의 아들에게 가르칠 것이며,
>
> 크리스핀 축일은
>
> 오늘부터 세상이 끝나는 날까지
>
> 그때의 우리가 기억되는 일 없이는 지나가지 않을 것이다,
>
> 소수인 우리, 행복한 소수인 우리, 모두가 형제인 우리,
>
> 오늘 나와 함께 피 흘린 자는
>
> 내 형제가 될 것이다,
>
> 오늘 그의 지위가 고결해질 것이니,
>
> 천한 신분을 벗어날 것이다,
>
> 지금 침대에 있을 영국의 귀족들은,
>
> 여기 있지 못했던 걸 저주로 여길 것이다,

성 크리스핀의 날 우리와 함께 싸운 이들의 말을 들을 때마다
사나이로서 부끄러움을 느낄 것이다.

낭독이 끝나자 잠시 침묵이 흘렀다&존스 부인이 힘차게 만세를
외쳤고 모두가 박수치고 휘파람을 불었다&그 작은 절름발이는 환
히 빛났다 나는 그를 번쩍 들어 바에 앉혔다 그가 책에서 찢은 2페
이지를 줬다.

그―전투 기념품입니다.

나―하지만 그걸 해줘야지 약속하지 않았나?

그―당신 이야기 말인가요? 오 켈리 씨 여기선 못해요. 우리집
으로 가져가야 해요. 내 책들이 필요하거든요.

그가 기다린다. 시간이 없

켈리 갱의 파멸: 특별열차를 멈추는 커나우
빅토리아 주립도서관 소장 목판화(1880년 7월 31일)

글렌로언 포위전

토머스 커나우는 용의 소굴, 천하고 무지한 모든 것의 어두운 심장부에 들어갔다. 그는 악마와 춤추고 악마의 비위를 맞췄다. 그리고 동화 속 주인공처럼 멋지게 악마를 속이고 그 증거를, 전리품을, 지저분하고 냄새나는 종이 뭉치를 옆구리에 끼고 나왔다. 이 얼룩진 '원고'는 만지기도 역겹고 그 자부심과 무지에 살이 오그라들었지만 그는 이미 승자였다. 악마의 피 묻은 심장을 훔쳤고 이제 악마를 지옥에 보낼 수 있었다.

그는 황급히 자신의 이륜마차로 향했다. 다리가 말을 듣지 않았다. 그의 다리는 원래 말을 잘 듣지 않았다. 그래서 춤을 출 수도 달릴 수도 없었다. 그저 절룩거릴 수만 있었고 지금처럼 너무 급하게 걸으면 허벅지와 엉덩이까지 욱신거렸다. 그는 유칼립투스향이 풍기는 차갑고 맑은 밤공기 속을 부지런히 걸었고 존스 부인의 호텔 남동쪽 모퉁이를 돌면서 안에서 사람들이 자신에 대해 이야기하는 걸 들었다.

그 선생 거짓말쟁이야, 조 번이 외쳤다. 그 ×× 밀고자야. 네드, 내가 가서 그 개×× 없앨게.

조용, 댄이 말했다. 기적소리 들려.

조용, 스티브 하트가 말했다. 기차가 오고 있어.

하느님, 아직은 기차가 오지 않게 해주세요. 커나우는 감히 속도를 내지 못하고 마차를 천천히 느긋하게 몰아 집으로 향했다. 검은 나무들 사이에서 폭도가 기다리고 있었다. 그는 자신을 지켜보는 못 배운 자들의 아둔하고 성난 눈길을 느꼈다. 하느님, 그들이 그를 죽이지 않게 해주세요.

학교 뒤에 있는 자신의 오두막에 도착한 그는 문을 두드렸지만 아내가 빗장을 풀어주려고 하지 않았다.

이 여자야, 제발 문 좀 열어. 나야, 당신 남편.

그를 안으로 들인 아내는 이제 그를 내보내려 하지 않았다. 그녀는 그에게 매달려 울었다.

안 돼, 안 돼, 토머스, 그들이 당신을 죽일 거라고.

맙소사, 진, 경찰 수백 명이 죽음을 향해 달려오고 있어.

그럼 난 어떻게 되는데? 그녀가 외쳤다.

그때 기적소리가 들리자 그는 지저분한 종이 뭉치를 그녀 품에 떠안겼다. 그리고 초 한 자루와 아내의 빨간 스카프를 챙겼다.

죽을힘을 다해 학교 옆 협곡을 달려내려갔고 제방을 올라가 늘 거기서 그를 기다리던 철길에 닿았다. 기관차의 전조등 불빛이 보였고 레일이 운명 그 자체처럼 희미하게 빛났다.

식민지 전체가 네드 켈리에게 겁먹고 있었지만 토머스 커나우는 촛불을 켰다. 약한 촛불이 적대적인 공기 속에서 펄럭이는 동안 그는 촛불앞에 빨간 스카프를 들고 그의 목숨을 앗아갈지도 모를 사람들이 똑똑히 보이는 곳에 섰다.

증기에 휩싸인 강철 기관차가 어렴풋이 형체를 드러냈다. 브레이크소리가 날카롭게 울려퍼지며 증기가 분출됐고 그는 등에 총알이 날아와 박히기를 기다리며 얼굴을 찡그렸다.

뭐요? 차장이 외쳤다.

켈리다, 그가 외쳤다.

그는 해냈다. 이제 그 일은 역사가 되었다. 몇 분 내로 기차는 역으로 돌아가 살아 있는 서른 명의 사람과 말 스무 마리를 토해낼 것이다. 그가 그들 모두를 구한 것이었다. 그가 황급히 집으로 돌아갈 때 역은 지독히도 소란스러웠다. 사람들은 고함을 질러대고 말들은 짐칸에서 날뛰었다. 토머스 커나우는 그 소리를 들으며 다급히 오두막 문을 두드렸고 아내가 울면서 문을 열어주었다.

*

존스 부인의 호텔 응접실에서는 켈리 갱이 갑옷을 차려입고 비좁은 공간에서 카빈총, 권총, 탄약을 찾느라 가슴판을 쩔렁이고 투구를 덜걱거리고 삼나무 탁자에 상처를 냈다. 이른바 인질 중 이 기회를 틈타 도망친 사람은 단 한 명이었다. 네드 켈리가 등불을 모두 끄고 활활 타오르는 벽난로에 물을 뿌리기 위해 바에 들어섰을 때쯤 허리가 길고 다리가 짧은 브래컨 순경은 숲을 내달리고 있었다. 그는 도랑으로 내려가 반대편으로 기어올라갔다. 그리고 철길과 오두막 사이의 울타리를 넘었다.

브래컨은 어둠 속에서 달려나가며 외쳤다. 켈리다. 놈들이 여기 있다.

그는 눈알이 붉거지고 수염이 텁수룩했고 숨이 차서 헐떡거렸다. 북새통을 이룬 플랫폼으로 올라갔지만 멜버른 경찰은 그를 몰랐고 놀란 말들을 기차에서 끌려내느라 정신없었다. 그래서 아무도 그에게 주의를 기울이지 않았다.

한편 네드 켈리는 캄캄해진 호텔 안에서 다른 사람들을 헤치고 비틀거리며 나아갔다. 그는 복도와 별채를 지났다. 밤공기 속으로 나와 몽유병 환자처럼 천천히 걸었는데 긴 방수코트 안에 50킬로그램이나 나가는 갑옷을 입어서 어쩔 수 없었다. 그의 회색 암말이 기다리고 있었다. 그는 무척 힘들게 말에 올라 글렌로언역을 향해 200미터가량 느릿느릿 갔다. 경찰은 말을 타고 나타난 그 이상한 사람에게도 브래컨에게처럼 주의를 기울이지 않았다. 사람과 말이 내는 시끌벅적한 소음 속에서 브래컨의 애처로운 목소리가 들렸다.

상관 어디 있습니까? 어디 있어요?

네드는 브래컨이 헤어 경정을 찾을 때까지 기다렸다 그러고 나서 호텔로 돌아갔다.

*

경찰이 호텔과 철길 사이의 울타리를 기어오를 때 철갑옷을 입은 세 사람이 호텔 앞 베란다의 어두운 그림자 속에서 그들을 기다리고 있었다. 키가 제일 큰 조 번이 소총을 들었다.

이 염×할 갑옷. 앞이 보여야 총을 쏘지.

조용, 놈들이 들어.

경찰은 몸을 숨기지도 않고 휑한 잡목림을 서둘러 달려왔다. 이윽고 헤어 경정이 멈춘 지점에서 양 진영을 가르는 것은 작은 철제 회전문뿐이었다. 그들은 30미터 정도 떨어져 있었다.

네드 어딨어? 댄 켈리가 속삭였다.

여기 있다, 친구들. 네드 켈리가 베란다 한가운데 버티고 서서 콜트 연발소총을 들었다.

여기 너희의 큰 쇠코 할머니가 있다. 그러면서 그는 총을 쐈다.

바로 헤어가 쓰러졌다.

이런! 그가 외쳤다. 첫 발에 맞혔다!

차가운 밤이 돌연 포화로 불타올랐다. 나머지 갱단은 베란다의 어두운 그림자 속으로 후퇴했지만 네드 켈리는 달빛 아래로 나와서 적을 겨냥했다.

쏴라, 이 개×놈들. 우리는 끄떡없다.

바로 그 순간 마티니헨리 총알이 왼팔에 명중했다. 그는 투덜거리며 돌아섰고 톱날처럼 발에 파고드는 두번째 총알을 느꼈다. 그는 돌아서서 호텔로 후퇴했다.

*

경찰은 처음 일 분 동안 육십 발을 쐈고 그후 삼십 분 동안 남자, 여자, 아이, 무법자 가리지 않고 호텔 안의 모든 사람에게 총알을 갈겨댔다. 그러다 마침내 잠시 공격을 늦췄을 때 공포에 찬 날카로운 비명이 밤공기를 갈랐다. 〈소젖 짜는 어여쁜 처녀〉를 부른 소년이 총에 맞은 것이다.

토머스 커나우는 400미터쯤 떨어진 오두막 책상에 앉아 귀를 막았다.

무슨 소리야? 아내가 물었다.

아무것도 아냐, 가서 자.

오 세상에, 당신 무슨 짓을 한 거야? 불쌍한 인질들한테.

그들은 인질이 아냐. 켈리 편이라 거기 있는 거라고. 그들도 강도떼나 다름없어.

그러나 이제 아내가 빨간 스카프를 목에 감고 밖으로 나가려 했다.

어린애 목소리였어. 경찰이 애들까지 쏘는 거야?

토머스 커나우는 절룩거리며 아내에게 가서 난폭하게 스카프를 잡아당겼고 목이 쓸린 아내가 비명을 질렀다.

이 딱한 여자야, 그들이 다 켈리 편이라는 걸 모르겠어? 진, 당신은 여기서 태어났잖아. 그 사람들이 어떤 계급인지 몰라?

이 겁쟁이, 경찰이 어린애들을 쏘고 있다고. 그녀가 외쳤다.

내가 겁쟁이라고? 맙소사, 내가 누구랑 결혼한 거지? 겁쟁이? 당신이 침대에서 울고 있는 동안 경찰들을 구한 게 누구지? 방으로 들어가.

저게 뭐지?

커튼 닫아. 중국 폭죽로켓이야. 켈리 갱이 보내는 신호. 경찰이 이길 정도로 수가 많기를 기도하는 게 좋을 거야.

또다시 맹렬한 총성이 골짜기에 울려퍼졌고 커나우의 아내는 남편에게 가서 손을 잡았다.

오 토머스, 무슨 짓을 한 거야?

무슨 짓이냐면, 영웅이 될 행동이지. 그가 말했다.

*

그 호텔은 하루 낮과 밤 동안 활기가 넘치고 즐거운 장소였지만 요새로는 적합하지 않았다. 외벽은 판자 하나 두께였고 내벽은 종이와 삼베가 전부였다. 그래서 주일에 차려입는 드레스 정도의 방어막밖에 되지 않았다. 너무 많은 총알이 너무 쉽게 벽을 뚫고 들어와 안에 있는 사람들은 그저 바닥에 쓰러져 기도나 할 수밖에 없었다.

네드 켈리가 절룩거리며 안으로 들어왔을 때 주위는 캄캄했고 차갑고 축축한 연기가 매캐했다. 그리고 어린 잭 존스의 비명이 공기를 찢어발기고 있었다. 지옥도 이보다 처참할 수는 없었다.

네드, 저들을 막아요. 저들이 우릴 죽이고 있어요!

알았소.

그는 다시 앞문으로 걸어갔고 이십 발의 총알 세례를 받았다.

나 맞았어. 하느님 우리를 구해주세요. 뒷방에서 누군가 외쳤다.

잭 존스가 비명을 질러댔다. 총알이 엉덩이뼈를 뚫고 창자 깊숙이 박힌 것이다. 한 남자가 울부짖는 소년을 안고 어둠 속에서 나왔다.

비켜, 켈리, 빌어먹을, 좀 지나가게.

네드 켈리는 옆으로 비켜섰다.

노동자 맥휴였다. 그가 왼손에 흰 손수건을 들고 오른손으로는 부상당한 아이를 안고 열린 문 앞에 섰다.

쏘지 마, 이 개××들아, 어린애다.

살려줘요, 잭 존스가 외쳤다.

안에는 여자와 어린애 천지다! 사격을 중지해라!

총성이 한번 더 울리고 정적이 이어졌다. 맥휴는 문밖으로 나갔다. 존스 부인이 따라갔다. 그러자 바로 총성이 두 번 울렸고 그녀는 손으로 머리를 감싸고 풀썩 무릎을 꿇었다.

총에 맞았어! 그녀가 외쳤다.

그러나 그냥 스친 것이었고 그녀는 도로 안으로 기어들어가 바 뒤에 쓰러져 아들 걱정에 흐느껴 울었다.

네드 켈리에게 뭐라고 하는 사람은 없었지만 누가 지적하지 않아도 그는 자신의 책임을 잘 알았다. 그는 경찰로부터 이 사람들을 보호할 수 없었고 자신도 보호할 수 없었다. 신이 이 세상에 만들어놓은 세력으로부터 이들을 보호할 수 있는 기계는 없는 듯했다.

네드, 너야? 복도에서 외침이 들려왔다.

조, 너야? 이리 와.

젠장 이리 와. 거기서 뭐하는 거야?

이리 와서 내 총 장전 좀 해줘. 꼼짝을 못하겠어.

나도. 젠장 다리가 부러진 것 같아.

네드는 목소리를 향해 걸어가며 장화에 피가 고이는 것을 느꼈다.

빌어먹을 다리, 조, 넌 두 팔을 쓸 수 있잖아. 이리 와서 내 총 장전해. 얼른 장전해달라고! 저 씨×놈들을 보내버릴 거야! 헤어는 끝났어. 나머지도 금방 다 끝내겠어!

우린 이 불쌍한 사람들에게 끔찍한 해를 입혔어.

그래도 아직 안 졌어.

조 번은 대답이 없었다.

어디 있는 거야? 네드는 무릎을 꿇으려다가 다리가 풀려서 무겁게 쓰러졌다. 그는 즉시 앞으로 기어가기 시작했고 묵직한 강철 고환 보호대가 바닥에 끌리는 소리가 요란했다. 어이, 장전 좀 해달라니까. 조?

성한 오른손으로 조 번의 손을 찾았지만 가죽을 갓 벗겨낸 짐승처럼 축 늘어져 피투성이였다.

조?

그는 더 가까이 기어가서 벽에 기대앉았다. 어둠 속에서 친구의 코와 입을 찾아 손바닥을 갖다댔다. 수염은 부드럽고 축축했으며 입술은 따스했지만 밭은 숨이 멈춘 뒤였다.

아 조, 정말 미안해, 친구.

다시 캄캄한 호텔로 총알이 우박처럼 쏟아져 나무가 쪼개지고 유리가 깨졌다. 인질들이 분노의 함성을 내질렀다.

네드, 쏴요. 놈들을 막아요!

알았소, 알았소.

그는 격하게 몸을 비틀며 일어나 비틀비틀 복도를 지나 바bar로 들어갔다.

댄? 스티브?

그는 조금 전까지 확신에 차서 자신의 이야기를 썼던 응접실 문을 열었다. 그때만 해도 다시 딸을 볼 수 있을 것 같았다. 어머니를 석방시킬 수 있을 것 같았다. 그리고 이 사람들이 공평하게 땅을 나눠 가질 수 있을 것 같았다. 하지만 지금 세상은 더러운 진창이었다.

댄?

갔어요. 어둠 속에서 누군가 말했다.

총 맞은 게 아니고?

당신 동생과 그 친구는 우릴 버리고 떠났어요. 친구, 당신이 경찰을 막아야 해요. 지금 막아야 한다고요. 지금 저들이 우릴 죽이고 있어요.

알았소.

그는 비틀거리며 뒷문을 통해 새벽 어스름으로 나갔다.

경찰의 공격을 자신에게 돌리려고 성치 않은 몸으로 힘겹게 말에 올랐다. 경찰 병력 측면을 향하는데 앞 베란다에서 총성이 들렸다. 말에 탄 채 가까스로 몸을 비틀어 그쪽을 보고 댄이 떠나지 않았음을 알게 되었다. 댄과 스티브 하트는 호텔 베란다에 나란히 서서 적을 향해 미친듯이 총알을 갈겨대고 있었다.

그는 기력이 없었다. 왼팔은 무용지물이었다. 등자에서 발을 빼고 말에서 내리려다 땅바닥에 심하게 고꾸라졌다. 그는 더이상 숨거나 몸을 가리지 않고 동생을 향해 어렵사리 걸음을 뗐다. 자신이 구하러 간다는 것을 댄에게 알리기 위해 권총자루로 가슴을 쾅쾅 쳤다.

동지들아, 나는 씨× 모니터호다.

하지만 그는 모니터호가 아니었다. 살과 박살난 뼈로 이루어지고 장화 속에서 피가 철벅거리는 인간이었다. 경찰이 쏜 마티니헨리 총알에 맞아 비틀거리고 덜컥거리면서도, 투구까지 옆으로 돌아갔는데도 그는 걸음을 멈추지 않았다.

너희는 어린애들을 쐈다, 이 개×놈들. 나는 못 쏜다.

그는 총을 쏘면서도 앞이 보이지 않아 조준을 할 수가 없었다. 포효하며 권총을 들어 가슴을 쳤다. 그 소리가 아침 공기 속에서 대장장이의 망치소리처럼 낭랑하게 울렸다.

댄! 나와 함께 가자, 댄. 나는 씨× 모니터호다.

그러나 그와 댄 사이에는 작고 뚱뚱한 경찰관 하나가 트위드모자를 쓰고 나무 옆에 조용히 서 있었다. 그런 살찐 두꺼비 같은 자들이 평생 켈리들을 뜯어먹고 살았다. 그는 홀일 수도, 플러드일 수도, 피츠패트릭일 수도 있었다. 그들은 하나였다.

네드가 총을 쐈다. 그러자 그자가 한쪽 무릎을 꿇고 소총을 들어 연달아 빠르게 두 발을 쐈다.

네드는 총성을 듣지 못했지만 첫 발에 오른다리를 맞고 쓰러졌다. 이어서 두번째 총알이 더 깊고 날카로운 통증을 안겼다.

내 다리, 이 개××!

경찰이 개떼처럼 모여들었다. 그들은 그를 잡아뜯고 발로 차고 총으로 쏴죽이겠다고 소리쳤다. 그들의 장화가 갑옷 가슴 부분을 짓밟아대는 동안에도 그는 베란다에 서 있는 동생을 보았다. 댄은 켈리다. 절대로 도망치지 않을 것이다.

*

네드 켈리는 월요일 오후 존스호텔 잿더미에서 발견된 댄의 주인 잃은 쓸모없는 갑옷을 보지 않아도 되었다. 불탄 호텔에서 나란히 쓰러진 채 발견된, 시커멓게 타서 거품이 이는 시신 두 구를 되찾기 위해 누이 케이트와 매기가 경찰을 상대로 싸웠다.

〈베날라 엔사인〉은 이렇게 보도했다. "그레타에서 숯덩이가 된 하트와 댄 켈리의 유골이 친구들 손에 운구되는 광경은 차마 형언할 수 없었다. 그들은 유칼립투스 숲에서 몰려온 듯했다. 나는 평생 그토록 끔찍한 몰골을 본 적이 없었다."

*

한편 토머스 커나우는 경찰 여섯 명의 호위를 받으며 오두막을 나와 특별열차를 타고 멜버른으로 갔다. 그곳에서 그는 아내와 함께 넉 달 이상 정부의 보호를 받았다. 영웅에 대한 대접치고는 묘했고, 여러 번 영웅으로 불리긴 했지만 그가 마땅히 기대한 것만큼 자주, 열성적으로는 아니었다.

그는 영웅으로 지속적인 인정을 받지 못하는 것이 실망스러워도 직접 내색하지는 않았다. 하지만 켈리 갱이 계속해서, 아니 갈수록 더 숭배의 대상이 되어가는 것에 늘 관심을 쏟았다.

그는 이렇게 따졌다. 우리 오스트레일리아인들은 도대체 어떻게 된 건가? 뭐가 잘못된 건가? 우리에겐 제퍼슨 같은 인물이 없는가? 디즈레일리 같은 인물이 없는가? 말도둑에 살인자 말고는 찬양할 사람이 없는가? 꼭 그렇게 우리 자신을 우스꽝스러운 꼴로 만들어야만 하는가?

하지만 사적으로는 네드 켈리와의 관계가 그리 단순하지만은 않았다. 글렌로언에서 챙겨온 기념품 때문에 은밀히 그에게 공감할 수밖에 없었던 듯하다. 그 증거가 원고에 나타나 있다. 글렌로언 포위전 후로 몇 해

동안 그는 고인의 문장을 다듬는 작업에 강박적으로 매달렸으며, 연필로 쓴 작은 회색 글씨를 원고에 덧붙인 사람이 바로 그였다.

시드니의 미첼 도서관에 소장된 12페이지짜리 팸플릿. 멜버른 도서관의 육필 문서(자료번호 10453)와 같은 내용 포함. 저자는 S. C.라는 머리글자만 명기. 토머스 커나우 사망 이후인 1955년 멜버른의 토머스 워리너&선스에서 인쇄됨.

에드워드 켈리의 죽음

중앙 관할구의 집행관인 리드 대령은 집행관보 엘리스 씨를 대동하고 정각 열시에 사형수 감방 문 앞에 나타났다. 끔찍한 사형선고를 집행하기 위해 에드워드 켈리를 데리러 온 것이었다. 멜버른 감옥 소장 카스티오 씨가 조금 전 죄수를 찾아와 족쇄가 풀린 것을 확인했고 집행관이 그에게 영장을 제시했다. 집행관은 감방 문을 두드려 죄수에게 최후의 시간이 왔다는 무시무시한 사실을 알렸다. 그러는 내내, 처음으로 이 끔찍한 일을 수행할 교수형 집행인 업존은 보이지 않았지만 켈리의 감방 문이 열리고 신호가 떨어지자 자신의 첫 희생자가 있는 사형수 감방 건너편에서 모습을 드러냈다. 그는 조용히 교수대를 가로질렀고, 그러면서 조용히 고개를 돌려 대단히 역겹다는 표정으로 참관인들을 내려다보았다.

집행인은 일흔 살가량 된 노인이었지만 어깨가 넓고 우람했다. 그는 이 무시무시한 일을 자원할 때 복역중으로, 아직 형기를 마치지 못한 상태라 수염과 머리를 바싹 깎고 죄수복을 입었다. 순백의 굵고 억센 머리털이 곤두서 있어서 섬뜩한 인상을 풍겼다. 이목구비가 하나같이 뚜렷했으나 코가 유난히 두드러지고 흉했다.

처음 교수형을 집행하는 업존이 올가미를 제대로 씌우는지 지켜보기 위해 바커 의사가 교수대 발판 옆에서 대기하고 있었다. 업존은 사형수 감방으로 들어가 넓고 튼튼한 가죽띠로 켈리를 묶었다. 죄수는 "묶을 필요 없소"라고 말했지만 불가피한 일이라는 대답을 들었다.

켈리는 사제들이 든 십자가를 앞세우고 교수대로 끌려나왔다. 면도도 이발도 하지 않았지만 죄수복 차림이었다. 차분하고 침착해 보였으나 평소보다 창백한 것 같았다. 아직 얼굴로 내려쓰지 않은 머리의 흰 두건 때문에 그렇게 보이는지도 몰랐다. 교수대 발판으로 올라가며 그는 낮은 목소리로 말했다. "인생이 그런 거지."

교수형 집행인이 올가미를 조절하기 시작했고 사제들은 그런 상황에 맞는 가톨릭 기도문을 읽었다. 죄수는 올가미가 목에 닿자 살짝 움찔했지만 바로 마음을 다잡고 업존이 올가미를 제대로 고정할 수 있도록 머리를 움직여주었다. 설치가 끝나자마자 죄수에게 발언 기회도 주어지지 않고 신호가 떨어졌다. 업존은 죄수의 흰 두건을 내려 얼굴을 가리고 뒤로 물러나 발판을 뺐다.

그 순간, 네드 켈리의 몸은 원래 서 있던 지점보다 2.5미터쯤 아래서 흔들렸다. 일이 초간 몸서리만 치다 멈추었기 때문에 처음에는 즉사한 것으로 보였다. 그것은 교수형에서 나타나는 흔한 현상이었다. 그러나 그때 두 다리가 얼마쯤 위로 올라가더니 갑자기 툭 떨어졌다. 같은 동작이 몇 번 반복되다가 마침내 완전히 멎었고 사 분이 지나자 모든 게 끝났다. 에드워드 켈리는 그의 죄과를 심판받기 위해 더 높은 곳에 있는 재판소로 떠난 것이다. 그의 몸은 통상적인 시간만큼 교수대에 매달려 있었고 그후 검시가 진행되었다. 무법자 켈리는 어머니를 멜버른 감옥에서 석방하고 그의 시신은 가족에게 넘겨 축성된 땅에 매장되게 해달라고 요구했지만 받아들여지지 않았다. 그의 유해는 감옥 구내에 묻혔다.

옮긴이 **민승남**
서울대학교 영어영문학과를 졸업하고 현재 전문 번역가로 활동중이다. 옮긴 책으로 『시핑 뉴스』 『솔라』 『넛셸』 『사실들』 『빌리 린의 전쟁 같은 휴가』 『상승』 『사이더 하우스』 『밤으로의 긴 여로』 『알렉산드로스 대왕』 『멀베이니 가족』 『동물 애호가를 위한 잔혹한 책』 『파운틴 헤드』 『빨강의 자서전』 등이 있다.

문학동네 세계문학
켈리 갱의 진짜 이야기

초판 인쇄 2020년 2월 11일 | 초판 발행 2020년 2월 25일

지은이 피터 케리 | 옮긴이 민승남 | 펴낸이 염현숙

책임편집 박아름 | 편집 황문정 유현경 홍지은
디자인 윤종윤 이원경 | 저작권 한문숙 김지영
마케팅 정민호 정진아 함유지 김혜연 김수현
홍보 김희숙 김상만 오혜림 지문희 우상희 김현지
제작 강신은 김동욱 임현식 | 제작처 영신사

펴낸곳 (주)문학동네
출판등록 1993년 10월 22일 제406-2003-000045호
주소 10881 경기도 파주시 회동길 210
전자우편 editor@munhak.com | 대표전화 031) 955-8888 | 팩스 031) 955-8855
문의전화 031) 955-8896(마케팅) 031) 955-2659(편집)
문학동네카페 http://cafe.naver.com/mhdn | 트위터 @munhakdongne
북클럽문학동네 http://bookclubmunhak.com

ISBN 978-89-546-5847-8 03840

www.munhak.com